御製

佛光恩照　三千大千　隨緣徧滿
恒沙法界　普度衆生　悉證菩提
身心安泰　年時豐稔　風雨調順
日月升恒　乾坤清寧　百昌蕃熾
上下樂利　中外協和　庶物咸亨
萬善圓成　情與無情　同登正覺
大清雍正十三年四月初八日

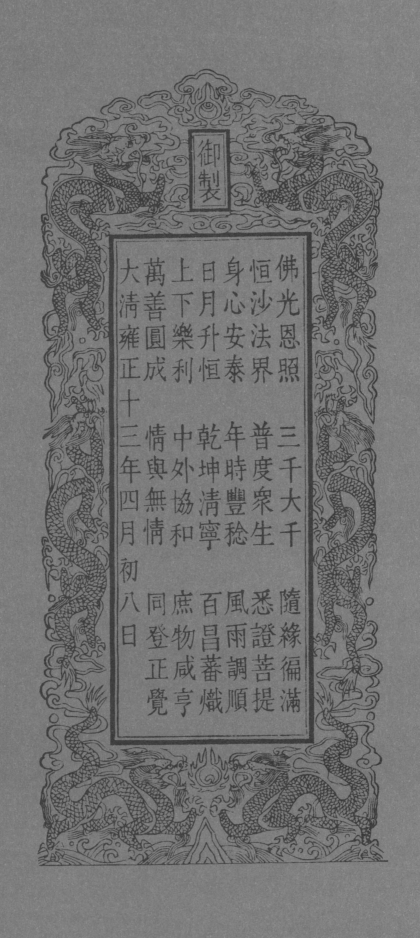

第一〇六册　西土聖賢撰集（一）

出曜經

姚秦三藏竺佛念譯

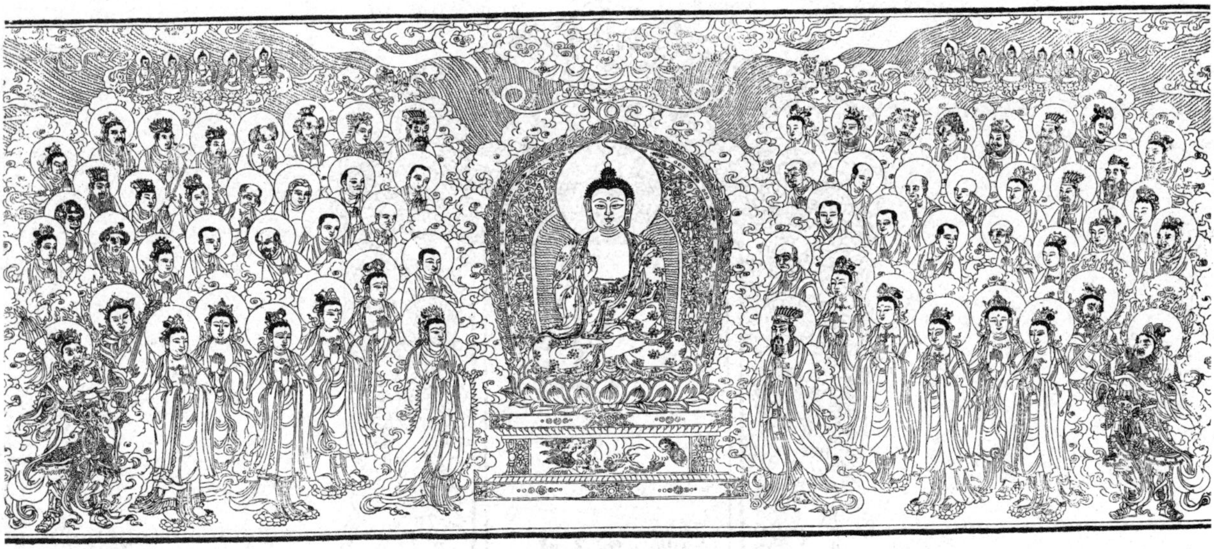

清刻龍藏佛說法變相圖

出曜經序

出曜經者婆須密舅法救菩薩之所撰也集比一千章立爲三十三品名曰法句録其本起繫而爲釋名曰出曜出曜之言舊名譬喻即十二部經第六部也有罽賔沙門僧伽跋澄以前秦建元十九年陟葱嶺涉流沙不遠萬里來至長安其所諳識富博絶倫先師器之既重其人吐誠亦深數四年中上聞異要奇雜盈耳俄而三秦覆墜避地東周後秦皇初四年還轅伊洛將返舊鄉佇駕京師望路致慨恨法句之不全出曜之未具緬邈長懷藴情盈抱太尉姚旻篤誠深樂聞不俟駕五年秋請令出之六年春訖澄執梵本佛念宣譯道嶷筆受和碧二師師法括而正之時有不怙從本而已舊有四卷所益已多得此具

解覽之畫然矣予自武當軒衿華領諮詢觀
化預參檢校聊復序之弘始元年八月十二
日僧叡造首

出曜經卷第一

尊者法救造

姚秦三藏竺佛念譯

無常品第一

昔佛在波羅奈國佛告諸比丘當來之世衆生之類壽八萬四千歲爾時壽八萬四千歲衆生輩於此閻浮利内衆生共居一處穀米豐熟人民熾盛雞狗鳴喚共相聞聲佛告比丘汝等當知爾時人民女年五百歲便外適娶爾時有王名曰蠰佉七寶導從以法治化無有阿曲有自然羽葆之車高千肘廣十六肘竪立修治衆寶瓔珞在大衆中分檀布施無悋悔心造立功德爲衆導首與諸沙門婆羅門諸得道者遠行住止經過居宿皆悉給施有所求索無所悋惜爾時衆生壽八萬四千歲有如來出世名曰彌勒至眞等正覺明行成爲善逝世間解無上士道法御天人師號佛世尊如我今日成無上至眞等正覺十號具足常當將護無數百千諸比丘僧如我今日將護無數百千諸比丘僧與諸大衆廣說深法上中下善義味微妙具足清淨修於梵行如我今日與諸大衆廣說深法上中下善義味微妙具足清淨修於梵行廣說如彌勒下生如佛所說有經名曰六更樂道若有衆生生其中者若眼見色盡見善色不見惡色見愛不見非愛見可敬不見非可敬見可念不見非可念見美色不見非美色諸有衆生耳聞聲者鼻齅香舌知味身知細滑意知法乃至天帝亦復如是爾時世尊遊毗舍離獼猴池水大講堂上爾時衆多毗舍離諸童

子等各生此念我等宜可共相率合至世尊所問訊禮覲其中童子或有乘載青馬青蓋被服皆青或有乘載青黃赤白被服皆白搥鍾鳴鼓作倡妓樂前後導從至世尊所爾時世尊告諸比丘汝等當知若有不見諸天遊觀至後園浴池者今當觀此諸童子等所著法服乘載輿輦與彼諸天亦無差別所以然者諸天被服與此無異爾時座上數百千衆生之類各作是念我等宜可發眞誠誓使我等後生生天上人中恒著此法服永已不離使當來世有佛與出聞其深法永離苦惱入泥洹界如來已知衆生心念求生三有不離苦惱便與大衆而說此偈

所行非常　爲磨滅法　不可恃怙　變易不住

爾時衆生聞此一句偈不可稱計百千衆生於現法中漏盡意解皆得道果

昔有婆羅門四人皆得神通身能飛行神足無礙此四梵志自相謂言其有人民以餚饌食施瞿曇沙門者便得生天不離福堂有聞法者入解脱門我等今日意貪天福不願解脱不須聞法是時四人各執四枚甘美石蜜一人先至如來所奉上世尊如來受已告彼梵志而説此偈所行非常梵志聞已以手掩耳次第二人至如來所貢上石蜜如來復説此偈謂興衰法梵志聞已以手掩耳次第三人至如來所貢上石蜜如來受已復説此偈夫生輙死梵志聞已以手掩耳次第四人至如來所貢上石蜜如來受已復説此偈此滅爲樂梵志聞已以手掩耳各捨之去如來觀彼心意念知應得度便以權便隱形不現四

人各聚一處自相謂言我等雖施瞿曇沙門意不決了瞿曇沙門有何言教先問前者奉上石蜜得何言教亦不聞法乎對曰我從如來聞一句義所行非常聞此義已即以手掩耳亦不承受次問第二人至如來所得何言教其人復自陳說吾至如來所貢上石蜜如來與我而說此偈謂與衰法吾聞此已以手掩耳亦不承受次問第三人汝至如來所得何言教其人復自陳說至如來所貢上石蜜如來與我而說此偈夫生輙死吾聞此已以手掩耳亦不承受次問第四人汝至如來所得何言教其人對曰至如來所貢上石蜜如來與我而說此偈此滅爲樂四人說此偈已心開意解得阿那含道爾時四人自知各得道證還自懇責至如來所頭面禮足在一面立須臾退坐白世尊曰唯願如來聽在道次得爲沙門世尊告曰善來比丘快修梵行爾時四人頭髮自墮身所衣服變爲袈裟尋於佛前得羅漢道佛臨欲般泥洹時告大迦葉及阿那律汝等比丘當承受我教敬事佛語汝等二人莫取滅度先集契經戒律阿毗曇及寶雜藏然後當取滅度廣說乃至供養舍利盡耶旬竟便共普會集此諸經五百羅漢皆得此解脫捷疾利根衆德備具普集一處便與阿難敷師子高座勸請阿難使昇高座已昇高座便問阿難如來最初何處說法時阿難便說聞如是一時說此語已時五百羅漢皆從繩牀上起在地長跪我等躬自見如來說法今日乃稱聞如是一時普皆舉聲相對悲泣時大迦葉即告阿難曰從今日始出

法深藏皆稱聞如是勿言見也佛在波羅㮈仙人鹿野苑中爾時世尊告五比丘此苦源本本所未聞本所未見廣說如經本是時衆人已集契經是時尊者迦葉復問阿難如來最初何處說戒律時阿難報大迦葉吾從佛聞如是一時佛在羅閱城伽蘭陀竹園時迦蘭陀子名曰須陳那出家學道在比丘境最初犯律至不度法廣說如戒律是時迦葉復問阿難如來最初何處說阿毗曇阿難曰吾從佛聞如是一時佛在毗舍離獼猴池側普集講堂所爾時世尊見拔耆子因緣本末告諸比丘諸無五畏恚恨之心者便不墮惡趣亦復不生入地獄中演說如阿毗曇初夜集阿毗曇竟後夜便說出曜而演此偈睡眠覺寤何以故說睡眠覺寤如世尊等正覺所說

夫睡眠者損命愚惑有所傷壞不成果證没命無救不至明處所以然者如人覺悟便能修德造立善本耽著睡眠便失此法故謂愚惑時座中復有說者如佛所言若有衆生覺寤之中所念衆事於睡眠中憺然無想世尊告諸比丘寧睡不覺此云何通是故佛說除去睡眠常念覺寤如佛說偈睡眠覺寤宜歡喜思言歡者内心踊躍喜怡歡樂善心生焉是故稱說宜歡喜思聽我所說者專意一心無有亂想意定無誤堪任承受是以故說聽我所說撰記出曜言出曜者過去恒沙諸佛世尊皆共讚嘆出曜法義如來世尊亦名最勝云何爲最勝勝諸結使不善之法勝婬怒癡勝一切生死結縛勝外道異學尼乾子等九十六種術於中特出故曰最勝演說暢達

無有留滯布現演吐爲諸天人義味成就是故說撰記出曜如世尊所說演說暢達無有留滯

如世尊說　一切通達　仙人慈哀　一身無餘

如世尊所說者暢達演說言無留滯故曰世尊說也一切通達者一切智達一切示現一切通了分別一切義遊六神通成無上道如來六通亦非羅漢所能及逮佛爲諸度最勝最上於諸法相悉能分別故曰一切通達也仙人慈哀者一切充滿生死希望如父母之想擁護心慈哀之意諸佛世尊亦言仙人修神足道亦名仙人衆德具足亦名仙人長夜修善亦名仙人是以故說仙人慈哀也一身無餘者所謂身者依四大根本更無復有亦無邊際亦無出生如佛存在躬自演說阿難當知末後境界　末後無胎末後所受形分如我阿難更不復見天地方域更受此身此是苦際故曰一身無餘也

所行非常　謂興衰法　夫生輒死　此滅爲樂

昔諸梵志各誦師法分爲二部一部所見萬物皆有一部自稱萬物皆無諸言有者如來分別除去猶豫斷其希望便與演說所行非常諸言有者自有讃頌

以利輪劒　殺害衆生　恒知惠施　無有善惡
亡形不變　身體中間　利劒來往　不傷其命
地大恒在　風界無著　大受苦樂　命根亦爾
正使利劒　通達來往　亦不見有　善惡之報
設害父母　無善惡報　況當餘者　而有其果

猶如以鉼盛雀有人打鉼雀便飛逝傷害衆生命自遠逝無所傷損如來世尊欲去彼邪

見衆生故曰所行非常不可恃怙遷轉不住爲磨滅法命如朝露暫有便滅故曰所行非常一部自稱萬物無者共相慶賀成我等義如來觀彼心中所念而告之曰謂興衰法夫興衰者夫盛有衰合會有離無身則已受身有何可避梵志復作是念設衰耗法更不生者則成我義是故世尊重與說義夫生輙死輪轉不住諸受陰持共相受入慧眼觀察乃能分別猶如日光塵數流馳難可稱計此五盛陰身衆行所逼流轉生受無有懈息故曰夫生輙死此滅爲樂者所謂永盡無餘無欲著意常息安寧最第一樂無生滅想成第一義無欲樂無爲樂無漏樂盡樂滅樂故曰此滅爲樂

何喜何笑　念常熾然　深蔽幽冥　如不求錠

昔佛在舍衛國祇樹給孤獨園食後日晡有衆比丘及天帝臣民四輩弟子欲聽如來說甘露法有異方道士異學婆羅門七人頭鬚皓白拄杖呻吟來至佛所稽首作禮叉手白佛言吾等遠人伏承聖化久應歸命道術有簡今乃得來覲覲聖顔願爲弟子得滅衆苦佛即聽受悉爲沙門勑七比丘共止一房然此七人覩見世尊尋得爲道不計無常變易之法共坐房中思惟世事小語大笑不念成敗命日促盡不與人期但共戲笑恣意放逸不念無常爾時世尊起至房中而告之曰卿等爲道當求度世無爲之道何爲大笑一切衆生自憑五事何謂爲五一者恃怙年少二者恃怙端正三者恃怙力勢四者恃怙才器五者恃怙貴族卿等七人小語大笑恃怙何

等於是世尊即說頌曰

何喜何笑 念常熾然 深蔽幽冥 如不求錠

何喜何笑者爾時世尊告七人曰汝等七人未在道境亦復不在須陀洹斯陀含阿那含阿羅漢復告比丘我先有教未能盡漏不可有所恃怙汝等受形未脫結縛蛇蚖共居成五盛陰云何於中小語大笑當念此苦永劫不除方興戲笑以成塵垢苦哉難悟卿等是也故曰何喜何笑是世尊教勑之言念常熾然者云何爲熾然以無常火而爲熾然亦以苦火而爲熾然愁憂苦惱而爲熾然又以何等而見熾然愛欲瞋恚愚癡憍慢嫉妬恚癡所見熾然故曰念常熾然深蔽幽冥者猶人夜行不覩顏色生盲無目不見玄黃如此幽冥蓋不足言所謂大幽冥者無明纒絡遍人形體無空缺處是謂大冥覆蔽衆生不別善惡趣要之本不別白黑縛解之要道俗之法亦復不知善趣惡趣出要滅盡故曰深蔽幽冥如不求錠者云何爲錠所謂智慧之燈以智慧錠爲照何等答曰知結所興以道滅之分別善趣惡趣出要之本能別白黑縛解之要道俗之法善能分別善趣惡趣出要滅盡普曜諸法無不明照而更捨之乃趣冥道故曰如不求錠

諸有形器 散在諸方 骨色如鴿 斯有何樂

昔佛在舍衛國祇樹給孤獨園爾時有異比丘日日至城外曠野冢間路由他田乃得達過其主見已便興瞋恚此何道士日日此往來不修道德即問道人汝何乞士在吾田中縱橫往來乃成人蹤道人報曰吾有鬬訟來求證

人時彼田主宿緣鈎連應蒙得度便逐道人私匿從行見曠冢間屍骸狼籍胮脹臭爛鳥獸食噉散落異處或有食噉盡不盡者有似鳩鴿蛆蟲噆啑臭穢難近烏鵲狐狗老鷲鵄鵂噉死人屍比丘舉手語彼人曰此諸鳥獸是我證人其人問曰此諸鳥獸可爲證人汝今比丘與誰共諍比丘報曰心之爲病多諸漏患我觀此骸分别惡露便還房室還自觀身從頭至足與彼無異然此心意流馳萬端追逐幻僞色聲香味細滑之法我今欲戒心之源本汝心當知興起是念無令將吾入地獄餓鬼之中我今凡夫未脱諸縛然此心賊不見從命以是之故日往曠野爲説惡露不淨之想復與心説心爲卒暴亂錯不定心今當改無造惡緣時彼田主聞道人教以手拭淚哽咽難言然彼田主於迦葉佛十千歲中修不淨想尋時分别三十六物惡露不淨爾時比丘及彼田主即彼曠野大畏冢間得須陁洹道爾時世尊天眼清淨無瑕穢觀見二人成其果證因宿本緣亦欲示現後學之徒使將來世現其大明正法久存無能中滅便自稱慶而説此偈

諸有形器　散在諸方　骨色如鴿　斯有何樂

或有手脚臂肘腰髖髀膞膝踝足跟髑髏肢節各在異處是故説曰諸有形器散在諸方者猶木無識本所愛樂不去心懷莊嚴文飾香華脂粉芬熏其身今皆散落各在異處骨色如鴿者本所衆生億百千數而見愛念觀無猒足如今億百千衆所見薄賤覩皆怖懼衣毛爲竪是故説曰骨色如鴿斯有何樂者

世言有樂則是凡夫愚惑之人智者所棄愚人所樂智者懷愧但有醜陋愚者翫習甘樂不捨藏匿懷抱

若如初夜　識降毋胎　日涉遷變　逝而不還

如佛世尊敷演言教有三有爲有爲之相與衰變易問曰若當萬物恒有常者死屍骸骨不久存乎百二十時謂之一日一夜若當形骸久存世者一人形體遍滿世界答曰以其衆生與根共生與根共滅以是之故骸不久存設當衆生與根共滅與根共生者骸骨便當久存於世復次與識共生與識共滅是時形骸不久在世若當衆生與識共滅與識共生爾時形骸久存於世問曰若當老耄久存世者人初出胎頭髮恒不白乎答曰所謂頭髮皓然白者非衰老義此義云何乎答曰依彼受形分時便有衰色之變有白髮生猶酒酥麻油必有濁滓受形分時亦復如是便有衰色白髮生焉是故說曰若如初夜識降毋胎者猶如男識女識降在毋胎據在一時之內或生或滅經百千變起滅不息猶如輪轉不可稱計唯有天眼乃得見爾時識過去及還來者亦非神呪技術能制去自永逝來亦無跡識處毋胎生滅不停亦復如是猶河東流終不西顧胎識去過終不還反唯有天眼見胎識還見胎識去

晨所覩見　夜則不現　昨所瞻者　今夕則無

我今少壯　無所恃怙　少者亦死　男女無數

昔佛在舍衛國祇樹給孤獨園爾時尊者阿難到時著衣持鉢入舍衛城分衛遥見門外有衆男子作倡妓樂而自娛樂尊者阿難入

城乞食訖欲還出城見此技人忽已命終衆人舁舉號哭相向時尊者阿難便生此念奇哉變恠無常對至何期速乎我向晨朝入城乞食見此男子五欲自娛像如天子如今受對取無常耶時尊者阿難出舍衛城祇洹精舍收攝衣服淨洗手足至世尊所頭面禮足在一面立爾時尊者阿難長跪叉手前白佛言唯然世尊我向晨朝著衣持鉢入城乞食見有男子作倡妓樂五欲自娛便入城乞還出在外見此男子忽已命終衆人舁舉號哭相向時我世尊便生此念奇哉變恠無常對至何期速乎我向晨朝入城乞食見此男子五樂自娛像如天子如今受對取無常耶我今所見甚爲奇特未曾所覩世尊告曰汝今阿難有何奇特我曾所覩乃爲奇特出過汝今所見者上我曾昔日到時著衣持鉢入舍衛城分衛乞食時我阿難見有男子在祇洹門外作倡妓樂五欲自娛時我入城乞食訖還出城外見此男子作倡妓樂如本不惧我見奇特出汝者上爾時阿難即白佛言此是常儀有何奇特佛告阿難命速於風逝難制御汝今方言有何奇耶爾時世尊觀察此義尋究本末欲使比丘明鑒此法爲將來衆生現大光明亦使正法久存於世爾時世尊便說出曜之偈

晨所覩見　夜則不現　昨所瞻者　今夕則無
我今少壯　無所恃怙　少者亦死　男女無數

晨所覩見夜則不見者晨朝所見衆生之類數千百衆暮則不見諸有衆生思惟校計善根具足意不錯亂則自覺知命如斳石閃現

已滅誰當興意貪著此乎唯有無聞凡夫愚人乃與此心生貪著意昨所瞻者今夕則無如昨所見進止行來設彼有念思惟善本殖衆功德心便勇猛能自改悔內自興發不可樂想是故說曰晨所覩見夜則不現昨所瞻者今夕則無也我今少壯無所恃怙者如有愚人無所聞知自怙彊壯氣力熾盛苟得自縱隨其所知不顧後慮自稱端正顏貌殊特餘者卑賤非我等友色力財富出衆人表既自盛壯獨步無侶所願者得無能拒逆所欲自恣不避豪彊亦復不思無常對至不覩生死苦惱之患是故說曰我今少壯無所恃怙少壯亦死男女無數者正使無數衆生之類男女大小受形分者氣力殊特財富無數所欲自恣年皆盛壯於人世間壯者命終多於老者皆爲無常所見蹈躪然彼終者先在世時不修功德諸善之本無所恃怙從今世至後世流馳五趣無有懈息是故說曰少者亦死男女無數

在胎自敗　初出亦殤　既生子壞　孩抱而喪

六十千生六十百生於生藏壞斯由害人所謂人者國王一億財主導師商人父母須陀洹斯陀含阿那含阿羅漢興心起意害此輩人或入阿鼻地獄或熱大熱啼哭大啼哭等活黑繩等會地獄畢此罪已生六畜中經歷劫數往來周旋乃復人身於其中間在生藏中不卒其命是故說曰在胎自敗也初生胎亦殤者或有衆生始生胎門而命終者或有衆生始欲造福功業未果便於胎門中夭命者斯由前身興心傷害彼造福人是故說曰

初出亦殤既生子壞者或有衆生施功立德在諸塔寺施設園果浴池橋梁圊廁功業未就爲人所害斯由先世害福德人死入地獄畜生餓鬼經歷久遠乃還復人既生離胎於中逝殤是故說曰既生子壞也孩抱而喪者或有衆生於塔寺中施功立德施設園果浴池橋梁圊廁功業已就餘功未幾便爲人所害斯由前身興心傷害彼造福人身壞命終入地獄中於中畢罪生畜生中雖得爲人未別白黑便於孩抱夭其命也

諸老少壯　及中間人　漸漸以次　如果待熟

昔日尊者馬聲說偈曰

或有在胎喪　已生在外終　盛壯不免死
老耄甘心受　猶樹生狂華　結實時希有
忘故必欲捨　伺命召不忍

猶彼果樹隨時繁茂狂華生長遇風凋落結實者尠或以結實遇雹墮落或有未華而凋落者或有已華而凋落者其中成實待熟落者少少爾此衆生類亦復如是於百千生其中身若一若二處胎出胎少壯老疾悉歸斯道無免此患於百千生老壽命終若一若二少壯死者不可稱計是故說曰諸老少壯及中間人漸漸以次如果待熟

命如果待熟　常恐會零落　已生皆有苦
孰能致不死

昔惡生明王嚴駕翼從詣後園遊觀衆果樹木行列相當彼國常禮果熟乃食終不噉生時王有敎勑守園者若有果蓏落墮地者不應獻上有犯此制當梟其首時守園人内自思惟此惡生明王暴虐無道殺害生類無慈

愍心若當我今犯制者死在旦夕不免其困然今此園樹果衆多在樹旣少墮落者衆設責我果更無於出且自逃走求出家學道即踰牆出至世尊所五體投地願爲沙門佛即然可得在道次靜寂無爲不與巧便坐禪誦經亦復不習戒律阿毗曇謂爲行道齊是而已亦復不惟空閑曠野經行諷誦十二難得勤勞之要自憑三事不慮後縁内自喜慶我今已脱形急之患今且自安焉知餘者爾時世尊觀其人心欲使免苦濟衆厄難欲使安處善法妙堂欲拔根本離生死源將入解脱無退轉道爾時在衆便説此出曜偈曰

命如果待熟　常恐會零落　已生皆有苦
孰能致不死

爾時比丘聞佛所説内自怨責懷慙愧心在閑靜處思惟惡露止觀之道即於彼處成阿羅漢

譬如陶家　埏埴作器　一切要壞　人命亦然

昔佛在舍衛國祇樹給孤獨園爾時有一陶師造作瓦器觸物不却隨其形狀亦無疑難時拘薩羅國波斯匿王敕語瓦師使造器皿彼人事猥竟不成辦時波斯匿王内懷恚怒敕語傍臣至瓦師家毁壞其器時彼瓦師懼失命根竊自逃走至迦尸國界復於彼土造作瓦器波斯匿王聞彼造器復遣臣佐至彼國界悉使壞破所造瓦器時彼瓦師復自逃走至拘薩羅國復於彼土造立瓦器波斯匿王聞彼造器復遣臣佐使壞其器時彼瓦師財産竭盡無復生理食不充口衣不蓋形恒懼波斯匿王當取殺之便復逃走入深山中

往至世尊所求爲道人時佛默然聽在道次然彼人内不思惟謂爲永離困厄之難不復懼彼爲王所害在閑靜處不思道德亦不習契經戒律阿毗曇亦復不分别義理諸度世道亦復不習坐禪誦經佐助衆事永離三事不勤采習謂爲行道齊是而已不增翹勇進求上人法然未得證不勤求證然未得果不勤求果如來世尊以三達智觀察其心以漸化彼無疑網意便告彼人以免瓦器之功更不懼喪身之惱唯有五盛陰爲瓦之形此爲大畏無免其患瓦器雖壞不懼當墮地獄餓鬼畜生之道五盛陰爲形瓦器先不造諸功德福業修諸善本無所恃怙亦無歸趣恒畏地獄餓鬼畜生爾時世尊觀察此義尋究本末觀了此義已欲使諸比丘永離嫌疑使將來衆生覩其大明正法久存爾時在衆便説此偈

猶如陶家　埏埴作器　一切要壞　人命亦然

諸有生熟之器要當歸壞漸成糞聚無可貪者諸有生類受五盛陰爲坏之器及刹利婆羅門梅陀羅種受形分者短壽長壽饒財貧匱端正醜陋豪族卑賤有顏無顏智慧愚闇盡歸於死無常變易皆當捐棄在曠冢間時彼比丘聞如來所説教訓之道知無常之要達罪福之源解興衰之變遵滅度之行即於佛前得阿羅漢道

猶如張綜　以杼投織　漸盡其縷　人命如是

昔日有人善能織繝兼有一息意常惰嬾數勸語公作應舒遲何必速疾此功適訖後更無作父告其子此功雖訖更有餘務如是語

公往來數十兒神識錯尋於父前肝裂命終時父見子命根已斷即捨居業出家學道雖爲沙門念子在心不能捨離亦復不思惟道德專定坐禪求增上法亦復不思惟契經戒律阿毗曇亦復不坐禪誦經佐助衆事唯心存在念彼亡子爾時世尊以三達智觀察彼人心意所向尋究本末觀了此義已欲使諸比丘永離嫌疑使將來衆生覩其大明正法久存在於衆中便說出曜之偈

猶如張綜　以杼投織　漸盡其縷　人命如是

一切萬物皆當歸死無常變易皆當捐棄在於曠野冢間時彼比丘聞如來所說教訓之道知無常之要達罪福之源解興衰之變遵滅度之行即於佛前得阿羅漢道

猶如死囚　將詣都市　動向死道　人命如是

昔佛在舍衛國祇樹給孤獨園時拘薩羅國波斯匿王敕典獄者諸有盜賊罪應入律詣市殺之時有一賊在大衆中逃竄得脫外假法服私爲沙門然彼人內不思惟謂爲永離困厄之難不復懼彼爲王所害在閑靜處不思道德亦不習契經戒律阿毗曇亦復不分別義理諸度世道亦復不習坐禪誦經佐助衆事永離三事不勤采習謂爲行道齊是而已不增翹勇進求上人法然未得證不勤求證然未得果不勤求果如來世尊以三達智觀察其心以漸化彼無疑網意便告彼人已免生死賊寇之難故有餘怨五盛陰身輪轉五趣無有解已爲諸結使所見殘害便當墮於餓鬼畜生之道爾時世尊觀察此義尋究本末欲使諸比丘永離嫌疑使將來衆生覩

其大明正法久存於大衆前便說此偈
猶如死囚　將詣都市　動向死地　人命如是
時彼比丘在閑靜處思惟校計內自翺責解
知萬物皆悉無常生不久存盡歸於滅興衰
之變斯來久矣非適今也即於佛前悔責自
改成阿羅漢道
如河駛流　往而不反　人命如是　逝者不還
昔有衆人在江水側坐而觀看瞻水成敗傷
害人民無復劑限或有父母妻子男女墮水
死者亦無有量其中得解脫者萬中有一於
深水得解脫者往至佛所求爲沙門佛便然
可聽在道末內不思惟謂爲永離困厄之難
不復懼彼爲水所溺在閑靜處不思道德亦
不習契經戒律阿毗曇亦復不分別義理諸
度世要亦復不習坐禪誦經佐助衆事永離
三事不勤來習謂爲行道齊是而已不增翹
勇進求上人法然未得證不勤求證然未得
果不勤求果如來世尊以三達智觀察其心
以漸化彼無疑網意便告彼人已免爲水所
溺之難故有餘怨五盛陰身轉輪五趣無有
解脫已爲諸結使所見殘害便當墮於餓鬼
畜生之道爾時世尊觀察此義尋究本末欲
使諸比丘永離嫌疑使將來衆生覩其大明
正法久存於大衆前便說此偈
如河駛流　往而不反　人命如是　逝者不還
是時彼比丘聞此語已內自慚愧解知一切
萬物皆當歸死無常變易不可久居恩愛別
離怨憎會苦思惟無我無人無命心意專正
趣泥洹門江水所漂蓋不足言死河所溺永
劫不解當求方便去離駛流爾時比丘聞佛

切教心開意解憺然無想即於佛前離生死難成阿羅漢三自稱善快哉福報所願者得爾時座上無數衆生聞此比丘成道果證皆發無欲清淨之行皆得須陀洹果

所造功勞　永世乃獲　如杖擊水　離則還合

昔佛在毗舍離城甘梨園中爾時衆多比丘觀見土界國豐民盛所居平正穀食豐賤縱情恣意不隨法禁上下相慢各謂眞正爾時世尊愍彼愚惑以種種方便導引法味即集大衆告諸比丘夫爲智者以譬喻自解猶如地界水滿其中東西南北地無空缺處有一瞎鼈無數千劫不可稱計生長於水有一薄板縱廣一肘唯有一孔爲風所吹然彼瞎鼈經歷百歲一舉東看風吹板在南方云何比丘彼瞎鼈者爲值孔不對曰不也世尊復經百歲復得南看風吹板復在西方云何比丘彼瞎鼈者爲值孔不對曰不也世尊如是四方隅角亦復如是云何比丘彼瞎鼈者會當值孔不乎對曰不也世尊時諸比丘白世尊曰此瞎鼈身會當與孔相值不也世尊告曰此事極難時乃有相值期爾受畜生身復難於此畜生求人復甚難於此如是比丘人身難得雖得爲人值命促短不類古人壽命無量毗婆尸世尊出現於世如來至眞等正覺自佛去世人壽七萬歲復有佛出名曰式棄如來至眞等正覺明行成爲善逝世間解無上士道法御天人師號佛世尊彼佛去世後人壽六萬歲爾時有佛名曰毗尸波皆如來至眞等正覺明行成爲善逝世間解無上士道法御天人師號佛世尊出現於世彼佛去

世後人壽五萬歲爾時有佛名曰迦鳩留如來至眞等正覺十號句義出現於世彼佛去世後人壽四萬歲爾時有佛名曰迦那迦牟尼如來至眞等正覺十號句義彼佛去世後人壽二萬歲有佛出世名曰迦葉如來至眞等正覺十號句義彼佛去世後人壽百歲我今出世名釋迦文如來至眞等正覺十號句義比丘當知極壽百歲出者無幾壽百歲者時時乃有是故說曰所造功勞永世乃獲古人積德壽命無量衆行備具亦無疾病凶疫惡氣人壽八萬四千歲時有三疾患一曰所欲二曰飢渴三曰衰老如今比丘五濁鼎沸世人壽極短四百四病纏裹人體尊者馬聲亦作是說

諸患集爲體　爲老死所伺　壽劒熾火逼

萬患守營衛

是故說曰所造功勞永世乃獲以杖擊水離則還合如今比丘人命危脆不可久保誰當貪慕願受此生唯有凡夫無知之人願生三有時諸人民聞佛所說皆發清淨不退轉行

譬如操杖　行牧食牛　老死猶然　亦養命蟲

昔佛在摩竭國界羅閱城中佛將阿難著衣持鉢道見有人驅牛千頭就其美草放煙瞻候佛問阿難汝見有人驅放羣牛不乎對曰唯然見之佛語阿難此羣牛本有千頭在外瞻守掌不牢固爲虎惡獸所見噉食死者過半餘不覺知方相抵觸跳踉喚吼傷其無智何乃甚哉佛語阿難衆生處世亦復如是計於吾我不知非常貪著五欲養育其軀快心極意共相殘害無常宿對卒至無期懞懞不

覺何異於彼羣牛者乎雖好水草長養其膚但促其命無益於已佛還精舍以此因緣誡勵衆會四輩弟子中有二百餘人聞法意悟得六神通成阿羅漢佛告比丘或有衆生應聞切教而得度者或有衆生應聞妙智思惟分別而得度者或有譬喻而得度者或有愚闇趣聞一句便得度脫應聞喻者此偈則是其義隨時料量而得度者是故說曰譬人操杖其事如斯

是日已過　命則隨滅　如少水魚　斯有何樂

佛告比丘夫人處世所行不同所見亦異一日過去人命隨滅雖壽百年卧消其半便與衆會而說此偈

夫人欲立德　日夜無令空　日夜速如電　人命迅如是

時來會者觀察此義分別修行日夜已過死緣難計愚人依憑染著受有當念勤加興勇猛心無失軀體是故說曰

是日已過　命則隨滅　如少水魚　斯有何樂

汝等比丘當明此理大海江河猶有枯竭萬仞大魚曝脊在外況是少水而不然乎或有時溝澗暴雨溢滿流疾趣下聲震四遠彼岸人喚此不聞聲此間人喚彼不聞聲或時溝澗水盡無餘四趣衆生雖受形分命則隨滅如少水魚斯有何樂或有衆生壽命極長諸天壽八萬四千劫地獄壽一劫畜生與地獄同壽餓鬼壽命無有限量如尊者滿願至時持鉢正服入弗迦羅國時有餓鬼倚城門立比丘滿願問餓鬼曰汝今在此何所求索鬼報彼曰汝今見我耶比丘報曰我先見矣鬼

復語曰我夫入城于今未還故於此立自待夫主爾比丘問曰汝夫入城爲何所求時鬼報言今此城中有大長者患癰積久今日當潰膿血流溢夫主持來二人共食以濟其命比丘復問汝夫主入城經幾許時然彼城郭逼近江河舉手指城語比丘曰此城於彼此岸成敗已來今爲第七我夫入城經爾許時餓鬼受形壽不可稱亦無剤限然人受形極壽百歲雖出無幾是故說曰如少水魚斯有何樂故別說人不墮四趣

不寐夜長　疲惓道長　愚生死長　莫知正法

昔佛在舍衛國祇樹給孤獨園佛告諸比丘有四夜睡眠者少覺寤者多云何爲四女與男想睡眠者少覺寤者多男與女想睡眠者少覺寤者多三曰盜賊睡眠者少覺寤者多比丘求定勤修正法睡眠極少覺寤者多三覺夜長修正法比丘不覺夜長疲惓道長愚生死長莫知正法佛在舍衛國祇洹阿那邠邸阿藍有一梵志緣本宿世造立功業緣至應度暫聞此偈愚生死長然彼梵志多饒財寶僕從給使居業成就所納妻室顏貌殊特與世無雙女人姿容一以無闕時彼梵志內自思惟我宜往彼至如來所當來諸佛爲有幾乎梵志出城至祇洹精舍到世尊所共相問訊在一面立叉手合掌白世尊曰願欲所問若見聽者敢自陳啓世尊告曰恣汝所問如來爲汝敷演其義梵志白曰云何世尊於當來世爲有幾許等正覺耶世尊告曰將來世諸佛數如恒沙時彼梵志聞佛所說欣喜踊躍不能自勝善心生焉當來諸佛數如恒

沙於諸佛所善修梵行興功立德爲福不倦然吾處世饒財多寶僕從給使居業成就所納妻室顏貌殊特與世無雙我依此業便當分檀布施有所求索不逆人意爾時梵志聞佛教誡戢在心懷繞佛三帀舉手辤讓便退而去爾時梵志行道不遠復作是念我向所啓問將來佛然吾退忘不問過去諸佛世尊我今宜還至世尊所問過去佛梵志即還至世尊所共相問訊在一面立爾時梵志白世尊曰過去諸佛爲有幾所佛告梵志過去諸佛數如恒沙梵志復前便自悲泣並自舉聲而作是說愚處生死纒綿積久恒沙諸佛吾不及覩斯何苦哉復自投地宛轉自責斯由放逸行不從本使我退在處凡夫地或在泥犂地獄畜生餓鬼長夜受苦刀山劒樹火車鑪炭或伏雪山刧敗乃移或處炙獄受痛無量雖出爲人值生邊地有佛興出不值不覩先有比丘教誨我言愚生死長誠哉斯言我今宜加精勤用意自歸如來復待將來諸佛爲乎田業妻婦斯是外役何必貪慕毀敗聖教爾時梵志叉手合掌佛前長跪白世尊曰唯然世尊聽爲道次得修梵行爾時世尊告諸比丘汝等將此梵志教授威儀度爲比丘比丘受教即度爲沙門在閑靜處思惟校計修上人法所以族姓子出家學道剃除鬚髮著三法衣以信堅固於家出家修無上梵行潔身受證以自娛樂生死已盡梵行已立所作已辦更不復受有如實知之已得爲道在無餘境得阿羅漢果爾時世尊觀察此義思惟本末亦使諸比丘速取滅度爲後衆生現

其大明然熾正法久存於世重與梵志而說此偈

不寐夜長　疲倦道長　愚生死長　莫知正法
非有子恃　亦非父兄　爲死所迫　無親可怙

昔佛在摩竭國道場甘梨園北石室精舍中時有一男子將從嚴駕隨大導師入海採寶餘小賈人以類相從飲食醼樂施諸貧窮沙門婆羅門以得入海採致珍寶還至平岸共相娛樂飲食歡醼日日不斷時彼一人飲食麤惡唯服麨而已不改常儀然復多財珍寶所獲無量時大導師語其人曰汝今處世饒財多寶少有比類何爲自困不肯食噉夫人處世當行二業一者廣施二者自食彼人聞已心不納受乃更懷恨漸至憂悴語導師曰吾設食噉無以濟彼妻婦男女後遇疾急竟不至家中道無常彼大導師說斯偈曰

夫人慳貪　貯聚財產　念家愁饑　不覺命終

爾時世尊以天眼觀清淨無瑕穢見彼導師興工採寶中道無常爾時世尊以此因緣觀察此義思惟本末欲使諸比丘示現滅度爲後衆生現其大明然熾正法久久於世爾時世尊便說斯偈

非有子恃　亦非父兄　爲死所迫　無親可怙

時諸大衆聞佛所說心開意悟興功立德拯濟窮乏持齋修戒歲三月六未始有闕四事供養衣服飯食牀坐臥具病瘦醫藥須衣與衣須食與食財寶七珍金銀珍寶硨磲碼碯真珠琥珀有求索者不逆其意遠來久住經過人者皆悉供給華香脂粉亦用給與無所悋惜無數大衆猒患生死除貪著意執信堅

固出家修道修增上法無退轉意各以次第成阿羅漢道

出曜經卷第一

音釋

罽賓 梵語也此云賤種罽居例切
嶷 魚力切
砉 力灼切
蠰佉 梵語也此云貝王名也蠰汝陽切佉丘迦切
錠 徒徑切燈也
晡 奔謨切申時也
胩脹 胩匹降切脹知亮切
噉 徒濫切食也
噆嗽 噆作荅切齧也嗽色角切吸也
鵄 尺之切怪鳥也
哽咽 哽古杏切咽壹結切哽咽悲塞也
髀 部禮切股也
膊 伯各切臂膊也
踝 戶瓦切腿兩旁曰內外踝
髑髏 髑徒谷切髏盧侯切髑髏頂骨也
耄 莫報切八九十曰耄
滓 壯士切澱也
舁 羊諸切對舉也
斲 竹角切斫也
閃 失冉切火閃也
躤 祥亦切踐也
殤 尸羊切殀也
圊廁 圊七情切廁初吏切圊廁溷也
尠 息淺切少也
蓏 郎果切蔓實也
県 古堯切倒懸首也
埏埴 埏尸連切埴承職切埏埴和黏土也
皿 眉永切食器也
坏 鋪杯切未燒瓦器也
杼 直呂切機杼也
罽 居例切毛布也
駃 爽士切疾也
劑 才詣切分劑限量也
脆 此芮切物易斷也
跳踉 跳他弔切踉龍張切
麨 尺沼切乾糧也

出曜經卷第二

尊者法救造
姚秦三藏竺佛念譯

無常品之餘

千百非一　族姓男女　貯聚財產　無不衰喪

衆生居世馳趣四方貪求財貨興欲無猒盛夏冒炎冬履嚴霜飢寒勤苦艱難憂慮萬失一獲猶用自慶施心難果意不開悟旣自不食復不施人雖饒寶貨與無不異彼禪之人莊以七寶雖目視之意不甘樂以慳貪故流轉生死從今世至後世爾時世尊以天眼觀清淨無瑕穢觀了衆生馳趣四方貪求財貨不顧後慮皆爲愚惑所見迷誤世尊以此因緣尋究本末爲諸比丘導引法味亦爲將來衆生示現大明熾然正法久存於世三世諸佛盡見將護爾時世尊於大衆中而說此偈

千百非一　族姓男女　貯聚財產　無不衰喪

時世坐上數千萬人聞佛所說專意聽受各隨所念成得果證

常者皆盡　高者亦墮　合會有離　生者有死

昔佛在舍衛國祇樹給孤獨園爾時有異梵志至世尊所共相問訊在一面坐爾時梵志白世尊曰願欲所問若見聽者乃敢陳啓佛告梵志恣汝所問如來當爲敷演其義梵志白佛云何世尊以何因緣今世衆生轉微轉薄遂成減損於人間世不見熾盛佛告梵志有三因緣使衆生類轉微轉薄遂成減損於人間世不見熾盛云何爲三於是梵志今世衆生貪欲無道慳嫉堅固習邪倒見時彼衆生爲此三事所見染汙風雨非時災害毒流

所種穀子各失時節轉不成熟若彼衆生所食之物或生或熟饒諸疹疾疫氣縱横死者填路不可稱計是謂梵志最初因緣使今世衆生轉微轉薄遂成減損於人間世不見熾盛風雨非時災害縱横所種穀子失時不收轉不成熟苗亦不生人民飢饉餓死者衆是謂梵志第二因緣使今世衆生轉微轉薄遂成減損不見熾盛復次梵志如今國王貪欲無道慳嫉堅固習邪倒見治化失度拓境無猒越界攻伐共相傷害刀劒矛箭共相斫射殺者無數不可稱量是謂梵志由三因緣使此生類災害横起飢饉餓死攻伐無道佛說此已告目連曰吾患脊痛還詣靜室汝今專意與梵志論兼與來會永除狐疑對曰如是世尊爾時世尊襞鬱多羅僧枕僧伽梨右脇倚地脚脚相累係念在明時大目連曰汝今諦聽善思念之梵志對曰願樂欲聞目連以偈告曰

今觀此土境　及諸衆果樹　山河流泉源
江海逝不停　昔人占固守　今爲斯所在
寧轉尊法輪　示現天世人　不樂取命終
竟知趣何方　欲覓昔舊人　如今不見一

廣說如舊文梵志聞偈心開意解即履道跡是故說曰常者皆盡高者亦墮合會有離生者有死此是其義

昔佛在舍衛國祇樹給孤獨園爾時有一孤母而喪一子得此憂惱愁憒失意怳惚倒錯譬如狂人意不開悟出城至祇洹精舍轉聞人說佛爲大聖天人所宗演說經道忘憂除患無不照鑒無不通達於是孤母往至佛所

作禮長跪白世尊言素少子息唯有一息卒得重病捨我喪亡母子情慼不能自勝唯願世尊垂神開化釋我憂結佛告孤母汝速入城遍行街巷有不死家者求火持還孤母聞巳歡悟踊躍入舍衛城至一街巷家家告曰此中頗有不死者乎吾欲須火還活我息諸人報曰我等曾祖父母今爲所在汝今荒錯何須至巷詃有所説所至之家皆言死亡形神疲倦所求不克便還歸家抱小小兒至世尊所頭面禮足白佛言受敕入城家家乞火皆言死喪是故空還佛告孤母夫人處世有四事因緣不可久保何謂爲四一者常必無常二者富貴必貧賤三者合會必別離四者彊健必當死趣死向死爲死所牽無免此患佛告孤母汝今何爲不自憂慮何不廣施持戒修齋月八日十四日十五日任力堪能給施孤窮沙門婆羅門遠行久住暫停止者果獲其福不可計量孤母白佛言我今愛子入骨徹髓爲彼子故不惜身命爾時世尊欲化彼人令得開悟即化作四大火坑圍繞孤母之身火氣逼身以兒自障兒復呼喚不堪火痛佛語孤母汝向自陳愛子情重入骨徹髓寧自喪身不使子亡火氣逼巳酸痛難堪但當自受以子障乎人間微火蓋不足言地獄火然痛苦無量畜生愚惑懷癡爲苦餓鬼福尠以飢爲苦能自利者乃得行道修諸善本分檀布施持戒忍辱不生地獄畜生餓鬼受諸苦惱受天人福漸近泥洹時彼孤母聞佛所説極深之法還自思惟内心懇責猒患恩愛除去想著便念世間不可樂想思惟分別

五盛陰苦即於佛前諸塵垢盡得法眼淨成須陀洹爾時世尊觀察此義尋究本末爲後衆生開演法門便於大衆而說此偈

常者皆盡　高者亦墮　合會有離　生者有死

衆生相剋　以喪其命　隨行所墮　自受殃禍

一切衆生蜎飛蠕動蚑行喘息有形之類皆歸磨滅無免死患隨行所造而受其報爲善受福惡則禍隨如影隨形有何可免以此因緣故說此偈爾

惡行入地獄　修善則生天　若能修善道　無漏入泥洹

昔佛在羅閱城迦蘭陀竹園所時彼城中疫氣災害毒出縱横人民死亡不可稱限世尊以天眼觀清淨無瑕穢諸行惡者死入地獄復有比丘猒患生死觀此四大無可貪慕臭穢難近便入無餘泥洹而般泥洹爾時世尊觀察此義尋究本末爲後衆生示現大明亦使正法久存於世時諸大會聞佛所說皆發無上正眞道意

非空非海中　非入山石間　無有地方所　脫之不受死

昔者佛在王舍城迦蘭陀竹園所時有梵志兄弟四人各得五通自知命促近在不遠却後七日皆當命終思共議言我等弟兄五通通遠以已神力翻覆天地現身極大手捫日月移山住流無所不辦寧當不能避此難也第一兄曰吾入大海上下平等正處中間無常殺鬼安知我處第二弟言吾入須彌山腹中間還合其表使無際現無常殺鬼焉知我處第三弟言吾處虛空隱形無跡無常殺鬼

安知我處第四第言吾當隱大市之中衆人猥鬧各不相識無常殺鬼趣得一人何必取吾四人議訖相將辭王吾等計筭餘命七日各欲逃走欲求多福王尋告曰善進其德於是別去各適所至七日期滿各從其處而皆命終處虚空者猶如熟果自然凋落市守白王有一梵志卒死市中王乃醒悟禍災無常四人避對一人已死其餘三人豈得免乎爾時世尊以天眼觀清淨無瑕穢知四梵志避無常對各求度世免濟其難然其宿命終不可避以此因緣尋究本末欲使後世人示其大明亦使正法久存於世爾時世尊在大衆中而說此偈

非空非海中　非入山石間　無有地方所　脫之不受死

老見苦痛　死則意去　樂家縛獄　貪世不斷

昔佛在羅閱城迦蘭陀竹園所衆多比丘白世尊曰如來今日爲觀何義有何事故捨人間之樂極世之美出家學道爾時世尊與諸比丘廣演生經汝等諦聽善思念之戢在心懷吾今當說極微之法諸比丘對曰願樂欲聞世尊告曰爾時世尊廣與比丘生經比丘當知父眞淨王敕諸臣佐吾今欲出後園觀看可速嚴駕羽葆之車爾時臣佐至眞淨王所而白王曰太子欲出後園觀看被敕嚴駕羽葆之車時王聞此語歡喜踊躍不能自勝告臣佐曰聽太子出後園遊觀或能除去愁憂亂想即自嚴駕集諸大衆三十部軍左右翼從各十五部除前後導引比丘我時至後園觀看見有老人形衰色變皮緩面皺拄杖

呻吟氣力枯竭時問御者斯是何人形衰色變乃至於斯御者報曰此是老人太子問曰何謂爲老御者報曰所謂老者形衰年邁伺命旦夕衰耗之法漸近死趣故謂爲老我時比丘復問御者吾亦當復有此衰耶御者報曰尊及人天皆有斯患無免此者時我自念夫人受形皆有此患貧賤富貴皆當有此便敕御者迴車歸宮清淨自守思惟道德時眞淨王問彼御者太子出遊觀看得遂意乎御者曰太子出遊竟不至園王問御者曰以何因緣不至園觀御者報王太子出遊中道見老人形變色衰憂思而還時眞淨王得此惘然吾先有教令敕語街巷諸有不淨穢汙之物無令太子見之若有犯者左右前後當誅七家即遣尋究而無有家所以然者以其淨居天所化故也時我比丘復作是念衰老年邁非適今有人出胞胎已受形分則有衰老及出胞胎行步出入年盛力壯漸微轉衰皆有此患時我比丘竊說偈曰

少時意盛壯　爲老所見逼　形衰極枯槁　氣竭憑杖行

是時比丘吾出遊觀先見此變如是數日復告御者吾欲出遊至後園觀速疾嚴駕羽葆之車爾時御者至眞淨王所而白王曰太子欲出後園觀看被敕嚴駕羽葆之車王聞此語歡喜踊躍不能自勝告臣佐曰聽太子出後園遊觀或能除去愁憂亂想即自嚴駕集諸大衆三十部軍左右翼從各十五部除前後導引比丘我時至後園觀看見有病人形羸吐逆卧大小便蠅唼其身水腹萎黄臭穢

難近時我比丘問彼御者斯是何人御者對曰病人也何謂爲病對曰病者風差火錯心無歡樂衆疹集聚食則不消惡聞人聲故謂爲病時我問彼御者吾亦當復有此患耶御者報曰尊及人天亦有此病時我比丘復作是念夫人受形不免此患至園觀看竟何求乎即敕御者迴車歸官靜寂自修欲除其患時眞淨王問彼御者太子出遊後園觀看爲適意乎御者報曰太子出遊竟不至園王問御者以何因緣不至園觀御者報王太子出遊中道見病人形羸吐逆卧大小便蠅唼其身水腹萎黄臭穢難近時眞淨王得此悃然吾先有教敕語街巷諸有不淨穢汙之物無令太子見之若有犯者左右前後當誅七家即遣尋究無有家聚所以然者以其淨居天所化故也時我比丘復作是念夫人受形必有此苦古來有是非適今也時眞淨王便作是念太子出遊所見瑞應憂念世間必不樂家會當出學吾今當倍彼直衛侍護左側娛樂其志復經數日敕告御者吾欲出遊觀看速疾嚴駕羽葆之車王聞此語歡喜踊躍不能自勝告臣佐曰聽太子出後園遊觀或能除去愁憂亂想即自嚴駕集諸大衆三十部軍左右翼從各十五部除前後導引我時比丘至後園看見有死人宗族五親散髮蓬頭呼天叩地圍遶啼哭時我比丘問彼御者斯是何人宗族五親散髮蓬頭呼天叩地圍遶啼哭御者報曰死人也問曰何謂爲死御者報曰所謂死人恩愛已離無復命根妻子五親永與世别風逝火滅水消土散各在異處

寬神遷轉形如乾木無所覺知故曰死也我時比丘問彼御者吾亦當復有此死耶御者報曰尊及天人皆有此患無有免者時我比丘復作是念夫人處世不免此患至後園觀竟何求乎即敕御者迴車歸宫靜寂自修欲除其患時眞淨王問彼御者太子出遊後園觀看爲何適意乎御者報曰太子出遊竟不至園中道見死人於是便還時眞淨王得此悃然吾先有教令敕語街巷諸有不淨穢汙之物無令太子見之若有犯者左右前後當誅七家即遣尋究而無有家所以然者以其淨居天所化故也時我比丘便作是念咄老病死無免之者吾今宜可善求巧便出家學道時我比丘即捨家出求無上道成最正覺今得爲佛度脫萬民皆由積行無戀慕心今我出現自致正覺爾時世尊觀察此義尋究本末爲將來衆生示現大明亦使正法久存於世時世尊在大衆中而說此偈

老見苦痛　死則意去　樂家縛獄　貪世不斷

諸比丘聞佛所說踊躍歡喜即從座起禮佛而去

老則形變　喻如故車　法能除苦　宜以力學

昔佛在舍衛國祇樹給孤獨園爾時衆多比丘白世尊曰如來今日年已耆老肌膚舒緩不與常同佛告比丘如是如是如汝所言我年已老設當持戒梵行比丘以如來身安處高牀周行四海雖興恭敬以報重恩然我本修無憍慢心自證成佛吾不說是老則形變喻如故車所謂故車者王家所造或以金銀刻鏤作車或水精瑠璃雜廁其間經年積歲

猶有朽敗況四大身筋纏血澆衆事合集乃成此形父母所造十月懷抱推温去濕隨時瞻視乃名爲人唯有明智能除此苦以法自將訓誨未悟加以權化應適無方宜以力學者稱佛世尊誘導之言以無諛諂蠲除妄見不犯身口意行以第一義充飽一切將育衆生行不漏失無懼畏者謂佛世尊如來弟子教訓弟子以禁防非爾時世尊知彼内心有所趣向尋究本末亦與後世衆生示現大明使正法久存於世在大衆中便說此偈

老則形變　喻如故車　法能除苦　宜以力學

諸比丘聞佛所說歡喜作禮而去

咄嗟老至　色變作耄　少時如意　老見蹈蹦

昔佛在羅閱城迦蘭陀竹園所爾時尊者阿難著衣正服偏露右臂長跪叉手白佛言世尊今觀如來形變色微諸根舒緩形狀轉朽眼根耳鼻舌身諸根不與常同佛告阿難如是如是如汝所言所謂老者能使極妙殊特之容變爲異色諸根具滿能使缺漏與病結伴與死並流色力豪貴財富盈溢能使闕減身體平正内理充滿能使傴步憑杖而行髮如紺青亦如蜜王猶如純墨能使變白髮落不住眼如牛瞬白黑分明能使目中生膚睆瞖額如油光晃昱照曜能使面皺狀如皮焦齒如白珂亦如白雪新㲉牛乳如烏鰂魚純白胞滿上下齊平觀無猒足能使凋落盂齲疼痛取要言之於揵沓和阿須倫迦留羅甄陁羅摩休勒人及非人能使衰耗無少壯心病中之苦莫甚於老是故說曰咄嗟老至色變作耄少時如意老見蹈蹦如來世尊以三

十二相而自纏絡八十種好莊嚴其身圓光七尺無㝠不照八種音聲遠震十方猶爲老病所見踰躪況處凡夫得免此乎以此因緣尋究本末爲後衆生示現大明亦使正法久存於世於大衆中故説斯偈

雖壽百歲　亦死過去　爲老所壓　病條至際

昔佛在舍衛國祇樹給孤獨園爲天人龍鬼衆生之類廣演法教時國王波斯匿母年過百二十卒得重病非醫藥所療神祇不能救不經日夜遂便命終王及大臣如法葬送油酥華香事事供養安厝神廟給人瞻守葬送已訖還過佛所如故王法除去五飾前禮佛足佛命令坐而問之曰王所從來衣服塵土形變色異何所施設乃至於斯王白佛言國太夫人年過百二十間得重病奄忽無常向送靈柩殯葬始訖今還城池過覲世尊佛三達智知而問曰云何大王夫人生世有不死者乎王白佛言人生於世無有不死佛告王曰自古迄今大畏有五不可得避應老之法欲使不老者此不可得應病之法欲使不病此不可得應死之法欲使不死此不可得應磨滅之法欲使不磨滅此不可得應盡之法欲使不盡此不可得是謂大王此五不可得法不與人期萬物無常難得久居一日過去人命亦然如五江流晝夜不息人命駛疾亦復如是爾時世尊漸與波斯匿王説微妙法論講不退轉要所謂論者施論戒論生天之論欲不淨想漏爲大患大王當知生則老至病無光澤合會必離是世常法如電歷目擊石現火人命劇是有何可樂衰變之法欲使

久存者此事不然爾時世尊以此因緣尋究本末爲後衆生示現大明亦使正法久存於世爾時世尊在大衆中與波斯匿王而說斯偈

雖壽百歲　亦死過去　爲老所壓　病條至際

佛告大王世皆有是無長存者皆當歸死無有脱者古者國王諸佛眞人五通仙士亦皆過去無能住者空爲悲戀亡者爲福不倦福追䰟靈如餉田夫王猶此緣廣設福業福祐助人如憑彊杖佛說此已王及四輩諸來會者莫不歡喜忘憂除患豁然啓悟尋從座起遶佛三帀作禮而去

是日已過　命則隨滅　如少水魚　斯有何樂

昔佛在舍衛國祇樹給孤獨園時南大海卒涌大濤越海境界有三大魚隨上流處在淺水自相謂言我等三魚處在厄地漫水未減宜可逆上還歸大海有礙水舟不得越過第一魚者盡其力勢跳舟越過第二魚者復得憑草越度第三魚者氣力消竭爲獵者所得時獵者便說此頌

第一處未然　必當被傷害　憑草計現在　彼命得脱死　二魚俱得免　以濟危脆命　愚守少水池　受困於獵者

爾時世尊以天眼觀清淨無瑕穢見彼三魚逐濤波二魚得濟一魚受困復見獵者而作斯頌因此緣本尋究根源爲後衆生示現大明亦使正法久存於世即集大衆說斯頌曰

是日已過　命則隨滅　如少水魚　斯有何樂

所謂是日已過者或剎利婆羅門長者居士若復少壯盛年老邁俱同此日共有損減之

逝晝夜不停命變形羸氣衰力竭速迅於彼如少水魚者或爲虛空飛鳥濤河白鶴鸛雀青鶴水烏黑雞亦爲世人男女獵師羅網捕取鉤餌懸弶處在淺水一命萬慮受形於水喪命在水衆苦難尋有何可樂是故說曰如少水魚斯有何樂

逝者不還　晝夜勤力　魚被熾然　生苦死厄

昔佛在摩竭國界善勝道場集諸修行之士處高山者或在深窟隱形不出然彼行人隨時行道瞻相時氣春節以至觀諸樹木悉皆蓓蕾色如水精漸轉敷華復見溝澗水流澄清靜無聲響時彼行人心則念言時不假借萬物並生爾時行人下山詣村家家乞食見諸男女飲食歡醼共相娛樂行人問曰斯是何人前人對曰某村某家姓號如是某家子者其父所生時修行人復自念曰今此內物悉皆孚乳知其萬物日滋日長還入深山靜默自修復至秋節下山詣村人間乞食見諸樹木漸皆凋落霜雪加被葉落凝凍復見溝澗水竭枯涸指刺不軟時修行人內自忖度今外萬物皆悉凋落時不再鮮華不重茂誠哉斯言復見人間村落城郭男女大小共相携抱散頭垂髮搥胸自摑高聲啼哭不能自止時修行人問彼人曰此是何人哀號啼哭乃至於斯某村某家兒亡女死或父母終是故村落號悲如是行人聞已而自思惟今此內物已復凋落已知內外衰耗法至即還深山內自校計結加趺坐或坐繩牀或坐樹下專心定意不興亂想觀內外性實皆無常便與日轉不停住想云何爲日轉計春至秋計

秋至歲計歲至月計月至半月計半月至日數計日數至時計時至晝夜計晝夜至動轉計動轉至出入息計出入息至盡無餘以至於盡方知盡空萬物無有已知無有則知何起本滅亦無跡或時行人行起有蹤滅無有跡方自覺悟憶如來一切無常亦無窠窟有時行人觀察前行積時累日乃得消滅復憶佛語如來亦説無常者苦也時修行人內自忖度生死如是誰肯樂者心已猒患不染四流願於泥洹速取滅度或於中間得須陁洹斯陀含阿那含果阿羅漢果爾時世尊以天眼觀清淨無瑕穢見彼行人處在深山精勤學道不斷聖族因此緣本尋究根源爲後衆生示現大明亦使正法久存於世即集大衆而説斯偈

逝者不還　晝夜勤力　魚被熾然　生苦死厄
人命如日夜　或住或周行　猶如駃流河
往而不復返

昔佛在舍衛國祇樹給孤獨園諸佛世尊凡常説法相時相宜觀察人意或有衆生計身是常非五陰身今日不異愚者意迷謂陰不衰猶河逝駃前非後流後非前流去者永逝來者不停人亦如是前行非後行後行非前行造功德人比丘比丘尼優婆塞優婆夷觀四大身以譬流河分別思惟至無漏境優婆塞優婆夷得須陁洹斯陀含阿那含果比丘比丘尼得阿羅漢爾時世尊以天眼觀清淨無瑕穢見彼四部衆分別五陰成敗所趣爾時世尊尋究本末爲後衆生示現大明亦使正法久存於世爾時世尊集於大衆而説頌

曰

人命如日夜　或住或周行　猶如駛流河

往而不復返

四部之衆聞佛所說歡喜而去

老則色衰　所病自壞　形敗腐朽　命終其然

昔佛在毗舍離城獼猴池側普集講堂所佛告諸比丘或有衆生自怙盛壯力無儔匹或恃無病自保康寧或恃財富生業無量或恃豪貴宗族成就或有老者集在衆中爲人所毀稱爲棄物爾時世尊觀察人心有是非欲使衆人改往修來故說斯頌時毗舍離諸童子等聞此教或起無常無我之想或起不淨止觀之心或念安般守意暖法頂法忍法世間第一法或得須陀洹果斯陀含果或有興發求無上道或有求辟支佛阿羅漢道爾時世尊以此一偈化毗舍離無數童子以此因緣尋究本末爲後世人現其大明亦使正法久存於世即於大衆而說頌曰

老則色衰　所病自壞　形敗腐朽　命終其然

時諸童子聞佛所說作禮而去

是身不久　還歸於地　神識已離　骨幹獨存

昔佛在毗舍離甘梨園中爾時阿梵和利自怙色貌與世無雙進過人貌退及天形形範端嚴視無猒足然家裏財富不可稱限饒財多寶七珍備足時阿梵和利嚴飾羽葆之車自嚴莊校飾沐浴澡洗香華芬熏往至佛所頭面禮足在一面住是時衆多比丘欲愛未斷在凡夫地見阿梵和利來至佛所皆興愛欲起不淨想佛知其意即告之曰云何比丘阿梵和利者受四大形臭處穢汙無一可貪

比丘當知此阿梵和利如是不久當卧好高廣牀上衣裳芬熏價直一億於彼牀上忽然命終舁詣冢壙取耶旬之時諸比丘聞之愕然無常迅急不避老少此人形貌世之希有受如是形便當棄捐在于冢間爾時世尊以此因緣尋究本末爲後世人示現大明亦使正法久存於世即於衆中而說頌曰其中四部衆聞此教誡或起無常無我之想或起不淨止觀之心或念安般守意頂法暖法忍法世間第一法或得須陀洹果斯陀含果或有興發求無上道或有求辟支佛阿羅漢道爾時世尊以此一偈化毗舍離無數童子以此因緣而說頌曰

是身不久　還歸於地　神識已離　骨骿獨存

時諸大衆聞佛所說歡喜而去

是身何用　恒漏臭處　爲病所困　有老死患

昔佛在迦惟羅國尼拘類園中彼國人民恒自恃怙豪族富貴力勢彊壯所行自由誇無儔匹彼有一人族姓最彊身生瘡痍膿血流溢晝夜不息臭穢不淨見皆掩鼻疼痛苦惱衆人見者無不猒患佛知其心而告之曰夫人受身四大一類六門流溢與彼不異一切人身患苦之室安止苦惱憂畏萬端時諸釋種聞佛教誡或起無常無我之想或起不淨止觀之心或念安般守意頂法暖法忍法世間第一法或得須陀洹果斯陀含果或有興發求無上道或求辟支佛道阿羅漢道爾時世尊以此一偈化彼釋種

昔佛在舍衛國祇樹給孤獨園如一長者請佛及比丘僧時比丘僧往彼家如來不往遣

信迎食所以如來遣信迎食有二因緣云何爲二一者欲與諸天說法二者瞻視病人是時世尊遍觀比丘皆悉受請即取鑰牡開一房門見一比丘抱患頓篤卧大小便不能轉側爾時世尊知而問曰汝有何患卧著牀褥大小便利不能轉側時彼比丘受性質直內無姦宄報世尊曰受性闇鈍恒懷懈慢初不勸佐瞻視餘人是故今日無看我者今實孤窮所怙無處爾時世尊躬抱出在門外除去不淨澣浣坐具復取淨水用洗其身便與著衣敷新坐具還卧房中如來躬自舒手爲枕告比丘曰汝不加勤求增上法未獲者獲未得者得未受果證今受果證設不用意受此法者便當更受劇是苦惱爾時世尊漸與說極妙法無數方便勸使勇猛思惟道德即從座起還閉房門詣普會講堂勑語侍者汝今速集舍衛城中諸現在比丘即詣普會講堂比丘已集世尊告曰汝等比丘無父無母無弟無兄亦無姊妹亦復無有宗族五親不相瞻視各相捐棄此非其宜便爲外道異學梵志所見嗤笑瞿曇沙門乃無毫釐慈心視人形命如視瓦石死者孤窮無瞻養者我法齊整上下和順汝設爾者便屈於彼自今已始弟子侍師事如父母至死不捨師看弟子視如已息隨時將息至死不捨師徒相慈恩流永劫所有什物平等分布設無什物當詣廣施之家勸令修福若少知識當詣貫家分衛乞食好者給病惡者自食其瞻病者則瞻我身所獲功德亦無差降時病比丘世尊去不久便自思惟受此四大衆苦湊集是身何用

漏諸不淨爲病所困不脫老死宜可自謹承
修佛語即捨形壽入無餘泥洹境而般泥洹
爾時衆多比丘持鑰牡開門見彼比丘已捨
形壽即白世尊抱患比丘今已命終不審魂
神爲生何處在何道種佛告比丘彼病比丘
素積善行吾與說法意尋開悟後便意猛向
法次法分別深法此族姓子已取泥洹汝等
宜可供養舍利爾時世尊觀察此義已欲使
正法久存於世爲將來衆生示現大明於大
衆中而說頌曰

是身何用　恒漏臭處　爲病所困　有老死患

衆生聞佛所說歡喜奉行

是身漏臭處　衆疾集普會　無患第一滅
安隱永休息

是身漏臭處者衆患穢汙人所惡見瘡痍衆
苦漏諸不淨衆刺之首無常變易法應磨滅
苦中之苦莫甚於陰當求巧便離四大身善
謀權慧求於出要一切衆惱永息無餘故曰
盡也已盡虛者空寂亦無生滅著斷之二無
患第一滅者安隱無憂喜想安隱永休息第
一滅盡無餘泥洹時諸會者聞佛說此義歡
喜而受作禮而去

暑當止此　寒當止此　愚多預慮　莫知來變

昔有長者造立屋舍春秋冬夏各立堂室任
情自用不奉禁戒歲三月六初不防制財富
無數慳貪不施亦不給與沙門婆羅門亦不
信有今世後世放逸自恣慳貪難化不識道
德不計無常更作好室前庌後堂清涼之臺
冬温之室東西起舍數十餘間風刀解形忽
然無常佛以天眼清淨無瑕穢見此長者卒

便命終存在之日無有慈恩加被衆生但有
勞役於餘人民意所規廓竟不充願爾時世
尊在諸大衆中欲現其義宣暢本源亦使將
來衆生善解無疑復現過去諸佛世尊神口
印封之所封印亦使正法久存於世尋集大
衆而說頌曰
暑當止此　寒雪止此　愚多預慮　莫知來變
時諸會者聞佛所說歡喜奉行
生子歡豫　愛染不離　醉遇暴河　溺没形命
昔有居士財富無數家裏庫藏七寶充滿金
銀珍寶硨磲瑪瑙眞珠琥珀七珍具足奴僮
僕從象馬車乘穀儲倉庫一以無乏唯闕無
息以繼後嗣彼以子故求禱諸神或跪舍神
城神階陌諸神或跪諸神先祖父母山神樹
神天地神下至塟堆穢惡之神盡向跪拜竟
不充願亦不生子晝夜愁憂漸以生疾今我
家裏財寶無數難得之寶盡在我家又復無
息承繼我後若我命終所有財貨盡没入官
念此傷惋知復如何斯人有幸疾漸瘳降未
經旬月便生一息端正無雙世之希有面如
桃華衆相具足父母見已歡喜踊躍不能自
勝復請比居諸村落人飲食歡醼作倡妓樂
終日自娱或耽醉睡眠無所覺知時有大水
暴長駛流盡漂没死無存活者爾時世尊以
天眼觀清淨無瑕穢見此長者成敗所趣因
此緣本尋究根源欲使後世衆生善解無疑
復現過去諸佛世尊神口印封之所封印亦
使正法久存於世尋集大衆而說頌曰
生子歡豫　愛染不離　醉遇暴河　溺没形命
爾時諸比丘聞佛所說歡喜奉行

有子有財　愚唯汲汲　命非我有　何有子財
愚蒙愚極　自謂我智　愚而稱智　是謂極愚

昔佛在毗舍離獼猴池側高講堂上爾時衆多童子等善知射術筈筈相拄於術上彼最爲第一自恃高族與世無雙處閻浮利內無及我等正使有憂慮者子今與世無雙豈有姦賊侵欺我等兒復自惟吾久有技必勝衆人各相憑倚竟不自濟無常對至迸在異處是故頌曰

在衆疾姓流　目覩兄弟親　爲死使所追
被害無有退　死使有數種　親族所在救
積財無有數　爲賊所燒爛　火熾以水滅
以蓋除彼明　恚以毒藥去　呪術除非邪
暴象以鉤牽　牧牛以杖捋　此衆皆有樂
無常難可保

無常力勢不可恃怙　知死命終　然不久住
一切皆盡　無覺知者　爲世所毀　流轉諸趣

時諸迦惟羅越國釋種聞佛所說知已射術無有罣礙與流離王共鬪以箭相射或殘眉毛或殘鬚髮無形傷損流離王尋欲退還諸臣前諫諸釋種等奉修戒律皆成道果雖有射術無所損害時流離王漸皆前進諸釋退還固守城門遣使白佛今日窮急爲流離王所攻世尊告曰若開門者有所傷損不開門者無所傷損時彼信使還至釋所而語釋言如來有教若開門者爲王所害不開門者不爲王所害諸釋聞語已重關閉固瞻守門戶時流離王屯守城門語釋種曰速開城門兩家共和無所傷損其中釋種宿緣牽者皆稱開門無宿緣者承如來教不肯開門舍馬釋

種先在城外與流離王戰殺七萬衆生拔象牙傷殺無數衆生舍馬釋種語流離曰室婢生子要莫退還須我入城更備戰具是時城中諸釋聞舍馬釋傷害人民不可稱計即遣喚舍馬釋訶止責數非釋自稱釋汙染我釋種汝今已毀名速出國去不須住此城速去不須住時舍馬釋即出城去時流離王復令開門宿緣釋種語諸釋言但速開門此婢生子何所堪辦無緣釋種等語諸釋言如來有敎若開門者有所殺不開門者無所殺時流離王復逼城門時摩訶男釋語流離王曰聽我一願若見許者便當自陳王報釋言恣汝所說吾不相違時摩訶男釋前白王言聽我入水經時令諸釋種各得免脫時摩訶男釋即入水以髮繫樹根沒死水底時諸釋皆得逃走時流離王遣人入水看舅男釋入水何乃稽遲尋人水云摩訶男釋已死於水時流離王取七萬釋種成須陀洹果者生埋在地暴象踐殺宿緣對至無所恃怙爾時世尊語毗舍離諸童子等空可爲地地可爲空宿對因緣不可逃避以此因緣尋究本末爲後世衆生示現大明亦使正法久存於世在大衆中而說頌曰

非有子恃　亦非父兄　爲死所迫　無親可怙

時諸四輩之衆聞佛所說歡喜而去

爲是當行是　行是事成是　衆人自勞役
不覺老死至　飢餓之漿水　如窮鹿奔池
爲獵者所射　不念斷欲愛　如是求方便
分別此形體　老死忽然至　不至究竟界

衆多衆生志行不同所作各異所修善本亦

不足言意著外役不念內法不念死命意恒計常昔罽賓國兄弟二人一人出家得阿羅漢道一人在家修治居業爾時兄數至弟家教誨弟言布施持戒修諸善本生有名譽死墮善處弟報曰兄捨家作道不慮官私不念父兄妻子亦復不念居業財寶若被毀辱不懷憂慼若遇歡樂不孚用喜數數諫誨不從兄教弟後遇患忽便無常生受牛形爲人所驅䭾鹽入城時兄羅漢從城中出即向彼牛而說偈曰

脊負爲重擔　涉道無懈息　爲人所驅使
今日爲閑劇　穿鼻以靷繫　破脊癰疽瘡
爲蠅所嗜唼　今日爲閑劇　食以芻惡草
飲以雨潦汁　杖捶不離身　今日爲閑劇
以受畜生形　爲行何權計　爲可專意念

三耶三佛德

時牛聞已悲哽不樂牛主語道人曰汝何道說使我牛不樂道人報曰此牛本是我弟牛主聞已語道人曰君弟昔日與我親親羅漢說曰我弟昔日負君一錢鹽價是時牛主即語牛曰吾今放汝不復役使時牛目投深澗至心念佛即便命終得生天上或有衆生深慕世累戀著財貨不修善行身壞命終生餓鬼中或復有人出家學道捐棄恩愛捨世八法修清淨志猶王太子栴陀羅女身佩香瓔顏貌端正像如天女意欲納娶其王報曰夫王者法不娶外類不與細民爲婚常與長者居士共婚太子曰王設不與婚此女者今當自殺不堪生世王聞此語如食遇噎既不入腹又不得吐王遣出適到栴陀羅家語女父

母曰汝當嫁女與王太子女母報曰隨我種類習殺法者當嫁女與王太子王還語太子曰汝今要習殺生法捨王種類習凡細事何爲要殺女爲婚太子白王意所貪樂要習殺法不以爲難即捨王宮出詣殺家計婚姻如是積久擔負薪草持箠掃第一大臣出行見之問王子曰竟得女不王子報曰吾役使煩多早忘此女不復憶之臣復問曰香瓔貫珠今爲所在太子報曰吾亦忘不復憶也臣語王子既不得女亦不得珠復失王位無所果獲欲何方宜王子墮淚悲感不樂此辟在衆有所長益或有王子長者居士出家學道建功立德求爲阿羅漢雖世縛著於欲離欲彼此解脱分別無明智慧解脱無疑解脱成珍寶義父母兄弟訶制語出家者言人中薄賤莫過於道家家乞求以此爲常爲人嗤笑何可堪樂人相呪詛使汝作乞兒不如在家五欲自娱分檀布施作福不倦供給當來過去現在給施孤窮裸賤之人沙門婆羅門儈客遠行四事供養衣被飯食牀卧醫藥須衣與衣須食與食香熏華鬘手巾六器在家可辦此物出家極辛苦時諸學人語五親曰我等志趣必欲學道不樂在家理俗因緣五親曰不樂俗者隨意出家即捨家爲道所習非要不修正業經歷數時五親往見語諸道士汝等得羅漢道耶道人報曰自學道已來今乃聞阿羅漢名五親復問於欲無欲彼此解脱除去無明智慧解脱無疑成就珍寶具足如此衆法爲得不乎道人報曰如此衆法我等悉失不識其名況理行耶五親問道人汝等

何爲捨家財業捐棄五親與恩愛別所習非法與世人不異爾時世尊以天眼觀清淨無瑕穢見彼五親與道人論知習非法不順正要佛欲往化因親道力因此因緣尋究本末爲後世衆生示現大明亦使正法久在於世在大衆中而說頌曰

爲是當行是　行是事成是　衆人自勞役
不覺老死至

爾時尊者馬聲復說頌曰

沐浴莊嚴身　愚弊不習善　無常忽然至
如毋抱死女

衆生相剋互相是非所習非要不順正法猶昔夫婦二人姿貌端正威顏具足衆相悉備諸根寂靜共相待敬終日無猒如是經日夫婦二人忽然失明目無所覩夫婦相戀恐爲人所欺夫恐失婦婦恐失夫坐共相守不遠斯須時諸五親遠方求醫將至失明夫婦所傳藥治目尋得開明夫見婦顏變易非故舉聲而言誰易我婦去婦見夫顏狀變易非故舉聲而言誰易我夫五親曉曰少壯之容隨日遷轉氣羸力竭皮緩面皺日異日變以老朽顏望比少壯鑽冰求火不亦謬乎何爲啼哭自不相識以鏡自照容顏變易咄嗟老至色不久停威容挺特一朝色異愁思憂慮遂增苦惱尊者曇摩世利因此而說頌曰

如人眠寐睡　賊竊開牆盜　失財不覺知
覺乃周旋覓　愚少習放恣　自陷沒冥池
不見賊失財　爲老賊無勢

是故說曰習不眞要違道失法不覺老至死時諸人民聞說斯語歡喜而去

是故習禪定　生盡無熱惱　比丘猒魔兵
從生死得度
如來宣昔無常遷轉諸比丘聞皆興患猒去離陰持諸入之本世尊教誡指授正業教習正法或在家閒樹下或露處經行坐禪念定忽懷懈慢令不精勤後悔無益是謂比丘我之禁戒是故說曰是故習禪定生盡無熱惱清旦日中向暮初夜中夜後夜佛告比丘若行若坐若來若去若睡若覺當念行此三昧使無漏失生盡無熱惱者身口意不惱不爲結火所惱勇猛精勤佛告比丘然頭然衣以何防之比丘白佛救頭護衣乃可防之佛告比丘不如來言觀頭觀衣更求方便以善法消滅惡法用意堅固於諸善法不越緒生盡無熱惱生者猶生有老病死猶生有憂惱苦患周旋往來皆由有生當說無常品時時阿難便說頌曰

吾聞一時事　如來說出曜　衆生懷愚闇
以慈往拔濟

說無常者名身味身句身義身充足口說無瑕聞是一時吾者陰持入相盡能分別人士夫衆生壽命生形禍身吾從佛聞一時事如是專意不亂亦不他念求諸善本爲愚闇衆生開示徑路衆生處世生盲無目便與開目使得視瞻以大慈哀拔濟其苦視彼衆生如父如母敷演其義

已解深句義　善修其道德　便得盡諸苦
得逮無餘處

或以義除結不以味身句身佛經亦說不施無漏等見順正無結去漏勿生便說生非餘

是佛經或誦佛經不盡結使是故世尊說當深解句義時尊者羅云往至佛所頭面禮足在一面坐時尊者羅云白世尊曰惟願如來與我說法使有漏心疾得解脫爾時世尊告羅云曰汝當思惟因緣雜誦已誦訖來至如來所是時羅云便誦因緣雜誦流利上口至世尊所白世尊曰唯然世尊已誦因緣雜誦有漏不得解脫世尊告羅云汝諷誦五盛陰雜誦爾時羅云即受教誡便誦五盛陰復於餘時至世尊所白世尊曰已誦五盛陰以有漏心不得解脫爾時世尊告羅云曰汝當誦六更樂雜誦時羅云受佛教已復誦六更樂復餘時到世尊所白世尊曰已誦六更樂以有漏心不得解脫是時世尊告羅云曰汝當思惟觀察其義爾時羅云承受佛教即自思惟分別其義漸盡結使得阿羅漢果皆由分別義故越次取證盡有漏成無漏是故阿難說曰已解深句義善修道德以道斷結去諸七使纏縛永盡無餘道者謂泥洹滅盡無生滅著斷安隱快樂是故說曰善修其道德便得盡諸苦者所謂苦者生苦老苦病苦死苦恩愛別離苦怨憎會苦得逮無餘處無餘者第一義無上無有過者

出曜經卷第二

音釋

疹丑刃切病也　拓他各切斥開也　襞必益切疊衣也　憒古對切心亂也　怳惚怳詡往切惚呼骨切怳惚不明貌　蜎於緣切小飛也　蠕乳兗切蟲動貌　蚑去智切蟲行貌　喘尺兗切　唼作答切齧也　睆瞖睆合版切出目也瞖壹計切目病也　彀古候切取牛乳也　鰂昨則切魚名　齲類羽

切齒蟲也疼徒冬切痛也揵沓和梵語也此云香陰揵渠焉切甄
稽延切厝倉故切置也柩巨救切棺柩也鶻胡骨切隼也鸛古玩
切鳥名弶其亮切施罟於道曰弶棓蕾棓薄罪切蕾落猥切棓蕾華欲
綻貌忖趨本切思也摑古擭切批打也窠苦禾切穴也骭古旦切脛
骨也鑰牡鑰弋灼切牡莫厚切鑰牡關鍵也宄居洧切在內曰宄湔
浣湔則前切滌也浣合管切濯衣垢也嗤尺之切笑也釐鄰知切十毫曰
釐厊五鴈切廡也筈古活切箭本受弦處也壹壹結切飯窒也

出曜經卷第三

尊者法救造
姚秦三藏竺佛念譯

欲品第二

欲我知汝本　意以思想生　我不思想汝
則汝而不有

昔佛在舍衛國祇樹給孤獨園爾時世尊弁將侍者阿難著衣持鉢入舍衛城中乞食已周還出城外有一婦女抱兒持瓶詣井汲水有一男子顏貌端正坐井右邊彈瑟自娛時彼女人欲意偏多耽著彼人彼人亦復欲意熾盛耽著女人女人欲意迷荒以索繫小兒頸懸於井中尋還挽出小兒即死愁憂傷結呼天墮淚而說頌曰

欲我知汝本　意以思想生　我不思想汝
則汝而不有

爾時世尊告阿難曰向所聞偈過去恒沙諸佛所說汝善誦習日晡集衆在衆人中宣暢此偈爾時世尊食後收攝三衣即集大衆詣普會講堂在衆人中坐爾時世尊告諸比丘我向清旦將阿難入城乞食已復周遍還出城外見有婦人抱兒持瓶詣井汲水去井不遠復有一人彈瑟自娛二人相見各與欲意熟視相看目不移轉索繫兒頸懸於井中尋還挽出兒已命終愁憂號悲尋說頌曰

欲我知汝本　意以思想生　我不思想汝
則汝而不有

佛告比丘婬火熾盛便能焚燒諸善之本婬荒之士不識善惡亦復不別清白之行不知縛解出要之道如斯輩人遂無慙愧寧喪親

族分受形辱不關婬性以違其志或因婬欲殺害父毋兄弟姊妹斯受其殃或因婬逸罪及五逆王者所戮死受惡報猶野火行傍樹爲焦既罪自深復及宗親人由婬欲違佛慢法謗毀聖衆爲諸聖賢之所嗤笑今當説犯婬泆之本汝等善聽昔有一人姦婬不止父毋所生唯此一子夜非人時天陰雷電帶刀持箭至他婬女村中時毋覺知即捉曉諭令夜冥暗陰曀雷電設不果者便爲人所害吾宿尠德唯有一子會遇惡者吾無所恃子報毋曰子要當去不得復住毋知意止便向兒拜令暮且住須明日乃往兒語毋曰速放我去若違我情當取毋殺毋報兒言寧取我殺不忍見汝爲他所害兒復語毋可時放我及暗至彼若不見聽正爾殺毋毋語兒曰死死不放汝兒即拔刀取毋刺殺不慮後世殃罪深重即至彼家打門徴喚女人應曰汝是何人其人以頌報曰

婬恚諸根羸　爲想所謬誤　不慮衆事業
爲愚暗覆蓋　今汝取毋害　折伏猶汝奴
趣立在門外　如客附使役

爾時女人復遥問曰審殺毋耶報曰審殺女人問曰何故殺毋男子報曰毋不見放來至此間女人報曰不須入家裏是時女人以頌報曰

咄嗟背恩養　害毋種罪災　何忍見汝顔
宜速遠吾家　父毋抱育養　爲子歷衆苦
害毋行地上　地不陷汝殺　立身無慈仁
加害諸親族　我是外種類　豈能恩德將

爾時彼男子復報曰由汝害毋造無邊罪小

見寛恕見爲開門暫得言談便復還家女人報曰聽我偈言
寧入投炭鑪　從山投幽谷　生抱七步蛇
不與愚從事
是時二人各各共別離男子還家道逢惡冦爲賊所害死入阿鼻地獄受罪無數劫婬之爲病受殃無量以微積大漸致燒身自陷於道亦及他人不至究竟猶自飲毒復飲他人是故説曰婬不可從
愛欲生憂　愛欲生畏　無所愛欲　何憂何畏
愛欲生憂或遭婦喪爲人所奪或抱久患夫或遠行積久不歸是故説曰愛欲生憂愛欲生畏者爲豪貴見奪其婦或抱久患命在旦夕或適他方是故説曰愛欲生畏無所愛欲者云何無所愛欲阿那含阿羅漢者別一人者無憂無畏何以故已離諸憂無所畏難有憂畏者欲界色界阿那含者欲界憂畏盡阿羅漢者三界結使盡於中不生憂畏想是故説曰無所愛欲何憂何畏
好樂生憂　好樂生畏　無所好樂　何憂何畏
好樂生憂者作倡妓樂五欲自娱爲王所嫌欲奪樂器緣此致憂或爲王所使遠適他方於中生憂或抱久病纏綿著褥於中失明恐喪命根便生畏懼緣此樂器以致喪身或有王者種亡國失位事不由已憶本豪貴所遊戲處便生愁憂遂致篤疾或爲宿讎欲害其命晝夜伺捕復於其中生憂惱想是故説曰好樂生憂好樂生畏也云何無所好樂者阿那含阿羅漢捨諸五樂以法樂自娱猶如難陀前白佛言不覩我孫陀利意終不樂世尊

告難陀曰
無猒有何足　不足有何樂　無樂有何愛
無愛有何樂
汝今施意　無有猒足　志常熾然　何時當息
是故汝今思惟內觀不淨之想便當自悟意
中得解汝今所以不得解者斯由不思惟想
故以不思惟婬怒癡熾盛是故難陀忍精勤
一意思惟惡露不淨何以故求人身難與賢
聖相值亦復難得諸根不缺亦復難遇諸佛
興出亦不可遇如優曇鉢華時時乃現欲聞
正法亦不可值休息無爲常樂安寧皆由正
法得至彼岸是故難陀念自謹慎思惟正法
興不淨想便當得至處無爲境是故說曰好
樂生憂好樂生畏無所好樂何憂何畏佛復
頌曰
果先甜後苦　婬怒亦如斯　後受苦痛報
經歷無數劫　愚者受燒煑　恒在盛火燄
爲獄伺所執　如鉤制伏象
昔佛與諸弟子說苦陰契經云著欲之人自
共歎說沙門瞿曇婆羅門恒自誇說預防未
然慮將來欲穢汙不淨不如我等意染妙色
五欲自娛細滑更樂有何可失若有衆生固
倚此法造不善行身壞命終入地獄中已生
地獄方自覺悟共相悔責我等爲人不信沙
門婆羅門語云欲穢汙不淨之行由此婬穢
受無量苦求出無期已身自造向誰怨訴是
故說曰果先甜後苦猶如有果入口甘美當
時悅意後必患生即說譬喻悅解智者或有
智人由勸勵成就或有智人呵制禁止或有
智人觀其志趣而得受化或有智人漸誘勸

進而得度者或有智人遠遊觀俗意自悟者世尊觀察隨意所染以何療治即投其藥衆生漸漸意得開悟承如來教著意愆負漸盡諸結有漏心得解脱然後乃知婬欲之爲病先甘而後苦也

堅材鐵銅錫　此牢不爲固　好染著彼色
此牢最爲固

昔有人遇事閉在鐵牢竊作方宜以自免罪或依豪彊或用財貨或依姓族用免其愆欲愛牢縛非凡夫所能解唯有諸佛出世以智慧之赫燄燒焚山野之結藂以刀利劒割斷七使源本然後乃得解脱昔有一人遇事被繫會遇衆僧在講說法罪人求吏暫詣講聽法值一比丘夜半寂靜誦經爲老所縛爲生所縛爲病所縛爲死所縛今世後世所縛時人宗族求王脱過即得免罪時諸五親知識朋友至罪人家共相慶賀聞汝得出甚用慶賀其人報曰汝等何爲見誑如我昨暮聞比丘誦經我所被繫甚過王者衆人問曰汝雖得出故復荒錯耶其人報曰我不荒錯但諸君自誤爾我所被縛非王者所解也汝等諸親設見愛我者願聽出家得在道次諸親勸諫爲說留難父母宗親男女成就何由捐捨苟貪爲道其人報曰我先誓願要出家學諸親重求且停住止復經七日並解疲勞還復氣力其人出門復遇道人靜寂誦習而說斯偈

堅材鐵銅錫　此牢不爲固　好染著彼色
此牢最爲固

復還入屋語諸五親我意志趣不樂在家願

聽出學修無上梵行時諸五親即聽出學進修其行晝夜不息得阿羅漢果永離縛著不復流轉生死

縛中牢固者　流室緩難解　能斷此爲要
不觀斷欲愛

縛中牢固者恩愛戀著皆是縛著唯有諸佛興出執金剛心牢固難沮壞衆德自瓔珞捐棄諸惡不興罪緣能斷諸惡是故名曰縛中牢固流室緩難解者流者流在界中有中生中趣中今當與汝說譬智者以譬喻自解昔有國王恩惠普潤大赦天下諸在牢獄重繫者皆悉放出其中生類耽患縛著不堪牢獄志常遠離速出離獄心不願住復有生類樂在獄中心意戀慕樂聞苦惱之音即住獄中不肯去離是故說曰流室緩難解所以緩者遭赦被恩而不肯離昔所積善作諸功德乃能斷之故言能斷此爲要不顧戀兄弟家業宗親不觀斷欲愛者欲愛已斷永無遺餘度世八事以二盟誓何謂爲二一者知誓二爲盡誓以此二誓誓度衆生

世容衆妙色　此不名爲欲　世欲久存世
唯賢能覺知

昔佛在世諸比丘自相謂言我等宜可捨衆僧食在人間乞求所以然者諸乞求比丘者遊觀人間便得覩見極妙之色耳聞極妙之音鼻齅極妙之香身近極妙細滑爾時世尊以天耳清淨寂寞無塵垢聞諸比丘自相謂言各生戀慕染著世榮爾時世尊即遣信喚集普會講堂諸比丘即集講堂佛告諸比丘云何比丘我曾與汝說諸乞食比丘遊在人

間便得覩極妙之色耳聞極妙之音鼻齅極妙之香身近極妙細滑云何比丘心爲輕飄汝等方念色聲香味細滑之法猶如熾火燄極隆盛復以脂酥而益之倍復增益汝等倍益色聲香味細滑之法諸有比丘能自禁制在外乞求心恒懷懼受他信施爲可易不令諸檀越奔趣四方勞情役思乃得財貨信有後世滅割布施我今尠德恐不消化觀彼檀越當施之時意欲受信施如不欲受相自觀已身如抱重病想施物如藥想念空閑處如遭死亡想意常繫念修諸善本觀諸婦女如塜墓想如是比類人間乞求諸有貪著色聲香味細滑法依倚道者是謂大賊時尊者舍利弗問摩訶俱絺羅曰云何拘絺羅眼爲色相色爲眼相耳鼻舌身細滑法法爲意相意爲法相時摩訶拘絺羅報舍利弗曰眼非色相色非眼相耳鼻舌身意意非法相法非意相所謂相者貪欲自用是謂與相復引喻自解猶如白牛黑牛同繫一處或同一軛與縛繫相應云何舍利弗頗有人說白牛繫黑牛黑牛繫白牛爲平等繫不對曰非也舍利弗非白牛繫黑牛非黑牛繫白牛所謂縛者或索或鞅或軛是謂縛也如是舍利弗眼非色相色非眼相耳鼻舌身意意非法相法非意相於中生貪欲自用者是謂爲相是故說曰

世容衆妙色　此不名爲欲也

人間欲無常　内欲縛是常　此滅不受有
餘趣不受生

人間欲無常者欲是無常爲衰耗法變易不停不可恃怙人間欲者不久停住或亡或失

或爲人所奪是故非常不可久保内欲深固與神相染心爲禍首殃及身口是故說曰内欲縛是常或爲豪彊伺命所害如是欲者難制難禁不可以巳力留住不更起諸有亦不願生世後世是故說曰世欲久存世唯賢能覺知

欲生無漏行　意願常充滿　於欲心不縛上流一究竟

欲生無漏者欲亦是善亦是不善欲善者或是有漏或是無漏無漏欲者滅一切愛此中不說有漏意願常充滿者一切諸善之法普充滿體中於欲心不縛者心於彼心不染著亦無所汙是故說曰於欲心不縛上流一究竟者即阿那含是所以然者因說阿那含果因說五下分結因說斷欲愛此亦復說上流一究竟

智者不越次　漸漸以微微　巧匠漸剋垢淨除諸穢汙

智者不越次者博古明今分別是非於慧無減損受性不懈怠是故說曰智者不越次也漸漸以微微者漸漸日近勿懷中息猶如巧匠除剋重垢積日乃成人去心垢亦復如是爲諸天阿須倫真陀羅摩休勒等所見稱譽猶如車巧匠　善能修治樸　隨欲能滅欲後必受永康

猶如車巧匠者觀彼朽車嚴治修飾遠致重載無所缺損便成二義云何爲二一爲名譽遠布二爲得其財貨彼巧比丘亦復如是唯捨於欲便得二稱名聲遠布諸天所譽於現法中受無量樂是故說曰

猶如車巧匠　善能修治楪　隨欲能滅欲
後必受永康
時諸會者聞佛所説歡喜而去
欲受一切樂　當捨諸愛欲　已捨諸愛欲
永受無窮樂
若有衆生欲受一切樂者當念四支五支禪
樂行神通樂道出要樂彼人當念捨一切欲
已捨諸欲倍獲功德受樂無窮得遊戲樂遇
諸福業樂於現法中俗財無乏昔外道異學
各作是説二二合會者彼即清淨尋得解脱
亦得出要復有説者欲妙欲淨當與欲共相
娛樂欲無猒足欲除彼狐疑故是故説曰隨
欲能滅欲後必受永康
不念欲有猒　豈能修禪定　變悔尋行本
智慧療乃止
若有衆生念欲不去心懷遂生塵垢猶如有
人近大火坑遂近遂熱欲避其熱當求巧便
求滅彼火人亦如是遂不念欲欲自然滅猶
如毒藥顔色成就香美且甘若人遇病而服
此藥咽喉通利入腹未久即喪命根貪欲亦
如是當時悦意非法行欲身壞命終入地獄
中今當引譬智者以譬喻自解昔閻浮利地
有頂生王出現於世壽十四億時頂生王四
方遊觀復至忉利天三十六釋取命終故住
彼天宫時彼人王經歷久遠心作是念我今
壽命過於天壽躬自眼見三十六釋盡取命
終我今宜可殺釋提桓因即於此治遥王四
天下領人天王豈不樂也以生此念便失神
足還墮世間住閻浮利患身疼痛受諸苦惱
時王大臣問訊王曰王今患重或就後世若

有人民來見問者頂生王臨欲終時有何言教時頂生王告諸大臣若有人民來問卿等當以此語報頂生王者貪著五欲七寶無猒足頂生王者生千子無猒足頂生王者領四天下無猒足而取命終頂生王者七日七夜於宮殿上雨七寶而無猒足而取命終頂生王者遊觀至忉利天宮興意欲害釋提桓因而取命終是故說曰

不念欲有猒　豈能修禪定　變悔尋行本

智慧療乃止

爾時諸來會者皆離愛欲無貪著心皆發無上正眞道意

智慧猒足者　不復觀欲愛　人以智慧猒

不隨愛蹤跡

智慧猒足者何以故言智慧猒足者與諸世尊共同法室與眞人羅漢觀不淨行起猒患心除諸患苦知苦源本諸佛世尊思惟智慧是故說曰智慧猒足者不復觀欲愛所以不觀愛欲者知其體實而不親近曾所愛著今已遠離智者謹愼不染著欲是時衆會聞說此欲興不淨想即於座上逮得揔持

人貪著愛欲　習於非法行　不觀死命至

謂命爲久長

昔佛在舍衛國祇樹給孤獨園有一男子居業貧匱多乏財貨躬自困苦勞功役力周遍四方乏乃獲寶所獲無量從遠歸家與父母五親共相娛樂在大衆中而自誇說吾今獲寶價直數億今當娉娶豪族女人中盛壯不肥不瘦不白不黑婦人姿態一以備悉旣自端正面如桃花色復以香華脂粉莊嚴其身

日共娛樂不能捨離餚饌飲食日日不同殺害衆生不可稱計縱情放恣獨勝無匹會復遇疾即便命終見婦去世心迷意亂遂致狂顛遊諸街巷稱怨而行一何酷毒殺鬼無道害我婦命亦是諸人宗族五親懷嫉妬心各興斯意欲奪我婦恐事彰露竊共陰謀中陷我婦如是怨訴日日不止爾時世尊以天眼觀清淨無瑕穢見此男子怨訴街巷心意迷惑不識正眞爾時世尊欲現其義尋究本末爲後世衆生示現大明亦使正法久存於世過去如來神口印封而印封之在大衆中而說頌曰

人貪著愛欲　習於非法行　不觀死命至
謂命爲久長

爾時衆會聞說此偈諸塵垢盡得法眼淨

愚以貪自縛　不求度彼岸　貪爲財愛故
害人亦自害

昔佛在舍衛國祇樹給孤獨園時有長者名曰難陀饒財多寶金銀珍寶硨磲碼碯珊瑚琥珀象馬車乘奴婢僕使服飾田業不可限量居一國之富無有過者雖處榮富無有信心慳貪妬嫉門閤七重立守門人有人來者不妄得入於中庭虛空上安鐵籠踈恐有飛鳥食噉穀米四壁牆下以白噤泥恐鼠穿穴傷齧財物然彼長者無常對至唯有一子名栴檀香即喚子前敕告子曰吾今患苦必不濟度設我無常後所有財寶七珍之具勿妄費耗亦莫施與沙門婆羅門有乞丐者莫持一錢施與此諸財寶足七世父母食噉作此教敕已即取命終即生舍衛城中處盲旃陀

婦腹中經八九月出生在外生盲無目左右人問爲生男女耶母報生男自念若生男子吾今目冥須兒扶侍供養左右報曰雖遇此兒生無兩目母聞此已倍增愁憂悲泣說曰

子盲吾亦盲　二俱無兩目　遇此衰耗物　益我愁憂苦

爾時世尊將侍者阿難在祇洹精舍門外經行奮手而說曰禍災禍災是時阿難叉手長跪白佛言向者世尊稱言禍災有何因緣願聞其意佛言阿難汝頗聞舍衛城中有長者名難陀不耶阿難白佛舍衛城裏曾有長者久已命終世尊告曰此長者神還處舍衛城裏爲盲旃陀婦作子生無兩目昔所居業豪富無量今欲觀者斯爲所在象馬七珍不可稱計然復慳貪妬嫉禁忌是故說曰禍災阿難白佛而說頌曰

生死有畏懼　幻化非有眞　有成必有敗　智者誰可樂

是時盲母養兒年八九歲堪能行來母以杖一枚食器一具而告子曰吾今養汝堪能行來宜求自活不須住此吾亦無目復當乞求以濟餘命此盲小兒家家乞求漸至栴檀香長者家在門外立而自說曰

飢餓切已困　兼復無兩目　衆苦無端緒　誰當愍而施

時守門人聞此語已瞋恚熾盛即前捉手遠擲深坑尋傷左臂復打頭破所乞飯食盡捐在地其中有人臨坑見者甚憐愍傷往語盲母汝子爲守門人所打甚見困苦傷臂破頭痛不可堪時母聞已匍匐拄杖到盲兒所抱

著膝上而說頌曰

汝今有何愆　子今速說之　與誰誰與子
遭此苦厄難

子報母曰

母我向者乞　至此栴檀家　暫立此門外
便遇惡人手

爾時世尊慈育衆生如母如父興大慈悲欲有所濟過食後著衣端嚴比丘僧前後圍繞入舍衛城至栴檀長者門外爾時城裏長者人民見如來非時入城必當有緣或能演說過去當來現在事盡共翼從隨如來後普共至栴檀門外至盲小兒所栴檀香聞如來至尋出門外頭面禮足在一面立爾時世尊觀大衆已集復見栴檀長者集在門外復欲演說慳貪妬嫉受罪無量加說惠施受報無量欲使離有不著三界指授泥洹趣無爲道爾時世尊告小兒曰汝是難陀非也小兒報曰實是難陀佛復重問是難陀耶即報佛言實是難陀其城中人民聞佛小兒相問字皆共愕然云何難陀長者乃受此形爾時世尊欲與栴檀長者拔地獄苦除慳貪心安立福田佛告栴檀香而說偈曰

昔父今難陀　慳貪意纏裹　本不造善行
遭此衆苦惱　設當從此終　當入無擇獄
成惡衆生室　繫以宿緣彊

爾時栴檀長者悲泣墮淚不能自止頭面禮足前白佛言惟願世尊慈愍見憐拔濟罪根於如來所得蒙遺福惟願世尊今請佛及比丘僧爾時世尊爲彼長者默然受請時世尊明清旦著衣持鉢比丘僧前後圍繞至彼長

者家各次第坐長者躬自行水清淨飯食供養飲食已訖行清淨水取一小牀在如來前坐欲得聞法爾時世尊以權方便漸與長者說微妙法論講如來深奥之藏所謂論者施論戒論生天之論欲不淨行婬爲穢濁如是說法不可思議爾時長者即於座上諸塵垢盡得法眼淨長者自察得法見法分别諸法得無所畏即從座起禮世尊足我今如來受三自歸歸命佛法僧自今已後聽爲優婆塞盡形壽不復殺生爾時世尊欲度難陀長者而說此偈

愚者喪財貨　亦非自爲已　愚者貪財貨
自沒溝爲獄　如是貪無利　當知從癡生
愚爲此害賢　首領分于地

愚者喪財貨者所謂喪者已盡已滅更無有餘是故說曰喪財貨也愚者無智無所覺了或貯聚財產不能自食復不施人愚中之愚不過此人人有財貨一者施與二者自食然彼長者自既不食又不施人自不爲已者慳嫉是也纏裹心本不能自解不能自爲愚者貪財貨愛心染著不能捨離是故智者去欲而守靜是故說曰

如是貪無利　當知從癡生　愚爲此害賢
首領分于地

時諸大會聞佛所說歡喜而去

天雨七寶　欲猶無猒　樂少苦多　覺之爲賢

昔佛與頂生王而說此偈是時頂生王宮天雨七寶七日七夜時王臨見心無猒足貪欲者苦多樂少是時彼王遊在天上受天五樂遊四方域快樂無窮臨知欲命終受無量苦

智者觀察恒防未然是故説曰覺者爲賢也
雖有天欲　恵捨不貪　樂離恩愛　三佛弟子
昔佛在摩頭羅國尼拘類園中爾時有一比
丘静室坐禪形不移動復有毒蛇牀下蟠卧
比丘爲睡所屈或低或仰毒蛇自念此人見
恐必欲害我毒蛇即舉身投擲螫坐禪比丘
比丘命終即生忉利天上諸天王女各來衛
侍天子告曰汝等諸妹莫近我身設當近者
必犯於戒諸女自念此天前身必是沙門故
生此間受天之福時諸天女各執鏡前照天
子見鏡衣天之服頭冠天冠天自念言咄嗟
形變云何吾身捨人形今來生天即自悲泣
從座而起行詣天闕見諸衛從有端正者有
醜陋者漸行至園坐一樹下端坐思惟求定
三昧池水之中有異類奇鳥相對悲鳴聲哀

響響鳥形若干形色不同欲求成道不能得
辦是時天子盡其形壽從三十三天至閻浮
利到世尊所頭面禮足叉手向佛以偈問義
天女無數衆　侍衛有醜陋　後園名迷惑
何由而抜濟
然我世尊竟不見諦而取命終雖生爲天受
天之福福盡還入泰山地獄如是流轉無有
窮已如今處窮所向無趣唯憑如來當見愍
念是時世尊以偈報曰
道名直一向　彼方名無畏　車名無曲戾
觀法所成就
爾時天子聞佛所説即於座上諸塵垢盡得
法眼淨爾時天子歡喜踊躍不能自勝繞佛
七帀作禮而去爾時世尊觀察此義尋究本
末示現大明亦使正法久存於世在大衆中

而說此偈
雖有天欲　惠捨不貪　樂離恩愛　三佛弟子
爾時衆會聞佛所說歡喜而去
衆山盡爲金　猶如鐵圍山　此猶無猒足
唯聖能覺知
爾時世尊亦與頂生而說此偈未斷欲之人意所規廓境界方域得一復念一意貪無猒足彼頂生王由貪著故山中大者莫過此鐵圍盡化爲金彌滿世界猶無猒足也
不觀苦源本　受生焉能别　解知世愛刺
進意修學戒
不觀苦源本者諸有衆生奔趣四方經歷險難或遇虎狼盜賊毒蚖惡鬼荆棘深林無人蹤跡或遇刀劒所見屠割復入大海遭諸衆難或遇暴風迴波曲折傷壞大船或遇黑山鬼魅墮羅刹界由此因緣是故說曰不觀苦源本也受生焉能别者皆由貪欲展轉相生也解知愛刺者結使亦名爲刺四大亦名爲刺人有此二刺不離生死受諸苦惱刺者亦名愛刺亦名見刺進意修學戒者進名爲智演說幽奥捨非就是智慧成就

愛品第三

夫人無止觀　多欲觀清淨　倍增生愛著
縛結遂固深
夫人無止觀者如有人不善觀染著身心纏裹不解於其中間不能思惟善法是故說曰夫人無止觀不得至于道多欲觀清淨者或有衆生染著於欲不染著於結或有染於結不染著於欲或有亦染著於欲亦染著於結或有不染著於結亦不染著於欲云何衆生

染著於欲不染著於結於是有人初習於欲後更不犯是謂染著於欲不染著於結或復有人數數習結而不去離是謂習結不習欲云何亦習結亦習欲或有衆生數數習欲亦習結是謂習欲亦習結云何亦不習欲亦不習結或有衆生恩愛意斷不著世累亦不專意數數習近或復有人從頭至足觀身萬物計齒白淨手爪殊妙髮紺青色於中起想不能捨離遂增愛根縛結轉復堅固爲諸結所縛合當引喻智者以譬喻自解猶如有人而被二繫一者葦索二者龍鬚索將至火邊以火炙之葦索便急龍鬚索緩若將入水葦索便緩龍鬚索急未斷欲衆生亦復如是爲縛所繫云何爲二縛一者愛縛二者見結或時衆生思惟不淨觀愛結便緩見結便急有時衆生思惟安般守意見結便緩愛結便急是故說曰縛結遂固深

若有樂止觀　專意念不淨　愛此便得除　如是消滅結

若有樂止觀者若使有人樂捨觀不善思惟善觀恒常親近修學不離繫念在前修行不淨念自校計前所意著髮毛爪齒從頭至足皆是我所後復思惟穢汙不淨三十六物無可貪者一一分別尋得不淨觀身觀身意止内外意法也愛此便得除者以慧證淨盡而除去愛思惟不淨者便能去愛著亦不能縛著永棄諸結更不習近是故說曰如是消滅結也

以欲網自蔽　以愛蓋自覆　自恣縛於獄　如魚入於獄　爲老死所伺　若犢求母乳

以欲網自蔽者網者覆蔽人自損智不明不能出要至無爲道網者不能專意思惟校計以無明自覆蔽以愛蓋自覆者以愛自纏裹求出無期猶如剛火灰覆不現無智之士以脚蹈踐燒足乃覺愛所覆蓋亦復如是猶如刀劍仰向無目之士以手把持即自被傷諸衆生類亦復如是以愛結自覆不觀善不善法緣是興起憂悲苦惱輪轉生死不離五道是故說曰以愛蓋自覆也自恣縛於獄者諸有自恣不順正教爲愛縛所縛不自恣者便離於縛如魚入於獄者猶如漁獵執羅網捕魚以入羅網無有出期此衆生類亦復如是捨於善法習於穢濁不要之道如來說法時會衆生大衆之中有如魚入於獄求出無有期此衆生類亦復如是爲愛結所纏不能得至泥洹無爲之道時彼獵人聞佛說須各自驚愕如來說法不爲餘人正爲我等各自悔責改所修習更不爲惡是故說曰猶魚入於獄諸佛常所說法接有緣衆生不唐舉義猶如醫師審病根源而後授藥是時師瞻知病輕重相顏視色然後授藥當授藥時不增不減處中瞻視所以然者恐病不除諸佛世尊爲人說法亦復如是觀察衆人心意所趣知病輕重然後說法使得開解心無減少要處中說除諸結使觀衆生心須一偈便說一偈須五句者與說五句須一句半者與說一句半爾時世尊觀察獵者意故說斯偈其中自恣放逸意者便與說此爲老死所伺如犢求母乳也猶如新生犢子其心終不離母此衆生類亦復如是爲老死所追如影隨形若利

根衆生善察分别便得離此衆患苦惱增益善本若鈍根衆生不作此觀則無所成是故說曰為老死所伺如犢求母乳

意如放逸者　愛增如梨樹　在在處處遊　如獲遊求果

意如放逸者若刹利長者居士比丘比丘尼優婆塞優婆夷少壯處中長老未至於道者意增於放逸增愛欲根如摩樓樹初生為葛藤所纏長便枯死愛欲之意亦如是使諸衆生根本焦盡是故說曰猶如摩樓樹在在處處遊者地獄餓鬼畜生流轉五趣猶如坏輪是故說曰在在處處如獲遊求果者猶如獮猴求諸果蓏從樹至樹從林至林是故說曰如獲遊求果

夫從愛潤澤　思想為滋蔓　愛欲深無底　老死是用增

夫從愛潤澤者此愛流溢如壞器水漏諸色聲香味細滑法憶本所造五樂自娛是故說曰夫從愛潤澤夫為潤澤酥麻膏油不為潤澤如此所潤可以灰土澡盡除去膏油愛欲潤澤者唯有諸佛世尊出現於世以智慧刀乃能割斷是故說曰愛為潤澤思想為滋蔓者火之熾熱不過於思想火所燒瘡可以藥療思想火被燒不可療治若有殺父殺母不與取婬泆作衆罪過諸佛世尊所不能療治是故說曰思想為滋蔓老死是用增者生有分身憂老有四百四病痛死有刀風惱是故說曰老死是用增

衆生愛纏裹　猶兔在於罝　為結使所纏　數數受苦惱

衆生愛纏裹者愛恒在前導流轉生死不得出三界猶兎在於罝者猶如兎在罝網馳走東西無有出要此衆生類亦復如是爲愛迷惑流轉生死周旋五道沉溺四流爲結使所纏者此衆生類爲愛繫所纏不能離生死愚者受苦愚者心口意行皆非眞正不別善惡受於地獄餓鬼畜生形是故說曰數數受苦惱也

衆生爲愛使　染著三有中　方便求解脫須權乃得出

衆生爲愛使者爲使所使爲結所結爲縛所縛是故說曰衆生爲愛所使染著三有中者欲有色有無色有是故說曰染著三有中方便求解脫者云何求方便欲使有使無明使見使如此衆生染著諸使云何得免生死苦惱猶如兩牛共一軛有人隨後捶豈得不挽重比衆生類亦復如是以四流爲重安處四軛豈得免生死病也須權乃得出者以求方便與父母兄弟宗親和同無常對至各自離別是故說曰爲生老病死所逼須權乃得出諸有衆生欲愛未盡恒有生老病死追在於後欲愛已盡者無復生老病死是故說曰生老病死須權乃得出

若能滅彼愛　三有無復愛　比丘已離愛寂滅歸泥洹

若能滅彼愛者愛之爲病衆苦湊集諸天世人所見歎譽是故說曰若能滅彼愛三有無復愛者已除愛已除熱已除衆惱已除去愁憂三有者欲有色有無色有是故說曰三有無復愛比丘已離愛者諸有愛所纏所裹所

持比丘破諸結使是名爲比丘著弊衣持鉢亦名爲比丘是故說曰比丘已離愛寂滅歸泥洹亦無是意處是不愛是都無想著是故歸泥洹亦無結使影亦無更生影是故說曰寂滅歸泥洹

以爲愛忍苦　貪欲著世間　憂患日夜長
莚如蔓草生

以爲愛忍苦者諸有心趣不能去離多諸患害無處不染著是故說曰以爲愛忍苦貪欲著世間者難捨難離懷抱不忘世間者五陰亦名世間受盛亦名世間是故說曰貪欲著世間憂患日夜長者常有憂患有熱惱有疾痛今引譬喻智以譬喻自解莚如蔓草生

人爲恩愛惑　不能捨情欲　如是憂愛多
潺潺盈于池

人爲恩愛惑者恩愛牢固永劫不朽戢在心識不能捨懷以此恩愛不能越次取證一往不還不可制持亦不可滅是故說曰人爲恩愛惑如是憂愛多者由此恩愛增諸苦惱入骨徹髓猶如流水流入于池亦如蓮華池水不著此亦如是恩愛纏結深固心懷以解脫水洗其愛心亦復不著是故說曰潺潺盈于池也

諸賢我今說　衆會咸共聽　共拔愛根本
如擇取細辛　以拔愛根本　無憂何有懼

諸賢我今說者我者如來一切智三達六通衆相具足分別諸法諸賢者大衆之名成就賢聖諸法所行衆法仁賢過於三界所爲皆辦是故說曰諸賢我今說衆會咸共聽者衆會者刹利婆羅門比丘比丘尼優婆塞優婆

夷盡集一處思惟法本志所趣向皆得其願是故説曰衆會咸共聽共拔愛根本者愛根本者何者是無明是如所説諸向此五趣從今世至後世無明爲根本皆由貪欲生更有説者前有癡心後愛染著是故説曰拔愛根本者如選擇細辛者所以稱説擇細辛者有二因縁一者除病二者販賣思惟選擇好者便取病者得愈販者得利彼修行者亦復如是愛根深固須慧分別應行衆生尋得受化便成就大事已拔愛根便得阿羅漢是故説曰如選擇細辛已拔愛根本者所謂愛根本根本是無明枝葉餘結使故曰愛本也無憂何有懼者有憂當有懼無憂何有懼憂者欲界非色無色界何以故憂欲界非色無色界耶答曰以其彼界性無憂故所以生憂者有父有毋國財妻子僕從奴僮田宅財穀此諸居業皆亦爲憂永無此者終無有憂是故説曰拔愛根本

有愛以有死　爲致親屬多　涉憂之長途
愛苦常墮厄

爲道行者　不與俗會　先誅愛本　無所殖根
勿如刈葦　令心復生

有愛以有死者猶如未斷欲衆生衆結使具足愛在其中説曰凡此衆生貪求無猒皆由愛心求三有者亦是愛心意所貪著妻息財貨皆由愛心是故説曰有愛以有死爲致親屬多涉憂之長途者前過不可尋此諸衆生流轉迴趣五道生死地獄餓鬼畜生死此生彼縁此四大身愛結所纏是故説曰涉憂之長途愛苦常墮厄者數數處胎受形無量處

生熟藏間屎溺所染汙臭穢不淨數數入胎亦無猒足亦無慚愧是故說曰當以巧便修其道會不與俗會數數者生生不息來往不已於此生在彼没此生者此現身分彼生者彼異趣也此生者此人身彼生者彼五道也是故說曰先誅愛本無所殖根恒處五道生處五道復有輕重有福便輕無福便重雖有輕重莫若於道無爲道中都無輕重無生滅著斷設不求道染汙穢者如刈蘆葦及刈菅草生生不息

無欲無所畏　恬惔無憂患　欲除使結解
是爲出長淵

無欲無所畏者聖人已離於欲無畏無憂志性恬靜是故說曰無欲無所畏恬惔無憂患者已離諸欲永盡無餘若有衆生不能離愛猶河趣海晝夜不息是故說曰恬惔無憂患以能盡愛名滅體盡無復根本欲除使結解是爲長出淵不復處有累亦不作行非不作行是故說曰長出於淵

諸天及人民　依愛而住止　愛往衆結隨
時流亦不停　時過復生憂　入獄乃自覺

諸天及人民者何以故說天及人民乎以其爲愛所使若生爲天王女營從共相娛樂視東忘西若生爲人多所染著養妻畜子心不捨離若入地獄受諸苦惱無復愛心餓鬼畜生雖有愛心微少不足言諸天及人愛心最多是故說曰諸天及人民依愛而住止者衆生之類依愛住染汙與愛共俱是故說曰依愛而住止愛往衆結隨者猶如有人渡江河海導正從亦正愛亦如是趣三惡道衆結亦

隨是故說曰愛往衆結隨時流亦不停者一時中間生處人中處在中國平正之土得種善本無有山河石壁饒出珍奇異物得信堅固於佛法衆有反復心慈愍一切殖衆德本諸佛出生皆與此國雖處中國亦是過去不得久住是故說曰時流亦不停時過復生憂者邊地佛後在八無閑處追本尋末自耻不及於中便生愁憂苦惱椎胷嗅呼念過去事是故說曰時過復生憂入獄乃自覺咄嗟老苦我等在世間時聞諸學道之人修善得福爲惡入獄習愛心者殖三界病沙門亦說奉持五戒修行十善得生天上人中我等愚癡不從教誡今反入獄受諸苦惱刀山劒樹火車鑪炭皆由愛心種此諸根是故說曰入獄乃自覺

緣愛流不住　陰根欲網覆　枝葉增飢渴

受苦數數增

緣愛流不住者爲緣何等緣者地獄餓鬼人及諸天緣愛未來有陰持入諸愛亦緣境界出法所由是故說曰緣也愛流者猶如駛河流逝于海此愛流者亦復如是漏出諸色聲香味細滑法是故說曰愛流也不住者猶如穀種子入地即變易隨時漑灌萌芽得長愛穀種子亦復如是遍滿人身隨氣迴轉增諸不善根不住三界流轉四生奔趣五道是故說不住也陰根者五盛陰身是謂五盛陰深固難動如說陰根癡刺苦無常苦空無我亦復如是是故說陰根也欲者有二事欲上至空際下遍十方境界地獄餓鬼畜生緣欲不斷故曰欲也網覆者猶如世人以羅網捕鳥

以罥弶捕鹿以深穽捕虎其有鳥獸遭此難者無有出期此衆生類亦復如是以欲網所覆不見善惡意常甘樂妙色香味細滑法爲愛所纏不能去離其有衆生墮於愛網者必敗正道不至究竟是故說愛網覆也猶如葛藤纏樹至末遍則樹枯愛亦如是遍滿人身從頭至足無空缺處猶人墮厠盡汙身體有智之士欲濟彼命遍觀其人頗有淨處挽而出之彼無淨處可挽出然此人身愛心遍滿不可療治是故說曰枝葉增也飢渴者世人飢渴可以水漿以濟其命或食草根果蓏或以消息服氣或以藥草神呪可得延壽此愛心飢渴者飲四海水猶不漬愛一尺之地是故說愛渴而難濟也受苦者愛未除盡數數增多長諸苦源是故說曰受苦數數增

伐樹不盡根　雖伐猶復生　伐愛不盡本　數數復生苦

昔佛在舍衛國祇樹給孤獨園時有守園人瞻守官園當園中間生一毒樹諸有男女入園遊觀停息此樹下者或頭痛欲裂或腰脊疼痛或即於樹下便命終者時守園人知爲毒樹後見衆人遭諸苦難即施斧柯長一丈餘遙斫毒樹未經旬日即生如故然彼毒樹枝葉團團樹中之妙衆人見者無不歡喜其中衆生不知忌諱來遭此難共往奔彼自蔭其身影未移間復遭苦厄時守園人復於異日以斧往斫樹生如故倍復殊妙如是數斫生生如舊彼守園人宗族五親妻息僕使貪樂樹蔭盡取命終其人單孑一巳晝夜愁憂號悲而行路遇智者自陳酸苦其痛萬端是

時智者告園人曰此衆苦惱卿自爲爾夫欲止流莫若高堰欲伐樹者當盡根源卿所施功但種生栽何言伐樹汝今速往掘出根本其人意迷復處死至設我近彼掘出樹根定死無疑若我死後官當更立守此園者我族止爾滅盡無餘亦無繼嗣續我後者宜自逃走出家學道至舍衛國祇洹精舍詣諸道人得作沙門然彼園人昔種善福根栽垂熟應入律行是時世尊還顧視彼比丘在大衆中而說此偈

伐樹不盡根　雖伐猶復生　伐愛不盡本　數數復生苦

時彼比丘聞說斯偈便自追本目所經歷即自心悟内自剋責思惟四大穢漏之患念彼毒樹數數往伐生生不息今四大身與彼無異愛根深固不伐根者枝流不斷便當就於生老病死没彼生此生此没彼如是流轉永無休息猶如毒樹自伐其根復害衆人此愛結使亦復如是自毁其命復能外損智慧之性爾時比丘反覆重疊觀此五陰從頭至足無一可貪即於座上得須陀洹果斯陀含阿那含阿羅漢果六通清徹在大衆中心自感激三自稱善快哉大道不拒微細令蒙聖恩得盡諸漏即從座起繞佛三帀還復本座現十八變於無餘泥洹界而取泥洹

猶如自造箭　還自傷其身　内箭亦如是　愛箭傷衆生

昔佛在摩竭國甘梨園中城北石室窟中有衆多獵師入山遊獵廣施羅網殺鹿無數復還止山時有一鹿墮彼穽中大聲喚呼獵師

聞已各各馳奔自還墮𡑗傷害人民不可稱數雖復不死被瘡極重痛不可言各相扶持劣得到舍求諸膏藥以傅其瘡室家五親各迎屍喪歸還耶旬之其中被瘡衆生自知瘡瘽猒患遊獵宿緣應度種諸善本便自捨家學道作沙門爾時世尊與無數百千衆生前後圍繞而爲說法爾時世尊爲彼衆生後拔其根修立功德示現教誡永離生死常處福堂於大衆中而說此偈

猶如自造箭　還自傷其身　內箭亦如是　愛箭傷衆生

時彼獵者雖爲沙門不自覺知如來今日證明我等定爲獵師內自慚愧自省本過在閑靜處思惟正觀係意所亂不以族姓子剃除鬚髮著三法衣出家學道修無上梵行自身作證而自娛樂生死已盡梵行已立所作已辦更不復受生死如實知之爾時諸比丘皆得阿羅漢六通清徹無所罣礙是故說此偈

能覺知是者　愛苦共生有　無欲無有想　比丘專念度

能覺知是者愛者衆病之首猶如城郭聚集人民憑地自怙云何愛衆病之首如佛所說泥犂受苦其數難量皆由愛所造凡在地獄受諸苦惱皆是愛病諸殺生者亦由愛致不與取婬泆妄語十不善行亦復如是皆由愛心造斯諸惡十惡已具死入地獄十三火炙燒炙其身云何爲十三有二火山當前向身入腹穿脊過又二火山從背後來入脊從腹出又二火山從左脇入右脇出又二火山從右脇入左脇出又二火山從下入上出又二

火山從上入下出第十三火山何者是自身所造渴愛者是也十二火山其痛可忍自身所造渴愛火山者不可療治如佛契經獄卒阿傍問諸罪人汝等爲從何來罪人報曰我等飢困亦不自知爲從何來爾時獄卒即以熱鐵丸彊令使食獄卒斯須復問罪人汝等爲從何來我等甚渴亦不自知爲從何來爾時獄卒偃卧罪人洋銅灌口燒口咽喉皆悉下過取要言之地獄苦痛憂惱萬端受畜生形衆苦無數云何爲畜生受苦如佛契經所說於是比丘生畜生者多諸苦惱比丘當知若有衆生墮畜生者生冥長冥於冥無常此等何者是所謂入地蟄蟲是皆由前身貪樂愛欲身口行意惡身壞命終死爲地中蟄蟲是謂冥生冥長於冥命終是謂比丘畜生甚苦其痛難忍或有衆生緣四大生緣四大長緣四大終此何者是所謂疱生是皆由前身貪著愛味故身口意惡身壞命終生疱蟲中緣四大生緣四大長緣四大命終是謂比丘畜生甚苦其痛難忍比丘當知復有衆生生畜生中聞人大小便臭氣馳走奔向我等食是飲是此等何者是所謂雞狗豬豚驢馬狐烏鳥等是也比丘當知餓鬼甚苦云何餓鬼苦或有餓鬼食噉鬚髮或食身毛或食指爪齒身垢薄膜至厚皮至華筋骨心脾腎肝膽大小腸胃屎腦髓淚汗涕唾膿血脂膩痰溺如此衆類餓鬼所食受此衆苦皆由前身貪著愛味慳貪獨食設施人食呪詛罵詈汝等噉我食如食膿血大小便亦復如是後爲餓鬼食此衆穢復有餓鬼本爲人時獨食無耻

初不施人一粒之米若見人施者抑遮使止後爲餓鬼經歷久遠耳曾不聞食飲之名況得食乎此餓鬼苦不可具宣此三惡趣受苦無量斯由前身愛心堅固種此諸苦是故佛說愛者衆病之首也愛苦共生有者無欲無有想欲已去離永盡無餘已吐已捨無有熱惱衆患之本是故說曰無欲無有想比丘專念度者比丘專意初不錯亂離邊至無邊從此至彼岸入泥洹境清涼無熱惱一切愛戀心寂然不起是故說曰比丘專念度也

出曜經卷第三

音釋

曀壹計切陰暗也　剗楚限切剗削也　匍匐匍步乎切匐蒲墨切匍匐盡力趨往也　螫施隻切蟲行毒也　罝咨邪切兔罟也　莚延面切蔓莚相連屬貌　蔓無販切葛屬　潺鉏山切流貌　刈倪祭切割也　溺奴弔切與尿同　菅居顏切菅茅也　恬惔恬徒兼切惔徒覽切恬惔安靖也　罥扃縣切網也　穽疾正切陷也　孑吉列切單也　堰於建切埭也　疱皮教切瘡疱也　脾腎脾頻眉切土藏也腎時軫切水藏也

出曜經卷第四

尊者法救造

姚秦三藏竺佛念譯

無放逸品第四

戒爲甘露道　放逸爲死徑　不貪則不死
失道爲自喪

戒爲甘露道者不放逸人雖死亦不爲死昔一比丘行滿德充六時行道無毫氂減失初夜中夜後夜精勤汲汲斯須不倦如是經久肓滿結氣得心痛患衆醫療治竟不除瘥便忽命終有一優婆塞聰明高才無事不知到比丘僧中而説此偈學禪修定者雖身變敗壞寧敗就後世不敗令存在何以故爾不學禪定者自既不染神復不度人何以故不自染神受他信施衣被飯食牀卧具病瘦醫藥不能消化畢其施恩命終之後當復報償不能濟彼者兼使檀越主人不得果報不能顯揚佛法雖存日損日耗大法隱没外道熾盛如此之類喪法源首是故説曰戒爲甘露道放逸爲死徑復重説曰放逸爲死徑者放逸之人多諸愆咎種今世後世不善根栽尊者馬師亦作是説智者捨放逸猶如捐毒藥放逸多愆咎今世亦後世智者示其源尋究放逸本咄嗟放逸如鼠溺酥餅昔有長者家持酥高樓上覆蓋不固鼠入酥餅晝夜噉食不出餅口身體遂長酥既盡澌鼠滿餅裏狀似酥色有人至長者家欲得買酥是時長者尋樓上取酥持著火上鼠在餅裏頭在於下身體在上便於餅中命終便於餅中復化爲酥賣與買人得酥量取升汁骨沉在下髑髏脚

骨各自離解長者見已内自思惟吾取酥時
餅口無覆必有鼠入噉食此酥即住餅裹不
肯出外酥盡鼠死事必爾耳長者復念放逸
多愆其事如是道俗不異俗不異者其事云
何慳貪不施不持禁戒不修八關齋法歲三
月六恒不奉持雖處於世無益於道死就後
世神受殃痛墮惡趣八不閑處受諸苦惱不
可稱計此是俗之放逸衆惱如是云何道之
放逸於是學道之人外倚法服内懷姦宄亦
復不修習經典承事受正教不念禪定思惟
戒律唐勞其功不獲其報於現身中不獲果
證於後世方更積行是故說放逸爲死徑也
不貪則不死者雖死亦不言死何以故不放
逸人遷神生天受福無量延壽無敗心猛不
惑亦不中夭無失命之憂是故說曰不貪則
不死失道爲自喪者習放逸行不慮前後中
間之惡不習善壽如賢聖壽述非自是不從
人諫謂已所行真正餘者不真不以智慧以
自營命是故說曰失道爲自喪也

慧智守道勝　終不爲放逸　不貪致歡喜
從是得道樂

慧智守道勝者於諸功德最勝最上智者自
修身無復缺漏善能分別諸趣諸道智者聰
明無有愚惑常爲天人所見歎譽增益諸佛
正法不斷是故說曰慧智守道勝也終不爲
放逸者已離於放逸更不造故心悦意歡於
諸善法心無厭足是故說曰終不爲放逸也
不貪致歡喜從是得道樂者賢聖道者無放
逸行習本因緣盡不復樂生處在三有是故
說曰從是得道樂

常當惟念道　自彊守正行　健者得度世
吉祥無有上
常當惟念道者夫坐禪者從朝至夜從夜至朝係念在前心無錯誤從初至後從後至初思惟惡露此人身中不淨之觀是故說曰常當惟念道也自彊守正行者意常勇猛心不中悔越度生死未獲者獲未得者得未得證者疾令得證是故說曰自彊守正行健者得度世者所謂諸佛世尊及佛弟子堅住正法心難沮壞除諸惡法穢汙之行漸近泥洹永寂安隱是故說曰健者得度世也吉祥無有上者如來所化吉無不利所行吉祥皆悉降伏外道異學一切生死謂不吉祥憂惱萬端如輪行轍初無停息過是上者更無有法出此法者是故說曰吉祥無有上也

放逸如自禁　能却之爲賢　已昇智慧堂
去危而即安　明智觀於愚　譬如山與地
當念捨憍慢　智者習明慧
放逸如自禁能却之爲賢者昔尊者大目揵連躬自度二弟子初出家學道一者從濯浣家出二者從鐵作家出時大目揵連漸教二人先告鐵師曰當習此禪法善念思惟不淨惡露觀次告浣衣者曰汝今習安般守意此二人等晝夜精勤所願不果經十二年不能得定時尊者舍利弗知彼二人所願不獲語目連曰汝訓弟子不以正行訓當用法乃訓放逸汝今未了應時法行此浣衣出家者當以說不淨觀所以然者其人意淨意潔來久若當聞說不淨觀者心即解脫無所罣礙復當與彼鐵作比丘者教訓以安般守意所以

然者其人恒習手執韛囊了氣多少然後心意乃得悟覺時目犍連隨舍利弗語訓二弟子即得開悟是故說曰放逸如自禁能却之爲賢已昇智慧堂去危而即安者諸賢聖得昇此堂者觀諸凡夫行人如野草木以大慈心廣潤無外猶如人間豪族堂舍庶民所羨諸聖等亦復如是昇賢聖堂觀諸衆生所習非眞憂念衆生未脫其苦習著放逸或於智慧放逸者心在於禪意習於禪隨師教誡不違其訓是謂智慧放逸也方知不習禪者無由得度是故說曰已昇智慧堂去危而即安明智觀於愚譬如山與地者猶如有人登高山上遍觀下人無不照見下人觀上而無所覩愚者與賢亦復如是愚人迷固不能解了要由賢聖乃得開悟是故說曰明智觀於愚譬如山與地當念捨憍慢者有目之士觀放逸行非眞非有不可恃怙是故說曰當念捨憍慢智者習明慧者所謂智者不由他受應對無外不稟受他相色即覺是謂爲智意性捷疾觸事能報內雖博學外現謙受是故說曰智者習明慧

發行不放逸　約已自調心　慧能作錠明不反入冥淵

發行不放逸者發行用心不倦雖復發行意怯弱者不爲發行但有勇猛所願必果是故說曰發行不放逸者心雖精進猶有放逸不能成辦無上道果是故說曰不放逸也約已自調心者約已者戒具清淨調心者執意不亂終無邪念是故說曰約已自調心慧能作錠明者處在彈指之間成辦四事云何四事

除去無明燒五陰形然生脂膏永滅愛本猶如慧明彈指之頃成此四事亦復如是成辦四事除去無明燒五陰形然生脂膏永滅愛本賢聖道明亦復如是彈指之項成辦四事除去無明然生脂膏永滅愛本燒五陰形不爲愚者所屈以其成就賢聖道明故以有道明衆邪外道不能傾動其心是故說曰不反入冥淵也

正念常興起　行淨惡易滅　自制以法壽
不犯善名增

正念常興起者或有行人興起想念所欲爲事則不成辦尊者童子辯說曰意念施設事心悔則不辦識猛專一意何顧而不得彼修行人亦復如是心但念善身不行者不至彼岸是故說曰正念常興起也行淨惡易滅者身行清淨口行清淨意行清淨何者不淨者四顛倒是無常謂有常是一顛倒苦謂爲樂是二倒不淨謂淨是三倒無我謂我是四倒與此四倒不相應者是謂爲淨是故說曰行淨惡易滅諸結使盡身體清涼而無熱惱亦名爲惡滅自制以法壽者所以言制者制身口意以法養壽非爲非法以法求壽非爲非法是故說曰自制以法壽也不犯善名增者名稱聞於八表德量徹于十方其有聞者莫不篤信承受其教者是故說口不犯善名增也

專意莫放逸　習意能仁戒　終無愁憂苦
亂念得休息

專意莫放逸者夫欲習行意極熾盛者於禁法中復有缺漏昔佛世尊弟子二十億耳比

丘自說教誡曰諸佛世尊弟子之中勇猛精進者吾爲上首然我於無漏法中心未解脫若我先祖父母財業居産不可稱計我今學道而不克獲宜還歸家捨三法衣修於俗法五樂自娛廣施貧乏修戒精進何爲自苦不果我願爾時世尊以天耳徹聽清淨無有瑕穢聞彼二十億耳比丘欲得還家修白衣行即從祇洹没至億耳比丘所問比丘曰云何二十億耳汝發此念又自陳說諸佛世尊弟子之中勇猛精進吾爲上首然我於無漏法中心未解脫然我先祖父母財業居產不可稱計我今學道而不克獲宜還歸家捨三法服修於俗法五樂自娛廣施貧乏修戒精進何爲自苦乃至於斯汝審有是語乎對曰如是世尊佛告二十億耳比丘曰我今問汝內法之義一一報吾云何二十億耳汝本在家時善調琴琴與歌和歌與琴和聲響一類乃成其曲不乎對曰爾也世尊云何二十億耳若琴絃急緩者爲成曲不乎對曰不也世尊云何二十億耳若琴絃不急不緩爲成曲不乎對曰如是世尊世尊告曰修行比丘勇猛精進便生慢怠若懈怠不精勤者復生懶惰是故汝今亦莫極精勤亦莫懈怠處中行道乃成其果有漏心便得解脫爾時世尊說此語已便從座起而去爾時尊者二十億耳在閑靜處專念思惟自感懇惻所以族姓子剃除鬚髮著三法衣出家學道修無上法盡有漏成無漏於無餘泥洹得阿羅漢是故說曰專意不放逸也習意能仁戒者能仁者諸世尊所謂戒者二百五十戒威儀內禁諸佛訓

誨一句一義盡爲禁律盡爲戒當習是捨是當離是就是是故說曰習意能仁戒也終無愁憂苦者夫修行人內心懈怠不修無上道法染著世累不離於俗故生愁憂復次違法失禁亦生愁憂復次行人受他信施貪餮無猒亦不諷誦坐禪定意不修念道德亦不教化佐助衆事如此之人便生愁憂何者無愁憂所謂五根得力於禪法無所缺損便得越次至無爲境入無憂堂寂然快樂是故說曰終無愁憂苦也亂念得休息者所謂休息永滅不起亦無生滅者斷諸有熱惱陰持入病吟而不起由善習定乃至無憂之室專念不亂恒有善念與善因緣是故說曰亂念得休息也

不親卑漏法　不與放逸會　不種邪見根

不於世長惡

不親卑漏法者卑漏法者何者是一切諸結一切諸惡行一切邪見一切顛倒若有衆生親近如斯法者便具衆惡是故智者不當親近亦莫與從事亦莫與譚對言語亦莫與坐起行步常當遠離如避火災是故說曰不親卑漏法不與放逸會者夫放逸人所修行業動生患禍以惡知識爲徒侶以十惡法以爲援助實非親欵像如朋友佯啼墮淚謀圖其罪辭爲甘美內如劒戟如此放逸之人常當遠離不與從事先甘後苦聖人不習是故說曰不與放逸會不種邪見根者夫邪見之爲病其事萬端如契經所說無今世後世亦無父母世無羅漢等得道者捨佛眞言隨俗美辭造立詩頌虛稱詐逸行不合已捨本就末

離實居詐所習顛倒云佛世尊辟支佛阿羅漢阿那含斯陀含須陀洹非眞非有毀謗六度稱言非行如斯之比最爲邪見何以故爾謂眞非眞謂不眞是眞佛在世時神口說曰愚癡之人不應受者而受反見誹謗云佛言非自陷於淵復墮他於深淵中諸天世人不致其敬若習外道異學符書呪術鎭壓求覓良日役使鬼神幻現奇術如此輩事皆爲邪術有目之士不當修習也佛譬喻說猶有人須蛇食噉處處求索久乃克蛇以手把尾蛇反螫手毒遍身體忽便無常皆由其人不巧捉蛇故以喪其命今此愚人亦復如是以非爲眞以眞爲非是故說曰不種邪見根也不於世長惡者所謂世者有三云何爲三一者衆生世二者陰世三者三界世衆生世者一足二足四足乃至衆多足有色無色有想無想亦想非不想是謂衆生世陰世者欲界色界五盛陰無色界四陰是謂陰世三界世者三千大千至無邊界復從一起數至三千大千世界是謂三界世若有衆生習邪見者便長於世生諸穢惡長地獄世餓鬼世畜生世不種邪見根者不與此三世從事是故說曰不於世長惡也

正見增上道　世俗智所察　更於百千生終不墮惡道

正見增上道者諸有分別邪見根源永捨離之正使前人化作佛形其人前立演說顛倒謂爲正法持心堅固終不承受何以故爾以其正見難沮壞故正使弊魔波旬及諸幻士化若干變來恐善男子不能移動其心倍修

正見意不移易此是世俗正見非第一義是故說曰正見增上道世俗智所察也更於百千生者如佛所說吾未曾見行正見人於百千生墮惡趣者吾未聞也所生之處賢聖相遇亦不墮地獄餓鬼畜生中是故說曰更於百千生終不墮惡道

修習放逸人　愚人所狎習　定則不放逸

如財主守藏

修習放逸人者執意迷固不順正理謂己所行是彼所行非親近翫習周而復始如獲重寶不能捨離是故說曰修習放逸人也愚人所狎習者猶如愚戇小兒亦不別眞僞白黑所不應捉者便捉何者是火毒蛇也定則無放逸者禪定攝思內外清徹經七大七禪睡禪麹法杖撿心坐禪墮時進趣不失禪法云何名定所謂定者意不退還日進不却三七二十一日寂然無想大七者七七四十九日於中精勤意不錯亂便得禪定意亂失次復從一始至七大七禪睡者以珂著頭上以繩屬耳睡則自寤禪麹者禪師手執禪麹伺於睡者以麹往擊得麹轉擊餘者用自覺悟法杖者復以杖悟於餘者展轉相悟求於禪定是故說曰定則無放逸也如財主守藏者彼禪定比丘守護不捨設有錯亂尋攝其心彼守藏主亦復如是尋時瞻候伺察庫藏七珍雜寶衆物牛羊僕財奴婢金銀珍寶硨磲碼碯之屬眞珠琥珀尋時瞻候不使漏失是故說曰如財主守藏也

修習放逸人　愚人所狎習　定則無放逸

便能盡有漏

便能盡有漏者彼修行人内自思惟有漏之病多諸愆咎漏諸結使布在三處欲界色界無色界我緣此愆縛著生死實見欺誑不至究竟我今方宜要當捐棄現者使盡未來未生亦不造新復不習故是故說曰便能盡有漏也

莫貪莫好諍　亦莫嗜欲樂　思念不放逸
可以獲大安

莫貪莫好諍者不習放逸亦不與俱見有習者心不好樂復勸進人使離放逸亦不親近是故說曰莫貪莫好諍也亦莫嗜欲樂者外道異學歎說欲樂異學自說欲爲鮮淨清淨無瑕當共食欲使諸根充足習欲無罪以穢法爲淨所以然者有形之人非欲不生者無欲者豈有我乎如來說曰此非眞義當共毀呰何復歎譽所以然者爲欲謂毋主生欲樂是故說曰亦莫嗜欲樂也思念不放逸可以獲大安盡脫出諸結使恬然歡樂國王大臣長者居士積財巨億恣心自娯謂爲受樂無窮此習非安之法當時甘心後必受苦求出無期實爲險危一切諸使永盡無餘者是爲乃獲大安者不可移動更不涉歷四境之難以三達六通雖有神足不能移安使至危險是故說曰可以獲大安也

不爲時自恣　能制漏得盡　自恣魔得便
如師子搏鹿

昔佛在舍衛國祇樹給孤獨園爾時世尊告諸比丘未得盡有漏莫有所恃此偈亦說不爲時自恣長養四大如虺同居汝今比丘當念精勤求離牢獄何緣放逸永失道裁死徑

無數苦多樂少云何於中復興塵勞生死熾然無迴避處云何於中仍興放逸是故說曰不爲時自恣能制漏得盡者汝等雖得須陀洹果斯陀含果諸漏未盡欲愛未斷雖不入地獄畜生餓鬼欲未盡者未可有所恃怙猶有大畏存在何者魔是也弊魔波旬晝夜伺察人短世間放逸心懷踊躍追逐人後使人退轉是故說曰自恣魔得便如師子搏鹿猶鹿母初乳兒小逐母東西戀其子不能遠逝時師子獸王審知鹿母不能離子時往搏撮鹿母子俱喪所以然者以其鹿母戀其子故師子得便欲未盡者亦復如是聞此切教生猒患觀諸法如幻如化在閑靜之處靜寂思惟志不移易欲愛心盡無復塵染欲愛盡得阿那含道即復前進亦不中悔共相率勵精究苦源盡諸縛著逮漏盡通得阿羅漢是故說曰不爲時自恣能制漏得盡自恣魔得便如師子搏鹿也

放逸有四事　好犯他人婦　危險非福利
毀三婬泆四

放逸有四事者著欲之人所遊居處心常悅習畜以實用明者觀察以爲穢漏不獲其德卧則不安好喜罵詈地獄爲四事好犯他人婦者衆惡不可計今身亦後身現世爲人所見憎嫉云何現身爲人所憎所以爲人所憎者或爲王法所拘或爲夫主所捉或閉在牢獄搒笞萬端拷掠荼毒其惱無數身壞命終生劒樹地獄中罪人在獄見劒樹上有端正婦女顏貌殊特像如天女時諸罪人見彼女端正無雙心歡意樂欲與情通相率上劒樹

枝下垂刺壞身體毒痛難計欲至不至諸端正女忽然在地罪人遥見諸女在地復懷歡喜復緣樹下劍枝逆刺破碎身體肉盡骨存高聲喚呼求死不得罪苦未畢復還生肉皆由貪婬致此苦毒如此經歷數千億萬歲受此毒痛亦不命終要盡罪貪婬入獄其事如是若復貪婬之人墮畜生中或有時節婬起或無時節婬起婬有時節衆生輩雖犯於婬不犯他妻婬意偏少不大慇懃婬起或無時節衆生者在人間時婬意偏多犯他婦女今爲畜生欲意甚多以是之故婬無時節生在畜生受罪如是貪婬衆生墮餓鬼中爲婬泆故共相征伐乃至阿須倫與諸天共爭皆由貪婬犯他妻婦生餓鬼中受罪如此貪婬之人生人中者已婦妻女姧婬無度遊蕩自恣

不可禁止若復彊犯越法婬泆或尊或卑不避親踈雖得爲人亦無男根或有兩形或無形者或有一形亦不成就如此淫泆之類皆由犯婬無高下故貪婬之人若生爲天遭五災疫瑞應之變已天玉女與他娛樂天子見已內懷憂慼如被火然我身猶婬王女離索心意熾然生不善念於彼命終生地獄中斯由不福利行生五道中隨形受苦其罪不同是故說曰危險非福利也毀三婬泆四者是時婬泆之人恒懷懼心知犯婬罪重沒命不改具三口意罵詈惡言或婬泆之人先不與女人相識往便犯之爲女人所罵或與女人相識先有言語夫主見者夫主所罵是故說曰毀辱罵詈三地獄四也入地獄中役使罪人其事非一是故說曰地獄爲四也

不福利墮惡　畏而畏樂寡　王法重罪加
制意離他妻
不福利墮惡者所趣惡道餓鬼畜生地獄道受苦無量畏而畏樂寡者今出其事昔阿育王弟善容出城遊獵入深山中見諸梵志躶形暴露以求神仙勞神苦體望獲梵福服食樹葉其精勤意勇猛者日服一葉劣軟弱者日服七葉或有服六五四三二一食七葉者服七合水六者六合五合三二一亦復如是若不得水七過吸風六者六吸五者五吸四三二一亦復如是其中梵志或卧荊棘刺或卧灰堆或卧石上或卧於杵王弟善容問梵志曰汝等在此行道何患最盛梵志報曰王子當知在此行道更無餘患唯有羣鹿至此兩兩合同我等欲意即時熾盛不能禁制王子聞已尋生惡念此等梵志勞形苦體日曝火炙命根危險如有如無猶尚婬欲不悉除盡沙門釋種子服食甘美在好牀坐著好衣裳香華自熏豈得無婬泆意乎阿育王聞弟論議即懷憂慼吾有一弟與福同俱云何反更生邪見心我當方宜除其惡念備受其報罪我不少即入宮裹敕諸妓從各自莊嚴至善容王子所共相娛樂預敕大臣吾有所圖若我敕卿殺善容王子者卿便諫我須待七日隨王殺之時諸侍女即往娛樂未經時頃王躬自往語弟王子何爲將吾妓女妻妾恣意自娛奮赫威怒以輪擲空召諸大臣即告之曰卿等知不吾未衰老亦無外寇彊敵來侵境者吾亦曾聞古昔諸賢有此諺言夫人有福四海歸伏福盡德薄肘腋叛離如我自

寀未有斯變然我弟善容誘吾妓女妻妾縱情自恣事露如是復有我乎汝等將詣市殺之諸臣諫曰唯願大王聽微臣言王今唯有此一弟又少子息無繼嗣者願聽七日奉順王命時王默然聽臣所諫王復寬恩敕語諸臣今聽王子著吾服飾天冠威容如吾不異內吾宮裏作倡妓樂共娛樂之復敕一臣自今日始著鎧持仗手拔利劒往語善容王子曰王子知不期七日終正爾當到努力開割五樂自娛今不自恣死後用悔無益一日適過臣復往語餘有六日如是次第乃至六日臣往白言王子當知六日已過唯明一日當就於死努力恣情五樂自娛至七日到王遣使喚云何王子七日之中意志自由快樂不乎弟報王曰大王當知不見不聞王問弟曰著吾服飾入吾宮殿衆妓自娛食以甘美何以面欺不見不聞弟白王曰應死之人雖未命絕與死無異豈當有情著於五樂遊意服飾聞耶王告弟曰咄愚所啓汝今一身憂慮百端一身斷滅不容食息況沙門釋種子憂念三世一身死壞復受一身億百千世身身有苦追憶彼惱心意熾然或復自憶入地獄中受苦無量雖出爲人與他走使或生貧家衣食窮乏念此辛酸故出家爲道求於無爲度世之要設不精勤當復更歷劫數之難是時王子前白王言今聞王教乃得開悟生老病死實可猒患愁憂苦惱流轉不息唯願大王見聽爲道謹慎善修梵行王告弟曰宜知是時即辭王出得爲沙門奉師教誡晝夜不息次獲證得須陀洹果阿羅漢果六通清徹

無所罣礙是故說曰畏而畏樂寡也王法重罰加者時彼貪婬之人恒行穢濁王法所加所有財產盡沒於官髡笞搒拷毒痛無量或閉在牢獄經年不出加以五繫鞭杖日加瘡痍膿血臭穢難近蠅蟲嗜螫避無處所卧大小便求死不得斯由婬泆不淨之行死入地獄求出甚難

本性不自造　情知不自爲　不慮邪徑路

愚者念力求

本性不自造者所應造者不造所不應造者反更造爲人所譏或隨人語不自任已由此致亂習放逸行是故說曰本性不自造情知不自爲者目自見事於已有損毁敗正業牽致冥室是故說曰情知不自爲不慮邪徑路者不可以思慮而獲財產晝夜憂念身不行者所願不果無所成辦是故說曰不慮邪徑路也愚者念力求者愚者所行少於智慮無有慧明不能有所割斷無有方便處俗無俗義處道無道義是故說曰愚者念力求也

如車行道　捨平大途　從邪徑敗　生折軸憂

如車行道者昔有衆人與十賈客相隨采寶歸家時有一人乘車載寶無價明月雜寶無數車重頓躓失伴在後進不見伴退畏盜賊便隨邪徑御車涉路行未經里數車墜深澗軸折轂敗又在曠野無人之處椎胷喚呼怨訴無處對車啼哭無方自致不求方計道爲遠近復不修治朽車爾時世尊以天眼觀清淨無瑕穢見彼失伴之人在於曠野轂破軸折對車啼哭爾時世尊知彼衆生應得度脫即遣化人詣彼曠野在虛空中結加趺坐厄

入仰見人坐空中即向求願我今在厄難之中願見救拔得至安隱方處爾時化人即以神力接彼財產及彼人身忽然便在祇洹門外爾時世尊告諸比丘應受化人今在門外汝等導引將詣世尊所比丘受教即將入覲其人見佛心開意解求為沙門即得為道聞微妙法解身無我萬有皆虛世間皆苦唯道是真此大法中無復熱惱所有財寶盡施三尊是我宿福遭遇福田水火災異不能傷害心倍歡喜善心生焉爾時世尊漸說妙法所謂論者施論戒論生天之論欲不淨想漏為穢汙無數方便勸進修學在大眾中而說此偈

如車行道　捨平大途　從邪徑敗　生折軸憂

時彼比丘聞佛說偈內自思惟今日世尊獨為我說法不為餘人所以然者如偈所云盡為我身所涉勤苦如來悉知倍與恭敬於佛法眾心開意解得須陀洹果斯陀含果阿那含果阿羅漢果六通清徹所願者果以離三有不處生死時彼眾中復有眾生執意不固欲犯禁戒習愛欲行違遠威儀不隨正真之道爾時世尊知彼眾生心中所念欲使大眾忘憂除患去彼惡心安處無為重與大眾而說此偈

離法如是　從非法增　愚守至死　亦有折患

是時世尊重告大眾猶彼商人捨平大途而就邪徑道路頓躓折軸之憂今此眾中異心眾生亦復如是欲離正法習增非法愚人守死墮入惡趣云何諸比丘在如來前而復面斯審爾不乎若當老死對至無所恃怙號天

啼哭無益神識淚如江河投于四海不能制神不趣惡道我今出現爲諸衆生除諸苦惱夫人貪欲燒身滅族今世後世所住不安汝等比丘彼當犯戒於現法中不獲度世恒沙諸佛所不能療諸比丘聞佛所說肅然毛竪心懷戰慄内自悔責佛知其心應得受化漸與說法去諸塵勞得法眼淨以次得證須陀洹果斯陀含果阿那含果阿羅漢果六通清徹不處三有永離八難爾時大衆聞佛所說歡喜作禮而去

行亦應正　非事莫預　邪徑增垢　諸漏興盛
漏已熾盛　除邪漏盡

行亦應正者一切衆善德本善法者是謂行也衆法要藏晝夜親近遂至無爲然彼羣類捨正就邪不應行者便行應行者而捨離之方更翫習不善之法已習非法離於善道與地獄相近是故說曰行亦應正也非事莫預者非事者放逸貪婬習於不要之行是故說曰非事莫預也邪徑增垢者意習邪業心如獲猴捨一捉一心如流河意不眞實不住於善法如頭落髮華無從住是故說曰邪徑增垢也諸漏興盛者猶如蘆葦竹叢亦如谿谷河澗水流盈溢意不專一心恒放蕩漏諸塵勞是故說曰諸漏興盛也漏已熾盛者前漏後漏有何差別報曰不修善法意恒漏失日夜滋甚不專其念放逸自娛諸漏更興是故說曰漏已熾盛也除邪漏盡永求遠離不與同處諸佛恒沙過去不住放逸衆生被繫不解明者觀此行已知爲失道之本復當思惟求獲善法欲自敬者先當敬法是故說曰除

邪漏盡
諸有倚權慧　常念於身患　非事亦不爲
應爲而不捨　有念思智慧　永無有諸漏
諸有倚權慧者諸佛世尊常所說法適前人
說不唐舉事或隱事而說不顯其名或與刹
利婆羅門長者居士比丘比丘尼優婆塞優
婆夷又時顯名而說又時隱名而說然此一
偈隱顯不定是故如來說法不指事而說統
爲一切故說此偈或爲教授比丘比丘尼沙
彌沙彌尼優婆塞優婆夷意常勇猛不懷怯
弱不捨本誓意常勸勵不及道者是故說曰
諸有倚權慧也常念於身患者如佛經所說
諸有念身者即名不死諸有念身自致甘露
不念身者犯於甘露思惟身本一一分別者
則致甘露所願必果有念身者廣說如契經

尊者曇摩尸梨亦作是說夫人一生中不懷
衆想念彼人得善利多所饒益處世無衆患
由念身想故在山有山想在家有家念不離
身念者是謂無上之人若行若坐不離其念
是故說曰常念於身患非事亦不爲者夫人
意正所向皆達所非法事亦不隨順不應親
近亦不親近不應廣布者亦不廣布復不向
人演說非法常念捨離不與同俱是故說曰
非事亦不爲也應爲而不捨者常順時節不
失明教前後中間初不違失是故說曰應爲
而不捨者也有念思智慧者諸有形類專其
一意思惟智慧以智斷結猶如田家子左手
執草右手刈除智慧之士亦復如是執念堅
固心不移易智能分別慧能割斷識物別眞
謂之智暢演玄鑒是謂慧是故說曰有念思

智慧也永無有諸漏者智慧所照明是時諸結皆悉消滅已盡已除拔其根本更無生死是故說永無有諸漏也

所謂持法者　不必多誦習　若少有所聞
具足法身行　是謂持法人　以法自將養

所謂持法者爾時佛告尊者大迦葉汝今迦葉當詣大衆教誨後學分別演說深法之義所以然者汝所教誨則我教訓汝演法味則我演法味是時迦葉白世尊言如今新學比丘難可覺吾今日晨旦有二比丘與共競諍一人論無是目連弟子一人善說是阿難弟子此二人者各執所見共相是非我等二人當共較義誰有勝負義理多少是時世尊敕一比丘速喚論無比丘目連弟子善說比丘阿難弟子將至如來所比丘聞佛教已即時喚一比丘將詣世尊所頭面禮足在一面坐是時世尊告二比丘卿等云何曾聞如來吐此言教在大衆中與人較義諍於勝負見此不耶比丘對曰不也世尊汝等愚人何為大法諍於勝如爾時世尊在大衆中而說斯頌所謂持法者不必多誦習若少有所聞具足法身行是謂持法人以法自將養也若有利根衆生誦一句義思惟分別盡諸有漏越次取證得其道果永無愛欲能盡諸結未獲求方便使獲未得果證求方便令得果證如此之人乃名多聞也名曰持法以法次法證法向法一一思惟如法教誡無所違缺是謂持法不必多誦習也雖少所聞具足法身

雖多誦習義　放逸不從正　如牧數他牛
不獲沙門正

雖多誦習義者昔佛在舍衛國祇樹給孤獨園有異比丘從遠方來至世尊所頭面禮足在一面坐爾時比丘須臾退坐前白佛言我聞多聞比丘齊幾名多聞比丘如來說多聞比丘限劑至幾許名爲多聞比丘佛告比丘吾前後所說不可稱記一者契經直文而說義味深邃二者誦比次言語不失本文三者記記四部衆七佛七世族姓出生及大般泥洹復十六裸形梵志十四人取般泥洹二人不取彌勒阿者是也四者偈偈散在諸經義味深廣義豐理弘五者因緣緣是故說是不緣是故不說是六者出曜所謂出曜者從無常至梵志采衆經之要藏演說布現以訓將來故名出曜七者成事所以言成者如持律人記律所犯故名成事八者現法所以言現者記現在事目覩耳聞故名現也九者生經所以言生經者如孛鹿毋前身所更一生數生至百千生故名生經十名方等方等者前略後廣無事不包故名方等十一名曰未曾有法若尊者阿難以未曾有法歎如來德十二者義經所以言義者契經義偈義一一通達無有滯礙多聞比丘齊此而止復次比丘若族姓子信心篤信受四句義諷誦通利法法成就次法向法以法證法一一思惟如法教誡無所違闕比丘齊是名曰多聞雖復多誦包識衆經不順其法如是其教誡違法自用者於法有損不名多聞如來引喻告諸比丘曰昔有一人多牧羣牛捨已羣牛數他羣牛以爲已用已所有牛或遇惡獸或失草野日有損耗不自覺知便爲衆人所見嗤笑世

之愚惑莫甚於卿認他羣牛以爲己有多聞比丘亦復如是自不隨順正法言教能勸進他行四事供養衣被飲食牀卧之具病瘦醫藥復勸人奉戒修福行善得報習罪受殃此多聞比丘不隨沙門禁律爲諸梵行所見嗤笑皆共重集至比丘所訶止諫曰汝爲多聞古今分明演析幽奥不能自正安能正人犯沙門律違法越教雖爾人生一世誰不志亂世誰無過諸天神仙皆聞有愆唯有智士百慮千失猶是上行爾時梵志說此偈曰

雖多誦習義　放逸不從正　如牧數他牛
不獲沙門正

爾時多聞比丘素自聰鑒猶如新衣易染爲色時多聞比丘改往修來潔心淨意諸漏已盡得阿羅漢果六通清徹存亡自由所願成就

出曜經卷第四

音釋

澌斯義切水索盡也　韛步拜切韋囊也　戇竹降切愚也　虺許鬼切蝮蛇也　搒笞搒蒲庚切笞超之切搒笞捶擊也　拷掠拷音考掠力讓切拷掠捶治人也　躶郎果切赤體也　髠枯昆切剔髮也　躓陟利切跲也　析先的切分析也

出曜經卷第五

尊者法救造

姚秦三藏竺佛念譯

無放逸品第四之餘

說法雖微少　一意專聽受　此名護法人
除去婬怒癡　衆結永盡者　故名爲沙門

說法雖微少者少而有要義味相應昔有二比丘在深山中學一人多聞一人寡淺時少聞者持戒完具所誦經文唯有一句日日諷誦更不求受時虛空神及山林神日日稱善願樂欲聞道人所說時彼多聞比丘以己所知衆妙之義甚深經句高聲諷誦山林諸神默然不對亦不唱善時多聞比丘尋懷恚怒語彼山神今此晚學比丘所學淺薄唯誦一句天便稱善哉我今多聞義理甚深采拾衆經言詞妙語與汝誦習然諸天神亦不應對亦不稱善天神報曰比丘不自責反復責我此少聞比丘言與行相應汝今比丘雖誦三藏行與經違佛所演出曜亦有此偈

說法雖微少　一意專聽受　此名護法人
除去婬怒癡

此比丘與法相應雖未盡婬怒癡方便令盡汝雖多聞晝夜習婬怒癡貪著色聲香味細滑法此少聞比丘晝夜禪思念不分散是故恒與稱善汝雖多聞意不專一是故不稱善時彼比丘聞諸天語即懷慚愧自耻所作山神猶尚見我穢行況神通得道而不觀見耶我今自改思惟妙智不復興念著婬怒癡如其所行言行相應諸天日日稱善無量夫人履行隨朋友諫於善法得具足成就爾時比

丘執行精勤得世俗妙法不淨安般念四意止暖法頂法忍法世間第一法以次得證須陀洹果斯陀含果阿那含果阿羅漢果比丘得道已報謝諸天遭蒙勸諫拔濯清淵我今得道盡蒙神祇之力多所饒益多所成就復重與諸天說法心開意解得法眼淨是故說曰說法雖微少

不放而得稱　放逸致毀謗　不逸摩竭人
緣淨得生天

過去久遠無數世時有佛出世名曰迦葉至眞等正覺在世教化所度有緣衆生已訖於無餘泥洹界而般泥洹爾時衆生四部之衆耶旬舍利起七寶塔興敬供養復經數世塔遂凋壞無補治者是時議合邑衆九萬二千人時缾沙王最爲上首缾沙王告諸大衆汝等各自勸勵共造福德佛世難遇人身難得雖得爲人或墮邊地生邪見家我等何爲貪著世俗歡樂不如開意修治朽故塔寺諸人靡不皆從受王教令即共修治朽故塔寺復共發願我等諸人心齊意同共治此寺設有毫釐福德者不墮三塗八難之中便生天上人中同處不異復聞將來有佛出現名釋迦文彼初說法使我大衆最初得度以王爲首是時九萬二千等人隨其世壽各各命終盡生天上處忉利天宮復經數世閻浮利內有佛出世名釋迦文至眞等正覺十號具足三十二相八十種好紫磨金色圓光七尺語聲八種如羯毗鳥音是時九萬二千天受天福已各各命終生摩竭國界缾沙王年長八歲繼嗣王後以法治世無有阿曲修治正法恩

慈下及不害生命分檀布施周窮濟厄遠行經過暫停息者盡供給之是時儒童菩薩捨八萬婇女捐王重位夜非人時捨國求道自剃頭髮復脱寶衣所乘白馬盡付車匿還國白王生死苦惱憂勞無數子今學道要求果證若成所願當還度王是時菩薩轉復前進道逢獵師著其法服狀如沙門菩薩問獵者所著法服名爲何等獵師報曰此名袈裟被著遊獵麞鹿見已謂爲學道之人皆來敬附各無恐懼我等以次取殺用自活命菩薩聞此倍興慈悲

夫人依四等　拔濟衆生類　袈裟如來服

除穢而造穢

我今有此著身天衣極細軟好可共博貿獵師報曰王子生長深宫身體軟細不更寒苦恐壞王子身菩薩報曰但貿無苦此是古聖賢人標幟獵師報曰王子寶衣價直無數今此袈裟無所任施何爲苟欲博貿菩薩報曰意欲所須不計貴賤獵師報曰此衣垢穢膿血臭處不敢博貿菩薩報曰臭之與香開意見與自當浣濯獵師即脱衣貿菩薩寶衣是時菩薩著法衣手執藕華葉入羅閱城乞食爾時數千萬衆普集一處遥見菩薩擧手讃歎或言善來或言日月或有叉手自歸命者或相問訊爲是天耶梵耶釋提桓因耶衆人所圍不容乞求尋執華葉還至城外徑至東山人衆追逐前後相次時缾沙王在高樓上遥見人衆追逐菩薩即問左右此諸人衆皆奔趣山爲有何故有一大臣審識菩薩即白王曰此是釋種子辭家出學遊蕩在外或能

謀圖國事當往誅殺缾沙聞已告彼臣曰護鄉種族勿吐此言正使釋子紹王位者作轉輪聖王我等便爲臣佐若使出家學道自致佛者我等願爲上首弟子最初說法先在其例是時缾沙王車載飲食種種甘饌往就山中與菩薩相見尋前禮足自稱姓字摩竭國界缾沙王者我身是也菩薩報曰我先識矣何須致敬缾沙王啓曰今獻微貢供食之餘願見納受以示微心菩薩默然受食食訖行清淨水王前白言若使王子成無上道者當見先度永離世苦時缾沙王禮足取別菩薩進路到阿蘭所阿蘭諸弟子等遥見菩薩來即白其師今有一人端正殊特徑趣師門必求爲弟子也時阿蘭即告弟子而說此頌

吾觀遠來士　衆相無缺漏　此必王世界　終不宗奉師

是時菩薩問阿蘭曰汝學積久涉苦無數爲獲何證而自娛樂阿蘭報曰吾所遊學度於色想上至空處於其中間而自娛樂是時菩薩便作是念阿蘭無智獨吾有智阿蘭無信獨吾有信阿蘭猶尚得此空定況我進學不成無上等正覺乎是時菩薩思惟色想反覆校計即獲空定即問阿蘭汝所獲定齊是空耶復出空乎阿蘭曰菩薩所學定意齊是而已更無餘定可狎習者是時菩薩內自思惟吾今宜可至鬱頭藍弗所即至藍弗所問藍弗曰汝今在此學來積久爲獲何定而自娛樂藍弗報曰吾所遊學從不用處至有想無想處菩薩聞已即自入定便獲不用處至有想無想處是時菩薩便作是念藍弗無智獨

吾有智藍弗無信獨吾有信藍弗猶尚能獲此定況我進學不成無上正等覺乎菩薩捨此定已不由此法得成無上等正覺内自思惟說此偈曰

衆生貪自喪　樂獲世俗定　輪轉墮生死
禍災入世冥

是時菩薩復自思惟此非至要泥洹之道我當更求出要之路復向藍弗說此偈曰

我當暴屍骸　露現鉤鏁骨　要當方便求
生老病死本

是時菩薩便復前進在閑靜處勤形苦體日進一麻一米六年苦行意欲起行起則前倒坐則仰偃是時兜術諸天下降衛侍菩薩覩見菩薩無出入息或言命終或言滅度悲哀感結而說斯頌

本執弘誓心　極世無邊境　捨彼忉利宮
今方取命終

爾時有天前問菩薩若使尊人猒患人間飲食精氣當以天上自然精氣益菩薩力是時菩薩復作是念若我今日受天上精氣斷人貿食者則非其宜是時菩薩便不受諸天所貢飲食精氣菩薩勤苦苦行已經六年便自校計身中我今氣力羸劣夫成無上等正覺道不以苦行勞身然後成道我今宜可服食人間之食食秔米蜜麨膏油塗身是時菩薩便說此偈

煎熬濕愛本　以心智斷別　心爲萬想本
計身無有仇

爾時菩薩即如所念人奉蜜麨乳糜膏油塗身時菩薩左右有梵志二女供給所須時彼

二女穀五百牛乳飲二百五十牛復穀二百五十牛乳飲百二十五牛復穀百二十五牛飲六十牛穀六十牛飲三十復穀三十飲十五穀十五飲七復穀七便爲菩薩作食乳沸出釜上一仞復還入釜時有相師梵志見釜乳沸還相謂言若有立根得力食此乳糜者便成無上等正覺道時二女人以金盂盛糜貢上菩薩菩薩納受食已澡漱以金器投于水中釋提桓因接取持詣天上菩薩氣力充體渡尼連禪水是時水側有一人名曰吉祥執鈎刈草菩薩直前語吉祥曰見與少草敷地結加趺坐吉祥奉上草往詣樹下躬自敷草結加趺坐發大弘誓我今已坐此樹下終不壞坐要成無上等正覺道乃起于坐是時弊魔將十八億衆并魔子薩陀至菩薩所或獸頭人身或一頭兩體或爲玃猴師子虎兕毒蛇惡獸魔鬼形體若干擔山吐火手執刀劒戈矛戟盾罥塞虛空跳踔喚吼來恐菩薩菩薩慈力一毛不動便成無上等正覺道魔即退還是時如來熟視道樹目未曾瞬時有三賈客遠涉道來欲還本土諸天固遮不使時過牛車頓躓諸天告曰如來成道已經七日可往奉獻飲食即以器盛蜜酪酥往至如來所貢上飲食是時如來不欲納受所以然者若我舒手取食者與外道梵志不別我今當觀過去諸佛世尊爲用何食適作是念諸天空中曰過去諸佛皆用鉢食發語已訖四天王奉上四鉢非是工巧所造自然成就是時如來復作是念今四天王奉上四鉢若我取一捨三取三捨一則非其宜今盡取四鉢

按爲一鉢時彼賈人以蜜酥酪奉上如來即爲呪願令所布施欲使食者得充氣力當令施家世世受福安快無病終保年壽終受吉祥兩足安隱四足安隱遠來安隱現在安隱夜安隱晝安隱日中安隱一切諸穀子安隱居家盡安隱無病安隱及諸一切眷屬安隱多諸淨潔飲食活百秋見百秋爾時世尊七七四十九日寂然不說法内自思惟欲使前人自來請受時摩竭人民聞菩薩已成佛道晝夜懇惻追念如來摩竭國界疫氣縱橫應度衆生八萬人死盡生天上爾時世尊漸復前進先降五次二五次三十七次十三村人爾時閻浮利地有六十羅漢如來六十一爾時世尊告諸比丘汝等人間分衛兩兩爲伴慎勿獨行所以然者衆生處世或有利根或

有鈍根不遇沙門者便失泥洹爾時世尊轉詣鬱毗黎梵志村聚爾時世尊降千梵志轉向羅閱城缾沙王聞如來轉詣羅閱城人間分衛即嚴四種兵欲出城外諸天閉城門不使王出王問左右何故不出城虛空報曰大王當知有緣衆生幽繫在獄若王放大赦者乃得見如來耳爾時大王尋放大赦牢獄繫囚悉得開解是時王尋得出城往迎世尊如來遥見缾沙即下道詣尼拘留樹下坐時缾沙王即下步進往趣如來頭面禮足三自稱字姓名我是摩竭國界缾沙王也世尊告曰我先已知是摩竭王耳爾時世尊命王復坐漸與說法使摩竭人民萬二千人諸天八萬諸塵垢盡法眼得生是故說曰不逸摩竭人緣淨得生天

不欲致名譽　智者分別義　無逸義豐饒

智者所承受

不欲致名譽者爲諸賢聖正見之人復爲諸佛賢聖弟子所見歎譽如此之人能去放逸習清淨行不放逸之人於諸善法增益功德多所饒益夫人處世從今世至後世與善法相遇遭賢遇聖聞法輙得蒙度皆由不放逸得此名譽在在處處紹繼佛種正法久存是故說曰不欲致名譽智者分別義者廣學之人亦知俗義復知道義云何知俗義或習耕田種作或入海採寶或學書文詞或筭計曆數或學刻印封藏或爲王者執使通致遠近或和合二冦各處無爲如此俗義皆由不放逸得辦此事云何智者解了道義坐禪誦經佐助衆事云何坐禪夫坐禪入定者得須陀洹果斯陀含果阿那含果阿羅漢果得初禪二禪三禪四禪空處識處不用處有想無想處復得四等慈悲喜護神足天耳知他人心智自識宿命復見衆生逝者生者不憍慢之人入禪定意辦此諸法成第一義斯由不放逸也放逸之人終不成辦是謂坐禪之人所獲功德云何誦經堪任誦習契經律阿毗曇雜藏及外異學所誦經典有人稟受不恪其義若有外學來詰問者便能訓答無有狐疑不放逸人能習此法放逸人者不能成辦云何佐助衆事是時無放逸人能勸四輩供事三寶興起塔寺或起講堂冬溫夏涼或作食堂修治補缺散華燒香香汁灑地供給當來過去現在衆僧不放逸之人能成辦此事放逸人者不能成辦是故說曰智者分別義無

逸義豐饒者不放逸人饒財多寶於世技術無所乏短意欲施行出衆人表採囂眞珠硨磲碼碯琥珀水精瑠璃無價摩尼珠此是俗間不放逸所得出家學道得阿羅漢獲第一妙智見至身證得空入空三昧得無願入無願三昧得無相入無相三昧得此泥洹要路者皆由不放逸也是故說曰無逸義豐饒也智者所承受者所以言智者言無漏失語常含笑不懷憍慢便能興致如此之德無智之人不能成辦是故說曰智者所承受也

現在所存義　亦及後世緣　勇士能演說是謂明智士

現在所存義者不放逸人於現在法中多獲財寶自然受福爲人所念言從語用承受其教放逸人則無是也是故說曰現在所存義也亦及後世緣者不放逸人得爲人次便能布施持戒守齋見諸行道者代其歡喜以諸善法香熏身體於百千世顔貌端正是故說曰亦及後世緣也勇士能演說者隨時應適不失其所所謂勇士者佛及弟子是也是故說曰勇士能演說也是謂明智士者能成就衆法分別思惟爲人將導示人之善除人之惡是故說曰是謂明智士也

比丘謹愼樂　放逸多憂愆　能免深海難如象拔淤泥

昔佛在舍衛國祇樹給孤獨園爾時國王波斯匿有一暴象恒入軍陣所在征伐無不降伏然彼暴象飲酒過多沒在深泥將諸大象人衆數千共挽此象不能移動有一智人見而問曰汝等衆人何等作爲衆人報曰王家

大象暴戰没在深泥以數千象力及以人衆共挽不能移動智人問曰此象先時力爲多少衆人報曰此象戰鬭力無崖限智人復告衆人汝等還捨象衆吾能拔出使得無他是時智人即集鼓角椎鍾鳴鼓像如戰鬭復使衆人皆著器仗象聞鼓聲謂爲外寇入境共相攻伐即從深泥起奔趣軍衆馳奔四面求索鬭戰時波斯匿王問左右拔象深泥是誰之力左右白王有一遠僑智人設此權謀得免象難王尋賞用以爲輔佐時有衆多比丘眼見耳聞便自校計象爲六畜無有慧明墮無閑處聞戰鬭聲便從深泥而自拔濟然我衆人没在生死之海不離五道之難有生老病死毒畏之患不能自拔共相追逐一身滅壞復受一身動與罪連還轉六趣求出無期是時諸比丘日夜精勤不暇食息如救火然如避劫燒熾然諸法焚燒結使如鐵百鍊成器必利人亦如是結去心存曤然大悟得阿羅漢果六通清徹存亡自由爾時世尊以天眼觀清淨無瑕穢知諸比丘執志堅固信不懷倦各相克勵復知戰象自拔深泥爲後衆生作大炬明亦使正法久存於世闡揚大教遠近聽聞在諸大衆而説此偈

比丘謹愼樂　放逸多憂愆　能免深海難
如象拔淤泥

比丘謹愼樂者持行比丘心不放逸内外清徹無有瑕垢遊志無爲無染無汙是故説曰比丘謹愼樂放逸多憂愆者衆畏之源首多諸愆咎亡國破家無不由之猶火猶賊亦如毒藥放逸之人心意倒錯墮入惡趣自入深

淵復教人入淵多諸恐畏初無歡樂之心是故說曰放逸多憂慼也能免深海難者云何名爲深海難餓鬼畜生地獄是故從三趣求毫釐善而不可得能自拔濟者得須陀洹果能拔餓鬼畜生之難以離世患不與罪俱是故說曰能免深海難也如象拔淤泥者是時戰象内心自念吾前後來受王寵待甘美飲食吾先服食與王鬬戰無不降伏設我今日没在淤泥不自拔出與王進鬬者則我失由來之名亦使一國被其毀辱是故說曰如象拔淤泥

比丘謹慎樂　放逸多憂慼　散灑諸惡法

如風飄落葉

昔佛在摩竭國界甘梨園石室窟中是時衆多比丘在彼衆中日夜行道樹木繁茂蔭厚晝闇各不相見賊寇縱逸在彼暴虐恐怖諸行道比丘及至秋節風飄葉落各得相見賊自隱藏時諸比丘復作是念蔭厚葉茂寇賊縱逸外事如是内亦當爾髮毛爪齒形容殊妙覆諸結使姧愛遊蕩得伺其便劫善本財貨衆多比丘到時持鉢入城乞食還詣精舍自敷坐具端意正心係念在前思惟方便伐結使賊漸漸除垢斷欲愛色愛無色愛爾時世尊以天眼觀清淨無瑕穢見諸比丘共相篤勵懇惻其心各在閑靜思惟校計各除欲愛色愛無色愛爾時世尊欲使大法久存於世爲後衆生作大炬明闡揚大教遠近聽聞在諸大衆而說斯偈

比丘謹慎樂　放逸多憂慼　散灑諸惡法

如風飄落葉

結使大聚智慧火然斯不由師自然覺悟後學衆生能法此者學中之上從師承受學不進者學中下也如是比丘當求上學勿爲下學

比丘謹愼樂　放逸多憂愆　結使所纏裹
爲火燒已盡

昔佛在摩竭國界甘棃園石室窟中是時衆多比丘日夜行道地生衆草極大茂盛各不相見賊寇縱逸在彼暴虐恐怖諸行道比丘及至秋節風飄葉落各得相見賊自隱藏時諸比丘復作是念蔭厚草茂寇賊縱逸外事猶然況復於內髮毛爪齒形容端正殊妙覆諸結使姦愛遊蕩得伺其便劫善本財貨衆多比丘至時持鉢入城乞食還詣精舍自敷坐具端意正心係念在前思惟方便伐結使賊漸漸除垢斷欲愛色愛無色愛爾時世尊以天眼觀清淨無瑕穢見諸比丘共相篤勵懇惻其心各在閑靜思惟校計各除欲愛色愛無色愛爾時世尊欲使大法久存於世爲後衆生作大炬明闡揚大教遠近聽聞在諸大衆而說斯偈

比丘謹愼樂　放逸多憂愆　結使所纏裹
爲火燒已盡

猶如野火燒盡茂草永滅無餘此亦如是除欲界結使亦無遺餘

比丘謹愼樂　放逸多憂愆　各各以次第
得盡諸結使

昔佛在摩竭國界甘棃園石室窟中是時衆多比丘日夜行道到時入城分衛道逢王者收估取利送詣王藏諸比丘見已內自思惟

王者教令民悉靡從況今如來有無盡之藏何者是邪所謂四意止四意斷四神足五根五力七覺意八直行有此諸道之法得盡結使爲良爲美無過上者是故說曰各各以次第得盡諸結使

比丘謹慎樂　放逸多憂愆　義解分別句
行息永安寧

昔佛在摩竭國界甘黎園石室窟中是時衆多比丘到時著衣持鉢入羅閱祇城乞食見諸王子及長者子數十之衆共學射御箬箬相拄無空漏者時諸比丘見已便作是念此諸貴族子學此射術者希望稱譽兼傒外寇令敵不入國雖學是術不成學術能以毫氂四諦分別思惟係在心者乃爲學術衆多比丘乞食訖還出城到精舍澡洗手脚數尼師壇結加趺坐係念在前盡夜不息便獲四諦爾時世尊以天眼觀清淨無瑕穢見諸比丘共相篤勵懇惻其心各在閑靜思惟校計各除欲愛色愛無色愛爾時世尊欲使大法久存於世爲後衆生作大炬明闡揚大教遠近聽聞在諸大衆而說斯偈

比丘謹慎樂　放逸多憂愆　義解分別句
行息永安寧

比丘謹慎樂　放逸多憂愆　變諍小致大
積惡入火焚

昔佛在舍衛國祇樹給孤獨園時佛弟子名拘提於羅漢果六返退還至第七頭自覺得證即求利劒復恐退還自害其命是時弊魔波旬馳奔四面求覓比丘神爲生何處不知神所生之處往至問佛奔趣四方求覓神識

不能知處求覓拘提亦不知處世尊告曰拘提比丘已取滅度神識處空與空合體弊魔聞已心輿鬱毒舉身自投青蓮香浴池中池水涌沸水性黿鼉之屬盡皆命終是時拘提比丘求於道果七返退轉諸羅漢等見其退轉復恐却退晝夜精勤修賢聖道而現在前爾時世尊以天眼觀清淨無瑕穢見諸得道比丘各自精勤於證恐退還復欲使大法久存於世爲後衆生作大炬明在大衆中而說此偈

比丘謹愼樂　放逸多憂愆　變諍小致大
積惡入火焚

恚怒隆盛　冷水揚沸　惡至罪牽　受報無窮

晝夜當精勤　牢持於禁戒　爲善友所敬
惡友所不念

晝夜當精勤者何以故說精勤遠離非法之相貌去離不善法精勤於善法精勤滅有漏邪見顛倒狐疑猶豫皆悉除盡復求方便去諸習結是故說曰晝夜當精勤牢持於禁戒者身口意威儀善念修習心如金剛不可沮壞執戒牢固不爲外邪得其便禁戒者二百五十戒牢持守護不爲慢怠防戒當如不度棄損法婬怒癡起息今不起是故說曰牢持於禁戒爲善友所敬惡友所不念者善友者正見之人修於眞正之法等成就者盡爲彼人所敬念要無放逸是故說曰爲善友所敬也惡友者惡知識離彼此岸見諸善人修道德者心懷嫉妬不欲聞見是故說曰惡友所不念

無念及放逸　亦不習所修　睡眠不求寤

是謂入深淵
無念及放逸者多喜忘誤性意錯亂心所施爲盡爲不善善念遂滅惡念增生已生惡念便墮惡趣爲人所憎嫉放逸之人晝夜思念吾當捨此至彼或生害心起若干念是故說曰無念及放逸無念及所修者意常慢惰已生慢惰爲道俗所棄云何爲俗所棄如佛契經說長者子慢惰之人有六非義受罪之法云何爲六事應速行而不行事應晚行而不行飽食應作而不作極飢應作而不作極熱應作而不作極寒應作而不作是謂長者子慢惰之人有此之六非義受罪之法不得至無上正眞之道是謂俗所棄云何爲道所棄於是比丘不誦契經律阿毗曇及以雜藏不坐禪誦經佐助衆事於現法中不至究竟不肯修習於道俗中永無所習云何於俗無所修習意不汲汲修習命財非命財所謂命財者象馬牛羊奴僮僕使是謂命財云何非命財金銀七寶穀食田業養生之具是謂非命財藏置不牢爲賊所侵是謂俗所不修習云何於道所不修習不守護諸根前念生後念續念念惡隨不容善想如河於山而下流有人意欲中斷絶而不流者終不可得放逸之人亦復如是念念惡隨有人欲於前念後念中間生善心者終不可得所以然者以其惡念念念相隨是故說曰亦不習所修也睡眠不求寤者猶如有人或時在衆聽法爲睡眠所逼不能覺寤或時與人言語輒便睡眠唯有智者方宜諫諭或以苦言諫諭或以罵詈加彼或以方便先瞋後喜是故世尊出五鼎

沸世爲人演説生死熾然之法設能分別知苦源本則無復此衆患之法不求巧便於諸善法日衰日耗增有漏行是故説曰睡眠不求寤是謂入深淵者戒有二業云何爲二一者二百五十戒清淨如真金二者於諸善法不廣修學求盡有漏得無漏證亦復不求向須陀洹得須陀洹果向斯陀含得斯陀含果向阿那含得阿那含果向阿羅漢得阿羅漢果於斯諸法不肯狎習便自墮於深淵不至究竟是謂道者入深淵也云何俗入淵若人處俗不習乘象御馬執鉤擲索相鬬險僞應進應退盡不修習便自沈没不能顯其名德家業不成就是故説曰是謂入深淵也

當求除前愆　使不失其念　隨時不興慢

快習於善法　善法善安寐　今世亦後世

當求除前愆者猶如曾入海人諳知入海孔穴道路所經過處其處其水漿某處博戲家某處婬種家如此諸家當念遠離設至海中有果名摩檀那亦莫取食設食此果者便不能采致珍寶彼執律者亦復如是示人徑路當念避去非法之聚設入非法聚者則不能採致深法循如有人素不明道意欲所趣則有留礙亡失財物能按大道不從邪徑者便安隱歸家内法亦復如是守護善法使外惡不入常念思惟不去心懷是故説曰當求除前愆使不失其念云何隨時不興慢者常念隨時不興於嫉慢恒有勇猛心不懷懈怠去離放逸諸法並集衆善具足猶如勇士能却外難著鎧持仗心不怯弱手執弓矢脚不移轉便不復畏外敵比丘亦復如是執心牢固

與弘誓意而自纓絡除結使賊亦無疑難是故說曰隨時不與慢也云何快習於善法所謂法者善不善無記世尊說曰念除不善無記當修於善法何以故不善法者令人入惡無記法者令人墮愚惑之中善法者令人生善處天上人中或入無爲泥洹境界是故說曰快習於善法云何善法善安寐者不復畏墮地獄餓鬼畜生若不毀辱不懷畏懼卧寐恬淡寤則常安是故說曰善法善安寐今世亦後世若在今世無有愁憂苦惱何以故爾以其修善法故若生後世遭遇賢聖不離善處斯由身身相續習善所致是故說曰今世亦後世也

思惟不放逸　爲仁學仁跡　從是無所憂
當念自滅意

思惟不放逸者去五縛著不住五處終日思惟導引比丘修持禁戒戒有二業云何爲二業一者二百五十戒二者柔順戒業出言柔輭不傷害人受諸梵行人教誨之法所聞法教聞能遵奉不失賢聖出要之路是故說曰思惟不放逸也爲仁學仁跡從是無所憂者定意不亂內懷慈仁加被衆生不習欲愛瞋恚愚癡但念思惟去離出愛求入寂定之室是故說曰爲仁學仁跡從是無所憂云何當念自滅意常當專念守意不亂莫求彼短僥望其行已得正定外邪不入弊魔波旬不得其便或變其被服作父母兄弟來入詭嬈善男子者不能得其便心已得定終不忘失無漏善法已得善法便受如來名號已受名號佛法便得久存是故說曰當念自滅意

善求出要　順從佛法　當滅死衆　象出華室善求出要者疾求方便善求伴侶猒患生死貪欲遠離復求思惟惡露之觀雖處生死心不染著於生死出要者出生死也亦出三有更不受生出要者所謂出家學道修無上道離於家業出要者露精自暴不求覆蓋是故說曰善求出要也順從佛法者云何順從佛法守一正見不著邪部與行相應不鈌道心行相應者何者是謂得阿羅漢不鈌道心何者是謂除諸結諸不善法無邪倒見違此法者則不與佛法相應是故說曰順從佛法也當滅死衆者云何名爲死衆百八結是也求方便滅使不生復重說曰云何爲死衆所謂生老病是亦求方便滅使不生竪弘誓幢擊四等皷召受化人去生老病死懸解脫旛布

大音聲遍滿世界普告蜎飛蠕動之類吾今已成等正覺道生死已盡梵行已立所作已辦更不受有如實知之汝等亦當如我盡生死源入無畏城無復衆惱涉歷生死是故說曰當滅死衆也象出華室昔有人捕得大象繫以鐵鎖屬王波斯匿象甚兇暴傷害人民不可稱計或還害象破壞市肆生拔果樹不可禁止波斯匿王即遣人衆圍捕縛束閉在華室繫絆不與食猶暴難禁制是時王家更被暴象皆著器仗有所征伐夫戰象法有所攻伐必同聲喚時彼繫象聞知有外來寇侵境者象懷瞋恚頓鎖自擲踏壞華室馳走東西命敵而行衆人見已皆懷恐怖爾時世尊以天眼觀清淨無瑕穢見此暴象被繫得脫自命大敵欲摧滅之自求永安如來將欲現

其勇猛爲後衆生現其大明亦使正法久存於世在大衆中而説斯偈

善求出要　順從佛法　當滅死衆　象出華室

爾時世尊告諸比丘龍象出現必有所益雖爲畜獸宿識極深生八難處離於仁義聞衆多象被甲著仗欲攻外寇奉教齊喚象王聞者頓繫馳奔恐不免難畜獸愚闇猶尚乃爾況汝等比丘躬從如來聞句義味義句身味身不能斷縛著結使遠離生死自繫牢獄復告四部衆夫世間繫者無有牢固爲危爲脆爲摩滅法不能捨家斷兹慕心去俗因緣自不念道復不教人自行其道象之被繫未經旬日便自求脱得處無爲汝等衆生染著生死追憶受身積如十方山岳目覩死者淚如十方四海人之遺髮計如十方生草猶尚不能得免衆難猶如重罪之人一歲三移出獄復入獄不自改悔求出無爲何爲貪著放逸不求解脱邪處在家業多諸穢汙養妻畜子家之重絆念求方術捨兹著心時諸人民僉然心悟心開意解求出爲道我等以斷世俗羈絆復當方宜斷生死羈絆用意精勤晝夜不停各各以次得須陀洹果斯陀含果阿那含果阿羅漢果是時如來見諸比丘各獲道跡歎説善哉夫爲族姓子行應真正所以族姓子剃除鬚髮被三法衣出家學道修無上梵行生死已盡梵行已立所作已辦更不受有如實知之受人信施不唐其功堪能爲人福田不但我今讚歎汝身諸得道者皆讚歎之亦能自利復能利人展轉相利則佛種不斷正法亦久存於世若有衆生以其衣被飲

食牀卧具病瘦醫藥時惠施者獲福無量不可稱計

若於此正法　不懷放逸意　斷生老病死
越苦渡彼岸

若於此正法者內所修學皆謂正法不懷放逸縱情自用更不涉胎受若干生雖復受生生於中國盡其苦源是故我說苦之源本是故說曰

若於此正法　不懷放逸意　斷生老病死
越苦渡彼岸

出曜經卷第五

音釋

貿莫候切易也　慓幟慓卑遥切幟昌志切　兕序姊切似牛一角獸也　秔古行切稻之不黏者曰秔　矛莫候切句兵也　盾時尹切干櫓之屬　畟初力切畟塞遏遮充滿也　踔楚教切騰躍也　彀苦角切卵孚也　僑渠驕切旅寓居也　矐呼各切明也　諳烏含切記憶也　詭嬈詭古委切詐也嬈乃了切亂也　絆博漫切繫足曰絆　羈居宜切絡首曰羈

出曜經卷第六

尊者法救造

姚秦三藏竺佛念譯

念品第五

念喜生憂　念喜生畏　無所念喜　何憂何畏

昔佛在舍衛國祇樹給孤獨園時有外道梵志素少子息唯有一子卒便命終晝夜追憶不能飲食脫衣露形在冢啼哭恒憶亡兒行來進止處所是時梵志出舍衛城到祇洹精舍至世尊所共相問訊在一面坐是時世尊告梵志曰汝今梵志諸根不定心意倒錯有何事故乃至於是梵志白佛唯有一子捨我命終不能逐亡苟存而已諸根豈能得定意不倒錯耶少小養育冀望得力今更捨我無常心意懊惱不能去懷自死已來晝夜追憶不離食息脫衣露形在冢啼哭恒憶行來進止處所世尊告曰如是梵志如汝所言皆由恩愛生愁憂苦惱梵志白佛不如瞿曇所說世人恩愛皆生歡樂時彼梵志聞佛所說亦不然可即從座起頷頭而去道經戲村見有二人對坐博戲梵志見已便與斯念夫人處世高才智慧博古覽今數於幽奥無有出此博戲之人我今可以瞿曇所說向彼二人宣耶時梵志即向二人說瞿曇所說言教時彼戲人謂梵志曰如是如是如汝所言恩愛合會皆生歡樂梵志心自生念我之所念與彼不異即從座起歡喜踊躍涉道而去如是展轉聞波斯匿王時波斯匿王語末利夫人曰卿頗聞瞿曇沙門所說恩愛合會皆生愁憂苦惱耶夫人白王如王所說恩愛合會皆生

愁憂苦惱王告夫人汝是瞿曇弟子瞿曇是
汝師豈得不説恩愛合會生愁憂苦惱耶末
利當知恩愛合會皆生歡樂喜情内發共相
娛樂何以故説生愁憂苦惱耶是時夫人前
白言願聽微言以自陳啓若見聽者敢有所
宣王報夫人恣汝所説夫人白王云何大王
頗念婆耆利王女不耶復念流離大將軍不
復念禽翅剎利夫人不王告夫人我甚愛念
婆耆王女流離大將軍禽翅剎利夫人不去
心懷斯須頃夫人白王言云何大王斯諸人
等設當變易各就後世當有愁憂苦惱不耶
王告夫人彼等諸人變易遷轉甚懷憂愁痛
切叵言夫人白言王念愛我不王報夫人甚
愛於卿夫人白言設我遷轉變易不住者王
復當愁憂不王告夫人甚懷愁憂不去食息

心意倒錯或成狂病云何大王頗念迦尸拘
薩羅國界人民不王報夫人甚愛敬念所以
然者如我今日五樂自娛皆由拘薩羅國界
人民得此歡樂云何大王若使拘薩羅國界
人民變易遷轉當生愁憂苦惱不耶王告夫
人若無彼人民則無我身那得不生愁憂苦
惱乎如今大王以自證明恩愛離苦怨憎會
苦如來所説正謂此義爾時波斯匿王心開
意悟即敕夫人自今已後我爲瞿曇弟子瞿
曇爲我師我今末利遥歸命瞿曇沙門歸命
法歸命比丘僧盡我形壽不復殺生是故説
曰念喜生憂念喜生畏無所念喜何憂何畏
念喜生畏者人得疾患瞻養病者恒生憂畏
恐病不瘥或欲至他方或爲王使或入海采
寶家人畏懼恐行不全濟家人諫諭家有餘

財足畀命生活何爲遠涉艱難采致貴貨設汝去者兩頭俱衰或行安住衰或行衰住安是故說曰念喜生畏也無所念喜何憂何畏者云何設無所念喜能除欲愛何以故以其欲界憂根堅固掘根甚難是故說曰無所念喜何憂何畏有憂則有畏無憂有何畏耶憂盡則畏盡五滅十八滅此之謂也念喜生憂念喜生畏念喜已離遂捨狂惑昔佛在舍衛國祇樹給孤獨園時有梵志大種稻田唯有一子在田守衛時天大雹雨傷殺稻子幷殺其兒時彼梵志心懷苦惱馳走城市躶形露跣不避豪賤展轉以次到祇洹精舍然彼梵志應得受化如來玄鑒知應得度即化祇洹門外盡爲稻田復作化人如梵志子梵志見已意即開悟稻田我子今故存在横自勞苦在外馳走心意還定不復狂惑往至世尊所頭面禮足在一面坐是時如來見彼坐定諸佛世尊常所說法苦集盡道四諦眞如盡爲彼梵志一一說之逆順三昧空無相願一一分別使彼梵志曬然大悟諸塵垢盡得法眼淨彼已得法成法無虛妄法無狐疑法自處如來衆無所畏法即從座起禮如來足自今已始受三自歸歸命佛歸命法歸命比丘僧盡形壽不復殺生是故說曰念喜已離便捨狂惑心意還正皆由佛力不遇佛者則不成辦

夫人懷愁憂　世苦無數端　斯由念恩愛　無念則無畏

夫人懷愁憂者衆生之類晝夜愁憂相對號哭或時失性遂致狂惑皆由恩愛戀慕所致

是故說曰夫人懷愁憂也世苦無數端者衣不蓋形食不充口顏色萎黃身體垢坌五親分離廢諸技術皆由恩愛致此災患人在世間遇諸苦惱亦由恩愛不能捨離是故說曰世苦無數端也斯由念恩愛者生死久長苦本難尋愚者處中不自覺知人相戀慕非徒一類或念父母兄弟宗親知識死者生者於中興念追號啼哭是故說曰斯由念恩愛也無念則無畏者人去想念無所戀慕則無愁憂苦惱有家憂家有財憂財有車乘鞍馬則憂車乘鞍馬無車乘鞍馬則無所戀無想念者何者是所謂欲愛盡人永斷無餘何者斷欲愛人所謂徑取阿那含不由二道是謂斷欲愛人無有想念永處究竟不還欲界凡夫愛未盡雖獲五通不離三有若失神足恚怒隆盛彈指之頃還墮惡趣方當經歷劫數乃還復身是故說曰無念則無畏也

是故不生念　念者是惡累　彼則無諸縛無念無不念

是故不生念者人生世間由念生恩愛由念變易諸有愁憂苦惱皆緣念而生是故說曰不生念也念者是惡累云何猶世有狂夫身抱困病以其病故或殺五生或殺百生以救病者謂當瘳降不知病者受罪無數或有病人殺人祠祀亦望救命正使病人藏置百重鐵籠裏者於一重間盡安衛守共相括遮不聽司命來錄死者此事不然皆由恩愛致此災變或復有人知親别久遠來歸家念彼人故殺害蟲獸不可稱計共相慶賀以積殃禍之根是故說曰念者是惡累也彼則無諸縛

者所謂縛者羈絆人神不至無爲如契經所說夫人染著愛心未盡者有緣有因所趣生處或彼終生此有因有緣繫所繫縛所縛結所結猶如智人及智弟子若能作花鬘先作長繩爲本因上織花鬘以花爲緣得成花鬘愛心未盡者亦復如是有緣有因所趣生處彼終生此有緣有因得果證之人不復經此諸縛之難是故說曰彼則無諸縛無念無不念者以離惱熱念而無念愛無爲樂遊戲第一義是故說曰無念無不念

念爲求方便　非義未設權　權慧致大義

自致第一尊

念爲求方便者欲得修習無上慧智分別深義無有欺詐巳成此慧終巳無亂是故說曰念爲求方便也非義未設權者云何非義與此深義亦不相應令人墮惡不興善根爲諸智人所見嗤笑若能改巳往失者全作將來福也便爲天人所嘆譽權得消咎舋於當時殖善本於來世是故說曰非義未設權也權慧致大義者云何與善知識從事教人正見不順邪業亦復不習外道異術承受其義所謂義者無漏慧義禪義觀義是故說曰權慧致大義也自致第一尊者諸佛世尊奉持禁戒不放逸人執心牢固不入邪聚恒以禁戒訓誨衆生常求三業是故說曰自致第一尊也

莫與愛念會　亦莫不念俱　愛念不見苦

不念愛憂慼　於中生愁慼　消滅人根源

莫與愛念會者昔有二人共相愛敬不能相離行則俱進食則同甘中共離别各在異處

後復追憶思共相見屢遣信喚欲得同處卿若不來益吾愁矣此人怨家與彼人親親彼共來喚寧可共赴其命耶遂便從命相與共往別久相見內懷歡喜見彼怨家情憒不悅在其隱處親親議言奚復與我怨家遊止同行我不喜見得此言訖愛著偏多便共俱還其後思想復遣信喚如是再三復語親親何故與彼人遊處耶其人報曰愛至待厚退忘來言即復報曰思見所歡復遇惡緣我今何爲乃爾戀著親親兩不相適耶即便指家妻息出家學道復有一人唯有一子爲羅刹鬼所持晝夜憂念不能捨離時羅刹鬼全舉小兒詣鬼住處經十餘日彼人不見其子晝夜憂念死而復穌羅刹鬼復將兒還父見兒喜不能自勝終日抱弄視無猒足若見羅刹復懷愁憂衣毛爲竪復經十日羅刹鬼復將小兒還詣鬼國父後追憶不離食息如是數反遂成憂疾其父思惟人生憂惱其苦萬端我今宜可捨家爲道即便出家得在道次爾時世尊欲度彼人等示現權慧安處無爲在大衆中而說偈言

莫與愛念會　亦莫不念俱　愛念不見苦
不念愛憂感　於中生愁感　消滅人根源

世尊說曰恩愛猶尚不可戀慕況非恩愛而可親近時二比丘內自思惟如來所訓正爲我等宜自謹慎修無上梵行晝則經行夜則坐禪未經旬日即獲道跡身能飛行眼能徹視六通清徹無所罣礙於如來佛法爲有反復咄嗟恩愛不可恃怙諸結使盡得羅漢果善哉福報如影追形福業寘報如油津衣身

自衰喪罪福不行

愛念就後世　朋友知親多　長夜愁憂思

念離甚爲苦

愛念就後世者父母兄弟姊妹中表及諸知識男女大小從今世至後世流轉不停是故說曰愛念就後世朋友知親多也長夜愁憂思者啼泣號哭蓬頭亂髮椎胷懊惱是故說曰長夜愁憂思念離甚爲苦者恩愛已離或在他方或復命終所求不得所念不從是故說曰念離甚爲苦

念色善色容　天身而別住　極樂而害至

爲死王所録

念色善色容者昔佛在舍衛國祇樹給孤獨園爾時世尊告諸比丘上空界有天名歡樂過差展轉共集作倡妓樂終日無猒由其歡樂過故從彼命終今生此間比丘當知復有天名曰喜笑展轉共集舉聲大笑終日無猒以其笑過差故從彼命終來生此間是故說曰念色善色容也天身而別住者晝夜戲笑不計無常對至謂爲受天之福無有窮已極樂而害至作倡妓樂舉聲大喚皆是害本皆當捐棄壽非久保便爲死王所攝隨形料簡科量罪福分別善惡重罪付鑊湯輕付鬲子平正如水齊量如槩是故說曰爲死王所攝也

若人處晝夜　消滅念愛色　自掘深根本

不越死徑路

若人處晝夜者專精一意斷欲界欲愛永盡無餘晝則精勤夜則諷誦是故說曰若人處晝夜也消滅念愛色者已滅已盡度有至無

無復恚怒是故說曰消滅念愛色也自掘深根本者或時掘念根或掘愛根或掘戀慕宗親縛著之根著勇猛服執智慧钁掘三毒根永使不生是故說曰自掘深根本也不越死徑路者愛著田業財寶七珍皆爲死徑心意戀著初不捨離亦是死徑當求方便超越死路至不死處是故說曰不越死徑路也

不善像善色　愛色言非愛　苦謂爲樂想
放逸之所使

不善像善色者善者意所貪樂終日翫習而不捨離爲人所識如此衆善除捨遠離爲智者所識爲智者所棄爲智者所責是故說曰不善像善色也云何愛色言非愛愛者無欺無詐令人憂惱所欲不果遂生愛戀是故說曰愛色言非愛云何苦謂爲樂想樂者身中諸根寂靜不亂志性安和不興亂想亦能使人生衆苦惱先歡而後憂是故說曰苦謂爲樂想放逸之所使者放逸之人心不常定與諸五親共相娛樂生欣怒心放意自恣是故說曰放逸之所使也

夫欲自念者　不與惡共居　此則難獲得
樂爲惡根本

夫欲自念者若人欲自愛身當先愛彼不由此愛傷害生命是故說曰夫欲自愛身也云何不與惡共居人居世間多諸畏懼與惡從事遂積重罪不與惡共居者身口意常清淨是故說曰不與惡共居也此則難獲得者不修善本不教一切衆生立於根門亦復不能廣化未悟是故說曰此則難獲得也樂爲惡根本者夫行惡人終無有樂心在殺害修不

善本是故說曰樂爲惡根本也

夫欲自念者　善宜自守護　猶如防邊城
深壍固乃牢　失三離三者　智者宜自悟

夫欲自念者猶如邊城常當守護自防護身亦復如是或畏外寇來入境內復恐目下私竊叛逆復畏內人與外情通內心城者亦當如是常當三事防護恐外結使賊來入境內復畏心所念法與外塵同內不思惟校計塵勞心城危險難守難護多諸恐畏守護堅牢無有恐懼心城亦如是守護牢固無有恐懼是故說曰夫欲自念者也善宜自守護猶如防邊城深壍固乃牢失三離三者智者宜自悟也

夫欲自念者　藏而使牢固　猶如防邊城
內外悉牢固

昔佛在舍衛國祇樹給孤獨園是時世尊告諸比丘若邊城郭七業成就四食充實易護易滿外寇欲來攻者終不能得除其內人與外通也云何邊城七業成就於是邊城鹿角外防牢固不可移動是謂邊城初業成就外寇不能得壞復次邊城掘壍深廣修飾極妙是謂邊城二業成就外寇不能得壞也復次邊城造其却敵以俟戰鬭是謂邊城成就三業外寇不能得壞復次邊城戰具備足弓弩機關飛輪水道鎔鐵礧石戈矛利稍內備退道是謂邊城成就四業外寇不能得壞復次邊城四面安四種軍象軍馬軍車軍步軍除其內人與外通者是謂邊城成就五業外寇不能得壞復次邊城瞻守門戶持時曉夜解知號令即別善惡識者聽入不識者不聽入

是謂邊城成就六業外寇不能得壞復次邊城高峻內外剗治除其內人與外通者是謂邊城成就七業外寇不能得壞云何邊城裏四食充滿外寇不能得攻復次邊城饒薪多水除其內人與外通者是謂成就初食外寇不能得其便復次邊城豐饒穀米庫藏充滿除其外人與內通者是謂邊城成就二食外寇不能得便復次邊城饒稻麥豆除其內人與外通者是謂邊城成就三食外寇不能得其便復次邊城饒諸熟食油酥脂膏魚脯乾肉是謂邊城成就四食佛說此偈內外牢固姦宄賊寇不得其便是故說曰猶如邊城內外牢固常當專意內無色想除外色外無色想除內色內外無色想除內外色也

當自防護　時不再遇　時過生憂　墜墮地獄

當自防護者執心不亂諸根寂定自見生死災害熾然修諸善法知泥洹城清涼無爲防護穢濁心垢之惱是故說曰當自防護時不再遇者於億千萬劫乃遇一良時雖復遭遇或前或後或生中國與賢聖相遇諸根不缺宿種功德遭值佛世汝等宿緣堪任斷結越次取證盡諸有漏成無漏行是故說曰時不再遇時過生憂者從無數劫積善所致乃遇良時良時已過悔無所及有八事中間不得向王有所陳啓云何爲八王遭喪難不得有所陳啓王身遇熱患不得有所陳啓王飢未食不得有所陳啓王入深宮不得有所陳啓王或入庫藏或侵他境不得有所陳啓王或與鼎臣共議不得有所陳啓有人發舉陰謀之事不得有所陳啓王獨坐靜默意有所規

不得有所陳啓俗間八事有所禁忌不得自宣令此内法亦復如是在八無閑不得興發善心云何爲八或遭喪亂親族死亡不得興發善心在八地獄十六鬲子刀山劒樹火車鑪炭受諸苦惱身爛心焦於其中間不容善心念道或在餓鬼腹如泰山縱廣數十由延咽如細鍼長數十丈一寸千隅爾時意荒心念飲食於其中間不容善心念道若生六天一界服飾百億莊嚴食以甘露玉女圍繞視東忘西視右忘左如數疾輪無有端緒於其中間不容善心念道若生邊地夷狄之中無佛法衆不聞三法之音語不眞正心無篤信生在邪見或生長壽天於其中間不容善心念道或生中國手脚不具六情不完或聾盲瘖瘂於其中間不容善心念道或生佛後五無間處於其中間不容善心念道若佛興出於世其人在邪見家不信三寶與顛倒相應於其中間不容善心念道是謂八不閑處善不與惡俱惡不與善俱佛告比丘如我今出現於世如來至眞等正覺十號具足敷演道義上中下善志趣滅度度未度者是故説曰時過生憂墮地獄中

遍於諸方求　念心中間察　頗有斯等類
不愛巳愛彼　以巳喻彼命　是故不害人

遍於諸方求者心念十方何等衆生不畏死不懷恐懼復有何等衆生不念樂不患苦復有何等衆生具一切衆行而自娛樂是故説曰遍於諸方求也念心中間察者心常憶念行業之本行業有二種一者淨觀二者不淨觀智者淨觀不智者不淨觀是故説曰心爲

中間察也云何頗有斯等類者若大若小若好若醜各自有性彼彼自相念如念已身無異是故說曰頗有斯等類也不愛已愛彼者人之受形四大俱等命根一類無有高下彼命此命俱終變易是故說曰不愛已愛彼也以已喻彼命是故不害人也

一切皆懼死　莫不畏杖痛　恕已可為譬
勿殺勿行杖

一切皆懼死者五道衆生迴轉四流皆畏楚毒自護已命世尊說曰若欲護已者不當行楚毒世間狂夫橫生罪業或以刀杖共相傷害戲笑為惡號哭受痛懷毒陰謀禍及門族是故智者絕禍於未生資福於無形是故說曰一切皆懼死莫不畏杖痛恕已可為譬勿殺勿行杖夫行殺者生輙短命是故汝等當避於殺也

譬人久行　從遠吉還　親厚普安　歸來喜歡

昔佛在舍衛國祇樹給孤獨園時舍衛城裏有人名曰鍾磬宗族五親不可稱限已身貧匱乏諸財產衣不覆形食不充足五親相見皆顰頭而過鍾磬自念吾宿少福生不遇時自知貧困五親離薄出則為人所笑入則為妻兒所責寧出此國造他方土死活由天安知餘事正使處他國土寧彼死亡不在此求活時彼鍾磬即出國界適他邦域賃傭客作勤力生活憶本窮悴為五親所薄晝夜懃懃不暇食息漸漸積財無數金銀珍寶硨磲碼碯珊瑚琥珀駱駝驢騾及以車輿載致珍寶歸還本國諸五親聞鍾磬多獲珍寶還來歸家盡出迎逆與家別久亂髮鬚長衣裳垢坌

步負錢財五親不識而問曰鍾磬今爲所在鍾磬報曰乃在於後斯須自到五親留待復問後人鍾磬所在後人報曰鍾磬最在前如是經久不見鍾磬鍾磬但言在後後人復言在前遂欲至家不識鍾磬時諸五親捉鍾磬奴指示鍾磬五親得與相見與卿别久各不相識人存形變乃至於斯今我五親故來迎卿何爲面欺故言在後鍾磬報曰我非鍾磬後車載寶貨乃是鍾磬曩昔貧悴爲諸五親所見輕忽對面相見頓頭而過汝今何爲求於鍾磬五親報曰我等接遇卿者今日何由得致此財雖爾五親不多恕本不及盡往城外共相問訊沐浴澡洗更著新衣入城歸家至明清旦辭五親違遠如來日久欲往禮覲問訊諸親報曰我等亦欲隨從是時五親相將共至世尊所頭面禮足在一面坐爾時世尊見衆坐已定便説斯偈譬人久行從遠吉還親厚共安歸來喜歡爾時鍾磬及諸五親歡喜踊躍善心生焉即起長跪請佛及僧至家設供如來默然受請明日時到著衣持鉢比丘僧衆前後圍繞往造磬家各各次坐鍾磬手自斟酌行甘饌飲食食訖行水更取小座在如來前而受咒願如來説偈

好行福者　從此到彼　自受福祚　如親來喜
起從聖教　禁制不善　近道見愛　離道莫親
近與不近　所往者異　近道昇天　不近墮獄

爾時鍾磬及諸五親聞佛所説心開意悟即於座上得盡信之法

樂法戒成就　誠信樂而習　能自勑身者
爲人所愛敬

樂法戒成就者衆生之類習於法教修諸善法戒成就者云何若有衆生奉持禁戒無毫釐失持此戒福復生梵天受福無窮此則缺戒不奉禁律何以故由其横貿天福故若復有人奉持禁戒毫釐不失持禁戒福不求生天爲梵身帝釋不求作魔王不求作轉輪王典四天下我今持戒之福求於無上等正覺是謂名爲戒成就是故說曰樂法戒成就也誠信樂而習者執信堅固常樂修習心不恐懼亦無亂念一一篤信所行眞實常處有記不處無記出言至誠不說彼此是故說曰誠信樂而習云何能自勑身者夫行善者自爲已身以物惠施自受其福奉持禁戒捨放逸意求於濟神爲後世作橋梁論經說義廣採異同亦爲已身是故說曰能自勑身也爲人所愛敬者執行之人所遊方域爲人所敬歎說其德福由人弘名稱外被是故說曰爲人所愛敬也

爲人所愛敬　皆由已所造　現世得稱譽
後生於天上

爲人所愛敬者人之行全則名顯外來爲數千萬人所見尊奉言從語用爲人標首斯由積行無虧損故是故說曰爲人所愛敬皆由已所造者人修善行求免厄難受人信施衣被飲食牀榻卧具病瘦醫藥則不損耗於禁律法内有眞誠外能消化是故說曰皆由已所造也現世所稱譽者爲天人所歎德可敬可貴所遊之方無所罣礙是故說曰現世所稱譽也後生於天上者身壞命終生善處天上七寶殿堂受福自然是故說曰後生於天

上

教習使稟受　制止非法行　善者之所念

惡者當遠離

教習使稟受者在於法功德中教授正法隨彼所須而演其教是故說曰教習使稟受制止非法行者非法行者人所憎惡多興亂念衆惡之源令人墮地獄餓鬼畜生是故說曰制止非法行也善者之所念者修善之人善德具足終不使人至於惡道是故說曰善者之所念也惡者當遠離者惡知識者即是惡也行不至要動與惡俱心中所念以惡爲首是故說曰惡者當遠離也

善與不善者　此二俱不別　不善生地獄

善者生天上

善與不善者各自別異一者妙二者非妙一者定二者亂一趣善道二趣惡道一得善譽二致誹謗是故說曰善與不善也此二俱不別者從此人間終亦從行地死從此造業而致來變是故說曰此二俱不別也不善生地獄者惡知識人修不善行已所施爲亦欲使人同已是故說曰不善生地獄也善者生天上者所謂四雙八輩十二賢士修善本遊虛無不樂世煩是故說曰善者生天上也

戒品第六

慧人護戒　福致三寶　名聞得利　後上天樂

昔佛在舍衛國祇樹給孤獨園爾時世尊告諸比丘慧人欲求三法者常當護於禁戒云何爲三法一謂善者稱之愼以法律二者設得利養無能遏絕三者身壞命終上生天上是謂持戒之人行此三法終受其福爾時世

尊在大衆中而說此偈
慧人護戒　福致三寶　名聞得利　後上天樂
常見法處　護戒爲明　得成眞見　輩中吉祥
持戒者安　令身無惱　夜卧恬惔　悟則常歡
爾時衆會聞佛所說歡喜奉行
戒終老安　戒善安止　慧爲人寶　福盜不取
戒終老安者持戒之人後復年者老朽天龍神祇常隨護助阿須倫迦留羅眞陀羅摩休勒人與非人鳩槃茶匹奢遮羅剎鬼如此等類常護長老持戒之人晝夜營衛如影隨形是故說曰戒終老安也戒善安止者若有衆生信向如來信根成就信有二業一無狐疑二有根本信在諸衆中若沙門梵志婆羅門衆梵衆魔衆不能使持戒之人迴心就惡爲天人所供養是故說曰戒善安止也慧爲人寶者慧者亦名爲光亦名爲明亦名爲炬亦名爲燈亦名爲眼亦名爲日亦名爲月亦名爲大火聚亦名諸法之暉曜猶如世人多財珍寶乃得居里慧人寶者亦復如是功德慧明二事具者乃名爲人寶是故說曰慧爲人寶也福盜不取猶如雜阿含契經說有天至如來所而問斯義何物火不燒何物風不動何物水不漬何物地不敗何物王盜賊暴雷所不損何物在庫藏不守不耗損爾時世尊告彼天曰福火不燒福風不動福水不漬福地不敗福王賊不劫暴雷無所害福致諸庫藏不守亦不損爾時諸天聞佛所說歡喜踊躍復以此偈讚頌如來
善哉世最勝　爲現世光明　我等修善行
得受諸天福

是時諸天復重以頌問曰
何終爲善　何善安止　何爲人寶　何盜不取
世尊以頌報曰
戒終老安　戒善安止　慧爲人寶　福盜不取
時彼天人聞佛所説戢在心懷即從座起繞
佛三帀忽然不現還於天上
修戒布施　作福爲福　從是適彼　常到安處
修戒布施者施有二事若持戒牢固兼行布
施於天世間自然受善報若施持戒之人多
獲果報是故説曰持戒布施也作福爲福者
或復有人持戒完具不廣多聞所獲功德蓋
不足言若復有人持戒完具加復大智多聞
惠施彼者獲福無量是故説曰作福爲福也
從是適彼者從今世至後世心常歡悦心無
悔恪是故説曰從是適彼常到安處者冀望
具足自然歡樂心意悦豫自知戒具布施清
淨必受功報不墮邪部晝夜歡喜不懷熱惱
施持戒人及多聞者亦復如是是故説曰常
到安處
比丘立戒　守攝諸根　食知自節　悟意令應
比丘立戒者執志牢固不可沮壞不爲色聲
香味細滑法所牽是故説曰比丘立戒也守
攝諸根者具足眼根耳鼻舌身根意根皆悉
具足無所鈌漏意不錯亂亦無他念盡隨諸
根修其妙行是故説曰守攝諸根也食知自
節者量腹而食亦不畜積亦不貪餮尊者曇
摩難提説曰多食致患苦少食氣力衰處中
而食者如稱無高下尊者僧伽羅剎造立修
行經亦作是説猶如多捕衆鳥藏在大器隨
時瞻視養食以時毛尾旣長隨時剪落選其

肥者日用供廚中有一鳥內自思惟若我食多肥則致死若餓不食復致喪身宜自料量少食損膚衣毛悅澤當從籠出如其所念即便少食衣毛悅澤便從其願彼修行人亦復如是內自校計如我多食便自瞢瞢不得修道不獲思惟善法諸惡法日夜滋甚貪欲瞋恚愚癡皆由多食不獲至竟佛契經說多食之人有五苦患云何爲五一者大便數二者小便數三者饒睡眠四者身重不堪修業五者多患食不消化多食之人有此五苦自墜苦際不至究竟是故佛說食知自節也悟意令應者晝夜警悟係意在禪若睡欲至時當舒一脚垂於牀下若睡纏綿不解當垂兩脚到於牀下若睡重當經行經行睡重者以水灑面若復不解仰觀星宿以寤其志初夜中夜後夜令無懈怠是故說曰悟意令應意常覺悟　晝夜力學　漏盡意解　可致泥洹意常覺悟者身口意常得覺悟婬怒癡至尋能除斷不遇煩惱所遊安隱是故說曰意常覺悟晝夜力學者晝習夜亦爾夜習晝亦爾初夜中夜後夜亦復如是持心專一無他異念唯從於道思惟心所念法是故說曰晝夜力學漏盡意解者意勇剛彊乃能盡漏持心懈慢者不能盡漏不能精勤於行是故退轉墮於凡夫部然彼行人晝夜精勤如救頭然持心勇悍不慮險難志崇斷結滅漏爲先是故說曰漏盡意解也可致泥洹者衆行已辦世患諸惱永不復生求入泥洹大化諸結縛著染汙人者隱而不起趣泥洹境無有罣礙捨現在業入泥洹境是故說曰可致泥洹也

慧者立禁戒　專心習其智　比丘無熱惱可果盡苦際
慧者立禁戒者戒不移動善住牢固亦不可移慧者除去愚闇終不處在愚惑之中猶如猛將身被重鎧手無劒者則不能剋定彊敵有劒無鎧者亦復不能降彼彊敵若使猛將身被重鎧手執利劒前後固險與賊共戰必有所辦則無狐疑修行之人亦復如是身被戒鎧心無慧劒者則不能壞結使元首正使有慧身無戒鎧則不能壞其結使若彼猛將身被戒鎧心執慧劒前後固險與結使共戰必能果辦是故說曰慧者立禁戒也專心習智者以慧鍊心尋究諸垢猶如鑛鐵數入百鍊之鑪柔可爲剛僞可爲眞猶如大海日夜沸動濁滓下沉變成寶珍人亦如是晝夜役心不止便獲果證是故說曰專心習其智也比丘無熱惱者雖復天地融爛形處其中終不熱惱無所傷損何以故比丘立根得力志不退還所願必果比丘者壞諸結使永盡無餘身被袈裟手執應器到時詣家正慚愧顏獲施無麤細願及滅度故曰比丘是故說曰比丘無熱惱也可果盡苦際者盡其苦源永滅無餘更不復涉歷苦難從是苦滅功福日滋是故說曰可果盡苦際

以戒降心　守護正定　内學止觀　無忘正智
以戒降心者常係心不失亦不遊蕩縱逸是故說曰以戒降心也守護正定者定有三品或善不善無記護善定者不使不善定得伺其便恒念思惟吾今已獲正定要究竟源本何緣使不善定錯亂其間是故說曰守護正

定也內學止觀者常念係心念明除去闇冥爲示炬燈觀察愛根推尋癡本止而不生是故說曰內學止觀無忘正智者智之所照無往不在心念智隨如兩牛共一軛猶如漏盡通役形輕重以身持心以心持身身心已應所適無礙石壁皆過斯爲鍊心入微鍊微入身心念形隨無所觸礙是故說曰無忘正智也

蠲除諸垢　盡慢勿生　終身求法　勿暫離聖

蠲除諸垢者意中諸垢法使縛著諸受陰入已盡已滅無復莖節枝葉是故說曰蠲除諸垢盡慢勿生者憍慢增上慢執意持心制慢使滅陰種結種二迹俱滅是故說曰盡慢勿生也終身求法者夫言身者皆是形器之數結亦名身陰身聚身養生之業亦名爲身象馬車步四色兵衆亦名爲身身中甚者莫過結身能壞結身求正法者是謂離縛不處有爲不念七處三觀眞佛弟子與堅信堅法相應能壞結聚是故說曰終身求法也勿暫離聖者常念從賢聖紹繼宗徒心所喜樂賢聖所居其事有三智諸結使盡一智也有餘泥洹界二智也無餘泥洹界三智也是故說曰勿暫離聖也

戒定慧解　是當善惟　都已離垢　無禍除有

戒定慧解者彼修行人戒品定品慧品三業具足以自瓔珞摧結使聚何往不壞猶如國王財富人盛才技過人便能安恤國民外寇不加今此行人亦復如是三業具足壞結使寇亦無疑難戒爲立志定檢亂心慧斷結使是故說曰戒定慧解也是當善惟者思惟三

品晝夜履行初不遠離是故說曰是當善惟也都已離垢者所弘究竟知生死苦於中拔濟極淨無瑕亦無諸垢是故說曰都已離垢也無禍除有者已離苦惱鼎沸之患盡諸三有更不受胎如實知之是故說曰無禍除有也

著解則度　餘不復生　越諸魔界　如日清明

著解則度者行有六品欲界色界無色界結聚縛垢欲界所出癡慢愚惑以自纏絡是故說曰著解則度也餘不復生者彼修行人思惟觀察如實知之則求方便永滅彼結生死已盡更不受胎梵行已立所作已辦是故說曰餘不復生也越諸魔界者六天已下皆是魔界多諸苦惱閉塞道心不令人至無爲之處閻浮利內有異類衆生名曰摩伕晝則隱藏處在生熟藏間墮魔部界是謂欲界爲魔所害多諸患禍賢聖之人越於邪境是故說曰越諸魔界如日清明者猶如日明無有五蔽云何爲五蔽一者雲二者煙三者塵四者霧五者阿須倫手無此五患者即日月清明修行比丘亦復如是離五陰蓋云何爲五蓋一者貪欲蓋二者瞋恚蓋三者睡眠蓋四者掉戲蓋五者疑蓋修行比丘離此五蓋者即得清明內外通達如紫磨金是故說曰如日清明

狂惑自恣　比丘外避　戒定慧行　求滿勿離

狂惑自恣者愚惑凡夫所行卒暴猶如獲猴捨一取一心如疾風馳念萬端是故說曰狂惑自恣也比丘外避者持行如水忍怒如地所謂比丘不倚豪族能自制情閉塞六關乃

謂比丘是故說曰比丘外避戒定慧行者戒品定品慧品晝夜精勤不與放逸欲渡巨海當乘大舫欲趣滅度當須戒定慧行捐不善法增益善法違此正教不順法律者則於佛法聖衆便有想累是故說曰戒定慧行求滿勿離也

既不自恣　又不想念　是故捨慢　如是不生

既不自恣者不馳於色聲香味細滑法是故說曰既不自恣也又不想念者心所念法於其中間唯修定意亦不想念色聲香味細滑法是故說曰又不想念也是故捨慢者內思止觀制去意亂恒入定意不得布現憍慢色聲香味細滑法是故說曰捨慢也如是不生者猶如彼不在色聲香味細滑法心所念法亦復如是心之所念猶如天雨如車轢棄轂心所念惡復多於彼是故說曰如是不生也

智者學牢固　於諸禁戒律　直趣泥洹路
速得至滅度

智者學牢固者承佛教誡受師訓誨去邪就正心常堅固不爲弊心沮壞是故說曰智者學牢固也於諸禁戒律者隨時行道守護禁戒智者所修非愚者所行是故說曰於諸禁戒律也直趣泥洹路者永息無爲亦無終始寂滅無生是故說曰直趣泥洹路也速得至滅度者中間無礙猶河暴溢盡趣於海是故說曰速得至滅度

華香不逆風　芙蓉栴檀香　德香逆風熏
德人遍聞香

昔佛在羅閱祇迦蘭陀竹園所爾時尊者大迦葉在耆闍崛山中然大迦葉生長豪族身

體柔軟食則甘細不曾麤惡意所開化多慇貧窮至貧家乞得食麤惡食便生疾內風變動遂成暴下是時世尊告大目連汝今隨我問諸疾人對曰如是世尊即將目連詣耆闍崛山時大迦葉獨坐閑房無有瞻病之人如來即往詣大迦葉窟迦葉見佛欲從座起爾時世尊告大迦葉曰汝今抱患但坐勿起吾自有坐具自隨爾時世尊知而故問迦葉曰汝今獨空房無有瞻視病者云何能樂此空山中時釋提桓因在迦葉後立時大迦葉白世尊曰而說此偈

捨天王位　爲德不倦　心懷歡喜　拘翼瞻視

爾時世尊告釋提桓因而說此偈

天身性清淨　香熏以自塗　云何降神意
瞻視臭穢身

爾時釋提桓因叉手合掌而白佛言重說此偈

最勝今當知　戒香無等倫　我今觀功德
不計醜陋形

然今世尊天上諸香增熾結本長益塵勞賢聖戒香斷諸結使閉塞禍門不漏諸欲然今世尊如此凡香流轉生死涉歷劫數不能令人永入寂靜賢聖戒香億千百劫時時乃有

爾時世尊微察釋提桓因而說此偈

善哉天帝因　今意甚希有　能於放逸中
攝意修德本

爾時世尊因此法本處在大衆而說此頌

華香不逆風　芙蓉栴檀香　德香逆風熏
德人遍聞香

夫世間諸華香盡順風香不逆風香戒德之

香亦逆風香亦順風香世間華香齊熏欲界不熏色界或直熏一方不熏三方持戒之香香徹十方華香逼近乃別持戒之香上徹一究竟天是故說曰華香不逆風德人遍聞香

栴檀多香　青蓮芳華　雖謂是眞　不如戒香

栴檀多香者諸世所出沉水木櫁栴檀都良此是根香華香者青蓮芙蓉瞻蔔須乾提末須乾提華至解脫華純日精華分陀利華如是衆華數十百種於持戒香百倍千倍萬倍巨億萬倍不可以譬喻爲比非心所思非意所度今此衆香隨人一世現身娛樂不能隨人至於後世持戒之香現世蒙祐於百千劫未曾唐捐是故說曰雖謂是眞不如戒香也

華香氣微　不可謂眞　持戒之香　到天殊勝

華香氣微者栴檀木櫁中國所貴邊土所無戒德之香上熏過諸天上徹十方彌滿世界無不聞者是故說曰華香氣微不可謂眞持戒之香到天殊勝者忉利諸天縱情放意所念自由猶尚歎譽持戒之人修善得福爲惡墮罪諸在戒品定品慧品解脫見慧品度知見品可敬可貴爲無上道何以故如此之人爲人導師牽示正路開人愚冥令見慧明是故說曰持戒之香到天殊勝

戒具成就　定意度脫　魔迷失道　魔不知道

戒具成就者四部之衆比丘比丘尼優婆塞優婆斯戒具清淨無有毫釐缺漏魔王雖有豪勢統領欲界於中獨尊然不能知四部之衆所獲果證亦復不知從何道果得盡漏結是時弊魔口與心語此諸黒服之士剃髮露臂偏袒右肩修禪習定或有進至離我局境

或有往還不由我教或有永滅不知神識所處或有捨壽知識所趣是故說曰魔迷於道魔不知道

此道爲究竟　此道無有上　向得能究源禪定是縛魔

此道爲究竟者安隱無爲快樂無窮趣向一道至泥洹門是故說曰此道爲究竟也此道無有上者於此道更無有上諸天龍鬼敬心承事與致供養尊者舍利弗有一沙彌名曰純頭長年八歲得六神通飛騰虛空至阿耨泉有五通梵志名曰須拔亦至彼泉時彼耨泉守泉青衣鬼驅逐五通梵志瓦石打擲不使逼近神泉純頭沙彌乘虛空至彼青衣神鬼數百之衆皆前迎逆或前收攝衣者或持淨水洗手足者或以淨巾拂拭首面者或以香湯沐浴身體者須拔梵志放聲說曰我今已得五通神德無量力能移山住流迴轉天地猶掌迴珠自學道已來百二十餘年勞形苦體形神疲極或事五明四處然火日光上照或卧灰糞或卧荆棘險難之中無道不學然更驅逐不得至泉然此黑衣小兒年在七八未離乳哺身體穢臭故存然更待敬過重迎逆承事用何等故時青衣鬼語梵志曰今此學士形年雖小行過三界得賢聖八品道汝今無是故不興敬有一婆羅門名曰閱叉與立一寺亦名閱叉恒供給酥油供寺然燈時有遠方婆羅門來至閱叉寺中又聞閱叉梵志高才明德偏信佛法建立神廟與共相見共相問訊時有一沙彌復來迎取油酥供寺然燈衆多梵志語閱叉婆羅門曰汝當向

色衣人禮耶言語未訖沙彌已至即復禮之衆多梵志語此梵志曰汝出四姓才藝過人天文地理無不貫練神呪感靈無事不克今此色衣之人出衆多姓種非眞正何爲違本法而向恭敬禮又卿梵志執行清淨自修内藏圖讖祕記行道成福何願不克文字章印無不周悉佛行寡鮮有何可貴捨本取末是我所疾蓋聞沙門寒賤巧詐繁滋幻惑世人所行短促齊於一身不能延致梵福正使相見正可擎拳而已何爲五體投地恭敬作禮耶我等親見甚恠所以況先學大人豈能恕卿此罪耶閱叉報衆多婆羅門曰諸人靜默聽我所説妙偈之頌

賢聖德難量　八直無上道　是爲沙門梵
如來口所宣　覩此形雖小　以果賢聖道
是故今自歸　梵志何爲嗤

是故説曰此道無有上也向得能究竟源者須陁洹斯陁含能斷欲界縛諸纏陰入是故説曰向得能盡源也禪定是縛魔者入定坐禪之人樂處閑靜志崇一意計出入息執意牢固能斷魔縛反縛於魔入定之人能役使鬼神如意即至佛契經亦説我於天上人間遍觀察之縛中牢者不過魔縛然爲漏盡羅漢所見摧辱於當來變更不受生是故比丘當作是學當求方便斷魔牢縛

出曜經卷第六

音釋

頷五感切低頭也　叵普火切不可也　跣蘇典切足親地也　舋許刃切隙也　鬲郎狄切曲腳鼎也　钁俱縛切大鉏也　塹七豔切坑也　礧正作礧盧對切礧石自高推下石也　矟色角切矛屬　鍼諸深切與針同　䫌疋米切傾頭也　坌蒲悶切塵塕也　餮他結切食食也　瞢毋亘切悶也　鑛古猛切銅鐵朴也　衽忍甚切衣襟也

出曜經卷第七

尊者法救造

姚秦三藏竺佛念譯

學品第七

護身惡行　自正身行　護身惡者　修身善行

護身惡行者何以故說身惡行自知內過知他人過故名惡行惡已充具顏色變異或以手拳相加毀壞形體此惡眾事今世後世不獲安隱或墮餓鬼畜生中形貌醜陋若生人中才不及人有異梵志為犬所齧梵志恚怒身心熾盛要治惡犬使不暴虐父毋告梵志曰猶犬齧婆羅門婆羅門復可齧犬不也梵志報父毋要當治犬使不縱毒父毋告子不隨我教恣汝所為是時梵志捉犬反縛以杖捶打打時有二非義草索傷犬足復令失糞此眾生類亦復如是諍小致大以用害身諸佛世尊大慈加被訓誨眾生令不諍訟然眾生類不從其教瞋恚所纏復生二非義為眾苦所纏當復經歷地獄餓鬼畜生之惱雖得為人形貌醜陋如是眾惱不可稱記是故世尊說護身惡行護身惡行已獲何功德答曰獲二功德名譽善本云何為二若處在天宮受福自然七寶殿堂懸處虛空若生人中顏貌端正見者歡喜皆來歸仰在大眾中為數千萬眾所見尊奉如月獨明眾星迴附是故說曰護身惡行自正身行者得何功德有何名譽答曰於現世中亦得名譽若使身滅命終亦得名譽云何於現身中而得名譽若於今身進止行來為數千萬眾所見供養若身壞命終生善處天上自正身行復有何功德

荅曰兇弊邪魅暴惡鬼神不能得便怨讎伺捕不能得捉於是頌曰

怨讎彌滿世　欲求得其捉　種惡還自加

猶蛇反自毒

形爲苦本心爲禍首是故世尊說曰自正身行也護身惡者何以故說惡行所趣非眞如所說惡財惡子惡服惡處惡土此皆名惡或緣知親作惡或緣非知親作惡是故如來說護身惡者也修身善行者善行有二業如所說善財善子善服善處善土身修善行於佛法聖衆父母尊長盡行恭敬無他越逸是故世尊說修身善行也

護口惡行　自正口行　護口惡者　修口善行

護口惡行者何以故說自知內過知他人過故名口惡行若已瞋恚發口罵詈虛生過咎使數千萬衆皆生惡念而不自覺亦復不知後受惡報咸共懷瞋恚彼罵者後入地獄餓鬼畜生受苦無量若生人中多被誹謗言不信用能守護口者自致福報亦生天上快樂自然若生爲人不被麤言是故說曰護口惡行也自正口行者爲得何等功德荅曰爲數千萬衆所見歎譽傳相告言此人良謹與行相應言不麤獷不求彼短不譏彼失受口齒端嚴言不彊吃是故說曰自正口行也護口惡者其義有二或當賢聖默然或當法說義說夫欲出言先當自理言致敗身非獨一人若吐麤言爲人所嫉進止行來無人敬待是故說曰護口惡者也修口善行者諸修善行之人心懷仁慈吐言柔軟不傷人意爲衆多人所見愛念是故說曰修口善行也

護意惡行自正意行　護意惡者　修意善行
護意惡行者於意三行最爲上首意一念頃能使城郭村落盡爲丘野如契經所説云何居士汝頗聞有流沙空野隨沙門空野閑靜空野不長者白佛聞有流沙空野隨沙門空野閑靜空野佛告居士云何居士誰造此流沙空野隨沙門空野長者白佛皆由神仙意念惡故呪術所作有此流沙空野隨沙門空野如修行經説十九人執修正行唯有一人不應在閑靜之處以其口業心惡持行之人不許此人在曠野間即告彼人曰汝心懷惡所念不善宜在人間誦習經典佐助衆事役心亂意應成道果汝設在空之中欲求空意意方念亂恒生不善自致滅亡不至善道不護意者隨意所種入地獄餓鬼畜生中設得爲人輙墮卑賤爲人所嫉見則不歡能護意者若生天上封受自然金牀玉机七寶殿堂若生爲人人所愛敬是故説曰護意惡行也自正意行者意所馳念難禁難制由意生念能使成事身危妙行退轉垂辦之證轉爲凡夫是故説曰自正意行也護意惡者息意寂然不生想著修意正行斂意專一是故説曰護意惡者也修意善行者意念善行身修正法口宣其教二事由意乃至無爲是故説曰修意善行也

身棄惡行　及口惡行　意棄惡行　及諸穢惡
身棄惡行者捨身惡行永滅無餘是故説曰身棄惡行也及口惡行者口所宣説不陳惡法亦莫布現惡事是故説曰及口惡行也意棄惡行者意不念諸不善法不生害心於衆

生類是以說曰意棄惡行也及諸穢惡者諸外不善法與意弁者既不自利又不利人盡當求滅不令使生是故說曰及諸穢惡也

身修善行　口善亦爾　意修善行　無欲盡漏

身修善行者身不造惡行身行有三不殺生不盜不婬泆修此三業正其身行供養佛法及衆僧掃灑補治故壞塔寺是故說曰身修善行也口善亦爾者口有四過不妄語不麤言不鬪亂彼此不綺語讚歎說佛功德歎法及比丘僧承事父母師友長老是故說曰口善亦爾也意修善行者意有二過不生嫉妬恚癡邪見但生衆善功德不隨倒見墮邪部界是故說曰意修善行也無欲盡漏者無欲之人無量曠大無限之用盡漏者諸陰蓋持入不復與起是故說曰無欲盡漏也

身修善行　口意亦爾　於今後世　永生善處

身修善行者問曰上已身修善行有何不及復更重演報曰如來所化受教若干或有欲廣聞其義或有欲略說旨要略旨要者粗舉五陰苦形欲廣聞其義者一一科別身口意行各隨次第以其事類證而解之復有欲聞廣說略說是故如來廣演此偈如所說身修善行者是謂廣說口意亦爾者是謂略說如來觀前衆生意之所樂便演其義令得受化亦使受化人所願充滿凡諸善行饒益衆生多所成就是故說曰身修善行口意亦爾於今世至後世長夜受樂食福無窮永生善處受福有二俗福無漏福是故說曰永生善處也

慈仁不殺　常能攝身　是處不死　所適無患

慈仁不殺者終不殺害觸惱生類不刼掠他財不婬犯他妻所謂仁者得履賢聖善法是故說曰慈仁不殺也常能攝身者晝夜謹慎以身御行如護吉祥缾寧自喪身分受形斬不託形命造不善行昔有旃陀利家生七男六兄得須陀洹道小者故處凡夫母人旃陀利得阿那含道兄弟七人盡受五戒為佛弟子彼國常儀方俗舊法旃陀利法要當行殺國中設有男女殺盜婬泆及餘重罪盡使旃陀利殺之時國主召彼大兒今有應死之徒汝行殺之其人即向王拜求哀自陳願大王弘恕身受兄戒為佛弟子不敢行殺守身謹慎不念邪非寧自殺身不以犯戒殺害蟻子時王奮赫天威瞋恚隆盛告其人曰卿為國民我為國主不從吾教方更信佛浮說尋敕傍臣速將此人詣市殺之其人復白王曰身是王民心是我資恣王所欲殺便殺之即將詣市而梟其首王問傍臣向應死人更有誰存臣報王曰餘有彊弟六人王敕左右隨次召來復敕殺人其人報曰身受五戒為佛弟子不敢行殺王瞋怒盛復取殺之如是盡喚兄弟六人皆言受戒不敢行殺王瞋恚盛盡便殺之次復召小弟母子俱來王見母來倍復瞋恚前殺六子母不送行令召小子何故便來母白王曰願聽微言以自宣埋前六子者盡得須陀洹道正使大王取彼六人碎身如塵者終不興惡如毛髮今此小者處在凡夫身雖修善未蒙道法潤身是故我念子未得道或能失意畏王教令自惜形命毀戒行殺故送來爾彼當毀戒隨王教令不仁行殺

身壞命終入泰山地獄憐愍子故是以送來王復問母前死六子盡得須陀洹道耶答曰盡得王復問母母身爲得何道母答曰得阿那含道王聞斯語自投于地諸臣扶起以水灑之久乃惺悟稱怨自責我爲自造無量罪根施心建意殺六須陀洹身意煩惱坐不安席即自嚴辦香油酥薪取六死屍而耶旬之起六偷婆興敬供養曰三懺悔意願滅罪漸漸微薄復出財貨給彼老母至於齋日數數懺悔冀得罪薄免於地獄是故說曰常能攝身也須陀洹斯陀含阿那含阿羅漢守護禁戒無所缺減凡夫人雖守護戒心如飄風不能恒定是故說曰常能攝身是處不死者得果之人捨男子身還得男子身捨賢聖還得賢聖身終不懷憂畏地獄餓鬼畜生阿那含身即彼天上不還世間阿羅漢永無愁惱諸累已盡入無爲境惔然寂滅是故說曰是處不死也所適無患者於彼無爲境終無煩惱亦無愁憂苦患亦無死亡戀慕是故說曰所適無患也

不殺爲仁　常能愼言　是處不死　所適無患

不殺爲仁者終不信讒毀之人於中起害心是故說曰不殺爲仁也常能愼言者若得彼詈麤言惡語計皆空寂音響無形猶如賢聖終無恚怒設有所爲斯皆權化非實恚怒或意內自念不發於口設發於口尋懷慚愧是故說曰常能愼言是處不死所適無患也

不殺爲仁　常能愼意　是處不死　所適無患

得向之人設遭百千苦惱身墮洄波深淵若墮火坑熾餤之中終不懷懼令心變易晝夜

調心不令越逸猶如得勝怨讎死而加毒得向之人心除結使猶怨不盡復重思惟彼修行人觀心成敗五陰所趣移有漏心至無漏境無常苦空無我已獲無漏守護不失何以故彼修行人每自思惟從永劫已來染著生死流轉刀劒世中恒修此意造罪無端爲意役使如人使奴僕我今已勝調伏心識今重守護使不越逸是故說曰不殺爲仁常能愼意是處不死所適無患

愼身爲勇悍　愼口悍亦然　愼意爲勇悍
一切結亦然　此處名不死　所適無憂患

夫言勇悍者愽古覽今高才明德技術備具與智相應捨諸惡法身所修行不處貪欲是故說曰愼身爲勇悍也愼口悍亦然者口所吐言先笑後語不傷人意是故說曰愼口悍亦然也愼意爲勇悍者意已柔調不興惡念是故說曰愼意爲勇悍也一切結亦然者問曰身口意行三事已辦有何缺漏而云一切結亦然耶答曰如所說應來往進止縫作補綻應爲而不爲此皆身所應行關而不行彼修行人能具此諸行是故說曰愼身爲勇悍口行有餘者應隨賢聖教律而不爲不習男音女音彼此音皆悉不習是謂口餘行何謂意有餘行更造有緣受生之分此是意餘行彼執行人能見此諸行身口意餘行盡能具足是故說一切結亦然也此處名不死者滅盡泥洹無終無始無來無往無生滅著斷是故說此處名不死也所適無憂患者所以言有憂者由衣被飯食牀卧具病瘦醫藥奴婢僕使象馬車乘國財妻息皆生憂患無此則

無恚是故說所適無憂患也
護身爲善哉　護口善亦然　護意爲善哉
護一切亦然　比丘護一切　能盡苦源際
護身爲善哉者能一意守護身諸天世人稱
歎其德天龍鬼神八部之衆盡歎其德晝夜
祐助勸成究竟是故說曰護身爲善哉也護
口善亦然者若有習非弊惡之業或被罵詈
爲人所毀執心護口終不還報諸天世人皆
共稱善是故說護口善亦然也護意爲善哉
者若人杖棰割截形體護彼罵詈彼執行人
持心潔淨不興恚怒諸天世人皆稱其善是
故說曰護意爲善哉也護一切亦然者於身
口意意外諸餘行謹愼攝護是故說曰護一
切亦然也比丘護一切者執行比丘護身意
及餘外行威儀禮節悉皆備具是故說曰比
丘護一切也能盡苦源際者以具此行豈當
趣惡道耶盡斷地獄畜生餓鬼道人中苦人
中痛能悉斷之是故說能盡苦源際
護口意清淨　身終不爲惡　能淨此三者
便逮仙人道
護口意清淨者於三毀敗中壽敗劫敗結敗
此名三敗釋迦文佛出現於世在濁世中人
壽百歲冀從弟子不守護口過多犯禁律聖
人存世猶尚毀戒況千載末能存戒律耶佛
契經說後千歲末正法欲沒盡時有七穢行
顯布於世云何爲七一者若有人百歲持戒
彈指之頃爲惡知識所壞二者久行慈心彈
指之頃爲瞋恚所壞三者薄賤威儀不隨其
教四者互相是非諍於勝負五者在國城村
落鬭亂彼此傳東至西六者貪著利養遂致

疾病七者從凡夫至羅漢皆被毀辱而取滅度所以致誹謗者皆由不護口故尊者滿足阿羅漢說曰恒訓化餓鬼徃詣餓鬼界見一餓鬼形狀醜陋見者毛竪莫不畏懼身出熾燄如大火聚口出蛆蟲膿血流溢臭氣遠徹不可親近或口吐燄火長數十丈或耳鼻眼身體肢節放諸火燄長數十丈脣口垂倒像如野豬身體縱廣一由旬手自抓摑舉聲號哭馳走東西時尊者滿足問餓鬼曰汝宿作何罪咎今受此苦餓鬼報曰吾曩昔在世時出家作沙門戀著房舍慳貪不捨身持戒威儀出言臭惡若見持戒精進比丘輒復罵辱或戾口弄或偏眼視或戾是作非或戾非作是自恃豪族謂爲不死造諸無量不善之本寧以利刀自截其舌如是從劫至劫甘心受苦不以一日之中誹謗精進比丘尊者若還閻浮利地者以我形狀可誡勑諸比丘善護口過勿妄出言設見梵行持戒比丘者念宣其德自受餓鬼形已來經數百歲數千歲數萬歲數千百萬歲受如此苦惱我却後命終當入地獄中是時餓鬼說此語已舉聲號哭自投于地如泰山崩天飜地覆斯由口過故使然矣能守護口過者受福無窮迦葉如來出現於世敷演法教教化已周於無餘泥洹界而般泥洹泥洹後時有三藏比丘名曰黃顏衆僧告勑一切雜使不命卿涉但與諸後學說諸妙法時三藏比丘内心輕慢不免僧命便與後學敷演經義喚受義曰速前象頭次喚第二者復曰馬頭復次駱駝頭復次驢頭復次豬頭次喚羊頭羯羝頭次喚師子頭

次喚虎頭次喚禽頭次喚羆頭如是喚衆獸之類不可稱數三藏黄顔口出如此無量惡言雖授經義不免其罪身壞命終入地獄中經歷數千萬劫受苦無量餘罪未畢從地獄出生大海中受水性形一身百頭形體極大異類見之皆悉馳走爾時世尊見衆多比丘互相是非不慎口過或吐言麤獷以致忿怒或所説似戲發起舊怨或以智陵人彼人不信伏受或説種類所出卑賤用作嫌隙爾時世尊知諸比丘發此者多恐後墮罪即以神足接諸比丘詣於大海見彼受罪獸一身百頭欲使諸比丘改往修來問彼罪蟲曰汝是黄顔不耶蟲即報言實是如是至三報曰實是時諸比丘即前長跪白世尊曰我等未曾聞此爲因何義頻問此獸審是黄顔耶唯願世尊敷演其義令未悟者使得開解如來三達無不觀察過去當來現在事皆悉解明其有難詰如來義者隨時發遣永除疑網爾時與諸比丘説曩昔本緣昔古久遠無數世時人壽二萬歲爾時有佛出世名曰迦葉如來至眞等正覺十號具足敷演法教曠濟無涯教化已周於無餘泥洹界而般泥洹泥洹後時有三藏比丘名曰黄顔衆僧告勑一切雜使不命卿涉但與諸後學説微妙法時三藏比丘内心自大輕慢於人不免僧命便與後學敷演經義喚諸受義人目名曰衆獸之類雖授經義猶不免罪身壞命終入地獄中經歷數千萬劫受苦無量餘罪未畢從地獄出生彼大海受水性形一身百頭是故比丘當精勤護口出言柔和勿吐麤語汝觀此獸由

其惡言故使致此罪時諸比丘聞佛教誡又見彼獸形苦如茲道心遂固悔本所習心念口言形之大患能攝口心者終無惡聲流布於外是故說曰護口意清淨也身終不爲惡者若身行惡爲諸佛世尊所不稱記若生地獄餓鬼畜生中受苦難計設身修善立諸德本爲諸佛世尊所見歎譽若生天上封受自然若盡苦際於無餘泥洹界而般泥洹是故說曰身終不爲惡也能淨此三者身行口行意行此三業淨爲獲何果答曰爲天龍鬼神八部之衆所見尊奉便爲得至滅盡泥洹不爲凡夫所共牽連逮得仙人道所謂仙人者諸佛世尊是也所演言教一言片辭上中下義盡趣於道是故說曰能淨此三者便逮仙人道

口品第八

佛在舍衛國祇樹給孤獨園爾時世尊無數大衆前後圍繞而爲說法時有旃摩那祇在舍衛城裏時摩那祇宿舊怨深罪識不除身帶木盂以衣覆之出舍衛城至祇洹精舍遥見世尊與無數大衆而爲說法歡喜踊躍不能自勝今日要當在大衆中毁辱瞿曇沙門令我等師得致供養在於大衆而說此偈

說法甘悦人　口出無量義　使我懷妊身
不羞此儀式

爾時世尊出柔輭響聲如羯毗鳥亦如梵音而說斯偈

妄語地獄近　作之言不作　二罪後俱受
是行自牽往

時大衆中多諸外道異學裸形梵志信佛者

少習邪者衆聞此女語皆共信用此女孤獨少失父母如其所説必實彰審其信佛者内自思惟昔佛在宮捨王重位捐棄釆女出家學道成最正覺豈當有心與此穢陋之女與共從事時釋提桓因在如來後執扇而扇内自思惟此弊梵志女云何乃興此意誹謗如來即化爲白鼠齧木盂糸斷聲震大衆無不見者其中不篤信者悉皆愕然此爲何聲乃震四遠其中信佛之人聞此音聲歡喜踊躍僉然同悦尋有一人從座起手執木盂語彼女曰此是汝兒耶時地自開全身入阿鼻地獄中時女宗族追慕啼泣不能捨離不信佛者即起懺悔其中信者共相告曰誹謗之報其罪如是現驗如兹豈云後世妄語地獄近者本無而言有實非而言是曾不經歷自言數涉如此之類墮八大地獄入十六鬲子是故説曰妄語地獄近作之言不作者其罪有二一者實作而犯之二者妄語作而言非此罪最重其報無量是故説曰作之言不作也二罪後俱受者其二重罪殃禍之本亡身喪命智者所不爲是故説曰二罪後俱受也是行自牽往者世人造穢行與身作累後受其報親族不救經歷劫數乃得解脱是故説曰是行自牽往也

夫士之生　斧在口中　所以斬身　由其惡言

昔佛在羅閲祇城耆闍崛山時尊者舍利弗大目揵連食時著衣持鉢正其威儀下靈鷲山頂入城乞食食後還出羅閲祇城未至其所道逢暴雨雷電霹靂道側有神寺房舍深邃先有放牛女人於此止住時舍利弗目揵

連入寺便住不見女人女人遥見舍利弗等即便失精墮地時瞿波利比丘復從後來舍利弗遥見來語目連曰不與愚從事得離惡人快令此比丘是惡知識宜可出避即與目連出彼寺廟涉道而去瞿波利後至入於廟内見有女人顏貌端正作弄女姿像如犯婬有見不淨在地咄曰禍災未曾所見云何舍利弗目連等自稱智慧神足誇世獨步神通智達謂爲第一今乃與此放牛女人犯婬交接斯現事如是世豈有聖人耶我今躬自見不從人聞得是歡喜即出寺廟徒跣涉兩至世尊所頭面禮足在一面立時瞿波利比丘前白佛言舍利弗目連等循行極弊造凡夫業適從城出道遇暴雨入寺避之見目連等與放牛女人交接我躬見之實不虛詐女人今故在寺現可驗之爾時世尊三稱瞿波利字而告之曰止止比丘勿吐斯言可發善心向舍利弗目連等所以然者此二賢人梵行已立所作已辦時瞿波利復重白佛我今實信如來如所教勑然舍利弗目連所行穢惡實見婬泆犯於梵行佛復告瞿波利止止比丘無令於如來前自墜命根舍利弗目連者行過三界淨如天金豈當有此婬欲意乎瞿波利白佛誠如來教但弟子躬見犯欲若今如來不見信者知復如何說此語已即前禮足涉路而去還至靜室覆自思惟舍利弗目連身犯穢行我實見之然今世尊特不見信時四天王夜非人時往至瞿波利所謂瞿波利曰舍利弗目連等賢善之人三界福田無有過者何爲興念誹謗自墜罪苦比丘問曰

卿是何人報曰護世四天王比丘報曰汝等諸天何爲捨自然妓樂來至此山四王報言故爲比丘來至此爾可發善心於彼二賢比丘告王但還宫殿不相預事天即還宫去未經時釋提桓因復從後至謂比丘曰可發善心於彼二賢比丘報釋提桓因曰且守汝天福不預汝事時拘翼復道而還富梵天復來到比丘所語比丘曰可發善心於彼二賢比丘答曰汝是何人報曰吾是富梵天比丘告曰世尊不記汝得阿那含耶報曰如是汝設得阿那含者何由至此乎富梵天即便還去即其夜瞿波利身舉身生疱大如芥子轉如胡豆漸如桃杏亦如鼻羅果等瘡遂壞敗膿血流出臭穢難近身壞命終入阿浮度地獄中千具犂牛而耕其舌爾時世尊告諸比丘守護口過愼勿誹謗夫誹謗之生皆由貪嫉昨瞿波利比丘來至我所言舍利弗目連等習近惡智與女人交接吾尋呵制止止比丘勿出此言可發善心於舍利弗目連所如是再三瞿波利比丘誹心遂熾釋提桓因富梵天及四天王皆來到波利比丘所慇懃諫曉曰可發善心於彼舍利弗目連等波利比丘即復報曰各還汝天宫吾躬自覩彼二賢穢行如是何爲干預其事且還速歸勿復重宣尋即各還其所於夜波利比丘身生疱瘡即取命終膿血流出入阿浮度地獄中千具犂牛而耕其舌是故比丘當與勇猛攝護身口意過見諸精進比丘共相敬待如視我無異是時世尊在大衆中而說斯頌

夫士之生　斧在口中　所以斬身　由其惡言

夫士之生者出毋胞胎宿行不同意性殊異猶如有人手執利斧入山斬伐材木華果藥草毀壞成功今此人間亦復如是人生於世不能守護口過爲心所使造不善本皆由於舌端正醜陋長短好惡亦由心念口發致此重罪是故比丘心秉牢固守護其口如是比丘當作是學爾時諸比丘聞佛所說歡喜奉行

譽惡惡所譽　是二俱爲惡　好以口會鬬

是後皆無安

譽惡惡所譽者彼瞿波利比丘歎譽調達功德體性柔軟行業眞正多聞廣智慈悲四等育養衆生如此之類應當毀呰不應歎譽是故說譽惡惡所譽也是二俱爲惡者舍利弗目連比丘修清淨梵行衆德具足永離塵埃不與欲會廣博多智明達三世然瞿波利比丘愚心不革執意牢固興致誹謗云舍利弗目連比丘造諸惡業如此之類應當歎德不應興謗何以故舍利弗目連者持戒多聞爲人導師處在大衆轉無上法輪逮得羅漢諸漏已盡然彼惡人興致誹謗不歎其德是故說曰是二俱爲惡也好以口會鬬者夫人處世罪苦萬端或因婬嫉致恪或因博戲致恚罪心已固不慮後緣出言招禍以滅身本漸當入泰山地獄餓鬼畜生涉諸苦難無有窮已雖得爲人諸根不具聾盲瘖瘂爲人所輕或在邊地佛後皆由口過身受殃罪猶木生火還自焚燒口爲禍門舌爲殃本二事機發敗毀形命是故說好以口會鬬是後皆無安者衆生處在欲界爲顛倒所惑愚無慧明爲

愛縛所繫憍慢纏身慳嫉心深不達五識身樂不知苦之所興永處闇冥不求燈明是故說是後皆無安也

諍爲少利　如掩失財　從彼致諍　令意向惡

諍爲少利者昔有衆多比丘時到著衣持鉢入舍衛城乞食見數十博戲之人對坐共戲一人得勝一人不如彼得勝者捉不如者剥脫衣裳五毒加形痛不可忍衆多比丘見已入舍衛城乞食乞食已收攝衣鉢更整衣服至世尊所頭面禮足在一面坐時諸比丘具以此事白世尊曰向入城乞食見二戲人對面博戲一人得勝一人不如其不如者旣失衣裳身被毒手痛不可忍佛因此本爲諸比丘而說偈曰諍爲少利也言少利者猶如大海取其一滴減須彌山如芥子許損大地土如米許復損虛空如蚊許比丘極爲少不白佛言甚少博戲雖小亦復如是百倍千倍萬倍巨億萬倍不可譬喻爲比是故比丘由小致大遂及諍訟親變爲疎骨肉離索若復有人誹謗賢聖持戒比丘及謗毁如來虛而無實其後受罪億佛不救是故說諍爲少利如掩失財從彼致諍令意向惡也

百千尼羅浮　三十六五獄　誹謗賢聖者依口發願惡

爾時世尊告諸比丘瞿波利比丘者自招禍患入尼羅浮地獄中爾時獄卒呵傍以鐵剛鉗拔出其舌長數百丈舒展平整以鐵釘釘之以千犂牛犂鍪火然用耕其舌一日之中百千萬終死而復生所以然者以其惡罪未除故當復經三十六五地獄受苦無量不可

稱計從彼獄出當受畜生餓鬼復當經歷數千萬劫畢其罪苦若其爲人聾盲瘖瘂六根不具語不真正多被誹謗若行道路横爲人打是故比丘當勤修道德慎莫誹謗賢聖比丘誹謗賢聖者其受如是如是比丘當作是學爾時諸比丘聞佛所說歡喜奉行

無道墮惡道　自增地獄苦　遠愚修忍意

念諦則無犯

無道墮惡道者虛而不實亦復不見正事可依誑生非禍猶如旃摩那者瞿波利比丘等虛而不實誹謗賢聖及舍利弗目連比丘身受其報億劫不息是故說曰無道墮惡道也自增地獄苦者當入百千尼羅浮地獄當復入三十六五阿浮地獄身入其中毒痛無量捨地獄身受地獄身增地獄苦是故說曰自增地獄苦也遠愚修忍意者恒懷恐懼聞犯禁制衣毛爲竪遠離愚暗忍諸不忍是故說曰遠愚修忍意也念諦則無犯者去垢止病莫若四諦能專意不亂思惟形器内外無主乃得離此誹謗之聲是故說曰念諦則無犯也

若倚内藏　依賢聖活　愚者隨惡　猶願邪見

昔佛在舍衛國祇樹給孤獨園時與數千萬衆前後圍繞而爲說法有異比丘即從座起偏露右臂叉手合掌前白佛言如來莫說休息泥洹如來出要賢聖妙法如來於現法中閑靜無爲而自娛樂爾時世尊告諸比丘汝等觀此愚人自墜惡趣永滅形壽不但今日訶制如來乃往久遠無數世時於毗婆尸如來所亦復訶制使不說法不但訶制毗婆尸

如來乃復訶制尸棄如來使不說法次復訶制毗舍浮如來次復訶制拘樓如來復次訶制拘那含牟尼佛次復訶制迦葉如來我今第七如來至眞等正覺出現於世復來訶制使不說法如此愚人端心正意不訶制如來者即應此座上坐諸塵垢盡得法眼淨是時世尊在大衆中而說此偈曰

已失今良會　更立誓願求　終不見聖諦
況欲見究竟

比丘當知此愚癡凡夫之人於賢聖道檢自喪形命離於佛法聖衆若倚內藏者如來深法之藏無所染著其事有三一者三界緣對結使永盡無餘亦名阿羅漢二者不復生滅更無萌兆趣生熟藏三者於天人世興致供養悉能消化使前施者受福無窮是故說曰若倚內藏也依賢聖活者賢聖有二一者善根成就名曰賢聖二者無漏成就名曰賢聖如此賢聖不倚邪見而求活乃依深法妙智而求活也是故說曰依賢聖活也愚者墮惡者猶如彼比丘訶制如來使不說法休息泥洹如來出要賢聖妙法如來於現法中但當閑靜無爲而自娛樂何爲與大衆說法如此比類愚不識眞自招禍惡願樂湯火以爲屋室此人不當與坐起言語是故說曰愚者墮惡也猶顧邪見者懷猶豫見習顛倒久與邊見相應如彼契經所說佛告長者夫邪見之人自犯身行如所說犯口所行如所說犯意所行如所說興意想念流馳萬端盡興邪見不可親近消滅善本增益惡種所以然者長者當知邪見爲病迷於正法猶伊叉桓子帝

多羅子尸婆犂子種散於地隨時長養漸得水潤火温風動地持後得長大食之極苦麤澀穢臭不可食噉邪見之人亦復如是自犯身行口行意行是故說曰猶願邪見也

竹蘆生節　還害其體　吐言當善　不演惡教

竹蘆生節者竹蘆生節麤而且長若遇暴風倚互相振各入其節即自枯朽更不復生彼比丘所說亦復如是自招其罪不爲他人是故說曰竹蘆生節還害其體也吐言當善者言當慈仁哀愍一切是故說曰吐言當善也不演惡教者有吐言教不善之法後趣惡道人身猶尚可行言辯通達時乃有爾是故說曰不演惡教也

從善得解脱　爲惡不得解　善解者爲賢　是爲脱惡惱　聖賢解不然　如彼愚得解

從善得解脱者夫至解脱無爲之處言當用善巧言善語者爲人所敬所至到方多所饒益是故說曰從善得解脱也爲惡不得解者常懷愁憂心意煩惱恒懷恐懼是故說爲惡不得解也善解者爲賢者言解脱未必是解脱或能被繫王者所拘所謂解脱者心身俱解脱是故說善解者爲賢是爲脱惡惱者縛有二緣今身易後身今身者桁械拷掠及諸五毒之痛復被結使縛流轉五趣於中能自拔濟乃爲善解是故說爲脱惡惱也賢聖解不然者賢聖有二業一者善本成就二者無漏成就彼賢聖人所吐言教不自傷損後無苦惱是故說賢聖解不然也如彼愚得解者愚人習行好著邪道不隨正路以自牽往趣三惡道是故說如彼愚得解也

比丘挹損意　不躁言得忠　義說如法說
是言柔輭甘

比丘挹損意者比丘護口意自能收攝語不煩重若處道俗處中而說不嬈彼此是故說曰比丘挹損意也不躁言得忠者少言多中不離佛語世俗煩鬧意恒遠離是故說曰不躁言得忠也義說如法說者具足而說句身味身無所缺漏是故說曰義說如法說也是言柔軟甘者出言無量義解悅人意所說無猒足如天甘露善心無怒亦不選擇彼豪族種此卑家種平等而說無增減心是故說曰是言柔軟甘也

善說賢聖教　法說如法二　念說如念三
諦說如諦四

善說賢聖教者賢聖出教必有所由接度衆生無不有濟是故說曰善說賢聖教也法說如法二者賢聖教中正法所居非法所居何以故說法之時廣布賢聖道長益善根說非法時增益不善根善法有損善說賢聖教第一句法說如法說是故說曰法說如法二也念說如念三者出言柔和爲人所愛念出言麤獷爲人所增惡欲爲人所念者當自念其善雖處畜生聞其惡言皆懷愁慼昔有二人各畜力牛一人自誇欲得與彼牛角力若不如者要金錢五百試牛並耕一牛力實勝之其牛主罵曰弊牛努力牛聞其罵即便卧地輸金錢五百枚復至後日主責牛曰名汝爲快牛乃使我失錢令我慙愧牛報其主曰更可試之當盡我力當還倍得彼錢即復更耕如牛所言倍得彼錢畜生猶識善惡之言況

人當不識善惡言乎是故說曰念說如念三也諦說如諦四者好學之士畏懼生死五道患難既損耗不益前人如斯之類塞泥洹路開地獄徑如來欲現真妙之義是故說曰諦說如諦四也

是以言語者　必使已無患　亦不剋衆人
是爲能善言

是以言語者言先自惟不自剋伐使令世後世必無苦患若今身爲惡犯王法者或財產田業沒入於官或爲盜賊劫掠居業日耗所願必乖若至後身死入地獄畜生餓鬼地獄五毒不可堪忍畜生芻藁負重爲役餓鬼飢饉形羸極苦若欲吐言當念謹慎使令世後世永無苦患爲無數衆生見輙愛念死生天上受福自然是故說曰是以言語者必使已無患也亦不剋衆人者或有狂夫妄譊良善使彼興恚以致喪身言說真誠不譏彼短則無所剋是故說曰亦不剋衆人也是爲能善言者人修善行言必有驗或說泥洹趣要正路順從佛教種天之福是故說曰是爲能善言也

言使投意可　亦令得歡喜　不使至惡意
出言衆悉可

言使投意可者人之處世當習方俗或相顏而出語或聽彼進趣而後報恒適彼人意量宜得所或現威怒怯怕時人或現羸弱伏從於人將護其意令彼得所是故說曰言使投意可也亦令得歡喜者出言向人必使有益前人聞者倍用歡喜不被罵詈來彼罵辱是故說曰亦令得歡喜也不使至惡意者不施

怨於人造不善行亦不種地獄餓鬼畜生之行造惡業者當受三報是故說曰不使至惡意也出言衆悉可者與人從事恒當謙恭卑下正使言論得勝當自鄙不如是故說曰出言衆悉可也

至誠甘露說　說法無有上　諦說義如法
是爲立道根

至誠甘露說者與人說法當修諸功德如來法者甚深微妙善住安隱一切行無常一切法無我泥洹爲滅盡意能御亂與人說法不懷懈怠是故說曰至誠甘露說也說法無有上者出言眞正趣有所度趣道之要由是通達是故說曰說法無有上也諦說義如法者如爾眞實本際清淨亦不顛倒不懷虛詐如法者名句身句味句眞如法性亦不變異是故說曰諦說義如法也是爲立道根者無漏善法永離塵垢至解脫門逮無礙道是爲立道根也

說如佛言者　是吉得滅度　爲能斷苦際
是謂言中上

說如佛言者說四意止究生死源係念專意或說意斷精進不懈或說神足兼逮定或說根義於中逮慧根或說力義成就於力或說覺意令達覺法或說八直道分別八道亦復說若干衆法名身句身味身如來或說八十千諸度使衆生類乘此度而度彼岸是故說曰說如佛言者是吉得泥洹者永寂之處吉無不利脫衆苦難離諸結使亦復脫於生老病死憂慼艱禍是故說曰是吉得泥洹也爲能斷苦際者所謂苦者五盛陰身牽致寘室

不覩慧明苦有八相生苦老苦病苦死苦怨憎會苦愛別離苦所求不得苦取要言之五盛陰苦阿僧祇衆生涉歷苦途至永寂處如今衆生履行妙觀越苦境界至無爲岸者皆由佛恩是故説曰爲能斷苦際也是謂言中上者所出言教無能過上亦非二乘所能逮及曠濟無量亦無邊福是故説曰是謂言中上也

出曜經卷第七

音釋

獷（古猛切惡也）吃（居乙切言蹇難也）抓（側交切亂搔也）（側巧切二掐也）羯（居竭切羖羊也）羝（丁兮切牡羊也）隙（乞逆切嫌恨也）鐅（普結切鐅刃也）桁械（桁胡剛切木夾足及頸皆曰桁械下戒切桎梏也）

出曜經卷第八

尊者法救造

姚秦三藏竺佛念譯

行品第九

一法過去 謂妄語人 不免後世 無惡不更

昔佛在舍衛國祇樹給孤獨園爾時世尊像如經行漸漸以次至羅云房中時羅云遥見世尊即從座起更拂拭牀座具清淨水世尊至房偏踞羅云牀取清淨水洗手足留少殘水告羅云曰汝見留此水不唯然已見佛告羅云沙門執行亦復如是不知慚愧無有耻辱羅云當知設有比丘如此行者無惡不更無痛不遭猶此惡垢水不可淨用爾時世尊躬自瀉水於地告羅云曰汝見吾瀉水在地不乎唯然已見其有至誠執意妄語不知慚愧無有耻辱如此之行無惡不涉爾時世尊手執水器覆地語羅云曰汝見我覆此器不唯然已見若有至誠執意妄語人不知慚愧無有羞辱如此之類無惡不涉爾時世尊告羅云曰汝今當作是學彈指戲笑之間不得妄語況至誠妄語乎如是羅云當作是學是故說曰一法過去謂妄語人二百五十戒威儀內禁七法所說犯一法者則受其愆是故說曰一法過去謂妄語人也不免後世者已捨後世功勲善本夫人妄語衆人證知況言重作罪涉歷艱苦無不周遍是故說曰不免後世無惡不更

寧噉燒鐵 吞飲洋銅 不以無戒 食人信施

寧噉燒鐵者猶如鐵丸猛火燒赤取而吞之燒脣燒舌燒咽燒腹下過雖有此苦自致死

亡不緣此入地獄餓鬼畜生受苦無量是故說曰寧噉燒鐵呑飲洋銅也不以無戒食人信施者不持戒人外荷法服内懷姦宄信無實行自大憍人少有所知謗世自譽受人信施謂宜應爾不慮後世萬毒加形見諸持梵行人興輕慢心死輙墮惡身口意不具亦不修威儀禮節出入行來違失禁限見人得養生嫉妬心死輙受困無罪不受是故說曰不以無戒食人信施也

若人畏苦　亦不樂苦　勿造惡行　念尋變悔

若人畏苦者已身畏苦不得施苦於人施苦於人者後受其報是身如地隨其所種各獲其果衆生之類亦復如是隨其種罪後受其報人心不同猶如形像罪苦追身無有脱者是故說曰若人畏苦亦不樂苦也勿造惡行者不得爲惡加被一切夫人自利乃得利人不能自益安得益人若處閙中若在閑靜若大若小可見不可見當遠離於惡如避劫燒是故說曰勿造惡行念尋變悔也

至誠爲惡　已作當作　不免於苦　欲避何益

至誠爲惡者或復有人已作當作方作已作過去方作現在當作未來三世作惡不知苦至是故說至誠爲惡已作當作也不免於苦者衆生之類心好爲惡不知後罪報至若於現身犯王者禁隨罪輕重料簡決斷此内法禁亦復如是習惡不自覺縱情放意是故說不免於苦欲避何益也死至閻羅遣獄卒阿傍迎罪人冤神身被五繫將至閻羅王所王問罪人汝頗見第一天使不耶對曰不見王問罪人云何男子汝生在人間時經過村落

城郭郡縣見諸男女父母懐抱未能離大小便父母推燥處濕沐浴澡洗濯浣衣裳汝爲見不對曰已見王告罪人曰汝何不作是念於現法中見善惡報當自謹慎淨身口意修諸善法罪人報曰處在人間放意自恣愚不識眞本我所造今受其報王告罪人如卿來語卿本自造今當受報使放逸人知禁制難犯汝所作罪業非父母爲亦非兄弟五親沙門婆羅門所造爾時閻羅王以此第一天使教誡次復第二天使教誡之汝頗見第二天使不耶對曰不見王問罪人云何男子汝在人間經過村落郡縣城邑見諸男女疾病困篤坐牀褥上或坐或卧罪人報曰已見云何男子汝何不作是念於現在法中其罪如此當自謹慎淨身口意修諸善法罪人報曰處

在人間放逸自恣愚不識眞本我所造今受其殃王告罪人如卿所說卿本自造今當受報使放逸人知禁制難犯汝所作罪非父母爲亦非兄弟五親沙門婆羅門所造亦非諸天世人教卿所作爾時王以此第二天使教誡已次與第三天使重教誡之汝頗見第三天使不耶對曰不見王問罪人云何男子汝在人間經過村落城郭郡縣見諸老人拄杖呻吟行歩脊僂頭白齒落飲食枯竭命在旦夕汝爲見不罪人對曰唯然見之王問罪人云何男子汝何不作是念於現法中其事如此當自謹慎淨身口意修諸善法罪人報曰處在人間放逸自恣愚不識眞本我所造今受其殃王告罪人如卿所說卿本自造今當受報使放逸人知禁制難犯汝所作罪非父

母爲亦非兄弟五親沙門婆羅門所造亦非諸天世人教卿使作時閻羅王以此第三天使教誡已次以第四天使重教誡之汝頗見第四天使不對曰不見王問罪人云何男子汝在人間經過城郭郡縣村落見諸男女有終亡者或死經一日二日乃至七日身體胮脹膿血流出或爲烏鵲虎狼所見噉食汝見不耶罪人報曰唯然見之云何男子汝何不作是念於現法中其事如此當自謹慎淨身口意修諸善法罪人報曰處在人間放逸自恣愚不識真本我所造今受其殃王告罪人如卿所說卿本自造今當受報使放逸人知禁制難犯汝所作罪亦非父母兄弟五親沙門婆羅門所造亦非諸天世人教卿使作時閻羅王以此第四天使教誡已次以第五天

使重教誡之汝頗見第五天使不對曰不見王問罪人云何男子汝在人間經過城郭郡縣村落見諸男子偷盜作賊爲王所縛或截手截脚或截手脚或截耳截鼻或截耳鼻或生剥其皮或拔頸筋或以鋸鋸頸或以長橛刺髖從口出或鎔銅灌身或肢節解其形或倒懸於樹經於七日以箭射殺或生革絡頭反縛野駝上棄之曠野或開腹抽腸以草充之汝爲見不對曰唯然見之云何男子汝何不作是念於現法中其事如此當自謹慎淨身口意修諸善法罪人報曰處在人間放逸自恣愚不識真本我所造今受其報王告罪人如卿所說卿本自造今當受報使放逸人知禁制難犯汝所作罪亦非父母兄弟五親沙門婆羅門所造亦非諸天世人教卿使作

時閻羅王以此第五天使教誡已即以罪人付獄卒將詣鑊湯所隨罪輕重使入百三十六鑊湯經歷劫數受苦難量是故說曰欲避何益也

非空非海中　非入山石間　莫能於此處避免宿惡殃

昔佛在釋翅瘦迦維羅越國尼拘類園中爾時流離王集四種兵欲往攻伐舍夷國將諸營從退父王位自立爲王有一惡臣名曰耶利白流離王王本爲王子時至舍夷外家舍到佛精舍爲釋子所毀辱時王見敕若我爲王便啓此事今時已到兵馬興盛即敕嚴駕欲往報怨佛知其意先至道側坐枯樹下時流離王躬率兵馬往伐舍夷國道遇如來即前禮覲前白世尊此間多諸好樹枝葉繁茂何以捨之坐枯樹下佛告王曰五親蔭厚不可捨離昔此樹茂枝葉熾盛曾經過此得樹蔭力王尋退還還詣兵衆告語上下我等宜還不應前進所以然者如來今日爲彼五親必作神力不可攻伐臣佐白王如來豈能恒坐樹下乎如來見流離王去後知此宿緣不可得避以宿命智觀其所由觀諸釋種必當受苦即從座而去還至比丘僧中在衆而坐時大目連見如來憐愍五親如有憂色往到佛所前白佛言今流離王攻舍夷國念其中人當遭辛苦欲以方便救接彼國一者舉舍夷國著虛空中二者舉舍夷國著大海中三者舉舍夷國著須彌山腹裏四者舉舍夷國人著此地下他方世界令流離王不知其處佛告目連知卿雖有此智德神足無量安隱

舍夷國人爾何能安處宿對人耶於是目連禮已便退爾時世尊與諸大衆敷演其義欲使正法久存於世示現宿對永不可避大衆聞其所說悵然悲泣愍流離王當報宿緣在於大衆而說頌曰

非空非海中　非入山石間　莫能於是處
避免宿惡殃

衆生有苦惱　不得免老死　唯有仁智者
不念人非惡

衆生有苦惱者若見他人非法之事覺悟比丘專念五法然後興發人意云何爲五一者謂爲前人契經不流利二者戒不成就三者定意不具四者愚無黠慧五者諸漏不盡是故說曰衆生有苦惱不得免老死也唯有仁智者欲正彼人當自謹慎己自爲穢復正他者爲人所譏嗤其所爲是故智者終已遠離縛中牢者莫若緣對縛處在泥犂無有繫縛者隨罪輕重各受其報是故說曰唯有仁智者不念人非惡也

妄證求賂　行已不正　怨譖良人　以枉治士
罪縛斯人　自投在坑

妄證求賂者或有衆生不自量己內不思惟恒求人短見非則喜見善不從所行衆事以邪爲正是故說曰妄證求賂行已不正也怨譖良人者或有良善之人意在貪學衣不蓋形食不充口爲愚者所輕障塞其德不使顯現緣是致咎復當經歷百三十六地獄從一地獄至一地獄其中受苦不可稱計以鎔銅爲食以釜湯爲室以膿血爲盛饌以髓腦爲脂澤畢彼罪已來入畜生受形若干志趣不

同或高或下食以芻草擔負重載皆由先世牴突所致若生餓鬼以空氣充腹以針刺腹內氣泄出尋還滿腹猶如羅縠觀空表裏悉現是故說曰怨譖良人以枉治士也罪縛斯人者行對追身如影隨形奔趣五道涉苦無量所至到處不離四縛五結設處爲人恒在牢獄繫閉身被拷掠求死不得是故說曰罪縛斯人自投在坑也

夫士爲行　好之與惡　各自爲身　終不敗亡

夫士爲行者一切有形衆生之類心念口言身口意行是故說曰夫士爲行也好之與惡者或善不善若好若醜若苦若樂或苦痛樂痛斯名善惡皆由行興是故說好之與惡也各自爲身者人爲善惡若苦若樂若好若醜盡當受報無免之者善生天上惡入地獄是故說各自爲身終不敗亡者夫善惡之行猶形影相追受對由行終不毀敗正使天焦地融須彌崩頹海水枯涸日月墮地星宿凋落善惡之報終不毀敗於是頌曰

動轉屈伸　影常親附　或起或住　不離其形
不但影隨　形亦隨影　由行善惡　終不相離

是故說終不敗亡也

好取之士　自以爲可　沒取彼者　人亦滅亡

好取之士者夫人自善其身不當念彼長短亦莫譏刺擇他取要若詭欺於人虛妄不實於百千生沒彼生此恒爲人欺展轉受報不離縛著隨本作行令受其報如種果樹苦得苦果甜得甜果善惡之行亦復如是善受天福惡報地獄是故說曰好取之士自以爲可沒彼取者人亦沒亡也

作惡不起　如兵所截　牽往不覺　已墮惡道
後受苦報　乃知前習
作惡不起者愚人思慮不與善俱晝夜興想殺盜淫泆犯十惡行是故說作惡不起也如兵所截終不還變有迴顧心何以故爾愚人自作是念檀越施主素自貧匱慳嫉之人反更富貴是以愚者見此識變執意遂堅心不開悟是故說曰作惡不起如兵所截也牽往不覺已墮惡道者不知現世後世所作善惡諸不善行不慮後當無有覆護是故說曰牽往不覺已墮惡道也後受苦報乃知前習者昔有居士誡勑家人以雉爲食先持雉肉著釜中然後方見火爨之不覺有蛇來墮於釜中煑之居士食法要當問師師曰此不可食不從師教遂便食之經宿蛇毒内發方更問師師曰不從我命知當如何爾時醫師向彼而說頌曰

貪味遂食毒　不從吾往言　爲毒之所困
後乃自覺悟

爾時世尊告衆會人當爲是離是夫人爲惡死入地獄修行善者受彼天福然此衆生著有來久不計無常遷變之事不受如來眞實至教謂惡爲善以是爲非爾時世尊便說此偈

愚心不開悟　習惡不從吾　受苦地獄痛
後乃憶眞教

後受苦報乃知前習者地獄燒炙痛餓鬼飢饉苦畜生償重苦是故說曰後受苦報乃知前習也

兇人行虐　沉漸數數　快欲爲之　罪報自然

昔佛在舍衛國祇樹給孤獨園爾時拘薩羅國波斯匿王在閑堂空室自生想念何等衆生自念已何等衆生不自念已時王復重思惟諸有身口意念惡顛倒者是謂斯人不自念已云何衆生而自念已若有衆生身口意行清淨是謂斯人爲自念已爾時王波斯匿即從閑堂靜室起即嚴駕羽葆車將諸營從至世尊所到已頭面禮足在一面坐須臾退坐前白佛言向在閑堂靜室自生心念何等衆生自念已何等衆生不自念已時我世尊復重思念諸有身口意念惡顛倒者是謂斯人不自念已云何衆生而自念已若有衆生身口意行清淨是謂斯人爲自念已爾時世尊告波斯匿曰如是如王所言諸有身口意行不清淨者其人則不自念已若有身口意清淨者則爲自念已所以然者大王當知諸有不自念已爲自滅損與不善法諸有身口意行清淨者則自爲已所以然者以其人修清淨行故爾時尊者馬聲便說斯偈

夫人習惡者　不慮後世緣　爲惡自受殃
殃身永不滅

是故說曰兇人行虐沉漸數數快欲爲之罪報自然者所生之處受其惡報生地獄中搒笞無量餓鬼中愚惑爲苦生畜生中賞罪爲苦若生人中行缺爲苦是故說曰快欲爲之罪報自然也

凡人爲惡　不能自覺　愚癡快意　後受鬱毒

凡人爲惡不能自覺者凡夫愚人恒懷愚惑恣情爲惡不能改更亦不知後受其報猶如有人行過山險兩邊險峻閉眼而過不知身

危或致命終此凡夫人亦復如是生盲無智亦不知後當受報是故說曰凡人爲惡不能自覺也愚癡快意後受鬱毒者有智之士明眼視瞻猶如一趣之道有大火坑行人經過先不詣道明者指授語行人曰中道有大火坑不得經過卿等可於此息意勿復前行諸人意勇不信其語各共進前皆墮火坑受痛甚苦號天喚呼悔亦無及自相謂言智人所勑不從其教今受苦痛知當訴誰此衆生顛倒亦復如是一向趣人道爲智人所訶此道多艱難有鬱毒痛卿等設欲前進必遇此患不免其難是故說曰愚癡快意後受鬱毒也

夫人行惡　還自熾然　啼泣流面　後受其報

夫人行惡者純惡不善不念不喜是故說夫人行惡也還自熾然者若人壞變悔心知有愁憂之惱晝夜憂思以致煩熱是故說曰夫人行惡還自熾然也啼泣流面者晝夜悲泣蓬頭亂髮舉聲悲泣是故說啼泣流面也後受其報者酸苦無量不可愛樂兼有愁憂苦惱艱難無數憂慮百千是故說曰後受其報也

吉人行德　相隨積增　甘心爲之　福應自然

吉人行德者猶如有人行應德至爲天人所恭敬歎譽其德稱揚善名四遠皆聞無數諸人皆來供養是故說曰吉人行德也相隨積增者晝夜喜慶無有憂愁心意歡悅無有煩熱是故說相隨積增也甘心爲之福應自然者若生天身福應自然宮室百億五色玄黃快樂無極若生人間五樂自娛作倡妓樂以自歡悅心意恬然不興亂想是故說曰甘心

爲之福應自然也

戲笑爲惡　已作身行　號泣受報　隨行罪至

戲笑爲惡者善惡之行皆有輕重身口意造非獨一類或依己身戲笑爲惡𤓰燒衆生不安其所或以瓦石刀器共相傷害或合會彼此由致鬬訟猶如世人好喜鬬羊鬬雞鬬駝鬬牛鬬人鬬象或以駡詈來往見已歡喜不能自勝若其壽終啼哭受苦是故說曰戲笑爲惡已作身行號泣受報隨行罪至也

惡不即時　如穀牛湩　罪在陰伺　如灰覆火

惡不即時者夫人造行報不即應昔有異國生即應草若以彼草著乳中者即成爲酪不移時節是故說曰惡不即時如穀牛湩也若不爾者其義云何答曰愚者被燒然後乃悟罪在陰伺如灰覆火者猶若以灰覆火人不覺足往蹈之漸漸熱徹乃知燒足此衆生類亦復如是當行惡時甘心悅豫若壽終後身墮惡道五毒加治乃自覺悟方知罪至是故說曰罪在陰伺如灰覆火也

惡不即時　如彼利劒　不慮後世　當受其報

惡不即時者或有衆生習其惡本壽經百年自恃年壽謂爲無罪自相謂言人之爲惡皆謂有罪我躬行之方更延壽諸有屠兒獵師自興誹謗謂沙門瞿曇行不真實好行妄語虛辭萬端教勑弟子言諸有殺生傷害人物者身壞命終當入地獄畜生餓鬼受苦無量是故世尊躬說頌曰

惡爲惡所纏　爲惡不自覺　至惡知惡至　受惡惡根源

時彼屠兒聞佛所說猶不改更是故說曰惡

不即時如彼利劒不慮後世當受其報報對卒至乃知爲惡復當經歷地獄餓鬼畜生是故說曰不慮後世當受其報也

如鐵生垢　反食其身　惡生於心　還自壞形

如鐵生垢者猶如淨鐵及明淨鏡瑩治淨潔無有塵垢然其人藏隱不牢或在土中或在濕地便生重垢觸便碎散不任本用猶如利刀人所愛敬恒自防備不離其身中便忘誤安置不牢便生塵垢本鐵不存追惟此刀乃無有價一朝壞敗不可任用是故說曰如鐵生垢反食其身也彼修行人亦復如是爲貪欲所覆閉不慮後世殃釁衆惱與惡知識從事不以善爲友緣是致殃自毀其根不修梵行婬泆不淨已自招患而受其報是故說曰惡生於心還自害形也

信品第十

信慚戒意財　是法雅士譽　斯道明智說　如是昇天世

信慚戒意財者世儻有人族姓子族姓女有此信財慚愧戒意財者便爲億百千衆生於中獨尊貴爲人所敬衆生樂從不能去離是故說曰信慚戒意財也是法雅士譽者諸佛世尊及辟支佛皆逮度無極衆行不缺爲賢聖所譽是故說曰是法雅士譽也斯道明智說者明智之人聰明黠慧能演其道暢說旨要云何名爲道道者是誰所謂道者無形無聲尋跡不可覩智者所履非愚所習清淨所修非穢濁所行是故說曰斯道明智說也如是昇天世者人欲求福安處無爲有信有慚聞施慧智皆生天路或有人偏有信因信生

天者其福不廣或以慚愧因慚愧生天或以戒因戒生天或以聞因聞生天或以施因施生天或以慧因慧生天其福不廣受福微少蓋不足言或有衆生但持戒生天者唯有一天女一妓樂已身爲三或有諸天共一器食若持一行而生天者舉手食黒覆口食之若衆行具足而生天者舉手食白在衆顯現而不匿藏衆戒具足慙愧戒聞生彼天者玉女營從不可稱計七寶宫殿所欲自恣作倡妓樂極自歡悦是故説曰如是昇天世也

愚不修天行　亦不譽布施　信施助善者從是到彼安

愚不修天行者慳嫉妬疑意性局短無惠施心亦復不造後世良祐福田復無勇猛諸善德本是故説曰愚不修天行也亦不譽布施者愚癡之人自不布施見施便怒好修惡業不行善法習近愚法如所説愚不好施智者所忌愚人執心意性剛彊雖欲惠施意終不悟慧人分別知之不惡是故説曰亦不譽布施也信施助善者智人財施意不怯弱信施受福慳嫉爲病是故説曰信施助善者也從是到彼安者若從此間上昇於天天上獨王生於世間豪貴無極由是自致入滅盡泥洹無有生老病死諸患寂然永息亦不著斷是故説曰從是到彼安也

信者眞人長　念法所住安　實者意得上智壽壽中賢

昔佛在阿羅毗鬼界處彼園中時有暴鬼名阿羅婆恒噉生人日數十人奴婢悉盡時彼國界人民自相謂言我等爲此惡鬼所食死

者狼籍在者無幾我等宜可求謝彼鬼家家以次日送一人供彼厨宰然後乃有生路爾時彼人民如其所言求鬼得恩日送一人先遣奴婢無復遺餘次遣兒息時有那憂羅父長者素尠兒息即日生一男兒顔貌殊特世之希有面如桃華視之無猒次應飼鬼復是其日時彼長者饒財多寶象馬七珍不可稱計金銀珍寶硨磲碼碯珊瑚琥珀水精瑠璃無價寶物充滿庫藏長者躬自在街巷求買奴婢以供彼鬼而不能得爾時長者向天地諸神自歸求哀柰何亡我所天吾今日唯生一子滿我誓願今日次飼彼惡鬼復還歸命如來世尊當見哀愍拔斯苦難爾時世尊三達六通知長者心意煩熾無所恃怙以其神力至彼鬼界正值阿羅婆鬼大集鬼衆至四王所時有軻陀羅鬼將乘虛過彼鬼界上盡其力勢不能得過內自思惟計吾力勢能移山飛岳倒覆天地神力所接無所罣礙吾常由此經過亦無艱難今日何爲有此頓躓即從空中下詣彼鬼舍遥見世尊光相明著即前禮足繞佛三帀便退而去到彼大集鬼界語阿羅婆鬼曰汝今賢士快得善利所以然者瞿曇大沙門在汝界住惡鬼聞已瞋恚興盛心口自語吾行不在便爲沙門所見輕易語彼軻陀羅鬼曰吾今還家與沙門共鬬設我得勝則無沙門若我不如便當自喪不行於世阿羅婆鬼將軍還諸本界到巳語世尊曰速出沙門不須停住如來如其語出還入沙門如來如其語入如是至三世尊告曰吾巳從汝意三出三入更有進退不從汝意鬼

曰世尊若沙門不出者當問沙門義若不報義者當破沙門腹而飲其血當使沸血從面孔出當捉汝臂掉著江表如來告曰吾亦不見沙門婆羅門梵魔衆聖天若非天能破我腹及使沸血從面孔出汝欲問義者今正是時吾當與汝一一分別即以說偈問如來曰

人業何者上　何行致歡樂　何要出要者
何壽壽中上

世尊以偈告曰

信者眞人長　念法所住安　實者意得上
智壽壽中賢

時彼阿羅婆鬼聞佛眞實之義心開意解即前五體投地自歸如來我今自歸大沙門足下歸命法歸命比丘僧自今已始不復殺生願爲優婆塞世尊告曰善來賢士可從如來修奉五戒於現法中獲無量果報鬼白佛言自受鬼身已來恒食生人不食死人肉血設當修奉五戒者云何得全其命佛告鬼曰去此直北有無量衆生彼國常儀國主大臣父母宗族有死亡者以刀畫面或畫胷肩血出如涌泉汝可食之又不毀戒得全性命即受五戒爲優婆塞盡其壽命不得殺生亦不念殺亦不教人殺能者報曰憂鼻爲優婆塞盡其壽命不得不與取不得念取不得教人取能者報曰憂鼻爲優婆塞盡其壽命不得婬泆犯他妻婦不得教人婬泆能者報曰憂鼻爲優婆塞盡其壽命不得妄語不能教人妄語鬬亂彼此能者報曰憂鼻爲優婆塞盡其壽命不得飲酒不得甞酒不得教人飲酒能者報曰憂鼻時阿羅婆居士那憂羅父躬抱

其兒沐浴澡洗更著新衣將來至鬼界付與鬼將軍爾時彼鬼受已付佛佛復受已復付其父以其手手相付字曰手實由兒因緣故說此偈信者眞人長念法所住安實者意得上智壽壽中賢也佛契經說告諸比丘若見豪貴長者饒財多寶七珍具足無所缺乏當念親近微說道教論施論戒生天之德如此衆行信爲源首是故說曰信爲眞人長也念法所住安者念法之人當受快樂樂有二義一者世俗樂二者第一義樂世俗樂者天上世間第一義樂者賢聖四禪以爲樂也念法之人獲此二樂是故說曰念法所住安也實者意得上者生死流轉周而復始唯貴信義眞實爲上若人妄語生輙宗族不和睦死入地獄千具犂牛而耕其舌生餓鬼畜生苦惱無量設生爲人恒被誹謗言不信用是故說曰實者意得上也智壽壽中賢者受諸果證於世無限永捨生死壽前進賢聖之壽賢聖壽者心常遊在百千定意應機之辯問便能報是故說曰智壽壽中賢也

信財乃得道　自致法滅度　善聞從得慧
一切縛得解

信財乃得道者賢聖無疑信終不離三寶一向念佛修羅漢業至心念佛所造功德若人信心向百須陁洹向百斯陁含百阿那含不如信心向一阿羅漢信須陁洹斯陁含阿那含皆得生天信阿羅漢者則信泥洹徑路是故說信財乃得道自致法滅度也善聞從得慧者承受師教從本至竟究暢義味執義思惟不失本際昔有一比丘名婆耶羅好習奇

異搜求妙術從師受法義理不失比丘學術未盡師法師外遇客醉酒還歸却踞其牀牀脚即折恐師顛倒以身擔牀終竟一夜至曉問其弟子卿作何等弟子答曰師昨醉歸踞其牀牀脚折弟子以身擔牀爾師感其意我有技術盡當教卿終不惜也技術已備師復試其意師飲鹽湯即吐在地使弟子食之弟子即欲食之師捉止之卿術已成吉無不利方憶佛語教誡之言善聞從得慧信哉斯言一切縛得解者盡能斷諸七使九結諸縛持入十二因緣永盡無餘已捨已離是故說曰一切縛得解也

信之與戒　慧意能行　健夫度恚　從是脫淵

信之與戒者彼修行人執信守戒持心無亂想具足二業者便爲衆生所見尊奉在大衆中獨步無匹猶如滿月處在衆星若有親近修篤信心所生之處多饒財寶象馬七珍無所渴乏斯由信心難沮壞故設復行人守戒不缺懷抱翫習晝夜孜孜猶人抱劒履氷守護禁戒無所缺漏便爲無數衆生而爲上首身壞命終生善處天上是故說曰信之與戒也慧意能行者身口意無所傷損思惟止觀攝諸亂意如來說偈三業具足端坐一意多誦無猒執事勸佐是謂三復有三業一者惠施二者持戒三者思惟是謂三信者屬施戒攝不殺定攝思惟是故說慧意能行也健夫度恚者健夫者謂立根得力已入賢聖境怨恨恚怒永息不生內外清徹猶天瑠璃所作已辦更不處胎衆智具足內已潔淨外化無倦是故說曰健夫度恚也從是脫淵者能具

此衆德者斯人希有所以然者以其脫縛著故正使命終名稱遠布是故說曰從是脫淵也

信使戒成　亦壽智慧　在在能行　處處見養

信使戒成者誰成就信戒答曰賢聖人須陀洹斯陀含凡夫人者已成復失所以然者皆由貪欲瞋恚愚癡所致與惡知識從事所致不與善師從事所致失時失果失人須陀洹斯陀含者不爲此所蹈踐正使作佛形像來試其人者作若干變化心不移易不爲彼屈昔舍衛城裏有最勝長者多饒財寶象馬七珍庫藏充滿然爲人慳貪不肯惠施其有乞者不聽入內守瞻門戶牢固門戶七重皆作重關石灰塗壁恐鼠穿牆以鐵籠蓋屋以防飛鳥家不畜狗恐損米穀爾時世尊告阿難曰汝往詣彼降最勝長者是時阿難敬奉佛教即著衣持鉢詣舍衛城到長者家語長者曰如來恒說夫人布施給窮乏者得五功德云何爲五一者壽二者色三者力四者樂五者辯其布施者獲此五德長者自惟吾聞瞿曇沙門高才博學所演經典八萬四千億象所載不勝今日多聞弟子來至我家但說布施貪著財貨斯是乞士之法非是賢智爾時阿難廣采經義隨時適彼長者然其長者心如剛鐵不可移易語阿難曰今日欲中有受請處爲欲乞食阿難報曰亦無請處今當乞食長者尋語阿難曰已欲中宜知是時阿難即起捨出更詣餘家乞食明日清旦告阿那律曰汝往詣彼降伏慳貪長者阿那律受教即往長者家與共相見漸與長者說微妙法

如來至真等正覺恒說此法夫人布施給窮乏者獲福無量現世後身封受自然長者復念吾聞阿那律者捨豪族位出家爲道恒受五百釜食供養然無猒足今復來詣吾家勸我布施復是乞人非賢士之法尋語阿那律日欲逼中宜知是時阿那律即起捨出更適餘家乞食還至世尊所白世尊曰慳貪長者執意堅固不可降伏佛復告大迦葉汝往降伏慳貪長者迦葉受教詣彼長者家與共相見復與長者說微妙法如來至真等正覺恒所說法若人布施獲五功德所生之處人所愛敬長者自念斯人昔在家時九百九十九具犂牛耕田六十篅金粟一篅三百四十斛黔毗羅國第一賢女以爲妻室捨彼豪貴今作沙門何爲至他家如乞人所說歎譽布施貪著財貨迦葉無數方便而爲說法意不開解亦不移易語迦葉曰今日欲中有受請處爲欲乞食迦葉報曰亦無請處今當乞食長者語迦葉宜知是時即起捨出更詣餘家還白世尊其人執心意難沮壞佛復告目連汝往詣彼慳貪長者目連受教即往至彼長者家與共相見與說布施如來至真等正覺恒說此法夫人布施給窮乏者獲福無量現世後身封受自然佛告比丘若有衆生知施果報者最後鉢中遺餘已不取食開意惠施值賢聖良祐福田者吾證明此其德無量長者自惟吾聞此人神足無礙能移山飛岳翻覆天地或移他方世界來入此土衆生之類無覺知者不能與吾現一神足方說布施之福將由慳貪故存於懷斯是乞人非是賢士目

連復說法不釋其意語目連曰今日欲中有受請處爲欲乞食宜知是時即適餘家佛復告舍利弗汝往詣彼慳貪長者即復受教詣彼長者與共相見在一面坐告長者曰夫智達之士當分別四法云何爲四智一者分別布施二者親近善知識三者當離慳嫉四者念修智達長者自惟吾昔聞斯人年至八歲越衆論上盡墮諸幢無敢當者長年十六究盡閻浮利地書籍無事不關博古覽今演暢幽奧天文地理書記圖讖梵志曆術盡皆通達瞿曇沙門弟子之中智慧第一謂爲當說慧微妙教今乃復說布施之德復是乞人非賢士也語舍利弗爲有請處爲欲乞食宜知是時舍利弗即還至世尊所前白佛言其人慳貪執心牢固積薪至天以火焚燒鎔消其心意故不華唯願世尊躬降屈神詣彼長者示佛威力除去慳心開發愚惑爾時世尊猶如力士屈伸臂頃至長者家坐於中庭最勝長者見世尊至頭面禮足在一面坐爾時世尊告長者曰夫人布施獲五大功德長者白佛云何布施得五大功德佛告長者第一施者謂不殺生是謂長者第一施也若有衆生持不殺戒則於一切衆生慈心覆蓋亦無恐懼是謂第一施也長者自念夫人殺生皆由貧賤吾今家内饒財多寶所欲自恣何爲當復殺生此語善矣當順其教即白佛言願身自歸當受佛戒盡其壽命不敢犯殺佛復告長者不犯不與取若有衆生持不與取戒則於一切衆生慈心覆蓋亦無恐懼是謂第二大施長者自念竊盜人物者皆由貧賤吾今

家内象馬七珍金銀雜寶硨磲碼碯珊瑚琥珀充滿庫藏何爲盜竊人物斯言善矣當順其教即白佛言願身自歸當受佛戒盡其壽命不犯盜戒佛復告長者若有衆生不犯盜者則於一切衆生慈心覆蓋亦無恐懼是謂第二施也佛復告長者不得婬泆犯他妻女若有衆生持不婬戒者則於一切衆生慈心覆蓋亦無恐懼是謂第三大施長者自念已無妻者則犯婬泆吾今家内釆女營從動有萬數設欲幸納意猶不遍況當犯他妻女斯言善矣當順其教即白佛言願身自歸當受佛戒盡其壽命不犯婬泆佛復告長者若有衆生不犯婬泆則於一切衆生慈心覆蓋亦無恐懼是謂第三大施也佛復告長者不得妄語是謂第四大施長者自念夫人處世所以妄語者以其貧賤不能自存是以虚稱詐逸詭調爲業故妄語爾吾今家内積財無數居一億里豈當妄語耶斯言善矣當順其教即白佛言願身自歸當受佛戒盡其壽命不犯妄語佛告長者不犯妄語者則於一切衆生慈心覆蓋亦無恐懼是謂第四大施佛復告長者不得飲酒是謂第五大施長者自念夫人飲酒三十六失亡國破家莫不由酒者若我飲酒客來煩鬧又損我酒加致鬪亂斯言善矣當奉佛教即白佛言願身自歸當受佛戒盡其形壽不犯酒失佛告長者若有衆生不犯酒者則於一切衆生慈心覆蓋亦無恐懼是謂第五大施時彼長者内自思惟如我外道異學内禁所犯若弟子事師承受教誡不問多少要當報恩供養財寶給其所須

躬自入庫選擇白氎取不如者欲以獻佛其所選者捉輙極妙如是數十反覆不能得弊者心口共爭慳貪深固意不開解正值爾時阿須倫與忉利天共鬪或阿須倫得勝諸天不如或諸天得勝阿須倫不如爾時世尊以天眼觀清淨無瑕穢見諸天阿須倫共鬪復見長者施心慳心共爭或施心得勝慳心不如或慳心得勝施心不如爾時世尊便說斯偈

施與鬪共集　此業智不處　施時非鬪時
速施何為疑

最勝長者聞如來說偈內懷慚愧即出白氎跪受呪願爾時世尊漸與說微妙之法講論妙行所謂論者施論戒論生天之論欲不淨想漏為大患長者聞已即於座上諸塵垢盡得法眼淨得法護法法法成就分別諸法於如來法逮無所畏即從座起頭面禮足前白佛言自今已始願為優婆塞盡形壽不殺如來默而可之歸命佛歸命法歸命比丘僧受三自歸已如來即從座起而去佛去不久弊魔波旬化作佛形像來至長者家身有三十二相八十種好紫磨金色圓光七尺長者見已內自念曰如來向出還其何速敬意如見佛而為禮之不審如來有何教誡偽佛告曰吾謂長者高才博智分別機趣諦念長者愚惑無智吾向所說四諦者實非真諦斯是顛倒外道所習長者尋覺知為詐偽即報之曰止止勿語吾獲慧眼立牢固地正使汝化億千萬身來至我所欲使退轉我心者其事不然豈當以螢火之光與日競明田家灰堆欲

比須彌鵄鷲烏鵲金烏並飛以汝穢形欺詐爲身設是幻師不應久停若是波旬宜速還歸弊魔波旬聞是語已慚形愧影即還復身復道而去若有衆生信戒成就終不爲魔所沮也況當須陀洹斯陀含有退還乎此事不然住凡夫地未在道檢見此幻形則有退轉則不成就凡夫人者先成而後退是故說信使戒成也亦壽智慧者能究竟施其間不有亂想須陀洹見諦所斷八十八使以施心永斷無餘除欲界七死七生色界無色一死一生其餘生者永盡無餘斯陀含者以施心見諦所斷八十八使婬怒癡薄除欲界一死一生餘生者永盡無餘阿那含三界見諦所斷結欲界思惟所斷結以施心永盡無餘捨欲界生除色界無色界一死一生其餘生者永不生也無復慳嫉意不想念貪著世榮衆智具足壽不中夭是故說亦壽智慧也在在能行者慧人執行以教化爲本意欲所適東西南北輙有所益興起佛事是故說在在能行也處處見養者已至彼界便爲衆生所見供養在在處處分流法化是故說處處見養也

比方世利　慧信爲智　是財上寶　家產非常

比方世利者世利謂閻浮利地人身何以故說世利謂閻浮利以其閻浮利內出諸佛世尊辟支佛阿羅漢神仙得道者行度無極人於此間身行善口意行善復於此間信根成就知有佛法僧無復愚惑染世塵勞正使壽終後無遺患是故說比方世利也慧信爲智者有信有智則能具足八十千行信御心本智瓔珞身信致大富智成果證是故說慧信

爲智也是財上寶者寶中眞者謂智慧寶也最勝最上無有過者極上微妙不可譬喻爲比是故說是財上寶也家產非常者世財雖多會有衰喪昔石室城内有三居士一名闍利異姓人也二名晡陀滿三名婆波那此三人親兄弟也多財饒寶財產無極象馬七珍無所乏短縣官盜賊水火災變不能侵欺有一婆羅門持伊羅鉢龍齋冀望富貴饒財多寶時龍現身語婆羅門汝今何爲勤身苦體食風飲露斷穀除味在此持齋爲何所求婆羅門報曰所以在神泉與龍齋者冀望大富獲致珍寶龍王報曰汝不聞乎吾有二名一名伊羅鉢二名財無猒既名無猒復從吾有所求耶婆羅門報曰設不惠者便於此命終不能徒還龍王即出紫磨好金以報婆羅門

石室城内有豪富長者出自天竺姓某字某汝往至家以此金與之從彼求財時婆羅門得金便去至彼長者家出金示之長者見金告語藏之勿令人見將詣内舘召諸五親此人遠送斯金與我五親飲食歡娛藏金庫内庫中雜物盡沒入於地還彼龍庫不但一家左右七家財物亦復盡沒於地聲聞外布徹彼三居士復聞龍王與梵志金至石室城使七豪貴人庫藏盡沒入於地還至龍宮時三居士自相謂言我等三家資財無數庫藏充滿以法獲致不枉濫人終不爲水火盜賊王法所奪國人聞之謂爲誇談言與行違普共聚集詣彼三家問居士曰七家財寶盡入龍宮聞卿三人自相謂言家業財寶以法獲致不濫人物以何爲證可得知不時三居士各

出十斤分爲六段將諸人民及七家亡失財主往至龍泉以金投泉水皆涌沸猶如鑊湯龍王驚懼即遣龍女出金還歸報謝使還順法財者以理成辦終不爲水火盜賊所見侵欺非義財者枉濫人物得以非道便爲盜賊水火王者所奪彼亡家者即是其義是故說家產非常也

欲見諸眞　樂聽講法　能捨慳垢　此之謂信

欲見諸眞者若有信心堅固往見賢聖造諸精舍塔寺禮覲高德法師問訊聽受樂聞講法如契經所說若有人著俗樂家無所之造者便有五關云何爲五於是其人樂以家里談論若至衆中便聞師教夫人執行應當賢聖點然其人心悔誓不至衆吾所好樂者衆人見訶於我無益復至衆爲以不至衆便不見聖以不見聖便不聞法以不聞法便墜墮凡夫趣三惡道是謂斯人於賢聖律第一關也復次斯人意所愛欲者常在目前會至衆中聞諸法師說其滓穢其人心悔誓不至衆吾所好樂衆人見訶於我無益復至衆爲以不至衆便不見聖以不見聖便不聞法以不聞法便墜墮凡夫趣三惡道是謂斯人於賢聖律第二關也復次斯人知親遠行心常愛敬行至衆中便聞師教遠遊妨學知親企望離師離衆不至究竟其人心悔誓不至衆吾所好樂者衆人譏論於我無益復至衆爲以不至衆便不見聖以不見聖便不聞法以不聞法便墜凡夫趣三惡道是謂斯人於賢聖律第三關也復次斯人知親爲衆擯棄行至衆中便聞師教誚責知親其人心悔誓不至

衆吾所好樂衆人譏論於我無益復至衆爲以不至衆便不見聖以不見聖便不聞法以不聞法便墜凡夫趣三惡道是謂斯人於賢聖律第四闕也復次斯人知親命終追慕悲哀不離食息行至衆中便聞師教身死神離當更受胎其人不信謂爲永滅其人心悔誓不至衆吾所好者其人譏論於我無益復至衆爲以不至衆便不見聖以不見聖便不聞法以不聞法便墜凡夫趣三惡道是謂斯人於賢聖律第五闕也是謂五闕不至大衆之所致也是故說曰欲見諸眞樂聽講法也能捨慳垢者垢中深者慳嫉爲首染污人心不至於道止人施心斷諸德本皆由慳嫉若彼行人心如死灰持意如地設遇財寶終不貪欲計彼財物瓦石不異唯信於道不習顛倒是故說能捨慳垢此之謂信

信能渡河　其福難奪　能禁止盜　野沙門樂

信能渡河者信直至心所向無礙如所說近行若遠遊爲人所誑前實艱難欺言無患斯信已涉路而進雖遇艱難通達無患有一直信人欲渡江水已至岸所問行人曰水爲深淺答曰齊踝而已執信而渡實如所言正使斯人戢信命終所生之處無違言者衆人敬奉言是福人是故說信能渡河也其福難奪者昔有一人犯於王法家產諸物盡沒於官王勑其人送汝家產財簿盡詣於官其人齎福德名簿送詣於官王問其人吾勑汝送家產財簿乃送福德簿耶其人報曰後身家產簿者此簿是也今身家產簿隨王所録王聞斯語心開意悟息而不録是故說其福難奪

也能禁止盜者昔舍衛城裏有一長者篤信三尊慈仁惠施包育衆生周諸窮乏時天暴雨雷電霹靂盜賊竊至劫掠財物長者尋覺語彼賊曰汝莫持去吾欲與沙門賊聞斯語眼則隨闇手使不舉賊帥相告尋退而去是故說能禁止盜野沙門樂

沙門數至　智者所樂　及餘篤信　其間歡喜

沙門數至者見沙門者心開意解給施所須隨時問訊四事供養衣被飲食牀褥卧具病瘦醫藥是故說沙門數至智者所樂也及餘篤信者比近村落見其造福皆佐歡喜普共修善是故說及餘篤信也其間歡喜者或從遠來躬自親奉同發歡喜出入行來觀其威儀禮節是故說曰其間歡喜也

若人懷憂　貪他衣食　彼人晝夜　不得定意

若人懷憂者昔佛未出世時爾時九十六種道普皆興盛如來出世衆邪自滅弟子翼從皆得供養外道異學内懷憎嫉發心妬忌見人得利養者煩怨苦惱誹謗而行是謂外道生嫉心也或復有人於内法中雖復出家染道不精勤於道外像持律内行不純見人得利養者興嫉妬心吾亦出家汝亦出家汝獨受福吾不得養猶二羅漢功齊行滿俱無增減一人招致利養追身不離一人家家乞求不自給足便自生念興相似疑吾獨何爲不見供養彼獨何福恒受利養無垢道心猶尚興想況於凡夫能不生嫉唯有得佛三界特尊毀辱之不以憂慼供養者不以加歡持心如地亦無增減是故說若人懷憂貪他衣食彼人晝夜不得定意

若人能斷　盡其根源　彼人晝夜　而獲其定

若人能斷者畏將來罪不生後世緣盡其根萌無復生兆此亦如是若能斷意根本所念晝夜安隱定意不亂心之所念隨意即至是故說若人能斷盡其根源彼人晝夜而獲其定

無信不習　好剥正言　如拙取水　掘泉揚泥

無信不習者亦不親近亦不承事言談往返設共從事者善法有減增諸不善如拙取水者從高山求虛勞其功不獲致水正使掘地得水揚泥不可任飲是故說無信不習好剥正言如拙取水掘泉揚泥

賢夫習智　樂仰清流　如善取水　思冷不擾

賢夫習智者賢夫者謂佛弟子常當親近承事供養隨時瞻視不使有乏便獲大福戒身未具者便能具足戒身定身慧身解脫身解脫見慧身猶如有人渴愛於法晝夜思慮脣口焦爛追尋不捨猶水澄清冷而不濁彼修行人亦復如是衆德具足慈悲四等恩及一切廣及衆生不自爲已穢濁結使已盡不生陰持入熱無復根本更受冷陰無復溫氣是故說賢夫習智樂仰清流如善取水思冷不擾

信不染他　唯賢與仁　非好則遠　可好則學

信不染他者染者爲沉重結使婬怒癡具足入骨徹髓如此染者常當遠離所以然者以其患重不可習故是故說信不染他也唯賢與仁者以得仙道離世八業修清淨本已身無汚復不染他所以然者以其染本不可近故是故說唯賢與仁也非好則遠者斯是弊

友遠之如捨厠如避惡狗奔逸暴牛如離惡馬狂醉之象如避姦道賊寇是故說非好則遠也可好則學者如此人等皆是賢聖奉律之人可敬可貴天人所尊猶澄清水冷而且甘猶人渴之求毗沙門獲致財寶無所怨恨猶人須華當詣園圃須珍寶者當詣大海是故說可好則學也

無常欲愛　無放逸念　戒善學口　行信爲本

出曜經卷第八

音釋

賂（魯故切贈也）　譛（側禁切讒毀也）　牴（典禮切觸也）　爨（取亂切炊也）　篅（市緣切米囤也）　黔（其廉切）　氎（達協切毛布也）　企（去智切舉踵也）

出曜經卷第九

尊　者　法　救　造

姚　秦　三　藏　竺　佛　念　譯

沙門品第十一

截流而渡　無欲如梵　知行已盡　逮無量德

截流而渡者流者結使之本漏出色聲香味細滑意法猶如江河諸流盡趣于海凡夫結使亦復如是漏出塵勞色聲香味細滑意法彼修行人執智慧劒斷而使住不復漏出結使纏縛是故說截流而渡也無欲如梵者思惟斷欲猶如梵志晝夜精勤勞形苦體暴露屍骸日夜翹足仰事日月願生梵天受彼天福爲梵豪尊便於此間專精一意思惟斷欲修清淨行是故說無欲如梵也知行已盡者無欲之人內外清淨練精其心無復塵垢是故說知行已盡也逮無量德者如此之人受供無量施一切凡夫人不如施一須陀洹所以然者畢當盡一切生死更不處三有故斯陀舍阿那含衆行具足功德無量施百須陀洹不如施一斯陀含施百斯陀含不如施一阿那含是故說逮無量德也

智者立行　精勤果獲　行人執緩　轉更增塵

智者立行或時誦習精微入定坐禪誦經佐助衆事執意勇健不懷怯弱晝夜孜孜不懷懈倦是故說曰智者立行精勤果獲也行人執緩者夫人出家要由精勤晝則經行夜則禪定不能順從佛教佐助衆事禮拜塔廟方更懈怠不勤三業遂墮凡夫不至究竟是故說行人執緩也轉更增塵者凡夫人行不牢固婬怒癡增已出家學受他信施不能思惟

道德方更虚論萬端行不眞正不誦習受是故說轉更增塵也

夫行舒緩　善之與惡　梵行不淨　不獲大果

夫行舒緩者人欲建行要當究竟所願畢果終不中退然彼行人心意舒遲不能究竟亦復不能誦習有所成辦不坐禪誦經佐助衆事是故說夫行舒緩也善之與惡者人欲習行爲善爲惡要當建志必果所願意欲趣善必成其善意欲趣惡必成其惡習垢多者結使隨之習善多者結使尋滅或復苦行具諸威儀勞形苦體暴露屍骸仰事日月五火自炙卧寢荆棘斷穀服氣或食果蓏欲成所願是故說善之與惡也不淨梵行者或復持戒模貿天福求生梵天或求帝釋六天魔王復以戒福求作聖王典主四域是故說不淨梵行也不獲大果者果中上者解脱果也最上最尊無與等者但受報果不受證果是故說不獲大果也

譬如執菅草　執緩則傷手　沙門不禁制　獄録乃自賊

猶如學術戰闘相擊乘馬御車飛輪擲索廢橋馬蹈皆當了知復當次學在家田業收拾藏舉望風燒野收刈苗穀知草剛軟剛者牢執緩則傷手柔者緩持無所傷損是故說譬如執菅草執緩則傷手也沙門習行亦復如是習戒不牢違失禁法或修或捨若有學人先不學戒入定徑路分別慧明或全失戒本或漏脱半皆由不隨善知識習近惡知識便生地獄中是故說沙門不禁制獄録乃自賊也

譬如拔菅草　執牢不傷手　沙門禁制戒　漸近泥洹路

譬如拔菅草者凡學之法當盡師術才技六藝盡當備具猶如戰鬬當有戰具安脚定心手執弓矢隨意所趣必果其心及獲家業收拾藏舉菅草苗穀亦復如是是故說執牢不傷手沙門禁制戒漸近泥洹路也沙門持戒難動如山不可移轉不爲外邪所見沮壞已離惡知識與牢固善知識從事知泥洹所趣斯亦復是沙門禁戒滅盡泥洹也

難曉難了　沙門少智　多諸擾亂　愚者致苦

難曉難了者學道求佛難出家遇師難實爲難曉上法妙業賢聖所學是故說難曉難了沙門少智者少智人者不得爲沙門或處在居家染著非要不能捨離或同釜竈漏壞不完不能捨離或同牀蓐穢漏不淨不能捨離設有一婦盲跛憔悴不能捨離是故佛說蠅困於蜘蛛網鳥困於羅象困剛鏁繫惡馬困於策學人觀此已能永捨居業捐棄妻息除去五欲永離八法便得爲道不著世累少智之者猶蠅投網鳥入羅裏求出甚難是故說沙門少智也多諸擾亂者或以道心無數百千方便勸語前人使出家學不肯信用心如藕葉水不著汚不但勸出家亦復勸持八關齋亦不信用不但勸八關齋彈指之頃使其念善亦不信用況能捨家學道此事不然猶如國主赦囚出獄牢繫罪人猒患獄者聞輙尋出如避火災愚人樂獄戀慕不出如來出現於世放大慈赦文遍三千大千世界解俗縛著牢固之結漸當離彼生死其中智人有目之士聞大慈赦音者即捨家業出家爲道愚癡少福心不開悟染著世累不肯出家雖

聞赦音不入其心是故說多諸擾亂愚者致苦

沙門爲何行　如意不自禁　步步數著黏
但隨思想走

沙門爲何行者修沙門法息意不起愚人起惑謂爲沙門當趣何行於中息心不樂出家是故說沙門爲何行也如意不自禁者當禁制不令色聲香味細滑法得入猶如收苗家恒遮畜生不令侵暴如鉤調象人心亦復如是恒當將御不令色聲香味細滑法得其便是故說如意不自禁也步步數著黏者其中行人執意不牢猶如輕衣隨風東西亦如輕羽得風則移興念衆想流馳萬端爲三想所牽云何爲三一者欲想二者恚想三者慳嫉想是謂三想難御難制去無蹤跡來亦無形想爲心使求定難獲是故說步步數著黏但隨思想走也

學難捨罪難　居在家亦難　會止同利難
艱難不過有

比丘出家心恒著俗追念家業不修福事中間自念有變悔心何爲出家修沙門法懷抱憂慮如人遭喪鹿驚奔走執意多誤心如猨猴彼心不定亦復如是但念色聲香味細滑法違失戒律進無道心退念家累遂自積罪不至永寂是故說學難捨罪難居在家亦難會止同利難者如契經所說佛告比丘僑寄他鄉難素貧乞求難會止同利難汝今比丘若造家乞者恒自下意莫隨彼嬈設得好醜勿生是非是故說會止同利難也艱難不過有者經歷地獄有畜生有餓鬼有佛告比丘

汝等所以出家者欲斷三有不生三有捐棄家業永捨妻息皆欲滅有不願生有汝等比丘積有已來經無數世涉苦無量是故說難不過有

袈裟被肩　爲惡不捐　惡惡行者　斯墮惡道

袈裟被肩者或有人學道外被袈裟內行不純昔有衆多比丘居在山藪無人之處村落郡縣追餉無量其中比丘貪著鮮潔所被衣裳極細微妙晝夜譚論心不離欲時彼樹神山神觀諸比丘心意所趣皆興欲想欲制止之即現天身而說頌曰

畏死而懷懼　假名爲沙門　身被僧袈裟　如老牛長尾

爾時衆多比丘聞天說偈瞋恚隆盛尋報天曰我等是汝老牛耶時彼天神報道人以此偈

吾不稱姓字　亦不選擇人　其中穢行者　吾故說此人

是故說袈裟被肩也爲惡不捐者彼修行人成就惡法貪欲無忌不守護身口意諸根不具縱恣自由不自收攝是故說爲惡不捐惡惡行者晝夜爲惡勤而不怠如佛說瞿曇契經佛告阿難吾善逝後當來之世有名種姓比丘不修立戒習諸惡法身被袈裟不自禁制是故說惡惡行也斯墮惡道者以惡自纏不能離惡死後便入三惡道是故說斯墮惡道也

至竟犯戒人　葛藤纏樹枯　斯作自爲身　爲恚火所燒

至竟犯戒人者無毫釐戒存在心懷亦無清

白之法如彼契經所說佛告阿難吾不見調達有毫釐清白法存在心者設當有毫釐善法存在心者吾不記調達入地獄猶如有人溺墮深厠不能動轉復有慈哀人欲濟其命觀彼人身頗有淨處屎溺不汙吾欲捉而挽出遍觀其人無處不汙無毫釐淨處至竟犯戒人罪與彼同是故說至竟犯戒人也葛藤纏樹枯者猶如薩盧好樹枝葉繁茂爲葛藤所纏凋落枯死是故說葛藤纏樹枯也斯作自爲身者自招其禍以自剋伐爲衆所嫉不歎其德是故說斯作自爲身爲恚火所燒者北方雪山有草名伊羅叉天忿含毒隨風所吹草木悉死海水有魚其名自害在水岸側卧深草中風吹草動觸彼魚身恚毒熾盛身體浮腫再三觸身身壞自終是故說爲恚火所燒也

所謂長老　不以耆年　形熟髮白　戇愚而已

所謂長老者不以耆年形骸老朽以離少壯不知法禁亦復不知善惡之法好醜進趣亦復不知戒與不戒犯與不犯不知輕重不知二百五十戒威儀進趣形熟面皺肌皮舒緩猶如老牛老象雖爲年至戇愚而已可謂食年非智慧年不誦契經律阿毗曇不觀三業徒自受苦是故說所謂長老不以年耆也形熟髮白戇愚而已者形骸已熟命在旦夕當往至彼閻羅王所爲王所詰無言可對存在世時愚心自纏不作善業徒壽於世不觀三業是故說形熟髮白戇愚而已

謂捨罪福　淨修梵行　明遠清潔　是謂長老

謂捨罪福者生天人中是謂爲福入地獄畜

生是謂爲罪其人已斷更不復生盡其根源不種當來有是故說謂捨罪福也淨修梵行者賢聖八道亦是梵行依此梵行得至善處盡苦源底是故說淨修梵行明遠清潔者彼長老者成就老法昔波斯匿王治化無外遠近敬附六師相率至王波斯匿所切教王曰沙門瞿曇誇世自稱謂爲第一獨步無侶王可造沙門所語彼沙門汝今瞿曇審成無上等正覺道耶若彼報言成等正覺者王當以此言報之不蘭迦葉等少出家學年在耆艾形熟神疲猶不得佛道汝今學已來日淺十九出家自云六年苦行云何能成等正覺乎時波斯匿王受六師教誡往至世尊所共相問訊在一面坐須臾退坐前白佛言瞿曇沙門審成等正覺道耶佛報王曰如王所言成等正覺不蘭六師等少出家學道於今積年形神俱乏不能得成無上道況瞿曇少在王宮五欲自恣不更寒苦年一十九出家求道誇世自稱成無上道耶佛告王曰世有四事最不可輕何謂爲四一者毒蛇瞋恚興盛口吐毒火焚燒山野有形之類皆被其毒是謂一不可輕二者火雖小亦不可輕焚燒萬物是謂二不可輕三者比丘年雖盛壯亦不可輕神足自在變化無常權慧化人亦無窮極是謂三不可輕四者王子雖小亦不可輕所以然者斬斷自由隨意出教無不從命是謂大王四不可輕時波斯匿王聞佛教誡歡喜踊躍即從座起頭面禮足便退而去是故說明遠清潔是謂長老也

所謂沙門　非必除髮　妄語貪取　有欲如凡

所謂沙門非必除髮者昔佛在羅閱祇城竹園迦蘭陀所爾時世尊告諸比丘摩竭國界快得善利遭遇如來賢聖弟子圍繞於此國界羅閱祇城夏坐九十日爾時名聲徹十六大國聞如來歎說賢聖弟子及比丘僧國界人民倍懷歡喜興敬供養衣被飯食牀褥卧具病瘦醫藥有無量衆生在家窮乏晝夜救命不能自存見諸比丘受自然供旣自營已復無官私思惟權宜各自相率出家爲道旣爲沙門不能纂修法教誦契經律阿毗曇亦復不坐禪誦經佐助衆事受人信施論不要事佛告諸比丘汝等本在家時不理家業乏於衣裳見諸比丘得自然供養汝等貪著故出爲道形如沙門心如餓虎有何道德饒潤我法爾時如來便說此偈

世稱卿沙門　汝亦言沙門　形雖似沙門
如鶴伺於魚

佛告比丘剃除鬚髮著三法衣受他信施謂法應爾報應一至億佛不救其中利根捷疾智者即自改往修來承如來教諸有鈍根不能改更遂自招禍是故說所謂沙門非必除髮也妄語貪取有欲如凡者汝等比丘與惡智相應永離善法實非沙門自稱爲沙門外視法服似如沙門如來復說此偈

如離實不離　袈裟除不除　持鉢實不持
非俗非沙門　重雲而無雨　苗茂不獲果
比丘離比丘　如晝燈無光

是故說妄語貪取有欲如凡

所謂沙門　恢廓弘道　息心滅意　麤結不興

所謂沙門者昔有愚人志性遊蕩不別是非

好惡見數十人舁死者出城復值衆人以香華散於死屍時彼愚人還家寢卧先有鬱金華裹懸於屋棟繩解華散墮於愚人上愚人舉聲喚家室告曰吾今已死何不舁我捐棄家人問曰汝云何爲死報曰汝不見華散我身上乎家室答曰不以華散身上謂以爲死所謂死者無出入息身如枯木風去火棄神識斷去身體剛殭無所復任如斯比者乃謂爲死汝雖言死像死而不死此比丘衆亦復如是汝今比丘像比丘非比丘也眞實比丘者威儀具足見小隙畏懼況於大者衆行不闕志趣三道佛辟支佛阿羅漢道具足威儀戒律如此之比乃謂沙門汝等剃除鬚髮外被袈裟内懷姦宄所謂沙門恢廓弘道也息心滅意麤結不興者諸弊惡法已盡已滅更不復興麤者謂結中根本根本已除則無枝葉是故說息心滅意麤結不興也

謂能捨惡　是謂沙門　梵志除惡　沙門執行　自除己垢　可謂爲道

謂能捨惡是謂沙門者已息諸惡如契經所說佛告比丘如人稱卿皆云沙門沙門諸比丘對曰如是世尊愚人皆云沙門沙門佛告比丘若應爾者當執沙門若爲梵志當持梵志行是故比丘行如沙門亦如梵志所以然者沙門梵志其行清淨意欲所願必如所念云何爲沙門梵志法所謂沙門梵志法身行清淨或復作是念我所作已辦已成口意亦復如是便得養壽是謂修沙門梵志法梵志除惡沙門執行梵志修行恒以貢高爲首自恃技術自相謂曰吾等婆羅門從梵口生刹

利種者從梵天臍生毗奢種者從梵天脇生輸陀羅種者從梵天脚生以梵爲父貢高誇說自謂第一爾時世尊告諸比丘梵志法者其實不然修梵行人至竟清淨除不善法令諸梵志爲身招禍畜妻養子男女列堂已行不純反更稱說吾從梵天口生是故說梵志除惡沙門執行也自除已垢可謂爲道者修行比丘自除已垢諸惡不善法永盡無餘遊戲於賢聖八品道是故說自除已垢可謂爲道垢有三品上中下垢上上上中上下中上中中中下下上下中下下如此纏結染汙人心盡當捨離修清淨行或有梵志與邪見意謂爲內無塵垢病由外來或入江水或入三華池或入人非人泉沐浴澡洗除去外垢不能除心縛著世尊說曰夫人習行至竟清淨除塵垢者當執無上等智能去其垢何以故身外塵垢爲人所疾以第一義除心垢者諸天世人所見尊敬人間塵垢令人墮地獄畜生餓鬼人間塵垢雖以香華熏之猶故復生已捨諸結使戒香所熏終以戒香莫不聞者是故說曰自除已垢可謂爲道

道品第十二

八直最正道　四諦爲法迹　是道名無爲
以燈滅愛冥

八直最正道者云何名爲正直四諦爲義處爲四爲緣果爲四以聚故爲四若義故爲四者是謂三也記苦則無集記集則無苦是謂一盡二道三苦緣果爲四者是謂五由苦有緣亦緣有果道亦如是盡諦爲五若以聚爲四者是謂八先從欲界斷苦後色界無色界

爲二乃至道亦如是立此義已復有說者從緣果義名爲五苦者亦由緣亦由果盡名苦迹有迹貪迹慳迹也有難者道迹有緣有果盡名苦迹亦名有迹亦名慳迹何以故此中不立二諦答曰制彼論故亦有因緣也於彼苦集與二論亦無苦亦無集欲制此一論故有苦有集道者有緣有果則生一論言無道也欲制此一論故有道是故說有四諦非五諦更有說者以聚故立此論言有八答曰以聚義一相欲界苦色無色界苦盡集聚已欲界行緣色無色行緣盡集已興出生相欲界行盡色無色行盡盡集已名休息相欲界行對色無色行對盡盡集已名出要相是故說名爲四諦如慧所觀者知有累無累念知出要是故說四諦爲法迹是道名無爲者安隱泥洹滅盡無爲盡捨諸苦是故說是道名無爲以燈滅愛冥者愛有亦有三欲有色有無色有彼牢固愛縛著愛生亂想多諸苦惱由何而斷答曰賢聖八道永斷不生是故說以燈滅愛冥

慧離諸淵　如風却雲　已滅思想　是爲慧見

慧離諸淵者非圖一類淵有若干或言風塵或言深水塵者汙人身體老少不別令人目視不明衣裳垢坋上蔽日月使無精光妨人遠視真僞不別時龍王慈愍世愚惑欲使離此諸難便降涼風細雨淹塵滅霧曬然大明是故說慧離諸淵如風却雲也彼執行人專精一意滅内塵想想者有三欲想恚想癡想此三想者亦不爲塵土生亂念敗壞智慧不至究竟遮智慧目不覩四諦垢染法身使不

清明能制此意不與諸想是故說曰已滅思想是爲慧見　智爲世長　惔樂無爲　知受正教　生老死盡　智爲世長者爲最爲上爲微爲妙亦名三義云何爲三一爲事義二爲見義三爲緣義亦名眼義首義道義覺義賢聖出要義以此普照諸法猶如外物有所照明外物者日月星宿衣服宫殿名入一界入一入入一陰入一道入一界色界也入一入色入也入一陰者色陰也入一道者現在道也以此智慧光明照十八界十二入五陰當來過去現在世以智慧普有所照多所饒益多所成就是故說智爲世長也惔樂無爲者乘此智慧遠離生死善能分別不懷猶豫亦復分別四諦不懷狐疑是故說惔樂無爲也知受正教生老死盡者所以受苦者由其有生若無生者何有苦哉猶如埻的衆箭競射是身如是衆苦染著是故說知受正教生老死盡也

道爲八直妙　聖諦四句上　無欲法之最明眼二足尊

道爲八直妙者外道異學意欲習道斷穀絶糧以爲淨行或卧灰糞不著文飾或露形裸跣形體不覆或卧棘刺枕石漱流或辮髮爲衣或觀樹葉習筭呪術或事水火日月星辰或投高山或入深水謂爲成道世尊說曰此非眞道非至要處非善知識所習此道非妙非賢聖所習如此衆道賢聖八品道爲最爲上是故說道爲八直妙也聖諦四句上者猶衆多外道異學皆修妄諦在閑靜處日夜苦行或事山鳥禿梟鵄鵂或事麞鹿雞狗蚍蚖

謂爲眞實得至滅度無爲無作得至泥洹至解脫門永離憂惱世尊說曰此非眞道非至要處眞實諦者四諦是也得至無爲滅盡之處是故說聖諦四句上也無欲法之最者如契經所說三事最第一也一爲佛二爲法三爲衆所謂法者有爲法無爲法愛盡無欲滅盡泥洹眞實法者最尊最上無能過者是故說無欲法之最也明眼二足尊者諸有衆生無足二足四足及衆多足有色無色有想無想乃至非想非無想如來於中最尊最上無能過者是故說明眼二足尊也

一切行無常　如慧所觀見　若能覺此苦
行道淨其迹

一切行無常者變易不停不可恃怙猶電過目斷石見火眹現已滅是故說一切行無常也如慧所觀見者知之穢漏非眞非實爲磨滅法皆歸滅盡是故說如慧所觀見也若能覺此苦者猒患此苦意不願樂念求解脫永欲捨離是故說若能覺此苦也行道淨其迹者常念修持無上正道見諦所斷能淨其迹是故說行道淨其迹也

一切衆行苦　如慧之所見　若能覺此苦
行道淨其迹

一切衆行苦者從欲界上至有頂斯是苦際若在欲界求離苦難若在色界數變易苦若在無色界受行爲苦是故世尊說生死熾然一切爲苦流轉五趣不免其苦誰當樂此衆苦之中是故說一切衆行苦也如慧之所見者夫博學之士採古知今三世通達如掌觀珠皆悉分明是故說如慧之所見也若能覺

此苦者以知此苦欲得遠離意常猒患不與同處是故説若能覺此苦也行道淨其迹者唯有賢聖道能淨苦迹是故説行道淨其迹也

一切衆行空　如慧之所見　若能覺此苦行道淨其迹

一切衆行空者衆行轉變不可恃怙亦不常住生生即滅流逝不停我空無我空性自爾亦非不爾是故説一切衆行空也如慧之所見者猶如大士觀彼淨水自見其形皆悉分明彼修行人亦復如是觀諸衆行起者滅者無所罣礙是故説如慧之所見也若能覺此苦者從初積行乃至成道其間涉苦不自覺知爲苦所惑不至究竟如吾今日成得人身遭遇佛世賢聖相值長夜染著五盛陰身今乃自覺知爲非眞如我今日觀此五盛陰衆苦集湊是故説若能覺此苦也行道淨其迹者以苦未知智而滅其迹至竟清淨而無瑕穢盡苦源本令得清淨是故説行道淨其迹也

一切行無我　如慧之所見　若能覺此苦行道淨其迹

一切行無我者無欲無作故一切法無我以不堅固故一切法無我不自由故一切法無我是故説一切行無我如慧之所見者慧之所鑒照察三十七道品之法猶如有人照於明鏡悉自見形無所罣礙此亦如是以慧觀察皆悉分明是故説如慧之所見也若能覺此苦者彼修行人長夜之中爲此五盛陰身所見侵欺計是我有我是彼所以實觀之便

生猒患能離解脫是故說若能覺此苦也行道淨其迹者住十五心以見諦道斷無常苦空無我永盡無餘以其四行由苦而生苦諦所録苦未知智斷是故說行道淨其迹

吾已說道　愛箭爲射　宜以自勗　受如來言

吾已說道者或有衆生懈怠慢惰自相謂言若使如來神力自在者何能不使我等早成道果又復不能躬自執道內我形中猶如契經所說有異梵志來至世尊所而問斯義說偈曰

我觀天世人　梵志行清淨　今我重自歸
解我狐疑滯

此爲何義說曰彼梵志者受性頑鈍懈怠慢惰欲使瞿曇沙門與我說道早成其果使我體中結使速得滅盡世尊說偈報曰

吾不解脫卿　淨行世梵志　欲求極妙道
如是得度流

此爲何義報曰梵志已欲求道不假他得若假他得者我坐樹王下則能滅一切衆生心意結使亦以大慈加被衆生梵志當知不究病根錯投其藥欲蒙祐者其義不然也此亦如是己不修道望彼果報除已結使此義不然猶如梵志良師達鑒審病根源隨病所生而投其藥便得瘳愈終無錯繆此亦如是以賢聖道觀病根源而投其藥身中結使永得除盡或有比丘內自思惟如來出現於世大慈大悲廣被衆生何須勞苦躬自行道爲結使所逼不能得度若使如來普慈一切自當爲我演說道教何故不獨與我除去結使爾時世尊知彼心中所念是故說吾已說道也

愛箭爲射者我先覺知後與人說猶如醫師先學方藥審病根源毫釐不失然後投藥此亦如是先成道果知已結使永盡無餘然後與人說結使病一一分別乃投道藥永無塵翳以無上利箭射彼結使是故說愛箭爲射也宜以自勖者演道之人爲人說道直趣一向不隨邪曲者成道則易得受果證如來世尊亦復如是與人說道道者無形無爲無作安隱滅盡泥洹出言如教亦無虛妄猶如父愛子隨時贍養推燥去濕復以甘饌飲食食彼諸子諸子放逸不從父教貪著五欲不從正教如來世尊亦復如是廣與衆生演甘露法復以善權方便重說微妙法衆生不肯承受是故說宜以自勖受如來言也

吾已說道　除愛固剌　宜以自勖　受如來言

夫如來言教終不復重出言成教更不重演所說安詳終不卒暴所暢法本與義相從觀前受化應聞何法輙往度之已說當說隨時布現是故說吾已說道除愛固剌者愛之爲病墜人惡趣不可恃怙於中自拔御以止觀不與愛心猶如毒箭入人匈腋不可得拔此愛箭亦復如是入人心識不可得拔是故說除愛固剌也宜以自勖者常念精勤求其巧便志趣無上終不中悔亦不退轉是故說宜以自勖也受如來言者如來出世所演言教上中下善義理深邃衆德具足得修梵行是故說受如來言也

是道無有餘　見諦之所淨　趣向滅衆苦　此能壞魔兵

是道無有餘者長阿含契經說七佛如來等

正覺亦說七世父毋種族姓號壽命長短翼從多少神足智慧遺腹兒息毗婆尸如來至真等正覺出現於世人壽八萬歲生婆羅門種取要言之侍者名無憂集說戒時忍辱爲第一廣說如契經試棄如來至真等正覺出現世時生婆羅門種人壽七萬歲略說其要侍者名吉祥行集說戒時眼莫視非邪廣說如契經毗舍婆如來至真等正覺出現世時人壽六萬歲生刹利種略說其要侍者名休息集說戒時不害亦不殺廣說如契經拘留孫如來至真等正覺出現世時人壽五萬歲生婆羅門種侍者名佛提集說戒時譬如蜂採華廣說如契經拘那含牟尼如來至真等正覺出現世時人壽四萬歲生刹利種略說其要侍者名吉祥集說戒時亦不觸嬈彼廣說如契經迦葉如來至真等正覺出現世時人壽二萬歲生婆羅門種略說其要侍者名等覩集說戒時諸惡莫作廣說如契經如我今日釋迦文佛如來至真等正覺出現世時人壽百歲生刹利種略說其要侍者名阿難集說戒時護口爲第一廣說如契經爾時世尊說七佛根源七世父毋名號姓字翼從多少說戒本末時諸比丘聞佛所說各生此念過去諸佛姓族名號各各不同翼從弟子亦有多少所行道禁亦有差别道以不同法亦當異如來世尊知比丘心中所念即於大衆而說斯偈

是道無有餘　見諦之所淨　趣向滅衆苦
此乃壞魔兵

過去恒沙諸佛亦以此道而自覺悟將諸翼

從壞破結聚豎解脫幢擊大法鼓生死已盡梵行已立所作已辦更不受有如實知之已入無憂之境無復生老病死寂然泥洹亦無起滅無復往還是故說是道無有餘見諦之所淨也趣向滅衆苦者向斯陀含得斯陀含向阿那含得阿那含直行成就覺行成就等業成就志不顛倒漸至於道是故說趣向滅衆苦也此能壞魔兵者魔有諸縛何者是欲界行結染著人者於中求便永斷無餘滅重滅壞重壞盡重盡打重打剥重剥越魔局界入色無色界是故說此能壞魔兵也

唯是更無過　一趣如淵流　如能仁入定
在衆數演道

唯是更無過者直至無爲徑趣泥洹越過生死中不退還往生死岸顧召衆生欲與同歸已得至彼廣九還轉是故說唯是更無過也一趣如淵流者猶如澄靜泉深且清徹億百千衆生懷飢渴者皆能充足亦無飢渴之想以法味潤之除去結使此亦如是依賢聖道億百千衆生飢渴於道以甘露法味充飽一切永無飢渴想兼除結使終無熱惱去不善行更不復生是故說一趣如淵流如能仁入定者釋迦文佛如來至眞等正覺係意入定有四事因緣云何爲四一者於現在法而自娛樂二者遊戲法供三者扶危救羸定意不亂四者勸進必至究竟是故說如能仁入定也在衆數演道者欲使弟子不錯其衆救拔生死安處無爲沐浴清淨不染塵垢永離輪轉不與八法亦復不造四百四病是故說在衆數演道也

一入見生死　道爲得祐助　此道度當度
截流至彼岸
一入見生死者誰能覺知生死源本維衛世尊本履菩薩行乃能覺知生死源本後與弟子演說微妙法誰能分别滓濁法唯有一入道乃能覺知是故說一入見生死也道爲得祐助者菩薩處衆起大慈悲愍一切衆生如毋愛子演深道令得解脫是故說道爲得祐助也此道度當度者於過去世佛辟支佛聲聞盡以此道度愛欲海是故說道爲得祐助也此道度當度者當來諸佛世尊如彌勒比度不可計阿僧祇衆生是故說此道度當度也截流至彼岸者現在釋迦文佛如來至眞等正覺度不可計阿僧祇衆生是故說截流至彼岸也

究竟道清淨　已盡生死本　辯才無數界
佛說是得道
究竟道清淨者究竟有二義一名事究竟二名定究竟事究竟者所作事辦必然不疑定究竟者遊戲諸定從一定起復入一定如是經歷數千萬定意欲有所感動隨意成辦是謂定究竟以此正行蠲除心所念法斷諸結使令得清淨猶如塵垢衣浣令清淨此亦如是以八解脫清淨水洗浴心垢永無塵翳是故說究竟道清淨也已盡生死本者人有生必分當有死老亦由生衆生流轉迴趣五道亦由神識遷轉不停是故說已盡生死本也辯才無數界者如來神德適化無方以辯才慧遊於無量無數刹土觀察衆生有利根鈍根有虛有實有修正眞行者不修正眞行者

如來皆悉知之是故說辯才無數界也佛說是得道者夫言世界皆有三義一者陰世二者器世三者衆生世陰世者所謂五盛陰是器世者三千大千剎土是衆生世者謂有形之類乃至四生皆名衆生世誰能分別了知衆生答曰唯有如來至真乃能知爾猶如有目之士掌中觀阿摩勒果斤兩大小悉能了知如來等覺亦復如是觀衆生類心意根本悉能分別是故說佛說是得道也

駛流注于海　瀋水羨疾滿　故爲智說道　可趣服甘露

駛流注于海者有大河名曰恒伽從阿耨大泉出牛口流辛頭大河者亦從阿耨泉從師子口出婆叉大河亦由阿耨達泉從象口出私陀大河者亦從阿耨達泉從馬口出恒伽河者梵志所事以爲師範外道異學自相謂言若有學人去恒伽河百由旬外遥三稱揚恒伽恒伽恒伽名者雖住百由旬外一切衆惡盡如蛇脫故皮恒伽水者悉歸于海澄淨無衆穢是故說曰駛流注于海也瀋水羨疾滿者以至于海晝夜不息從海復至入焦炭山從焦炭山復至雪根本山如是漸漸還至本源晝夜流逝周而復始海亦不滿流亦不停是故說瀋水羨疾滿也故爲智說道者諸佛世尊皆名善逝至泥洹滅盡處已得至彼無有生老病死愁憂苦惱亦復無有飢寒勤苦盡離此苦故曰善逝是故說故爲智說道也可趣服甘露者可趣至泥洹境涉求甘露猶如江河駛流皆名海具成辦海業皆賢聖法律亦復如是漸漸得至泥洹境界是故說

可趣服甘露也
前未聞法輪　轉爲哀衆生　於是奉事者
化之度三有
昔佛在婆羅柰國仙人鹿野苑中河名婆梨因彼名故故名婆羅柰國仙人鹿野苑者諸有神仙得道五通學者皆遊學彼國淳善之人非凡夫所住時彼國王出野遊獵值羣鹿千頭悉入網裹王布步兵圍繞一帀羣鹿驚懼有失聲搪揬於弶或有伏地自隱形者釋迦文佛昔爲菩薩時生彼羣鹿中爲衆導首告諸羣鹿汝等安意勿懷恐懼吾設方便向王求哀必得濟命各令無他時鹿王即向人王下膝求哀王遥見之勑諸左右各勿舉手傷害此鹿鹿復舉聲跪向王曰今觀王意欲殺千鹿一日供厨今且盛熱肉叵久停願王哀愍日殺一鹿以供厨宰不煩王使鹿自當往詣厨受死肉供不斷鹿得增多王問鹿曰汝在羣鹿中最爲長大耶答曰如是最爲長大王復問鹿汝審實不答曰審實王即捨鹿攝陣入城時菩薩將鹿五百調達亦將鹿五百日差一鹿詣王供厨時次調達遣鹿詣王值一鹿母懷妊數月次應供厨鹿母向王自陳哀苦次應供厨誠不敢辭今垂欲產與子分娩我次應至子次未至願見差次小聽在後調達恚曰何不速往誰能代汝先死鹿母哀泣悲鳴喚呼輙就菩薩自陳啓曰懷妊日滿產日垂至願王開恕聽在後次分娩適訖自當詣厨菩薩問鹿汝主聽汝自陳不答曰主不見聽菩薩聞已八九歎息慰勞彼鹿汝且自安勿懷恐懼吾今代汝以供厨宰菩薩

鹿王即召千鹿懇切誡勑汝等各各勿懷懈慢亦莫侵王秋苗穀食調達聞已瞋彼鹿母汝死應至何爲辭訴不時就死時菩薩尋語調達止止勿陳此言鹿母誠應次死但爲愍彼胎子未應死爾吾今當代濟彼胎命菩薩所念羣鹿跪向菩薩各各自陳吾等願欲代王受死王在我存得食水草隨意自遊無所畏忌王遂意感捨而詣廚羣鹿追逐隨到王宮鹿王就廚自求供宰廚士先見鹿王分明識知即往白王鹿王入廚次應供宰不審大王爲可殺不王聞斯語自投牀下諸臣水灑扶令還坐王勑諸臣速將鹿王來吾欲見之尋將至王所王問鹿曰千鹿盡耶汝何爲來鹿白王曰千鹿孚乳遂成大羣日有增多無有減少復向人王說鹿根源王自懇責自怨不及吾爲畜獸不別眞僞枉殺生類乃至於斯王告大臣普令國界其有遊獵殺害鹿者當取誅戮即遣鹿王將諸羣鹿還山自安復令國內不得食鹿肉其有食鹿肉者當𠔃其首因是立名鹿野苑也爾時世尊在鹿野苑中而轉法輪是故說前未聞法輪也轉爲哀衆生者最初與五人說法及與八萬天人反覆說四諦眞如法本所未聞本所未見亦非沙門婆羅門釋梵諸天魔若魔天所能轉者是故說轉爲哀衆生也於是奉事者諸天世人所見恭敬處閻浮利地流化教授從六天已下皆掌濟度問曰何以故但與天人說法不與餘處說耶答曰諸天及人得成道果越次取證衆知自在除就八關齋法除鬼神三自歸猶如畜獸佉頻闍羅鳥勤精梵行昔有

三獸處在深山一者象二者獼猴三者佉頻闍羅鳥象語二獸我等三獸不相敬待各無禮節今當推讓誰應耆舊推爲上首時有大樹高而且廣陰五百車獼猴自陳吾昔食其栽象言吾食其標獼猴言應推我爲年耆象即舉獼猴負於脊上佉頻闍羅鳥復自陳曰吾昔遊雪山北食甘美果於此大便處即生此樹吾應宿舊應在上首獼猴復負脊上從國至國從村至村齋戒自守共相敬待設得飲食推讓老者城郭村落人民見者怪未曾有四面雲集問其源由三獸自陳昔所經歷象雖形大年幼處小敬上二獸如子事父人民感獸各生善心鳥獸猶然況我人乎共相勸勵上人相事舉國人民孝敬者衆自可有此孝順之義但不能越次取證成其道果唯有天人最可奉敬是故說於是奉事者也化之度三有者興敬衆生在在處處見如來形承事禮敬刧行久久乃迴心不離佛三有者欲有色有無色有誰能度此三有唯有佛世尊乃得度爾次有聲聞弟子承佛威神得度三有是故說化之度三有也

三念可念善　三念當離惡　從念而有行
滅之爲正斷

三念可念善者隨時興念食息不廢常當念善具衆德本漸得越次受諸果證盡生死源盡有漏成無漏是故說三念可念善也三念當離惡者已離惡念獲何功德答曰不爲心垢所染汙除諸結使染著亦不爲彼結使所使是故說三念當離惡也從念而有行者有覺有觀遊戲初禪乃至第四禪除弊惡心諸

不善法日進其行終不退轉是故說從念而有行也滅之爲正斷者以斷智慧智以此滅之云何爲滅或爲亂想抑制善心不隨行三十七品覆蔽諸道果不得露現猶如風塵卒起覆蔽日月不覩光明龍降甘雨隨時滲塵便覩日月精光此亦如是以賢聖甘雨滅心塵垢曜然大悟無復微翳賢聖道果皆悉露現是故說滅之爲正斷也

三觀爲轉念　逮獲無上道　得三除三窟　無量修念待

三觀爲轉念者昔佛在舍衛國祇樹給孤獨園爾時世尊告諸比丘昔我未成佛道時與三不善念欲念恚念害念問曰爾時菩薩云何生欲念恚念害念耶荅曰菩薩苦行六年勤勞從苦起退自還念昔日所更追憶本時歌笑妓樂作倡由是便生欲想復聞調達竊自興意欲奪宫人釆女爾時便生恚想二垢和同於中便生害想復次菩薩從苦行起難陀難陀波羅二女以酥麻油塗菩薩身諸女天身極自柔軟狀如天女於彼便生欲想愛想時菩薩便作是念設彼五人給使我不捨吾去者何由使此女以油塗吾身爾時菩薩便與恚想亦興害想二垢和同於中便生害想爾時菩薩復生是念我今已生欲想自損亦損他人二事俱損自損者諸善功德盡捨而去是謂自損云何損他人若食他信施衣被飲食牀卧具病瘦醫藥不能消化遂增塵勞不獲果實衆德有闕是謂損他也取要言之二垢和同者便生害想是時菩薩猒患二事求滅不善想以忍之力降魔勞怨水棄亂

想不生惡念逮成道果是故說三觀爲轉念也逮獲無上道者云何爲無上道所謂無上道者答曰志求出要無欲想無恚想是故說三觀爲轉念也逮獲無上道者菩薩坐樹王下發三十四意成無上道所謂無上道者出過世間天人上三千大千刹土蜎飛蠕動之類於中最上無有過者如彼契經所說七微爲一忽所謂微者不長不短不圓不方不高不下無形不可覩非眼識所攝所以然者以其微細不可見故唯有轉輪聖王補處菩薩賢聖天眼通者乃能見爾正使有法過此極微細者如來通達即覺即知是故說逮獲無上道也得三除三窟者住于四禪入清淨定不興想著結使寂滅係意不忘進修不懈遊志三四專一除結是故說得三除三窟也無

量修念待者住初禪地思惟念待或於四禪攝內外法亦有念待初禪內有不定想有覺有觀熾然似火焚燒法體外有不定想爲火所燒二禪內有不定想喜愛似水外有不定想爲水所漬第三禪內有不定想由風有出入息外有不定想便爲風所動第四禪中內無不定想不爲外法所攝已得念護除內不定想無量者於諸初禪地無量地種所係入此三昧定者亦復如茲無量無限不可稱計阿僧祇人成就衆行是故說無量修念待也能除三有垢　攝定用縛意　智慧禪定力已定攝外亂

能除三有垢者從欲界至色界無色界名曰衆垢之室衆生所居處也能求巧便離三有者是謂上尊道出過三界是故說能除三有

垢也攝定用縳意者不使麤心遊逸在外恒專心意不令外色得便由其三昧難沮壞是故説攝定用縳意也智慧禪定力者以智慧利戟無所不任斷諸結使盡其源本是故説智慧禪定力也已定攝外亂者已身入定能攝外人是故説已定攝外亂也

積善得善行　處處得名譽　逮賢聖八品

修道甘露果

積善得善行者夫欲學道當用漸漸如初禪所行二禪爲妙二禪所行三禪爲妙三禪所行四禪爲妙是故説積善得善行也處處得名譽者如彼晝度樹契經所説忉利諸天遥觀世間某村某落某甲弟子以信堅固出家學道剃除鬚髮著三法衣生死已盡所作已辦梵行已立更不受胎如實知之是故説處處得名譽也逮賢聖八品者如彼學人一趣賢聖八品道滅盡泥洹無爲無作是故説逮賢聖八品也修道甘露法者彼修行人躬自行道欲至無上安隱之處服食甘露無終無始所謂甘露者滅盡泥洹是若有學人得至彼者不生不老不病不死是故説修行甘露果也

出曜經卷第九

音釋

黏尼占切著也　藪蘇后切林藪也　纂作管切綜集也　圿吉八切垢也　埻之尹切射的也　辮平免切交也　梟鵄梟古堯切不孝鳥也鵄尺之切鵄鵂即鵂鶹也　勗吁玉切勉也　瀋孚袁切米汁也

出曜經卷第十

尊者法救造

姚秦三藏竺佛念譯

利養品第十三

芭蕉以實死　竹蘆實亦然　駏驉坐妊死
士以貪自喪

昔佛在羅閱城竹園迦蘭陀所爾時有比丘名曰調達聰明廣學十二年中坐禪入定心不移易十二頭陀初不缺減起不淨觀了出入息世間第一法乃至頂法一一分別所誦佛經六萬象載不勝後意轉轉退漸生惡念意望供養染著世利往至世尊所頭面禮足在一面立須臾退坐前白佛言唯然世尊願說神足之道我聞此已當善修行使我得神足已遊至他方處處教化爾時世尊告調達比丘曰汝今且置神足何不學四非常非常義苦義空義無我之義是時調達比丘便生此念如來所以不與我說神足義者恐有勝已耻在不如調達即捨如來往至舍利弗所白舍利弗言唯然賢者願爲我說神足之道我聞此已當善修行使我得神足已遊至他方處處教化爾時舍利弗謂調達比丘曰汝今且置神足復用學爲何不修四非常非常義苦義空義非身之義時調達比丘內自思惟此舍利弗比丘者自稱智慧第一如吾觀之猶如螢火比於日月吾所誦習無與等者猶尚不解神足之道況復舍利弗比丘豈能解乎即便捨去至大目揵連所語目連曰吾聞族姓子神德無量神足變化無所罣礙願爲我說神足道我聞此已奉而修行遊至他

方處處教化目連語比丘曰止止調達何用此神足道爲吾聞始行之人先學四非常非常義苦義空義非身之義復當精修四禪爾乃得神足道爾調達聞已即興恚怒此目連者自誇神足無與等者所以不與我說神足道者恐神足有勝如我若得神足彼便無有名譽是故不與我說神足道爾調達比丘內自思惟吾今在在處處學神足道人皆不肯教我吾自有弟名曰阿難多聞博學衆德具足大慈四等無所不覆明古知今三世通達吾今當往問神足道設授我者當善修行是時調達便至尊者阿難所語阿難曰吾聞卿善解神足之道可與吾說吾得神足已遊至他方處處教化是時阿難便與說神足之道調達聞已在閑靜處專心一意以麤入微復從微起還至於麤以心舉身以身舉心身心俱合漸漸離地初如胡麻轉如胡桃漸離於地從地至牀從牀至屋從屋至空在虛空中作十八變涌沒自由身上出火身下出水身下出火身上出水東出西沒西出東沒四方皆爾或分身無數還合爲一是時調達復作是念吾今已得神足石壁皆過無所罣礙吾今寧可化作嬰孩小兒形貌端正頭上五處面如桃華在阿闍世太子膝上或笑或啼見嬰兒能然太子阿闍世獨知是調達身終日翫弄無有猒足或嗚欶唾或擎身傳左右手中時太子阿闍世內自思惟調達神足勝彼瞿曇沙門能作無數變化時阿闍世日給五百釜食隨時供養不令有乏爾時衆多比丘見阿闍世太子日給五百釜食供給調達共

相率合往至世尊所頭面禮足白世尊言向者人間分越見阿闍世供給調達五百釜食爾時世尊告諸比丘汝等諸人勿興斯意貪利調達供養所以然者調達所得供養自陷於罪亦陷他人墮於深罪二俱墮罪比丘當知所謂自陷罪者猶如彼芭蕉樹愚人求實不能剋獲竹蘆亦復如是駏驉坐妊二命俱喪夫士貪貨後自喪亡調達比丘亦復如是貪著利養由此利養自致喪亡佛告比丘今當爲汝說譬智者以譬喻自解昔有羣鷲遊在深山各各孚乳鷲告其鶵曰汝若學飛懸在虛空見地如槃慎勿上過所以然者上有隨藍風傷害於汝頭腦肢節各在異處時鶵兒不隨父母教誡飛越過量爲風所吹喪命肢節異處汝等比丘勿興斯意調達比丘如是受殃近在不遠比丘復當知之猶如羣龜告語諸子汝等自護莫至某處彼有獵者備獲汝身分爲五分時諸龜子不隨其教便至某處共相娛樂便爲獵者所獲或有安隱還得歸者龜問其子汝等爲從何來不至彼處乎子報父母我等相將至彼處觀不見獵者唯覩長線而追我後龜語其子此線追汝後者由來久矣非適今也汝先祖父母皆由此線而致喪亡諸比丘當知猶如蠱狐晝夜伺求大便畜獸糞除已自食訖復自於此大便而去調達比丘貪致供養亦復如是已自陷罪復陷他人諸比丘莫貪著供養如彼調達比丘復引喻來昔大月支國風俗常儀要當酥煎麥飼豬時官馬駒謂其母曰我等與王致力不計遠近皆赴其命然食以草芻飲以

潦水馬告其子汝等慎勿興此意羨彼酥煎麥耶如是不久自當現驗時逼節會新歲垂至家家縛豬投於鑊湯舉聲號喚馬母告子汝等頗憶酥煎麥不乎欲知證驗可往觀之諸馬駒等知之審然方知前慾爲不及也雖復食草時復遇麥讓而不食時諸比丘白世尊曰調達爲人其德云何乃能致斯供養佛告比丘汝等莫興意貪著利養如是不久自當見調達現驗之事爾時世尊觀察此義爲後世衆生亦現大明亦使正法久存於世爾時世尊處在大衆而說斯偈

芭蕉以實死　竹蘆實亦然　駏驉坐妊死

士以貪自喪

芭蕉以實死者皮皮相裹葉葉相連欲求其實終不可得彼樹常宜根生一芽樹便輒死竹蘆實亦然是故說芭蕉以實死竹蘆實亦然也駏驉坐妊死者猶如駏驉欲深固情交通自致其禍既自喪身復殺其子不能自安安能安人調達比丘由此利養身壞命終入阿鼻地獄所謂自陷於罪云何亦陷他人使阿闍世太子所施財貨不可稱計然不致果報不獲其福是謂亦陷他人二罪交集故致喪身是故說駏驉坐妊死士以貪自喪者所謂士者勇猛大將能却外敵内姦不起如此之比乃名大將然彼大將思慮不出衆人之表貪入深陣不能自出於中自喪或復有人内實怯弱外現勇悍設遭戰鬬之日見敵便懼賞賜之際思在上首調達比丘亦復如是受人信施日噉五百釜食自稱勇悍能與結使衆敵共戰反招禍患是故說士以貪自喪

也

如是貪無利　當知從癡生　愚爲此害賢

首領分乎地

如是貪無利者謂達比丘學致神足爲已招禍沒不得神足者其菲蓋不足言旣貪利養不至究竟是故說如是貪無利也當知從癡生者皆是凡夫人志不堅固或從正入邪不自覺知設得信施快自喜慶不慮後緣當受其報是故說當知從癡生也愚爲此害賢者諸善之法皆是賢人所習非是愚者所學是故說愚爲此害賢也首領分乎地者謂調達比丘通出入息起不淨想乃至頂法亦復如是以其神通貪著利養自陷乎罪是故說首領分乎地

愚人貪利養　求望名譽稱　在家自興嫉

常求他供養

愚人貪利養者不能明鑒善法內自興嫉外望供養欲使四部衆隨時致敬是故說愚人貪利養求望名譽稱者晝夜同捕國王大臣一億居士倚豪力勢貪求名稱觀察前意隨形應適趣欲悅彼以獲利養或時在衆虛譚萬端欲現已智獨望尊貴餘者處卑內懷希望衣被飯食牀卧具病瘦醫藥餘者不得利養調達比丘所誦經典六萬象載不勝十二年中恒處巖藪空閑山間持戒牢固如護吉祥缾以其貪著利養故所造功德盡爲恚火所燒是故說求望名譽稱也在家自興嫉者或有在家居士家累自隨每興忌嫉吾今不欲見持行清淨之人設有梵行清淨人來至我家者不經日夜暫息便進各還本居復重

生念設欲住者恒乏利養是故說在家自興
嫉也常念他供養者彼習行人復作是念我
今各在道撿行出人表當令蜎飛有形之類
日來供養衣被飲食牀卧具病瘦醫藥使令
餘者不得其養設見餘人與致利養者橫生
嫉妬如失寶藏是故說常求他供養也
勿倚此養　爲家捨罪　此非至意　用用何益
勿倚此養者彼執行之人勇猛精進少欲知
足志趣牢固常樂閑靜思惟惡露不淨之觀
其間思惟善念夫人處世貪著利養者自增
慢惰漸墜乎罪是故說勿倚此養也爲家捨
罪者或在國王長者一億居士比丘比丘尼
沙彌沙彌尼不令諸人知我在某處家論說
神德戒行備具是故說爲家捨罪也此非至
意者捐棄惡緣修無量定設遭遇惡違本誓
願所行事業不自爲已是故說此非至意也
用用何益者亦復自隱不令人知我持戒精
進修阿練行一坐一起復不使知漏盡意解
勇猛彊記辯才捷疾智慧無量不欲聞人稱
譽已德是故說用用何益也
愚爲愚計想　欲慢日用增　異哉抶利養
泥洹趣不同
愚爲愚計想者愚人計想念念與惡但求他
養已行不均在衆人中獨尊獨貴興致禮敬
願令餘者卑賤是故說愚爲愚計想也欲慢
日用增者夫忠直之人猒患利養戒聞施慧
衆德具足解脫知見無觀不入功德已具堪
任受養福度前人已能消化復能濟彼是謂
續如來種紹繼賢聖是故說欲慢日用增也
異哉抶利養者非法之義興利養者日損日

滅非至要處捨正就危者當知非賢聖道教是故說異哉扶利養也泥洹趣不同者至泥洹終其道不同先學俗中妙法次習賢聖道法以次得須陀洹斯陀含阿那含阿羅漢是故說泥洹趣不同也

能諦知是者　比丘真佛子　不樂著利養

閑居却亂意

能諦知是者彼修行人知人利養至爲難消身有瑕隙受彼重施猶彼朽車輪軸不牢載以重載必壞敗車定矣不疑此亦如是以無戒身受人恩施必自墜墮惡趣是故說能諦知是者也比丘真佛子者過去諸佛弟子翼從成就此德當來諸佛世尊弟子亦當成就此德云何名爲佛弟子耶答曰四也須陀洹斯陀含阿那含阿羅漢如斯四種弟子一向承佛教誡正使外邪衆惡化作若干形像來試四種弟子者終不能得其便也所以然者以其真實諦故凡夫下劣不得稱爲弟子者何答曰所以不稱者以彼人心猶豫不定故或時承受佛教或時著外道異學如斯之類不得稱爲佛弟子此賢聖弟子信根牢固一向承受佛教敬奉三寶此乃得名佛弟子也或有說者於如來所得無疑信根是故說比丘真佛子也不樂著利養者何以故皆由如來言無二故如佛契經所說告諸比丘利養甜美內人惡趣不得至道能離此者可成果證問曰已得阿羅漢果有何不具而復修道答曰根門未具分别故於退轉法當求方便至不退根不退根人當求方便進至念法人所念法人復當求方便至護法人所護法根

人當求方便至定住根人所定住根人當求方便至無礙根人所如是漸進功德之業猶如不動牢固之行自致無願無相空定是故說不樂著利養也閑居却亂意者常當五閑靜法一為喜喜已所得二為安安止衆生三為自守守行不失四為念念定不亂五為待待善去惡所謂欲界者衆亂之源善求巧便勤求解脫願不生欲界是故說閑居却亂意夫欲安命　息心自省　不知計數　衣被飲食夫欲安命者安命有二事一為身命二智慧命有身命則有慧命設無身命何有慧命如是行人常當自護將育慧命是故說夫欲安命也息心自省者云何息心而自省已所謂省已者戒聞施慧是為妙法若在第一義便逮須陀洹果斯陀含果阿那含果阿羅漢果是故說息心自省也不知計數者昔有一比丘往至世尊所頭面禮足叉手白佛言唯然世尊聽諸比丘露其形體人間遊化與世殊異豈不快耶佛告比丘咄愚所白不入聖律違於道教裸形露體者外道異學尼乾子法非我賢聖法律所應之行設當我衆裸形遊世者與彼畜獸有何差別則不知尊卑貴賤父母宗親復有異比丘往至世尊所白佛言唯然大聖聽諸比丘著織髮衣佛告比丘斯是外道異學所服衣被非我賢聖法律所容受也愚人當知著織髮衣者有五瑕穢云何為五一為臭穢二為難近三為饒蝨四為饒蟣五為熱時佐熱寒時佐寒夫為道士被僧伽棃者過去諸佛賢聖標式是故說不知計數也衣被飲食者已說僧伽棃復說衣被飲

食耶答曰所謂衣被者泥洹僧僧竭支安陁衛鬱多羅僧所謂飲者甘蔗漿黑石蜜漿蒲萄漿石蜜漿所謂食者食本有五穄粟麵麥麵麥頭麩芷根本食者秔米爲首種種飲食者惡生畏王請一比丘勑太官與比丘精細飲食令如吾食比丘食已辭王出外王問比丘飲食訖耶答曰已訖王意自念比丘所食必當麤惡觀色不悅必然不疑重請明日更食比丘辭還精舍明日更來王躬自斟酌若干甘饌食彼比丘已問比丘曰云何道士食爲甘美耶比丘答曰如食所食王內興恚吾躬自具食道士故言如食所食王復重請比丘明日更食以苦酒羮蹱豆食之食已問曰云何道士食爲甘美耶答曰如食所食王問道士食好飲食亦言如食所食得斯惡食亦言如食所食將有何故願聞其意比丘答曰

如筰瞻蔔華　出油用膏車　臭脂膏致遠
豈貴好以醜　百味食續命　支形得行道
苦酒蹱豆食　全命何假彼

時王聞已內自慚愧無顏仰瞻我之所爲極爲可恥乃興惡意觸嬈賢聖猶如愚人不自顧慮便自興意投須彌山不損於彼而自傷手以小升斗欲量海水我今所行其猶如此自以褊狹小意量度賢聖王復思惟夫修行人不自爲已但欲支命得修行道亦復不望現身受報今身施好後獲好報施穢得穢如影隨形是以智者當清淨施莫懷望想是故說衣被飲食也

不自望利　不諂於人　不依他活　守已法行

不自望利者昔諸比丘初學日淺貪著乞求

所在分越得食皆惡麤弊不甘所遊乞處正使得食或遲或疾意轉欲退不堪習行內懷憂慼漸興權詐轉習世法不復論講契經律阿毗曇世尊告曰汝等比丘當觀宿緣皆有果報猶如尸婆羅比丘阿那律比丘功德滿足不求自至餘雖有福不相爲譬能知宿緣有高下者不當興意起憎嫉心是故說不自望利也不諂於人者行當專一身心相應外現愚惑內智勇猛心念口發無所差違姦僞邪意常當遠離昔罽賓國拘秀那羅村時有一人好事諂僞姦者彼有塔寺名婆槃那有一比丘恒給衆僧清淨水此比丘欲現權詐佯如姦宄集聚阿練比丘皆著百補納衣其色若干往至彼村與主人相見相問訊訖各一面坐其人悲泣五體投地謂諸道士爲從何來而至貧家爲從蓮華池來爲從他方世界爲從神仙山來意甚愛敬即請諸比丘願明日於貧家食諸比丘報曰吾等所以來者正爲君一人爾今以相造豈得受餘人請耶雖爾欲求度人之首良祐福田者斯有爾許人無有過者即入家內勑諸僕使速辦種種甘饌飲食有諸神人道士來造我家吾欲食之時諸比丘報語主人賢士竟爲知不我等涉學積有年歲經行進士常有法則六時行道不與常同意欲經行清旦至暮暮達平曉日出則食不違典律彼衆中上座入語檀越吾一人者名曰一坐一食飲食諸饌及以果蓏一時齎來吾當呪願檀越聞已歡喜踊躍不能自勝辦具種種諸饌飲食投於鉢中別上果蓏前受呪願復以酥麨蜜和麨別貢上

座望道士食已鉢中遺吾得食之必獲其福比丘受食呪願已訖問檀越曰頗有甘漿美飲不檀越報曰如貧家中漿有數種蒲萄甘蔗石蜜諸漿種種皆有不審尊者上座爲須何漿道人報曰向所論漿生來不飲初不歷口吾所問漿淳清重甘儲在積年味不變者吾乃飲爾檀越聞已甚怪所以咄咄禍災乃置此變吾生斯念謂諸道士皆獲六通羅漢清徹今觀其蹤正是大賊檀越尋語道人自少已來酒不過口豈敢以酒施於道人道人即以奢勒裹錢語檀越曰家若無酒可持此錢爲我酤來檀越聞已以手掩耳咄咄甚爲可怪何意道士持生業自隨此諸人等皆是賴鞮道士有何道心即語道人別更使人吾非汝僕使乃令吾酤酒室賴鞮道人吾先不諳墮汝欺中我今終不爲汝所誑比丘報曰止止檀越勿興斯謗吾等所以來者欲覺悟卿一人爾汝前後已來費耗財貨施不值主檀越若下意者聽我說譬喻報曰大佳願欲聞之可善聽之猶如善射之士百步射毛時時乃中或高或下或左或右不中其的若以地爲的而取射者高下東西南北所射皆著終不失地今此大衆亦復如是不選擇施者必值眞人若選擇施者時時乃值多有空出費而不益大衆之中四果備足四雙八輩十二賢士皆悉具有欲取珍寶當詣大海至須彌寶山欲求賢人得道羅漢者當詣大衆檀越明聽更說一譬開意受持明者以譬喻自解昔此貴邦有一僑士適南天竺同伴一人與彼奢婆羅呪術家女人交通其人發意欲

還歸家輙化爲驢不能得歸同伴語曰我等積年離家吉凶災變永無消息汝意云何爲欲歸不設欲去者可時莊嚴其人報曰吾無遠慮遭值惡緣與呪術女人交通意適欲歸便化爲驢神識倒錯天地洞然爲一不知東西南北以是故不能得歸同伴報曰汝何愚惑乃至如此此南山頂有草名遮羅波羅其有人被呪術鎮厭者食彼藥草即還復形其人報曰不識此草知當如何同伴語曰汝以次噉草自當遇之其人隨語如彼教誡設成爲驢即詣南山以次噉草還復人形採取奇珍異寶得與同伴安隱歸家檀越當知此亦如是愚惑之人一向直信施求羅漢得道者何日可果所在推覓終不可值欲求眞人羅漢者當從大衆索之以次供養必值賢聖獲果不疑檀越復次當明聽昔佛在世大愛道瞿曇彌親佛姨母以金縷織成衣奉獻如來佛告大愛道夫欲施者當詣大衆何爲獨向我耶吾亦是大衆之一數亦有微分可持此金縷織成衣往施聖衆如來三界特尊猶尚不能偏受信施辭讓聖衆不自專已檀越頗聞此界南城内婆槃那寺主給施衆僧水者不乎檀越報曰久聞消息生年已來不覩其形今方乃知賢聖之人比丘答曰前後已來姦僞虛詐誑惑萬端侵欺檀越如我比者非徒一人自今已始若欲設福當詣大衆所求果報如願剋獲時彼比丘即說頌曰

毒蛇犂持頸　被服虎斑文　行如鶴伺魚
閉塞寂無聲　内無四等心　欺詐於主人
是故離諛諂　以眞練精神　如來廣普教

三界廓然明　所以致利養　由有賢聖道
施者忘慳貪　盡心事三寶　是以離欺詐
以法成其性

爾時檀越即從座起五體投地敬禮聖衆願受懺悔今蒙潤澤昔所未聞雖言父毋尊長猶不能導引真要遭蒙聖恩永除心垢自今已始設當惠施不問多少盡當詣衆不敢自專今重自歸願諸賢聖盡爲我師當以四事供養衣被飯食牀卧具病瘦醫藥是故說不諂於人也不依他活者昔調達比丘將五百比丘受王重養供給什物隨時瞻視不失其意此五百人皆仰調達得致利養自無功德不足爲貴要當已身備具衆法自致供養乃可爲貴是故說不依他活也守已法行者法者諸善之法恒念備具不於餘人受教授沙門白衣以已內教授息心今常精勤不失法度恒隨正法不墮邪部是故說守已法行也

自得不恃　不從他望　望彼比丘　不至正定

自得不恃者夫人執德而不見其德爲而不見其爲自不恃德陵彼無德調達門徒已實無德虛受信施皆興願求獨尊無等是故說自得不恃也不從他望者調達弟子各立限制不得共相誹謗稱歎名譽一人不說逐出衆外正說無德彊說有德是故世尊告諸比丘各各自守慎莫虛稱功德行不合已則致其殃不致究竟是故說不從他望也望彼比丘不至正定者意常僥倖有所希望心意不專不履正行於中終不能得出受定意夫人入定要當專意無他異念是故說曰望彼比丘不至正定也

夫欲安命　息心自省　如鼠藏穴　潛隱習教

夫欲安命者所謂安命者衆善普集闡揚幽玄以爲營命非但衣被飲食而已是故說曰夫欲安命也息心自省者戒聞惠施智慧解脫解脫見慧而自瓔珞是故說曰息心自省也如鼠藏穴者夫穴處之蟲深則牢固無所畏懼不爲惡人弊蟲所見侵害不爲暴火溢水所見燒溺是故說曰如鼠藏穴潛隱習教者盡具沙門内禁之法潛居隱處心意遊寂節食知足人若非人不得其便是故說潛隱習教也

夫欲安命　息心自省　趣得知足　念修一法

夫欲安命者夫人所以周流四海超越險難遂增難苦無毫釐之善是故說曰夫欲安命也息心自省者食知止足不廣慇懃設欲得衣被飲食牀卧具終無榮冀是故說曰趣得知止也念修一法者云何爲一法所謂一法者於諸善法而悉知足是故說曰念修一法也

約利約可　奉戒思惟　爲慧所稱　清潔勿怠

約利約可者謹慎其行不爲流邪所屈設得利養先勸施大衆然後自受當爲四部弟子比丘比丘尼優婆塞優婆夷或爲國王大臣一億居士豪富長者日夜諮受恒以推讓爲先然後自表是故說曰約利約可也奉戒思惟者專意奉戒毫釐不犯出入行來不失威儀持心修戒如經火難是故說曰奉戒思惟爲慧所稱者諸有智人志崇高顯恥不上及見有執行之人共相扶佐成就其行便共稱歎舉其名德是故說曰爲慧所稱也清潔勿

怠者晝夜精勤坐卧經行不失本業清旦至暮暮徑達曉思惟止觀食息不廢是故說曰清潔勿怠也

比丘三達　解脫無漏　寡智尠識　智者憶念

比丘三達者利根高德無疑解脫棄八除入是謂一明亦名一達諸漏已盡是謂二明得神通是謂三明復有說者諸漏永盡是謂一明知所從生是謂二明自識宿命是謂三明是故說曰比丘三明也解脫無漏者彼執行人已去老死死有四義一爲結使死二爲陰死三爲至竟死四爲自在天死是謂四死三達比丘永降二魔云何降二魔一者結使魔二者天魔是故說解脫無漏也寡智尠識者已身智慧廣普無涯然不與人間周旋不與知識往返唯有智者乃能分別是故說寡智尠識也智者憶念者爲諸梵行所見愛敬知其神力信得自在無所罣礙是故說智者憶念也

其於飲食　從人得利　而有惡法　從供養嫉

其於飲食從人得利者皆由前身好喜惠施顏貌端正面如桃華生豪族家饒財多寶先笑後言和顏悅色神志了朗聰明智慧高才博學無事不知所至到處增益法事是故說其於飲食從人得利也而有惡法從供養嫉者或有學人展轉相承而得供養互相法則從一人得供養後人効之復來供養亦不能分別智慧深淺道德多少有智慧人反更輕慢巧詐虛名反更恭奉以眞爲僞以僞爲眞轉相是非共興誹謗我智慧才技出過於人汝所知淺各伺其便枉殺良善死者無限令

諸智人隱而不出愚惑惡人在世縱逸是故說而有惡法從供養嫉也
多集知識　彊服法衣　但望飲食　牀臥之具
多集知識彊服法衣者或巧僞之人著補納衣外佯不審内共同情人間同處安行法步目不離前是故說多集知識彊服法衣也但望飲食牀臥具者其有清信士女出逢見者皆興恭敬善心生焉當見之際如華敷開見日鮮明心意哀愍不能去離然彼人雖被納衣心如豺狼如狸伺鼠無戒受施不惟道德欺惑世人不以經戒衆生奔趣如岸崩頹猶渴須飲躶者得衣心意敬待立望其福謂爲良祐福田不復是過是故說但望飲食牀臥之具也
當知是過　養爲大畏　寡取無憂　比丘釋意
當知是過養爲大畏者利養爲病入骨徹髓要墮惡趣必然不疑多諸恐畏終已無安若處人間多諸危害欲自防護復無善助住則畏死去則畏賊是故說當知是過養爲大畏也寡取無憂比丘釋意者或有族姓男女執信牢固捐捨妻息出家學道剃除鬚髮著三法衣到時持鉢廣福衆生得食麤細呪願施家緣是蒙祐盡得度脱然少於知識不廣周旋捷疾辯才應適無方復爲天龍鬼神八部之衆所見尊待來聽正法受三自歸無數鬼神諸塵垢盡得法眼淨是故說寡取無憂比丘釋意也
非食命不濟　孰能不摶食　夫立食爲先　知是不宜嫉
非食命不濟者一切衆生有形之類依食得

全其命或有貪著飲食以其貪故傷害衆生數千萬衆復有衆生心無慳悋於諸飲食不大慇懃所以然者皆由起八大人念飲食知足取支形命是故說非食命不濟也孰能不摶食者人得飲食便有出入息神識得定進經行道雖有四食摶食爲先進趣行來皆能成辦是故說孰能不摶食也夫立食爲先者彼修行人意常觀食食從何來爲從何去一一分別由食成果是故說夫立食爲先也知是不宜嫉者或有行人深山隱處獨樂閑靜麒麟戴一獨無伴侶各佛隻居亦無徒衆所以不樂貪在世者見機知微防慮未然患出於對水溢於源設無對者則我無患是以聖人教人閑居不處憒鬧則無復有憎嫉之想是故說知是不宜嫉也

嫉先創已而後創人擊人得擊是不得除嫉先創已者猶如有人沒在於泥不能得濟拔彼厄難已不得度安能度人當求方便免濟其厄是故說嫉先創已也而後創人者已既得度復求方便濟彼未度是故說而後創人也擊人得擊者皆由人心未去是非此現法報猶仰唾虛空還下著面不能計彼音響寂靜無形爲人所罵但有音聲吾耳往聽了無形質何爲空寂法中橫生喜怒愚人無慮自生識想互相是非遂致喪亡是故說擊人得擊也是不得除者愚人執意至死不改設遇利養計爲已有於中生嫉不能廣及是故說是不得除也

出曜經卷第十

音釋

欶色角切吮也　駏驉駏臼許切驉休居切駏驉獸名也　蠱狐蠱姑五切蠱狐媚狐也　蝨色櫛切　蟣舉豈切　穄子例切黍也　䵃古猛切麥也　麩芳蕪切麥皮也　䝤郎刀切野豆也　笮側駕切壓也　齎牋西切持也　鞮都黎切

出曜經卷第十一

尊者法救造

姚秦三藏竺佛念譯

忿怒品第十四

不怒而興怒　不造而行惡　彼受其苦痛　今世亦後世

昔佛在拘奢彌瞿師園中爾時彼村衆多比丘好喜鬬諍惡眼相視共相毀辱爾時世尊告諸比丘止止比丘勿共鬬諍所以然者比丘當知怨不息怨忍乃息怨是如來正法何以故過去久遠無數世時迦尸國王名梵摩達拘薩羅王名曰長壽時梵摩達王即集四兵象兵馬兵步兵車兵攻伐長壽王土界時長壽王聞外境有軍馬至復集四兵象兵馬兵步兵車兵出往迎逆與共戰鬬生擒梵摩達身摧破大衆語梵摩達曰赦汝生命歸汝本國自今已去更莫叛逆時梵摩達得還本國未經幾時復集四種兵象兵馬兵步兵車兵往詣攻拘薩羅國求共鬬戰長壽王內自思惟吾先與共戰鬬擒獲已身摧破大衆不能自改既往之失今復來戰侵我土境長壽王輕將數騎往與共戰爲梵摩達所破輕走得脫及將第一夫人侍臣有一隱處深山無人之處藏形滅跡恐有知者時長壽王復重思惟吾居深山無方自存當習詩頌歌詠遊處人間乞匃自存如其所念即習歌頌無學彈琴鼓瑟音響流利與琴相入在在處處以得自存時梵摩達王第一大臣出梵志種聞此國界寒儉乞士夫婦二人遊在人間彈琴鼓瑟乞匃自存即遣人喚欲聽音樂乞者到

家共相慰勞即設音樂大臣聞已歡喜踊躍不能自勝即告乞人汝等夫婦二人孤窮倮賤恒乏衣食可住我家教習後生常當供給不令乏短時彼乞士第一夫人垂月欲產內生此心語其夫曰我向生念願得四種兵衆圍我數帀得好幃帳而寢其中洗利刀汁欲得飲之君能辦不夫報其妻我等二人爲梵摩達所壞亡失國土那得辦此四種兵衆及好幃帳洗利刀汁其妻語夫設不辦者正爾取死復用活爲爾時大臣即喚乞士在前作樂聲與琴合琴與聲合或時琴與聲違聲與琴違大臣問曰觀卿作樂而有不悅身有患耶心有所念乎乞士報曰身無苦患唯心有所念耳問曰汝何所念可說情故答曰我所將妻懷妊日滿垂產在近欲生此念欲得四種兵衆圍遶數帀寢好幃帳洗利刀汁而欲飲之得便存活不得便死審當爾者我用活爲大臣報語卿且自寧勿懷憂慮當設權計辦四種兵即如其語辦四種兵圍遶數重寢好幃帳飲洗刀汁即生男兒顏貌殊特有豪貴相大臣見已恐向夫人三自稱善舉聲說曰拘薩羅國復生聖主係嗣王位自今熾盛告已兵衆莫傳此語及使彰露當誅戮之時梵摩達竊聞長壽彈琴鼓瑟人間乞求即遣人捕得閉在牢獄長生太子漸長成人詣諸大臣豪貴長者自訴求願口出斯言願諸賢士行檀布施分德立善設有毫氂福者盡施長壽王早得解脫畢此苦原梵摩達王竊復聞知長壽太子長生者遊在人間與父乞恩勸人修善願及父身早免苦難梵摩達王瞋

恚興盛即出長壽王詣於都市長生後執利劒高聲白父我堪此間脫父厄難長壽王報曰止止童子夫人立行亦莫見短亦莫見長傍人聞之謂爲長壽王知死逼近狂有所說長壽報傍人曰其中智者童子乃當識吾往言耳即於市上斬爲七段長生太子見已身中沸血遍滿身中瞋恚內盛不敢顯外復詣諸大臣所求哀請恩我父無過橫爲貴主所殺形尸暴露捐在都市無人殯藏收拾形骸願諸賢士與我收拾起七偷婆華香供養如世常法即如其語收拾供養起七偷婆長生太子內自思惟梵摩達王暴虐無道侵我境土奪我民衆復取父王都市斬殺我宜逃走出此國界捕得我者不免此患即將夫人出國逃走到他方土復習琴瑟歌聲調和在在處處乞匃自存漸漸以次還入本國梵摩達王聞有乞士將毋自隨彈琴鼓瑟家家乞索音響清和見莫不歡即遣人喚將入深宮晝夜聽樂乃無猒足形命相委如同產子時梵摩達出外遊獵長生太子御車遊獵恒導嶮難無人之處不案正路不附兵衆太子自念昔破我國劫奪我民枉殺我父今不報怨何日可果復御獵車轉入深山時梵摩達疲頓欲得懈息即告御者可於此頓吾今疲極欲小止息即如其言住車止息王告御者汝坐吾欲枕汝膝上王即枕而眠長生太子內自思惟口發斯語此梵摩達王暴虐無道侵我境土奪我人民枉殺我父思欲報怨正是今日若不殺者何日可果時長生太子即拔利劒擬王頸項退復追念昔我父王臨終時教

誡我曰童子當知夫人行宜唯貴信義違父遺意者則非孝子又勑我曰汝莫見短亦莫見長設當殺此王者違我父教即還內劒息恚不興時梵摩達王於夢中驚忽然覺寤身體流汗衣毛皆豎長生太子問其王曰向如安眠何爲驚寤王告御者汝欲知不我向安眠夢見長壽王兒長生右手執劒左撮吾髻以刀擬我項曰吾欲報怨汝知不乎即於夢中復重悔責昔我父王臨欲終時殷勤教勑夫欲勝怨唯當以忍以是之故於夢驚覺御者白王還安眠勿復驚懼王欲知不長壽王子長生者我身是也昔我父王以法治化不枉人民王自暴虐侵我境土奪我人民枉殺我父思欲報怨於此深山正得王便今不報怨何日可果向實拔劒擬王頸項退復追念

父王教誡童子當知夫人立行唯貴信義慎莫念惡惡加人形終不得解設我違父遺意者則非孝子欲崇父教誡故即便內劒耳今原前愆不錄其罪欲還將王早歸國界得至彼已任王刑斬即共載車還本宮殿普集大臣而告之曰卿等云何設見長壽王太子者卿等如何其中或有說者設當見者先截手足却取殺之復有說者當生剝其皮爾乃却殺復有說者當以火炙箭射之異口論者不可稱計時梵摩達王告諸群臣長壽王太子者今此人是卿等勿興惡意生殺害心於此太子所以然者我由此人得存命根爾時梵摩達王即沐浴長生太子著王者服頭戴天冠妻以一女還立爲拘薩羅國王佛告比丘古昔諸王檢意自守修忍如地視怨如赤子

不造怨讎況汝等諸族姓子以信堅固出家學道剃除鬚髮著三法衣不能行忍互相是非以小致大共相毀辱爲是宜不於彼衆中鬪訟比丘前白佛言唯願世尊暫屈威神至彼比丘衆中乃當知曲直耳彼人自恣駡詈不慮禁法我等有何不如能默然忍之爾時世尊觀彼比丘不受其教即騰上虚空還本精舍復集聖衆說斯頌曰

不怒而與怒　不造而行惡　彼受其苦痛
今世亦後世

無過而强生過者今世後世而受其痛

先自漏罪　然後害人　彼此與害　如鳥墮網

先自漏罪者或有衆生心識倒錯數與惡念不能禁制是故說先自漏罪也然後害人者夫人與惡結嫌積久常求方便思惟計數然後乃得發惡於外已生惡念不得思惟道德是故說然後害人也彼比丘與惡者復以偈報之

多結怨讎　禍患流溢　實無過隙　怨者何望

是故說彼此與害也如鳥墮網者昔有鷹王搏撮群鳥獲得一鳥名伽頻闍路高飛遠翔詣高山頂時伽頻闍路並說斯言是我身過當復告誰設我恒守本業舊居者則不爲汝所擒鷹王問曰本業舊居在何所乎雀報鷹曰高山絶岸深澗石聚則我舊墟若在彼者終不爲汝所擒鷹告雀曰今且放汝聽歸本居觀吾力勢爲能獲汝身不時鳥雀得歸住兩石間遥語鷹王汝設可者暫下共戰鷹王聞已恚怒熾盛鼓翼奮勢從空中下欲搏撮之鳥入石間鷹摧翅翮於此命終是故說如

鳥墮網羅也

害人得害　行怨得怨　罵人得罵　擊人得擊

害人得害者衆生處世志趣不同已身行惡自然不祐舉手打人仍便自害是故說害人得害也行怨得怨者復有暴惡衆生晝夜念惡常伺人短心常思惟某村某家刼奪我牛强取我財殺我知親侵我田業要當伺捕之便報其重怨思惟校計不去心懷設復出家道心未固學日既淺内心思惟某甲比丘曾共止住取我坐具鍼筩鑰牡沙門六物至今不還但思惟諸物不念修道不知後報卒至爲身招禍是故說行怨得怨也罵人得罵者若有罵詈反得其辱不自觀省皆由愚惑緣致斯罵不知受報亦復不久修行人所修彼行人者分别前人計罵盡寂了無形質若人罵我知之爲空吾耳往聽悉無所有彼虚我寂誰有罵者是故我今忍而不起夫人罵詈法自有極四大爲形不久居世快意斯須不知久久涉苦無量是故說罵人得罵也擊人得擊者夫人相嫉毁人善行性無常則喜怒無恒或有愚人不遇師訓既不廣學志性闇鈍結怨在心終已不解如斯之人不當與坐起言語飲食歡醼人欲之造見則不吉成事傾敗不果本願是故擊人得擊也

斯何沙門不知正法　壽既短促　復結怨爲

斯何沙門者夫言沙門者履行清虚離世八業志崇清淨乃謂沙門如今卿等沙門荷佩法服不能禪寂六情閉塞五欲世間榮寵心求染著設遭毁辱悔欲就俗夫爲沙門若遭榮寵不以增歡設遇毁辱不以加慼爾乃名

爲沙門是故説斯何沙門也不知正法者是時世尊告諸比丘汝等雖出家學種姓若干意行不同或畏王法而出家者或避重役而共出家如斯之心不可親近已能出家當修正業六時行道晝夜不廢復當思惟福度衆生設欲飲食意願一切不獨爲已汝等諸人雖言爲道行與願違過去賢聖所以教人法衣表識者欲令除内穢垢衂等穢人假被法服污染眞形壞敗表識是故説不知正法也壽既短促者佛告比丘生處五濁雖云百年卧消其半命多危嶮受四大身如蚖蟄聚一增百病共相危害樂少苦多憂患萬端苦痛難量不能端意思惟以求眞道方更興起慢嫉履凡夫行是故説曰壽既短促也復結怨爲者人身難得佛世難值像法難遇雖得爲人不能練精進行禪寂役神方便隨時進趣與世同流又不廣顯三寶訓寤後學三塗八難何日當空是故説復結怨爲也

人相謗毁　自古至今　既毁多言　又毁訥訒
亦毁中和　世無不毁

昔佛在羅閲城竹園迦蘭陀所爾時調達往至世尊所頭面禮足在一面立須臾前白佛言我觀如來顔色變易諸根純熟年過少壯垂朽老邁唯願世尊自閑靜室禪定自娯四部之衆願見付授我當教誡如世尊無異隨時供養四事不乏爾時世尊告調達曰咄愚所啓不慮後殃舍利弗目連比丘猶尚不付授衆僧況汝嗽唾弊惡之人可付授聖衆耶爾時調達内興妬嫉聞世尊語已倍生恚怒如來今日讃歎舍利弗目連比丘而更輕賤

小弟要當求便喪滅師徒使此國界衆生不覩其形不聞其聲是時調達比丘即從座起禮足退歸在在處處巧言僞辭誑惑於俗勸誘世人得數十人在在處處共相勸勉取要言之爾時世尊與無央數大衆圍遶而爲說法爾時調達告已弟子曰汝等聽瞿曇所說所以然者所說不隨正法吾有一一深經好義當以相教恒求方便欲壞亂如來聖衆

爾時世尊告調達曰止止調達愼勿興意壞亂聖衆復備受報其痛難忍爾時調達執意牢固不改其行爾時世尊知彼意正終不可迴便以宿命通觀過去無數阿僧祇世因緣宿對所經歷事是時調達將五百弟子如來自觀爲菩薩身復有五百弟子俱遊寶積山側菩薩門徒寬仁柔和教以正法修持禁戒出入進止不越其序調達衆者已行不均門徒弟子盡法師則出言麤獷語輙興恚與弟子論如怨鬬訟弟子猒患不堪侍從盡捨調達往就菩薩菩薩得已歡喜踴躍不能自勝並自稱說吾有千弟子衆德具足與世殊絶誰能及者調達得是極興恚怒即發誓願此人今日誘我弟子壞我門徒正使此人後成無上等正覺時我當壞彼徒衆如今無異如來觀知調達比丘必壞聖衆定無有疑如來即從座起捨衆而去何以故有五事不得壞亂衆僧一者如來自前不得壞亂衆僧如來威神不捨本誓故二者如來般泥洹後不得壞亂衆僧設有人言我今成佛逮最正覺當以此問之釋迦文佛在時汝爲所在三者未曾有惡時不得壞亂衆僧四者比丘不競利

養不得壞亂衆僧五者智慧神足弟子和合不得壞亂衆僧諸佛世尊常法神足智慧弟子一日之中聖衆終不空缺如來以宿命智觀必知調達當壞亂衆僧如來即捨而去調達在後與衆說法若有衆生事我爲尊承受教戒當習五法何以故行此五法早得解脫何假沙門瞿曇說八直行云何爲五一盡形壽常守三衣二盡形壽常當乞食三盡形壽不得食肉飲血四盡形壽常當樹下露坐五盡形壽不得護持金銀寶物諸有比丘修此五法者早得解脫盡有漏成無漏何假沙門瞿曇八直行耶調達說是語已即從座起五百比丘尋從而去左面弟子名曰鏗茶陀婆右面弟子名曰瞿波離歸本所居弟子前後圍繞而爲說法舍利弗目連比丘後往彼衆

調達見已舉聲稱善善來舍利弗目連比丘吾獲大利知我成佛三界獨尊智慧神足弟子自然嚮應爾時調達即移瞿波等左右弟子坐舍利弗目連安處左右爾時調達像如如來告舍利弗目連曰吾患脊痛小欲安睡卿等二人與聖衆說法爾時調達右脇著地欲得睡寐天神強挽調達左脇在地天神復厭誑有言語鼾聲現外穢氣遠徹爾時尊者目連以神足力飛騰虛空作十八變坐卧經行踊沒自由或身上出火身下出水或身下出火身上出水東沒西涌四方亦爾爾時目連從空中還就本座尊者舍利弗告衆會人如來之身神德無量具足一切智前達無窮却覩無極如來法者得現法報快樂無爲智者之所修學非愚者之所習如來聖衆者戒

具成就智慧成就解脫成就解脫見慧成就可敬可貴承事供養爲衆生良祐福田爾時諸比丘各生此念我等愚惑不識眞正捨實就華棄本逐末今日觀二賢所說世之希有我等寧可捨此調達就如來衆不亦快乎舍利弗知其心念即從座起彼五百比丘亦皆俱起隨舍利弗目連後追隨而去時瞿波離比丘以右脚蹹調達曰弊惡調達何爲耽睡舍利弗目連二人將法弟子去盡爾時調達覺寤甚懷憂慼是故說人相謗毀自古至今乃至世無不毀也

斷骨命終　牛馬財失　國界喪敗　復還聚集

爾時世尊告諸比丘昔長壽王身分爲七叚亡國失土猶尚忍怨不起共相尊敬還立國土如本無異汝今比丘當以道德自持共相懺悔大者以法小者承受汝等云何不知正法當念忍辱歎說忍力所行眞正歎說眞正比丘當知吾所以從無數阿僧祇劫積行已來修六度無極行檀修施頭目髓腦國財妻子持戒忍辱精勤一心皆欲除貪除瞋恚想是故說斷骨命終國界喪敗也

若人罵我　勝我不勝　快意從者　怨終不息

若人罵我者人自思惟彼人罵我不隨禁律枉侵良善是故說若人罵我也勝我不勝者彼自思惟如我法者則我得勝不如法者則我不勝是故說勝我不勝也快意從者作是思惟者遂增怨讎不諦思惟是故說快意從者怨終不息者如此之人心如剛鐵不可沮壞是故說怨終不息也

不可怨以怨　終已得休息　行忍得息怨

此名如來法

不可怨以怨者是時世尊告諸來會吾自追憶無數劫以來怨能息怨人身難得佛世難遇猶如優曇鉢華時時乃有雖得為人出家學道亦不可果汝等已得人身諸根不缺堪任受化何為於正法中共相諍競是故說不可怨以怨終已得休息也行忍得息怨此名如來法者夫人行忍寂默為首聽彼已報聞彼罵已還以罵報如是之比怨衆終不息弱名忍强亦名為勝是故說行忍得息怨此名如來法也

若得親善友　共遊於世界　不積有遺餘

專念同其意

若得親善友者或有衆生禮儀成就於行不缺味義成就忍行成就皆由朋友成就身行是故說若得親善友共遊於世界者如此善友從劫至劫共相追隨不以為苦是故說共遊於世界也不積有遺餘者夫人意等不計財貨亦復不選擇知親正使朋友出在卑賤善色惡色若好若醜不得選擇是故說不積有遺餘也專念同其意者發心起行齊同其善篤信向佛是故說專念同其意也

設不得親友　獨遊無伴侶　廣觀諸方界

獨善不造惡

設不得親友者所謂親友者行齊德同俱造於善乃名親友不造善行者不名為親友如世常言人無有伴侶如驢牛俱修不善行者不得名為善友是故說設不得親友也獨遊無伴侶者寧獨遊處快修善行不以弊惡與人共俱是故說獨遊無伴侶也廣觀諸方界

者人欲觀化觸類所見漸以益智聞語不惑是故說廣觀諸方界也獨善不造惡者是以智士樂靜不居亂鬧昔有敵國大王興兵相攻隣國聞之臣啓王曰外有賊寇逼近土境王曰無苦無所堪任賊復前進臣復白王賊已逼至轉來到城王言無能侵我賊遂入城固守城郭臣復白王賊寇逼近王宜防備出共鬬戰王言無苦終不害我外寇轉進直趣宮殿臣復白王賊今已至王欲云何時王沐浴更著新衣自負粮食出見敵國鄰王而告之曰城郭宮殿是卿所有吾欲入山且修道德食足支命衣足盡形爾時王便說頌曰

吾今此衣食　自求欲隱形　捨位卿爲主
且欲求多福　寧處巖石間　麤衣弊惡食
食果數息定　麋鹿共相娛　不以處王位
考掠苦毒痛　智者畏後世　終不造惡緣
觀卿興兵衆　欲來傷害吾　是身爲朽器
時殺勿枉衆

時彼敵國王聞是語已熟自思惟復以此偈報曰

快哉大覺士　依法而自將　被一切德箭
摧破我兵衆　雖怨智慧勝　親友愚何益
是以慧爲首　智慧廣濟度

時敵國王即退軍馬將已兵衆歸還本國宮殿屋舍盡還本王是故說廣觀諸方界獨善不造惡也

忍辱勝怨　善勝不善　勝者能施　至誠勝欺

忍辱勝怨者兩敵所擬必有傷損遇毒毒治必死不疑唯有忍者能去其怨是故說忍勝怨也善勝不善者云何卿等頗聞火之稟性

有忩義耶對曰無之比亦如是怨欲息怨終不可得何者能息唯有善者乃能息耳是故說善勝不善也勝者能施修善之人行無缺漏意不起想果能惠施結怨之人為身招禍死入地獄受苦無量苦相傷害死而復生若生人中顏貌醜陋為人輕慢所願不果是故說勝者能施也至誠勝欺者智者行身不犯口過出言應律無所觸嬈正使身死不以妄言綺語而求苟活經歷生老涉苦無量目見耳聞怨讎最重是故說至誠勝欺也

學無朋類　不得善友　寧獨守善　不與愚偕

學無朋類者夫人廣學當憑善知識從初發意至得道皆憑善知識乃得成就若遇惡友行必遇惡是故說學無朋類也不得善友者或復學人遇惡知識晝夜鬪訟行惡為業是故說不得善友也寧獨守善不與愚偕者設無朋類當自建意念在閑靜去離憒亂設聞鬪訟者常當遠離心不願樂是故說寧獨守善不與愚偕也

樂戒學行　奚用伴為　獨善無憂　如空野象

樂戒學行者夫修行人心樂閑靜恒以禁戒自瓔珞身爾時世尊告拘苫鞞比丘諫喻止訟比丘聞已不受佛教佛知其意即從座起飛騰虛空十二由旬還本精舍至大衆中而說頌曰

樂戒學行　奚用伴為　獨善無憂　如空野象

爾時世尊便作是念拘苫鞞好喜鬪訟各相謗毀吾今已離之正使我聞拘苫鞞比丘在其方者吾當避之而就他方爾時有一象王離諸群索居獨遊曠野心自思惟得離諸象

及諸宗親獨遊在此何以快哉我在象中時群多緩逸蹹蹈水草然後吾乃得食今日獨行得清水好草亦無憂慮爾時世尊見彼象心中所念便於大衆而說頌曰

一象於象衆　六牙而備具　心念與吾同　獨善而樂靜

一象於象衆者如來身者亦名龍象彼象者亦名龍象如來世雄三界獨尊象者龍中獨尊是故說一象於象衆也六牙而備具者牙者象之威怒自瓔珞身功德者如來相好如來見彼拘苦鞕比丘自生猒患象者患猒群衆是故說獨善無憂如空野象也

惟念品第十五

出息入息念　具滿諦思惟　從初竟通利　案如佛所說

出息入息念者安者謂息入般者謂息出彼修行人當善觀察二甘露門一者安般二者不淨觀或有行人但修安般或修不淨觀彼修安般者思惟分別出息入息息長亦知息短亦知息溫亦知息冷亦知意若錯亂復從一始從頭至足分別了知設復錯者復從一始如是經歷反覆數過自知意至吾今捉息皆得自在欲使氣息從左耳出如意不難從左耳入亦復如是從右耳出入或從鼻出入皆能隨意最後迴息從頂上出隨意者成數息法設不成者腦盍發壞即取命終如是學人經十二年或有成有不成者復次行人分別思惟不淨觀往至城外丘曠塜間觀死人屍骸諦熟分別此屍我形有何差別復還至精舍或坐牀或敷坐具或復露坐內自思惟

遥憶塜間死屍暴露我身與彼等無差別如是經歷過十二年有得定者不得定者是故說出息入息念也具滿諦思惟者夫入定意善察分別一數二隨三止四觀五還六淨是故說具滿諦思惟也從初竟通利者晝夜孜孜初不懈息數鈌則從一始是通利不受六情染外塵垢是故說從初竟通利也案如佛所說者如來所以遺十二部經剖判要義皆為後生未開寤者衆智自在除去希望是故說案如佛所說也

是則照世間　如雲解日現　起止學思惟
坐卧不廢忘

是則照世間者猶如秋時明月無有五蔽在眾星中光明獨照此亦如是得安般定者在衆修行人中威神獨顯顏貌光曜無與等者是故說是則照世間如雲解日現也起止學思惟者以得安般定意身意鏗然不動不為外邪所沮心亦如是不隨外塵興于邪念是故說起止學思惟坐卧不廢忘者彼修行人已得三昧定意亦常思惟若坐若卧終日學習初不暫捨是故說坐卧不廢忘也

比丘立是念　前利後則好　始得終必勝
誓不覩生死

比丘立是念者所謂比丘求息萬想意不馳騁執志牢固端攝諸情意常在定不求餘念是故說比丘立是念也前利後則好者先得安般數息禪定後能越次取證超過三界身中諸結永盡無餘淨如真金永無微翳是故說前利後則好也始得終必勝者已具知誓化緣已遍已身度有更不受當來形是故說

始得終必勝誓不覩生死也

若見身所住　六更以爲最　息心常一意

便自致泥洹

若見身所住者比丘比丘尼及新學者男彌女尼優婆塞優婆夷剎利婆羅門長者居士種執志堅固趣道不難是故說若見身所住也六更以爲最者閉塞諸根眼耳鼻口身意諸根澄淨不亂守護六情不受諸見是故說六更以爲最也息心常一意者彼修行人數出入息觀諸毛孔一一分別終無錯謬猶如明眼之士於明鏡中自覩面像是故說息心常一意也便自知泥洹者斷諸使流求離世俗便逮泥洹不動不變無復往還染著諸界是故說便自致泥洹

以有是諸念　自身常建行　若其不如是

終不得意行

以有是諸念自身常建行者如彼執行之人晝夜精勤意不迷誤進前求道如遭劫燒救護頭然初中竟夜亦不廢忘是故說以有是諸念自身常建行也若其不如是終不得意行者生死長遠亦無端緒解知泥洹已離三界過去未來現在是故說若其不如是終不得意行也

是隨本行者　如是度愛勞　若能寤意念

解脫一心樂

是隨本行者初入道者或時先教安般守意或時先教不淨觀淨觀彼行者心之好樂是故說是隨本行者也如是度愛勞者愛爲病根難掘難拔何以故愛難掘愛難拔由此愛本涉歷生死遍滿三界增益四生迴趣五道

誰能覺者唯黠慧之士乃能覺了三界五道受苦之惱是故說如是度愛勞也

若能寤意念　解脫一心樂　應時等行法是度老死地

若能寤意念者彼修行者係意在明不敢睡寐成諸道果要由覺寤不從睡寐而得道也雖復覺寤係意不專不成道果意既覺寤加心專正便越三有至無餘界是故說若能寤意念也解脫一心樂者彼修行人已得定意衆德具足不得定人不能具諸德行昔有婬逸之人意專女色不能去離覺寤思女姿顏欲與言語交通眠寐夢想容貌携手共遊時婦遇疾骨消肉盡形骸獨立爾時彼家恒有知識道人往反其婦白道人曰我今所患日夜困羸將有意故欲陳我情爲可爾不時道人曰但說無苦設有隱匿之事我當覆藏不使彰露婦人白言我夫稟性婬欲偏多晝夜役嬈不容食息由是生疾恐不自濟時彼道人告婦人曰若汝夫主近汝身者便以此語其夫曰須陀洹法禮應爾耶後果如所言夫主來近婦尋語曰夫爲須陀洹道爲應爾耶夫聞婦言甚懷慚愧內自思惟我將不審是須陀洹乎即便息意在閑靜處思惟校計成斯陀含阿那含果自知已得道迹便不復與女人從事婦人問夫汝今何故永息欲心不與吾從事夫告婦曰吾審見汝已何由復共往反婦語其夫汝言審見我我有何咎我恒貞潔不犯女禮何以見罵乃至於斯婦人即集五親宗族告語之曰今我夫主意見疎薄永息親情不復交通復見罵詈稱言見我今

於衆前便可說之夫言且止須我引證乃得自明夫主還歸彩畫好瓶盛滿糞穢牢蓋其口香華芬熏還至彼衆告其婦曰審愛我不若愛我者可抱弄此瓶如愛我身婦隨其語抱瓶翫弄意不捨離夫主見婦已愛著此瓶即打瓶破臭穢流溢蛆虫現出復語婦曰汝今故能抱此破瓶不耶婦荅曰我寧取死終不能近此破瓶寧入火坑投於深水高山自投於下頭足異處終不能近此瓶夫告其婦前言見汝正見此事耳我觀汝身劇於此瓶從頭至足分別思惟三十六物有何可貪爾時復重說偈曰

勇者入定觀　身心所興塵　見已生穢惡
如彼彩畫瓶

是故說解脫一心樂也應時等行法者夫修行人憑善知識或諸天衛護外邪不入求道甚易無所畏難猶如遠行之人迷失大道反從小徑惺悟之士告其人曰此非正道時可變悔從彼正路時迷者從其言教還復大路安隱得歸彼修行人亦復如是憑善知識獲致正道是故說應時等行法也是度老死地者猶人涉路多諸恐畏或遇虎狼盜賊或遭姧邪惡鬼或值道路險難側身傍過如此衆難數百千變復值水漿乏短其人自念設道路有一難猶尚叵過況復多嶮即自建意晝夜不息得越彼難安隱得歸不失財寶彼修行人觀察三界皆悉熾然欲得遠離求無爲道是故說是度老死地也

比丘寤意念　當今應是念　都合生死棄
爲能作苦際

比丘寤意念者昔有商客經過曠野道路疲極竟夜眠睡群賊相率欲來劫奪時彼虛空神天於虛空中以偈告商人曰
覺者誰爲眠　眠者誰爲覺　誰知誰分別
見報如其義
爾時商客中有優婆塞是佛五戒弟子即報之曰
我覺我爲眠　我眠我爲覺　我知我分別
欲知此是義
天復問曰
云何覺爲眠　云何眠爲覺　云何知分別
吾欲聞此義
時優婆塞即報天曰
覺聖八道者　三佛之所演　於彼覺寤法
我爲在眠寐　不覺八道者　三佛之所說
於彼眠寐法　我爲在覺寤
是謂神天我覺我爲眠我眠我爲覺我知我分別知欲是此義天復說曰
善哉覺爲眠　善哉眠爲覺　善哉知分別
善哉聞此義
時優婆塞聞此義已即報天曰遭蒙天恩安隱得歸天迷盜賊不知商人止頓處所令諸賈客得度嶮路是故說比丘寤意念也當令應是念者彼修行人執意精勤意之所願無事不果清淨無瑕不行放逸身著精進衣心懷慧明愚癡闇冥無由得現是故說當令應是念也都合生死棄者彼修行人復以方便斷諸結使緣著諸縛棄重棄剥重剥打重打去離生老病死是故說都合生死棄也爲能作苦際者於現法中越凡夫地不處中般泥

洹生泥洹行無行般泥洹不上流究竟般泥洹如斯學人於現法中般泥洹捨此五泥洹何以故佛契經雜阿含所說我今比丘不說少許生分下及彈指之頃況復多乎何以故受生分苦由是流轉不免於苦比丘當觀猶如糞除少許常臭況復多耶是故比丘當求方便斷受生分永離三有如是諸比丘當作是學拔生根本無令滋蔓諸修行人聞佛所說承受教誡於現法中拔其生本不復受是故說爲能作苦際

常當聽微妙　自覺寤其意　能覺之爲賢

終始無所畏

常當聽微妙者與人說法甚爲難遇具足諸根亦復難得遭賢遇聖億世乃值世尊說曰吾昔積行億百千劫時乃聞法雖得聞法分別義味復不可遭告諸來會專精一意聽微妙法是故說常當聽微妙也自覺寤其意者世尊在世與無央數百千之衆前後圍遶而爲說法時有一人於彼大衆眠寐睡徹於上比丘一人告彼睡比丘曰何不覺寤聽如來說法方更睡寐驚動大衆汝何不覩如來妙法美於甘露除人萬患其人聞已默然不對是故說自覺寤其意也能覺之爲賢者覺比丘睡眠猶天之與地億千萬倍不可以譬喻爲比或有行人陰蓋所蔽夢瞢著睡諸天扶佐數來覺寤伺命狂象蹹三善根苗無常熾火燒生類根栽人中尊者今日出現普照三界無不蒙光結使賊寇盜竊善財如此衆變不可稱記皆由睡眠不覺寤故是故說能覺之爲賢也終始無所畏者夫人覺寤萬邪不

能干不但行道之人覺寤爲賢世凡夫人亦由覺寤成辦衆事或時俗人於眠睡中忘失財貨怨家債主盜賊水火所見侵欺或時行人甍瞢睡眠應聞法時反更不聞應成道果反更不獲應當誦習根義覺道於睡眠中皆悉忘失是故說終始無所畏也

以覺意得應　日夜慕學行　當解甘露要
令諸漏得盡

以覺意得應者彼修行人校計思惟晝夜歎譽覺寤之德慢墮之人復自歎說睡眠之要是故說以覺寤其意得應也日夜慕學行者彼修行人精勤自役晝夜不息前後中間不失次第是故說日夜慕學行也當解甘露要者賢聖八品道謂之甘露滅盡泥洹亦名甘露彼修行人習學賢聖八道進趣泥洹離八不閑貧樂意欲寂靜澹怕無爲無作是故說當學甘露要也令諸漏得盡者漏義云何以何故名爲漏義答曰住義爲漏義漬爲漏義滴爲漏義增上爲漏義非人所持爲漏義住爲漏義者欲界衆生以何制住答曰漏也色無色界衆生以何制住答曰漏也是故說住爲漏義云何漬爲漏義答曰猶如以水漬穀萌芽得生此衆生類亦復如是以三有水漬宿行本結使萌芽得生是謂漬爲漏義也滴爲漏義者猶如涌泉屋漏深渠溝澗毋人慈湩自然流溢是名滴爲漏義也增上爲漏義者猶如人間共相尊貴尊卑貴賤各有所在上有明主下民不得東西縱逸此衆生類亦復如是爲結使所制持不能得離三界四生五趣是謂增上爲漏義非人所持爲漏義者

猶如人爲非人所持狂有所說可避而不避應離而不離可持而不持不可捉而捉此衆生類亦復如是爲結使非人所持狂有所說是故說非人所持爲漏義能斷此諸漏者於人天獨尊意之所念必成不難而獲斷智拔苦根本至究竟處不受當來有得無生忍是故說能斷此諸漏也

夫人得善利　乃來自歸佛　是故當晝夜一心當念佛

夫人得善利者世間利者象馬車乘國財妻息金銀珍寶硨磲碼碯水精瑠璃珊瑚琥珀雖言是善利非眞正利欺惑世人由是致忽亡國破家無不由之不免地獄餓鬼畜生能投命自歸於如來所便能得免地獄畜生之難自歸佛者斷有至無欲越次取證隨三乘行各得其願若生天上人中受自然福若初發意志崇佛道者復得四意止四意斷四神足五根五力七覺意八賢聖道是謂三十七品是故說夫人得善利也問曰何以故但說人得果證不說天龍阿須倫閱叉鬼神耶答曰人道於諸趣最尊最妙專心一意便能斷漏盡結越次取證人道堪受賢聖道教故說人也乃來自歸佛者云何名爲自歸何以故說自歸答曰救護爲歸義復次無畏爲歸義脫難爲歸義是故說乃來自歸佛也是故當晝夜一心當念佛者人心所念流馳萬端彈指之頃造行無量晝夜所思無有停息於中自拔迴意向善一心念佛亦無衆想是故當晝夜一心念佛也

夫人得善利　乃來自歸法　是故當晝夜

一心當念法

所謂法者滅盡泥洹有恐懼者令至無爲無恐懼者取道有何難乎有爲法者爲生老病死所見逼迫滅盡泥洹無生老病死者是故說夫人得善利乃來自歸法也晝夜一心念法者夫言法者現在獲祐除諸熱惱智者所習非愚所行是故說晝夜一心念法者也

夫人得善利　乃來自歸衆　是故當晝夜

一心念於衆

夫人得善利乃來自歸衆者問曰無畏爲歸義於大衆中有恐怖者何以故說自歸於衆答曰或有大衆已離五難無復恐懼云何五難一爲生難二爲老難三爲病難四爲死難五爲不樂衆難離此五難乃可自歸云何名爲衆諸有異衆外道裸形從一至十乃至無數如來聖衆在諸衆中爲尊最上是故說夫人得善利乃來自歸衆是故當晝夜一心念衆也

能知自覺者　是瞿曇弟子　晝夜當念是

一心歸命佛

能知自覺者初自歸法其義不定今此念佛乃名爲定向佛牢固不可移轉是故說能知自覺者是瞿曇弟子者如來出瞿曇姓觀察將來未然事故說此義於將來世當有衆生姓婆磋無父母忽然而生豪尊自貴在世自誇如來欲止彼謗故說瞿曇弟子也晝夜當念是一心念於佛一心念佛者邪惡鬼衆不敢侵近是故說晝夜當念是一心念於佛也

善覺自覺者　是瞿曇弟子　晝夜當念是

一心念於法

善覺自覺者佛告諸比丘當自觀察於諸法要除去亂想是故說善覺自覺者是瞿曇弟子晝夜當念是一心念於法也

善覺自覺者　是瞿曇弟子　晝夜當念是
一心念於衆

善覺自覺者佛告諸大衆汝等皆見一切大衆以智而見非爲無智以觀而觀非爲無觀亦知我衆清淨不清淨是故說善覺自覺者是瞿曇弟子晝夜當念是一心念於衆也

念身念非常　念戒布施德　念天安般死
晝夜當念是

彼修行人持戒完具清淨無穢猶如金剛不可沮壞猶如須彌不可移動是故說念身念非常念戒布施德念天安般死晝夜當念是所謂念施者施有二種財施結使施結使施者名曰究竟施不變悔財物施者非至竟施施已還悔是故說念施也所謂念天者賢聖弟子晝夜念天於此持戒得生彼處習行功德不斷信根具衆德本成就禁戒是故說晝夜當念天也當念身者常觀此身盛諸不淨瑕穢充滿是故說當念身也至死亡念亦復如是也

善覺自覺者　是瞿曇弟子　晝夜當念是
一心念不害

善覺自覺者是瞿曇弟子者一切衆生皆念其命愛戀妻息貪著家業身口意所修不害人者乃稱明智之士是故說晝夜當念是一心念不害也晝夜當念是不起瞋恚者夫人瞋恚多起亂想心如劒戟難制難持生恚者不獲其果是故說晝夜當念是不起瞋恚也

晝夜當念是願欲出家不樂在家貪著五欲彼修行人雖在家內觀欲如火意常猒患晝夜思惟夢想出家是故說晝夜當念是常念欲出家也晝夜當念是坐禪一意定初學三初禪定爲首禪以攝意不興結使衆想寂定念不流馳是故說晝夜當念是坐禪一意也晝夜當念是念持不受塵常樂寂靜不處人間麤衣惡食不著文飾趣自支形自足修道是故說晝夜當念是念持不受塵也晝夜當念是空不願無相恒觀五陰身虛而不眞不可恃怙爲變易法不得久停計我無我況有身耶是故說晝夜當念是空不願無相晝夜當念是去離願求意彼修行人志求道德不自爲已亦不願男相女形亦不願色聲香味細滑法是故說晝夜當念是去離願求意也

晝夜當念是習學無相心學人得無相定具足賢聖法律問曰學人在諸地不見有我無我何以故不說具足賢聖法律獨說無相定耶答曰無相定者賢聖之奧室入此室者不聞凡夫雜糅之行是故說晝夜當念是習學無相心已晝夜當念是入室而思惟彼修行人初入行時學二思惟一者斷結二者於現法而自娛樂是故說晝夜當念是入定而思惟也

善覺自覺者　是瞿曇弟子　晝夜當念是意樂泥洹樂

所謂泥洹者終始無憂亦復不見起當有盡永離衆患亦無熱惱無求無想無復五陰名色不我有我不見名色取要言之虛無想像智者教習是故說善覺自覺者是瞿曇弟子

晝夜當念是意樂泥洹樂也

出曜經卷第十一

音釋

擒渠金切捉也　匄居太切乞也　倮郎果切赤體也　妊如鴆切孕也
幃于非切單帳也　戮力竹切殺也　氂鄒知切十毫曰氂　暴步木切顯
示也　殯必仞切斂塗也　覺寤覺居效切寐覺也寤五故切　罵詈罵莫
駕切詈力智切正斥曰罵旁及曰詈　嫌胡兼切憎也　隙乞逆切豐也　搏
撮搏伯各切擊也撮倉括切取也　翅翮翅施智切翼也翮下革切勁羽也
鍼筩鍼諸深切與針同筩徒紅切竹筩也　鑰弋灼切鍉鑰也　蟄直立切蟲
藏也　嗽先奏切欬嗽也　唾吐卧切口液也　弊毗祭切惡也　獷古猛切麤
惡也　鏗丘耕切　脅虛業切腋下也　鼾呼干切卧息也　蹹達合切踐也
麋旻悲切鹿屬　嬈乃了切亂也　苫舒瞻切　鞞駢迷切　塚之隴

切壙也　掘其月切穿也　黠胡八切慧也　蛆七余切蟲也　劇竭戟
切甚也　蔓無販切蔓延也　瞪瞢瞪都鄧切瞢母亘切瞪瞢目不明也　漬
疾智切浸也　糅如又切雜也

出曜經卷第十二

尊者法救造

姚秦三藏竺佛念譯

雜品第十六

當念自覺悟　愼莫損其行　行要修亦安　不行行受報

當念自覺悟者夫人有施爲先當内思惟校計熟思

善思而思行　愼勿失其所　慮不失所者　失所懷痛憂

是故說當念自覺悟也愼莫損其行者夫人有所施爲事情已彰復還懈慢不究其理不禪思惟或時諷誦亦不通利臨欲試時捨衆逃亡是謂於學有損習禪之人念不在定流馳萬端如彼猨猴捨一趣一於賢聖法律乃有大累是故先達之人教彼後生卒成其道不使漏失是故說愼莫失其所也慮不失所者或有誦人日誦十千解義百千晝夜諷誦不失上下文句一一分明理不遠義入禪之寂天雷地震萬響俱作不能動其神是故說慮不失所者也失所懷痛憂者行不專已俱興嫉意自墜於淵皆由行不正故是故說失所懷痛憂也

人當求方便　自致獲財寶　彼自觀其義　意願即果之

人當求方便者世人多慕周旋四方孜孜汲汲求救形命皆貪財貨諸比丘等復求方便誦契經律阿毘曇及諸雜藏坐禪比丘禪定入微小七大七不失其次耳錘法財已得功德增益其行是故說人當求方便自致財寶

也彼自觀其義意願即果之者世人思惟誰有富貴積財千萬者隨意所念費耗財寶學道之人捐捨妻息去離榮寵自知功德具滿分别義理問則能答彼坐禪人復自觀見禪定寂靜得六神通飛騰虚空作十八變踊沒自由不信道者覩已則信已信道者遂進不退是故説彼自觀其義意願即果之也

坐起求方便　自求於錠明　如工鍊眞金除去塵垢冥　不爲闇所蔽　永離老死患

坐起求方便自求於錠明者所謂坐起者諸疑結使是人懷懈慢不究其業彼懈慢人雖言起立與坐無異精勤之人雖言坐卧與立無異是故説坐起求方便自求於錠明也常當專意求於錠明光無盡無處不照是故説求於錠明也如工鍊眞金除去塵垢冥者彼大衆中工師巧匠集在彼衆猶如塵垢物爲塵所蔽未被剋除遂增汚穢今此人心亦復如是爲婬怒癡垢所染亦無精光不得照耀是故説曰如工鍊眞金除去塵垢冥也不爲闇所蔽永離老死患者彼修行人剋治塵垢無諸結使終不爲生所屈不爲老所困不爲無常所召是故説不爲闇所蔽永離老死患

不羞反羞　羞反不羞　不畏現畏　畏現不畏生爲邪見　死入地獄

不羞反羞者或有行人年歲長大不肯從小比丘承受教戒小比丘所説隨順法教長老羞恥内自思惟爲少年比丘所授極懷慚愧藏顔無處於彼不應起羞而羞是故説不羞反羞也羞反不羞者彼修行人不誦習契經律阿毘曇及諸雜藏虚受信施衣被飯食病

瘦醫藥牀褥卧具是故說羞反不羞也不畏現畏者滅盡泥洹淡然無爲反更畏之不親其行彼泥洹中無生無老無病無死亦復無天趣人趣地獄餓鬼畜生趣反更畏之如所說彼凡夫人未曾聞此本無今無已無當無亦無恐懼安隱亦復無衆害諸變捨一切難而反畏之是故說曰不畏而現畏也畏反不畏者五道生死婬怒癡熾然爲本所燒漸增生老病死愁憂苦惱不可稱說亦不畏彼更著三有是故說畏反不畏也生爲邪見所謂邪見者可羞不羞不羞反羞可畏不畏不畏反畏此盡名爲邪見造邪見業是謂生爲邪見死入惡道作罪多者入惡道作罪次者入畜生作罪少者入餓鬼是故說曰邪見墮惡道

人前爲過　後止不犯　是照世間　如月雲消

昔佛在舍衛國祇樹給孤獨園彼時去國界不遠有梵志子名曰無害常追逐師友讀梵志經典所事師者耆舊長老年過八十所納妻婦年幼少壯顔貌端正女之禮節威儀備舉無害梵志子亦復端正丈夫姿顔世無雙比時彼女人婬欲熾盛即捉梵志子無害手吾敬卿德欲與情交宜可爾不無害聞之以手掩耳我寧喪命終不敢聽女答之曰夫人饑渴給以食飲豈不篤意耶我今婬火熾盛須卿婬水滅之豈不適我情耶設當由汝喪我命根者於此經典何用學爲無害答曰我從毋意犯梵志法死入地獄豈不枉乎時彼無害自拽走出門外時梵志婦髼頭亂髮以土自坌裂壞衣裳坐地嗥哭長老梵志行還

見之問其婦曰誰取汝打撲乃爾婦答梵志是汝親信弟子梵志聞已内自思惟吾今不宜彰露此事彼人備聞害我不疑當以權宜徼以誘進乃獲其身斷其命根即呼梵志子而告之曰汝前後已來所學呪術皆悉備具無有缺漏然當選擇良日祭祀諸神呪乃得行左手援盾右手援劒詣彼要道嶮路值人斬之數滿千人而取一指如是成鬘呪乃得行是時弊魔復遣究槃茶鬼衛護其人使得行惡斷絶人路無復行人漸漸乃至闍黎連尼園中人民丘曠舉國被災又少一指不充其數無害親所生母每生此念吾子久在曠野饑寒勤苦必然不疑時母送餉躬詣彼國無害遥見便生此念吾受師訓當辦指鬘今少一指不充其數今值我母自來送餉若我先食呪術不成若我先殺母者當犯五逆罪梵志子應從佛得度如來三達見彼無害興五逆意殺母不疑若審爾者億佛不救吾今宜往拔濟其苦使母子俱全豈不善乎即化作比丘手執應器視地而行循彼徑路直趣彼園路側行人諸牧牛者語曰沙門止止莫從此路前有暴賊名曰指鬘前後已來傷害人民不可稱計我等所忌不從此路沙門單弱備爲賊所害者不亦劇耶化人曰無苦賊不害我吾有禁呪足能制彼使不害我轉復前進遂欲至園指鬘遥見有比丘來歡喜踊躍不能自勝吾願果矣必成指鬘又不害母呪術成辦權停我母及此餉食殺彼比丘然後能食執刃擎盾往逆比丘無害素是壯士走及奔馬馳趣向佛佛以神力令彼無害在

地頓縮佛地寬舒如是疲極不能及佛指鬘舉聲喚沙門曰止止沙門吾欲問義比丘答曰吾自久住卿自不住爾時指鬘以偈向比丘說曰

沙門行反言住　我住反言不住
沙門當說此義　云何汝住我不住

爾時佛復以偈答曰

指鬘我已住　無害一切人　汝爲兇暴人
何不改罪過

廣說如契經偈爾時指鬘賊即以劒盾頭上指鬘投於深澗叉手合掌向如來懺悔復以偈讃曰

自歸大聖雄　欲覲尊沙門　今欲自悔過
久來所作罪

爾時世尊還現色相威神炳著手執指鬘詣祇桓精舍告諸比丘汝等將此指鬘度爲比丘即如佛教得爲道人清旦著衣持鉢入舍衛城分衛爾時城門裏有一壯象懷妊欲産不時得産象主遥見比丘來即起迎逆比丘若能使象時産者可得入城乞不能使象産者不得入城分衛比丘答言吾先不誦此呪且小停住須吾還至世尊所受誦神呪還當呪之使象得産時指鬘比丘即至世尊所頭面禮足白世尊曰向者入城分衛值城門裏有象欲産責我呪術象得産者然後得乞唯願世尊願受神呪使象得産使得分衛

佛告指鬘汝往彼所當以此言呪之令至誠呪自生已來初不殺生持是至誠語使象得産無他爾時鴦崛魔從佛受呪術即往呪象安隱得産時諸人民皆稱善哉世間乃有此

奇怪之事此指鬘前後殺生不可稱計今方自呪從生已來初不殺生持是至誠語使象得産無他便得入城街巷人民見指鬘來其中或有父母兄弟妻息爲指多所殺者皆前報怨或以刀杖瓦石打指鬘極使牢熱破頭傷體裂壞衣被鉢盂亦破即走出城竟不得食還至世尊所頭面禮足自説緣本佛知其意指鬘受緣報何其速哉爾時世尊漸與説法即於座上得須陀洹果乃至羅漢六通清徹爾時波斯匿王即集四種兵馬兵象兵車兵步兵欲往詰彼國與鴦崛魔共鬪出舍衛城中道聞行人説鴦崛魔大賊受如來教得爲比丘即停兵衆入祇洹精舍與如來相見爾時世尊知王當來即以神足隱鴦崛魔形使不顯露時王波斯匿至世尊所頭面禮足在一面坐爾時世尊即知而問曰王嚴備戰具集四種兵爲欲何至王白佛言界内有賊名鴦崛魔依險作賊暴虐無道故集兵衆欲往攻伐中路聞人説鴦崛魔受如來化得爲道次不審其人今爲所在佛知王意即攝神足使王見鴦崛魔王見恐懼面投於地諸臣扶起以水灑之佛告王曰是王大幸遇此小恐其人已得阿羅漢果設當王詰彼深園見其本形頭戴指鬘人血塗體身執利劍顔色隆怒王當見者心肝摧碎即喪命根王白佛言如來今日未降者降未度者度云何世尊其人乃殺無央數人云何得成羅漢果佛言無苦行有前後有熟不熟有初有終爾時世尊觀宿因緣便於大衆而説斯頌

人前爲惡　以善滅之　是照世間　如月雲消

人前爲惡以善滅之者如彼指鬘殺害無數千人以賢聖八品道而滅其惡諸惡已盡永無根本究竟清淨得不起法是故說人前爲惡以善滅之也是照世間如月雲消者世間者其義有三一名衆生世二名器世三名陰世猶如秋月衆星圍遶於中獨明光照遠近弊惡比丘諸惡已盡修清淨行便於大衆廣有利濟是故說是照世間如月雲消也

人前爲惡　以善滅之　世間愛著　念空其義

人前爲惡以善滅之者夫作惡皆由愛著彼梵志妻興惡向無害皆由愛心是故說人前爲惡以善滅之也世間愛著念空其義者愛心深固流轉三界受四生分迴趣五道皆由愛著不能捨離行人分別虛而不真知皆空寂不可恃怙是故說世間愛著念空其義也

少壯捨家　盛修佛教　是照世間　如月雲消

佛契經說因象師喻時象師教訓少壯象樂於曠野不被調御即於曠野命終復有中象不被調御於彼取命終少壯比丘此亦如是不被教訓而取命終長老比丘不被教訓而取命終比丘當知此亦如是少壯象被調御而取命終中年象被調御而取命終少壯比丘被教訓而取命終長老比丘被教訓得賢聖法而取命終少壯比丘盛修佛教無所漏失具足佛法云何爲具足越次取證成無上果是故說少壯捨家盛修佛教也是照世間如月雲消者猶如秋月光明遠照也

少壯捨家　盛修佛教　世間愛著　念空其義

少壯捨家者欲斷愛著諸天阿須倫所見敬待伽留羅乾沓和等皆悉承事供養是故說

世間愛著念空其義也

生不施惱　死而不慼　是見道悍　應中勿憂

生不施惱死而不慼者自生已來不殺盜婬泆不犯諸邪臨命終時神識澄靜亦不驚懼亦復不見地獄畜生餓鬼不見弊惡鬼但見吉祥瑞應是故說生不施惱死而不慼也是見道悍應中勿憂者彼見諦人已離五難雖在憂慼之間惔然無爲亦不悲號哭泣生諸衆惱是故說是見道悍應中勿憂也

生不施惱　死而不慼　是見道悍　在親獨明

生不施惱死而不慼者自生已來不由父母兄弟宗親五族而行惡法也是故說在親而獨明

斷濁黑法　學惟清白　度淵不反　棄倚行止

不復染樂　欲斷無憂

斷濁黑法者云何名爲濁黑法答曰一切諂使縛結塵垢一切諸不善法退墮法諸染著生死者當斷已斷永斷是故說斷濁黑法也學惟清白者云何名爲清白法答曰意止意斷神足根力覺意八正道三十七品正使有法離於生死得出要者亦名清白法是故說學唯清白也度淵不反者何以故名爲淵所謂淵者流在界趣轉增生死由此淵故流轉生死不可稱記墮三塗八難是故世尊說當滅四淵求無上道是故說度淵不反也棄倚行止者云何爲倚所謂倚者倚欲不善法是故如來說棄倚無著乃謂眞行是故說棄倚行止也不復染樂者不染五樂親近賢聖律終不捨離是故說不復樂也欲斷無憂者夫人不至於無爲皆由有欲染著女色與意思

想念彼色貌髮毛爪齒肥白端正行人執意除去彼念欲想便息不復熾然是故說欲斷無憂也

愛欲意爲田　婬怒癡爲種　故施度世者得福無有量

愛欲意爲田者猶如荒田穢地不數修治薉草競生侵害良苗穀子不滋時不豐熟人染著愛欲亦如是是故說愛欲意爲田也婬怒癡爲種者夫行人習行常自觀察若人種德爲施何處而獲果報答曰施無空入者少施空入者多云何施無空入者少答曰諸在外道異學及倮形梵志尼乾子等愚人好施於中望福於十六分而不獲一猶如穢田傷害善苗穢行梵志侵害善根爲婬怒癡所覆不生道果是故說婬怒癡爲種故施度世者也

得福無有量者歎說如來聖衆施福之報於大衆之中有斷欲人所施雖少獲福無量所得果報不可稱計是故說故施度世者得福無有量

猶如穢惡田　瞋恚滋蔓生　是故當離恚施報無有量

猶如穢惡田瞋恚滋蔓生者何以故名爲穢惡所以名穢惡者亦自毀已復毀他人所以自毀者瞋恚熾盛顏色變易本性改異是謂自毀復毀他人者瞋恚熾盛毀損他人乃至失其命根是故說猶如穢惡田瞋恚滋蔓生也是故當離欲恚施報無有量者人由懷恚後受恚報人由瞋恚亡國破家皆由瞋恚仁施福德施無恚者獲福無量是故說當離恚施報無量也

猶如穢惡田　愚癡穢惡生　是故當離愚　獲報無有量

猶如穢惡田愚癡穢惡生者猶彼盲人目不覩高原平地亦不見善色惡色青黄赤白此衆生類亦復如是以無明闇法而自纏絡不覩四諦善不善法覆蔽慧明及三十七道品外道異學及諸梵志癡所覆蓋不識道眞如來聖衆永無此患是故說猶如穢惡田愚癡滋蔓生也是故當離愚癡獲報無有量者彼修行人欲求無愚者當從何求答曰當從如來聖衆求何以故以其聖衆觀察本末若大若小若好若醜分別四諦眼明智覺毫氂不失施彼如來聖衆無有愚癡者獲報無量也是故說當離癡施報無有量也

猶如穢惡田　憍慢滋蔓生　是故當離慢　獲報無有量

猶如穢惡田憍慢滋蔓生者外道異學憍慢最甚是故如來說偈曰婆羅門憍慢滋多從今世命終當生六趣中鷄猪狗狼驢五泥犁六類彼人者不獲其報是故說猶如穢惡田憍慢爲滋多也是故當離慢獲報無有量者於如來大法中除去憍慢或時著衣持鉢入村乞食下意自卑如旃陀童女身被寶衣價直百千若詣他舍倚門侍立不敢入舍侮慢比丘亦復如是本出豪族自苦其形修乞士法御心調意如執利劒手執鉢盂如世窮人閻浮利人以髮爲飾我沙門便取剃之閻浮利人衣裳多貪白淨沙門染汚爲色閻浮利人諸犯罪者逐著深山沙門山藪爲家無欲之人執行如是況得向愚者心可移乎是故

說當離憍慢獲報無有量也

猶如穢惡田　貪欲為滋蔓　是故當離貪獲報無有量

猶如穢惡田貪欲為滋蔓者人懷慳貪至死不改或由慳貪傷夭命根是故智者去離慳貪是故說猶如穢惡田貪欲為滋蔓是故當離貪獲報無有量也

六增上王　染為染首　無染則離　染者謂愚

六增上王者所謂王者何者是曰意也以次數者則名六逆數者亦為六增上者意動則五隨走作五情設使諸入盡意所造如佛契經說猶如五根各各有境界不相錯涉亦不相侵意者至此五處最為原首侵彼五界役使五情不得停住於五事中最勝最妙是故名為王是故說六為增上王也染為染首者云何為染所謂染者染色聲香味細滑法是故說染為染首無染則離者云何名無染所謂無染者阿羅漢是雖言須陀洹諸塵垢盡得法眼淨不永得淨羅漢者永已得淨是故說無染則離也染者謂愚愚人所習習著色香味細滑法應思惟者然不思惟不應思惟者反更思惟是故說染者謂愚也

骨幹以為城　肉血而塗之　根門盡開張結賊得縱逸

骨幹以為城肉血而塗者所謂城者以五陰身為墻骨幹垣壁以血染之若當以內物現露於外者便生惡露觀不染著身興不可樂想以其皮膚覆骨莊飾為形智者觀察無一可貪是故說骨幹以為城肉血而塗之根門盡開張結賊得縱逸者眼根開張受於外色

曰誰開乎答曰由不思惟故使結賊得入劫善根財貨耳鼻口身心亦復如是意根開張結賊得入是故說根門得開張結賊得縱逸也

有緣則增苦　觀彼三因縛　滅之由賢衆不從外愚除

有緣則增苦者前有因緣後生增苦前無因緣苦何由生猶如泉源出水成江河此亦如是因前有緣則有苦際漸漸增長至四百四患是故說有緣則增苦也觀彼三因縛者猶如愚事人閉在作坊役使不住此亦如是五盛陰身以結使爲縛憂愁苦惱役使心識不得停住復當經歷四百四病是故說觀彼三因縛也滅之由賢衆者夫欲信施當詣大衆施少獲福多猶如勇健丈夫能却外敵摧敗彼衆乃名勇健加得賞賜過出衆人如來聖衆亦復如是如海納萬川不拒細流有來供養者不存用喜不供養者亦不憂慼是故說滅之由賢衆也不從外愚除去世愚惑人顛倒來久計著吾我著五陰身計爲實身猶如有人曾不被毒蛇螫而不避之曾不被結使縛者而造其行爲外塵所染是故說不從外愚除也何以故名爲雜所以言雜者偈義種種演說不同餘偈單義不與此同是故說雜也

水品第十七

心淨得念　無所貪樂　已度癡淵　如鴈棄池

心淨得念無所貪樂者係心於淨恒求巧便欲得出要觀此生死如幻如化常懷恐懼心如熾火是故說心淨得念無所貪樂也如鴈

棄池者知彼池水多諸畏懼人爲獵者數來驚怖鳥即棄池鳥翔避此衆難是故說如鴈棄池也已度癡淵者癡淵所蔽入骨徹髓便求方便永滅無餘是故說已度癡淵也

譬如鴈鳥從空暫下　求出惡道　至無爲處

譬如鴈鳥者畏諸衆鳥飛在虛空避此諸難自求無爲是故說譬如鴈鳥也從空暫下者身能飛行遠近無礙去危就安是故說從空暫下也求出惡道到無爲處也賢聖弟子如來等正覺爲人除惡求出惡道斷不善業離一切結是故說求離惡道至無爲處也亦名滅盡泥洹無生滅著斷恒不變易亦不磨滅彼得定修行人爲老病所逼四百四病恒切已身猒患四大身捨五陰形入無爲處

不修梵行　少不積財　愚者睡眠　守故不造

昔佛在舍衞國祇樹給孤獨園爾時世尊到時著衣持鉢將侍者阿難見閻浮界二人耆老形變色衰僂步而行見已世尊便笑爾時阿難更整衣服右膝著地長跪叉手白佛言佛不妄笑笑必有以願說其意爾時世尊告阿難曰汝頗見此二耆舊長老不形變色衰若此二人於此舍衞國從少積財者於舍衞國第一豪富若當捨妻子棄捐居業出家學道即成阿羅漢若小積財至足今日於此舍衞城裏復在第二家若出家學道得阿那含果此二人若在中年積財至今日足在第三家若出家學道者得斯陀含果愍此二人違前所願捨本隨末饑寒勤苦萬患并至爾時世尊觀察此義爲後衆生敷演大明在於大衆而說斯偈

不修梵行　少不積財　如鶴在池　守故何益

猶如老鶴伺立池邊望魚上岸乃取食之終日役思不果其願用意不息自致亡軀老有老法壯有壯力鶴以老法行於壯力終日不果但念少壯捕魚不覺耆年已至今此耆年長老亦復如是自念力壯歌舞戲笑博弈戲樂不慮今日年邁耆艾抱膝蹲踞憶彼所更不行老法但念少壯欺詐萬端是故說如鶴在池守故何益

莫輕小惡　以爲無殃　水滴雖微　漸盈大器　凡罪充滿　從小積成

莫輕小惡以爲無殃者人爲惡行雖小不可輕蛇蚖雖小螫嚙人身毒遍其身以喪命根毒藥雖微人未得食見毒便死此亦如是爲惡雖小妨人正行不至究竟不慮於後當受其報日復一日不肯改更不念遠離惡遂滋長是故說莫輕小惡以爲無殃也水滴雖微漸盈大器者猶如大器仰承水漏滴滴相尋溢滿其器是故說水滴雖微漸盈大器也凡罪充滿從小積成愚人習行從小至大日日翫習不覺殃至是故說凡罪充滿從小積成

莫輕小善　以爲無福　水滴雖微　漸盈大器　凡福充滿　從纖纖積

莫輕小善以爲無福者如有善人詣彼塔寺禮拜求福或上明燈燒香掃灑作倡伎樂懸繒旛蓋從一錢始復勸前人使發施心一團以上供養聖衆或以楊枝淨水供給清淨或脂燈續明如此小小亦不可輕依彼心識獲報無量如然一燈除舍闇冥不知冥之蹤跡如燒極微妙香盡除臭穢不知所在利劒雖

小能斷毒樹此亦如是善行雖微能除重罪往來人天不更苦惱從此適彼受福無量現在可知滴滴不絶遂滿大器勇者行福漸漸成就是故說凡福充滿從纖纖積

猶如人度河　縛栰而牢固　彼謂度不度聰叡乃謂度

縛栰而牢固者猶彼衆生欲度深淵或栰而度或腰船而度或浮瓠或載小船或草木爲栰皆得至岸而無罣礙是故說猶如人度河縛栰而牢固也彼謂度不度者度不度者謂愛淵猶如深淵流出成河彌滿世界流向三界趣四生遍五道復流至色聲香味細滑法是故說彼謂度不度也聰叡乃謂度者所謂聰叡者佛辟支佛是雖度世淵不足爲奇何以故世淵無盡度愛欲淵者乃謂爲奇是故謂聰叡乃謂度也

佛世尊已度　梵志度彼渡　比丘入淵浴　聲聞縛牢筏

昔有兩師大梵志造立波羅利弗多羅大城功夫已畢莊飾成辦便請佛及衆入城供養未與諸門立號梵志内心作是念若沙門瞿曇從所門出當名爲瞿曇門若復如來度恒伽水當名彼渡爲瞿曇渡爾時梵志復生是念不審如來爲欲載筏度腰船浮瓠小船爲載何度爾時世尊知彼梵志心中所念即以神力及比丘僧忽然而度在彼岸立爾時世尊在大衆中而說此偈

佛世尊已度　梵志度彼渡　比丘入淵浴　聲聞縛牢筏

說此偈已各還精舍梵志聞佛所說歡喜奉行

是泉何用 水恒停滿 拔愛根本 復欲何望
是泉何用水恒停滿者三有者假謂爲泉愛
亦名爲泉水恒停滿一切諸結皆集愛泉是
故說是泉何用水恒停滿也拔愛根本復欲
何望者行人以能拔愛根本無復生死猶如
毒樹究盡其根無復出生亦無枝葉愛亦如
是無復枝葉拔其根本復欲何望者更不受
有更不復生是故說復欲何望也

水人調船 弓師調角 巧匠調木 智人調身
水人調船者治牢固㯳治諸孔不使漏水使
衆生類從此岸得至彼岸弓匠修治筋角調
和得所火炙筋被用不知折是故說水人調
船弓師調角也巧匠調木者墨縷絣直高下
齊平意欲造立宫室成就是故說巧匠調木
智者調身者恒以正教不毁法律搜求義味
求上人法是故說智者調身也

猶如深泉 表裏清徹 聞法如是 智者歡喜
猶如深泉表裏清徹者所以說偈智者以譬
喻自解或有深泉不清恒濁或復有泉深而
且清於彼自照面像悉現是故說猶如深泉
表裏清徹也聞法如是智者歡喜者昔有國
王猒患世典疲倦俗業徃至塔寺欲聽正法
時象力比丘得阿羅漢道當次說法時彼國
王以巾覆頭脚著屐入衆聽法羅漢比丘
告彼王曰昔佛有制不得爲著屐者說法王
内恚隆盛即脱履屐羅漢比丘復告王曰昔
佛如來亦說此限不得與覆頭者說法王聞
是語遂興瞋恚内自思惟咄今爲此比丘所
辱此比丘故當見我頭白秃故欲辱我耳若
此比丘說法不入我耳者當取斫頭爾時國

王即却頭覆沙門速爲我說法比丘報曰如來至眞等正覺亦說此教不得爲瞋恚者說法王今瞋恚何由得說法王當正意聽說譬喻猶如濁泉涌沸不停王今如是心意倒錯何由聞法爾時國王内自慚愧即興敬心此比丘必是聖人乃能玄鑒通達人心即從座起右膝著地頭面禮足白比丘言唯願聖尊與我說法使此穢形永蒙蔭覆王即就坐欲得聞法爾時比丘便以此偈向王說曰

猶如深泉　表裏清徹　聞法如是　智者歡喜

爾時比丘重與王說法令彼王心歡喜踊躍道根信心而不傾動是故說聞法如是智者歡喜也

忍心如地　不動如安　澄如清泉　智者無亂

忍心如地者猶如此地亦受於淨亦受於不淨地亦不作是念我當捨是受是智者執行亦復如是若人歎譽不以爲歡有毀辱者不懷憂慼見善不喜聞惡不怒是故說忍心如地也不動如安明者猶如安明獨處衆山不爲暴風所傾動賢聖之人亦復如是不爲闕四事心有增減是故說不動如安明也澄靜如清泉智無亂者猶如澄靜泉表裏清徹不爲小流所嬈濁智者如是内既無非外姧不入心如金剛不可沮壞是故說猶如澄泉智者不亂也

出曜經卷第十二

音釋

猨猴猨于元切猴乎溝切　耗虛到切減也　錠徒徑切鐙也　剗楚限切削也　褥儒欲切裀褥也　拽于結切拖也　髼蒲紅切髮亂貌　坌蒲悶切塵塕也　嘷胡刀切呼嘷也　盾食尹切干魯之屬　鬘莫班切　餉式亮切饋也　縮所六切短也　覰渠客切見也　鴦崛鴦於良切崛渠勿切　泆弋質切淫放也　悍侯旰切勇悍也　惔徒濫切與憺同　葌古顔切與菅同　藪蘇后切　螫施隻切蟲行毒也　髓息委切骨中脂也　僂隴主切傴僂也　蹲踞蹲徂尊切踞居御切　囓倪結切噬也　栰房越切簰筏也　叡俞芮切深明通達也　瓠胡故切匏也　樘抽庚切與撐同　縷隴主切線也　絣悲萌切以繩直物也

出曜經卷第十三

尊者法救造

姚秦三藏竺佛念譯

華香品第十八

孰能擇地　捨鑑取天　誰說法句　如擇善華

如來所以演此偈者欲以生言致難然無能致詰者佛還自說孰能擇地捨鑑取天誰說法句如擇善華佛以偈報曰

學者擇地　捨鑑取天　善說法句　能採德華

學者擇地者所謂向阿羅漢云何名爲地所謂地者愛種是也學者執信擇選善地除愛根本自致成道是故說學者擇地也捨鑑取天者學人修行從此世間上至諸天披求愛本永斷無餘天龍鬼神八部將軍其有愛者皆能除斷是故說捨鑑取天也善說法句能採德華句身味身分別義理一一剖判以無礙智解諸縛著猶如學人採致衆華以爲鬘飾責既得價觀者無猒善說法句亦復如是敷演玄微廣採衆妙是故善說法句也

斷林勿斷樹　林中多生懼　斷林滅林名無林謂比丘

昔佛在舍衛國祇樹給孤獨園爾時世尊與無央數衆說法前後圍遶時有一人信心堅固捨家妻子捐棄六親出家學道求爲沙門爾時彼人在大衆中心念宿舊五欲自娛憶女顔貌如現目前陰便動起心懷慙愧即詣靜處以刀斷之血流溢出迷悶不自覺知爾時世尊告大衆曰汝等觀此愚人應獲而不獲不斷而便斷之夫欲斷者當斷結使諸縛何乃斷此形相由是如來頻說三偈

斷林勿斷樹　林中多生懼　未斷林頃

增人縛著

斷林勿斷樹　林中多生懼　心縛無解

如犢戀母

未斷林頃增人縛著未斷結使縛著諸想心

便流馳不能專一是故說未斷林頃增人縛

著也心縛無解者如苦行人常樂山藪所以

然者皆由彼山得成道故是故說心縛無解

也猶犢戀母者猶如新生犢子其心終不離

毋此衆生類亦復如是衆結未盡爲狐疑所

追逐是故說如犢戀毋也

當自斷戀　如秋池華　息跡受教　佛說泥洹

當自斷戀如秋池華者愛之染神病無端緒

猶如蓮華色鮮且好其有見者莫不愛樂及

秋華萎人心皆離不復貪樂是故說當自斷

戀如秋池華息跡受教者息跡者賢聖人受

正教戒初無差違善法日增惡法日退何以

故以佛說泥洹樂泥洹中無苦惱衆患切身

是故說佛說泥洹樂也

如彼可意華　色好而無香　巧言善如是

無果不得報

爾時世尊愍彼群生欲演法教故說斯偈夫

說法人上中下善義理深邃言行自違不獲

其報是故世尊說不得其果如來所以說此

偈者欲訓後弟子欲令師教嚴切現弟子義

承受教戒或時弟子不堪教戒是故說如彼

可意華色好而無香巧言善如是無果不得

報也

如彼可意華　色好而香潔　巧言善如是

必得其果報

爾時世尊爲諸人前頻而說斯法彼說法人聲響清徹言無忌難爲衆生說法上中下善義味具足淨修梵行義理深邃智者分別已行專正訓彼亦爾皆順於法不違義理世尊說其得果報是故說如彼可意華色好而香潔巧言善如是必得其果報也

如蜂集華　不擾色香　但取味去　仁入聚然

爾時世尊爲分越比丘而說斯偈彼與食人與處求觀見前人善色惡色若好若醜見彼容姿熟視不離見彼不端正者目不視之聞彼香者以鼻嗅之見彼穢者背而捨之憶彼善色善香還至房中晝夜思想爾時世尊觀見比丘心各如是佛告比丘汝等何不如蜂採善華但取味去不擾色香汝比丘善香惡香善色惡色若好若醜何所加益大家小家饒財貧賤汝等如心便負彼人如仁所行何不如是行是故說如蜂集華不擾色香但取味去仁入聚然也

多作寶華　結步搖奇　廣積德者　所生轉好

多作寶華結步搖奇者如彼工巧華鬘弟子多集衆華作華鬘賣以自存活諸比丘見彼所行便自造未曾有鬘世尊說各造華鬘汝等如是正是行時造無數行乃得人身何不作福德而自修習布施思惟教戒精進修戒持淨梵行是故說多作寶華結步搖奇廣積德者所生轉好也

愚誦千章　不解一句　智解一句　即解百義

愚誦千章不解一句者愚者無智無行無見無眼不修聞但有淺智麤智貪食彼千句不解一句是故說愚誦千章不解一句也智解

一句即解百義者智者有眼有見能細思惟彼一義圍遶義知此法應爾不應爾是故説智解一句即解百義也

猶如雨時華　萌芽始欲敷　婬怒癡如是　比丘得解脱

猶如雨時華萌芽始欲生者猶如雨時天華得敷開亦不減華葉墮落芽生益好是故説猶如雨時華萌芽始欲敷婬怒癡如是比丘得解脱者汝等比丘不畏王故作道人不畏賊故作道人不畏責故作道人不畏疾故作道人不畏役故作道人汝等所以作道人者患猒世苦作道人欲離生老病死故作道人爲爾不比丘答曰如是世尊汝等何不思惟去婬怒癡遠離結使不與從事當吐當除當滅當獲何等當獲二業自爲已爲他人自爲已者以善勸身爲他人者若受人信施衣被飯食牀卧具病瘦醫藥則無有損是故説婬怒癡如是比丘得解脱也

如作田溝　近乎大道　中生蓮華　香潔可意

如作田溝近乎大道者所謂田溝者不淨穢惡盡順其中人見患之不肯親近行則避之目不欲視是故説如作田溝近乎大道也中生蓮華香潔可意者色成就香成就人見歡喜當作是意不問其地但觀其華云何於此處乃生極妙華甚爲奇特世之希有是故説中生蓮華香潔可意也

有生死然　凡夫處邊　慧者樂出　爲佛弟子

昔佛在舍衛國祇樹給孤獨園爾時世尊一日一夜六時觀察頗有衆生應從佛度反更墜他凡夫地則於佛法有大關減以天眼見

舍衛城裏有一旃陀羅兒客除糞以自存命爾時世尊到時著衣持鉢入舍衛城分衛以次漸漸至彼旃陀羅家時客除糞者逢見世尊來内懷慙恥即避世尊更詣餘巷如來忽然復往逆之其人自念吾擔糞穢是惡不淨今日何由得覲世尊復欲避走詣一澤地索斷瓶破穢汚淨地恐地主瞋意欲馳走佛遥喚曰吾今故爲汝來復欲何趣其人報曰身體穢汚不敢親近尊顔是故欲避之耳尊今當知早喪父母五親彫落無有妻息孤窮單立客除糞以自存活不審世尊何所教戒乃能慈愍與罪人共語爾時世尊告曰汝隨我來欲度卿爲沙門其人白佛言云何世尊地獄餓鬼畜生亦得爲道乎爾時世尊告彼人曰吾今求世以來修無數行求成佛道正爲罪苦人耳爾時世尊即以神力手執其人上昇虚空往至恒水側沐浴彼人身體香潔復以神力接至祇洹精舍勑諸比丘持將此人度爲沙門受教即度爲沙門其人已得爲道内自思惟吾出寒賤幸有微福得染道味今不自求求於道者後墮凡細復劇於今即自勸勵精勤日新未經旬日便得須陀洹果斯陀舍果阿那舍果阿羅漢果六通清徹涌沒自由即詣一大方石當中央坐補衲故衣爾時王波斯匿聞佛度旃陀羅兒客除糞者王自思惟佛出釋種豪族姓家左右弟子皆出四姓長者種婆羅門種剎利種來入宫室受人供養信施五體投地接足而禮今聞如來度旃陀羅種我等云何屈伏禮敬吾今當往責數如來王自嚴駕出詣如來所未到之頃

見一比丘坐大方石補納故衣有五百淨居天圍遶禮覲王直前語比丘曰今煩比丘往白世尊王波斯匿在外欲覲世尊比丘聞已即没入石中從如來精舍地中出前白佛言王波斯匿在外欲見世尊佛告比丘汝今還從此地入從彼石出告王曰宜知是時即如佛教從石涌出告語王曰如來有教大王宜知是時波斯匿王復作是念我今所以來者欲問彼除糞人今且捨置先問此比丘云何得入是剛鞕石裏涌没自由亦當問此比丘爲是何人爾時波斯匿王即除王飾前至佛所頭面禮足在一面坐須臾退坐前白佛言向者比丘爲名何等乃能有此神力石裏往反無有罣礙佛告王曰此是客除糞人今有神力如是爾時世尊以此因縁便説二偈猶

如穢汚惡地田溝深坑中生香潔蓮華云何大王有目之士當取此華不乎王白佛言唯然世尊華極香潔當取莊飾穢汚當觀如母胎於彼胎中生功德華時波斯匿王叉手合掌前白佛言唯然世尊彼人快得善利蒙聖垂教得在道次既得爲道神足變化不可思議自今以始終身請此比丘供養四事不闕是故説慧者樂出爲佛弟子

如有採華　專意不散　村睡水漂　爲死所牽

如有採華專意不散者昔有衆多人在野採華採擇妙者競取好者是故説如有採華專意不散也村睡水漂爲死所牽者時彼人民採華疲倦歸家睡眠客水暴溢盡漂殺之是故説村睡水漂爲死所牽也

如有採華　專意不散　欲意無猒　爲窮所困

如有採華專意不散者是時人民採致妙華競取好者奔趣東西要獲妙香以用歡慶是故說如有採華專意不散也欲意無猒爲窮所困者所以採取華者欲以五欲自娛快自縱恣莫知來變不觀未然來變進趣死日逼至乃知爲困是故說欲意無猒爲窮所困也

如有採華　專意不散　未獲財業　爲窮所困

如有採華專意不散者是時人民窮儉多乏採華徃賣用自存濟是故說如有採華專意不散也未獲財業爲窮所困者其人殷勤所在求財不稱其願不充希望便爲窮所逼捨此形當更受身皆由無慮故捨形受形是故說未獲財業爲窮所困也

觀身如坏　幻法野馬　斷魔華敷　不覩死王

觀身如坏者猶彼坏器危脆不牢必當敗壞爲磨滅法不可恃怙悉當歸盡漸漸積聚乃成堆阜此四大身亦復如是不可恃怙皆當歸盡爲磨滅法如是不久當捐棄塚間是故說觀身如坏也幻法野馬者猶如野馬光焰熾明幻人眼目人欲徃就尋究不知所在徒自疲勞無所剋獲解知諸法皆悉如是無疆無牢不可恃怙是故說幻法野馬也斷魔華敷者所謂魔者稱爲自在天子彼所著結髮以見諦思惟道徃斷斷已斷當斷剥已剥當剥打已打當打是故說斷魔華敷也不覩死王者見諦思惟道所應斷結已盡無餘不復進趣向於自在天子亦復不爲天所牽連是故說不覩死王也

此身如沫　幻法自然　斷魔華敷　不覩死王

此身如沫者猶如聚沫不得久停不可恃怙

捉便消滅不可護持此四大身亦復如是無力無疆亦無堅固是故說是身如沫也幻法自然者猶如幻化之物誑惑他人非真非實愚人染著謂爲已有智者觀察無一可貪是故說幻法自然斷魔華敷者見諦思惟所斷結使永盡無餘更不適彼言而親近之是故說斷魔華敷也不見死王者見諦思惟結已盡獨王三千存亡自由更不爲自在天子所拘録是故說不見死王也解身與貪一而不異

學能捨牢有　如選優曇鉢　比丘度彼此　如蛇脫故皮

學能捨牢有者有中牢者何者是乎謂五欲是心意染著不能捨離令此衆生興意染著流轉五道周而復始一形毀壞復受一形世間復有何者牢所謂五盛陰身是復使衆生類終日翫習不能去離然彼學人執意牢固能捨此牢有者乃謂賢聖能捨五盛陰身及五欲者是謂應賢聖行是故說學能捨牢有也如選優曇鉢者善别之人選擇妙華求優曇鉢形神疲勞不能剋獲意便疲猒即捨而去是故說如選優鉢也比丘度彼此者所謂比丘者破諸結使毀辱形體著衣持鉢行乞度人度彼此者謂内外六情内六入外六塵是故說比丘度彼此也如蛇脫故皮者賢聖人三有牢者爲賢聖之道也聖人能捨賢聖道入無爲泥洹城是故說如蛇脫故皮也

馬喻品第十九

如馬調耎　隨意所如　信戒精進　定法要具　忍和意定　是斷諸苦

如馬調耎隨意所如者如有善調馬之士以策御馬隨意所如不失本轍馬性剛直復恐鞭捶恒自將護以慮危失是故說如馬調耎隨意所如也信戒精進定法要具者比丘執行亦如彼馬內恒思惟恐有過失復恐諸梵行人來見呵責信心向佛法僧精進牢固不可沮壞意常入定分別諸法亦不漏失是故說信戒精進定法要具也忍和意定者學人進行調御諸根不令放逸於諸根門悉得自在忍力具足若人毀譽稱譏苦樂不興恚心亦無是非是故說忍和意定也是斷諸苦者有中有餘無餘盡能斷入泥洹中是故說是斷諸苦

從是住定　如馬調御　斷恚無漏　是受天樂

從是住定者彼智定人收攝諸根執意不亂心無他念心所念法亦不流馳是故說從是住定也如馬調御者如彼調馬人見彼惡馬儱悷不調著之鞲靽加復策捶然後乃調隨意所如無有疑滯是故說如馬調御也斷恚無漏者諸恚已盡無復無漏更不受當來有後不復生是故說斷恚無漏也是受天樂者諸天晝夜衛護羅漢說功德捨天重位來至人間稱譽賢聖功德展轉遠布無不聞者是故說是受天樂也

不恣在放恣　於眠多覺寤　如羸馬比良

棄惡乃為賢

不恣在放恣於眠多覺寤者如彼修行人心無放逸歎說不放逸之德樂於閑靜不處憒亂見放逸者勸使除貪夫放逸人不獲善本多失財貨於眠多覺寤憶佛契經如來所說

若人睡眠多有所損應成之物反更壞敗不應成物反更成立皆由睡眠而有此變是故說不恣在放恣於眠多覺寤也如羸馬比良棄惡爲賢者猶如兩馬同趣一向一馬肥良走速一者羸劣走不及伴然彼羸者先得正道垂欲究竟後良馬以進超過於劣馬此衆生類亦復如是有利根人貪着睡眠不肯修學有鈍根人意勤修學不著放逸是故說如羸馬比良棄惡乃爲賢

慚愧之人　智慧成就　是易誘進　如策良馬

慚愧之人智慧成就者如人習行恥不及衆得一埵一轉欲前進於行闕一者便自羞恥吾宿有何緣習行而不果獲煩惋自責如喪二親意常欲離惡不善法是故說慚愧之人智慧成就也是易誘進如策良馬者盡能滅一切諸惡永拔根原無復塵翳如斯之人易進爲道是故說是易誘進如策良馬者彼御馬人調御惡馬能令調良預知人意之所趣向是故說如策良馬

譬馬調正　可中王乘　調爲人尊　乃受誠信

譬馬調正者如彼王廐有三種馬一者上二者中三者下餧食養育盡無差别上馬者王數觀視中馬者遣人看視下馬者遣奴看視是故說譬馬調正也可中王乘者金銀校具種種瓔珞乘有所至行步安庠如王所念終不違錯是故說可中王乘也調爲人尊者處衆人中爲尊爲上無有過者最爲第一無以爲喻亦無儔匹是故說調爲人尊也乃受誠信者聞彼譏謗不懷憂慼逆懸其人後當受殃已終不瞋亦無恚怒不生惡心向於前人

是故說乃受誠信也

雖爲常調　如彼新馳　亦最善象　不如自調

雖爲常調者猶如調馬人少來知馬進趣良善鴑鈍悉皆了知其者易調其者難調其者性急其者性緩能別此者乃謂善察是故說雖爲常調也如彼新馳者後知惡馬不可調御方始教習乘走東西未經旬日復得調良若志固不可調者即付外人馱薪負草是故說如彼新馳也亦最善象者最善象者意伏心調身體麤臕獸中最大爲人所愛觀者無猒是故說亦最善象也不如自調者人能自調御除非去邪爲諸天世人諸佛世尊神通得道者所見敬是故說不如自調也

彼不能乘　人所不至　唯自調者　乃到調方

彼不能乘人所不至者不能乘此乘至無畏境亦復不能乘此乘至安隱處復不能乘此至無災患處是故說彼不能乘也唯自調者乃到調方者人能自調御識神速到安隱處不調者能使調不正者能使正求處無爲不復經歷憂悲喜怒是故說唯自調者乃到調方

彼不能乘　人所不至　唯自調者　滅一切惡

彼不能乘人所不至者不能乘此乘去離地獄餓鬼畜生亦復不能超越八難是故說彼不能乘人所不至也唯自調者滅一切惡者人能自調衆善普會於諸結使最得自在盡能滅地獄餓鬼畜生蹤跡是故說唯自調者滅一切惡

彼不能乘　人所不至　唯自調者　脫一切苦

彼不能乘人所不至者乘此乘此不能盡苦

源本從此岸至彼岸何以故乘者非至竟乘非第一義乘是故說彼不能乘人所不至也唯自調者脫一切苦求盡於苦無復生死是故說唯自調者脫一切苦也

彼人能乘　人所不至　唯自調者　得至泥洹

彼不能乘人所不至者不知蹤跡泥當知泥洹有可見耶此事不然是故說彼不能乘人所不至也唯自調者得至泥洹解知泥洹亦目虛寂專意一向無他異念是故說唯自調者得至泥洹

常自調御　如止奔馬　自能防制　念度苦原

常自調御者念自調御去惡即善如契經說佛告呪那曰自不調御意不專一故調御餘者此事不然欲得調人先當自調是故說常自調御也如止奔馬者如彼調馬人調和奔逸馬避危就安是故說如止奔馬也自能防制念度苦原者衆行已具便不復苦越過苦表何者苦表滅盡泥洹是彼無復衆苦熱惱是故說自念防制念度苦原也

自爲自衛護　自歸求自度　是故躬自愼　如商賈良馬

昔佛在羅閱城竹園迦蘭陁所爾時耆域藥王請佛及比丘僧又除槃特一人所以然者以彼槃特四月之中不能誦掃篲名得爾時如來及比丘僧往到彼家各次第坐耆域即起行清淨水如來不受清淨水耆域白佛不審如來以何因緣不受水佛告耆域今此衆中無有槃特比丘是故不受水耳耆域白佛此槃特四月之中不能誦掃篲名得行道放牛牧羊人皆誦得此偈何故請此人佛告者

域汝不請槃特者吾不受清淨水時耆域承佛教戒即遣人往喚槃特佛告賢者阿難汝授鉢與槃特佛復告槃特莫起于座遥授鉢盂著如來手中爾時耆域見神力如是乃自悔責咄我大誤毀辱賢聖今日乃知不可犯其口言即生恭敬心向槃特比丘乃不殷勤於五百人許爾時世尊廣說曩昔因緣過去久遠無數世時爾時耆域身躬為馬將販賣轉易時驅千疋馬往詣他國中路有一馬產駒其主即以駒乞人驅馬進路尋進他國與國王相見王問馬將吾今觀此千疋馬是凡常馬然其中有一疋馬悲鳴聲不與常馬同此馬必生駿駒其駒設長大者價與此千疋馬等若我得此駒者諸馬盡買不得駒者吾不買馬馬將報曰自涉路以來不憶馬產駒王告人吾誦馬相聞馬母聲必知其駒好惡馬將追憶退還自念近於道路此馬母如產駿駒即乞中路住人其駒未經旬日便作人語語其主曰若使馬將來索我者得五百疋馬持我身與不得五百疋馬莫持與之數日之中馬將自至近留馬駒以相付託君有養活勞苦今以一疋好馬贖之願見相還其人答曰吾本不强從君索駒自君去後勤苦養活若今以五百疋馬贖爾乃相還即如其言以五百疋馬贖乃得本駒佛告耆域汝昔先薄賤馬駒用持乞人後以五百疋馬贖取先賤而後貴今亦如是請五百比丘留槃特一人今乃貴重槃特薄賤五百人斯緣久矣非適今日是故說如商賈良馬也

恚品第二十

除恚去憍慢　超度諸結使　不染著名色
除有何有哉
除恚去憍慢者夫人瞋恚敗善行人所以競
利多少亡家破國種族滅盡皆由恚以憍慢
滅已滅當滅是故說除恚去憍慢也超度諸
結使者瞋恚憍慢結使爲本除本則無有枝
葉是故說超度諸結使不染著名色除者盡
除雖有名色存衆生有樂想皆由名色興共
相毁呰我色像名望勝卿卿色像名望不勝
我是故說不染著名色除有何有哉者所謂
有者結使名號未能度有至無爲使所使爲
結所結爲縛所縛彼修行人以虛寂止觀永
盡無餘度有至無是故說除有何有哉也
降恚勿令起　欲生當制之　漸斷無明根
修諦第一樂
降恚勿令起者恚熾如火當念速滅若令滋
長者多所傷敗恚生則禍至猶人把火逆風
自燒身是故說降恚勿令起也欲生當制之
者欲心適生即求方便令不生如彼毒蛇方
欲出穴即當制御令不暴逸欲心如是即生
便滅使不滋長是故說欲生當制之也漸斷
無明根者無明者世間之大冥覆蔽心識不
得開舒當求方便以勇猛心斷根不生是故
說漸斷無明根也修諦第一樂者行者所以
不速成道猶其婬怒癡染汙身心此三結使
由四諦斷不獲諦人不能除此三事從無數
世以來未曾獲無爲樂得四諦者爾乃爲樂
是故說修諦第一樂
斷恚得善眠　恚盡不懷憂　恚爲毒根本
甘甜爲比丘　賢聖能悉除　斷彼善眠睡

斷恚得善眠者夫人瞋恚晝夜不睡如遇蛇嚙如病發動如失喪財貨此恚之相貌人無瞋恚不見衆惱安卧睡眠天曉不寤如服甘露心識惔然是故說斷恚得睡眠也恚盡不懷憂者人懷恚怒現在前時晝夜愁慼如喪親親如失財寶恚已得除無復愁憂苦惱是故說恚盡不懷憂也恚爲毒根本者毒中根者莫過於恚人當恚盛覆諸功德不得露現是故說恚爲毒根本也甘甜爲比丘者已拔毒根本無復毒栽更生美藥如彼甘露去諸穢惡是故說甘甜爲比丘也賢聖能悉除斷彼善睡眠者所謂賢聖者諸佛弟子衆惡悉除諸善普會滅恚生本更不造新意不興念念此恚想善得安睡眠無復憂慮是故說賢聖能悉除斷彼善睡眠也

人興恚怒　作善不善　後恚已除　如火熾然

人興恚怒作善不善者如人爲恚怒所纏心意倒錯無所識知猶如盲者不覩高岸平地彼恚怒人亦復如是爲恚怒所纏不見善與不善好之與惡是故說人興恚怒作善不善也後恚已除追念昔事如火熾然者猶如失道之士時變爲要瞋恚之人速悔爲上內懷慙愧即自悔責恚爲虛詐何爲興怒怒怒相報終無休已如火熾然心意變悔羞爲恚所使是故說後恚已除追念昔事如火熾然也

無慙無愧　復好恚怒　爲瞋所纏　如冥失明

無慙無愧者人之恚盛不別尊卑無有慙恥如癲或如狂衆人圍遶終日嗤弄不自覺知匿事發露誑言無本是故說無慙無愧也復好恚怒者彼恚怒人行無清白心懷穢濁無

由得修梵行是故說復好恚怒也瞋恚所纏如冥失明者彼恚怒人瞋怒熾盛觀晝如闇天地悉冥無所復覩已無身光雖復千日競照何益於己是故說爲恚所纏如冥失明也

彼力非爲力　以恚爲力者　恚爲凡朽法　不覺善響應

彼力非爲力以恚爲力者所以瞋恚由非義興內自思惟吾所行是彼所行非會至衆詰問前却乃爲小兒所嗤方自覺寤退追不是所謂貴勝理直則勝瞋恚力者不可恃怙亦無牢固敗人善性是故說彼力非爲力以恚爲力者也恚爲凡朽法不覺善響應者盡滅善本出語成惡不慮前後觸類興罵語常麤獷以瞋恚爲首夫人有德遠近稱慶必有善響所在流布今論此人但聞惡聲無有善響所在流布今論此人但聞惡聲無有善應雖少多有善爲恚所覆不得顯露是故說恚爲凡朽法不覺善響應也

有力近兵　無力近耎　夫忍爲上　宜常忍羸

有力近兵無力近耎者自恃力勢謂爲第一爲弱者輕忍不還報設當打捶亦不興恚力力相從羸羸相就力者終不設意於羸羸者反更舉意向彊是故說有力近兵無力近耎也夫忍爲上宜常忍羸者所謂忍者不見過咎是與不是乃名爲忍不恃己彊淩易弱者設當輕易弱者便爲衆人所見嗤笑是故說夫忍爲上宜常忍羸

舉衆輕之　有力者忍　夫忍爲上　宜常忍羸

舉衆輕之者或有一人爲衆所輕其中有黠慧者便能忍之何以故彼人單弱無所歸趣

豈復在是一人當興瞋恚是故說舉衆輕之有力者忍也夫忍爲上宜常忍羸者忍爲第一力世間無過者雖神通鑒照成道相好皆是忍力達明今世後世徹照無外亦由忍力是故說夫忍爲上宜常忍羸

自我與彼人　大畏不可救　如知彼瞋恚宜滅已中瑕

自我與彼人大畏不可救者夫人思惟先自察已然後觀彼相其顏色即能分別斯性弊惡斯性良善恒自謹慎不造惡行恐後世報受苦無量從今世至後世無有解脫是故說自我與彼人大畏不可救也如知彼瞋恚宜滅已中瑕者知彼瞋恚顏色隆盛已便默然內自思惟設我與彼競者則非其儀我今宜默與彼諍爲是故說如知彼瞋恚宜滅已中瑕也

二俱行其義　我與彼亦然　如知彼瞋恚宜滅已中瑕

二俱行其義我與彼亦然者亦自爲已復爲他人亦自護已復護他身恒自思惟避於二事一者恐現身受殃二者恐後得報是故說二俱行其義我與彼亦然也如知彼瞋恚宜滅已中瑕者躬見前人瞋恚隆怒或見把持瓦石欲來見害已亦防備瓦石拒之如有一人手執白杖欲往鬪諍手所執杖即化爲刀其人見已即投刀于地時有國王在高樓上遥見此人始似把草復化爲刀尋復見之即投于地王尋遣信喚來詰問汝何以故前如捉草草化爲刀所以放刀於地其人白王曾聞佛經言佛告侍者吾將淪虛寂滅無爲時

後五鼎沸世衆生共諍捉持瓦石即化爲刀劍臣積善來久不敢爲惡原首是故投刀于地王聞此語大自感激歎未曾有即賞彼人給與民戸是故說如知彼瞋恚宜滅已中瑕也

俱行二義　我爲彼然　愚謂無力　觀法亦然

俱行二義我爲彼然我常護已身亦護彼人如護寶貨内自思惟降伏已心不嬈前人亦使彼人不來嬈我彼此將護不令有失是故說俱行二義我爲彼然也愚謂無力觀法亦然者愚者意闇不察來變謂闘者常闘未始有解和者常和未始諍訟智者觀見非闘者必有損雖得稱勝莫若本無闘是故說愚謂無力觀法亦然

若愚勝智　麤言惡說　欲常勝者　於言宜默

若愚勝智麤言惡說者常惡同友壞敗良善發言惡至終日無善惡惡相隨積罪如山同類歎譽各諍勝如此名穢濁不至究竟是故說若愚勝智麤言惡說也欲常勝者於言宜默者賢聖默然智者所歎惡來加已不以爲感若得榮寵不以爲歡駡不報駡行忍爲業若撾捶者默受不報是故說常欲勝者於言宜默也

當習智者教　不與愚者集　能忍穢漏言故說忍中上

當習智者教觀勝已人愼莫違彼教猶尚不與卑賤共諍況復與勝已者諍乎此事不然何以故智慧之人爲尊爲上無有過者是故說當習智者教也不與愚者集以類相從善入善聚惡入惡友若善者聞惡見則避之惡

者聞善便欲毁懱諸佛賢聖及諸得道者歎説不鬬訟之德是故説不與愚者集能忍穢漏言者弊惡之人不自惜身爲人所憎性行卒暴與彼諍者爲人所嗤既自毁辱朋友不歡爲人所責云何以金寶身貿彼瓦石是以智者以忍爲黙是故説能忍穢漏言也故説忍中上者賢聖之人具足衆業善本無漏皆悉成就見彼穢行自攝其心我今何爲復與彼同遇聖無數由忍得成晝夜防備如處熾然意念修善日欲增多若復過惡日損使滅是故説忍中上

恚者不發言　處衆若屏處　人恚以熾然
終已不自覺

恚者不發言者受此人形積無數行乃得成辦既得人身舌根具足常當歎説佛法聖衆承事二親敬奉師尊晝夜誦習深妙契經何以故佛亦引喻舌爲劒戟招致殃禍由舌嗤言喪滅門族舌有十號言爲殊異爲人重任未始離舌是故説恚者不發言也處衆若屏處者夫習學人常自謹慎護口過失若在大衆及在屏處出言柔輭不傷彼意前言覆後理不煩重是故説處衆若屏處也人恚爲熾然終已不自覺者如彼惡人喜怒發動恚蓋所覆不自照見但自損辱無益於世垢膩自纏不自拔擢一日爲惡乃積億劫之殃況復終身行惡望欲得道終已不可得是故説人恚以熾然終已不自覺也

諦説不瞋恚　乞者念以施　三分有定處
自然處天宮

諦説不瞋恚者人行至誠人所恭敬爲數千

萬人所見念待斯由不瞋致斯德也乞者念以施不懷慳悋有來乞亦不逆意者此乃名曰開泰人也乞者不爲貪求欲後世緣緣積善滿自然得聖道是故說乞者念以施也三分有定處自然處天宫者三業是行不枯朽必生天上人中往反周旋不處卑賤猶如有人從觀至觀從園至園五樂自娱終無憂感便能閉地獄餓鬼畜生門開天人徑路轉進功業便至無爲是故說三分有定處自然處天宫也

息意何有恚　自檢壽中明　等智定解脱
知已無有恚

息意何有恚者學人息心降麤獘意心如死灰身如朽木見前喜樂不以經懷心如安明不可移動是故說息意何有恚也自檢壽中明者學人自檢自養其壽恒以無漏而自榮護不貪世榮而有希望是故說自檢壽中明等智定解脱知已無有恚者彼修行人平等解脱不以無等無等解脱者斯是世俗斷欲人也平等解脱人終無恚怒所有恚怒結使之垢永已除盡是故說等智定解脱知已無有恚也

夫爲惡者　怒有怒報　怒不報怒　勝彼鬪負

夫爲惡怒者怒有怒報行惡之人彼此受殃猶野火行値前被然先恚怒者令生恚怒先惡心者令生惡心是故說夫爲惡者怒有怒報也怒不報怒勝彼鬪負者昔波斯匿王寵養諸奴遣使攻伐他國善解戰法所往皆伏後諸妻婦請道人供養求願復爲說微妙法皆得須陀洹道後征人還婦等語諸夫曰君

征去後我等請諸道人供養求願願君安隱早歸為我說法我等已得須陀洹道君等更可請之即如婦言請諸道人供養說法諸夫復得阿那含道彼界復有賊寇王教召諸群奴令往攻擊奴輩聞之内自思惟我等各各皆得道諦慈愍一切不害生類云何當往攻伐彼敵復重思惟設不應命受王教者身自喪滅殃及妻息寧就彼死不在此存罪及妻息即皆嚴駕往向彼敵諸天龍神感應摧破彼衆安隱還家國主歡喜四遠寧泰是故說怨不報怨勝彼鬬負也

忍辱勝怨 善勝不善 勝者能施 真誠勝欺

忍辱勝怨者昔阿闍世王集四種兵往攻舍衛城時波斯匿王復集四種兵出外戰鬬摧破大衆生擒阿闍世身將至如來所白世尊曰姊子阿闍世叛逆無道橫興惡意攻伐我國本無怨讎自生怨讎本無鬬諍自生鬬諍今原赦其罪放還本國何以故為我大姊見放之是故說忍辱勝怨也善勝不善者無功德人喜自稱說吾所知多彼所知少實無技術稱言有之實無方略自言多方臨事之際攝腹如歩屈之蟲若見智者兀然獨立如死肉聚無復神識是以智者勸人積學學者寧神之寶宅心意自在通達四遠由學得成營家立國法度邪非斯由學也是故說善勝不善也勝者能施者所謂勝者勝彼慳貪人不立德本者嫉彼妬賢見人惠施代惜財貨恒作是念我施彼者彼何所望唯有立信之人乃能惠施亦不選擇不願報果乞者填門不立禁限四遠雲集不拒微細是故說勝者能

施也眞誠勝欺者眞誠行人宗室眷屬所在稱揚無不聞者妄語之人人見不歡人所憎嫉是故說眞誠勝欺

無恚亦不害　恒念眞誠行　愚者自生恚　結怨常存在

無恚亦不害恒念眞誠行者彼修行人知時知法可避知避可就知就所說眞誠爲世人所敬不誑惑人是故說無恚亦不害恒念眞誠行也愚者自生恚結怨常存在者愚人所習瞋恚爲首存在心懷未始捨離猶如鑿石作字文章分明不爲暴風所滅是故說愚者自生恚結怨常存在也

恚能自制　如止奔車　是爲善御　去冥入明

恚能自制如止奔車者恚怒即生還能制者此名人中雄也猶如重車奔逸御者能止此名善御是故說恚能自制如止奔車也是爲善御去冥入明者此善御者非御車御亦非象馬御所謂御者能自攝意念不分散息心不起志趣無爲不著世累爲人重任作良祐福田可敬可貴爲供養最是故說是爲善御去冥入明也

沙門及遺　行斯愛念　雜水華香　馬恚爲十

出曜經卷第十三

音釋

犢徒谷切牛子也　萎邕危切蔫也　邃雖遂切深也　勵力制切勉也　耎乳兗切柔也　鞕魚孟切與硬同　坏鋪杯切未燒瓦器也　脆此芮切物易斷也　捶主蘂切杖擊也　㦖悷㦖力董切悷郎計切㦖悷多惡不調也　䩭絆䩭居宜切馬絡首也絆博漫切馬繫足也　羸倫爲切瘦也　惋烏貫

切懊歎也廐居又切馬舍也餧於僞切飤也臕悲嬌切肥也箒止酉切篲也駿祖峻切馬良逸也贖石欲切貸也訾將此切譏毀也嗤充之切笑也詰契吉切問也撾側瓜切擊也懱莫結切輕傷也膩女利切肥也

出曜經卷第十四

尊者法救造

姚秦三藏竺佛念譯

如來品第二十一

最正覺自得　不染一切法　一切智無畏

自然無師保

最正覺自得者昔六師在世貪著利養競自稱已獨謂爲尊聞佛出世神德過人六師雲集各共結誓我等六人世無等倫近聞有佛出世神德威力踰越我等宜可同議心齊意等語不相違然後乃得勝彼瞿曇即遣一人往觀如來顏色視瞻爲如人不即往觀見視無猒足還白六師如其所見瞿曇顏貌世之希有威神光明踰於日月如我所見無譬可喻六人復念其人出於王種理應端正何足復怪今且更遣一人往觀瞿曇容儀無畏爲躁疾局促耶即往觀相如師子王在群獸中無所畏難還告六師瞿曇在衆如獸中王無所畏難六人復念愚人希更事故貪彼光明故圍遶之耳此是常宜何足復怪彼瞿曇者出自王宮六萬婇女晝夜娛樂未更師法曾不造學更可遣人往聽所說頗有經理爲如凡夫耶即遣明達一人往觀視之具聞所說還白六人彼瞿曇所演達古知今前知無極却覩無窮判義析理理不煩重六師聞已復作是念世多有人辯辭捷疾悅可人心然不存理不可尋究復可遣一人往觀瞿曇衆人聞其所說寂然聽受爲憒亂不聽耶即往觀聽見諸大衆渴仰聞法專一心意瞻仰如來目未曾眴還白六師瞿曇所演味如甘露衆

人渴仰聽無猒足六人復作是念人集徒衆初心極猛久必退散復何疑怪更遣一人往瞻瞿曇義理深邃爲淺薄無緒耶即遣高勝一人往觀瞿曇具聞所説還白六師瞿曇所演如海無涯我等所見如牛蹄水今我一人且欲就彼求爲弟子焉知其餘者 前後使人各共相將詣如來所復有無數衆生雲憒競至到如來所即聞佛説此偈曰

最正覺自得　不染一切法　一切智無畏
自然無師保

最正覺自得者覺悟一切諸法無細不入無微不察以神通力如實知之是故説最正覺自得也不染一切法者利衰毀譽稱譏苦樂不爲此八法所染是故説不染一切法也一切智無畏者離一切患無復衆惱不爲水火惡賊所見陷溺超越厄難獨善無憂是故説一切智無畏也自然無師保者獨王三千大千國土無有儔侶等者猶無況欲出耶是故説曰自然無師保

志獨無等倫　自獲於正道　如來天人尊
一切智力具

志獨無等倫者我以天眼觀三千大千刹土頗有斯類與我等耶遍而觀之無有等者況欲出耶此事不然是故説志獨無等倫也自獲於正道者吾求於道無師教授自然獲之亦無伴侶獨步無畏是故説曰自獲於正道也如來天人尊者何故名爲如來如過去等正覺來吾從彼來於三阿僧祇劫執行勤苦或施國財妻子頭目髓腦能自拔濟從中來故名如來復從如爾法性説世間義故謂如

來如過去諸佛世尊具足十力四無所畏十八不共殊勝之法大慈大悲廣度一切不離如性我今亦爾故謂如來何以故名爲天人尊曰所以稱天人尊者天人緣彼得修善本越次取證成於聖道盡有漏成無漏三達神通無所罣礙是故說如來天人尊也一切智力具者如來遺體力者體有百二十節一節有百二十八辟神足力是乳哺力非神通力是故說一切智力具也

我爲世尊　斷漏無婬　諸天世人　一群從心

我爲世尊者世者有三一者陰世二者器世三者衆生世何以故名爲無著因三義故名爲無著一者斷結故謂無著二者堪受人施故謂無著三者三界無種亦無根本亦不復生故謂無著是故說我爲無著也斷漏無婬者謂無上義無有過上者亦無儔匹覺悟一切諸法無微不入無細不達復爲座中衆生解狐疑故說無上義過去無數恒沙諸佛壽命極長弟子徒衆不可稱計國土清淨無有瑕穢謂爲過佛神力多我今日莫作斯觀所以然者神通智力一而不二但衆生心自有增減是故說斷漏無婬也諸天世人一群從心者諸天世人沙門婆羅門魔若魔天釋梵四王吾爲獨尊獨悟無與等者是故說諸天世人一群從心也爾時六師弟子聞佛說此偈已心堅固者即求爲道心懷猶豫者還至師所具白所聞三界獨尊典領十方實無等倫宜各馳散各求所安

我既無師保　亦獨無伴侶　積一行得佛
自然通聖道

爾時世尊於樹王下爲梵天所請即從座起詣波羅㮈國爾時憂毘梵志遥見世尊來便作是念瞿曇今日顔色容悅内外清徹將有何故師爲是誰從誰學道爲學何法修何技術爾時世尊即向梵志而說此偈

我既無師保　亦獨無伴侶　積一行得佛　自然通聖道

我既無師保者如來至眞等正覺觀達三世無事不知爲後衆生未覺悟者而說斯偈吾善逝後當有比丘一名摩訶僧祇二名婆蔡審鞞稱言文殊師利釋迦文師欲除彼猶豫故是故說此偈也復有說者諸外道異學各作是論沙門瞿曇從阿蘭迦蘭聞法然後成道欲除彼猶豫故說我既無師保也亦獨無伴侶者如來等正覺觀達三世當來過去現在無事不察當來二部比丘一名摩訶僧祇二名婆蔡審鞞捨本就末有人界土則佛出世下方地獄畜生餓鬼上方天樂自娛終不出佛如來所化無處不遍若一處不遍不名爲佛彼二部者謂爲不遍如來神力登一須彌頂如是所經歷教化周旋無有窮極是故說亦獨無伴侶也積一行得佛者於此三世成最正覺佛興出世要在閻浮利地生於中國不在邊地所以生此閻浮利地者東西南北億千閻浮利地此間閻浮利地最在其中土界神力勝餘方餘方剎土轉不如此是故說積一行得佛也自然通聖道者捨熱惱結使冷而無熅人有憂心顔常不歡無憂心者顔常和悅如來世尊亦復如是衆患已盡無復熱惱是故說自然通聖道也爾時有憂毘

梵志前白佛言君今自稱爲最勝耶爾時世
尊以偈報梵志曰
已勝不受惡　一切勝世間　叡智廓無疆
開蒙我爲勝
已勝不受惡一切勝世間能勝惡世稱曰勝
此勝非爲勝斷漏盡諸使衆結永盡乃稱爲
勝獨王世界無能及者是故說已勝不受惡
一切勝世間也叡智廓無疆開蒙我爲勝者
世間惡法墜墮罪惡者吾已永滅得不起法
忍當來受有生愛十二牽連永滅無餘是故
說叡智廓無疆開蒙我爲勝也爾時憂毘梵
志前白佛言瞿曇今日爲欲何趣爾時世尊
復以偈報曰
今往波羅奈　欲擊甘露鼓　當轉於法輪
未曾有轉者

梵志問佛爲當爾不佛告梵志如來言無有
二梵志聞已頷頭歎吒而去
智人不處愚　觀世隨而化　說於無垢迹
永息無有上
智人不處愚觀世隨而化者謂佛及諸弟子
先觀世間誰應得度誰不應度周遍觀察誰
堪受化誰不受化誰種解脫根戒誰不種解
脫根戒是故說智人不處愚觀世隨而化也
說於無垢迹永息無有上者無垢迹者賢聖
八道永息者滅盡泥洹聖人降世接度群生
恒以賢聖道初不離無漏行是故說說於無
垢迹永息無有上也
勇猛大吼　正法如來　法說義說　覺者永安
勇猛大吼正法如來者勇猛者佛及諸弟子
釋迦文佛勇猛超越九劫是故名爲勇猛六

師縱逸好修非法不案正律如來所演如法所行超過世法是故說勇猛大吼正法如來也法說義說覺者永安者人法非爲法人所嗤衆所憎惡如來所說法說義說聞者歡悅除憂熱惱永無苦患常得安隱心識憺然是故說法說義說覺者永安也

勇健立一心　出家日夜滅　諸天常衛護
爲佛所稱記

勇健立一心者彼修行人定意一心無他餘念衆德具足意不可壞入定之人所願必果是故說勇健立一心也出家日夜滅者所謂出家不但捨妻息離五欲求出欲界修上界道初禪休息行無起滅是故說出家日夜滅也諸天常衛護者入定之人諸天衛護承事禮敬欲使增其功德是故說諸天常衛護也爲佛所稱記者從此世界上至淨居天歎說立根人閻浮利地衆生快得善利如來現在廣說法味所度衆生不可稱限也是故說爲佛所稱記也

彼於天人中　歎說等正覺　速得而自覺
最後離胎身

彼於天人中歎說等正覺者諸天世人恒詠佛功德各獻善心至乎成佛未曾違離是故說彼於天人中歎說等正覺也速得而自覺者人民之類歎未曾有如來功德甚奇甚特我等衆人謂爲如來在於斯坐何圖如來遊於無量百千世界教化衆生不以爲倦是故說速得而自覺也最後離胎身者最後受身臨欲泥洹佛自歎說告語阿難如來此身更不受生無爲永寂不復起滅阿難當知吾觀

方域及上空界更不受之生分畢矣阿難我更不染俗俗中躁擾吾不復更是故說最後離胎身

說諸過去佛　及已當來者　現在等正覺多除衆人憂

彼雜阿含契經所說昔佛在舍衛國祇樹給孤獨園爾時世尊告諸比丘世人共會不相恭敬甚爲苦哉我恒發此念世頗有人沙門婆羅門有勝我者我當承事供養禮敬然我觀察沙門婆羅門可恭敬者乎時比丘我復作是念昔我成佛由四意止四意斷四神足五根五力七覺意八直行我今承事供養如敬尊長過去恒沙諸佛世尊亦由此法成最正覺當來恒沙諸佛亦緣此法而得成道我今現在如來至眞等正覺亦緣此法成於道果我今躬自思惟分別此法是故說諸過去佛及已當來者現在等正覺多除衆人憂也

盡恭敬重法　已敬今敬者　若當甫恭敬是謂佛法要

欲引三世恭敬故說此偈

若欲自求要　正身爲第一　恭敬於正法憶念佛教戒

若欲自求要正身爲第一者人欲成道必自求要進趣於道恭敬於諸法追憶過去恒沙諸佛所說教戒如現在前亦不漏失是故說若欲自求要正身爲第一恭敬於正法憶念佛教戒也

諸有不信佛　如此衆生類　當就於厄道如商遇羅刹

諸有不信佛者閻浮利地有衆多賈客共相

率合入海採寶正值迴波惡風吹壞大船復有諸人乘弊壞船順風流迸墮羅剎界衆多羅剎女輩顏貌端正衆寶自瓔珞身前迎賈客善來男子此間饒財多寶隨意明珠無價雜珍恣意取之無守之者我等既無夫主汝無妻妾可止此間共相娛樂後得善風良伴歸家不遠又諸君當知海水晝夜迴波無有定方若見左面有道者慎莫隨從設於夢中見左面道亦莫陳說時商客中有一智達者内自思惟此諸婦女所說左道事不徒爾會當有緣即設權詐竊爲陰謀向暮與女共卧交接伺女已睡竊即起進涉左道行數里中聞一城裏數千萬人稱怨喚呼或呼父母及已兄弟姊妹妻息云何捨閻浮利地就此命終賈客聞已衣毛皆竪還攝心意直前詣城周帀觀察見城鑄鐵垣墻亦無門戶出入處所去城不遠尸梨師樹高廣且大即往攀樹見城裏數千萬人涕哭號喚遥問城裏人曰何爲稱喚父母兄弟耶城裏人報曰我等入海採致寶物爲風所漂又爲羅剎女所誑墮此鬼界閉在牢城前有五百人漸漸取殺今有二百五十人在君莫呼此女謂爲是人皆是羅剎鬼耳其人聞已即還下樹詣彼女村竊就女卧明日晨旦語諸同伴吾有匿事欲共論說各往閑靜處慎莫男女自隨諸人響應各詣隱處即便告曰卿等知不昨夜吾欻生此念斯女人等何故殷勤說莫從左面道見女睡眠竊起往觀見大鐵城閉數百人嘷天喚呼吾上樹頭遥問意故衆人報我爲摩竭魚所見壞船惡風吹浪墮此鬼界閉在鐵

城高數十里勸我還家善求方計卿等今日意欲云何衆人荅曰卿昨夜何不重問彼人頗有權宜方計衆人及我身得安隱歸家不乎人即報曰我昨夜退不問此事今暮竊起當往重問之說此語已各還所在彼智慧人向暮與女交接已相女睡眠竊起詣彼樹上問城裏人曰頗有權宜方計卿等諸人復及我身得還閻浮利地不耶城裏人報曰我等適生念欲還閻浮利地此鐵城便化數重不可敗壞死者日次無由得免唯卿外人少有權宜可得度脫還至本土十五日清旦有一馬王從鬱單越食自然粳米來至此鬼界住高山頂三自喚呼誰欲還歸閻浮利地卿等若聞馬王聲者皆往禮敬求還本鄉其人聞是語已即還伴中具陳情狀衆人報曰今可

去不智者荅曰須十五日至馬王當來乃得去耳未經數日馬王便至在高山頂三自喚呼誰欲還歸閻浮利地聲極遠震商客聞已皆往至馬王所前白王言我等咸欲還本鄉里願見將接得歸無爲馬王告曰卿等專意聽我所說各欲歸家還本鄉者心意專正便得歸家心不專正不得歸也此諸婦女各抱男女追逐卿後啼哭呼喚其中諸人與戀慕心正使在我脊上猶不得去若能捨恩愛正心一意無所戀著至心捉我一毛便得歸家如其所語諸婦女至各語夫曰誠可捨我賤身何爲指棄兒女先教兒女往抱父頸啼哭喚呼捨我等爲欲何去心意戀著者便不得還唯有大智師子一人即安隱還歸是故說諸有不信佛如此衆生類當就於厄道如商

遇羅刹諸有信佛者如此衆生類安隱還得歸皆由馬王度唯有師子一人安隱得歸餘者由戀慕心皆墮厄難也時羅刹婦抱其男女往逐師子商客在在處處告語村落師子身者是我夫主共生男女捨我逃走不知所趣諸人聞已問師子曰觀卿婦女體性容貌人中英妙兒女可愍何爲捨之師子報曰此亦非人是羅刹鬼耳住海渚中殺噉商賈不可稱數吾伴數百閉在鐵城唯我一人幸得免濟今此兒女復逐我後規欲害我恐不免濟說此語已轉復前行還至本國鬼亦逐後到其國土鬼往白王我與師子共爲夫婦生此男女後望得力非圖今日永已見捨師子意不用我身當録取男女我故年少豈更不能適娶耶王召師子問其情實卿婦幼少顏貌端正男女殊異有君子相何爲捨之不肯納受師子白王此非人形乃是噉人羅刹鬼化作男女追逐我後望人意顧欲取我殺前將五百賈客入海採寶盡爲羅刹所噉食唯我一人得免濟耳今復見逐將知如何王告師子設卿不用可持與我師子報曰此實非人是羅刹鬼備有愆咎後莫見怨師子復語左右諸臣斯鬼至此間必有傷害王今不信欲内深宮如是不久王及内宮盡當灰滅王復瞋恚語師子曰女中姿容如天玉女何緣復稱爲羅刹鬼耶速出在外吾自觀察之王將鬼女入内宮中牢固門閤已入一宿明日食時宮門不開諸臣共議王新納妻意相貪樂故門不開耳師子說曰不如來議王及夫人幷諸婇女必爲羅刹所食噉盡故門不開

耳即施高梯踰墻入内見死人骸骨滿數間舍復見坑孔新出土壤諸臣問師子曰王今已死内宫喪亡骨成於積不可識别云何葬送王身師子報曰盡聚諸骨一處焚燒但言葬王餘者不在其例葬送已訖諸臣責師子曰正坐汝身將羅刹鬼殺王喪國宫殿滅亡卿今意欲云何師子答曰吾先有言契此非人身是羅刹鬼備有愆咎後莫見怨卿等何爲復見責數諸臣人民前白師子王今已死更無胤嗣唯願師子當登王位統理人民永得康寧使我諸臣尊奉有處師子告曰若欲舉我爲王者當隨我教設不從我教盡爲羅刹所噉諸人異形同響咸皆稱善即隨王教王告諸臣彼羅刹子女睡眠有時當共集兵乘船入海攻擊即往攻擊殺羅刹男女大小不可稱數無有遺在復往破壞鐵城出其中人因彼住止人民熾盛富樂自然珍奇異物不可稱量因名彼城號曰師子遺落諸羅刹鬼不在例者移在山西鐵圍東垂土俗常法若一人不事佛者當送山西付鬼噉之自爾已來佛法熾盛得道無數是故説諸有信佛者如此衆生類安隱還得歸皆由馬王度又彼國常儀國王生子若十若百若至無數盡出作道誦習佛經三藏備舉還復罷道登涉王位梵語不通經籍不舉則不得涉王位也住在外渚故稱師子渚國

如來無等倫　思惟二觀行　善觀二閑靜

除冥超神仙

如來無等倫者如來處世神德無量行過虚空所化無限普引衆生導示慧明四等育養

見者得度是故說如來無等倫思惟二觀行
善觀二閑靜除冥超神仙也
善獲獲自在　愛盡無所積　解脫心無漏
恩惠天世人
善獲獲自在者衆生處在塗炭流轉五趣迴波七使欲趣於道不知何路得至是故如來不捨弘誓之心拔濟苦難普處衆生類指示自在堂是故說善獲獲自在也愛盡無所積者得四無畏永盡於愛是故說愛盡無所積也解脫心無漏者心永得解脫無所罣礙復獲無漏永除諸垢是故說解脫心無漏也恩惠天世人者一切衆生皆求歸仰是以聖人應時適化救濟無乏是故說恩惠天世人也
猶人立山頂　遍見人村落　審觀法如是
如登樓觀園　人憂除無憂　令知生死趣
猶人立山頂遍見人村落者如有目之士遍見村落行者坐者出入行來啼喚歌舞喜笑皆悉觀之如來世尊亦復如是立智慧山頂觀五趣衆生黠者愚者有至無至皆能分別而往化之是說猶人立山頂遍見人村落也審觀法如是如登樓觀園者如來天眼一切遍見乘高樓觀一一分別難度易度可與言者與言不可與言而自默然隨其前人所念成道是故說審觀法如是如登樓觀園也人憂除無憂令知生死趣者如來觀察有憂無憂有少智多智皆悉分別教示衆生令知生死之趣是故說曰人憂除無憂令知生死趣也

聞品第二十二

善聞好行　善好閑靜　所行不左　安如沙門

善聞好行者多聞學士爲人所譽善哉善哉人之有聞所行必善是故說善聞好行也善好閑靜者求出欲界色界無色界不樂憒亂無所繫縛志趣閑靜是故說善好閑靜所行不左者身口意所行常順正理終不左也最勝最妙無有出者是故說所行不左也安如沙門者順沙門行不逆沙門行如彼所行所修是故說安如沙門也

愚者不覺知　好行不死法　善解知法者病如芭蕉樹

愚者不覺知好行不死法者愚者所習恒習弊行不別善法惡法若好若醜盡不覺知不計無常變易之法營一身之資謂千年不盡保物久常無有耗減是故說愚者不覺知好行不死法也善解知法者病如芭蕉樹者雖善解於法經耳便過如芭蕉樹遇風則葉落病者頓極加以毒湯是故說善解知法者病如芭蕉樹也

猶如蓋屋密　闇冥無所覩　雖有衆妙色有目不見明

猶如蓋屋密闇冥無所覩者猶如造屋舍閉塞窻牖內外緻密冥然不見明是故說猶如蓋屋密闇冥無所覩也雖有衆妙色有目不見明者彼屋舍裏雖有衆妙色羅列姝好有目者入中永不見色是故說雖有衆妙色有目不見明也

彼如有一人　智達廣博學　不聞則不知善法及惡法

彼如有一人智達廣博學者世儻有人優婆塞優婆夷刹利長者居士諸庶人心慧意朗

先聞者則知善惡之法極智慧人先不聞法者則無所別知是故說不聞則不知善法及惡法也

猶如人執燭　悉見諸色相　聞已盡能知善惡之所趣

猶如人執燭悉見諸色相者猶如智達之人手執明燭盡能分別好惡諸色是故說猶如人執燭悉見諸色相也聞已盡能知善惡之所趣者彼智學人聞法即知善惡諸法近法遠法有記無記盡能了知是故說聞已盡能知善惡之所趣

雖稱爲多聞　禁戒不具足　爲法律所彈所聞便有闕

雖稱爲多聞禁戒不具足者多聞博智善分別法於禁戒不大殷勤觸有所犯戒律不具是故說雖稱爲多聞禁戒不具足也爲法律所彈於聞便有闕者戒律之人以法彈舉斯人犯律不行正法爲人所譏行慙愧事是故說爲法律所彈於聞便有闕也

行人雖少聞　禁戒盡具足　爲法律所稱於聞便有闕

行人雖少聞禁戒盡具足者持戒完具無有缺失不廣習學是故說行人雖少聞禁戒盡具足也爲法律所稱於聞便有闕者彼持戒人爲人所稱某甲某村有持戒人可敬可貴晝夜精勤行道不廢不廣博學達古知今於聞便有闕是故說爲法律所稱於聞便有闕也

雖少多有聞　持戒不完具　二俱被訶責所願者便失

雖少多有聞持戒不完具者既自少聞戒律不具爲衆多人民所見嗤笑人修人本必全一行云何斯人盡拔善本或有興念憐愍彼人身後長夜受惱無量是故說雖少多有聞持戒不全具二俱被訶責所願者便失也

智博爲多聞　持戒悉完具　二俱得稱譽
所願者盡獲

多聞戒具足不犯於衆惡便爲天世人龍鬼神阿須倫眞陀羅摩休勒等悉見恭敬承事尊奉是故說智博爲多聞持戒悉完具二俱得稱譽所願者盡獲也

多聞能奉法　智慧常定意　如彼閻浮金
孰能說有瑕

多聞能奉法者思惟正法無所缺漏分別一句義演出無量復能略說還至一句是故說多聞能奉法也智慧常定意者分別慧明欲盡有漏至無爲處亦無造作成就賢聖無漏智心常禪寂而無亂想是故說智慧常定意也如彼閻浮金者餘弊惡金多有瑕者此閻浮金内外無瑕亦無塵垢是故說如閻浮金也孰能說有瑕者猶如戒行清淨人内外清徹行無玷缺無所違失無有能譏彼行人者是故說孰能說有瑕也

諸有稱已色　有歎說名德　斯皆謂貪欲
然自不覺知

佛契經說如來世尊先當成二業一眼知色二耳知聲愚者錯聞一者謂如來著色二者謂如來貪聲如來聲者如梵羯毘鳥佛言不爾吾所說異義不如此智者分別解如來義如來積行於阿僧祇劫先淨眼色耳聲然後

方修餘行是故說諸有稱巳色有歎說名德斯皆謂貪欲然自不覺知也

內無自知　外無所見　內不見果　便隨聲往

昔王波斯匿集四種兵夜非人時出城遊行時有一比丘名羅婆那拔提寂然閑靜唄聲清徹令四種兵莫不聞者時波斯匿王於彼衆中便生此念若我明日見此唄比丘者當賜三百千兩金玉復漸近內自思惟聲音如似近然復不見轉復前進見其人身在一函裏便賜三貝珠是故說

內既知之　外無所見　內見果實　便隨聲往

內既不知　外有所見　二果俱成　便隨聲往

內有所知　外有所見　彼有朗智　不隨聲往

時波斯匿王前白佛言向唄道人今爲所在吾欲觀之佛告王曰欲見者勿與懈慢佛即遣信喚比丘來王尋見之生變悔心悔夜所許極爲奢侈尋與三枚貝珠意猶欲悔王白佛言今此比丘本行何德得此妙聲復作何行受此小形唯願世尊敷演其義爾時世尊即以宿命智觀察當來過去現在便告王曰往昔久遠世時人壽二十千歲人民之類共相敬待謙遜承事時世有佛名曰迦葉在世遊化教戒周訖便取滅度是時國王臣民興戀慕心即起偷婆高而且廣其人爾時亦在其例稱言造此偷婆何爲高廣即夜以一鈴懸於佛圖上尋發誓願若我後生在在處處聲響清徹上徹梵天遭遇彼聖得盡諸漏於弟子中聲響清徹緣昔吐言嫌寺廣大由此果報受身極小復以鳴鈴懸寺上蒙此果報得致妙聲內既知之者自觀巳身內無所有

若好悉能分别内自知者知内六根是故説内自知之也外有所見者便觀外身一一分别若見剥割斫刺亦無所覺解知虚詐又言外有所見者外見六入是故説外有所見也彼有朗智者分别内外身一一思惟善察無滯解知所有以智觀之悉無所有是故説彼有朗智也不隨聲徃者人之聲響亂人善念之原首彼入定者外聲不入内亂不出解知彼聲猶如空等是故説不隨聲徃也了知四偈義各如是

耳識多所聞　眼識多所見　聞見不牢固事由義析理

耳識多所聞者或聞佛經或外道異學歌詠詩誦好者便受惡者捨離是故説耳識多所聞也眼識多所見者眼識亦多所見若好若醜善色惡色是故説眼識多所見也聞見不牢固事由義析理者若見聞念知盡能了别見當説見聞當説聞是故説聞見不牢固事由義析理也

知牢善説快　聞智定意快　彼不用智定速行放逸者

智牢善説快者彼善思惟言不錯亂承受不忘失則應此行是故説智牢善説快也聞知定意快者皆由聞故然後得定已得定意所適無礙是故説聞知定意快也彼不用智定速行放逸者放逸之人輙能行惡不顧後縁不念後世猶如以穀子投火欲望苗幹者事不然猶如小塊塞江欲以止流者終不可得放逸之人意行暴虐欲求毫氂善者吾亦不見是故説彼不用智定速行放逸者也

賢聖樂於法　所行應於口　以忍思惟定
聞意則牢固
賢聖樂於法者樂應賢聖法未始去離終已
翫習意無猒足皆是諸佛賢聖之所演說是
故說賢聖樂於法也所行應於口者行如禁
法無所違失是故說所行應於口也以忍思
惟定者受人教戒一心奉行不興憎嫉彼此
之心聞其善言甘心稟受晝夜誦習不離定
意是故說以忍思惟定也聞意則牢固者佛
所說法從初至竟上中下義終日諷誦初不
忘失是故說聞意則牢固也
我品第二十三
當學善言　沙門坐起　一坐所樂　求欲息心
當學善言者晝夜誦習善言好語採取衆妙
度世之要是故說當學善言也沙門坐起者
比丘常當作是念分別上下不侵他坐斯是
食坐斯是行道坐吾當坐此捨此是故說沙
門坐起也一坐所樂者專其一心求於定意
分別諸情攝取諸根一坐心亂者非爲一坐
意不外馳便能超越度魔境界是故說曰一
坐所樂也求欲息心者藏匿心識不攝心者
多諸思想若更受形趣三惡道地獄畜生餓
鬼中不遇三寶諸佛世尊不值清淨諸梵行
人不知慚恥當從一生至百千生求欲息心
則無生死是故說曰求欲息心也
一坐一卧　獨步無伴　當自降伏　隻樂山林
一坐一卧者降伏内外生死熾然雖復一坐
一卧心意不定非爲坐卧也復當思惟三有
之難恒當繫意使不分散是故說曰一坐一
卧也獨步無伴者在衆若野心恒一定若行

若坐心不馳騁如彼行人隨時乞食内自思惟食所從來受施之人求報其恩自知止足復當念佛身相功德持意忍辱亦不分散有如是心者便入村求度衆生不興亂想如彼山林而不有異是故説曰獨步無伴也當自降伏者恒自息意令不馳散當能校計内外諸物以能降伏便爲諸天世人承事供養八部鬼神隨時擁護爲佛世尊所見歎譽是故説曰當自降伏也隻樂山林者持心專意恒樂空閑雖入大衆意如空無天雷地動心不錯亂然後乃應如來聖典是故説曰隻樂山林也

千千爲敵　一夫勝之　莫若自伏　爲戰中勝

千千爲敵一夫勝之者或有衆生一人勝千不自降者則非爲勝便爲墮落不至究竟能自攝意内外降伏乃得越次至無爲境勝諸怨讎無所畏忌乃謂爲勝能滅三界結使根本永盡無餘名爲健夫三界結本已滅無餘更不造新或有衆生一人勝千或勝萬人非爲健夫何以故猶在生死不遠八難是故説曰千千爲敵一夫勝之莫若自伏爲戰中勝也

自勝爲上　如彼衆生　自降之士　衆行具足

自勝爲上者夫人在世能自降伏精神不錯復爲天龍鬼神揵沓和阿須倫迦留羅旃陀羅所見供養天魔波旬雖統六天亦不能得其便是故説曰自勝爲上也如彼衆生者如彼修行人既自纂學復能使人執行此心内不興垢外塵不入乃應清淨無爲處是故説曰如彼衆生也自降之士衆行具足者人有

十名號亦不同或言衆生我人壽命有形之類皆名衆生如斯之輩能自降伏不生外想實諦第一義無形不可見欲求無爲道者念自降伏不生十八本持不漏諸界斯亦復名自降之士諸根具足功德備具隨時行道不失時節是故說曰自降之士衆行具足也

非天揵沓和　非魔及梵天　棄勝最爲上　如智慧比丘

非天揵沓和非魔及梵天者或有世人祭祠諸天欲求恩福或事揵沓和修其淨行或事魔天望得豪尊或事梵天謂天爲道外道異學心想梵天衆生根本皆由梵天而生以是之故事於梵天如來說曰此非眞道自旣迷惑復使他人内於邪徑亦非堅固不可恃怙所謂眞正道者智慧比丘是也執心清淨不漏諸結爲人說法無彼此心意如虛空不可沮壞利根速疾亦不滯礙意之所念無往不剋是故說曰非天揵沓和非魔及梵天棄勝最爲上如智慧比丘也

先自正己　然後正人　夫自正者　乃謂爲上

先自正己然後正人者夫人修習自守爲上晝則教戒夜則經行孜孜汲汲終日匪懈然後訓誨衆生安處大道如佛契經所說佛告均頭如人已自没在深泥復欲權宜拔挽彼溺者此事不然猶人無戒欲得教戒前人者亦無此事廣說如契經如器完具所盛不漏人神惔怕堪受深法亦能教化一切衆生其聞法者莫不信樂是故說曰先自正己然後正人夫自正者乃謂爲上也

先自正己　然後正人　夫自正者　不侵智者

夫人習行不唐其功畢竟其學不亂勞苦以已所信平等無二勤加精進因有新業附近明智不親弊友夫人有智皆由明哲成人之慧非師不剋是故說曰不侵智者也

當自修剋　隨其教訓　已不被訓　焉能訓彼

當自修剋隨其教訓者如人習行備具諸行戒聞施慧以自莊嚴念定三昧盡諸有漏然後乃得訓誨一切其聞法者自歸篤信不懷狐疑是故說曰當自修剋隨其教訓也已不被訓焉能訓彼者如人修學素無善師無有將導便致躓礙遇善師者能自修責必獲所願無事不剋猶如善御馬將隨馬良善善者育養惡者加捶然後乃知善惡有別方之賢愚亦復不異善者生天惡者入獄方當經歷異諸罪苦其間艱難何能具宣如人出行必求良祐意欲所至無願不獲是故說曰當自修剋隨其教訓已不被訓焉能訓彼也

念自修剋　使彼信解　我已意專　智者所習

念自修剋者恒當專精使意不亂滅十跡行應身口意使無數衆生莫不渴仰遲聞所說欲修奉行是故說曰念自修剋也使彼信解者比丘比丘尼優婆塞優婆夷斯剎利婆羅門長者居士聞正言教心意信樂終不違逆是故說曰使彼信解也我已意專智者所習者如人習術意專乃剋若失良師便自墜落不能自拔出入進止爲天世人所見愛敬若至他方異域剎土見者心歡終不中退是故說曰我已意專智者所習也

爲已或爲彼　多有不成就　其有覺此者　正已乃訓彼

爲已或爲彼多有不成就者人之習行以已所修邪見之業復以已智授彼使學此則墜墮不至無爲如復有人已身專正習正受行以已所見教訓前人受者信解不唐其功是故說曰爲已或爲彼多有不成就也其有覺此者明人所習當究本行如佛所說不能自利焉能利人習行之人當念觀察思惟非常苦空非身悉解非有彼無我虛豈有身也是以聖人示人軌則導以微教布見切禁是故說曰其有覺此者正已乃訓彼也

身全得存道　爾時豈容彼　已以被降伏

智者演其義

身全得存道者由彼習行之人專精尅已爲尊爲貴爲無有成進止行來不逢凶虐恒爲諸天世人天龍鬼神揵沓和阿須倫旃陀羅摩休勒所見供養衛護其身使不遭患是故說曰身全得存道爾時豈容彼也已以被降伏智者演其義者如人纂修深奥之法得第一義越過三界便得成就四意止四意斷四神足五根五力七覺意賢聖八品道是謂如來甘露法門所願者得四事供養衣被飯食牀卧具病瘦醫藥是故說曰已以被降伏智者演其義者也取要言之偈成三句其文一同但益智者獲其法一句也法謂二義一名字體義體第二者所謂第一義四沙門果是也智者得其戒此二句也戒有二種一名二百五十戒二名無漏身戒智者被歎譽此三句也此亦二義一者俗所歎譽二者爲内藏所歎譽所謂俗者言語辯才和顔悦色不傷人意其聞法者歡喜承受樂聞其法無漏身

戒者所行不左常遇賢聖離八不閑處其有見者心開意解共相告令歎說其德智者聞其名此四句也或有學人俗聞其名道聞其名智者獲其樂樂有二種俗樂道樂在俗受其福德爲檀越施主所見念待受其供養衣被飯食牀卧具病瘦醫藥道樂者受禪定福根力覺意賢聖八道智者獲其慧慧有二種或有俗慧或有道慧所謂俗慧者分别名字衆不滯礙所謂道慧者得須陀洹道斯陀含道阿那含道阿羅漢道得諸根具足空無相願是故說曰智者獲其慧也智者獲其心心者衆行之本若心不正流馳萬端外著色聲香味細滑法若能降伏攝心不亂便能成就無爲道果然彼行人服其心意思惟曩昔爲心所惑劫數難量經歷生死皆由於心然我

今日覺心所爲便不造新爲心所使也智者獲其道衆生流轉從劫至劫不可稱記如契經所說衆生入地獄衆生入地獄者多於天地塵土如我今日越過三界以天眼觀衆生之類蜎飛蠕動共相傷害無有竟已猶如陶家脚蹴輪轉成其坏器或輪上壞者或在地壞者或入陶壞者人亦如是是故學人當念纂脩又復引經吾以天眼觀衆生生天者如於爪上土蓋不足言是故說曰智者獲其道處天久遊觀若有衆生久生天者勝後生天三事何謂三事一者天壽二者天色三者福禄是故說曰處天久遊觀也處天久受福共相娛樂視東忘西是故說曰處天久受福也處在宗族中如日貫雲出爲父母兄弟姊妹中外所見愛敬斷諸一切縛盡能斷一切諸

結使未盡無餘縛著愛染悉皆除棄是故說曰盡能斷一切諸結使處憂不已憂心解是非解知無常恩愛別離世之常法有樂必苦生當有死不生則無死豈可避以是義推憂爲是誰樂所從來是故說曰處憂無憂心如死灰澹然無爲盡滅一切惡趣所以惡趣者地獄餓鬼畜生邊地夷狄之中亦名惡趣是故說曰滅一切惡趣也脫一切苦惱脫八苦根生苦老苦病苦死苦怨憎會苦恩愛別離苦所欲不得苦取要言之五盛陰苦行者於中脫此衆苦泥洹爲第一無爲無作無有衆變是故名爲泥洹也

出曜經卷第十四

音釋

析先的切分也　憒古對切心亂也　緒象呂切端緒也　隤徒回切墜也　熅烏昆切與溫同暖也　頷五感切低頭也　躁則到切不安靜也　欻許勿切猶忽也　鬱紆勿切　噉徒濫切食也　積子智切與積同聚也　塟則浪切埋也　胤羊晉切繼也　牖以九切壁窻也　緻直利切密也　唄蒲拜切梵誦也　纂作管切綜集也　躓職日切　蜎隳緣切小飛也　蠕乳兖切蟲動貌　蹴子六切踏也

出曜經卷第十五

尊者法救造
姚秦三藏竺佛念譯

廣演品第二十四

雖誦千章　不義何益　寧解一句　聞可得道

雖誦千章不義何益者夫人在世多誦廣學不曉義理亦復不了味義句義猶如有人多負草木至百千擔正可勞苦無益時用是故說曰雖誦千章不義何益寧解一句聞可得道也寧解一句聞可得道者如昔有士多貯財貨饒諸穀食意欲遠遊便以家穀糴之易寶積珍無量後復以珍寶多易好銀意復嫌多便以好銀轉博紫磨金意復嫌多持以好金轉無價如意摩尼寶所願畢果終不差違此亦如是雖多學問不解句義解一義者所獲必剋是故說曰寧解一句聞可得道也

雖誦千章　法義具足　聞一法句　可從滅意

雖誦千章法義具足者人多修學義味成就然復不能思惟義趣便自墜落不至究竟是故說曰雖誦千章法義具足也聞一法句可從滅意者世多有人愽學多聞能思一句至百千義義義相次不失其緒以漸得至無爲大道是故說曰聞一法句可從滅意也

雖復壽百年　毀戒意不定　不如一日中
供養持戒人

雖復壽百年毀戒意不定者夫犯戒之人不護三事坐禪誦經佐助如斯之類不可親近雖久在世積惡無量死入地獄受無數苦火車爐炭刀山劒樹畜生餓鬼亦復如是是故說曰雖復壽百年毀戒意不定也不如一日

中供養持戒人者持戒之人修行定意一日功德無數無量不可以譬喻爲比久處於世積德無量若生於天自然受福是故說曰不如一日中供養持戒人

雖壽百年　無慧不定　不如一日　黠慧有定

雖壽百年無慧不定者世多有人不知慚愧與六畜不别猶如駱駝騾驢象馬猪犬之屬無有尊卑高下人之無智其譬亦爾愚闇纏裹莫知其明是故說曰雖壽百年無慧不定也不如一日黠慧有定者黠慧之人深入法與從一句義至百千義思惟反覆不以爲難是故說曰不如一日黠慧有定也

雖復壽百年　懈怠不精進　不如一日中　精進不怯弱

雖復壽百年懈怠不精進者如世有人意恒懈怠所願不成既自墮落復使他人没在生死自陷溺者失五分法身不至無爲大道之處自迷於道轉教他人没在生死若受檀越飯食牀卧具病瘦醫藥不能消化從生至死墮于地獄餓鬼畜生雖得爲人邊地佛後世智辯聰八難之處所以然者皆由前身不積德也是故說曰雖復壽千年懈怠不精進也不如一日中精進不怯弱者或有世人勇猛精進解世非常人身難得佛世難遇生值中國亦復難遭諸根完具亦復難得於賢聖法中求作沙門亦不可得聞眞法言復不可得有智之人能解此者當念精進求於道果得至泥洹亦復不難也已以辦具便能成就無漏法身是故說曰不如一日中精進不怯弱也

雖復壽百歲　不知生滅事　不如一日中
曉了生滅事
雖復壽百歲不知生滅事者人在世間無明自纏不能得解計百年之中積罪無量亦復不知生者滅者雖得出家爲道在如來法中不了生滅恒在凡夫之地不至無爲也斯非比丘沙門之業遠如來藏不近佛篋是故說曰雖復壽百歲不知生滅事也不如生一日曉了生滅事者人之在世觀達諸法一一虛無生者不知所以生滅者不知所以滅一一別之能知根本臨死之日亦不畏懼無所怖難所生之處神識不錯遭賢遇聖聞法得度是故說曰不如生一日曉了生滅事也取要言之觀痛所從生夫人處世不知痛滅所與雖爲比丘不違沙門之行是故說曰觀痛所從生也當觀有漏盡人之習行不達有漏便當留滯三界五趣流轉生死無有出期智者習行觀此有漏知所從生知所從滅生不知所以生滅不知所以滅漸漸得至無漏境界復當觀察不動行跡若復有人不能觀察不動行跡者便自墮落墜乎生死雖處沙門非沙門行雖處婆羅門非婆羅門行由四事因緣雖深與法者若復學人觀察了知不動行跡意不傾動亦不移易漸漸得至登無爲岸復當觀察不死行跡如人在世不知死生死爲神徙風去火冷寬靈散矣身體挺直無所復中然此習道之人荷服法衣剃除鬚髮著三法衣不能觀察死之爲死生之爲生亦復不能修清淨梵行所謂不死行跡者滅盡泥洹是以得入中無爲之處不生不老不病不

死澹然快樂是故說曰當觀不死行復當觀察清淨行跡道足清淨非穢濁所學道能去垢非習垢所學次當觀察天形象法不可覩見習上人跡於一切諸法最上最尊無能及者所謂滅盡泥洹是也行人觀察甘露行跡無饑渴想無煩熱想其不覩者永墜生死不達本無獲甘露者福業具足以已施彼無所悋惜也

雖復壽百歲　山林祭祀火　不如須臾間
執行自修纂

雖復壽百歲山林祭祀火者昔有梵志勞形苦體在於曠野深山之中祭祀火神隨時瞻拜不違其火選擇淨薪採取好葩燒種種香以用供養望得恩福時彼梵志退自念言我在此山習學奇術念事此火以經百年今當自識知火恩福若識恩福證驗當見設不爾者復祭祀爲時彼梵志意不遠處即以兩手前捧熾火尋燒手臂疼痛難言梵志自念吾祭祀火經爾許年唐勞其功損而無益將是我身招此患苦爾時彼山有學道比丘相去不遠知而問曰梵志當知火者體熱不別恩養尊卑高下卿欲知者吾有聖師三界獨尊行則躡虛無所罣礙坐則揚光照徹十方寧可與卿往彼親覲備得聞其深奧之法從此岸得至彼岸梵志聞已心開意解便與道人往至佛所頭面禮足在一面立爾時世尊觀彼梵志應得度脫在大衆中而說斯偈

雖復壽百歲　山林祭祀火　不如須臾間
執行自修纂

爾時梵志豁然心解諸塵垢盡得法眼淨佛

告梵志卿前在山百年事火祭祀諸神唐勞其功不至究竟汝今乃知眞道之處不如須臾間執行自修纂世人執愚至死不剋百年事火不自覺悟抱愚投冥不能自攺若能自覺知之非眞恒當思惟知病所興爲所從來爲所從去悉了非眞實法若復受他衣被飯食牀卧具病瘦醫藥便能消化不令有失承事供養名華擣香雜香繒綵幢旛如是之福不可稱計百歲事火不如須臾彈指之頃一行慈心其福最尊爲無有上難稱難量不可以譬喻爲比猶如芥子仰比須彌牛跡之水與海校量爪上末塵自稱勝地螢火之蟲與日競明慈心之德其事如此況復百年修德具足乎乘此之福經百千劫未曾墜墮在凡夫地衆人仰望莫不敬奉皆由前世積行所致是故說曰不如須臾一行慈心也

從月至其月　愚者用摶食　彼不信於佛　十六不獲一

從月至其月愚者用摶食者或有生類貪著飯食以養其形不慮後世殃禍之災四大之體其性不同神處其中識別是非智者識眞愚者倒見不知今世後世善惡之行展轉三塗八難無有出期是故說曰從月至其月愚者用摶食也彼不信於佛十六不獲一者若有衆生一日半日一時半時彈指之頃篤信於佛意不移易其福難量不可稱計不可以譬喻爲比福至冥報無形無像忽然自至功祚無窮是故說曰彼不信於佛十六不獲一也取要言之彼不信於法十六不獲一億千萬劫時聞法聲所謂法者滅盡泥洹是也如

契經所說告諸比丘今當與汝說三第一之尊一者佛爲第一之尊二者法爲第一之尊三者僧爲第一之尊彼云何佛爲第一之尊諸有衆生之類無足有足一足二足四足至衆多足有色無色有想無想乃至非想非無想如來於中爲尊爲最爲無有上是以比丘其有衆生篤信佛者爲信第一之尊以信第一之尊便受第一之福以受第一之福便生人天第一豪尊是謂名曰佛爲第一之尊彼云何法爲第一之尊所謂法者有爲法無爲法滅盡無欲無生滅法泥洹法者爲尊爲最爲無有上其敬法者爲敬第一之尊以敬第一之尊便獲第一之福以獲第一之福便生天人第一豪尊是謂名曰法爲第一之尊彼云何僧爲第一之尊諸有大衆大聚大會翼從之徒如來聖衆爲尊爲最爲無有上是以比丘其有衆生篤信僧者第一之尊以信第一之尊便受第一之福以受第一之福便生天人第一豪尊是謂名曰僧爲第一之尊不以慈心者十六不獲一衆生之類晝夜含毒瞋恚所纏共相茹食由懷忿怒向乎二親豈當有慈加被衆生乎此事不然也是故說曰不以慈心者十六不獲一也不愍衆生者十六不獲一猶如境界方域其中衆生名號姓字不可稱計若有入慈定之士於中教化周窮濟乏不擇好醜亦不與想斯可施與斯不可與平等無二一而不異乃謂眞施是故說曰不以慈心者十六不獲一也或有國土稱其衆生名曰蠕動之類於中勇猛不辭勤勞適彼國界供給所須不令闕減是謂施心蠕

動之類不以神祇故十六不獲一不以正法故衆生自墜墮外道異學尼揵子等自稱爲尊以鐵鍱腹跨行世間自相謂曰此諸釋種沙門道士世之狂夫露頭左衽自稱爲尊我等觀察正是不祥之應世人狂惑何爲尊事若有衆生施此人者後得穢惡不淨之報夢想見之寤則遇惡況當行道與共相見是故世尊告諸比丘能於正法信心不斷遭遇百千勤苦衆難心不變易一意信向不習倒見爾乃名曰如來正法其不信者於十六分未獲其一其有信心向正法者其福無量不可稱計百倍千倍萬倍巨億萬倍不可以譬喻爲比何以名曰十六分不獲一也所以論十六者謂十六者謂十六大國也此閻浮境仁義所居無有出此十六大國博古覽今敷演深奧隨順決斷永除狐疑使無猶豫十六國名其號一爲鴦伽二者默偈陀萍沙王三者迦詩四者拘薩羅波斯王五者素摩六者須羅吒七者惡生王拔蹉八者拔羅憂填王九者遏波十者阿婆檀提憂陀羅延王十一者鳩留十二者般遮羅阿拘嵐王十三者椽難十四者耶般那十五者劎桴（本闕十六）此十六大國苞識萬機衆事不惑衆辯捷疾學不煩重暢達妙義尋究本末演布無量尋之難窮斯出十六大國之中夫修行人不能施心仰慕妙義者但當遊行歷十六國威儀禮節自然得成不加於師無有模則也

若人禱神祀　經歲望其福　彼於四分中
亦未獲其一

若人禱神祀經歲望其福者想外道愚學顛

倒邪見執愚不悟祭祀神祠乃經一歲其中費耗生民之貨亦不可計以若干種甘饌飲食焚燒于火謂爲獲福反更遇禍斯由執愚不自改更至今死後入于闇冥不覩大光智慧之明是故說曰於四分中亦不獲其一也是故聖人訓之以漸導之以路獲誘愚惑至安隱處須臾行善勝彼一年也

親品第二十五

無信懷憎嫉　鬬亂彼此人　智者所屏棄
愚習以爲樂

無信懷憎嫉鬬亂彼此人者夫人在世信心不固亦復不信佛法聖衆眞如四諦苦集盡道積財至天猶不可恃怙捨壽之日財不自隨皆由今身不惠施故不造功德畢故不造新猶如有鳥㗵貪肉食山樹有葉其像肉色晝夜伺捕延頸仰望在樹像肉墮即爲葉迷惑所纒不自覺寤如是不息喪命於彼所以然者皆由貪心不自改更故此間聞語傳至於彼設從彼聞復傳於此鬬亂彼此使不成就意中興嫉轉生塵垢是故說曰無信懷憎嫉鬬亂彼此人也智者所屏棄者智人知禮節避嫌遠疑不處惑亂之中彈指之頃不與從事況當至竟與共遊乎所謂智者明古知今博通衆事防慮未然所行不左心口相應言無有失分別深義意不倒錯從一句義演布無數愚者所惑是故說曰智者所屏棄也愚習以爲樂者設復有人善心勸諫誘進童蒙訓之以道使見道門不從其教反更疑惑以地獄爲堂室不慮後世殃禍之根教行惡業不從善教轉復墮落地獄餓鬼畜生之中

是故說曰愚習以爲樂
有信無憎嫉　精進信多聞　智者所敬待
賢聖以爲樂
有信無憎嫉者如復有人篤信佛法聖衆至意信解苦集盡道不懷諛諂心意柔輭承事敬待諸梵行人晝則勤受夜則經行孜孜汲汲不失威儀和顏悅色先笑後言不傷人意是故說曰有信無憎嫉也精進信多聞者人之修行精進爲上況復廣學採取多聞戒聞施慧廣布一切安處無爲寧處道場以己所見演示前人是故信多聞也智者所敬待者常當親近承受不及戒身不具足者令使具足定身慧身見身見解脫身不具足者令使具足是故說曰智者所敬待賢聖以爲樂者夫人修行追賢逐聖不辭寒苦正使遭遇百千億難能捨身命雖遭斯苦不爾其意是故說曰賢聖以爲樂
不親惡知識　不與非法會　親覲善知識
恒與正法會
不親惡知識者彼修行人遭惡知識者日增惡行墮入地獄餓鬼畜生正使行清意潔隨惡染其素猶若有人愛犬猪羊心不遠離猪犬隨逐亦不相離猪犬所樂糞除爲上厠圂爲浴池共相染汙親惡知識者亦復如是共相追逐終以無善是故說曰不親惡知識也不與非法會者非法人者五無救罪無戒無聞無慧無施如此之人不可親近其有追逐以爲伴者墮入惡趣不至善處是故說曰不與非法會也親近善知識者學有日新出言柔和心意相應設有之造不傷人意先笑後

言文句相應是故說曰親近善知識恒與正法會者所謂正法會佛辟支佛聲聞是也更無衆生出於佛者除佛以更無衆生出於辟支佛者除佛辟支佛更無衆生出於聲聞者其有信心向此三者得至究竟不墜三塗厄難之處是故說曰恒與正法會也

行路念防慮　持戒多聞人　思慮無量境

聞彼善言教　各各知差別

行路念防慮者群從在途出言防慮曠野之中多諸鬼神若論惡語神即得便論說善者鬼神營護所至到處不遇惡人亦復不逢劫盜人者是故說曰行路念防慮持戒多聞人受佛言教不去心首如佛所說告諸比丘當修三昧正受定意若行若坐無令違失便為諸天鬼神所見營護所以然者皆由承受正

佛言教是故說曰持戒多聞人也思慮無量境者晝夜思慮坐禪誦經戒聞施慧是故說曰思慮無量境也聞彼善言教各各知差別如彼學人聞彼善教意不錯亂文句相應便成道果須陀洹果斯陀含果阿那含果阿羅漢果增益善根至無為道是故說曰聞彼善言教各各知差別

近惡自陷溺　習善致名稱　妙者恒自妙

此由身眞正

近惡自陷溺者如復有人親近惡友但有日損不至究竟猶若半月日有闇冥無有大明親近惡友亦復如是日損善根增益惡法是故說曰近惡自陷溺也習善致名稱者勝人所習日有名稱猶如月欲盛滿日有光明遠照無外修善之人亦復如是善名廣著名稱

遠布是故說曰習善致名稱也妙者恒自妙所行專正修無上道猶如須陁洹家仰修斯陁含道斯陁含家仰修阿那含道阿那含家仰修阿羅漢道阿羅漢家轉自增益諸善功德是故說曰妙者恒自妙也此由身眞正者當求巧便求諸功德瓔珞其身意中欲得名稱廣布者欲得諸天世人敬待當自謹慎不興塵勞懷來道故是故說曰此由身眞正也

善者終以善　斯由親近善　智慧爲最上

禁戒永寂滅

善者終以善斯由親近善智人求於智以成其聖道猶如紫磨眞金内外清徹造作器皿無不成就智者亦爾賢聖相習留教在世永世不朽是故說曰善者終以善斯由親近善也智慧爲最上禁戒永寂滅者夫人習行先當求上人之法是故說曰智慧爲最上禁戒永寂滅者也

如魚湍聚湊　人之貪著取　意著不覺臭

習惡亦如是

如魚湍聚湊人之貪著取者猶如群魚集聚一處穢汙難近人意貪著不顧臭穢愚人執意謂爲甘美不知久久不便於身臭氣流溢布見於外習惡之人亦復如是與親近者即成其惡損減善根增益惡部是故說曰如魚湍聚湊人之貪著取意著不覺臭習惡亦如是也

木榓㮏藿葉　衆生往採取　葉動香遠布

習善亦如是

木榓㮏藿葉衆生往採取者如有善察之人往採其香雖不得根復獲香葉香氣苾芬正

使捨彼故處猶香善知識從事者亦復如是成人之德功福日積是故說曰木檻葵藿葉衆生往採取葉動香遠布習善亦如是也

已自不習惡　親近習惡者　爲人所誣笑惡名日增熾

已自不習惡親近習惡者世多有人不行惡事婬逸盜竊性不飲酒不博弈戲樂然彼衆生或在酤酒家坐或入婬種村中或在博弈家坐爲主人所見謂爲斯人習此非法與猶豫想此人先自貞潔清淨今日何爲習此非法惡聲遂顯流聞四遠百千衆生共相告語誹謗之名從是日滋是故說曰已自不習惡親近習惡者爲人所誣笑惡名日增熾也

觀習而習之　知近而親近　毒箭在其束淨者被其汙　勇夫能除汙　去惡不爲伴

觀習而習之知近而親近者世多有人未在道檢意不堅固與惡從事不被教訓見物而習見惡習惡見善習善以已所見示見於人身自不正焉能正人猶如毒箭汙染餘者已身行惡教人習之智者觀察此已終不行其惡是故說曰觀習而習之知近而親近毒箭在其束淨者被其汙勇夫能除汙去惡不爲伴也

是故知果報　智人悉分別　非親慎莫習習當近於賢　比丘行於道　忍苦盡諸漏

是故知果報智人悉分別者衆生造行果報不同或疊輕而藥妙或罪重而易療唯有覺者能消滅耳智人所習自審明矣設有愆咎即能悔過猶馬蹶躓加之杖策然後調伏智人習行亦復如是尋隙所生自悔不及是故

說曰聖人亦果報智者悉分別也非親慎莫習習當近於賢者所謂非親所行非義口吐言教終無善響布毒於人以為快樂其有衆生翫習此者便為長夜流轉生死受惱無量神識倒錯心意煩熱所謂賢者包識衆事萬機不惑為人師範辯才無礙以已明慧演示衆生其聞音者斯蒙度脫是故說曰非親慎莫習習當近於賢也比丘行於道忍苦盡諸漏者行人執意衆業備具賢聖八品如來聖道諸佛世尊常所修行復以賢聖苦忍之法盡諸有漏成乎無漏是故說曰比丘行於道忍苦盡諸漏也

愚者盡形壽　承事明智人　亦不知真法
如瓢斟酌食

愚者處世雖壽百年與智者同俱然意懞懞不別真法是以聖人以瓢為喻終日酌物不知鹹酢喻彼愚者雖遇賢聖意迷心惑不達正教寄生於世無益於時是故說曰愚者盡形壽承事明智人亦不知真法如瓢斟酌食也

智者斯須間　承事賢聖人　一一知真法
如舌知衆味

智人所學意志捷疾聞一知萬豫達未然隨時之行亦不錯謬悉能分別亦無滯礙猶舌嘗味甜酢鹹淡悉能知之學人所習究暢本末別白黑法知病所興知病所滅斯非顛倒斯是顛倒皆能別了投之聖藥是故說曰智者斯須間承事賢聖人一一知真法如舌知衆味也略說其事彼不解慧愚人所習唯有智者能究其事彼無眼目所謂愚者是也眼

目者賢聖眼目是也唯有智者而有此耳彼不知眞法三耶三佛說所謂不知眞法者愚者是也

智者尋一句　演出百種義　愚者誦千句不解一句義

智者尋一句演出百種義者智者執意明達道術禪宴不亂練精神識永無塵垢四辯具了聞一句之義達百千之章是故說曰智者尋一句演出百千義也愚者誦千句不解一句義者愚者意迷從冥至冥不覩大明雖誦十章不解一義是以智人常當遠之不與從事是故說曰愚者誦千句不解一句義也

一句義成就　智者所修學　愚者好遠離眞佛之所說

昔有比丘往至佛所前白佛言唯然世尊大慈垂愍開悟未及願爲說法應適人意我聞法已心意開悟得蒙度脫爾時世尊略說其義告比丘曰非汝則捨比丘白佛我已知矣佛告比丘我義云何汝以知乎比丘白佛色非我有我已捨矣佛言善哉如汝所說是故說曰一句義成就智者所修學也愚者好遠離眞佛之所說聖人處世教誡衆生平等大道愚者意迷神識難華或見如來而掩目者或聞說法而塞耳者或見如來行跡輪相在地而蹹壞者斯等之類罪垢深固難可改更過去恒沙諸佛世尊終訖說法於無餘境然衆生類執愚積久甘露滋降不覩不聞捨形受形輪轉生死無有出期斯由愚惑無明所纏故也

怨憎有智勝　不隨親友義　愚者訓非道

漸趣地獄徑
怨憎有智勝者怨憎之人自知隙深意性明達防慮未然恒自思惟設我今日行非法者便自陷溺不毀彼人也知有怨讎衆多思欲報怨力所不至知當如何不如行慈乃可得勝是故說曰怨憎有智勝也不隨親友義者親友之人心意疑倒意之所好教授前人與共同歡惡則同惡好則同好後受報對入地獄中是故說曰不隨親友義愚者訓非道漸趣地獄徑
愚者自稱愚　當知善黠慧　愚人自稱智是謂愚中甚
愚者自稱愚當知善黠慧者愚自思惟悔本不及我本所行實爲非法種諸罪根開地獄門塞泥洹路晝夜懇責我今處世衆結自纏塵垢汙染捨身受身輪轉生死不離三有便自悔責追師逐侶漸漸得至無爲之處是故說曰愚者自稱愚當知善黠慧也愚人自稱智是謂愚中甚者愚人生世恒自歎譽我爲尊貴餘者不如不達今世後世殃疊之罪我所知見世之希有自揚其名抑彼之德不知生死之難修凡夫行是故說曰愚人自稱智是謂愚中甚
若復歎譽愚　毀呰智者身　毀智猶有勝歎愚不爲上
若復歎譽愚者愚者所習見物歎譽不別尊卑善惡之行所可歎者反更毀呰是故說曰若復歎譽愚也毀呰智者身者雖被誹謗不以憂慼自知果報緣對所至是故說曰毀呰智者身猶有勝也歎愚不爲上者衆生處世

群愚黨或聞彼稱名歡喜踊躍不能自勝不知久後於身不便是故說曰歎愚不爲上也

莫見愚聞聲　亦莫與愚居　與愚同居難
猶如怨同處

昔佛在羅閱祇將侍者一人名曰阿難在路遊行爾時世尊遥見調達逐路前進佛告阿難我等可共就餘路行何爲與此愚人相見爾時阿難前白佛言云何世尊如來今日畏此調達乎何爲欲避就於餘路佛告阿難我自憶念本所造福自致無上等正覺亦復不見魔若天外道異學沙門梵志能使如來有恐怖者此事不然吾昔在樹王下衆結未盡弊魔波旬將十八億衆人身獸頭猨猴師子虎兕毒蛇惡鬼形貌擔山吐火把持刀劔戈矛鎧鉀揚聲哮吼塡塞虛空時來恐我猶尚不能動我一毛況今我身成等正覺三界獨尊豈當畏於愚調達耶此事不然爾時世尊便說此偈

莫見愚聞聲　亦莫與愚居　與愚同居難
猶如怨同處　當選擇共居　如與親親會

夫人處世當與黠慧之人共居出則和顏入則同歡共相敬待如父如兄如身無異猶如親親心意欵至如此相敬皆至無爲是故說曰當選擇共居如親親會也

是故事多聞　并及持戒者　如是人中上
猶月在衆星

是故事多聞并及持戒者多有衆生解世非常明鑒三有知今世後世之報自知衆德具足恒親近賢人戒成就者定成就慧成就解脫成就解脫見慧成就是故說事多聞并及

持戒者也如是人中上猶月在衆星中者五分法身未具令使具足在大衆中獨尊雙步無有疇匹猶如明月在衆星中光明遠照無有及者是故說曰如是人中上猶月在衆星也

出曜經卷第十五

音釋

糶 他弔切米穀也　責篋 詰叶切箱屬　奥 於到切深也　侹 他鼎切直也　葩 披巴切花也　疼 徒冬切痛也　擣 都皓切舂也　摶 徒官切捏聚也　袵 如金切衣襟也　尪 於浪切　嵐 盧含切　桴 芳無切　嗉 蘇故切鳥吭也　廁圂 廁初吏切圂胡困切廁圂圊也　湍 他官切疾瀨也　榓 覓筆切香木也　葵藿 葵渠惟切藿忽郭切　釁 許刃切過也　蹶 居月切僵也　懇 口很切誠也　兕 序姊切獸似牛一角　鎧 可亥切甲也　疇 除留切與儔同

出曜經卷第十六

尊者法救造

姚秦三藏竺佛念譯

泥洹品第二十六

如龜藏其六　比丘攝意想　無倚無害彼
滅度無言說

如龜藏其六比丘攝意想者猶彼神龜畏喪身命設見怨讎藏六甲裹內自思惟若我不藏六者便爲獵者所擒或梟其首或傷前左右足或斷後左右脚或毀我尾令不防慮定死無疑比丘習行亦復如是畏惡生死攝意亂想恒自思惟雖得爲人寄生無幾今不自攝者便爲弊魔波旬及欲塵魔自在天子使得我便是故說曰如龜藏其六比丘攝意想也無倚無害彼滅度無言說者不得倚於衆結縛著邪業顛倒欲有所倚者惟依於聖諦欲有所至安隱達彼喻如久病羸瘦著牀卧大小便不能動搖或老羸極不能起居要須健夫扶持兩掖意欲所至安隱至彼衆生之類其譬亦爾諸根闇鈍於諸深義不大殷勤設遇良友憑仰有處漸漸得免生死之處是以世尊演教後生無倚生死起謀害心無倚無所害及成道跡是故說曰無倚無害彼也滅度無言說者猶如熾火光焰赫赫焚燒山野樹木枝葉無有遺餘火滅之後更無赫焰之兆凡夫之士亦復如是以貪熾火瞋恚熾火愚癡熾火焚燒功德善根永盡無餘既自喪福復使他人不至究竟若得羅漢諸塵垢盡婬怒癡火永不復見已身得道復能度人是故說曰滅度無言說也

忍辱爲第一　佛說泥洹最　不以懷煩熱
害彼爲沙門
釋迦文佛昔爲菩薩時處在深山無人處勞神苦體修行忍辱內自繫意衆想不起時有迦藍浮王出行遊戲將諸宮人婇女五樂自娛彈琴鼓瑟作倡伎樂恣意自由聞樂疲猒即便睡眠宮人婇女各各馳散採拾妙華遥見菩薩在樹下坐顏貌端正如桃華色其有覩者莫不喜踊如日初出靡不普照如月在空衆星嶽峙諸婇女見奔趣向跪各一面立是時菩薩徐開目視威儀庠序漸漸導引與說妙法欲不淨行漏爲大患夫人貪欲染汙形者後墮鳥獸鴿雀之中臭穢不淨墮入惡趣非是賢聖眞人所學諸妹當知夫婬欲者當受火車爐炭之報如是菩薩無數方便說欲穢汙時迦藍浮王從睡而覺左右顧視不見諸婇女衆即拔利劒輕乘疾馬馳奔求覓良久乃見遥覩菩薩顏色從容婇女圍遶王意自念此人端正世之希有必與我婇女欲情交通內興恚怒憎嫉之心瞋恚赫熾不顧道理直前問曰卿爲仙士在此習術卿爲得第一禪耶對曰不也大王復重問頗得第一第三第四禪空處識處不用處有想無想處耶對曰不也大王王告之曰卿今在此學於道術於此諸德不獲其一何爲在此喪其日月菩薩報曰吾所以捐棄家業在此學者欲修忍辱之定王復自念此人在此學來積久向瞻我色知我瞋盛是以報我修行忍辱吾今試之爲審爾不夫試忍之法不可飲食餚饌作倡伎樂乃得知之要用威怒切痛傷肌

之惱乃知現驗王語仙士設卿行忍辱者速舒右手吾欲試之是時菩薩歡悅舒之時王恚盛不顧後世尋拔利劒斫右手斷次斫左手復斫右脚次斫左脚截耳截鼻王問仙士汝今何所志求仙士報曰吾今行忍不捨斯須正使王今取我身體碎如芥子終不退轉失慈忍辱夫人瞋恚汙染之心形毀之後漏血無量我今得忍加被毀形諸瘡孔中悉出乳汁以此爲驗故行忍辱去彼不遠復有仙士數百之衆在彼學道聞此菩薩爲王所毀皆來奔趣圍遶問訊不審仙士疼痛不至劇耶對曰非也諸賢諸仙復問曰汝今形體分爲七分豈得復言無疼痛耶菩薩報曰心痛形不痛者便墮地獄餓鬼畜生形痛心不痛者便成無上爲最正覺爾時諸仙士各各歎曰善哉善哉神仙忍之爲妙無有過者捷疾利根長養其福必果其願將至不久是故說曰忍辱爲第一也佛說泥洹最者法中之微妙者莫過泥洹夫泥洹者不生不老不病不死澹然無爲無起滅想法中之上無復過者是故說曰佛說泥洹最也不以懷煩熱者所以捨家捐棄妻子除去五欲捨世八業不顧俗榮出家修道何爲於中惱熱衆生是故說曰不以懷煩熱也害他爲沙門者夫爲沙門應第一義隨沙門法不越次序無有憎嫉詐誑於人護彼如視已不從教令進學是故說曰害他爲沙門也

言當莫麤獷　所說應辯才　少聞共論難
反受彼屈伏

言當莫麤獷者昔佛在世與大目揵連說法

卿今日目連夫爲說法當如法說其間不容不雜糅之義說正法時心意端正不得左右顧視豈當浮說不急之事何以故爾夫麤言者多諸瑕隙後更受形一身百頭如彼迦比羅比丘不異是故說曰言當莫麤獷也所說應辯才者知天文地理星宿變異災怪所出六藝通達博練典籍造作無端便爲智者所見嫌疑若嗔責數倍增恚怒如斯之徒不可親近是故說曰所說應辯才也少聞共論難反受彼屈伏者人相是非此來久矣我所說是汝所說非互相高下遂生忿怒猶如二人謗毀於佛一人有信受教不審一人無信諸根闇鈍如斯二人受地獄餓鬼畜生根栽若生爲人六情不具言語蹇吃是故說曰少聞共論難反受彼屈伏也

數自興煩惱　猶彼器敗壞　生死數流轉
長沒無出期

數自興煩惱猶彼器敗壞者如人執愚至死不改結使纏著顛倒亂想邪見貿試而自纏絡猶若破器漏出所盛無所復中塵土垢坌而自汙染是故說曰數自興煩惱猶彼器敗壞也生死數流轉長沒無出期者人不豫慮必受其殃猶若陶輪輪轉不停久處生死求出難剋無以爲喻是故說曰生死所流轉長沒無出期也

若不自煩惱　猶器完牢具　如是至泥洹
永無塵垢翳

若不自煩惱猶器完牢具者若能自專不興諸著去諸縛結便當獲致無漏慧根四意止四意斷四神足五根五力七覺意賢聖八品

道猶如完器堪任受盛衆人見者莫不愛樂是故說曰若不自煩惱猶器完牢具也如是至泥洹永無塵垢翳者人無此瑕滓得至滅盡泥洹之處永寂永息無所起滅是故說曰如是至泥洹永無塵垢翳也

無病第一利　知足第一富　知親第一友

泥洹第一樂

無病第一利者世多有人宿少疹患皆由前世報應之果昔有二商客冒涉危嶮他國治生未經幾日積財無數一人緣至卒遇重患所有財貨療炙患盡窮困頓篤不蒙瘳降一人無病不費財貨雖獲大利猶懷怨訴我今所得益不足言安隱歸家無所損失晝夜怨訴不獲財利親族勸諫語商人曰卿今無病安隱至家何爲嗥叫言不獲利有身全命實中之上是故說曰無病第一利也知足第一富者如佛律藏所說世有二人難可猒足云何爲二一者得利而費耗二者得利而深藏若使閻浮地內天降七寶滿此世界與此二人者猶不知足未斷欲之人貪著財貨得而復求不知猒足唯有履道之人明知非常解釋非眞不顧其珍解知幻化不得久停猶若琢石見火電之過歷目如斯之變遷轉不住是故說曰知足第一富也知親第一友者人共知親以幸到爲本先信後義乃可同處猶昔有一人情愛至深但與朋友從事不與兄弟言談官遣禁防來召此人其人醉酒殺官來使尋走奔向歸趣朋友以已情實具向彼說我今危厄投足無地唯見容受得免其困朋友聞之皆共愕然咄卿大事難可藏匿宜

可時還勿復停此設事顯露罪我不少卿有兄弟宗族昌熾何爲向我叛於骨肉其人聞之尋還歸家投歸兄弟五體歸命以實自陳所作愆咎宗族聞之皆共慰勞勿懷怖懼當設權計使免此難五親雲集嚴駕行調各各進路適他國界更立屋宅共相敬待倍勝本國財寶日熾僕從無數是故說曰知親第一友也泥洹第一樂者泥洹之中終無患苦塵勞衆結永無復有休息滅盡是故說曰泥洹第一樂

饑爲第一患　行爲第一苦　如實知此者
泥洹第一樂

饑爲第一患者昔萍沙王爲兒阿闍世閉在深牢人信斷絶糧餉不通在彼饑困告訴無所王欸思惟念佛在心憶本所說尋於獄中而說斯偈

最勝言教　流布無際　世共傳習　實無有猒
如無等倫　所說善教　身苦所逼　何過饑患

患中之苦者莫過於饑是故說曰饑爲第一患也行爲第一苦者夫人處世志趣不同所習各别饑寒勤苦切身之酷若人受形當有處胎冥室之患設復降形有析體之惱諸情具足當有衰喪老病所困形變神徙便當受彼善惡之報斯由造行之所致也是故說曰行爲第一苦也如實知此者泥洹第一樂人之修行求於永寂永離衆患安處無爲無復衆惱苦痛之患是故說曰如實知此者泥洹第一樂也

趣善之徒少　趣惡之徒多　如實知此者
速求於泥洹

人在世間修善者少雖復行善願不從意設當衆行具足是時諸天唯人爲善處人以天爲福堂猶如雜契經所說佛告比丘諸天自知五瑞應至皆共雲集語彼天子曰汝從此没願生善處至彼善處快得善利以得善利安處無爲爾時比丘前白佛言云何世尊諸天善處快得善利安處無爲此三句義何者是也佛告比丘道根具足於正法中剃除鬚髮著三法衣不樂家屬出家學道是謂比丘諸天之善處云何安處無爲佛告比丘得四聖諦思惟分别是謂比丘諸天安處無爲在世行道修善者少趣善之徒少也趣惡之徒多者所以然者衆生之類修惡者多不識佛不識法不識比丘僧亦復不分别善惡好之與醜但種地獄餓鬼畜生之根栽從冥入冥無復出期猶盲執燭照彼不自明是故說曰趣惡之徒多也如實知此者速求入泥洹者人人有利疾俱寤不同或有聞而自寤或有覩形而解者是以聖之布教若干應病適前投藥不虛其中利根之徒觀世萬變難可同處上求無爲如救頭然所以者何彼處虛寂閑靜安樂永合虛表澄神不動是故說曰如實知此者速求於泥洹也

有因生善處　有緣生惡趣　有緣般泥洹如斯皆有緣

有因生善處者云何爲緣所謂緣者施戒聞慧思惟清信士威儀出家威儀大道人威儀捨善行跡是謂因緣趣道之基是故說曰有因生善處也有緣生惡趣者有何因緣喻如有人内懷憎嫉施心不開犯戒殺生不與取

如此十惡之行不能改更遂致墮墮趣於三塗是故說曰有緣生惡趣也有緣般泥洹者所說泥洹皆用賢聖真道斷諸結使前趣無爲離此聖品則不可獲猶如外道梵志自相謂言世無因緣亦無本末有者自然而有無者自然而無何以知其然猶若曠野荊棘生其棘鍼豈有巧匠削利鍼乎如鹿百獸群鳥樹棲衣毛雜色形像不同豈復有人彩畫其體乎論其品類受性不同地性素濡石性素堅豈復有人造堅濡耶斯皆無因緣而自然生如此之類執迷來久共相教授至今不絕是故世尊說曰其事有緣不唐苦爾復何因緣衆生修行十善衆生所處其地平正爾時坑坎高岸荊棘逆草自然平整其有衆生修行惡者是時普地盡生荊棘高岸絕坑蚖蛇毒蟲孚乳滋多皆由先身積惡所致是故說曰如斯皆有緣也

鹿歸於野　鳥歸虛空　義歸分別　眞人歸滅

昔者佛世尊在摩竭東界甘果園側因帝石室爾時世尊以天眼清淨寂然無塵垢見有衆群鹿遇彼獵師懷驚愕馳奔嶮阻之中爾時世尊復以天眼見有群鳥避羅高翔馳趣虛空如來天眼復見比丘言辯義趣柔和暢達尋即其夜思惟十二因緣反覆究悉逆順本末如來天眼亦復覩之復見異比丘通夜之中反覆思惟入解脫禪定夜將欲曉闇復欲盡於無餘泥洹界而般泥洹復是如來神眼所鑒爾時世尊觀此義因緣所起欲使弟子演布其教復使正法久住於世使後群生覩其大明爾時世尊便說此偈

鹿歸於野 鳥歸虛空 義歸分別 眞人歸滅

不以懈怠意 怯弱有所至 欲求至泥洹
焚燒諸縛著

不以懈怠意怯弱有所至者如佛契經中阿舍所說佛告比丘此法精進者所修非懈怠者所修然性懈怠不能自進焉能巧便得至泥洹猶如有人素性怯弱素無兩目豈能設意露宿曠野多諸盜冦路難得越欲求度彼嶮難處者以有健夫勇猛之士乃得自濟安身無爲懷愚性邪意信倒見終不得越嶮難之處要有智慧之目賢聖之術然後能到無爲之場是故說曰不以懈怠意怯弱有所至欲求至泥洹焚燒諸縛著也

比丘速抒船 以抒便當輕 永斷貪欲情
然後至泥洹

昔有比丘欲渡江河值有弊船朽故不治是時船師報比丘曰道士欲有所之可以己功抒此儲水船輕身全何往不剋爾時比丘盡其乳哺之力抒其船水窮乃得越至彼水岸收攝衣服整頓威儀漸漸往至親近世尊到已頭面禮足在一面住坐如來知彼應得濟渡是以顧眄熟視而已非是辟支羅漢之所及也爾時世尊便說此偈

比丘速抒船 以抒便當輕 永斷貪欲情
然後至泥洹

爾時世尊告諸比丘汝今乃慮目前之難乃更反懼後世之忌船者危嶮世之常法權渡群生不以爲倦形如眞器純盛不淨何不遺棄抒穢漏病斷婬怒癡乘賢聖船得至泥洹也

我有本以無　本有我今無　非無亦非有
如今不可獲
我有本以無本有我今無者外道異學所見
不同各自爲正我本姓其字某雖有而無雖
無而有無有而自生是故說曰我有本以無
本有我今無也非無亦非有者非無者過去
也亦非有者當來也如今不可獲者現在也
執愚之士豈離沙門梵志行此邪徑不自改
更所以爾者不解第一之義泥洹之道信於
邪見不信泥洹是故說曰我有本以無本有
我今無也非無亦非有如今不可獲也
難見諦不動　善觀而分別　當察愛盡原
是謂名苦際
難見諦不動善觀而分別者滅盡泥洹極爲
微妙無形而不可見有爲之法動轉不停無

形法者不可移轉唯有如來辟支佛及聲聞
等以智慧眼善觀而分別一一決了是故說
曰難見諦不動善觀而分別者也當察愛盡
原是謂名苦際者知愛根本與病若干於中
自拔永斷無餘是故說曰當察愛盡原是謂
名苦際也
斷愛除其欲　竭河無流兆　能明此愛本
是謂名苦際
斷愛除其欲者愛之爲病衆患之本以拔愛
本枝葉不滋於中自拔永斷無餘欲本自滅
更不復生由愛生欲流猶如駛河漂溺生類
億千萬衆喪其命根不得全濟河竭之後衆
生往來無形傷害是故說曰斷愛除其欲竭
河無流兆也能明此愛本是謂名苦際者愛
爲形質欲爲枝葉癡爲潤津若彼學人思惟

妙觀能斷此者超越苦際是故說曰能明此
愛本是謂名苦際也
見而實而見　聞而實而聞　知而實而知
是謂名苦際
何以故說見而實而見何以故非見實而非
見如復有人若眼見色分別色本思惟識緣
不起想著非見實而非見者如彼愚惑之人
眼見色而生眼識此雖見不如非見何以故
由其眼見而與眼識故也是故說曰見而實
而見也聞而實而聞者若人聞微妙之聲不
與識著是故說曰聞而實而聞者也知而實
而知者如復有人分別識身採取善根捨棄
不善根諸垢永盡更不造新是故說曰知而
實而知是謂名苦際也
伊寧彌泥　陀俾陀羅俾　摩屑姤屑
一切毘梨羅　是謂名苦際
昔佛世尊與四天王說法二人解中國之語
二人不解二人不解者與說曇蜜羅國語宣
暢四諦雖說曇蜜國語一人解一人不解所
不解者復與說彌梨車語摩屑姤屑一切毘
梨羅時四天王皆達四諦尋於座上得柔順
法忍
無身滅其想　諸痛得清凉　衆行永休息
識想不復興　是謂名苦際
無身滅其想者是身無牢爲磨滅法是身不
堅必當離散唯有五分法身乃謂牢固意從
想生想與萬病能滅其想乃應道眞是故說
曰無身滅其想也諸痛得清凉者此衆生類
流轉生死之海江湖四瀆投之無猒斯由痛
本以受其困衆生相殘共相殺害皆由於痛

而致此患唯有智者不造其痛是故說曰諸痛得清涼也衆行永休息者人之受識由行而生行以滋長以成萬病善行趣善惡行趣惡智人習行不造行本是故說衆行永休息也識想不復興者識想流馳興病萬端是以聖人攝識不散人之興識多起癡根以三百藥滅百識晨用百藥中用百藥暮用百藥而滅識想復以無漏聖行頂忍之法而滅識想是故說曰識想不復興也有依便有動有動便無滅已無滅則知無猒以知無滅則不見去來今以無去來今則無生死以無生死愁憂苦惱由此苦陰生諸衆病斯由習與衆結纏裹人之修行必有所依所謂依者山河石壁有形之類目所覩者皆謂依也能滅此者乃應第一義於第一義不見來往周旋以無來往周旋則無生死不解此者則與塵勞生老病死日日滋長從是生憂愁惱萬端尋之不見其緒展轉相生成其五陰苦形能滅此者唯有泥洹之道也或有比丘有生有實有爲或有比丘無生無實無爲比丘不爲無爲者亦不有生設不有生不有實不有爲者則因生因實因有爲而說無爲也設當衆生無此患者如來終不說滅盡泥洹之樂

知生之本末　有爲知無爲　生死所纏裹衰老甚難制

知生之本末者如彼契經中阿含所說大愛之本末所說佛告阿難若生無有生者則不告人說生之法下志群徒魚水之類說龍有龍性鬼有鬼性天有天性人有人性如是阿難我知有生故說生矣是故說曰知生之本

末也有爲知無爲者無形無像不可觀察於變易法是故說曰於有爲知無爲也生老所纏裹者人之處世衰老則知死二事見逼不免其患是故說曰生老所纏裹也衰者甚難制者斯由衆行婬欲瞋恚愚癡憍慢嫉妬恚癡爲老病所使由此而趣是故說曰衰者甚難制也

非食命不濟　孰能不摶食　夫立食爲先然後乃至道

衆生之類悠悠在世皆由於食人不得食無以行道是故說曰非食命不濟也孰能不摶食者覺此非常知食所出審諦無疑受者施行非有狐疑是故說曰孰能不摶食也食之爲物生死滓濁之法有形則累其食是故說曰夫立食爲先也佛告諸比丘我知諸入非地非水非火非風所以非識非空非不用非識非有想無想非今世後世非及日月所照處如斯之類非緣所及其中倒見之人求自解脫尼揵子等自相教訓求解脫者要當入六十肘百由延其入此室者便得解脫佛觀此義已欲斷生死狐疑欲遮尼揵子顛倒之相故說此事欲斷後世狐疑故故說斯事日月不俱明邪正不競與此事明矣是故比丘我亦不說周旋往來生死起滅此謂苦際之本也

地種及水火　是時風無吹　光焰所不照　亦不見其實

應化之人或憑所豪或因有所濟應豪貴度者不加言聲所憑度者豁然自寤不須師匠謙恭卑下者自然得寤是故說曰光焰所不

照亦不見其實也
非月非有光　非日非有明　審諦觀此者
乃應梵志行
非月非有光非日非有明者猶如日月之光衆塵自弊不能應布宣其教命猶若忉利天上及一究竟天光光自照無有日月光明皆由曩昔積行所致是故說曰非月非有光非日非有明也審諦觀此者乃應梵志行者所謂梵志者越過三界行充德滿故曰梵志是故說曰審諦觀此者乃應於梵志行也
端正色縱容　得脫一切苦　非色非不色
得脫一切苦
有色無色生於苦本能脫此苦者諸苦中得脫是故說曰端正色縱容得脫一切苦
究竟不恐懼　越縛無狐疑　未斷有欲刺
豈知身爲惡
究竟不恐懼者究竟有二事一者用究竟二者自然究竟止止而不畏其曲是故說曰究竟不恐懼也越縛無狐疑者斷諸縛結永盡無餘生死久長輪轉五道輪轉無際不知慚愧恥辱之法是故說曰越縛無狐疑也未斷有欲刺豈知身爲患者夫人處世行法不同未得斷有欲者其事有三一者欲有二者色有三者無色有所謂欲刺者邪徑之刺打捶而重捶損而重損是故說曰無邊無際而不可獲未斷有欲刺豈知身爲患也
所謂究竟者　息跡爲第一　盡斷諸想著
文句不錯謬
所謂究竟者息跡爲第一者所謂究竟者法中之上無有過越病中之重縛著欲心永盡

無餘是故說曰所謂究竟者息跡爲第一也盡斷諸想著文句不錯謬者所謂想者與欲是想瞋恚是想愚癡是想如彼雜契經所說佛告比丘瞿多當知欲怒癡想此爲行本彼諸衆想永盡無餘亦不興想念彼欲意所說言句終不錯謬所以然者行有究盡有不盡者是故設教訓彼後生是故說曰盡斷諸想著文句不錯謬

知節不知節　最勝捨有行　內自思惟行如卵壞其膜

知節不知節者節爲有爲之行不知節者久抱疹患不容思惟道六情閉塞不通道義是故說曰知節不知節也最勝捨有行者至眞等正覺是爲最勝捨其三有不造其行是故說曰最勝捨有行也內自思惟行如卵壞其膜者猶若入定不定得其定意成其道果猶如孚乳之類捨皮而就其形今亦如是捨其本行而就無漏之行是故說曰如卵壞其膜也

衆施法施勝　衆樂法樂上　衆力忍力最愛盡苦諦妙

衆施法施勝者衆施之中何以故說法施爲勝所謂法施者爲良爲美爲無衆患其中衆生所聞法者心意開悟靡不解脫所謂財施者一人足充二者嫌恨施意高下其事不同猶如與蓱沙王說微妙之法八萬諸天萬二千摩竭衆生復與釋提桓因在石室之中說微妙法八萬諸天皆得微妙法諸情通達無所罣礙以是故說衆施法施勝也所謂財施者今日受施明當更求其中至求天上道者

彼人聞法從劫至劫無有窮盡是故說曰衆施法施勝也衆樂法樂上者在俗處樂亂想之本至趣此正造地獄行夫法樂者暢達演說問則不滯暢達觀意洋洋入耳是故說曰衆樂法樂上也衆力忍力最者昔有隣國之王興兵起衆往攻敵國左右諸臣語其王曰隣國興兵今來逼近願王自備共相攻擊王語諸臣此是閑事何必須吾公自臨敵賊以逼近攻伐城門諸臣啓王賊今在外明王宜當深慮斯理王告諸臣賊雖在外不足遠慮但自營私何慮公務時賊暴虐轉入城裏左右啓曰賊今逼近不審明王竟何備慮王告諸臣此事微細何足上聞隣國大王轉進至殿諸臣啓曰隣國之王今以見逼不審聖尊有何思慮其王告曰我今處世變易不停興者必衰合會有離宜可脫服更改形容如乞士法摩何自退往適深山思惟道德可以自娛設此暴王欲獲我身擒殺形體者不辭其愆所以然者亡國失生皆由一人我今受死萬民無患豈不於我有大幸乎時彼敵國之王歎未曾有舉聲唱曰善哉善哉大王自古迄今未有斯比我雖得勝未如王比開懷大通不顧世榮自今已往還治本國與王治化共相接待如已無異是故說曰衆力忍力最愛盡苦諦妙者愛之爲本衆結之本學人習道先斷愛結然後漸進無漏道檢是故說曰愛盡苦諦妙也

出曜經卷第十六

音釋

峙丈里切屹立也　庠徐羊切　鴿古沓切鳩屬　隙乞逆切舋隙也　蹇紀偃切與謇同　吃居乞切蹇吃言難也　滓壯士切澱也　瘳丑鳩切疾瘉也　愕逆各切驚愕也　濡乳兗切與輭同　抒神與切挹也　駛踈士切疾也　膜末各切皮膜也　疹丑刃切病也

出曜經卷第十七

尊者法救造

姚秦三藏竺佛念譯

觀品第二十七

善觀已瑕隙　使已不露外　彼彼自有隙
如彼飛輕塵

善觀已瑕隙者人但見彼惡不見已僁互相是非共相誹謗猶如典場之人抄穀高揚輕者在遠重者在近是故說曰善觀已瑕隙使已不露外彼彼自有隙如彼飛輕塵

若已稱無瑕　二事俱并至　但見外人隙
恒懷危害心

夫人在世多自矯譽自稱功德與世無雙我之所行戒聞施慧爲尊爲特爲無儔匹是故說曰若已稱無瑕二事俱并至者此自博掩之人逆者得勝順者恒負執行之人修德亦爾自知已僁不露見彼是故說曰二事俱并至但見外人隙恒懷危害心者人不自審但見外事諸不善法弊惡之患随入惡趣不至善處種地獄畜生餓鬼之苦是故說曰但見外人隙恒懷危害心也虛空與地各各離別不見眞法不見非眞法是故說曰遠觀不見近也

知慚壽中上　烏以貪摯搏　力士無畏忌
斯等命促短

知慚壽中上者人之處世不知慚愧無所畏難猶如暴逸之牛無所畏難彼愚騃人亦復如是出意造行無所畏忌是故說曰知慚壽中上也烏以貪摯搏者猶如飛烏貪餮無猒摯搏人物無有忌度衆生之類亦復如是貪

著財色無有猒足是故說曰烏以貪掣搏力士無畏忌者如彼力人無所畏難在大衆中恣意所作無有及者其有呵諫來勸喻者尋懷瞋恚斷其命根是故說曰力士無畏忌也斯等命促短者夫人處世輕人貴巳但執顛倒迷惑不寤侵三尊物强梁自恃如斯之類命不久停是故說曰斯等命促短也

知慚不盡壽　恒求清淨行　威儀不缺漏當觀眞淨壽

知慚不盡壽者彼慚愧之人於諸衣食不大殷勤所得財貨分布與人麤衣惡食不著裝飾唯存命於世無所榮冀是故說曰知慚不盡壽也恒求清淨行者所行清淨不造邪部身口意淨應無上行亦知外淨出言適前無所傷害是故說曰恒求清淨行也威儀不缺漏者收攝諸根不使流逸是故說曰威儀不缺漏當觀眞淨壽者進止行來出口言語飲食取以養其壽是故說曰當觀眞淨壽也

世間普盲冥　有目尠尠耳　羣鳥墮羅網生天不足言

世間普盲冥者猶如盲人不見善色惡色平地高岸此衆生類亦復如是爲婬怒癡所覆不見善惡之行不知好醜亦復不知白黑之法意自迷惑不求善處是故說曰世間普盲冥也有目尠尠耳者猶若長阿含契經所說佛告長爪梵志世皆修善甚少少取要言之懷倒見衆生多於大地之土不識佛不識法不識比丘僧不識父母亦復不別尊卑高下懷正見衆生者如爪上土見雖不錯願求不同猶如外道梵志尼揵子等出家學道各自

謂尊書籍別異求於解脱執愚意迷不達大道正見之人蓋不足言是故説曰有目尠尠耳群鳥墮羅網者猶如獵者施張羅網懸弶捕鳥尅獲無數鳥獸之屬其得脱者若一若兩生天之衆亦復如是若一若兩得受天福如雜阿含契經所説佛告比丘衆生入地獄者多於地土從地獄終還生地獄餓鬼畜生亦復如是生天衆生如爪上土是故説曰群鳥在羅網生天亦復爾

觀世衰耗法　但見衆色變　愚者自繫縛
爲闇所纒裹

觀世衰耗法但見衆色變者夫人處世千轉萬端所行不同世有三事一者器世二者陰世三者衆生世所謂器世者三千大千刹是也衆生世者三界衆生四生五趣是也陰世者色陰無色陰是也於三世中取衆生界何以故説衰耗之法所謂衰耗法者爲婬怒癡所衰耗猶如商賈遠涉塗路遇賊亡失所獲財寶爲賊所劫此衆生類亦復如是爲婬怒癡所劫斷善根財貨衆人皆見知其衰耗億千萬衆時有脱者是故説曰觀世衰耗法但見衆色變也愚者自繫縛爲闇所纒裹者世多有人行跡不同恒爲二縛所繫一者結使二者陰縛爲此二事所縛無明所陰蓋亦不堪任越次取證盡有漏成無漏猶若有罪之人閉在牢獄不覩日月光明此衆生類亦復如是以無明闇室所見纒裹夫爲欲怒癡所繫縛欲求解脱難可得也是故説曰愚者自繫縛爲闇所纒裹也亦不見於行觀而無所有者以性觀察不見功德之本復以知他人

心智欲免此難者無一善根可濟免也猶若有人溺没深厠糞除所汙復有慈愍之人欲得免濟彼難求覔淨處欲往手捉遍悉觀之無一淨處便捨而去無漏之人觀察衆生頗有毫氂善本可療治乎遍觀察之無有善本可療治者聖人自念咄嗟衰耗群徒罪重乃至於斯是故說曰亦不見於行觀而無所有

衆生皆有我　爲彼而生患　一一不相見
不覩邪見刺

衆生皆有我爲彼而生患者世多有人性懷顛倒衆生之類我所造爲從我而生復有說者從他而生從他而有是故說曰衆生皆有我爲彼而生患也一一不相見不覩邪見刺者一一者所謂外道梵志是不思惟正見信邪顛倒是故說曰一一不相見不覩邪見刺

觀此刺因緣　衆生所染著　我造彼非有
彼造非我有

觀此刺因緣者所謂刺者邪見之刺也因緣者地獄餓鬼畜生人道人天各各別異所種不同是故說曰觀此刺因緣也衆生所染著外道異學晝夜孜孜汲汲各自謂眞信邪倒見不能捨離就於正路是故說曰衆生所染著我造彼非有彼造我非有者各自謂正共相干錯衆生之類我作我造非彼所有復自思惟彼造彼作非我所有是故說曰我造彼非有彼造我非有也

衆生爲慢纒　染著於憍慢　爲見所迷惑
不免生死際

衆生爲慢纒染著於憍慢者彼人自念意性憍豪我今在衆最尊最上宗族姓望屋宅田

業僕從家産無及我者心意堅固不能捨離是故說曰衆生爲慢纏染著於憍慢也爲見所迷惑不免生死際者計常見不與斷滅見相應斷滅見不與計常見相應不能免此生死至無爲岸是故說曰爲見所迷惑不免生死際也

已逮及當逮　二俱受塵垢　習於病根本
及學諸所學　觀諸持戒者　梵行清淨人
瞻視病瘦者　是謂至邊際

世有衆生邪見心盛貪著愛欲不能捨離潔欲清淨翫而習之於中興起憍慢不自改更是謂第二邊際是謂諸賢增益諸著已逮及當逮者得陰持入或有不得陰持入者此二俱受塵垢者一者邪見塵二者愛欲塵爲結所使不能捨離是故說曰二俱受塵垢也習於病根本者外道異學是習彼技術而自榮已及學諸所學者諸有衆生學其技術乘馬御車造作無端皆能備悉具此行者乃得解脫是故說曰及學諸所學也觀諸持戒者或有梵志奉持禁戒或持烏戒舉聲似烏或持鵄梟戒隨時跪拜効鵄梟鳴或持鹿戒聲響似鹿是故說曰觀諸持戒者也梵志清淨人者彼外道異學自相謂言其有滿滿行淨行者便得解脫至清淨處若復事火日月神珠藥草衣服宮殿屋舍然後乃至無爲之處是謂名曰一邊際也世有衆生邪見心盛貪著愛欲不能捨離計欲清淨翫而習之犯欲無隙是謂第二邊際是謂諸賢增益諸著能得知此者亦不隨流轉有目者觀所謂有目者諸佛世尊是信能觀察流轉停息是故說曰

有目者所見解此二邊者無所染著不與塵勞此名苦際

當觀水上泡　亦觀幻野馬　如是不觀身
亦不見死王

當觀水上泡亦觀幻野馬者如彼水泡不得久停昔有國王女爲王所愛未曾離目時天降雨水上有泡女見水泡意甚愛敬女白王言我欲得水上泡以爲頭華鬘王告女曰今水上泡不可擭持云何得取以爲華鬘女白王言設不得者我當自殺王聞女語尋召巧師而告之曰汝等奇巧靡事不通速取水泡與我女作鬘若不爾者當斬汝等巧師白王我等不堪取泡作鬘其中有一老匠自占堪能取泡即前白王我能取泡與王作鬘王甚歡喜即告女曰今有一人堪任作鬘汝可自往躬自臨視女隨王語在外瞻視時彼老匠白王女言我素不別水泡好醜伏願王女躬自取泡我當作鬘女尋取泡隨手破壞不能得之如是終日竟不得泡女自疲猒而捨之去女白王言水泡虛僞不可久停願王與我作紫金鬘終日竟夜無有枯萎水上泡者誑惑人目雖有形質生生便滅盛焰野馬亦復如是渴愛疲勞而喪其命人身虛僞樂少苦多爲磨滅法不得久停遷轉變易在世無幾不爲死王所見是故說曰當觀水上泡亦觀幻野馬如是不觀身亦不見死王

當觀水上泡　亦觀幻野馬　如是不觀世
亦不見死王

不觀世者五盛陰身如是不久當復消滅設能滅此五陰身者不與死王相見也

如是當觀身　如王雜色車　愚者所染著
善求遠離彼
如是當觀身如王雜色車者如國王車雜色
莊嚴雖有形色亦不牢固不任重載是故說
曰如是當觀身如王雜色車也愚者所染著
善求遠離彼者愚人所貪翫而習之智者所
棄若捐糞除是故說曰愚者所染著善求遠
離彼也
如是當觀身　如王雜色車　愚者所染著
智者遠離之
智人知動揺心不願樂常意欲遠離如避火
災是故說曰智者遠離之
如是當觀身　衆病之所因　病與愚合會
焉能可恃怙
人出胞胎由前世因緣多病少病形貌好醜
是故說曰如是當觀身衆病之所因病與愚
合會焉能可恃怙
當觀畫形像　摩尼紺青髮　愚者以爲緣
不求越彼岸
當觀畫形像摩尼紺青髮者衆香芬熏沐浴
其髮衆香沐浴香氣遠布是故說曰當觀畫
形像摩尼紺青髮也愚者以爲緣不求越彼
岸者愚者所纏裹不能得遠離無有巧便得
至彼岸所謂彼岸者滅盡泥洹是故說曰愚
者以爲緣不求越彼岸也
當觀畫形像　摩尼紺青髮　愚者以爲緣
智者所猒患
智慧之人分別妙觀思惟校計不與相著是
故說曰智者所猒患
強以彩畫形　莊嚴醜穢身　愚者以爲緣

亦不自求度

昔有豪族之家饒財多寶七珍具足長者自念今時年少道人情欲未斷我今宜請來在家使諸婦女擎食供養設有欲情者我當知之即往在寺請諸年少道士詣長者家莊嚴婦女更著新衣盡出禮拜興恭敬意時有六通羅漢尋而覺知即化死人骸骨血肉消盡髑髏手脚各自一處爾時羅漢告諸比丘當自專意以求度世莫視女色與穢汙心時彼長者覩彼瑞應歎未曾有内自剋責知爲不是五體投地自求悔過我今乃知法之微妙諸婦女各各慙愧即還入舍是時羅漢告長者曰佛法寬博汪洋無崖卿今以凡夫之智量度聖人斯非正理猶若拳許土由仰比須彌升合之器欲量海水爾時比丘便說此偈

强以彩畫形　莊嚴醜穢身　愚者以爲緣

亦不自求度　分髮爲八分　雙部眼耳璫

愚者所染著　亦不自求度

爾時比丘說此二偈已便從座起而去時彼長者及諸婇女善心自生恭敬三寶後日各各成其道跡

著欲染於欲　不究結使緣　不以生結使

當度欲有流

著欲染於欲者群徒在世志趣不同或有少欲或欲意偏多欲偏多者不達聖賢之法是故說曰著欲染於欲也不究結使緣者貪嫉慳結病中之重者入骨徹髓醫所不療積財億萬不肯惠施至其壽終不能持一錢自隨其有衆生修行貪嫉者身無威神遂致貧窮宗親不和爲人所輕是故說曰不究結使緣

也不以生結使當度欲有流者流有四品其事不同云何爲四一者欲流二者有流三者無明流四者見流衆生之類沉溺生死皆由此四流浪四使不能自免方當沙歷流轉五道是故說曰不以生結使當度欲有流也

上一切無欲　當察此大觀　如是有解脱本所未度者

上一切無欲者上者色界無色界欲者欲界也於此三界無復三毒於中永得解脱是故說曰上一切無欲也當察此大觀者無欲之人是佛第一弟子佛有四弟子羅漢爲勝爲尊爲貴爲無有上是故說曰當察此大觀也

如是有解脱者聖人起行不自爲己於諸四駛永得自在更不著有在身口行是故說曰如是有解脱也本所未度者昔所經歷生死之難未曾爲度當求方便度此三有更不受有造四大身是故說曰本所未度者

非園脱於園　脱園復就園　當復觀此人脱縛復就縛

昔佛在釋翅搜迦維羅竭國尼拘類園中爾時世尊到時著衣持鉢將侍者阿難入迦維羅竭城乞食爾時童子難陀在高樓上遥見世尊入城乞食速下高樓至世尊所頭面禮足啓世尊言如來之姓國中豪族轉輪聖王所至之處何爲自辱持鉢乞食爾時難陀取如來鉢入内盛甘美饌飲食佛見難陀入舍之後告阿難曰我今向尼拘類園難陀出者勿復取鉢汝語難陀躬自送鉢還于如來難陀受教從後送鉢婦復隨後語難陀曰速還勿久須來乃食前進未久婦重遣信時還勿

停所以鄭重者恐捨家學道難陀持至世尊所手自擎鉢授與如來唯願時受今欲還家佛告難陀卿以至此今宜遠家剃除鬚髮著三法衣何爲復辭欲還到家是時如來以威神力逼迫難陀出家爲道閉在靜室不使還家如是經歷日月之數次第當直遂至難陀難陀聞之内自歡喜我今當直事得縱容因此閑暇逃走還家是時難陀受直使辦水掃地事事不闕是時天神侍衛難陀汲水至滿自然翻棄淨地之中草土更滋關閉門戶戶自然開難陀思惟我家王者之種饒財多寶無所乏短我今逃走向家設有漏失以物償之今當竊逐細徑案大塗者備值如來爾時難陀脫三法衣更被白服摩何而去行未經時正值如來從彼而進難陀見已奔趣大樹欲自隱形如來神力反使大樹在難陀後難陀周慞安身無處爾時世尊復以神力拔彼大樹懸在虛空爾時難陀入樹根處隱形自蔽如來尋往與共相見難陀何爲乃來至此難陀默然慚愧不對如來再三告難陀曰汝欲何趣默然不對難陀言還家與婦相見佛告難陀夫人學道心不自專貪著欲心不顧後世燒身之禍爾時世尊便說偈言

非園脫於園　脫園復就園　當復觀此人
脫縛復就縛

我今將汝天上遊觀宜當自專勿懷恐怖是時世尊以神足力手接難陀將至天上見一宮殿七寶所作金銀刻鏤玉女營從不可稱計純女無男亦無夫主是時難陀前白佛言是何天宮殿快樂無比七寶殿堂彈琴鼓瑟

作倡妓樂共相娛樂昔所未聞然此天女無有夫主唯願世尊解我狐疑爾時世尊告難陀曰汝自往彼問其情實天女自當與汝說之難陀受教至彼天宮以其情實問天女曰汝等天女自然受福七寶殿堂五樂自娛汝等夫主竟爲所在天女報曰汝不知乎閻浮利地迦維羅竭國釋迦文佛並父弟名曰難陀命終之後當來生此處在天宮彼人即我等夫主難陀聞之容自歡喜今所論者正是我也即還佛所具以此情白世尊言此諸宮殿玉女營從盡是我許佛告難陀快修梵行如是不久當來至此受福自然是時世尊以神足力手接難陀將至地獄路經鐵圍山表見一獼猴瞎無一目佛語難陀汝孫陀利婦何如是瞎獼猴乎難陀白佛止止世尊勿復說此豈當以此方之彼人孫陀利者女中英妙六十四術無事不閑爾時世尊告難陀曰瞎獼猴比孫陀利復以孫陀利比諸天女億千萬倍不以譬喻爲比是時世尊即接難陀將至地獄示彼苦痛考掠搒笞酸毒難計八大地獄湯煑罪人一大地獄十六隔子圍繞其獄刀山劒樹火車爐炭燒炙焦煑苦痛難陳有一大鑊獄卒圍遶湯沸火熾不見罪人難陀白佛不審世尊斯諸地獄皆有罪囚斯是何鑊不見罪人佛告難陀汝躬自往問彼獄卒自當爲汝說其本末是時難陀受佛教誡往問獄卒斯是何鑊空無罪人獄卒報曰閻浮利地眞淨王家兒得成道並父弟甘露王兒名曰難陀爲人放逸婬欲情多自恃豪族輕忽萬民彼命終之後當來入此鑊中經

歷劫數乃得免脫卿欲知者其事如是難陀聞已衣毛皆竪形體顫慄顏色變異往趣世尊前白佛言唯然天師三界大護今覩此變倍懷恐懼尋於佛前而說此偈

今捨天上位　不造生死本　求離地獄苦
願說泥洹滅

爾時世尊漸與難陀說微妙法安處無爲令至道場

青衣白蓋覆　御者御一輪　觀彼末塵垢
求便斷縛著　人多求自歸　山川樹木神
園觀及神祠　望免苦患難

人懷恐懼意迷不寤値前禱祀不別眞僞昔月支國有王名惡少王此天下莫不靡伏毋教勑王設卿有臨死之難愼莫左旋佛寺當念右旋愼莫違吾此教是時惡少王大出兵衆攻純西城手自執劍殺三億人不滿四億覘滿五億後戰不如乘象奔走顧見佛圖憶毋教誡便迴象右旋敵國見之皆伏還國王見賊退尋後追攝即還壞賊擒獲王身便憶佛語自歸佛者爲尊爲上無有及者設我不右旋者豈能壞此賊乎是故說曰人多求自歸山川樹木神園觀及神祠望免苦患難也

此非自歸上　亦非有吉利　如有自歸者
不脫一切苦　若有自歸佛　歸法比丘僧
修習聖四諦　如慧之所見　苦因苦緣生
當越此苦本　賢聖八品道　滅盡甘露際
是爲自歸上　非不有吉利　如有自歸者
得脫一切苦

人之修道唯有信戒信根已全戒則不毀諸有衆生能自歸此三寶者無願不成爲天人

所供養自致得道亦復受永劫之福人之無怙猶樹之無根若有所憑何事不果也

觀已觀當觀　不觀亦當觀　觀而復重觀　觀而不復觀

所謂觀者苦集盡道眞如四諦彼執行人已觀苦集盡道眞如四諦觀者現在已觀過去當觀未來與於塵勞皆由三世墜墮生死不至于道是故說曰觀已觀當觀也不觀亦當觀者所謂不觀者不見苦集盡道如是當觀深察分明知爲不見苦集盡道眞如四諦是故說曰不觀亦當觀也觀而復重觀觀而不觀者信能分別苦集盡道一一思惟究暢其義觀而不復觀者已觀已知不復思惟是故說曰不觀亦當觀觀而復不觀也

觀而復重觀　分別彼性本　計晝以爲夜　寶身壞不久

觀而復重觀者觀有二種一者財觀二者第一義觀夫財觀者增益結使第一義者盡有漏成無漏行是故說曰觀而復重觀也分別彼性本者或有人性造行不同國界若干法教非一聖人在中一一分別或有意開悟者或有意不開悟者或有開悟不開悟者衆生受性悟有遲疾是以聖人訓之以道勤加修術晝夜匪懈是故說曰分別彼性本也計晝以爲夜者衆生之類性行不同或思善本或不思善本是謂計晝以爲夜也寶身壞不久者世間財貨世之常法終日聚集要當消壞善根財貨者終不腐敗是故律本說曰當以不寶之身易寶身不寶之財易寶財不寶之命易寶命是故說曰寶身壞不久也

觀而不重觀　雖見亦不見　如見而不見
觀而亦不見
觀而不重觀者彼修行人思惟妙觀道者觀察知彼行人亦無妙觀得思惟定者有二種人一人得觀一人不得觀復更有導師觀察行人頗有應於聖諦者不遍思觀之不應聖諦是故說曰觀而不重觀也觀而亦不見者多有思惟修習道行復觀久遠過去世事或有達者或有不達者一一分別亦不錯亂是故說曰觀而亦不觀也

云何見不見　何說見不見　因何見不見
因爲出何見

云何見不見者行人修法計有是常清淨之法所謂不見者不見苦集盡道是故說曰云何見不見也何說見不見者行人唯見一緣或緣色或緣色聲香味或有思惟或不思惟是故說曰何說見不見也因何見不見者猶如二人衆行以具功徳備悉雖在生死不懷怯弱意求斷結亦無疑滯一人意偏不達究竟一者不見斷諸有漏一者不見在諸生死是故說曰因何見不見也因爲出何見者由賢聖法自見出要義所願必剋無所畏忌是故說曰因爲出何見也

猶若不觀苦　常當深自觀　以解苦根源
是謂明妙觀

猶若不觀苦者如彼學人不見苦空非身無我亦不分別於諸行際便爲墮落自觀身中汙穢不淨從頭至足無一可貪我自我有色自我色亦不分別色之本末是故說曰猶若不觀苦常當深自觀也以解苦根源是謂明

妙觀者所解苦空無常非身之義身之爲患流溢萬病行人思惟意不亂錯深知病之根源身寄於世四大合成從無數劫已來不覩大明斯由癡惑所纒裹故我今以脫不造彼緣是故說曰以解苦根源是謂明妙觀也
誰令凡夫人　不覩衆行本　因彼而觀察去冥見大明
誰令凡夫人不覩衆行本者世間盲冥不覩大明誰之所造衆生悠悠不識正路現有四大陰持入苦愚者染著不信爲患興諸邪見遂增塵勞因彼行人而自觀察晝夜思惟斷結爲業去冥見大明大明之本無冥根是不識佛不識法不識比丘僧亦復不識眞如四諦苦集盡道不修境界清淨之行是故說曰誰令凡夫人不覩衆行本也

惡行品第二十八
諸惡莫作　諸善奉行　自淨其意　是諸佛教
諸惡莫作者諸佛世尊教誡後人三乘道者不以修惡而得至道皆習於善自致道跡是故說曰諸惡莫作也諸善奉行者彼修行人普修衆善唯自瓔珞具足衆德見惡則避恒修其善所謂善者止觀妙藥燒滅亂想是故說曰諸善奉行自淨其意者心爲行本招致罪根百八重根難解之結纒裹其心欲怒癡盛憍慢慳嫉種諸塵垢有此病者則心不淨行人執志自練心意使不亂想如是不息便成道根是故說曰自淨其意也是諸佛教者如來演教禁戒不同戒以檢形義以攝心佛出世間甚不可遇猶如優曇鉢華億千萬劫時時乃有是故如來遺戒教化賢聖相承以

至今日禁戒不可不修惠施不可不行吾所成佛王三千者皆由禁戒惠施所致也是故說曰是諸佛教

惠施獲福報　不藏恚怒懷　以善滅其惡欲怒癡無餘

昔日大目揵連同産弟饒財多寶七珍具足金銀珍寶硨磲碼碯眞珠琥珀庫藏盈溢僕從奴婢不可稱計是時目連往到弟家而告弟曰聞卿慳癡不好惠施佛常演說夫人惠施獲報無數卿今施者得福無量弟聞兄教開藏惠施更新立庫藏欲受其報未經旬日財寶竭盡故藏悉空新藏無報其弟懊惱向兄說曰前見告勑施獲大報不敢違教竭藏惠施當來過去諸貧窮者靡不周遍然財寶貨盡舊藏空竭新藏無報將無爲兄所疑誤乎目連告曰止止族姓子莫陳此語無使異學邪見之士聞此麤言若使福德當有形者虛空境界所不容受吾今權且示汝微報若欲見者從隨我來爾時目連以神足力手接其弟至於六天彼有宮殿七寶合成前後浴池香風遠布庫藏盈溢不可稱計玉女營從數千萬衆純女無男亦無夫主弟白目連是何宮殿巍巍乃爾不見有男純是女人目連告弟汝今往問自當知之即往問之天女當知我有所問願見發遣天女問曰有何狐疑而欲見問其人報曰是何宮殿七寶合成巍巍堂堂懸處虛空誰有斯德於中受福願解我疑永無猶豫天女報曰汝不知乎我等在比積有年歲食福自然無復是過欲知我夫主者施在心懷今當與說閻浮利內迦毘國

界釋迦文佛神力弟子名曰目連彼有賢弟大富長者好喜惠施周窮濟乏彼命終之後當來生此與我等作夫主七寶宮殿及我等身惠施之報其人聞喜善心生焉還至兄所具白其情目連告曰云何族姓子夫人惠施當有報耶爲無報耶弟懷慚愧頭面懺悔還至世間廣施不倦是故說曰惠施獲福報不藏恚怒懷者夫人懷毒藏匿在內伺人之惡忽人之善如斯之類不可與親如灰覆火目雖不覩蹈則燒脚身無防備搪揬禁戒當時意勇不覺傷損人之傷害自古有之或先懷嫌或卒與怒卒與怒者猶尚可恕先懷嫌者斯意難親所以然者夫人陰謀必有傷剋群愚相逐遂致惡裁外揚不容內共情通共相稱譽成惡朋友事與願違遂致喪沒家屬財産斯皆入官人所憎嫉惡聞其聲是故說曰不藏恚怒懷也以善滅其惡欲怒癡無餘者所謂善者賢聖道品是也乘此道品猶四瀆水斷流而度無所畏難滅諸惡部使不復生有災吐毒欲怒癡生拔三根栽種其三業仰修道觀進趣四道有何難受是故說曰以善滅其惡欲怒癡無餘也

隻行勿逐愚　欲群當逐智　智者滅其惡
如鶴擇乳飲

隻行勿逐愚者所謂隻行者在閑靜之處意不分散思惟善本繫念在前設欲同處當與善知識從事莫與惡知識從事是故說曰隻行勿逐愚也欲群當逐智者世多有人慕及上賢追逐有智持戒精進辯才深邃堪說道教不懷疲勞是故說曰欲群當逐智也智者

滅其惡者智慧之人明古達今出言所說必有所濟晝夜孜孜思惟道術承受明智所出言教以善功德消滅衆惡是故說曰智者滅其惡也如鶴擇乳飲者如昔有人多捕群鶴孚乳滋長展轉相生其數無限養鶴之法以水和乳乃得飲之鶴之常法當食之時鼻孔出氣吹水兩避純食其乳鳥之頑魯猶能分別去水飲乳今之比丘能不爾乎當選其善蠲除其惡如彼鳥鶴深知好惡也是故說曰如鶴擇乳飲也

觀世若干變　知法起滅跡　賢聖不樂世
愚者不處賢

觀世若干變者所謂世者世有三品一者器世二者陰世三者衆生世此三世者佇病之牢屋內外堅固非醫所療治內者四百四病同時俱作外者含毒之類蚖蛇百足蝮螫虎狼所見蜇螫衆變若干其事不同水火盜賊怨讎之類竊來傷害是故說曰觀世若干變也知法起滅跡知跡起滅其事有二一者結跡二者陰跡能滅其事乃應無爲是故名曰知法起滅跡賢聖不樂世愚者不處賢聖者賢聖永滅諸惡不處群俗鶴飛則高不樂丘塚狌狌好淨不處厠圂賢聖之人亦復如是不處群俗與共同光愚者好惡不處賢衆是故說曰賢聖不樂世愚者不處賢也

解知念待味　思惟休息義　無熱無饑想
當服於法味

解知念待味者經歷無數生死已來未曾得此念待之味世多甘美殊勝之味甘蔗蒲桃如此之比不可稱數晝夜享之無有猒足然

不從此得至無爲念待味者未曾經口設當一遇永無饑渴其味餘者展轉生死墜墮三塗欲求出期實爲難矣是故說曰解知念待味也思惟休息義者彼修行人專精一巳思惟禪定心所念法終不錯亂從初至竟不識次緒是故說曰思惟休息義也無熱無饑想者貪欲是熱瞋恚是熱愚癡是熱饑渴是熱能斷此饑渴熱者其事甚難正使飲此四大海水欲消其渴者未始見也欲除其渴永使不生唯有八解澄淨之味乃得消此衆渴之本是故說曰無熱無渴想當服於法味者所謂法味衆施法施勝衆味法味勝得此味者法身不離善本斷諸世俗饑渴之患人欲修學求其解脫不得甘露至要之味者安坐無爲不自殷勤欲求得道跡者甚爲難矣是故說曰當服於法味也

人不損其心　亦不毀其意　以善永滅惡

不憂墮惡道

人不損其心亦不毀其意者人初立行先習善法初意猶豫乍信乍不信其意勇者聞輙信解意狐疑者不達於法此人必當經歷生死億佛超過不蒙得度設不損其心不毀其意欲得至道取之甚易人欲修學專意乃獲如匹夫聞彼有法中路多難無由經過一意念彼形意以達何以故知如彼得通之人心念形以隨是故說曰人不損其心亦不毀其意也以善永滅惡不憂墮惡道者夫人習行敦崇道業世俗見根而現在前雖有善根斯是世俗有漏之行不興想著求於上及斯人終不憂墮惡趣是故說曰以善永滅惡不憂

墮惡趣道也

人欲練其神　要當數修琢　智者易彫飾
乃名世之雄　能親近彼者　安隱無憂惱

人欲練其神要當數修琢者舊學之人外虚内實或有潛隱山藪或有佯狂遊世行雖不同所濟等一此不取形器此純練精神定意不錯行人權現千轉百化要設方便導引衆生至百練室所謂室者泥洹虚寂無爲城是是故說曰人欲練其神要當數修琢也智者易彫飾乃名世之雄者捷疾利根之人出言成律必欲所度得四辯才義辯法辯辭辯應辯義辯法辯者此二攝内法辭辯應辯者此二攝外法是故說曰智者易彫飾乃名世之雄也能親近彼者安隱無憂惱者人執威儀進止去來周旋往反皆執威儀不失其節猶若衆華競敷香氣遠布履行之人亦復如是戒聞施慧諸總持門定意不散者能親近此無所違失便能成就無漏聖行是故說曰能親近彼者安隱無憂惱

求息無過者　柔和不卒暴　吹棄諸惡法
如風落其葉

求息無過者柔和不卒暴者諸根具足無所流溢所說專正言不卒暴威儀禮節無所漏失如斯之人無有儔匹亦無過者是故說曰求息無過者柔和不卒暴也吹棄諸惡法如風落其葉者行人執意鏗然不動執信堅固毫氂不犯去諸惡法日進其善晝夜校飾不令有塵如鐵生垢瑩治乃明人心重垢須慧乃照是故說曰吹棄諸惡法如風落葉也

無故畏彼人　謗毀清淨者　尋惡獲其力

煙雲風所吹
無故畏彼人謗毀清淨者人之修學除穢爲上行人除垢唯修清淨功德充滿何懼不達心無慳嫉者崇其道根豁然自悟斯由通達了深要故清淨之人無有結使愚者謗毀謂爲不淨謗毀聖者受無擇罪斯由福報積行所致是故說曰無故畏彼人謗毀清淨者也
尋惡獲其力煙雲風所吹者世人執迷以惡爲妙由是殃禍漸入泰山造地獄餓鬼雜畜生之罪是故說曰尋惡獲其力煙雲風所吹也
人之爲行　各各自知　善之爲善　惡之爲惡
人之爲行各各自知者人之修行志趣若干惡者自知惡善者自知善雖爲善惡不自知者受報一倍善者受福無窮惡者受罪一倍淨者受淨行不淨者受不淨行臨終之時善惡然別若神來迎見宮殿屋舍園觀浴池神不錯亂衣被服飾自然著體天女圍繞共相娛樂還自見光所照無礙積惡之人臨死之日神識倒錯但見大火劒戟見蹲鵄野狐羅刹妖魅虎狼惡獸復見刀山劒樹荊棘坑坎惡鬼圍繞是故說曰善之爲善惡之爲惡也
人之所惡　後自受報　已不爲惡　後無所憂
人之爲惡後自受報者夫人爲惡自招禍患非有父母兄弟宗族代受其罪自不爲惡後不受報如此之人生則遇聖當受其福非父母兄弟代獲其慶意自清潔不累於人自行清淨自受其報是故說曰人之爲惡後自受報已不爲惡後無所憂也
達已淨不淨　何慮他人淨　愚者不自練

如鐵鑽純鋼

達已淨不淨何慮他人淨者已自清淨亦能使彼行清淨已行不均焉能使彼得清淨行是故說曰達已淨不淨何慮他人淨也愚者不自練如鐵鑽純鋼者愚人所習終日不窮一日所造墜墮永劫雖遇賢聖不蒙濟度猶鐵鑽純鋼功至不可獲是故說曰愚者不自練如鐵鑽純鋼也

若眼見非邪　黠人求方便　智者善壽世
亦不爲衆惡

若眼見非邪者夫人習行專精爲要若眼見色不起眼識若好若醜意悉平等設見好色不興染著設見惡色亦不懷慼是故說曰若眼見非邪黠人求方便者見彼眼色知爲非眞爲磨滅法遷轉不住生者有盡常者亦滅愚者翫習智者所嗤是故說曰黠人求方便也智者善壽世亦不爲衆惡者智人所施教權化非一防惡於無形養福於自然執行不累於世言教不損於形質在世周旋未幾彼壽見短如有恥見長不自稱在世訖其壽終不爲惡行是故說曰智者善壽世不爲衆惡也

商人在路懼　伴少而貨多　經過險難處
然有折軸憂

商人在路懼伴少而貨多者昔有衆賈商人冒涉塗路經過曠野險難之中路多盜賊無田自免所賫財寶無有貲糧同伴行人無有器仗用自防備行人既少財寶極多心懷恐懼神識熾然有一黠者告其同伴勿生恐懼吾當設計得免此難衆人意正便得無他是

故說曰商人在路懼伴少而貨多也經過險難處然有折軸憂者道路險難不遇良伴捨其大道隨其細徑不達所至中道車壞前伴不顧後伴共相捐棄是以世尊借此爲喻欲使後生深識罪福受化者無毫氂之礙演教者不損其功是故說曰經過險難處然有折軸憂

有身無瘡疣　不爲毒所害　毒無柰瘡何無惡無所造

猶如調達在羅閱城興謀害心後事彰露舉國聞知時王阿闍世語調達曰汝宜出國不須住此十六大國莫不聞知云此有調達造作衆惡起傷害心向於如來調達聞已內懷憂慼心不自寧便還本國宿惡不盡爲恚結所纏搪揬菩薩宮內語瞿夷曰我今取汝拜爲第一夫人不審聖女爲可爾不瞿夷聞之語調達曰前汝右手吾欲把之調達尋舒手使把扼腕骨碎五指血出當時迷悶良久乃甦瞿夷語曰除悉達力更無有人出我者上設當與汝相把持者身體碎爛劇於塵霧猶如力人指壞千樹隨意碎之有何難乎是時調達轉進入宮殿坐菩薩牀宮人見之悉共嫌恨即前競捉擲于牀下即傷左髖不堪行來家人輩轝還歸本舍諸釋皆嫌皆來告語汝今調達宜可改更向佛懺悔調達聞之私設巧詐密作鐵爪害毒塗之外形柔和內懷瞋恚爾時調達憶佛所說瞿曇沙門恒陳此言有身無瘡疣不爲毒所害毒無柰瘡何無惡無所造我今當往伴如懺悔以爪摑壞其腳毒氣流溢自當取死諸人輩轝往詣世尊

去世尊三七仞語左右人下我在地吾欲步往尋下在地尋時地中涌火沸出纒裹其身將入地獄是故說曰有身無瘡疣不爲毒所害毒無奈瘡何也

多有行衆惡　必爲身作累　施善布恩德
此事甚爲難

多有行衆惡必爲身作累者世多有人布惡自侵不合聖諦屠割畋獵養猪畜鷄張施懸弶以捕群鹿爲賊殺戮縛就獄卒旃陀羅種羂索飛綸如是惡行衆生不可稱計如斯之類必爲身作患死入地獄受痛難量是故說曰多有行衆惡必爲身作累也施善布恩德此事甚爲難者人能自察前世後世善惡報應廣施周窮侵肌之貨以施於人此事甚難是故說曰施善布恩德此事甚爲難也

善哉修善者　善哉爲甚惡　惡惡自爲易
惡人爲善難

善哉修善者善人修善行應自然爲惡之徒不可親近爲善之人諸佛衛護諸天世人所可愛敬所至之方終不離善知識是故說曰善哉修善者善哉爲甚惡者人之爲惡日增無損猶如蔓草不種自滋正使鏟其地淨故處猶生不息是故說曰善哉爲甚惡也惡惡自爲易惡人爲善難者猶如旃陀羅種恒擔死人捐棄塜間心恒喜歡無所畏忌心倍歡喜以自娛樂猶若典獄之人守護杻械晝夜行惡自謂爲尊賢聖之人觀此衆變以爲大患應死之人將詣都市舉足下足以近死地三界酸楚何可貪慕是故說曰惡惡自爲易惡人爲善難也

愚者自謂正　猶惡未成熟　惡以成熟滿
諸苦亦復熟
愚者自謂正猶惡未成熟者愚人自念所行
專正餘者所作皆爲非法見行善者共憎嫉
之罪根已具癡心純熟然後乃知我所作非
今我造惡非父母爲亦非兄弟宗親所造分
受其罪悔無所及非天非鬼非沙門梵志之
所造我今自知罪之根本上不怨天下不尤
地甘心受罪知復奈何是故說曰愚者自謂
正猶惡未成熟也惡以成熟滿諸苦亦復受
者積罪之人入獄受報十三種焰纏裹其身
死而復甦求死不得要償故罪以盡無餘然
後乃出若在畜生愚癡所蔽不識眞道領腫
脊壞穿鼻𩊅頭枷鎖手脚若生餓鬼晝夜饑
渴腹若泰山咽細若鍼身長四十里一寸千
隔若在人中貧窮困悴衣不蓋形食不充口
是故說曰惡以成熟滿諸苦亦復熟也
賢者見於惡　不爲惡所熟　如惡以不熟
惡者觀其惡
賢者見於惡不爲惡所熟者彼執行人見其
行惡隨時訶諫此非妙行輪轉生死求出甚
難於三惡道造罪根本是故說曰賢者見於
惡不爲惡所熟也如惡以不熟惡者觀其惡
者如人作惡後尋懷悔咄我所作將非其宜
人之所嫉我今習之將非是我執意誤乎自
今改悔觀惡穢汙是故說曰如惡以不熟惡
者觀其惡也
賢者觀其惡　乃至賢不熟　設以賢熟者
賢賢自相觀
賢者觀其惡乃至賢不熟者賢人守戒衆德

具足多聞辯慧言無缺漏出言柔和常行眞誠行四等心慈愍一切見小過隙便懷恐懼況當造無擇之罪是故說曰賢者觀其惡乃至賢不熟世設以賢熟者賢賢自相觀者賢者自察自觀性行我今所致供養者皆由前身積學所致宿不種福布恩施德今日何緣得此福報今不謹慎重行其德者後更受形無福可憑復當流浪經歷生死方便積行久乃成就其間艱難非度所知非筭所籌過佛恒沙不覩不聞由行自墜至今不度是故說曰設以賢熟者賢賢自相觀也

人雖爲惡行　亦不數數作　於彼意不樂
知惡之爲苦

人雖爲惡行亦不數數作者人爲惡行當自改更備受三塗八難之苦於中求出亦甚難得是故智者制以禁法防以未然設受其報猶輕若在地獄湯冷水微受苦無幾斯由悔過知罪根本若作畜生負擔不重食以隨時不加苦痛若爲餓鬼鬼有四種生作豪尊餓鬼衣食自然若處人間豪富大族無所闕乏若生於天微福之報食以覆口自恥福少是故說曰人雖爲惡行亦不數數作也於彼意不樂知惡之爲苦者學人見惡意不願樂自攝其意不使分散罪雖微細報如泰山猛火雖小焚燒山野是以智者常當防慮知惡根源衆苦之首是故說曰於彼意不樂知惡之爲苦也

人能作其福　亦當數數造　於彼意願樂
善受其福報

人能作其福亦當數數造者人生一世所以

致貧窮者皆由前身慳結所誤是以聖人觸類所說先以施惠爲首雖復貧窮要當少多減損以補曩愆雖無財貨當自役已出力作使修補神祠佐助衆事不使日夜闕其福業彈指之頃念善亦是況復躬自行功德乎是故說曰人能作其福亦當數數造也於彼意願樂善受其福報者人之修福多所潤及見行善者代其歡喜輙自出財勸助爲福見身獲祐善名流布見者心歡靡不致敬生輙遇聖不墮八無閑處是故說曰於彼意願樂善受其福報

先當制善心　攝持惡根本　由是與福業
心由樂於惡

先當制善心攝持惡根本者善心具足勿令分散執意在前如擎油鉢戰戰兢兢如避劫燒當以無常苦空非身除心穢垢沐浴使淨是故說曰先當制善心攝持惡根本也由是與福業心由樂於惡者人不行善作後世資粮者命終燒身之患日夜爲惡不能自改是故說曰由是與福業心由樂於惡也

爲惡雖復少　後世受苦深　當獲無邊報
如毒在心腹

爲惡雖復少後世受苦深者人意不固所行無記少多爲罪或覺不覺要當受報不免其對無慚無愧不求出要求度世道是故說曰爲惡雖復少後世受苦深也當獲無邊報如毒在心腹者少多有隙塵垢染意便當受於無邊之罪或觸嬈人使興惡行由是自致墮無邊罪或離別眷屬鬬亂家室如此之苦衆惱無數是故說曰當獲無邊報如毒在心腹

也

爲福雖少後受大福　當獲大報　如種獲實

爲福雖少後受大福者人之爲福唯存在心不在財物有多有少設施物多内心悋惜後獲其福亦不足言施物雖少心意普等廣及一切不自爲已後獲其福不可稱限是故説曰爲福雖少後受大福也當獲大報如種獲實者後受天人自然之福顔色縱容恒處中國不在邊境言從語用不傷人意饒財多寶不懷憎嫉在家修德宗族和穆設當出家捐棄恩愛剃除鬚髮著三法衣苦形學道除榮冀心越次取證盡其有漏成無漏行衆德普備功福具滿猶如田夫多種獲報倉庫盈滿意志歡喜内自慶賀功不唐舉是故説曰當獲大報如種獲實也

無過而强輕　無恚而强侵　當於十品處
便當趣於彼

無過而强輕無恚而强侵者如彼有人無有恚嫉憍慢之心然愚騃之人興意向彼起謀害心諸佛世尊慈愍一切見有哀苦拔濟其難與念生類如母愛子是故説曰無過而强輕無恚而强侵也當於十品處便當趣於彼者所謂十品者一名無救二名焰三名大焰四名黑繩五名啼哭六名大啼哭七名等害八名等命九者畜生十者餓鬼其有衆生惡心熾盛壽終之後不離此十處是故説曰當於十品處便當趣於彼也

痛癢語麤獷　此形必壞敗　衆病所酷切
心亂而不定　宗族别離散　財貨費耗盡
王者所劫掠　所願不從意　或復無數變

爲火所焚燒　身壞無智慧　亦趣於十品
此上諸偈盡是如來神口所說調達愚教阿闍世酒飲暴象醉向如來是時世尊尋向彼象而說斯偈
作惡勿言無　久作言無罪　屏隈言無罪　斯皆有證驗
夫人作惡事有輕重意盛不捨不能去離不求出要藏隱自匿亦復不能向人陳說是以世尊教誨後人新作舊造下至屏隈之處善惡冥報不可藏匿是故說曰作惡勿言無久作言無罪也屏隈言無罪斯皆有證驗者人欲設意在屏隈處造諸罪根當時雖可免前類謗然復不免後世報對是故說曰屏隈言無罪斯皆有證驗也
作惡言有憂　久作亦言憂　屏隈亦言憂　彼報亦有憂
人之造惡初意赫熾不自覺知當時心勇謂爲應爾爾時世尊便引其喻如日初没之際山川樹影皆各垂陰遂至於冥今此群惑之徒執迷亦爾造身口行不善之本臨終之日諸惡重陰各各自隨漸漸將至冥室受報是故說曰作惡言有憂久作亦言憂屏隈亦言憂彼報亦有憂也
此憂彼亦憂　惡行二俱憂　彼憂彼受報　見行乃知審
所謂此憂者今現世憂所謂彼憂者後世之憂所謂此憂不死不命終所謂彼憂者已死已命終是故說曰此憂彼亦憂也惡行二俱憂者彼憂彼受報見行乃知審
此喜彼亦喜　福行二俱喜　彼喜彼受報

見行自清淨

昔瑠璃王興兵攻伐迦維羅竭國摧破人民擒獲七千聖人見道跡者悉埋其足使暴象蹹蹈殺之略說其義佛告比丘拘薩羅王都無反復違聖叛真與無擇罪斯等之類却後七日自當受報拘薩羅國王種當絕無復繼嗣無擇地獄火焰當出纏裹王身及諸侍從悉入無擇地獄之中瑠璃聞之即日嚴駕四種之兵宮人婇女出城避災尋詣恒水張帆乘船謂爲免難時阿鼻地獄火焰來接及諸群衆翼從多少悉入地獄無得脫者瑠璃王先未避災之時來至舍衛城內忽聞作倡伎樂歌舞戲笑五樂自娛王問左右斯是誰家戲笑之聲乃徹於此諸臣白曰此是祇頭太子家中音樂之聲王尋遣信速喚使來我今征伐與賊戰鬪憂慮國事祇頭今日方更歡樂以五樂自娛設我戰鬪不如賊者此人必望得王尊位祇頭太子聞王召喚尋出奉迎王告太子吾與賊戰憂慮萬國汝今方更五樂自娛即拔利劒斬而捨去祇頭捨身即生天上內宮伎女五樂自娛不覺失主天上婇女前後圍遶亦復作倡伎樂共相娛樂爾時世尊以天眼觀見祇頭王子二處受福在大衆中而說斯偈

此喜彼亦喜　福行二俱喜　彼喜彼受報
見行自清淨

爾時世尊復與瑠璃王而說斯偈

此煮彼亦煮　罪行二俱煮　彼煮彼受罪
見行自有驗

爾時世尊以天眼觀見瑠璃王處在地獄栲

掠搒笞五毒酸楚是故世尊而說斯偈

作福不作惡　皆由宿行法　終不畏死徑
如船截流渡

昔佛先世未成等正覺時爲菩薩身號曰一切施爲婆羅門故自縛詣鬬敵國王曰汝今畏吾爾時一切施而說斯偈

作福不作惡　皆由宿行法　終不畏死徑
如船截流渡

昔有噉人鬼在人中作王恒食人肉以爲厨宰隣國征伐得九十九王二十一人以爲常則九十九王白羅刹王曰隣國有王名曰善宿好行施惠修菩薩德有所求索不逆人意大王設能擒獲彼者我等甘心受死萬無一恨爾時羅刹人王即起鬼兵往伺其便正值善宿大王在外園觀浴池遊戲有一梵志辭家外學夫梵志之法臨辭去時白父母言我今離家追伴學問計還之日且未有期設財貨窮乏從王舉貸我還當償其人學問以得成就來至家中但見空屋不見人衆即問隣比我今父母兄弟姊妹竟爲所在隣比報曰汝學之後舉王財賄無以當償爲王所繫今在牢獄欲往看者宜知是時其人自念家窮事狹又無財寶設我詣獄親覲父母復當拘執同受其苦不免王法宜令在外改形易服竊行求索畢償官物乃得出身耳其人復念隣國有王號善宿修行道德施心不絕當往至彼至誠告情必不見違足償王物尋往至彼隨王乞索王言大佳當相供給須吾沐浴訖當惠施小停勿憂不負言信王詣浴池爲鬼兵所擒王尋還顧悲感涕零鬼王問曰我

等聞王仁和博愛靡不周濟雖遭厄困何爲悲慼王報鬼曰我生惠施未曾有悔向有梵志在外乞索許而未與是以憂慼耳鬼王白王王守誠信由來不改如今放王施訖時還乃知王心不負誠信王得還宮開藏惠施恣彼人意尋還就信詣鬼王所鬼王告曰汝不畏吾乎何爲受死而來爾時善宿大王向彼鬼王而說斯偈

作福不作惡　皆由宿行法　終不畏死徑
如船截流渡

鬼王聞之內懷慚愧改心易行思修善本即告善宿王曰今聞所說人中難有全於九十九王我捨此位願王統領以法治化我領鬼衆還歸窠窟若俱健者自當數覲即共離別各還所在萬民稱慶國界清泰共行十善不修惡業善宿積行不息後得成佛於樹王下復說斯偈

作福不作惡　皆由宿行法　終不畏死徑
如船截流渡

出曜經卷第十七

音釋

矯 擧夭切詐也　騃 語駭切癡也　掣 昌列切曳也　飻 他結切貪食也　尠 息淺切少也　梟 堅堯切鳥名　紺 古暗切青色也　髑髏 髑徒木切髏力侯切髑髏頂骨也　鏤 郎豆切雕刻也　掠 力仗切笞也　搒 蒲庚切捶擊也　焦 方九切蒸也　顫 之膳切搖也　懊 於到切悔恨也　蹈 徒到

切踐也　搪揬搪徒郎切揬徒骨切搪揬抵觸也　栽將來切與灾同　蝮方六切毒虵也　蜇之列切螫也　狌師庚切狌狌能言獸也　蔗之夜切甘蔗也　鵄尺之切恠鳥也　魅明祕切老精物也　疣于求切瘤也　扼腕扼乙革切握也腕烏貫切臂腕也　髖枯官切脽也　舁羊諸切兩手對舉也　摑古獲切批打也　弶其亮切施罟於道也　羂扃縣切罟也　曩乃黨切昔也　賄呼罪切財也

出曜經卷第十八

尊者法救造

姚秦三藏竺佛念譯

雙要品第二十九

夜光照於冥　至日未出間　日光布大明
夜光便黫黮

觀此義已如來引喻欲使後生明達其事猶若夜光之蟲處在幽冥布其光明遠有所照謂爲已明無有及者值日天子放百千光明昇于東方爾時無復有夜光蟲明顏色黫黮像如純黑是故說曰夜光照於冥至日未出間日光布大明夜光便黫黮

察者布光明　如來未出頃　佛出放大明
無察無聲聞

外道梵志所行不同或有察而知者或有入定而知者或有聞教而悟者此三種人在世跨行各自謂尊所以然者蓋由如來未現於世設如來降神於世放大光明流教布化爾時外道梵志自然消歇其道不行無復威神是故說曰察者布光明如來未出頃佛出放大明無察無聲聞也

不牢起牢想　牢起不牢想　彼不至於牢
由起邪見故

不牢起牢想者此衆生類戀慕生死若自生念人處世間樂著五欲以自娛樂者乃爲牢固是故說曰不牢起牢想也牢起不牢想者邪見之人執意來久共相指授乃與此論竊聞佛家稱說泥洹無生無滅無起滅想亦復無有歌歎喜舞宗親五族行來進止園觀浴池都無此者有何牢固佛言不爾斯等顛倒

邪心不滅牢而固者莫過泥洹反更毀呰以爲不牢是故說曰牢起不牢想也彼不至於牢由起邪見故者滅盡泥洹無有衆患澄然無爲凝神不動亦不變易愚者不解以爲此眞是故說曰彼不至於牢由起邪見故也

牢而知牢者　不牢知不牢　彼入求於牢
正治以爲本

若有衆生解滅盡泥洹無生無滅亦不欺詐誑惑於世諸佛世尊永息之室其有衆生入此室者寵位至不以增歡毀辱逼不以加慼與倒見異其辭邪部殊其趣冥然太虛永息不起智者之所慕非愚之所習欲至彼室者要涉八正之徑路求渡十二之洪崖以渡生死之嶮岸安神無爲之澹然顧眄悠悠之楚酷苦哉愚惑之滋甚是故說曰牢而知牢者不牢知不牢彼人求於牢正治以爲本也

愚意以爲牢　反被九結縛　如鳥投羅網
斯由愛深固

愚意以爲牢者夫人在世意愚難華或言蔭聚爲牢或言結本爲牢於中興想不別眞僞雖復出家學道反習邪行是故說曰愚意以爲牢也反被九結縛者人之修道要當捨家遇惡知識指授邪徑捨故結縛反被九結如蛾投火不顧後慮斯由愛深固是故說曰反被九結縛如鳥投羅網斯由愛深固也

諸有懷狐疑　今世及後世　禪定盡能滅
無惱修梵行

諸有懷狐疑者彼彼修行人思惟惡露不淨之想除去狐疑憎嫉之心聞則得信不重思惟是故說曰諸有懷狐疑也今世及後世者

今者現身後者後身今者現世後者後世於中不與猶豫生狐疑者乃應定意是故說曰今世及後世也禪定盡能滅定者入定之人心意堅固盡能消滅不與想著是故說曰禪定盡能滅也無惱修梵行者不爲結使所煩惱執意清淨常如一心所修德本超越人上是故說曰無惱修梵行

無塵離於塵　能持此服者　無御無所至此不應法服

人之修道常懷染汙婬怒癡垢不去于心雖披袈裟不去三毒此則不至於道是故說曰無塵離於塵也能持此服者唯有賢聖之人妨塞衆惡能服此眞法之服無有此者則不應服是故說曰能持此服者無御無所至此不應法服

若能除垢穢　修戒等慧定　彼應思惟業此應服袈裟

若能除垢穢修戒等慧定也人之修學除穢爲本三毒結使永盡無餘雖得羅漢不入定意無記對至乃知謬誤修戒除垢穢不失其道心是故說曰若能除垢穢修戒等慧定也彼應思惟業此應服袈裟者入定之人必有所益心有所念無事不果諸天世人魔及魔天釋梵四天王靡不宗奉而承事者是故說曰彼應思惟業此應服袈裟也

不以柔和言　名稱有所至　人有善顏色乃懷巧僞心

不以柔和言名稱有所至者世多有人與人言談內懷姧宄外如現愚是故說曰不以柔和言名稱有所至也人有善顏色乃懷巧僞

心者往昔波斯匿王園觀遊戲見二梵志若形學道仰事日月祭祀水火王見此人學道志苦尋往佛所白世尊言向行遊觀見二梵志苦形學道至為難及亦無儔匹佛告王曰人之修德持戒完具欲得知者要當同止觀察威儀尋省來語然後乃知有戒無戒王聞斯語內懷慚愧即從座起頭面禮足辭退而去還至宮殿告語傍臣汝速詣彼喚二梵志在我後園吾觀察審有苦行求於道德為虛稱詐逸行不合已臣受其教即喚在園王自樓上遥觀其行知彼巧偽詐稱為道重懷慚愧思心自悔信心隆盛貪樂佛道即令國界人民之類其有供事外學異道者皆受誅戮不得縱容王至佛所頭面禮足悔本不及自令已往四事供養恭敬三寶盡其形壽不違此誓是故說曰人有善顏色乃懷巧偽心也

有能斷是者　永拔其根本　智者除諸穢
乃名為善色

有能斷是者永拔其根本者世人多懷姧宄之心雖披法服內行不眞能斷此者乃應道門是故說曰有能斷此者永拔其根本智者除諸穢乃名為善色者智人習法要應為道非法不行學者所貴顏色怡耀衆人敬仰是故說曰智者除其穢乃名為善色也

不以色縱容　暫覩知人意　世多違行人
遊蕩在世界　如彼虛偽鍮　其中純有銅
獨遊無畏忌　內穢外不淨

不以色縱容暫覩知人意者世多有人顏色縱容與人言談辭義辯美然內心虛偽心口相違雖名為人性行不均外如賢士內懷毒

行雖暫相見賢愚不別猶夜覩火遥見光明若當往捉便燒其手此亦如是雖有顏色內懷熾焰是故說曰不以色縱容暫覩知人意也世多違行人遊蕩在世界者當來愚人巧詐滋繁漸漸遂至謗賢毀聖姧宄萬端幻惑世人與人言談顏色不正出言成章辯聰無礙甚在大衆爲無軌事衆人覩者莫不飾目是故說曰世多違行人遊蕩在世界也如彼虛僞鍮其中純有銅者巧詐之人多諸方略以烟熏銅色勝眞金誑惑世人貪取財貨是以如來引此爲喻如彼僞鍮獲世重利姧宄之人亦復如是甘言美亂誘進檀越獲致供養四事不乏衣被飲食牀褥卧具病瘦醫藥雖獲其供養後當償之報受洋銅經歷苦惱罪積未畢是故說曰如彼虛僞鍮其中純有銅也獨遊無畏忌內穢外不淨者如彼姧宄之人多將翼從人間遊處衆人見者莫不與敬如賊暴虐多壞村落然後乃知非是眞人也是故說曰獨遊無畏忌內穢外不淨也

貪餮不自節　三轉隨時行　如圈被養猪
數數受胞胎

貪餮不自節三轉隨時行者如彼愚癡之人爲人標首受人供養自養其形身體肥盛不能轉側檀越施主隨時禮覲愚人陽坐入定思惟由是自致得大供養是以世尊假以爲譬如被養猪卧食不動不知久久當受屠割捨身受身無有休已是故說曰貪餮不自節三轉隨時行如圈被養猪數數受胞胎也

人能專其意　於食知止足　趣欲支其形
養壽守其道

昔佛與波斯匿王而說此偈波斯匿王宿植德本福嚮自應於後園中自然生甘蔗之樹流出甘漿晝夜不絕於彼園中自然生一株粳米垂穗數百取之無盡王受其福食之無猒身體肥重喘息苦極不能轉側時往佛所低身揖讓在一面坐爾時世尊便說此偈

人能專其意　於食知止足　趣欲支其形
養壽守其道

王聞斯語歡喜踊躍不能自勝即從座起辭佛還宮即勑厨宰作食之人設汝擎食在吾前者先說斯偈爾乃得食自是以始常以為法王轉減食身體輕便進止行來無所患苦

觀淨而自修　諸根不具足　於食無猒足
斯等凡品行　轉增於欲意　如屋壞穿漏

觀淨而自修諸根不具足者初履行人意不堅固內自思念髮毛爪齒愛著清淨與著欲想增益瞋恚愚癡滋長不攝諸情根門不定放逸自恣遂失道明由火赫熾復益酥油深明此理豈是滅火之兆乎夫欲息婬怒癡火永不生者當與惡露不淨之想是故說曰觀淨而自修諸根不具足也於食無猒足斯等凡品行者彼修行人乞求無猒得而藏囊慳心不捨若後命終受凡品行是故說曰於食無猒足斯等凡品行也轉增於欲意如屋壞穿漏者行人執愚不修善根欲意熾盛不自改更當復經歷生死之難猶若蓋屋覆治不牢固天雨則漏澆漬衣服淨者使汙人情如是意不堅固漏婬怒癡是故說曰轉增於欲意如屋壞穿漏

當觀不淨行　諸根無缺漏　於食知止足

有信執精進　不恣於欲意　如風吹泰山

當觀不淨行諸根不缺漏者行人御意不暇食息觀察此身漏出不淨一一分別料簡身中三十六物穢汙不淨從頭至足無一可貪收攝諸根不使漏失是故說曰當觀不淨行諸根無缺漏也於食知止足有信執精進者行人執意得無漏信多食夢瞢不容入定信心勇熾堪行精進超群獨邁尋受其證是故說曰於食知止足有信執精進也不恣於欲意如風吹泰山者行人用意衆想不亂欲爲禍根主生災患見身神慌不受慧明死則對至燒身之痛料別此理悉爲苦患制意不與色聲香味細滑之法外御六塵內攝六情內外清淨不漏欲意猶若泰山安峙堅固不爲飄風之所吹動心如金剛不可沮壞是故說曰不恣於欲意如風吹泰山也

空閑甚可樂　然人不樂彼　無欲常居之
非欲之所處

空閑甚可樂者所以聖人論此語者欲使行人速獲其法閑靜之中意得專一思惟校計不移時節意念響應如人呼聲是故說曰空閑甚可樂也然人不樂彼者如此之徒皆是凡夫意著愛欲不能捨離意著女色以爲寶用一旦亡歿乃知非眞是故說曰然人不樂彼也無欲常居之者所以言聖人者無婬怒癡諸結縛著豁然除盡淨如天金亦無微翳若在人村周旋教化到時持鉢福度衆生隨施多少呪願施主檀越施主值聞聲者則聞道教貫徹心懷設值辟支佛者飛鉢空虛作十八變形雖在衆心存曠野是故說曰無欲

常居之也非欲之所處者著欲之人心意有在猶人有罪閉在牢獄官不決斷遂經年歲望欲求出良難得矣婬泆之人亦復如是癡心所裹閉在欲獄不遭無漏聖叡之藥欲得免濟甚復難剋也是故說曰非欲之所處也

在林閑靜高岸平地　應眞所過　莫不蒙祐

眞人所居必有善應地主四王常來擁護所居之方不被災患福能抑惡衆害不生由聖居中威神所致是故說曰在林閑靜高岸平地應眞所過莫不蒙祐也

難移難可動　如彼重雪山　非賢則不現猶夜射冥室

賢聖之人心不可移動意欲所規必剋不難猶若衆山競出好藥隨意取之分別毒害是故智者說衆德具足是故說曰難移難可動如彼重雪山也非賢則不現猶夜射冥室者不以善知識不親近善知識聞惡不出其本聞善不歎其德猶若冥室之中闇射其矢是故說曰非賢則不現猶夜射冥室也

賢者有千數　智叡在叢林　義理極深邃智者所分別

賢者有千數智叡在叢林者所謂賢者有所分別聞一句義暢演無數辯才之法思惟分別皆由觀練是故說曰賢者有千數智叡在叢林也義理極深邃智者所分別者分別諸法不失次第義理深邃究暢其法知所從生知所從滅分別義理一一不失是故說曰義理極深邃智者所分別

多有衆生類　非射而不值　今觀此義理無戒人所恥

多有衆生類非射而不值者所謂值者所修非法之人是也是故說曰多有衆生類非射而不值也今觀此義理無戒人所恥者利根捷疾觀是常非常有淨無淨戒德具者歎說其淨犯戒之人聞彼教訓謂爲誹謗不說眞誠自不稱名姓號之本亦不自卑歎譽彼者猶若善射之人分別善者而効其矢所以然者欲使惡者改修其行修善者敦崇正法是故說曰今觀此義理無戒人所恥也

觀有知恐怖　變易知有無　是故不樂有
當念遠離有

觀有知恐怖變易知有無者有者恐怖不可恃怙如實而不去離是故說曰觀有知恐怖變易知有無也是故說曰不樂有當念遠離有者夫人不樂衆苦之本亦不思惟本業所造是故說曰是故不樂有當念遠離有也

無信無反復　穿墻而盜竊　斷彼希望意
是名爲勇士

無信無反復者如有諸佛弟子無有篤信之意何以故彼人不信佛不信法不信比丘僧亦復不信苦集盡道盡者爲滅盡泥洹是彼人不信亦不恭奉是故說曰無信無反復也穿墻而盜竊者彼執行人穿壞有漏二界之墻於中貿易望其福慶是故說曰穿墻而盜竊也斷彼希望意是名爲勇士者斷其利養之想無有希望人中之士無有過者是故說曰斷彼希望意是名爲勇士也

除其父母緣　王家及二種　遍滅其境界
無垢爲梵行

除其父母緣者如來所以說是者現其愛心

永盡無餘更不復生是故說曰除其父母緣也王家及二種者所以論王現其憍慢二種者一者戒律二者邪見除此憍慢更不復興是故說曰王家及二種也遍滅其境界無垢爲梵行者如來所以說此者欲見已慢永盡無餘修其淨行是故說曰遍滅其境界無垢爲梵行也

若人無所依　知彼所貴食　空及無相願
思惟以爲行

若人無所依者修行之人無衆結使亦不藏貯是故說曰若人無所依也知彼所貴食者世人依食以存其命知其摶食所出本末更樂食者與意想著如彼生牛之皮意想食者如彼火聚識想食者猶如劒戟如彼摶食之人觀食本末或自手執或在鉢中思惟翻覆食所從生爲從何滅觀諸惡露不可貪樂是故說曰知彼所貴食也空及無想願思惟以爲行者如彼衆生入三解脫門思惟念道不去心首是故說曰空及無想願思惟以爲行也

鳥飛虛空　而無足跡　如彼行人　說言無趣

鳥飛虛空而無足跡者虛空飛鳥悉名鳳凰虛空之中不見足跡周旋往來都無處所是故說曰鳥飛虛空而無足跡也如彼行人說言無趣者彼修行人觀此義理都不知東西南北所趣之方是故說曰如彼行人說言無趣也

諸能斷有本　不依於未然　空及無相行
思惟以爲行

諸有行人斷有根本所論有者欲有色有無

色有永盡無餘更不復興是故說曰諸能斷有本也不依於未然者不知未變之事興衰之變是故說曰不依於未然也空及無相行思惟以爲行者著三解脱滅盡之門以自娛樂不能捨離是故說曰空及無相行思惟以爲行也

希有衆生　不順其徑　有度不度　爲死甚難

希有衆生不順其徑者希有衆生生於中國者復有衆生遇賢聖者亦復少耳是故說曰希有衆生不順其徑也有度不度者多有衆生求度世者亦復少耳不知生死根栽有無是非斯由鄙濁不達性行是故說曰有度不度也爲死甚難者人之貪生但見日前不知趣死衆苦之患亦不思惟度世之業是故說曰爲死甚難也

諸有平等說　法法共相觀　盡斷諸結使　無復有熱惱

諸有平等說法法共相觀者夫人處世觀察是非法法成就無有高下是故說曰諸有平等說法法共相觀也盡斷諸結使無復有熱惱者如彼行人思惟校計斷諸結使去諸想著無復熱惱之患是故說曰盡斷諸結使無復有熱惱

行路無復憂　終日得解脱　一切結使盡　無復有衆惱

行路無復憂終日得解脱者履行之人修德自然畢衆苦惱不與塵垢是故說曰行路無復憂終日得解脱也一切結使盡無復有衆惱者如彼行人執意牢固結使永盡無餘是故說曰一切結使盡無復有衆惱也

無造無有造　造者受煩惱　非造非無造
前憂後亦然
無造無有造造者受煩惱者人前爲罪深知非法向人布現求改懺悔不自隱藏若更生受形不受苦惱是故說曰無造無有造造者受煩惱也非造非無造前憂後亦然者人前爲過尋時改悔壽終之日神不錯亂善神衛護不至惡道是故說曰非造非無造前憂後亦然也

造者爲善妙　以作不懷憂　造而樂而造
生天受歡樂
造者爲善妙以作不懷憂者人修善行衆德具足衆人所敬莫不宗奉壽終之後生善處天上是故說曰造者爲善妙以作不懷憂造而樂而造生天受歡樂也

亦復不知論　賢聖不差別　若復知論議
所說無垢跡
亦復不知論賢聖不差別者如彼行人不解議論不別句義若在大衆不知威儀禮節賢愚不別是故說曰亦復不知論賢聖不差別也若復知論議所說無垢跡者無垢之論去諸想著內懷歡喜稱慶無量所聞法味充飽一切不趣惡道餓鬼畜生地獄之惱是故說曰若復知論議所說無垢跡也

說應法議論　當竪仙人幢　法幢爲仙人
仙人爲法幢
說應法議論昌熾法味與人演布文句具足展轉相教仙人者諸佛世尊也說名身句身一一分別無有錯謬欲使正法久存於世是故說曰說應法議論當竪仙人幢法幢爲仙

人仙人爲法幢也

或有寂然罵　或有在衆罵　或有未聲罵

世無有不罵

或有寂然罵者心内熾然呪詛不息欲使彼人遭水火盜賊内心思惟不彰露在外是故說曰或有寂然罵也或有在衆罵高聲大喚不避尊卑是故說曰或有在衆罵也或有未聲罵權在衆中亦不高聲對面相罵是故說曰或有未聲罵世無有不罵

一毁一譽　但利其名　非有非無　亦不可知

一毁一譽但利其名諸善功德育養其身設得供養不以爲歡若彼毁辱不以爲慼過去已滅善心不絕當來未至未有生兆現在不住當復漂轉是故說曰一毁一譽但利其名非有非無亦不可知也

叡人所譽　若好若醜　智人無缺　叡定解脫

如紫磨金　内外淨徹

叡人所譽若好若醜學見廣見敷演一義而不可及皆蒙得度濟神離苦猶如如來行則履虛離地四寸地上印文炳然自現其中蟲螺有形之類蒙光得度七日安隱永無衆苦無能傷害猶如紫磨純金内外清淨無有瑕滓是故說曰叡人所譽若好若醜智人無缺叡定解脫如紫磨金内外清徹也

猶如安明山　不爲風所動　叡人亦如是

不爲毁譽動

如彼安明山峙立安固終不爲風所動如來處世去世八法不爲毁譽所動有一梵志多聞廣見無事不苞聞佛出世不爲毁譽所動持心如地不記好醜往至佛所以百種罵毁

呰如來後復以百種語讚譽如來如來心意鏗然不動是故說曰猶若安明山不爲風所動叡人亦如是不爲毀譽動也

如樹無有根　無枝況有葉　健者以解縛
誰能毀其德

如樹無有根無枝況有葉者無明根本衆患之源愛生枝葉以與邪見是故說曰如樹無有根無枝況有葉也健者以解縛誰能毀其德者所謂健者諸佛世尊脫諸縛著更不受胞胎之形亦復不從今世至後世是故說曰健者以解縛誰能毀其德也

無垢無有住　身壍種苦子　最勝無有愛
天世人不知

無垢無有住者諸結使永盡無餘有結則有住無結則無住亦無身壍亦無苦子是故說曰無垢無有住身壍種苦子也最勝無有愛天世人不知如來坐禪寂然入定三昧正受滅形自隱諸天聖人欲得知如來者此事不然是故說曰最勝無有愛天世人不知也

猶如網叢林　無愛況有餘　佛有無量行
無跡誰跡將

猶如網叢林者佛告比丘今當與汝說愛根本枝葉滋蔓善思念之廣說如契經流轉生死分著五道是故說曰猶若網叢林無愛無有餘者如來成道永無有愛永斷五道不處三界不受四生是故說曰無愛況有餘也佛有無量行無跡誰跡將者所謂佛者教悟一切諸法無事不知無事不達修四意止四意斷四神足根力覺道廣布演說無有窮極高而無上無能量度深邃無下深不可測有結

則有跡無結則無跡夫人有足便得遊行東西南北四維上下計有跡者將人三界遊馳五道不離生死計無跡者則不至三界八難之處是故說曰佛有無量行無跡誰跡將也

若有不欲生　以生不受有　佛有無量行　無跡誰跡將

若有不欲生以生不受有者捨身受形經歷生死億千萬身生死無量不可稱計今得成道畢故身更不受形受諸苦惱是故說曰若有不欲生以生不受有佛有無量行無跡誰跡將也

若欲滅其想　內外無諸因　亦無過色想　四應不受生

若欲滅其想內外無諸因者所謂想者欲想色想無色想行人求滅亦不使生亦復不造三界結使內外清淨不造塵垢是故說曰若欲滅其想內外無諸因也亦無過色想四應不受生者如彼行人觀過去色過去造色未來色未來造色現在色現在造色一一分別四無有色如彼轉輪聖王統四天下身有大人之相衆好具足行人觀彼如已無異不以色好而與好想不以色醜而與惡想不見我是彼非彼是我非我亦復不見是非是是非是都無好醜之想永斷四應不與從事是故說曰亦無過色想四應不受生也

捨前捨後　捨間越有　一切盡捨　不受生老

捨前捨後捨間越有所謂前者捨過去陰持入結使縛著捨後者捨未來陰持入結使縛著捨間越有者捨現持陰持入結使縛著捨一切者於現身中得虛無道王三千典十方

由意自從所作已辦更不復受胎如實知之是故說曰捨前捨後捨間越有一切盡捨不受生老也

樂品第三十

勝則怨滅　負則自鄙　息則快樂　無勝負心

勝則怨滅負則自鄙如彼怨家晝夜伺察彼人於彼有大怨嫌從世至世不捨罪如是經歷數百千身執怨乃息負者自鄙是故說曰勝則怨滅負者自鄙也息則快樂無勝負心一切結使永盡無餘更不復起想著之念亦復無勝負之心我勝彼不如彼勝我不如都無彼此之心是故說曰息則快樂無勝負心也

若人撓亂彼　自求安樂世　遂成其怨憎　終不脫苦患

若人撓亂彼自求安樂世世多有人執迷惑意怨讎心深觸撓於人自望快樂宗族蒙慶如種苦栽冀望甘果唐喪功夫無益於時是故說曰若人撓亂彼自求安樂世也遂成其怨憎終不脫苦患者卒鬬殺人猶尚可恕懷毒陰謀乃不可親如斯之類必趣惡道所以然者由其執愚不捨故也是故說曰遂成其怨憎終不脫苦患也

善樂於愛欲　以杖加群生　於中自求安　後世不得樂

善樂於愛欲者一切衆生皆貪樂樂不樂苦惱見苦則群心不願樂已自行殺教人殺生已自婬泆教人婬泆已自妄言綺語復教人妄言綺語已自不與取復教他人竊盜他物是故說曰善樂於愛欲也以杖加群生者所

行非法濫枉百姓意之所存以傷爲本是故說曰以杖加群生也於中自求安後世不得樂者人作惡行皆自爲已捨身受形遭諸苦惱經歷生死沉漂五道所生之處罪苦自隨是故說曰於中自求安後世不得樂也

人欲得歡樂　杖不加群生　於中自求樂
後世亦得樂

人欲得歡樂杖不加群生者一切衆生皆貪於樂不樂於苦見彼苦者興慈愍心四等平均視彼如赤子初不起怨捶杖衆生處世皆求安身設我今日觸撓彼者後世之中受對無數是故說曰人欲得歡樂杖不加群生於中自求樂後世亦得樂也

樂法樂學行　愼莫行惡法　能善行法者
今世後世樂

夫人在世務行於法選擇善法去其惡者周旋往來追善知識採取善教所至到處與布法事是故說曰樂法樂學行愼莫行惡法能善行法者今世後世樂也

護法行法者　行法獲善報　此應法律教
行法不趣惡

護法行法者行法獲善報者能自擁護法不使漏失後獲其福是故說曰護法行法者行法獲善報也此應法律教行法不趣惡者彼執行人以法自護所生之中不遇惡災從小至大悉受其對從天受福下生人間復重受福是故說曰此應法律教行法不趣惡也

護法行法者　如蓋覆其形　此應法律教
行法不趣惡

彼修行人擁護深法微妙之教去諸陰蓋如

猛赫熱而獲好蓋得蒙濟度是故說曰護法行法者如蓋覆其形此應法律教行法不趣惡也

惡行入地獄　所至墮惡道　非法自陷溺如手把蚖蚖

惡行入地獄所至墮惡道者人爲惡行非父毋兄弟宗親所爲皆由已身爲罪所致作罪自受其殃無能代者外道異學所見不同外道所見已身作罪他人受報是故說曰惡行入地獄所至墮惡道也非法自陷溺如手把蚖蚖者如彼人手把蚖蚖或以呪術而取者或以藥草而取者或被師教而手翫弄惡蛇呪罷之後爲蛇所齧死入地獄餓鬼畜生經歷生死無有休已是故說曰非法自陷溺如手把蚖蚖也

不以法非法　二事俱同報　非法入地獄正法生於天

不以法非法二事俱同報此衆生類造善惡行不自覺知殃福之報爲善者不知善之有報爲惡者不知惡之有報如彼有人得雜毒之食得而享之不知食中有毒毒氣流熾不便其身行惡之人亦復如是當時甘口後受其殃遂喪其命不至善處有目之士觀食知之斯是清淨其中無毒便取食之後無苦患是故說曰不以法非法二事俱同報非法入地獄正法生於天也

施與戰同處　此德智不譽　施時亦戰時此事二俱等

昔舍衛城内有一長者名曰最勝更有長者名曰難降二人慳貪國中第一饒財多寶七

珍具足象馬車乘僕從奴婢穀食家業不可稱計二人門戶各有七重敕守門者無令乞兒入我門戶中庭之中鐵籠覆上恐有飛鳥啄拾穀食屋舍四壁鑄鐵垣墻恐鼠穿鑿嚙壞器物也是時五大聲聞各以次第詣彼教化從地涌出教以法施長者二人聞之各不受化後佛自往坐卧虛空放大光明佛與長者說微妙法長者雖聞心猶不達內自思惟佛來至舍不可虛爾使還精舍宜入藏裏取一白氎布施如來即起入藏選一惡者反更得好捨而更取倍得好者心意共諍不能自決當於其日阿須倫與忉利天共鬬或天得勝阿須倫不如或阿須倫得勝諸天不如爾時世尊以天眼觀見長者心或時慳心得勝施心不如或時施心得勝慳心不如爾時世尊便說斯偈

施與戰同處　此德智不譽　施時亦戰時
此事二俱等

長者遥聞內懷慚愧如來所說正謂我身即出好氎持用爲施難降長者出五百兩金持用惠施心開意解各見道跡也

人遭百千變　等除憍慢怨　時施清淨心
健夫最爲勝

人遭百千變等除憍慢怨者學人在家戀著財業衆事憒亂心不一定人欲修道當離家業除去憍慢不興想著乃得惠施不望其報謙恭卑下修德之本輕人貴已殃禍之災是以教人閑靜之處然後乃得修於道眞是故說曰人遭百千變等除憍慢怨也時眞清淨心健夫最爲勝施有五時獲五功德除去憍

慢自大之心意常清淨不懷穢濁是故說曰
時施清淨心健夫最爲勝也
忍少得勝多　戒勝懈怠多　有信惠施者
後身受善報
忍少得勝多戒勝懈怠多者多有衆生信心
極少瞋恚隆熾持戒忍辱亦復少少耳以能
行忍則勝怨讎持戒之人勝懈怠者猶如阿
那律一有施德與辟支佛九十劫中未曾趣
惡道後生釋種家佛並父母弟出家學道成
其道果是故說曰忍少得勝多戒勝懈怠多
有信惠施者後身受善報也
快哉大福報　所願皆全成　速得第一滅
漸入無爲際
快哉大福報所願皆全成者人之修福皆由
前身立行所致值良福田種子雖少獲報無

量若復前身觸撓賢聖施心不純無平等意
設受人形形狀醜陋爲人所輕作惡受惡作
福受福是故說曰快哉大福報所願皆全成
也速得第一滅漸入無爲際者衆結除盡諸
德普具淨如光明內外清徹意欲所求第一
義者尋時即獲欲得求入虛無之處尋時即
得無有疑滯正使外邪弊魔之徒欲求毀壞
爲福之人尋時自壞無柰之何猶昔魔王將
十八億衆百頭一身形像可畏虎狼師子毒
蛇惡蚖來恐如來如來福力使魔斷壞魔王
退之後爾時世尊便說斯偈
快哉大福報　所願皆全成　速得第一滅
漸入無爲際
若彼求方便　賢聖智慧施　盡其苦源本
當知獲大幸

若彼求方便賢聖智慧施學人欲習賢聖法者勇猛精進意不分散然後乃應賢聖之法是故說曰若彼求方便賢聖智慧施也盡其苦源本當知獲大幸所謂苦者五盛陰是能滅此者乃應道教是故說曰盡其苦源本當知獲大幸也

愛法善眠寐　心意潔清淨　賢聖所說法
智者所娛樂

學人習行達了深法曉了分別義句所趣心意澹然無餘異想入定一意不爲衆邪之所傾動賢聖所言教翫而習之不能捨離智者所習非愚所論是故說曰愛法善眠寐心意潔清淨賢聖所說法智者所娛樂也

若人心樂禪　亦復樂不起　亦樂四意止
并及七覺意　及彼四神足　賢聖八品道

若人心樂禪亦復樂不起者彼修行人所以樂禪者欲於無餘泥洹界而取滅度不起不滅是故說曰若人心樂禪亦復樂不起也亦樂四意止并及七覺意者止結不起謂之意止有所覺悟故謂覺意是故說曰亦樂四意止并及七覺意也及彼四神足賢聖八品道者夫神足法亦斷結使於現法中快樂無爲賢聖八品道於現法中亦斷結使快樂善利是故說曰及彼四神足賢聖八品道也

善樂於摶食　善樂攝法服　善樂於經行
樂處於山藪

善樂於摶食善樂攝法服如彼行人以獲斷一切之智分別食想意不染著起於食想食若好若醜意無是非法服齊整不違先聖所制服飾是故說曰善樂於摶食善樂攝法服

也善樂於經行樂處於山藪如佛契經所說夫經行之人獲五功德云何爲五一者堪任遠行二者多力三者所可食噉自然消化四者無病五者經行之人速得禪定習道之人得眞如四諦微妙之法聞法意悟即入深山無人之處禪定習道於無餘泥洹界而般泥洹是故說曰善樂於經行善樂於山藪也

已逮安樂處　現法而無爲　已越諸恐懼
超世諸染著

已逮安樂處現法而無爲者如彼修行之人於有餘泥洹界眞法自娛樂漸漸乃至滅盡泥洹界是故說曰已逮安樂處現法而無爲也已越諸恐懼超世諸染著者已見道跡越諸苦難超世諸染著行過三界爲衆祐福田是故說曰已越諸恐懼超世諸染著也

善樂於念待　善觀於諸法　善哉世無害
育養衆生類　世無欲愛樂　越諸染著意
能滅已憍慢　此名第一樂

如來降神來適王家觀世非常萬物如幻捨世王位深山學道積年苦行坐樹王下成等正覺七日七夜觀樹不眴如來爾時即從座起詣文鱗龍王所至彼宮殿而說斯偈

善樂於念待　善觀於諸法　善哉世無害
育養衆生類　世無愛欲樂　越諸染著意
能滅已憍慢　此名第一樂

龍聞此偈心開意解眼目得開覩如來形愴然揮淚自鄙宿釁

耆老持戒樂　有信成就樂　分別義趣樂
不造衆惡樂

耆老持戒樂者夫學道之人年雖耆艾不辭

勞苦中有退心雖復年少盛目覩世榮而復懈怠道之在心不問老少唯在剛烈乃在於道耳信心以存何往不剋是故說曰耆老持戒樂也有信成就樂者人有信心四事難動正使化作佛形現諸光明欲來詭調者不能使心移轉是故說曰有信成就樂者也分別義趣樂者人之辯才皆由宿行億千萬劫乃獲其辯雖出言教分別諸義一一所趣不失次緒從一句義演至百千終不吐出麤獷之言是故說曰分別義趣樂也不造衆惡樂者夫人無惡則生天上人中受福是故說曰不造衆惡樂也

世有父母樂　衆聚和亦樂　世有沙門樂
靜志樂亦然

世有父母樂衆聚和亦樂者如佛契經所說父母恩重不可得記若使孝子欲報其恩右肩負父左肩負母從生至長周行天地經百千劫亦不能報父母一日之恩何以故皆由父母長養五陰敷張六情使覩光明推燥居濕隨時扶持是以孝子雖欲報恩百千分未獲其一是故說曰世有父母樂衆聚和亦樂也世有沙門樂靜志樂亦然者出家學道斷諸恩愛離棄家業恒行三業不失其操復爲百千群生所見愛念隨時供養供給所須出家梵志勤身苦體求斷縛著所行清淨不造惡本是故說曰世有沙門樂靜志樂亦然也

諸佛興出樂　說法堪受樂　衆僧和亦樂
和則常有安

諸佛興出樂者如來出現甚不可遇猶若優曇鉢華數千萬劫時時乃出爾時群生見優

曇鉢華各各歡喜自相謂言如來降世將在不久瑞應已現豈有虛乎古昔經籍自有明文若有此華出現世者如來出世亦復不久諸天世人共相慶賀皆設供養之具遲覲如來光相形容是故說曰諸佛興出樂也說法堪受樂者佛初得道衆相具足七七四十九日寂然入定不與衆生敷演法味後爲梵天所請便與四部之衆比丘比丘尼優婆塞優婆夷諸天龍神揵沓和阿須倫栴陀羅摩休勒人與非人暢演善法群生蒙恩靡不濟度是故說曰說法堪受樂也衆僧和亦樂和則常有安者衆者其事非一或四或八或至無數如來衆者爲最第一如來衆中有四雙八輩十二賢士諸有衆生之徒競來供養修敬聖衆者獲福無量如斯福田出生道果爲良爲美爲無旱霜隨意所願靡不剋獲聖衆所貴唯和爲上是故說曰衆僧和亦樂和則常有安也

持戒完具樂　多聞廣知樂　覩見真人樂解脫行跡樂

持戒完具樂者其有衆生遇持戒者承事供養隨時瞻視後獲其報安處無爲快樂自由是故說曰持戒完具樂也多聞廣知樂者復有衆生遭遇多聞之人承受其教一一不失名身句身味身義理通達尋究暢義聞便即悟不復重受是故說曰多聞廣知樂也覩見真人樂解脫行跡樂者設有衆生宿植德本遭遇賢聖值彼羅漢得滅盡定及空寂定其有衆生施真人者現身獲報錢財集聚所願從意無願不果於諸結使永無所染是故說

曰觀見眞人樂解脫行跡樂也

駛水清涼樂　法財自集快　得智明慧快

滅慢無邪快

駛水清涼樂者猶若駛河澄靜清涼聲響微細不傷害物甘甜極美學者所貪多所成就是故說曰駛水清涼樂也法財自集快者所謂法財者以法合集不枉物理不爲縣官盜賊水火災變所見侵欺何以故皆由正法獲其財利不枉人物故使其然是故說曰法財自集快也得智明慧快者如彼學人得世間第一智盡能分別一切衆法普於光明有所接悟是故說曰得智明慧快也滅慢無邪快者人懷憍慢必凌懱人從求劫已來壞善德不究竟皆由興怒是故說曰滅慢無邪快也

得觀諸賢樂　同會亦復樂　不與愚從事

畢故永以樂

得觀諸賢樂同會亦復樂者賢聖之人道果以具衆德悉備曩所修學積行乃致其有恭敬承事賢者後受其樂財業無數家人和穆宗族日熾是故說曰得觀諸賢樂同會亦復樂也不與愚從事畢故永以樂者善人修德慕求良伴見惡知識終以遠離所以然者惡人所稟終無善行隨人在冥不覩大明是故說曰不與愚從事畢故永以樂也

不與愚從事　經歷無數日　與愚同居難

如與怨憎會　與智同處易　如共親親會

如與愚從事經歷無數日者若彼行人與愚從事晝夜墮落墜在生死億佛過去不蒙濟度是故說曰如與愚從事經歷無數日也與愚同居難如與怨憎會者怨憎會苦難皆由

無明故不逐良師不與善知識從事是故說
曰與愚同居難如與怨憎會也與智同處易
如共親親會者智人所學必當上及相見同
歡先笑後語和顏悅色内外清泰無有諍訟
是故說曰與智同處易如共親親會也
人尊甚難遇　終不虛託生　設當託生處
彼家必蒙慶
人尊甚難遇終不虛託生者億千萬劫不可
遭遇所謂人尊者諸佛世尊是所謂生之處
其種清淨父母真正其家饒財多寶七珍具
足金銀珍寶硨磲碼碯真珠琥珀象馬車乘
無所渴乏所生國土上下和穆共相順從是
故說曰人尊甚難遇終不虛託生也設當託
生處彼家必蒙慶者眷屬成就處在中國不
在邪僻是故說曰設當託生處彼家必蒙慶
也
一切得善眠　梵志取滅度　不爲欲所染
盡脫於諸處　盡斷不祥結　降伏内煩熱
永息得睡眠　心識悉清徹
昔佛成道未久初度五人次後五人江村十
三人賢士衆中三十七人通佛六十一人爾
時世尊告諸弟子汝等各各四面教化度閻
浮利地人吾欲獨往詣江水側度三迦葉師
徒千人次度舍利弗目揵連次度蓱沙王在
羅閱城迦蘭陀竹園所爾時阿那邠坻長者
有少俗緣來至羅閱城中造大長者欲得寄
住正值彼家男女僕從各各作役或破薪然
火或炊生熟食或有布置坐具氍毹毾㲪是
時長者躬敷高座懸繒幡蓋香汁灑地是時
阿那邠坻長者問彼長者貴家今日辦具待

賔之調亦非小節爲欲請國王過舍爲是貴家男欲取婦女欲嫁乎願聞其意其主報曰我今所辦餚饌之具亦非天及世人所能測度亦非國王群臣百僚男不取婦女不出門我所以辦具甘饌飲食者清旦請佛及比丘僧在家供養阿那邠坻聞佛名號及比丘僧衣毛悚豎悲而且喜尋往佛所頭面禮足在一面坐斯須退坐前白佛言伏惟天尊興居輕利遊步康强閒僑在此得善眠乎爾時世尊與阿那邠坻而說斯偈

一切得善眠　梵志取滅度　不爲欲所染
盡脱於諸處　盡斷不祥結　降伏内煩熱
永息得睡眠　心識悉清徹
愼莫著於樂　當就護來行　當念捨於世
觀於快樂事

愼莫著於樂當就護來行者夫人學道不苦不成要當須苦然後乃成捨世俗禪及俗解脱修無漏禪無漏解脱是故說曰愼莫著於樂當就護來行當念捨於世觀於快樂事者人遇小樂當更求索增其樂本是故說曰當念捨於世觀於快樂事也

如世欲歡樂　及彼天上樂　此名爲愛盡
十六未獲一

如世欲歡樂及彼天上樂者世俗樂者欲界之樂及彼天樂者色界之樂衆生之類長夜之中迷惑五趣不知稟眞貪者世俗禪福之報流轉五趣周而復始謂爲得道永滅不起是故說曰如世俗歡樂及彼天上樂也此名爲愛盡十六不獲一者其有行人先斷愛根永去枝葉執意懷懼防惡未然後得無漏之

樂遊心自然於十六分中未得其一是故說曰此名爲愛盡十六不獲一也

能捨於重擔　更不造重擔　重擔世之苦
能捨最快樂

能捨於重擔更不造重擔者如人負重擔經過嶮難處所負旣不要世俗不急貨亦非金銀珍寶硨磲碼碯眞珠琥珀乃是世俗不要之貨傍人諫語觀君所負非是眞寶何不捨之更求眞者其人即捨更求眞者觀此衆生亦復如是負五陰身遊處欲界宛轉生死不能得出聖人告曰汝今所負五陰之形穢漏臭處何負是爲宜可速捨更求輕者爾時衆生即設方便捨欲界形受色界身以受色界之形聖人復往就彼教化使令捨身就無漏智五分法性是故說曰能捨於重擔更不造重擔重擔世之苦能捨最快樂也

盡斷諸愛欲　及滅一切行　并滅五陰本
更不受三有

如彼行人以無漏慧觀滅欲愛色愛無色愛身行口行意行除身三口四意三未盡無餘解知五陰興起本末更不復著三有之行是故說曰盡斷諸愛欲及滅一切行并滅五陰本更不受三有也

義興則有樂　朋友食福樂　彼滅寂然樂
展轉普及人　苦爲樂爲本

義興則有樂朋友食福樂猶若商賈之人勞形苦體冐涉危險採致重寶安隱還家宗族慶賀男女大小靡不歡喜朋友同伴皆悉蒙恩若使開意惠施普及一切無復衆苦以樂爲本宗族娛樂不能捨離是故說曰義興則

有樂朋友食福樂也彼滅寂然樂展轉普及人苦爲樂爲本也

猶彼火爐赫焰熾然　漸漸還滅　不知所湊
如是等見人　免於愛欲泥　法亦無處所
以獲無動樂

猶彼火爐赫焰熾然者如其彼近火燒鐵丸極自熾然甚難可近是以聖人觀衆生類婬怒癡火而自燒炙不自覺知是故說曰猶彼火爐赫焰熾然也漸漸還滅不知所湊者如彼熱鐵丸漸漸至冷不知熱之所湊亦復不知冷之所在是故說曰漸漸還滅不知所湊也如是等見人免於愛欲泥者彼修行人得等解脫無復罣礙免於愛欲之深泥便得離於生死之岸是故說曰如是等見人免於愛欲泥也去亦無處所以獲無動樂者如是之類神與冥合識與空體亦復不知東西南北四維上下來亦不知所從來去亦不知所從去猶如熱鐵丸漸漸欲冷不知熱之所湊亦復不知冷之所在是故說曰去亦無處所以獲無動樂也

中間無有恚　有變易不停　除憂無有愁
寂然觀世有

中間無有恚者所謂恚者染汙人心不至于道唯有無垢之人乃能免此恚怒之心是故說曰中間無有恚也有變易不停者世多有人行有輕重舉操不同或有冥契運至不造結使或有知而故犯以興塵勞是以聖人布誡後生欲令執行之人改既往之失絶將來之禍貪學之人翫之寶之未墜于心便能進適賢聖之室然後方知聖法之可崇識法之

叵近是故說曰有變易不停也除憂無愁者如彼修行人永拔愁憂之本與樂根共相應寂然觀世變如彼幻野馬也是故說曰除憂無有愁寂然觀世有也

有樂無有惱　正法而多聞　設見有所損人人貪於色

有樂無有惱正法而多聞者如彼入定人晝夜禪寂不離定意空無相願以爲遊觀當來雖復身遭苦行神寂無爲無所傷損如彼行人無瞋怒心慈愍群萌與已無異是故說曰有樂無有惱正法而多聞也設見有所損人人貪於色者如彼學者觀彼根源婬怒癡病衆禍之首皆起欲怒心意共相染汙以成大患便不能脫生老病死愁憂苦惱衆患之源是故說曰設見有所損人人貪於色

無結世善壽　大法知結源　人當明結瑕人人心縛著　亦縛於色本

無結之人婬怒癡盡不復樂俗衆結之本怨讎恚心亦復不興明人所鑒能斷斯病既自去病復治他人使無有病亦復不念著於衆色利衰毁譽其心不動是故說曰無結世善壽大法知結源人當明結瑕人人貪縛著亦縛於色本

一切受辱苦　一切任巳樂　勝負自然與竟不有所獲

一切受辱苦一切任巳樂者人遭困厄意不得舒瞻人顔色恒恐失意自恣之人隨意所如念則即至如響應聲是故說曰一切受辱苦一切任巳樂也勝負自然與竟不有所獲者如人處世貴賤無常或爲轉輪聖王後便

爲粟散諸王一尊一卑或高或下唯有賢聖之道無有尊卑高下是故說曰勝負自然與竟不有所獲也

諸欲得樂壽　能忍彼輕報　忍者忍於人
不忍處諸有

取要言之略說其義無害而生害無惱而生惱無恚而生恚無怨而生怨如上無異

諸欲得樂壽　於惑而無惑　惑者惑於人
我無有斯惑　諸欲得樂壽　終已無結著
當食於念食　如彼光音天　恒以念爲食
意身無所燒　村野見苦樂　彼此無所燒
雖值更樂跡　無跡焉有更

村野見苦樂彼此無所燒者人之修道或在城傍依村而住或在曠野無人之處或時遇苦衆人痛心時復遭樂不以爲歡不與更樂起十二緣病彼者彼六塵此者此六情是故說曰村野見苦樂彼此無所燒也雖值更樂跡無跡焉有更者人之處世心恒放逸先更後樂遂增罪根或時生彼地獄更樂無更則無跡亦復無有地獄更樂是故說曰雖值更樂跡無跡焉有更也

所在有賢人　不著欲穢垢　正使遭苦樂
不興於害心

所在有賢人不著欲穢垢者聖人處世多自隱遁不著欲想不興欲垢所謂賢人阿那含阿羅漢是故說曰所在有賢人不著欲穢垢也正使遭苦樂不興於害意者雖遭苦樂不興想著是故說曰正使遭苦樂不興於害意也

出曜經卷第十八

音釋

黶黮黶烏感切黮他感切黶黮不明淨也

聤彌彡切邪視也

酷苦沃切苛虐也

奸宄奸古顏切宄居洧切在外為奸在內為宄

鍮他侯切銅屬

穗徐醉切禾成秀曰穗

喘尺兖切疾息也

濽則旰切水濺也

奣烏猛切明也

貿莫候切易也

詛莊疏切沮也

壍七豔切坑也

嚙倪結切噬也

氎達協切細毛布也

憒古對切心亂也

眴輸閏切目動也

愴楚亮切悽愴也

氍氀氍巨俱切毛席也氀力朱切毛布也

毾㲪毾他臘切㲪都能切毾㲪細毛席也

繒慈陵切帛也

餚饌餚何交切饌士戀切餚饌美食也

出曜經卷第十九

尊者法救造

姚秦三藏竺佛念譯

心意品第三十一

輕難護持　爲欲所居　降心爲善　以降便安

輕難護持者所以如來世尊出現於世正欲降伏人心去穢惡行如彼修行之人恒自思惟與心設論所謂心者招致衆禍使人入地獄餓鬼畜生之道是故説曰輕難護持也爲欲所居者彼修行人觀病所興皆有因緣究欲之源斯在心意猶若盜賊依險劫盜設無嶮者無由生患欲亦如是心爲窠窟展轉流馳以成災患是故説曰爲欲所居也降心爲善以降便安者人能降心不記彼壽所至到處爲人所敬壽終之後漏盡意解得滅盡泥洹是故説曰降心爲善以降便安也

如魚在旱地　以離於深淵　心識極惶懅
魔衆而奔馳

如魚在旱地以離於深淵者猶如彼魚以失乎淵宛轉于地心意煩惱不得自在是故説曰如魚在旱地以離於深淵也心識極惶懅魔衆而奔馳者猶彼岸上魚跳踉不得自在心亦如是馳趣諸結使不能自止便爲衆邪所得便是故説曰心識極惶懅魔衆而奔馳

心走非一處　猶如日光明　智者所能制
如鉤止惡象

心走非一處猶如日光明如彼日光初出之時悉照四方靡不通達心亦如是奔趣色聲香味細滑之法不能自制使不流馳如彼惡象兇暴難御以得鋼鉤然後乃制是故説曰

心走非一處猶如日光明智者所能制如鉤止惡象也

我今論此心　無牢不可見　我今欲訓誨
慎莫生瑕隙

我今論此心無牢不可見者彼修行之人專其一意繫心在前以若干方便誨責其心由汝心本無數劫中經歷生死捨身受身不可稱記或在三塗八難之處或在天上人中往來我今爲人遭佛聖法宜可捨本來染著之想以無數方便誨責心已復更告心汝今輕脆不可恃怙於此見身當盡愛結是故說曰我今論此心無牢不可見我今欲訓誨慎莫生瑕隙也

汝心莫遊行　恣意而放逸　我今還攝汝
如御暴逸象

汝心莫遊行恣意而放逸者心之爲物猶豫不定著色聲香味細滑法猶如猨猴貪著果蓏捨一取一意不專定心亦如是橫生萬端造作衆患不能捨離是故說曰汝心莫遊行恣意而放逸也我今還攝汝如御暴逸象者我當以不淨觀攝此心意使不流馳如御暴象不使放逸是故說曰我今還攝汝如御暴逸象

生死無有量　往來無端緒　求於屋舍者
數數受胞胎

生死無有量往來無端緒者人處生死經歷劫數不可稱記或在地獄畜生餓鬼其中受苦甚難可計是故說曰生死無有量往來無端緒也求於屋舍者數數受胞胎者不滅行跡往來不息繫於肥白貪著形色數數受胎

是故說曰求於屋舍者數數受胞胎也

以觀此屋　更不造舍　梁棧已壞　臺閣摧折

以觀此屋者危脆不牢要當壞敗爲磨滅法正使安明巨海盡當融爛更不造者所以然者以知根源病之所由更不受形造五陰室是故說曰以觀此屋更不造舍也梁棧已壞臺閣摧折者所以論此者乃論結使之源本身壞四大散萬物不久合此乃論成道之人捨形神逝澹然虛空肢節形體各歸其本地還歸地水還歸水火還歸火風還歸風神逝無爲不復懼畏更來受形是故說曰梁棧已壞臺閣摧折也

心已離行　中間已滅　心爲輕躁　難持難護

心已離行者所謂行者衆結之首所以群萠沉湮生死者皆由造行致斯災變聖人降世精勤自修斷諸行本使不復生是故說曰心已離行也中間已滅者三世之法永盡無餘是故說曰中間已滅也心爲輕躁者如佛契經所說我今說心之本輕躁速疾一日一夜有九百九十九億念念異想造行不同是故說曰心爲輕躁也難持難護者發心之頃造善惡行念善之心尋響即至間無滯礙念惡之心如響應聲欲令守護者未之有也猶若惡獸之類虎狼蛇蚖蝮蠍之屬欲使將護其意使不行惡者亦未曾聞是故說曰難持難護

智者能自正　猶匠搦箭直　有恚則知恚

有恚知有恚

智者能自正猶匠搦箭直者夫人習行先正其形恒知苦空非身無我之法六思念行以

自誠身使不邪曲猶若巧匠善能治箭端直
無節堪任御敵亦無所艱是故說曰智者能
自正猶匠搦箭直也有恚則知恚有恚知有
恚者怨怨自茲爲怨自怨者自古未有要當
自怨滅怨然後乃知無怨是故說曰有恚則
知恚有恚知有恚也
是意自造　非父母爲　除邪就定　爲福勿迴
意造衆行爲身招患爲善爲惡斯由心造亦
非父母兄弟宗族僕從奴婢之所爲也明審
此者乃知從邪生此塵勞復不守護使心不
亂是故說曰是意自造非父母爲除邪就定
爲福勿回也
蓋屋不密　天雨則漏　人不惟行　漏婬怒癡
猶若世人造作宮殿屋舍亦不至密天雨之
日無處不漏人不正其行便漏色聲香味細
滑法亦不思惟不淨之觀漏出三毒暴溢之
水是故說曰蓋屋不密天雨則漏人不惟行
漏婬怒癡也盡應爲偈略說其要愚癡亦爾
瞋恚亦爾慳嫉亦爾憍慢亦爾愛結亦爾
蓋屋緻密　天雨不漏　人自惟行　無婬怒癡
猶如至密之人造作宮殿屋舍緻密天雨不
漏人自惟行去婬怒癡不漏諸患盡應爲偈
略說其要愚癡亦爾瞋恚亦爾慳嫉亦爾憍
慢亦爾愛結亦爾
心爲法本　心尊心使　中心念惡　即言即行
罪苦自追　車轢于轍
爾時世尊告諸比丘自今已後先說觀食偈
然後乃食舍衛城里有二乞兒至衆僧中乞
食正值聖衆未說觀食之偈其中有一乞兒
嫉妬心盛便發惡心設我後得自在爲國王

者當以車輪轢斷爾許道人頭說偈之後乞兒乞食得無貲央數出在路側飽滿睡眠數百群車路由其中轢斷其頭死入地獄受苦無量

心爲法本　心尊心使　中心念善　即言即行
福慶自隨　如影隨形

彼第二乞兒为心自念設我後得富貴爲王者盡當供養爾許聖衆使不渴乏時彼乞兒乞充本意尋出卧在樹下睡眠神識澹靜無有亂想爾時彼國喪失國主更無復嗣繼王者種群臣百僚雲集共論今國無主復無繼嗣將恐人民散在不久亡國破家由是而興君等各各欲何方謀令國全在民無異趣中有智臣明達第一告諸人民我等失主且無繼嗣宜可遣使巡行國界若有威相福祿足者使紹王位即遣案行見一樹下有人眠睡日光以轉樹影不移蔭覆人身如蓋在上使者見之即往觀視人中奇異何復過是此人正應紹繼王位即喚使覺扶轝輦載前後圍遶將詣王宮人稱萬歲國界清泰爾時世尊觀此二義已即說斯偈

心爲法本　心尊心使　中心念惡　即言即行
罪苦自追　車轢于轍

心爲法本　心尊心使　中心念善　即言即行
福慶自隨　如影隨形

念無適止　不絕無邊　福能遏惡　覺者爲賢

念無適止不絕無邊者夫修行人縱意遊逸不能專一正使聞法不貫心懷所謂不絕無邊者戒盜身邪也是故說曰念無適止不絕無邊也福能遏惡覺者爲賢者夫積善之人

永去婬怒癡憍慢之心如斯之人履道則易從是福慶漸至道場是故說曰福能遏惡覺者爲賢也

不以不淨意　亦及瞋怒人　欲得知法者
三耶三佛說　諸有除貢高　心意極清淨
能捨傷害懷　乃得聞正法

諸佛世尊恒以天眼觀三世事知將來世愚惑衆生自憍慠人不事三寳吾身去世遺法存在族姓子汝傳吾經誠演布後人衆生聞者靡不蒙濟有一比丘在波羅梨大國鷄頭園中爲數千萬衆前後圍遶昇于高座敷演法教其聞法者靡不蒙濟隨行所趣各充其願外國舊典内法之儀入寺聽法及禮佛者皆當脫帽時有國王頭素少髮加復有瘡又且脚著履屣自恃豪尊以氈褁頭入内聽經王白比丘與我說法比丘告曰如來有教其有衆生脚著履屣者不與說法王聞懷恚即脫履屣語比丘曰卿速說法稱悅我情違我本意者當梟汝首比丘告王又復如來禁戒所忌不得與覆頭者說法王聞斯語倍復瞋恚奮赫天威語比丘曰卿欲辱我今故前却我今正爾露頭聽卿說法若不解吾疑結者當取汝身分爲三分爾時比丘尋向彼王而說斯偈

不以不淨意　亦及瞋怒人　欲得知法者
三耶三佛說　諸有除貢高　心意極清淨
能捨傷害懷　乃得聞正法

王聞斯偈慚顏愧影即起于座五體投地自歸懺悔求滅身口意過長跪叉手白比丘言不審此偈爲是如來神口所說爲是尊人知

我心意然後說乎比丘告王此偈乃是如來神口所說此來久矣非適今也王自思惟善哉大聖三達之智靡所不通乃知將來有我之徒有恚害心今重自悔更不造新爾時比丘漸與說甚深之法即於座上諸塵垢盡得法眼淨見法得法無所畏難

心無住息　亦不知法　迷於世事　無有正智

心無住息亦不知法者心如池流難可制還水出泉源晝夜下流欲使還入泉源者斯難獲也如此之人不知正法亦復不知可就知就可捨知捨譬如有人聾聽五音盲執於燭是故說曰心無住息亦不知法也迷於世事無有正智者如彼行人貪樂於世信邪倒見或事諸神水火日月祭祀先祖父母兄弟意中望得正法功德如人空中欲安宮宅者甚爲難也如經文說殺生祀生交受害也是故說曰迷於世事無有正智也

三十六使流　幷及心意漏　數數有邪見　依於欲想結

三十六使流者三十六邪身邪有三三界各有一邊見有三欲界一色界一無色界一邪有十二欲界四色界四無色界四見盜有十二欲界四色界四無色界四戒盜有六欲界二色界二無色界二取而合者合三十六使世人迷惑不覩正見是以智人防慮未然是故說曰三十六使流幷及心意漏三十六邪由心而生流溢萬端遂成邪見是故說曰幷及心意漏也數數漏邪見依於欲想結者此邪見者乃論計常見斷滅見此二邪見不與相應計常見不與斷滅見相應斷滅見不與

計常見相應二人所見各各不同緣是邪見牽致地獄餓鬼畜生復起三想欲想恚想無明想是故說曰數數漏邪見依於欲想結也

捨意放其根　人隨意迴轉　爲少滅名稱
如鳥捨空林

捨意放其根人隨意迴轉者世多有人好喜五音若眼見色起乎眼識遂成眼根若耳聞聲起乎耳識遂成耳根若鼻齅香起乎鼻識遂成鼻根若舌知味起乎舌識遂成舌根若身知細滑起乎身識遂成身根若意知法起乎意識遂成意根是故說曰捨意放其根人隨意迴轉也爲少滅名稱如鳥捨空林者人之爲過不顧後慮積日爲善失在斯須爲諸檀越施主所見譏論我等本呼戒具清淨何圖今日乃見瑕隙皆共薄賤不復興敬猶如群鳥恒宿茂林貪五果香華氣味華果適盡各捨而逝犯戒之人其喻如此福盡罪至自當除散是故說曰爲少滅名稱如鳥捨空林

在靜自修學　慎勿逐欲跡　莫吞熱鐵丸
嗥哭受其報

在靜自修學慎勿逐欲跡者常當端執意心之行不爲欲意所見鉤連欲者令人迷惑不別尊卑是故說曰在靜自修學慎勿逐欲跡也莫吞熱鐵丸號哭受其報者如火所燒痛徹骨髓死入地獄酸楚萬端抱熱銅柱吞熱鐵丸號哭受報靡知所訴是故說曰莫吞熱鐵丸號哭受其報也

應起而不起　恃力不精勤　自陷人形卑
懈怠不解慧

應起而不起者形謂起者佛伴善知識然不

造善功德生雖遇時無益人行天雨七寶遍滿世界愚者意惑不收其寶恒受人形無有遠慮雖名爲人無益於時此亦如是遭遇佛世暢演深法愚人執惑不肯承受是故說曰應起而不起也恃力不精勤者如有行人氣力强壯堪任受化然復懈怠不大精勤是故說曰恃力不精勤也自陷人形卑懈怠不解慧者自陷於生死不顧後世殃雖遭佛世遭善知識與賢聖相遇不肯受慧分別義趣是故說曰自陷人形卑懈怠不解慧也

亂觀及正觀　皆由意所生　能覺知心觀

愚心數數亂

亂觀及正觀皆由意所生者所謂亂觀者欲觀恚觀無明觀行人離此諸觀習於正觀正觀定意超越殊勝衆定中尊自非聖人漏盡無著得此觀定是故說曰亂觀及正觀皆由意所生也能覺知心觀愚心數數亂者進學之人當習出要之觀空無相無願觀洗除心垢捨世八事修清淨心解諸相好一一虛寂所說教誡殊勝難及四諦如爾晝夜修習愚人執惑數數意亂猶甘美漿愚謂辛苦豈須聖人擘口與之執意迷誤難革如斯是故說曰能覺知心觀愚心數數亂也

智者如是觀　念者專爲行　咄嗟意無著

唯佛能滅此

智者如是觀念者專爲行者所謂智者演說納微吐惑暢疑遣難豫明人情處在大衆獨步無侶數問群黨誰有疑惑吾當以大慧之火焚燒汝等猶豫之聚隨時觀察意不錯亂學人所修以此爲業是故說曰智者如是觀

念者專爲行也咄嗟意無著唯佛能滅此者
彼修行人得定三昧盡捨世俗有漏之行亦
復捨於世俗善本解脱定意此者是誰惟佛
世尊能捨之耳是故説曰咄嗟意無著唯佛
能滅此
觀身如空瓶　安心如丘城　以叡與魔戰
守勝勿復失
觀身如空瓶者猶如朽故之瓶内外不牢雖
可受盛亦不久停此四大身亦復如是恒苦
敗壞不得久停如彼朽弊亦盛於好亦盛於
醜會歸磨滅就彼灰聚此危脆身亦復如是
亦受於好亦受於醜所受善者諸善功德瓔
珞其身所受惡者於不善行染汙其心命終
之後浪在丘塚是故説曰觀身如空瓶也安
心如丘城者所以立城牢固深壍者但猒患
群賊盜竊民物心亦如是猒患諸結使所纏
裹故城則牢固賊不得便心正不邪結不得
便是故説曰安心如丘城也以叡與魔戰者
技術已備六藝具足則能與彼自在天子共
戰是故説曰以叡與魔戰也守勝勿復失者
以勝婬怒癡無復餘想恒繫意在前無他異
心是故説曰守勝勿復失取要言之觀世亦
爾
觀身如聚沫　解知焰野馬　以叡與魔戰
守勝勿復失
猶若聚沫生生便滅不得久停此四大身亦
復如是聚則爲人散則爲氣本由父母得有
四大推其本末皆虚皆寂推之不見其前尋
之不見其後生生而滅生生而生滅滅而滅
滅滅而生生不見生滅不見滅凡夫所習顛

倒不悟是故說曰觀身如聚沫解知焰野馬以叡與魔戰守勝勿復失取要言之觀世亦爾

心念七覺意　等意不差違　當捨愚惑意
樂於不起忍　盡漏無有穢　於世取滅度

心念七覺意等意不差違者如彼修行之人修習覺意之法晝夜思惟不捨于懷是故說曰心念七覺意等意不差違也當捨愚惑意樂於不起忍者若有衆生不起慈心向一切衆生則不至道有所成就要當捨愚惑之意不著色想乃應道眞樂捨不起法忍無生滅意乃入道室是故說曰心念七覺意等意不差違也盡漏無有穢於世取滅度者彼修行人盡有漏成無漏心得解脫叡得解脫於現法中而得自在如斯之人入無爲境取般泥洹永寂永滅更不復生是故說曰盡漏無有穢於世取滅度也

當自護其意　若犛牛護尾　有施於一切
終不離其樂

當自護其意若犛牛護尾者心爲行道造作無端常當攝意使不有失猶彼犛牛晝夜護尾恐有斷絕寧喪命根失其妻息不使尾毛墜落于地比丘學道亦復如是寧喪身命不犯於戒是故說曰當自護其意若犛牛護尾也有施於一切終不離其樂者要當與意愍慈一切視怨家如赤子阿須倫迦留羅旃陀羅摩休勒人若非人不能得其便自然受福快樂無極是故說曰有施於一切終不離其樂

一象出衆象　象中六牙者　心心自平等

獨樂於曠野

昔拘深比丘好喜鬪訟未曾歡樂不樂山野閑靜之處爾時世尊數往呵諫不受如來言教如來數與說法不肯承受便捨而去去彼不遠見有一象獨在空山閑靜無爲象自念言我在大衆中時爲衆象所嬈逐群食草則得弊惡草食飲水得濁今日在此不爲衆象所嬈何乃快哉爾時世尊便說斯偈

一象出衆象　象中六牙者　心心自平等

獨樂於曠野

如來說此偈已便捨而去

不以無害心　盡爲一切人　慈心爲衆生

彼無有怨恨

不以無害心盡爲一切人者盡當除棄怨憎恨心慈愍一切衆生之類是故說曰不以無害心盡爲一切人也慈心爲衆生彼無有怨恨者視己如彼身而無有異若聞好語醜語不經心懷無有怨恨無復害意向一切衆生戰戰兢兢終不捨離是故說曰慈心爲衆生彼無有怨恨心也

慈心愍一人　便獲諸善本　盡當爲一切

賢聖稱福上

慈心愍一人者如佛契經所說若有人施一切衆生加以慈心施一人者其福何者爲多比丘報曰行慈之人愍念衆生者其福甚多甚多是故說曰慈心愍一人便獲諸善本也盡當爲一切賢聖稱福上者惠施一人其福難量況施一切衆生之類乎其福無限無量不可稱計巨億萬倍不可以譬喻爲比是故說曰盡當爲一切賢聖稱福上也

普慈於一切　愍念衆生類　修行於慈心
後受無極樂
普慈於一切愍念衆生類者人之行慈發意平等衆生之類多於地種能普慈心愍一切衆生者後受人身壽樂無猒若生天上受福自然視東忘西玉女營從不可稱計若生人中豪族富貴生四姓家七寶具足無有減少父母真正不處卑賤是說說曰普慈於一切愍念衆生類修行於慈後後受無極樂也
若以踊躍意　歡喜不懈怠　修於諸善法
獲致安隱處
若以踊躍意歡喜不懈怠者彼修行人息婬怒癡執意剛强不捨本願所獲功德盡施於無上正真道等正覺不持此福求轉輪聖王粟散諸王亦復不求帝釋梵天亦不求作魔若魔王彼盡求作滅盡泥洹無爲無作無生滅法是故說曰若以踊躍意歡喜不懈怠修於諸善法獲致安隱處
息則致歡喜　身口意相應　以得等解脫
比丘息意快　一切諸結盡　無復有塵勞
息則致歡喜身口意相應者人意以息衆病都廢不復造於身口意行若布施持戒攝意受齋皆求無爲之道正使出家修習福業捨世辯聽習四辯才以得八解脫法比丘習法不離賢聖是故說曰息則致歡喜身口意相應也所謂結者結縛人心結結相纏如蛾自裹纏縛人心不見大明除彼塵勞乃自照見是故說曰一切諸結盡無復有塵勞也
正使五樂音　不能悅人意　不如一正心
向於平等法

正使五樂音不能悅人意彼修行人志在禪定分別五陰成敗所趣正使諸天作倡妓樂欲使此人心意動轉此事不然何以故由心正見無顛倒故是故說曰正使五樂音不能悅人意不如一正心向於平等法也

最勝得善眠　亦不計有我　諸有心樂禪
不樂於欲意

最勝得善眠亦不計有我者如修行人不計吾我深著榮盛寧卧泠石宛轉土中不以縛著之心卧於高牀幃帳之內是故說曰最勝得善眠亦不計有我也諸有心樂禪不樂於欲意者入定之人心不移變當入定時寂無音響千車同轡萬雷同震不能令入定之人離於正受所以然者由其心意得普慈故是故說曰諸有心樂禪不樂於欲意

最勝踊躍意　亦不見有我　諸有心樂禪
不樂於欲意

最勝踊躍意者見無我之人分別內外所出四大一一解了虛而不眞是故說曰最勝踊躍意亦不見有我諸有心樂禪不樂於欲意也

諸結永已盡　如山不可動　於染無所染
於恚不起恚

諸結永已盡如山不可動者如彼行人諸結永盡內外清淨無有瑕穢意猶金剛不可沮壞亦如泰山不可移動何以故由其執心甚牢固也處欲不汙在禍不懼形神俱虛無可戀著是故說曰諸結永已盡如山不可動於染無所染於恚不起恚也

諸有如此心　焉知苦蹤跡　無害無所染

具足於戒律　於食自知足　及諸牀卧具

修意求方便　是謂諸佛教

諸有如此心焉知苦蹤跡者如彼行人練精其心去諸穢著意存斷結日進不怠爾時焉知有苦蹤跡是故説曰諸有如此心焉知苦蹤跡無害無所染具足於戒律者亦不自害復不害人戒律所説不失次緒既自修德復以此德轉教人民是故説曰無害無所染具足於戒律於食知止足及諸牀卧具者如彼行人量食而進亦不貪餮趣支其命行道而已所以取膏而膏車者欲使重載有所致也如人瘡痍以膏傅之所以傅者欲使新者不增故者除愈是故説曰於食知止足及諸牀卧具也修意求方便是謂諸佛教者修行之人採取要義行中所急者增上心是是故説曰修意求方便是謂諸佛教也

行人觀心相　分別念待意　以得入禪定

便獲喜安樂

行人觀心相者如彼行人知心根源適生即滅不使滋長知念待之進退分別善惡永劫已來所修行事是故説曰行人觀心相分別念待意也以得入禪定便獲喜安樂者入定之人何以故説入定之人定有三義禪最爲首猶如國王統領四方正可富於世財無有道財禪定之人富於道財無有世財所謂道財者三十七品禪定三昧諸善之本樂有二義或有淨樂或有不淨樂不淨樂者飲食衣被服飾之具香華脂粉繒綵旛蓋斯謂雜樂也有淨樂者入禪正受澹然無爲無他異想是謂有淨之樂也是故説曰以得入禪定便

獲喜安樂也

護意自莊嚴　嫉彼而營巳　遭憂不患苦
智者審諦住

護意自莊嚴嫉彼而營巳者彼修行者恒護結使縛著色聲香味細滑之法不使衆想雜錯其間復以三十七品七覺意華而自莊嚴是故說曰護意自莊嚴嫉彼而營巳也遭憂不患苦智者審諦住者彼修行人以得入無畏之處智者神審諦而不移動是故說曰遭憂不患苦智者審諦住也

人不守護心　爲邪見所害　兼懷掉戲意
斯等就死徑

人不守護心爲邪見所害者行人不守護色聲香味細滑法其有衆生修習邪徑便當趣於地獄餓鬼畜生之道不習邪見者生天上人中處在中國不在邊地八不閑處是故說曰人不守護心爲邪見所害也兼懷掉戲意斯等就死徑者行人所以迷於道者皆由陰蓋所覆不得覩看智慧光明加復掉戲五蓋所覆重雲所翳欲得見慧明者此則不然命終之後必趣死徑是故說曰兼懷掉戲意斯等就死徑也

是故當護心　等修清淨行　正見恒在前
分別起滅法

是故當護心等修清淨行者彼修行人恒當擁護心意行威儀法捨於非法可行知行可坐知坐進止行來不失其儀是故說曰是故當護心等修清淨行也正見恒在前分別起滅法者人之修德深自知巳如家有財主自能別行道之人亦復如是涉八直之正路御

四駛之穢濁執智慧之錠燈照三毒之冥室分别起滅之所由歸之一定而無礙於中取道有何難乎是故説曰正見恒在前分别起滅法也

比丘除睡眠　盡苦更不造　降心服於樂　護心勿復掉

比丘除睡眠盡苦更不造者觀行比丘除去睡眠陰蓋之患盡諸苦際造不造新是故説曰比丘除睡眠盡苦更不造也降心服於樂護心勿復掉者常當擁護心所願必剋則能及聖修無漏行斯由降心去穢所致也行不放逸不嬈於人復是行者深要之業是故説曰降心服於樂護心勿復掉也

衆生心所誤　盡受地獄苦　降心則致樂　護心勿復掉

衆生心所誤盡受地獄苦者迷誤爲心所使種地獄根栽經歷無數億千萬劫屠割剥裂受苦無量是故説曰衆生心所誤盡受地獄苦降心則致樂護心勿復掉也

護心勿復掉　心爲衆妙門　護而不漏失　便在泥洹門

心正則道存邪者有高下衆生愚惑不别眞僞是以墜墮不至乎道惑者意迷謂道在空乃不自覺心爲道本虚無寂寞法之極尊衆行究竟永離三有不處三界度衆苦惱畢壽不生是故説曰護心勿復掉心爲衆妙門護而不漏失便在泥洹徑也

沙門品第三十二

比丘乞求　以得無積　天人所譽　生淨無穢

比丘乞求以得無積者乞食比丘恒作是念

我今所求索者自足而已不留遺餘計爲財貨設有遺餘尋施與人不留遺長如佛律禁所説父母年邁老病著牀及同學比丘久抱重患不堪行來聽使乞索不問多少供養老病是故説曰比丘乞食以得無積也天人所譽生淨無穢者比丘執行少欲知足到時乞求無所藏積諸天衛護稱歎其德名聞四遠靡不聞知論此比丘生淨無穢所以諸天稱歎其德者持戒之人死必生天增益諸天衆減損阿須倫衆是故説曰天人所譽生淨無穢也

比丘爲慈　愛敬佛教　深入止觀　滅行乃安

比丘執意行四等心慈悲喜護愍念一切愛敬三寶信心不斷深入分別止觀所趣在在乞求處處留化所以除貪制意者欲除世榮不貪利養究盡生死滅諸惡行度有至無乃謂永安是故説曰比丘爲慈愛敬佛教深入止觀滅行乃安也

比丘盡諸愛　捨愛去貢高　無我去吾我　此義孰不親

比丘盡諸愛捨愛去貢高者彼苦行比丘滅諸想著欲色色無色色欲愛色愛無色愛三界憍慢衆邪顛倒泓然除盡是故説曰比丘盡諸愛捨愛去貢高也無我去吾我此義孰不親者苦行比丘不滯三界解知内外悉無有主計我之人貿貨求福雖得從願後必墮落在凡夫地不見吾我之人者解知内外萬物虚寂孰者吾我吾我是誰爲人所繫及得罵詈悉虚悉寂都無所有爲人所罵音聲來往中間内外悉無所有是故説曰無我去

吾我此義孰不親也

當知是法　身之出要　如象御敵　比丘習行

當知是法身之出要者習行比丘得博採衆要擇善修德以補不及如人欲所至必由其徑求道窠窟必有其路出要路者四諦眞如是故說曰當知是法身之出要也如象御敵比丘習行者如彼暴象飲以醲酒奔逸向敵雖被刀射至死不退要有所擒乃還本營所以然者畏上御者不畏外寇習行比丘亦復如是要從導師承受苦教隱在心懷反覆思惟不失義跡是故說曰如象御敵比丘習行也

人不壽劫　內與心諍　護身念諦　比丘惟安

夫修學之人得四神足晝夜修習意欲住壽一劫若過一劫隨意所念則無有難離諸縛著常與心諍不使流馳斷諸希望去是非意與欲永別亦復不見三界窠窟然後乃應無虧損行是故說曰人不壽劫內與心諍護身念諦比丘惟安

念親同朋友　正命無雜糅　施知應所施

亦令威儀具　比丘備衆行　乃能盡苦際

行人成就皆由朋友功成德滿稱過四遠稟受之人日有其新所行眞正不著外部所出惠施施佛比丘僧與師及諸尊長所以然者斯等諸人皆有威儀執諸禮節知苦之所由是故說曰念親同朋友正命無雜糅施知應所施亦令威儀具比丘備衆行乃能盡苦際

手足莫妄犯　節言順所行　常內樂定意

守行謂比丘

世多有人兇暴爲惡手拳相加遂致傷害內

恣六情著色聲香味細滑之法如斯之人雖得爲道不應法行進無修道之法退失賢聖之儀如擔死人種無所復中直此比丘等亦復如是能自專意所行隨順坐禪定意六時行道不失本行是故說曰手足莫妄犯節言順所行常内樂定意守行謂比丘也

樂法欲法　思惟安法　比丘依法　正而不費

學人修行分别諸法見法得法深入觀法若坐若卧衆神往來思惟安法比丘依法乃得滅度於諸聖道益而無費日有增益終無減損亦使正法久存於世是故說曰樂法欲法思惟安法比丘依法正而不費也

當學入空　比丘靜居　樂非人處　觀察等法

執行之人觀此五陰計爲是常牢固不敗不能捨離與於塵勞然執行之人分别五陰内外悉空正使在乎曠野之中樹下塚間思惟法本求於道果先當習空乃應道眞昔諸道人室内坐禪空行須菩提在外求索開門内人應曰汝是誰乎須菩提對曰世人假名須菩提者也人所樂者彈琴鼓瑟作倡妓樂此是人所樂非人所樂者禪定數息繫意在一非人所念是故說曰當學入空比丘靜居樂非人處觀察等法也

當制五陰　服意如水　清淨和悅　爲甘露味

初學之人觀此五陰皆當壞敗無一可貪分别諸持悉不牢固意均平等顏色和悅清淨無瑕盡諸苦際是故說曰當制五陰服意如水清淨和悅爲甘露味

如彼極峻山　不爲風所動　比丘盡愚癡所在不傾動

猶若安明山不爲四種風所傾動盡癡比丘亦復如是不爲色聲香味細滑之法所動是故說曰如彼極峻山不爲風所動比丘盡愚癡所在不傾動也

一切名色　非有莫惑　不近不愛　乃爲比丘

名色六入行者之所棄我所非我所都無所有不近於危險之法法有種種或有眞正或有危險所謂眞正者諸度無極所謂危險者世俗常則比丘具足此者乃謂應眞是故說曰一切名色非有莫惑不近不愛乃爲比丘

比丘非剃　慢誕無戒　捨貪思道　乃應比丘

息心非剃　放逸無信　能滅衆苦　爲上沙門

爾時世尊到時持鉢整頓衣服徑向乞求婆羅墮者婆羅門所爾時梵志遥見世尊梵志自歎說曰

我亦乞士　君亦乞士　二乞士中　何者爲勝

爾時世尊便說此偈

比丘非剃　慢誕無戒　捨貪思道　乃應比丘

息心非剃　放逸無信　能滅衆苦　爲上沙門

爾時梵志聞斯語已即以所有財貨施於世尊爾時如來尋不受之語梵志曰我今所說非歌頌所讚何緣取汝所施之物梵志白佛不審今者以此所施爲付何人世尊告曰汝今持此所施持著淨處若著無草之地若著清淨水中爾時梵志受如來教即以所施寫著水中是時水中自然涌出作若干種聲漸漸於中出大光明梵志見已踊躍歡喜不能自勝如來即說眞如四諦尋於座上諸塵垢盡得法眼淨

比丘得慈定　承受諸佛教　極得滅盡跡

無親愼莫覩

比丘得慈所在解脱分别萬行無事不逹設復有人見衆生之類步兵象兵馬兵車兵共相鬪訟入慈之人愍彼不及拔濟衆生至無爲岸猶如平秤平等無二於如來所得四堅固之心不可傾動猶如最勝長者及以比丘覩佛無猒足正使化佛在其前者亦不能使心有所傾動行人得滅盡之跡無復衆惱知可近知近可從知從如是行蹤跡滅行則爲本略説其要如是結使本爲火之所燒如是漸以次斷諸結使源如是頗有志無乃至於泥洹

心喜極歡悦　加以愛念者　比丘多㷫怡

盡空無根源

彼修行之人歡喜踊躍無有懈怠聞喜不以爲歡聞惡不以爲慼比丘入定無有錯亂恒自思念從無數劫以來修行衆德不失行本究盡空源無邊無崖是故説曰心喜極歡悦加以愛念者比丘多㷫怡盡空無根源

息身而息意　攝口亦甚善　捨世謂比丘

渡淵無有礙

彼修行人執持威儀不失其則護口四過無所違失不使心有所流馳所説言教無有麤獷先笑後言適可人情捨世謂比丘何者爲比丘所謂比丘者離色聲香味細滑法去婬怒癡是故説曰息身而息意攝口亦甚善捨世謂比丘渡淵無有礙也

無禪不智　無智不禪　道從禪智　得近泥洹

夫人學問先從誦四阿含三藏具足然後乃名稱爲禪定比是世俗之智無智不禪者無

漏慧觀必有所至無有罣礙設有二事具足者便近於泥洹是故說曰無禪不智無智不禪道從禪智得近泥洹

禪無放逸　莫爲欲亂　無吞洋銅　自惱焦形

如彼修行之人攝身口意少欲知足不大殷勤雖得衣被飲食牀卧坐具病瘦醫藥趣自支形不慕世榮威儀禮節不失其度牀卧坐具恒知止足莫受後世洋銅灌口是故說曰禪無放逸莫爲欲亂無吞洋銅自惱焦形

能自護身口　護意無有惡　後護禁戒法　故號爲比丘

夫人習行身不行惡口不罵詈意不妬嫉具此三者乃爲比丘是故說曰能自護身口護意無有惡後護禁戒法故號爲比丘也

諸有修善法　七覺意爲本　此名爲妙法　故曰定比丘

如彼行人善修其法先得無漏盡苦之源便得七覺意華漸至無爲得近泥洹是故說曰諸有修善法七覺意爲本此名爲妙法故曰定比丘也

如今現所說　自知苦盡源　此名爲善本　是無漏比丘

於現法中而自觀了求其巧便盡於苦際所謂盡苦際者滅盡泥洹是諸根具足成就無漏行所行如意無所違失是故說曰如今現所說自知盡苦源此名爲善法是無漏比丘也

不以持戒力　及以多聞義　正使得定意　不著於文飾　比丘有所持　盡於無漏行

夫人習行不但精進忍辱一心智慧求於解

脱亦復不以多聞解慧知内外法至於無爲要得世俗定意然後至於妙際或在山野空閑之處與善知識相遇說其正徑不説邪路比丘當知此行習無漏法所以盡苦際者皆是漏盡羅漢須陀洹斯陀含阿那含猶尚涉諸苦惱是故說曰不以持戒力及以多聞義正使得定意不著於文飾比丘有所持盡於無漏行也

當觀正覺樂　勿近於凡夫　觀此現世事
分別於五陰

如彼學人觀正覺樂以自娛樂不近於凡夫所以然者非彼境界所有觀現世事者知衆生之類生者滅者進退所趣知苦所由分別五陰成敗所趣是故說曰當觀正覺樂勿近於凡夫觀此現世事分別於五陰

爲之爲之　必强自制　捨家而解　意猶復染
行懈緩者　勞意弗除　非淨梵行　焉致大寶

執行之人與諸想著起結使本或有分別計有今世後世之累於苦而不自勉比丘莫著此自謂清淨之行諸有沙門婆羅門不知出要之法我不說此人應得度也所以然者不離縛著之所致比丘當知非有而言有此皆邪見非眞諦法何以故皆由五陰身本而興此病以有此病復生惡行由此諸病不得盡苦際比丘當知究盡其源解知無常爲變易法夫學之人觀此法者無堅無牢爲無有要解知無身則知生死不以爲死魔之所沮壞以得勝彼更不造有盡一切之有此名苦際更無有上

心得永休息　比丘攝意行　以盡老病死

便脱魔縛著

如彼行人永盡諸結意所染著不復造行色聲香味細滑之法不復在懷自知罪畢更不受胎永離魔界亦不與欲塵相應是故說曰心得永休息比丘攝意行以盡老病死便脱魔縛著

心以得永寂　比丘攝意行　以盡老病死更不復受有

有者生死之類所以沉漂周旋五道者皆由意惑不盡其源故是故說曰心以得永寂比丘攝意行以盡老病死更不復受有行人執意多有所濟常求方便以自濟度

以斷於愛根　比丘攝意行　以盡老病死更不復受有

愛之爲病多所危害欲界愛者其事有二一者食愛二者欲愛色界無色界禪味愛是故說曰以斷於愛根

無有結使心　比丘攝意行　以盡老病死更不復受有

所謂結使者衆行之本漏諸穢濁是故說曰無有結使心比丘攝意行以盡老病死更不復受有

不以斷有根　比丘攝意行　以盡老病死更不復受有

以度生死更不受有

比丘攝意行　以盡老病死　更不復受有

以脱於魔界

永離於魔界更不處於欲界以脱永脱更不受有

以勝叢林刺　及除罵詈者　猶如憑泰山

比丘不受苦
以勝叢林刺者此名爲色聲香味細滑法更復有者何者爲林刺所謂林刺者婬怒癡病最爲根本唯有諸佛世尊乃能除耳設彼罵我解知無形内自思惟身爲苦器内外無主分别此身何可貪樂一病以發四百四病同時俱作此名身之内患所謂外患者荊棘叢林誹謗之名毀形汙辱或被撾打如斯之類從外而至或被蚖蛇毒害百足之蟲此皆外事來逼其身猶若泰山不用幻呪奇術之法所可移動是以比丘欲得離衆苦之本唯有眞如四諦彼比丘不知苦樂所謂不知苦樂者苦至不以爲酸楚樂到不以歡娛是故說曰以勝叢林刺及除罵詈者猶如憑泰山比丘不受苦

不念今後世　觀世如幻夢　比丘勝彼此
如蛇脱故皮
猶若明行人意知今世後世變易不停是故說曰不念今後世觀世如幻夢比丘勝彼此
如蛇脱故皮
能斷愛根本　盡竭欲深泉　比丘勝彼此
如蛇脱故皮
所以說此喻者欲使行人知其深淺料量正行皆順於法爾時世尊訓以道德恐後衆生不别愛本是故演說知其出源是故說曰能斷愛根本盡竭欲深泉比丘勝彼此如蛇脱故皮略說其要欲怒癡憍慢亦復如是著欲者說其欲著瞋者說其瞋著騃者說其騃
能斷於五欲　斷於欲根本　比丘勝彼此
如蛇脱故皮

猶如有人身被五繫愁憂苦惱無復情意後得蒙赦得免危厄是以如來爲喻欲使後生審知明白是故說曰能斷於五欲斷於欲根本比丘勝彼此如蛇脫故皮

能斷於五結　拔於愛欲刺　比丘勝彼此如蛇脫故皮

所謂五結者貪欲結瞋恚結睡眠結掉戲結疑結覆蓋人心使不覩慧明使人盲冥不覩光明滅於智慧永斷諸趣不得至於泥洹是故說曰能斷於五結拔於愛欲刺比丘勝彼此如蛇脫故皮拔於愛欲刺者刺有三義欲刺恚刺無明刺盡斷無餘更不復生無起滅法見斷五蓋是故說曰拔於愛欲刺也

諸有無家業　又斷不善根　比丘勝彼此如蛇脫故皮

彼修行人執苦來久修菩薩德終日不捨捨家出學不貪世榮是故說曰諸有無家業又斷不善根比丘勝彼此如蛇脫故皮

諸不有熱惱　又斷不善根　比丘勝彼此如蛇脫故皮

所謂熱惱者一者欲熱惱二者瞋恚熱惱三者愚癡熱惱三熱惱中恚最爲上火所焚燒從欲界乃至初禪地三毒熾火燒欲界至無色界能滅此三毒界者乃爲第一無爲之樂是故說曰諸不有熱惱又斷不善根比丘勝彼此如蛇脫故皮

斷欲不遺餘　如拔不牢固　比丘勝彼此如蛇脫故皮

人之著欲無不喪命所以然者皆由意斷心惑之所致是以聖人先制婬欲是故說曰斷

欲不遺餘如拔不牢固比丘勝彼此如蛇脱故皮略說其要貪欲瞋恚愚癡憍慢亦復如是

愛生而流溢　猶蛇舍毒藥　比丘勝彼此如蛇脱故皮

人隨愛意不自禁制漸從欲界乃至三有流轉五趣不離四生所以論比丘勝彼此者彼者六塵此者六情比丘能滅彼此者如蛇脱故皮

諸有斷想觀　内不造其心　比丘勝彼此如蛇脱故皮

觀有三種欲觀恚觀無明觀能滅此者乃謂爲道士是故說曰諸有斷想觀内不造其心比丘勝彼此如蛇脱故皮

持戒謂比丘　有空乃行禪　行空究其源無爲最爲樂

比丘執行以威儀爲本戒以檢形服以法古所行法則不違先聖有空定意然後名爲禪不捨假號如彼行人受則信解分别其義求於無爲快樂之處無有飢寒苦惱之患是故說曰持戒謂比丘有空乃行禪行空究其源無爲最爲樂也

比丘憂忍憂　分别牀卧具　當念無放逸斷有愛無餘

比丘修行處樂不以爲歡遭難不以爲苦利衰毀譽無增減心在閑靜處一意端坐心不流馳斷諸結使念無想著是故說曰比丘憂忍憂分别牀卧具當念無放逸斷有愛無餘也

出曜經卷第十九

音釋

惶懅（惶胡光切惶恐也懅其據切慙懅也）跳踉（跳他弔切踉龍張切）搦（女角切按也）緻（直利切密也）轢（郎狄切車輾也）屣（所爾切革履也）犛（莫交切長髦牛也）闚（缺規切門中視也）翳（壹計切鄣也）泓（烏宏切水深貌）誕（徒案切放也）梟（堅堯切與梟同）

出曜經卷第二十

尊　者　法　救　造

姚　秦　三　藏　竺佛念　譯

梵志品第三十三

所謂梵志　不但倮形　居險卧棘　名爲梵志

爾時有一比丘至世尊所頭面禮足白世尊言唯然世尊自今已後聽諸弟子皆悉倮形不著衣服世尊告曰咄愚所戾不應法律此梵志之法非是內藏所修行也人懷慙愧便有尊卑高下知有父母兄弟何爲復說倮形行世爾時復有一異比丘詣佛所頭面禮足白世尊言唯然世尊自今已後聽諸道人各留頭髮佛告比丘咄愚所戾不應法律此梵志之法非是內藏所修行也復有異比丘詣世尊所頭面禮足前白世尊言唯然世尊聽諸道人皆白灰塗身復有異比丘白世尊言自今已後聽諸道人服氣不食復有比丘白世尊言自今已後聽諸道人裸形露地卧世尊告曰咄愚所戾復有異比丘頭面禮足白世尊言唯然世尊自今已後聽諸道人在浴池沐浴清淨佛告比丘不以此法得至于道

棄身無倚　不誦異言　兩行以除　是謂梵志

昔佛在波羅柰國仙人鹿野苑中爾時世尊度五比丘未經數日爾時波羅柰國有一長者名曰夜輸種姓豪族饒財多寶顏貌端正世之無雙欻一日之中得非常觀自觀家裏男女之屬斯如死身無一可念視已形體塚間無異即從座起並作是說惑愚至深不別幻化爾時長者即自捨家逃走出城脫瑠璃履屐價直一萬即度江水奔趣世尊頭面禮

足在一面立尋白佛言世尊世事多故變易非一萬物幻化不可恃怙我今自歸欲求無爲安樂之處佛告長者善哉善哉族姓子賢聖法中甚大寬弘正是汝身之所願樂爾時長者聞如來教歡喜踊躍不能自勝爾時世尊漸與說法所謂論者施論戒論生天之論欲不淨想漏爲大患爾時長者聞斯法已即於座上諸塵垢盡得法眼淨彼以見法得法成就諸法即從座起重自歸命頭面禮足白世尊言唯然天中天聽在道次出家學道佛告長者善來比丘鬚髮自落自然法服重聞說法得羅漢道爾時長者家中父母兄弟男女儀從嚴駕象馬追蹤求覓夜輸長者到江水側見瑠璃屐父自思惟我子將度江水必然不疑所以知其然今脫此瑠璃屐價直億萬吾今度江所在求覓即渡江求遥見世尊光相炳然至世尊所頭面禮足白世尊言唯然世尊頗見夜輸童子遊此過乎佛以神足隱彼夜輸比丘使父不見佛告長者汝今求子不如自求汝但速坐吾與汝說法長者尋坐佛爲說法即於座上諸塵垢盡得法眼淨爾時世尊即捨三昧使父見子父告子曰汝速還家汝母憶苦恐汝不還佛告長者止止長者勿作斯語云何長者如有修行之人本在學地愛欲未盡後得無學離於學地欲使無學之人習於學法於長者意云何爲可爾乎長者對曰不也世尊佛告長者汝子今日以得無著住無學地長者當知以得無著焉得還家習於五欲長者聞之歡喜踊躍即起禮子五體投地自歸眞人求無所著爾時世

尊即與長者而說斯偈

棄身無倚　不誦異言　兩行以除　是謂梵志
今世行淨　後世無穢　無習無捨　是謂梵志

人執邪見至死不改計常之人不與斷滅見相應斷滅見不與計常見相應能捨此見不著三世是故說曰今世行淨後世無穢無習無捨是謂梵志

若倚與愛　心無所著　已捨已正　是滅終苦

初習行之人雖在學次未能分別思惟道果一一明了不失其緒未獲者獲未得者得是故說曰若倚與愛心無所著已捨已正是滅終苦

諸有無所倚　恒習於正見　常念盡有漏
是謂爲梵志

猶如大象從寸孔出欲得出城門不容象衆人見之各各驚愕謂彼象曰汝今出於寸孔往來無難然欲出城反更不受是以聖人借以爲喻衆生之類雖得出家修習道法不能盡有漏成無漏心解脫智慧解脫是故說曰諸有無所倚恒習於正見常念盡有漏是謂爲梵志

愚者受鬚髮　并及牀臥具　內懷貪濁意
校飾外何求

愚者不自覺長養其髮所以剃髮者剃其結使非但剃髮愚人執迷長養其髮以爲校飾過去恒沙諸佛之法各各相授剃除鬚髮法服齊整自古有之非適今日今日愚人貪著臥具然我法中制以三衣不畜遺餘樹下塜間以此爲常廣說如其本內懷邪見與貪濁意外自校飾謂爲無瑕捨迷就道其法不惑

是故說曰愚者受鬚髮并及牀卧具内懷貪濁意校飾外何求也

被服弊惡　躬承法行　閑居思惟　是謂梵志

修行之人被服麤惡不著校飾思惟法行無所貪求節言省語不鬪亂彼此是故說曰被服弊惡躬承法行閑居思惟是謂梵志

見癡往來　墮壍受苦　欲單渡岸　不好他語
唯滅不起　是謂梵志

夫人執癡意不開悟亦復不能越次取證恒在嫌疑不淨之地此則非淨行之人斷諸有漏永盡無餘是謂梵志是故說曰見癡往來墮壍受苦欲單渡岸不好他語唯滅不起是謂梵志

截流而渡　無欲如梵　智行以盡　是謂梵志

若使以水沐浴其身得至於道者水性之類皆稱於道但非沐浴而至於道分別諸法審諦其義清淨無瑕衆結智行永盡無餘是故說曰截流而渡無欲如梵知行以盡是謂梵志

不以水清淨　多有人沐浴　能除弊惡法
是謂爲梵志

夫人沐浴不能去腹裏垢盡除惡法更亦不造乃名爲梵志是故說曰不以水清淨多有人沐浴能除弊惡法是謂爲梵志

非剃爲沙門　稱吉爲梵志　謂能滅衆惡
是則爲道人

所謂沙門者未必剃除鬚髮内有正行應於律法乃應爲沙門夫爲梵志終日稱吉得生梵天者見人盡當生於彼處但彼稱吉生於梵天謂能滅衆惡修清淨行是故說曰非剃

爲沙門稱吉爲梵志謂能滅衆惡是則爲道人

彼以無二　清淨無瑕　諸欲結解　是謂梵志

盡捨一切弊惡之法出入行來周旋之處言不及殺不害一切無所傷損清淨無瑕永無諸縛是故說曰彼以無二清淨無瑕諸欲結解是謂梵志

出惡爲梵志　入正爲沙門　棄我衆穢行　是則爲捨家

梵志之行去諸惡法內外清淨衆穢永盡不懷希望貢高於人意定不移覺悟一切諸法之本梵行已立所作已辦更不復受有修清淨行無所遺失是故說曰出惡爲梵志入正爲沙門棄我衆穢行是則爲捨家

人無幻惑意　無慢無愚惑　無貪無我想　是謂爲梵志

人之在世不懷幻惑梵志自謂言百劫一過大海之中自然有幻食噉天下人去諸憍慢不興想著如來至眞等正覺離世八法不染於世亦名爲比丘亦名爲沙門亦名佛是故說曰人無幻惑意無慢無愚惑無貪無我想是謂爲梵志

我不說梵志　託父母生者　彼多衆瑕穢　滅則爲梵志

所謂梵志從父母生多諸瑕穢或復出家離諸世俗修清淨行無選擇施平等無二不雜想施或復施時求作國王生天此名雜想之施無雜想施者盡爲一切不自爲已是故說曰我不說梵志託父母生者彼多衆瑕穢滅則爲梵志

身口與意　淨無過失　能攝三行　是謂梵志
出言柔和初無罵詈分別義趣如掌觀珠音
響清淨聽者樂受多所成就淨無過失不𧈅
嬈人是故說曰身口與意淨無過失能攝三
行是謂梵志
見罵見擊　默受不怒　有忍辱力　是謂梵志
擊人得擊罵人得罵皆由不忍致此患害夫
能忍者戰中為上忍為良藥能愈衆病若有
罵者默然不對是故說曰見罵見擊默受不
怒有忍辱力是謂梵志
若見侵欺　但念守戒　端身自調　是謂梵志
若復有人所見侵欺不興惡懷有瞋怒意守
戒多聞降伏意識身正影直心平道存是故
說曰若見侵欺但念守戒端身自調是謂梵
志
世所善惡　脩短巨細　無取無與　是謂梵志
世俗方略事有若干欲察人情先採其語說
善說惡不記于懷不見有長短廣狹亦復不
見有取有與具足如是行者是謂梵志是故
說曰世所善惡脩短巨細無取無與是謂梵
志
身為行本　口意無犯　能辦三處　是謂梵志
身不行殺口不惡罵意不嫉妬於五䪨沸世
能具此三行者乃名為梵志是故說曰身為
行本口意無犯能辦三處是謂梵志
來不作歡　去亦不憂　於聚離聚　是謂梵志
彼習行人持心牢固毀譽不動見有來者不
乎用歡設見去者亦不用憂若在大衆若復
離衆心恒平等亦無高下是故說曰來不作
歡去亦不憂於聚離聚是謂梵志

來亦不歡　去亦不憂　無憂清淨　是謂梵志
若見愛念不愛念者亦不用作歡所以然者
恐心染著與起因緣設見去者便自念言我
於彼人各無所犯内外清淨息意不起亦名
爲梵志是故説曰來亦不歡去亦不憂無憂
清淨是謂梵志
以斷恩愛　離家無欲　愛有已盡　是謂梵志
如彼行人修習於道永斷恩愛離家無欲遠
逝無礙盡諸有愛鈌三界漏能具足如此者
乃名梵志是故説曰以斷恩愛離家無欲愛
有已盡是謂梵志
適彼無彼　彼彼以無　捨離貪欲　是謂梵志
所謂彼者外六入也所謂無彼者内六入也
行人執意觀内外諸情斯悉虚寂捨離貪婬
不與六情具足如此衆行之本者乃名爲梵
志是故説曰適彼無彼彼彼以無捨離貪法
是謂梵志
適彼無彼　彼彼以虚　不染三處　是謂梵志
彼習行人解知内外皆無結使不著欲界色
界無色界能具足如此衆行者乃名爲梵志
是故説曰適彼無彼彼彼以虚不染三處是
謂梵志
能捨家業　拔於愛欲　無貪知足　是謂梵志
夫人離家莫與世俗從事正使出家若見不
修其法毁戒不精進亦不多聞者不應與坐
起從事更不思惟當來利養能具如此者乃
名梵志是故説曰能捨家業拔於愛欲無貪
知足是謂梵志
如今所知　究其苦際　無復有欲　是謂梵志
於現法中能分别微妙無有衆惡知苦是衆

病之源首能斷此者乃應於妙於現法中不與欲意共相應瞋恚愚癡永盡無餘離諸縛著能具如此者故名爲梵志是故說曰如今所知究其苦際無復有欲是謂梵志

於罪與福　兩行永除　無憂無塵　是謂梵志

正使有福世俗有漏善本功德得爲人身猶故不脫生老病死又復作罪種三惡本經歷生死罪之與福二不足貪兩行永除無復塵垢能具此行者是謂梵志是故說曰於罪與福兩行永除無憂無塵是謂梵志

於罪與福　兩行永除　三處無染　是謂梵志

福之與罪無欲無污中間禪樂無色禪樂行人盡捨無所染著不著三界欲界色界無色界能解此具足者乃名梵志是故說曰於罪與福兩行永除三處無染是謂梵志

猶如衆華葉　以鍼貫芥子　不爲欲所染　是謂名梵志

猶如蓮華之葉不受塵水彼修行人亦復如是以離於欲不復著色聲香味細滑法猶若以鍼欲貫藍豆及與芥子難可獲也彼修行人無有婬欲略說其要不爲惡所染是故說曰猶如衆華葉以鍼貫芥子不爲欲所染是謂名梵志

心喜無垢　如月盛滿　謗毀以除　是謂梵志

猶若月盛滿清淨無瑕穢無有五翳衆星圍遶放大光明靡所不照彼比丘清淨行人永除五翳無復五結心得解脫諸覺道品衆定正受而自圍遶於中獨尊無有衆瑕捨世八法毀譽以除能具此行者故名爲梵志是故說曰心喜無垢如月盛滿謗毀以除是謂梵

志
如月清明　懸處虛空　不染於欲　是謂梵志
如秋時月不爲五事所翳清淨無瑕放大光明靡所不照修行比丘亦復如是不爲婬怒癡五結所翳能具此行者故名爲梵志是故說曰如月清明懸處虛空不染於欲是謂梵志
避諍不諍　犯而不慍　惡來善待　是謂梵志
彼入定人不起諍訟禪定一意念待喜安自守五行具足乃名爲定設有惡意來相向者恒以善待是故說曰避諍不諍犯而不慍惡來善待是謂梵志
解微妙慧　辯道不道　體行上義　是謂梵志
諸有人聞籌量筭計圖度萬物分別義趣一一分明辯其道趣可就知就可捨知捨體行上義所謂上義者滅盡泥洹是能具足此法者故名爲梵志是故說曰解微妙慧辯道不道體行上義是謂梵志
諸在人間　乞索自濟　無我無著　不失梵行　說智無崖　是謂梵志
或有貴族姓子從四姓中出家學道捨憍慢意去高就下不著榮冀在在處處周旋往來興有佛事恭奉三寶若得衣食牀卧具病瘦醫藥便爲呪願使彼施家世世受福或以神足騰在虛空作十八變施主見者莫不歡喜便從受法皆得開悟能具此行者故名爲梵志是故說曰諸在人間乞索自濟無我無著不失梵行說智無崖是謂梵志
若能棄欲　去家捨愛　以斷欲漏　是謂梵志
如彼行人盡能斷欲親近道門愛而不捨或

有梵志未盡究竟欲意未斷貪著五樂雖稱梵志不離於欲諸有學人永滅欲漏不習恩愛能具足此行者故曰爲梵志是故說曰若能棄欲去家捨愛以斷欲漏是謂梵志

慈愍於人　使不驚懼　不害有益　是謂梵志

衆行之要四等爲本恒當慈愍加被衆生見有恐懼懷憂惱者便往恤化求處安隱無害於人興致供養能具此行者名曰梵志是故說曰慈愍於人不使驚懼不害有益是謂梵志

避怨不怨　無所傷損　去其邪僻　故曰梵志

行人執意志操不同用心平等設見怨家視如赤子慈心普等平均無二猶若忍心如地平等如秤蜎飛蠕動蚑行喘息視如己身念之如父念之如母念之如子念之如身而無有異能具此衆行者名曰梵志是故說曰避怨不怨無所傷損去其邪僻故曰梵志

于後于前　及中無有　無操無捨　是謂梵志

猶如有人於未來世不作衆惡行已不作當不作於過去世不作衆惡行已作衆惡行已不作當不作現不作及其中間作衆惡行不作衆惡行已不作當不作現不作能捨此衆惡行者故名爲梵志是故說曰于後于前及中無有無操無捨是謂梵志

去婬怒癡　憍慢諸惡　鍼貫芥子　是謂梵志

如彼行人欲爲汙心不得至於虛寂之道除去憍慢諸不善法便得漸進至泥洹境猶若鍼貫芥子終不可得彼心亦復如是不爲婬怒癡繫所拘礙能具此行者是謂梵志是故說曰去婬怒癡憍慢諸惡鍼貫芥子是謂梵

志
城以壍爲固　往來受其苦　欲適渡彼岸
不肯受他語　唯能滅不起　是謂名梵志
生死久遠涉苦無數唯有禪定之人越此生
死之難去邪疑意無復猶豫捨煩惱結使受
清淨結使能具此者故曰爲梵志是故說曰
城以壍爲固往來受其苦欲適渡彼岸不肯
受他語唯能滅不起是謂名梵志
人能斷愛　今亦後世　有愛已盡　是謂梵志
愛根未盡則不至道愛根已盡者乃能爲道
欲求道者不斷三界結使則不至於道能斷
愛根然後乃至於道能具足此者故名爲梵
志是故說曰人能斷愛今亦後世有愛已盡
是謂梵志
人無希望　今世後世　以無希望　是謂梵志
所謂希望者天下萬物皆人之所希望然此
希望故未斷絕如今見身未死見存於世正
使後世取其命終身死神逝無復希望能如
此功德具足者名曰梵志是故說曰人無希
望今世後世以無希望是謂梵志
自不識知　天揵沓和　知無量觀　是謂梵志
當佛如來坐禪之時諸天世人竟不知佛今
爲所在有一比丘名曰多耆奢往至世尊所
便以此偈而讚如來曰
歸命人中尊　歸命人中上　不審今世尊
爲因何等禪　唯願天中天　敷演其教誡
如來自說梵行之中無有出我者所以知其
然禪解脫正受定意猶是世之常法諸天龍
神不能知我之所在況我當行佛事衆智之
妙門天龍鬼神能知我處乎是故說曰自不

識知天捷省和知無量觀是謂梵志

自識宿命　見天人道　知生苦源　智心永寂

自識宿命無數劫事觀知地獄天上之事餘者不能唯有佛如來至眞等正覺觀三千大千世界如掌觀珠知生苦源究暢其本捷疾之智速成羅漢道隨意所念而無流滯是故說曰自識宿命見天人道知生苦源智心永寂

自知心解脱　脱欲無所著　三明已成就

是謂爲梵志

如彼行人知心所念解脱者不解脱者皆悉明知欲想諸行永得解脱所謂三明者自識宿命漏盡若具足如是行者名曰梵志是故說曰自知心解脱脱欲無所著三明已成就是謂爲梵志

自識於宿命　知衆生因緣　如來佛無著

是謂爲梵志

是時如來知無數事觀衆生性行一一分明生者死者皆悉了知猶如天雨普潤世界是時世尊觀生死之類亦復如是生者死者無不觀練

爾時世尊與舍利弗在閑靜室獨共遊處爾時有人已取命終處在中陰精神不移佛告舍利弗汝今觀此中陰中識神爲從何許中來設復遷轉爲處何所是時舍利弗即入四禪定意觀此人神爲從何來設當遷轉爲趣何處時舍利弗不知此人爲從何來爲趣何處爾時世尊告舍利弗曰汝今所見不及諸佛境界此神所從來處此無數世界非汝神力之所能見佛告舍利弗汝復觀此精神當

生何處時舍利弗復入三昧而不知精神所湊舍利弗即從三昧起前白佛言今日入定徧觀世界不知神之所湊佛告舍利弗此神今日復當過一倍世界當生某甲家姓某字某如來所見非是聲聞辟支佛所及知宿命通唯有如來等正覺得此宿命通是故說曰自識於宿命知衆生因緣如來佛無著是謂爲梵志如來無所著於一切諸法無染無汙欲論梵志者我身是

盡斷一切結　亦不有熱惱　如來佛無著

是謂爲梵志

諸有衆生斷一切結使羅漢辟支雖斷結使由有相似結在諸佛世尊無有相似是故如來佛無所著是故說曰盡斷一切結亦不有熱惱如來佛無著是謂爲梵志

仙人龍中上　大仙最爲尊　無數佛沐浴

是謂爲梵志

所謂仙人者得五通道在群最尊無有出上内外清徹無有衆瑕仙者亦名爲象長育形體獸中最大執意剛强能却衆敵無數沐浴所謂沐浴者八解正浴池去諸塵垢無有結使如來舒手手所及處塵垢不著伺察惡人不得其便是故說曰仙人龍中上大仙最爲尊無數佛沐浴是謂爲梵志

所有盡無　渡流無漏　從此越岸是謂梵志

彼修行人都越一切諸法審諦分明解世所有悉無所有所謂流者流有四名一名欲流二名有流三名無明流四名見流渡此四流者然後乃得無漏之行羅漢辟支猶尚思惟空無相願忍煖頂法雖可思惟有漏俗法意

結所在或有是時欲念無漏先念無漏是以如來深藏則有大關如來大聖繫意禪定從有至無於無漏法觀未始有闕得諸總持强記不忘十力四無畏大慈大悲三無礙道及神足行是謂如來所修之法非羅漢辟支所修之法是故說曰所有盡無渡流無漏從此越岸是謂梵志

無禪無說　亦不念惡禪智清淨　是謂梵志

彼修行人不念惡禪夫入禪之人無言無說常思善法設見罵詈但守其法若得味相應禪及中間禪執意守之無所嬈惱能具足此行者故名爲梵志是故說曰無禪無說亦不念惡禪智清淨是謂梵志

比丘塚間衣　觀於欲非眞　坐樹空閑處是謂名梵志

塚間衣有四種一者發家著衣出家學者二者檀越施衣受而守護三者百衲拾諸遺餘四者塚間汙穢不淨如來初學發家著衣觀欲非眞捨六萬夫人棄轉輪聖王位出家學道在閑靜之處在樹王下降伏魔王破十八億衆能具此衆德者故名爲梵志是故說曰比丘塚間衣觀於欲非眞坐樹空閑處是謂名梵志

人無識知　無語無說　體冷無煖　是謂梵志

如來出世無事不知無事不包無語無說者永除狐疑不懷猶豫諸煩惱結使永盡無餘逮甘露滅能具此衆行故名爲梵志是故說曰人無識知無語無說體冷無煖是謂梵志

棄捐家居　無家之畏　逮甘露滅　是謂梵志

所以作居家者安處人民得自生活身者衆

結之屋室是以聖人教人離家在於閑靜求甘露滅度具足如是衆德者故曰梵志是故說曰棄捐家居無家之畏逮甘露滅是謂梵志

斷絶世事　口無麤言　八道審諦　是謂梵志

如來世尊光相炳著初轉法輪八萬諸天及二王人梵志七人摩竭國王蓱沙萬二千人摩竭國界石室之中釋提桓因萬二千天子拘尸那竭國最後度須拔佛滅度後當有羅漢出世名曰優波崛於其中間濟度衆生不可稱計演說八道無礙之法是故說曰斷絶世事口無麤言八道審諦是謂梵志

遠逝獨遊　隱藏無形　難降能降　是謂梵志

如彼行人與無崖之想散無邊之念身形在此心在海表人欲觀意知其形狀者甚爲難尅心意流馳彈指之頃過數千萬億江河山表是以故說遠逝獨遊復有問者心者十大地法心爲十大何以故說遠逝獨遊乎報曰心者恒逐因緣隨前住行當心在色聲爾時無有香味細滑法當心在香爾時無有色聲味細滑法在味無色聲香細滑法心在細滑爾時無色聲香味法在法無上五事當在色時心爲法本猶如王行羽儀儐從無不備有但以王爲名此亦如是心造因緣十法備有但不受名亦如飛鳥飛行空中依其六翮然但以鳥爲名此亦如是心之無形亦無窠窟非是世人肉眼所見依止五陰陰散則離非有形質心之難化猶木鑽鋼是以聖人遺教後生欲降伏心者晨用百藥中用百藥暮用百藥空無相願止觀滅盡用療心病使得除

愈能具此者故曰梵志是故說曰遠逝獨遊隱藏無形難降能降是謂梵志

無色不可見　此亦不可見　解知此句者
念則有所由　覺知結使盡　是世最梵志

無色不可見者何者心也夫心興患與身招殃猶若象馬剛强儱悷不調有目之士加於捶杖使知楚痛然後調良人心爲患牽致地獄餓鬼畜生雖得爲人處在卑賤顏色醜陋爲人所輕是故說曰無色不可見此亦不可見解知此句者念則有所由覺知結使盡是世最梵志諸佛世尊所以出世者正欲降此弊惡之心諸佛世尊慈愍一切弘慈普蓋靡所不照雖處於世無所染著

斷生死河　能忍超度　自覺出塹　是謂梵志

如彼行人爲五欲所繫流轉生死之河要須大聖指授權宜從此岸得至彼岸如來降形非事不豫要接有緣後乃滅度塹者憍慢之塹能度此塹不爲憍慢所繫能具此者故名爲梵志是故說曰斷生死流能忍超度自覺出塹是謂梵志

當求截流渡　梵志無有欲　內自觀諸情
是謂爲梵志　能知如是者　乃復爲梵志

如彼行人不斷愛流四駛四淵者進趣於道不亦難乎如河暴溢必有所傷梵志貪欲死趣惡道是以如來誡以除貪與說欲本汙穢不淨當斷諸邪使不流馳能具此衆行者故名爲梵志是故說曰當求截流渡梵志無有欲內自觀諸情是謂爲梵志能知如是者乃名爲梵志

先去其母　王及二臣　盡勝境界　是謂梵志

先去其母者愛心流馳以爲源本無漏意識能去斯病使盡無餘也王者我慢也二臣者盜身見盡勝境界者一切諸結使能去衆結之患故曰爲梵志是故說曰先去其母王及二臣盡勝境界是謂梵志

不捶梵志　不放梵志　咄捶梵志　放者亦咄

所謂梵志者得阿羅漢道不得以手拳刀杖加彼眞人不放梵志者此是眞人恒當供養衣被服飯食牀卧具病瘦醫藥四事供養令不減少咄捶梵志行惡之人放者亦咄復是惡人不留供養飲食牀卧具病瘦醫藥能具此行故名爲梵志是故說曰不捶梵志不放梵志咄捶梵志放者亦咄

諸有知染法　不問老以少　審諦守戒信　猶祀火梵志

昔佛在世周旋教化時諸比丘不廣多問爾時世尊便作是念今諸比丘多有懈怠意不精勤復自觀察當來過去三世之事知當來世當有比丘嫉妬恚癡不順道教便興誹謗損如來法輕慢於師亦復不敬說法之人是以世尊觀察後世遺法中間恐有老少共相上下尊卑不別老恃耆艾少恃聰㲉老者自陳吾所目覩非卿所知汝今所見如螢火蟲少者自陳老頑嚚魯情喪心塞有何可歸如來教曰當自守戒猶若事火梵志五處然火晝夜承事不失時節香華繒綵事事供養是故說曰諸有知深法不問老以少審諦守戒信猶祀火梵志歸命人中尊亦如事火神

諸有知深法　等覺之所說　審諦守戒信　猶祀火梵志

如來出現億千萬劫時時乃出遭賢遇聖實不可得人能守戒信不失儀如祀火梵志昔佛在世戒諸比丘自今已後不得誦外書外道異學所誦習者何以故彼所陳說非眞正義亦復不是至道之本是故說曰諸有知深法等覺之所說審諦守戒信猶祀火梵志眞誠歸命佛

於已法在外　梵志爲最上　一切諸有漏皆盡皆無餘　或復觀於痛　皆盡皆無餘或復觀合會　皆盡皆無餘　或復觀因緣皆盡皆無餘

於已法在外者外修行人觀了一切衆法無事不闚無事不知猶若梵志知天文地理星宿災變皆悉觀了一切諸漏皆盡無餘觀諸苦痛若好若醜皆歸於盡觀其合會必有離別因緣暫有亦復歸滅

猶若內法本　梵志爲在表　若使共牀蓐如彼婆鉤盧

所謂內法者四諦眞如一一分別不失次緒梵志於內則謂爲表是故說曰猶若內法本梵志爲在表若使共牀蓐如婆鉤盧者此婆鉤盧比丘出家以來未曾與人說四句之義正使與共同坐不聞說其正法從生至老八十一鉢和藍未曾畜沙彌弟子及餘使人若人爲人鮮潔託志虛無繫意玄寂是故說曰若使共牀蓐如彼婆鉤盧

猶如內法　梵志在表　知生知老　轉當至死

所謂內法者不誑惑人一向而無傾一向而無邪唯有如來能越此境界以盡其生更不受有如實知之是故說曰猶若內法梵志在

表知生知老轉當至死

日照於晝　月照於夜　甲兵照軍　禪照道人

佛出天下　照一切冥

日照於晝者當日天子初出之時放億百千萬光明使星宿月光無復光照若復日沒之時月及星宿皆共競明俱有所照其明不同猶若大將之士兩敵相向揚威奮武決戰勝負震赫精刃鐘鼓雷鳴禪定之人移山飛岳海水揚塵手捫日月有此神力不自稱譽方此諸人雖有此德不及如來佛出世間衆相具足放大光明靡所不照光明所及晝夜不絕其見光者聾盲瘖瘂考掠苦痛自然休息是故說曰如日照於晝月照於夜甲兵照軍禪照道人佛出天下照一切冥

梵志無有是　有憂無憂念　如如意所轉

彼彼滅狐疑

梵志無有是意著於殊妙之法見樂不以爲喜見憂不以爲慼如如意所轉恒自念善彼彼自滅惡得習聖諦分別諸使是故說曰梵志無有是有憂無憂念如如意所轉彼彼滅狐疑

出生諸深法　梵志習入禪　能解狐疑網

身知其苦痛

如來等正覺初成佛時七日之中禪定正受思惟十二因緣一一分別知起知滅爾時如來即從三昧起而說斯偈

出生諸深法　梵志習入禪　能解狐疑網

身知其苦痛

如我所習積行所致今日成等正覺實而不虛梵志習入禪去諸惡法悉壞狐疑網於諸

深法得無礙智所念自在深知苦際深知因緣合數之法權詐非實略誦其要當觀因緣法復當觀盡法一切諸法皆由合數一切諸法皆由於痛當知盡滅不造有漏

出生諸深法　梵志習入禪　遍照一切世
猶日在虛空

法能成人非法不就晝夜思惟不去胸懷身口意行不妄有犯能成就此法便能照一切法以己所得盡施衆生猶若明日處在虛空普有所照其有覩者莫不蒙光是故說曰出生諸深法梵志習入禪遍照一切世猶日在虛空

出生諸深法　梵志習入禪　能却魔衆敵
如佛脫衆垢

出生諸深法者如來成等正覺具足三十七道品之法身口意行與無漏相應降伏魔怨進却時宜如來正覺脫一切結使

出曜經卷第二十

音釋

欻 許勿切猶忽也 塚 主隴切墳也 愕 逆各切驚愕也 憍慢 憍居妖切傲也慢莫晏切倨也 嬈 乃了切亂也 嫉妬 嫉昨悉切妬當故切害賢曰嫉害色曰妬 翳 壹計切鄣也 慍 於問切怒也 蜎 縈緣切小飛也 蠕 乳兗切蟲動貌 蚑 去縊切蟲行貌 喘 尺兗切息也 儐 必刃切導也 翮 下革切鳥之勁羽也 儱悷 儱力董切悷郎計切儱悷多惡不調也 捶 主蘂切杖擊也 頑嚚 頑五還切嚚魚巾切心不則德義之經爲頑口不道忠信之言爲嚚

賢愚因緣經

元魏沙門慧覺譯

清刻龍藏佛說法變相圖

賢愚因緣經卷第一

元魏沙門慧覺譯

雜譬喻品第一 梵天請法六事

如是我聞一時佛在摩竭國善勝道場初始得佛念諸衆生迷罔邪倒難可教化若我住世於事無益不如遷逝無餘涅槃爾時梵天知佛所念即從天下前詣佛所頭面禮足長跪合掌勸請世尊轉于法輪佛答梵天衆生之類塵垢所蔽樂著世樂無有慧心若我住世唐勞其功如吾所念唯滅爲快爾時梵天復更傾側而白佛言世尊今日法海已滿法幢已立潤濟開導今正是時又諸衆生應可度者亦甚衆多云何世尊欲入涅槃使此萌類未失覆護世尊往昔無數劫時恒爲衆生採集法藥乃至一偈以身妻子而用募求云

何不念便欲孤棄過去久遠於閻浮提有大國王號修樓婆領此世界八萬四千諸小國邑六萬山川八十億聚落王有二萬夫人一萬大臣時妙色王德力無比覆育民物豐樂無極王心念曰如我今者唯以財寶資給一切無有道教而安立之此是我咎何其苦哉今當推求堅實法財普令得脫即時宣令閻浮提內誰能有法與我說者恣其所須不敢違逆募出周遍無有應者時王憂愁酸切懇惻毗沙門王見其如是欲往試之輙自變身化作夜叉色貌青黑眼赤如血鉤牙上出頭髮悉豎火從口出來詣宮門口自宣言誰欲聞法我當爲說王聞是語喜不自勝躬自出迎前爲作禮敷施高座請令就坐即集群僚前後圍遶欲得聽聞爾時夜叉復告王曰學法事難云何直爾欲得聞知王叉手曰一切所須不敢有逆夜叉報曰若以大王可愛妻子與我食者乃與汝法爾時大王以所愛夫人及兒中勝者供養夜叉夜叉得已於高座上衆會之中取而食之爾時諸王百官群臣見王如是啼哭懊惱宛轉在地勸請大王令捨此事王爲法故心堅不迴時夜叉鬼食妻子盡爲說一偈

一切行無常　生者皆有苦　五陰空無相
無有我我所

說是偈已王大歡喜心無悔恨大如毛髮即便書寫遣使班示閻浮提內咸使誦習時毗沙門王還復本形讚言善哉甚奇甚特夫人太子猶存如故爾時王者今佛身是世尊昔日爲法尚爾云何今欲便捨衆生早入涅槃

而不救濟又復世尊過去久遠阿僧祇劫於閻浮提作大國王名虔闍尼婆梨典領諸國八萬四千聚落二萬夫人婇女一萬大臣王有慈悲矜及一切人民蒙賴穀米豐賤咸佩王恩猶視慈父時王心念我今最尊位居豪首人民於我各各安樂雖復有是未盡我心今當推求妙寶法財以利益之思惟是已遣臣宣令遍告一切誰有妙法與我說者當給所須隨其意欲時有婆羅門名勞度差來詣宮門云我有法王聞甚喜即出奉迎前爲作禮敷好牀褥請令就坐王與左右合掌白言唯願大師垂矜愚鄙開闡妙法令得聞知時勞度差復報王曰我之智慧追求遐方積學不易云何直爾便欲得聞王復報曰一切所須悉見告勑皆當供給勞度差曰大王今日能於身上剜然千燈用供養者乃與汝說王聞此語倍用歡喜即時遣人乘八千里象告語一切閻浮提内虔闍婆梨大國王者却後七日爲於法故當剜其身以然千燈時諸小王一切人民聞此語已各懷愁毒悉來詣王到作禮畢共白之言今此世界有命之類依恃大王如盲依導孩兒仰母王薨之後當何所怙若於身上剜千燈者必不全濟云何爲此一婆羅門棄此世界一切衆生是時宫中二萬夫人五百太子一萬大臣合掌勸請亦皆如是時王報曰汝等諸人慎勿却我無上道心吾爲是事誓求作佛後成佛時必先度汝是時衆人見王意正啼哭懊惱自投於地王意不改語婆羅門今可剜身而然千燈尋爲剜之各著脂炷衆會見已絶而復穌以身

投地如太山崩王復白言唯願大師垂哀矜愍先爲說法然後然燈我命儻斷不及聞法時勞度差便唱法言
常者皆盡　高者必墮　合會有離　生者有死
說是偈已而便然火當此之時王大歡喜心無悔恨自立誓願我今求法爲成佛道後得佛時當以智慧光明照悟衆生結縛黑闇作是誓已天地大動乃至淨居諸天宮殿動搖咸各下視見於菩薩作法供養毀壞身體不顧軀命僉然俱下側塞虛空啼哭之淚猶如盛雨又雨天華而以供養時天帝釋下至王前種種讚歎復問之曰大王今者苦痛極理心中頗有悔恨事不王即言無帝釋復曰今觀王身戰掉不寧自言無悔誰當知之王復立誓若我從始乃至於今心不悔者身上衆瘡即當平復作是語已尋時平復時彼王者今佛是也世世尊往昔苦毒求法皆爲衆生今者滿足云何捨棄欲入涅槃永使一切失大法明又復世尊過去世中於閻浮提作大國王名毗楞竭梨典領諸國八萬四千聚落二萬夫人婇女五百太子一萬大臣王有慈悲視民如子爾時大王心好正法即時遣臣宣令一切誰有經法爲我說者當隨其意給足所須有婆羅門名勞度差來詣宮門言有大法誰欲聞者我當爲說王聞此語喜不自勝躬出奉迎接足爲禮問訊起居將至大殿敷施高座請令就坐合掌白言唯願大師當爲說法勞度差曰我之所知四方追學勞苦積年云何大王直爾欲聞王叉手曰一切所須幸垂勑及於大師所不敢有惜尋報王言若

能於汝身上椓千鐵釘乃與汝說王即可之却後七日當辦斯事爾時大王尋時遣人乘八千里象遍告一切閻浮提内毗楞竭梨大王却後七日當於身上椓千鐵釘臣民聞之悉來雲集白大王言我等四遠承王恩德各獲安樂唯願大王爲我等故莫於身上椓千鐵釘爾時宫中夫人婇女太子大臣一切衆會咸皆同時向王求哀唯願大王以我等故莫爲一人便取命終孤棄天下一切衆生爾時國王報謝之曰我於久遠生死之中殺身無數或爲貪欲瞋恚愚癡計其白骨高於須彌斬首流血過於五江啼哭之淚多於四海如是種種唐捐身命未曾爲法吾今椓釘以求佛道後成佛時當以智慧利劒斷除汝等結使之病云何乃欲遮我道心爾時衆會默然無言於時大王語婆羅門唯願大師垂恩先說然後下釘我命儻終不及聞法時勞度差便說偈言

一切皆無常　生者皆有苦　諸法空無主
實非我所有

說是偈已即於身上椓千鐵釘時諸小王群臣之衆一切大會以身投地如大山崩宛轉啼哭不識諸方是時天地六種震動欲色諸天怪其所以僉然俱下見於菩薩困苦爲法傷壞其身同時啼哭淚如盛雨又雨天華而以供養時天帝釋來到王前而問王言大王今者勇猛精進不憚苦痛爲於法故欲何所求欲作帝釋轉輪王乎爲欲求作魔王梵王王答之曰我之所爲不求三界受報之樂所有功德用求佛道天帝復言今觀王身不能

自持言無悔恨以何爲證王尋立誓若我至誠心無悔恨者我今身體還復如故作是語已即時平復天及人民欣踴無量世尊今者法海已滿功德悉備云何欲捨一切衆生疾入涅槃而不説法又復世尊過去久遠無量阿僧祇劫此閻浮提有大國王名曰梵天王有太子字曇摩鉗好樂正法遣使推求四方周遍了不能得爾時太子求法不獲愁悶懊惱時天帝釋知其至誠化作婆羅門來詣宫門言我知法誰欲聞者吾當爲説太子聞之即出奉迎捉足爲禮將至大殿敷好牀座請令就坐合掌白言唯願大師垂愍爲説婆羅門言學事甚難追師積久爾乃知之云何直爾便欲得聞理不可也太子復言大師所須願見告勑身及妻子一皆不惜婆羅門言汝今若能作大火坑令深十丈滿中熾火自投於中以供養者吾乃與法爾時太子即如其言作大火坑王及夫人群臣婇女聞是語已不能自寧咸悉都集詣太子宫諫喻太子曉婆羅門唯願慈愍以我等故勿令太子投於火坑若其所須國城妻子及與我身當爲給使婆羅門言吾不相逼隨太子意能如是者我爲説法不者不説觀其志固各自默然爾時大王即遣使者乘八千里象宣告一切閻浮提内曇摩鉗太子爲於法故却後七日身投火坑其欲見者宜早來會時諸小王四遠士民強弱相扶悉皆雲集詣太子所長跪合掌異口同音白太子言我等諸臣仰憑太子猶如父母今若投火天下喪父永無所怙願愍我曹莫爲一人孤棄一切爾時太子語衆

人言我於久遠生死之中喪身無數人中爲貪更相斬害天上壽盡失欲憂苦地獄之中火燒湯煑斧鋸刀戟灰河劒樹一日之中喪身難計痛徹心髓不可具陳餓鬼之中百毒鑽軀畜生中苦身供衆口負重食草苦亦難數空荷衆苦唐失身命未曾善心爲於法也吾今以此臭穢之身供養法故汝等云何復欲却我無上道心我捨此身爲求佛道後成佛時當施汝等五分法身衆人默然是時太子立火坑上白婆羅門唯願大師爲我說法我命儻終不及聞法時婆羅門即便爲說此偈

常行於慈心　除去恚害想　大悲愍衆生
矜傷爲雨淚　修行大喜心　同己所得法
救護以道意　乃應菩薩行

說是偈已便欲投火爾時帝釋并梵天王各捉一手而復難之閻浮提内一切生類賴太子恩莫不得所今若投火坑天下喪父何爲自沒孤棄一切爾時太子報謝天王及諸臣民何爲遮我無上道心天及人衆即各默然輙自并身投於火坑天地大動虛空諸天同時號哭淚如盛雨即時火坑變成華池太子於中坐蓮華臺諸天雨華乃至於膝爾時梵天及帝釋等皆悉讚歎勤苦如此必成佛爾時大王今父淨飯王是爾時母者今摩耶是爾時太子曇摩鉗者今世尊是爾時如是求法爲救衆生今已成滿宜當潤彼枯槁之類云何便欲捨至涅槃不肯說法又復世尊過去無量阿僧祇劫爾時波羅柰國有五百仙士時仙人師名欝多羅恒思正法欲得修學

四方推求宣告一切誰有正法爲我說者隨其所欲悉當供給有婆羅門來應之言吾有正法誰欲聞者我當爲說時仙人師合掌白言唯願矜愍垂哀爲說婆羅門言學法事難久苦乃獲汝今云何直爾欲聞於理不可汝若至誠欲得法者當隨我教仙人白言大師教勑不敢違逆尋即語曰汝今若能剝皮當紙析骨爲筆血用和墨寫吾法者乃與汝說時鬱多羅聞此語已歡喜踊躍敬如來教即剝身皮析取身骨以血和墨仰白之曰今正是時唯願速說時婆羅門便說此偈

常當攝身行　而不殺盜淫　不兩舌惡口
妄言及綺語　心不貪諸欲　無瞋恚毒想
捨離諸邪見　是爲菩薩行

說是偈已即自書取遣人宣寫閻浮提內一切人民咸使誦讚如說修行世尊爾時如是求法爲於衆生心無悔恨今者云何欲捨一切入於涅槃而不說法又復世尊過去久遠阿僧祇劫於閻浮提作大國王名曰尸毗王所住城號提婆拔提豐樂無極時尸毗王主閻浮提八萬四千諸小國土六萬山川八千億聚落王有二萬夫人婇女五百太子一萬大臣行大慈悲矜及一切時天王帝釋五德離身其命將終愁憒不樂毗首羯摩見其如是即前白言何爲慷慨而有愁色帝釋報言吾將終矣死證已現如今世間佛法已滅亦復無有諸大菩薩我心不知何所歸依是以愁耳毗首羯摩白天帝言今閻浮提有大國王行菩薩道名曰尸毗志固精進必成佛道宜往投歸必能覆護解救危厄天帝復曰若

是菩薩當先試之爲至誠不汝化爲鴿我變作鷹急追汝後相逐至彼大王坐所便求擁護以此試之足知眞僞毗首羯摩復答天帝菩薩大人不宜加苦正應供養不須以此難事逼也爾時帝釋便說偈言

我亦非惡心　如眞金應試　以此試菩薩
知爲至誠不

說是偈已毗首羯摩自化爲鴿帝釋作鷹急追鴿後臨欲捉食時鴿惶怖飛趣大王入王腋下歸命於王鷹尋後至立於殿前語大王言今此鴿者是我之食來在王邊宜速還我我飢甚急尸毗王言吾本誓願當度一切此來依我終不與汝鷹復言曰大王今者云度一切若斷我食命不得濟如我之類非一切耶王時報言若與餘肉汝能食不鷹即言曰唯得新殺熱肉我乃食之王復念曰今求新殺熱肉者害一救一於理無益內自思惟唯除我身其餘有命皆自惜護即取利刀自割股肉持用與鷹貿此鴿命鷹報王曰王爲施主等視一切我雖小鳥理無偏枉若欲以肉貿此鴿者宜稱使停王勑左右疾取稱來以鉤鉤中兩頭施槃即時取鴿安著一頭所割身肉以著一頭割股肉盡故輕於鴿復割兩臂兩脇身肉都盡故不等鴿爾時大王舉身自起欲上稱槃氣力不接失跨墮地悶無所覺良久乃穌自責其心我從久遠爲汝所困輪迴三界酸毒備嘗未曾爲福今是精進立行之時非懈怠時種種責已自強起立得上稱槃心中歡喜自以爲善是時天地六種震動諸天宮殿皆悉傾搖乃至色界諸天同時

來下於虛空中見於菩薩行於難行傷壞軀體心期大法不顧身命各共啼哭淚如盛雨又雨天華而以供養爾時帝釋還復本形住在王前語大王曰今作如是難及之行欲求何等汝今欲求轉輪聖王帝釋梵王三界之中欲求何等菩薩答言我所求者不期三界尊榮之樂所作福業欲求佛道天帝復言汝今壞身乃徹骨髓寧有悔恨意耶王言無也天帝復曰雖言無悔誰能知之我觀汝身顫掉不停言氣斷絕言無悔恨以何爲證王即立誓我從始來乃至於今無有悔恨大如毛髮我所求願必當果獲至誠不虛如我言者令吾身體即當平復作誓已訖身便平復倍勝於前天及世人歎未曾有歡喜踊躍不能自勝尸毗王者今佛身是也世尊往昔爲於衆生不顧身命乃至如是今者世尊法海已滿法幢已立法鼓已建法炬已照潤益成立今正得時云何欲捨一切衆生入於涅槃而不說法爾時梵王於如來前合掌讚歎說於如來先身求法爲於衆生凡有千首世尊爾時受梵王請即便往詣波羅柰國鹿野苑中轉于法輪三寶因是乃現於世時諸天人諸龍鬼神八部之衆聞說是已莫不歡喜頂戴奉行

摩訶薩埵以身施虎緣品第二

如是我聞一時佛在舍衛國祇樹給孤獨園爾時世尊乞食時到著衣持鉢獨將阿難入城乞食時有一老母唯有二男偷盜無度財主捕得便將詣王平事案律其罪應死即付旃陀羅將至殺處遥見世尊母子三人俱共

向佛叩頭求哀唯願天尊垂濟苦厄救我子命誠心欵篤甚可憐愍如來慈矜即遣阿難詣王請命王聞佛教即便放之得脱此厄感戴佛恩欣踴無量尋詣佛所頭面禮足合掌白言蒙佛慈恩得濟餘命唯願天尊慈愍我等聽在道次佛即可之告曰善來比丘鬚髮自墮身所著衣變成袈裟敬心內發志信益固佛爲說法諸垢永盡得阿羅漢道其母聞法得阿那含爾時阿難自見此事歎未曾有讃說如來若干德行又復諮嗟母子三人宿有何慶值遇世尊得免重罪獲涅槃安一身之中特蒙利益何其快哉佛告阿難此三人者非但今日蒙我得活乃往過去亦蒙我恩而得濟活阿難白佛不審世尊過去世中濟活三人其事云何佛告阿難乃往久遠阿僧祇劫此閻浮提有大國王名曰摩訶羅檀那（此言大寶）典領小國凡有五千王有三子其第一者名摩訶富那寧次名摩訶提婆（此言大天）次名摩訶薩埵此小子者少小行慈矜愍一切猶如赤子爾時大王與諸群臣夫人太子出外遊觀時王疲懈小住休息其王三子共遊林間見有一虎適乳二子飢餓逼切欲還食之其王太子語二兄曰今此虎者酸苦極理羸瘦垂死加復初乳我觀其志欲自噉子二兄答言信如汝所云弟復問兄此虎今者當復何食二兄報曰若得新殺熱血肉者乃可其意又復問曰今頗有人能辦斯事救此生命令得存不二兄答言是爲難事時王小子內自思惟我於久遠生死之中捐身無數唐捨軀命或爲貪欲或爲瞋恚或爲愚癡未曾爲

法今遭福田此身何在設計已定復共前行前行未遠白二兄言兄等且去我有私緣此爾隨後作是語已疾從本徑至於虎所投身虎前餓虎口噤不能得食爾時太子自取利木刺身出血虎得舐之其口乃開即噉身肉二兄待之經久不還尋迹推覓憶其先心必能至彼餧於餓虎追到岸邊見摩訶薩埵死在虎前虎已食之血肉塗漫自撲墮地氣絶而死經於久時乃還穌活啼哭宛轉迷憒悶絶而復還穌夫人睡眠夢有三鴿共戲林野鷹卒捉得其小者眠覺已驚怖向王說之我聞諺言鴿子孫者也今亡小鴿我可愛兒必有不祥即時遣人四出求覓未久之間二兒已到父母問言我可愛子今爲所在二兒哽噎隔塞斷絶不能出聲經于久時乃復出言

虎已食之父母聞此躃地悶絶而無所覺良久乃穌即與二兒夫人婇女馳奔至彼死屍之處爾時餓虎食肉已盡唯有骸骨狼藉在地母扶其頭父捉其手哀號悶絶絶而復穌如是經久時摩訶薩埵命終之後生兜率天即自生念我因何行來受此報天眼徹視遍觀五趣見前死屍故在山間父母悲悼纏綿痛毒憐其愚惑啼泣過甚或能於此喪失身命我今當往諫喻彼意即從天下住於空中種種言辭解諫父母父母仰問汝是何神願見告示天尋報曰我是王子摩訶薩埵我由捨身濟虎飢乏生兜率天大王當知有法歸無生必有終惡墮地獄爲善生天生死常塗今者何獨没於憂愁煩惱之海不自覺悟懃修衆善父母報言汝行大慈矜及一切捨我

取終吾心念汝荒塞寸絶我苦難計汝修大慈那得如是於時天人復以種種妙善偈句報謝父母父母於是小得惺悟作七寶函盛骨著中葬埋畢訖於上起塔天即化去王及大衆還自歸宮佛告阿難爾時大王摩訶羅檀那者豈異人乎今我父閱頭檀是時王夫人我母摩訶摩耶是爾時摩訶富那寧者今彌勒是第二太子摩訶提婆今婆修蜜多羅是爾時太子摩訶薩埵豈異人乎我身是也爾時虎母今此老母是爾時二子今二人是我於久遠濟其急厄危頓之命令得安全吾今成佛亦濟彼厄令其永離生死大苦爾時阿難一切衆會聞佛所說歡喜奉行

二梵志受齋緣品第三

如是我聞一時佛在舍衛國祇樹給孤獨園爾時初夜有二天來詣於佛所天人身光照曜祇洹皆如金色佛便隨宜演暢妙法心意開悟俱得道迹頭面禮佛還歸天上明日清朝阿難白佛昨夜二天來覲世尊威相昞著淨光赫奕昔種何德獲斯妙果佛告阿難迦葉如來滅度之後遺法垂末有二婆羅門受持八齋其一人者求願生天其第二人求作國王其第一人還歸其家婦呼共食夫答婦言向受佛齋過中不食婦復語曰君是梵志自有戒法何緣乃受異道之齋今若相違不共我飯當以斯事語諸梵志使驅擯汝不與會同聞此語已深懷恐怖便與其婦非時而食二人隨壽長短各取命終願作王者持齋完具得生王家願生天者由破齋故乃生龍中時有一人爲王守園日日奉送種種果蓏

此人後時於泉水中得一異柰色香甚美便作是念我每出入常爲門監所見前却當以與之如念即與門監受已復自思惟我通事時每爲黄門之所扯縮當以與之便用斯柰奉貢黄門黄門納竟轉上夫人夫人得柰復用獻王王食此柰甚覺甘美便問夫人從何處得夫人即時如實而對展轉相推到于園監王復召喚而問之曰吾園之中有此美果何不見奉乃與他人園監於是本末自陳王復告言自今已後常送斯柰莫令斷絶園監啓曰此柰無種從泉中得勑便常送無由可辦王復告言若不能得當斬汝身園監還出至彼園中憂愁懊惱舉聲大哭時有一龍聞其哭音變身爲人來問之言汝有何事悲哭乃爾是時園監具自宣説龍還入水以多美果著金盤上用與此人因告之言可持此果以奉汝王幷騰吾意云吾及王本是親友乃昔在世俱爲梵志共受八齋各求所願汝戒完具得爲人王吾戒不全生於龍中今欲奉修齋法求捨此身願索八關齋法用遺於我若其相違吾覆汝國用作大海園監於時奉果於王因復説龍所囑之變王聞此已甚用不樂所以者何時世無佛法又滅盡八關齋文今不可得若不稱之恐見危害惟念此理是故愁悒王有大臣最所敬重王告臣曰龍神從我求索齋法仰卿得之當用寄與大臣對言今世無法云何可得王又告曰汝今不獲吾當殺卿大臣聞此甚懷惆悵往至自舍此臣有父年在耆舊每從外來和顔悦色以慰父意當於是時父見其子面色改常即便

問之何由乃爾於時大臣便向其父委曲自說其父答曰吾家堂柱每現光明試破看之儻有異物奉父言教爲柱施代取而斬析得經二卷一是十二因緣二是八關齋文大臣即持奉上於王王得歡喜不能自勝便以此經著金盤上自送與龍龍獲此經大用欣慶便用好寶贈遺於王受持八齋勤而奉行命終之後生於天宮人王亦復修奉齋法壽盡生天共同一處昨夜俱來諮稟法化應時尋得須陀洹果未息三塗遊人天道從是已往畢得涅槃佛說是時一切衆會歡喜奉行

波羅柰人身貿供養緣品第四

如是我聞一時佛在舍衛國祇樹給孤獨園是時國中有大長者生一男兒面首端正既生數日復能言語問其父母世尊在不答曰故在復更問曰尊者舍利弗阿難等悉爲在不答言悉在父母見子生便能言謂其非人深怪所以便往問佛佛言此兒有相不足疑也父母歡喜還歸其家兒又啓曰唯願二親爲我請佛及比丘僧父母告曰請佛及僧當須供具非卒可辦兒又啓曰但掃灑堂舍莊嚴牀席施三高座百味飲食當自然至又我先身之父母今猶存在居波羅柰國爲我喚之父母隨語使人乘象馳奔召來所以作三高座者一爲如來二爲本生母三爲今身母佛與衆僧既入其舍次第坐定甘饍美饍自在豐足佛爲說法父及二母合家大小聞法歡喜盡得初果此兒轉長便辭出家精勤正業獲致羅漢阿難白佛此沙門者宿種何德生於豪貴小而能言又復學道逮得神通佛

告阿難此人前身生波羅柰爲長者子父亡没後家業衰耗漸致貧窮雖值佛世無以供養念此不悅情不自釋便捨豪姓以爲客作終竟一歲索金千兩豪姓問曰卿欲妻娶耶答曰不也豪姓又問用金何爲答曰欲用飯佛及於聖僧豪姓告曰若欲請佛吾當與金幷爲經營會於我舍貧者唯諾便設餚饍請佛及僧由此因緣命終之後生在長者家今復請佛聞法得道佛告阿難往昔貧人者今長者子沙門是也佛說此時一切衆會莫不歡喜頂戴奉行

海神難問船人緣品第五

如是我聞一時佛在舍衛國祇樹給孤獨園爾時此國有五百賈客入海採寶自共議言當求明人用作導師便請一五戒優婆塞共入大海既到海中海神變身作一夜叉形體醜惡其色青黑口出長牙頭上火然來牽其船問賈客曰世間可畏有過我者無賢者對曰更有可畏劇汝數倍海神復問何者是耶答曰世有愚人作諸不善殺生盜竊婬泆無度妄言兩舌惡口綺語貪欲瞋恚没在邪見死入地獄受苦萬端獄卒阿傍取諸罪人種種治之或以刀斫或以車裂分壞其身作數千段或復臼擣或復磨之刀山劍樹火車鑪湯寒冰沸屎一切備受荷如此苦經數千萬歲此之可畏劇汝甚多海神放之隱形而去船進數里海神復更化作一人形體痟瘦筋骨相連復來牽船問諸人言世間羸瘦有劇我者無賢者答言有羸瘦甚劇於汝海神復問誰復劇耶賢者答曰有愚癡人心性弊惡

慳貪嫉妬不知布施死墮餓鬼身大如山咽如針鼻頭髮長亂形體黑瘦數千萬歲不識水穀如是之形復劇於汝海神放船沒而不現船行數里海神復更化作一人極爲端正復來牽船問諸商賈人之美妙有與我等者無賢者答曰乃有勝汝百千萬倍海神復問誰爲勝者賢者答曰世有智人奉行諸善身口意業恒令清淨信敬三寶隨時供養其人命終生於天上形貌皦潔端正無雙殊勝於汝數千萬倍以汝方之如瞎獼猴比彼妙女海神取水一掬而問之曰掬中水多海水多耶賢者答曰掬中水多非海水多也海神重問汝今所說爲至誠不賢者答曰此言眞諦不虛妄也何以明之海水雖多必有枯竭劫欲盡時兩日並出泉源池流悉皆旱涸三日出時諸小河水悉皆枯乾四日出時諸大江海悉皆消竭五日出時大海稍減六日出時三分減二七日出時海水都盡須彌崩壞下至金剛地際皆悉焦然若復有人能以信心以一掬水供養於佛或用施僧或奉父母或匃貧窮給與禽獸此之功德歷劫不盡以此言之知海爲少掬水爲多海神歡喜即以珍寶用贈賢者并寄妙寶施佛及僧時諸賈客即與賢者採寶已足還歸本國是時賢者五百賈客咸詣佛所稽首佛足作禮畢已各持寶物并海神所寄奉佛及僧悉皆長跪叉手白佛願爲弟子稟受清化佛尋可之善來比丘鬚髮自落法衣在身佛爲說法應適其情即時開悟諸欲都淨得阿羅漢時諸會者聞佛所說皆大歡喜頂戴奉行

恒伽達緣品第六

如是我聞一時佛在羅閱祇竹園精舍是時國中有一輔相其家大富然無兒子時恒河邊有摩尼跋羅天祠合土人民皆悉敬奉時此輔相徃詣祠所而禱之言我無子息承聞天神功德無量救護群生能與其願今故自歸若蒙所願願賜一子當以金銀校飾天身及以名香塗治神室如其無驗當壞汝廟屎塗汝身天神聞已自思惟言此人豪富力勢強盛非是凡品得爲其子我德尠少不能與願願若不果必見毀辱廟神復徃白摩尼跋羅摩尼跋羅其力不辦自詣毗沙門王啓白此事毗沙門言亦非我力能使有子當詣天帝從求斯願毗沙門王即時上天啓帝釋曰我有一臣摩尼跋羅近日見語云王舍城有一輔相從其求子結立重誓若願得遂倍加供養所願若違當破我廟而毀辱之彼人豪兇必能如是幸望天王令其有子帝釋答曰斯事至難當覓因緣時有一天五德離身臨命欲盡帝釋告曰卿今垂終可願生彼輔相之家天子答言意欲出家奉修正行若生尊榮離俗則難欲在中流冀遂所志帝釋復曰但徃生彼若欲學道吾當相佐天子命終降神受胎輔相之家即便受生形貌端正即召相師爲其立字相師問曰本於何處求得此兒輔相答曰昔從恒河天神求之因爲作字爲恒伽達年漸長大志在道法便啓父母求索出家父母告曰吾今富貴産業弘廣唯汝一子當嗣門戶遭吾存活終不相聽兒不從志深自惆悵便欲捨身更求凡處於中求出

必極易也於是密去自墜高巖旣墮在地無所傷損復至河邊投身水中水還漂出亦無所苦復取毒藥而吞噉之毒氣不行無由致死復作是念當犯官法爲王所殺值王夫人及諸婇女出宮到園池中洗浴皆脫衣服置林樹間時恒伽達密入林中取其服飾抱持而出門監見已將往白阿闍世王王聞此事瞋恚隆盛便取弓箭自手射之而箭還返正向王身如是至三不能使中王怖投弓問彼人言卿爲是天龍鬼神乎恒伽達言賜我一願乃敢自陳王曰當與恒伽達言我非是天亦非龍鬼是王舍國輔相之兒我欲出家父母不聽故欲自殺更生餘處投巖赴河飮毒不死故犯王法望得危命王今加害復不能傷事情如是何酷之甚願見顧愍聽我爲道

王尋告曰聽汝出家學道因復將之共到佛所啓白世尊如向之事於時如來聽爲沙門法衣在體便成比丘佛爲說法心意開暢成羅漢道三明六通具八解脫阿闍世王尋白佛言此恒伽達者先世之時種何善根投山不死墮水不溺食毒無苦箭射無傷加遇聖尊得度生死佛告王曰乃往過去無數世時有一大國名波羅柰其王名梵摩達將諸宮人林中遊戲諸婇女輩激聲而歌外有一人高聲和之王聞其聲便生瞋妬遣人捕來勑使殺之時有大臣從外邊來見此一人而被囚執便問左右何緣乃爾其傍諸人具列事狀臣曰且停待我見王大臣進入啓白王言彼人之罪不至深重何以殺之雖和其音而不見形旣無交通姦婬之事幸願垂矜匃其

生命王不能違赦不刑戮其人得脱奉事大臣勤謹無替如是承給經歷多年便自思惟婬欲傷人利於刀劒我之困厄皆由欲故即語大臣聽我出家遵修道業大臣答曰不敢相違學若成道還來相見即詣山澤專思妙理精神開悟成辟支佛還來城邑造大臣家大臣歡喜請供養之甘饍妙服四事無乏時辟支佛於虚空中現神變化身出水火放大光明大臣見之欣然無量便立誓願由吾恩故命得全濟使我世世富貴長壽殊勝奇特數千萬倍令我智德相與共等佛告王言時彼大臣救活一人令得道者今恒伽達是由是因緣所生之處命不中夭今值我時逮致應真佛説此已諸在會者信敬歡喜頂受奉行

須闍提緣品第七

如是我聞一時佛在羅閲祇竹園精舍爾時世尊而與阿難著衣持鉢入城乞食時有老公老母兩目既冥貧窮孤苦無止住處止宿門下唯有一子年始七歲常行乞食以供養父母得好果菜其美好者供養父母餘殘酸澀臭穢惡者便自食之爾時阿難見此小兒雖爲年小恭敬孝順心懷愛念佛乞食已還到精舍爾時世尊爲諸大衆演説經法阿難於時長跪叉手前白佛言向與世尊入城分衛見一小兒慈心孝順共盲父母住城門下東西乞食所得之物飯食菜果其美好者先以供養其老父母破敗臭穢極不好者便自食之日日如是甚可愛敬佛語阿難出家在家慈心孝順供養父母計其功德殊勝難量

所以者何我自憶念過去世時慈心孝順供養父母乃至身肉濟救父母危急之厄以是功德上爲天帝下爲聖主乃至成佛三界特尊皆由斯福阿難白佛不審世尊過去世時慈孝父母不惜身命能以身肉濟救父母危險之命其事云何佛告阿難諦聽善念我當說之阿難唯然當善聽之佛告阿難乃往過去無量無數阿僧祇劫此閻浮提有一大國名特叉尸利爾時有王名曰提婆時彼國王有十太子各領諸國最小太子字修婆提羅致（此言善住）所領國土人民觀望最爲豐樂時父王邊有一大臣名曰羅睺每懷凶逆叛殺大王大王已死攝正爲王即遣兵衆往詣諸國殺諸太子此最小者鬼神所敬時入園中欲行觀看有一夜叉從地而出長跪白言羅睺大臣叛殺父王遣諸兵衆殺汝諸兄今復遣人欲來殺汝王可思計避其禍難時王聞之心用惶怖到於其夜便思計校而欲突去時有一兒字須闍提（此言善生）方年七歲端正聰黠甚爲可愛其王愛念出復來還而抱此兒悲泣歎息其婦見王入出惶惶即而問之何以忽忽如恐怖狀其夫答言非卿所知婦復牽之我今與汝身命共并危險相隨莫見捐捨今有何事當以告示其王答言我近入園有夜叉鬼從地而出長跪白我羅睺大臣今與惡逆已殺父王遣諸兵衆殺汝諸兄今亦遣兵當來殺王宜可避之我聞是語心懷恐怖但恐兵衆如是來到是故急疾欲得去耳其婦長跪即白王言願得隨侍莫見孤棄時王即便將婦抱兒相將而去欲至他國時有二

道一道七日一道十四日初發惶懅唯作七日粮調規侯一人而已既已出城其心憒錯乃涉十四日道已經數日粮食乏盡飢餓迷荒無餘方計憐愛其子即欲殺其婦而欲自濟并用活兒令婦在前擔兒而行於後拔刀欲殺其婦時兒還顧見父拔刀欲殺其母兒便叉手曉父王言唯願大王寧殺我身勿害我母慇懃諫王救其母命而語父言莫絶殺我稍割食之可經數日若斷我命肉便臭爛不可經久於是父母欲割兒肉啼哭懊惱而割食之日日割食其肉稍盡唯有骨在未至他國飢荒遂甚父復捉刀於其節解次第剥之而得少肉於是父母臨當棄去兒自思惟我命少在唯願父母向所有肉可以少許還用見施父母不違即作三分二分自食餘有一分弃殘肌肉眼舌之等悉以施之於是別去兒便立願我今身肉供養父母持是功德用求佛道普濟十方一切衆生使離衆苦至涅槃樂發是願時三千世界六反震動色欲諸天而皆愕然不知何故宮殿動搖即以天眼觀於世間而見菩薩以身之肉供養父母願成佛道誓度衆生以是之故天地大動於是諸天皆悉來下側塞虛空悲泣墮淚猶如感雨時天帝釋來欲試之化作乞兒來從其乞持手中肉復用施之即化作師子虎狼來欲噉之其兒自念此諸禽獸欲食我者我身餘殘骨肉髓腦悉以施之心生歡喜無有悔恨爾時天帝見其執志心不移動還復釋身住其兒前而語之曰如女慈孝能以身肉供養父母以是功德用求何等天帝魔王梵天

王耶兒即答言我不願求三界快樂持此功德用求佛道願度一切無量衆生天帝復言汝能以身供養父母得不悔恨於父母耶其兒答言我今至誠供養父母無有悔恨大如毛髮天帝復言我今視汝身肉已盡言不悔恨是事難信其兒不言若無悔恨我願當成佛者使我身體平復如故言誓已竟身即平復時天帝釋及餘諸天異口同音讚言善哉其兒父母及國中人皆到兒所歎未曾有時彼國王見其太子所作奇特倍加恭敬歡喜無量將其父母及其太子入宫供養極爲恭敬哀此太子時彼國王躬將軍馬共善住王及須闍提太子還至本國誅滅羅睺立作大王父子相繼其國豐樂遂致太平佛語阿難爾時善住者今現我父淨飯王是爾時母者今現我母摩訶摩耶是爾時須闍提太子者今我身是佛語阿難由過去世慈心孝順供養父母以持身肉濟父母厄緣是功德天上人中常生豪尊受福無量緣是功德自致作佛爾時衆會聞佛自說宿世本緣爾時會者皆各悲歎感佛奇特慈孝之行其中有得須陀洹者斯陀含者阿那含者阿羅漢者有發無上正眞道者有住不退地者一切衆會皆大歡喜頂戴奉行

賢愚因緣經卷第一

音釋

剜 烏丸切削也 捔 側角切擊也 貿 莫候切易也 顫 之膳切四支寒動也 噤 巨禁切閉也 餧 於偽切餇也 昞 補永切明也 蓏 郎果切果蓏也木生曰果蔓生曰蓏 抴 羊列切拖也 劇 竭戟切甚也 皦 吉了切玉石之白也 匃 居太切乞與也 黠 胡八切慧也 懅 其據切懼也

賢愚因緣經卷第二

元魏沙門慧覺譯

波斯匿王女金剛緣品第八

如是我聞一時佛在舍衛國祇樹給孤獨園爾時波斯匿王最大夫人名曰摩利時生一女字波闍羅(此言金剛)其女面貌極爲醜惡肌體麤澁猶如馬皮頭髮麤強猶如馬毛王觀此女無一喜心便勑宮內懃意守護勿令外人得見之也所以者何此女雖醜形不似人然是摩利夫人所生此雖醜惡當密遣人而護養之女年轉大任當嫁處時王愁憂無餘方計便告吏臣卿往推覓本是豪姓居士種者今若貧乏無錢財者便可將來吏即如教即往推覓得一貧窮豪姓之子吏便喚之將至王所王得此人共至屏處具以情狀向彼人說我有一女面狀醜惡欲求嫁處未有儔類聞卿豪族今者雖貧當相供給幸卿不逆當納受之時長者子長跪白言當奉王勑正使大王以狗見賜我亦當受何況大王遺體之女今設見賜奉命納之王即以女妻彼貧人爲起宮殿舍宅門閤令有七重王勑女夫自捉戶鑰若欲出行而自閉之我女醜惡世所未有勿令外人覩見面狀常牢門戶幽閉在內王出財貨一切所須供給女壻使無乏短王即拜授以爲大臣其人所有財寶饒益與諸豪族共爲課會月月爲更會同之時夫婦俱詣男女雜會共相娛樂諸人來會悉皆將婦唯彼大臣恒常獨詣衆人疑怪彼人婦者儻能端正暉赫絶曜或能極醜不可顯現是以彼人故不將來今當設計往觀彼婦即各

同心密共相語以酒勸之令其醉卧解取門鑰使令五人往至其家開其門戶當於爾時彼女心惱自責罪咎而作是言我種何罪爲夫所憎恒見幽閉處在闇室不覩日月及與衆人復自念言今佛在世潤益衆生遭苦厄者皆蒙過度即便至心遥禮世尊唯願垂愍到於我前暫見教訓其女精誠敬心純篤佛知其志即到其家於其女前地中踊出現紺髮相令女見之其女舉頭見佛髮相倍加歡喜歡喜情故敬心極深其女頭髮自然細輭如紺青色佛復現面女得見之見已歡喜面復端正惡相麁皮自然化滅佛復現身齊腰以上金色晃昱令女見之女見佛身益增歡喜用歡喜故惡相即滅身體端嚴猶如天女奇姿蓋世無能及者佛愍女故盡現其身其女諦察目不暫眴歡喜踊躍不能自勝其女盡身亦皆端正相好非凡世之希有惡相悉滅無有遺餘佛爲說法即盡諸惡應時逮得須陀洹道女已得道佛便滅去時彼五人開戶入內見婦端正殊特少雙自相謂言我怪此人不將來往其婦端正乃至如是觀覩已竟還閉門戶持其門鑰還彼人所繫著本帶其人醒悟會罷至家入門見婦端正奇妙容貌挺特人中難有見已欣然問是何人女答夫言我是汝婦夫問婦言汝前極醜今者何緣端正乃爾其婦具以上事答夫我緣見佛故受如是身婦復白夫今我意欲與王相見汝當爲我通其意故夫受其言即往白王女郎今者欲來相見王答女壻勿道此事急當牢閉愼勿令出女夫答王何以乃爾女郎今

者蒙佛神恩已得端正天女無異王聞是已答女壻言審如是者速往將來即時嚴車迎女入宮王見女身端正殊特歡喜踊躍不能自勝即勑嚴駕王及夫人女并女夫共至佛所禮佛畢訖却住一面時波斯匿王跪白佛言不審此女宿殖何福乃生豪貴富樂之家復造何咎受醜陋形皮毛麤強劇如畜生唯願世尊當見開示佛告大王夫人處世端正醜陋皆由宿行罪福之報乃往過去久遠世時時有大國名波羅柰時彼國中有大長者財富無量舉家恒共供養一辟支佛身體麤惡形狀醜陋憔悴叵看時彼長者有一小女日日見彼辟支佛來惡心輕慢呵罵毀言面貌醜陋身皮麤惡何其可憎乃至如是時辟支佛數至其家受其供養在世經久欲入涅槃爲其檀越作種種變飛騰虛空身出水火東踊西沒西踊東沒南踊北沒北踊南沒坐卧虛空種種變現咸使彼家覩見神足即從空下還至其家長者見已倍懷歡喜其女即時悔過自責惟願尊者當見原恕我前惡心罪釁過厚幸不在懷勿令有罪時辟支佛聽其懺悔佛告大王爾時女者今王女是由其爾時惡不善心毀呰賢聖辟支佛故自造口過於是以來常受醜形後見神變自改悔故還得端正英才越群無能及者由供養辟支佛故世世富貴緣得解脫如是大王一切衆生有形之類應護身口勿妄爲非輕呵於人爾時王波斯匿及諸群臣一切大衆聞佛所說因緣果報皆生信敬自感佛前以是信心有得初果至四果者有發無上平等意者復

有得住不退轉者咸懷渴仰敬奉佛教歡喜遵承皆共奉行

金財因緣品第九

如是我聞一時佛在舍衛國祇樹給孤獨園與尊弟子千二百五十人俱爾時城中有大長者長者夫人生一男兒名曰金財其兒端正殊特世之少雙是兒宿世拳手而生父母驚怖謂之不祥即披兒兩手觀其相好見二金錢在兒兩手父母歡喜即便收取取已故處續復更生尋更取之復生如故如是勤取金錢滿藏其兒手中未曾有盡兒年轉大即白父母求索出家父母不逆即便聽之爾時金財往至佛所頭面作禮而白佛言唯願世尊當見憐愍聽我出家得在道次佛告金財聽汝出家𡖖佛可已於時金財即剃鬚髮身著袈裟便成沙彌年已滿足任受大戒即合衆僧當受具足臨壇衆僧次第爲禮其作禮時兩手拍地當手拍處有二金錢如是次第一切爲禮隨所禮處皆有金錢受戒已竟精勤修習得羅漢道阿難白佛不審世尊此金財比丘本造何福自生已來手把金錢唯願世尊當見開示佛告阿難汝當善思我今說之阿難對曰如是諾當善聽佛言乃往過去九十一劫時世有佛名毗婆尸出現於世正法教化度脫衆生不可稱數佛與衆僧遊行國界時諸豪富長者子等施設飲食供養彼佛及弟子衆爾時有一貧人乏於財貨常於野澤取薪賣之值時取薪賣得兩錢見佛及僧受王家請歡喜敬心即以兩錢施佛及僧佛愍此人即爲受之佛告阿難爾時貧人以

此二錢施佛及僧故九十一劫恒把金錢財寶自恣無有窮盡爾時貧人者金財比丘是也正使其人未得道者未來果報亦復無量是故阿難一切衆生皆應精勤布施爲業爾時阿難及衆會者聞佛所説皆悉信解有得須陀洹果者斯陀含阿那含阿羅漢者有發無上正眞道意者復有得住不退地者一切衆會聞佛所説歡喜奉行

華天因縁品第十

如是我聞一時佛在舍衛國祇樹給孤獨園與大比丘衆千二百五十人俱爾時國内有豪長者生一男兒面首端正其兒生已家内自然天雨衆華積滿舍内即字此兒名弗波提婆（此言華天）兒年轉大往至佛所見佛顏容相好無比見已歡喜心自思惟我生處世得值聖尊今當請佛及諸衆僧即白佛言唯願世尊及與衆僧明日屈意臨適鄙家受少蔬食因見福度佛知其根即時受請于時華天還至其家明日食時佛與衆僧往至其家華天即化作寶牀座遍其舍内整設嚴飾佛及衆僧即坐其座華天欲須種種飲食其人福德自然而辦佛與衆僧食已攝鉢廣爲華天具説諸法華天合家得須陀洹於時華天即辭父母求索出家爲佛弟子父母聽之即至佛所稽首佛足求作比丘稟受佛教佛聽入道讚言善來比丘鬚髮自墮袈裟著身即成沙門遵修佛教逮得羅漢爾時阿難見斯事已往至佛所長跪白言世尊是華天比丘本植何福而得如是自然天華又能化作牀座飲食世尊當爲決散此疑佛告阿難欲知善聽

過去有佛名毗婆尸出現於世度脫衆生時諸衆僧遊行聚落到諸豪族皆悉供養時有一人貧無錢財見僧歡喜恨無供養即於野澤採衆草華用散衆僧至心作禮於是而去佛告阿難爾時貧人供散華者今此華天比丘是也由其過去世用信敬心採華散僧至心求願九十一劫所生之處身體端正意有所須欲得飲食坐卧之具尋時如念自然而至緣斯之福自致得道是故阿難一切衆生莫輕小施以爲無福猶如華天今悉自得爾時阿難及諸衆會聞佛所說歡喜奉行

寶天因緣品第十一

如是我聞一時佛在舍衛國祇樹給孤獨園爾時有長者生一男兒當爾之時天雨七寶遍其家内皆令積滿即召相師占相此兒相師覩已見其奇相答長者言兒相殊特長者聞已心懷歡喜即語相師當爲立字相師問曰此兒生時有何瑞應長者答曰此兒生時天雨七寶滿我家内相師答曰是兒福德當爲立字號勒那提婆（此言寶天）兒年轉大才藝博通聞佛神聖奇德少雙心懷注仰貪欲出家即辭父母往詣佛所頭面作禮而白佛言唯願世尊聽我出家佛即聽許善來比丘鬚髮自墮法衣在身佛爲說法即得羅漢阿難白佛不審世尊此寶天比丘本作何福而當生時天雨衆寶衣食自然無有乏短佛告阿難過去世時有毗婆尸佛出現於世度脫衆生不可計數爾時衆僧遊行村落時彼村中有諸居士共請衆僧種種供養時有貧人雖懷喜心家無財寶供養之具便以一把白石圓

珠用散衆僧發大誓願佛告阿難爾時貧人珠供養者今此寶天比丘是也由其過去用信敬心持白石圓珠散衆僧故乃至九十一劫受無量福多饒財寶衣食自然無有乏短緣於爾時有信敬心今遭我世得道果證爾時衆會聞佛所說自生信心有得初果乃至四果者復有發心住不退轉爾時衆會聞佛所說歡喜奉行

羼提婆羅因緣品第十二

如是我聞一時佛在羅閱祇竹園林中止爾時世尊初始得道度阿若憍陳如等次度鬱毗羅迦葉兄弟千人度人漸廣蒙脫者衆於時羅閱祇人欣戴無量莫不讚歎如來出世甚爲奇特衆生之類咸蒙度苦又復歎美憍陳如等及鬱毗羅衆諸大德比丘宿與如來有何因緣法鼓初振特先得聞甘露法味獨先服嘗時諸比丘聞諸人民之所稱宣即具以事往白世尊佛告之曰乃往過去與此衆輩有大誓願若我道成當先度之諸比丘聞已復白佛言久共誓願其事云何唯垂哀愍願爲解說佛告比丘諦聽諦聽善思念之乃往久遠無量無邊不可思議阿僧祇劫此閻浮提有一大國名波羅㮈當時國王名爲迦梨爾時國中有一大仙士名羼提婆羅與五百弟子處於山林修行忍辱于時國王與諸群臣夫人婇女入山遊觀王時疲懈因卧休息諸婇女輩捨王遊行觀諸華林見羼提婆羅端坐思惟敬心内生即以衆華而散其上因坐其前聽所說法王覺顧望不見諸女與四大臣行共求之見諸女輩坐仙人前尋即

問曰汝於四空定爲悉得未答言未得又復問曰四無量心汝復得未答言未得王又問曰於四禪事汝爲得未猶答未得王即怒曰於爾所功德皆言未有汝是凡夫獨與諸女在此屏處云何可信又復問曰汝常在此爲是何人修設何事仙人答曰修行忍辱王即拔劒而語之言若當忍辱我欲試汝知能忍不尋割其兩手而問何人猶言忍辱復斷其兩脚復問之曰故言忍辱次截其耳鼻顏色不變猶稱忍辱爾時天地六種震動時仙人五百弟子飛於虛空而問師言被如是苦忍辱之心不忘失耶其師答言心未變易王乃驚愕復更問言汝云忍辱以何爲證仙人答曰我若實忍至誠不虛血當爲乳身當還復具言已訖血尋成乳平完如故王見忍證倍懷恐怖咄我無狀毀辱大仙唯見垂哀受我懺悔仙人告曰汝以女色刀截我形吾忍如地我後成佛先以慧刀斷汝三毒爾時山中諸龍鬼神見迦梨王枉忍辱仙人各懷懊惱興大雲霧雷電霹靂欲害彼王及其眷屬時仙人仰語若爲我者莫造傷害時迦梨國王懺悔之後常請仙人就宮供養爾時有異梵志徒衆千人見王敬待羼提婆羅甚懷妬忌於其屏處坐以塵土糞穢而以坌之爾時仙人見其如是即時立誓我今修忍爲於群生積行不休後會成佛若佛道成先以法水洗汝塵垢除汝欲穢永令清淨佛告比丘欲知爾時羼提婆羅者則我身是時王迦梨及四大臣今憍陳如等五比丘是時千梵志塵坌我者今鬱單羅等千比丘是我於爾時緣彼

忍辱誓當先度是故道成此等之衆先得度苦時諸比丘聞佛所說歎未曾有歡喜奉行

慈力王血施緣品第十三

如是我聞一時佛在舍衛國祇洹中止爾時尊者阿難於中食後林間坐禪而自思惟如來興世甚爲奇特衆生之類皆蒙安樂又復思惟憍陳如等五尊比丘種何善本依何因緣法門初開而先得入法鼓始振獨先得聞甘露法降特先嘗潤念是事已從坐處起往至佛所具以所念而用白佛佛告之曰憍陳如等先世於我實有因緣過去世時我以身血充其飢渴令得安隱是故今身先得我法用致解脱賢者阿難重白佛言過去以血濟其飢乏其事云何願具開示幷令衆會咸得解了佛告之曰過去久遠阿僧祇劫此閻浮提有大國王名彌佉羅拔羅（此言慈力）領閻浮提八萬四千小國王有二萬夫人一萬大臣王有慈悲具四等心恒愍一切未曾懈厭常以十善教誨民庶四方欽慕王所化治國土安樂莫不慶賴諸疫鬼輩恒噉人血氣用自濟活爾時人民攝身口意敦從十善衆邪惡疫不敢侵近飢羸困乏瘦悴無力時五夜叉來至王所我等徒類仰人血氣得全身命由王教導咸持十善我等自是無復飲食飢渴頓乏求活無路大王慈悲豈不矜愍王聞是語甚懷哀傷即自施脉刺身五處時五夜叉各自持器來承血飲飲血飽滿咸賴王恩欣喜無量王復告曰汝若充足念修十善我今以身血濟汝飢渴令得安隱後成佛時當以法身戒定慧血除汝三毒諸欲飢渴安置涅槃

安隱之處阿難欲知爾時慈力王者今我身是五夜叉者今憍陳如等五比丘是我世世誓願許當先度是故我初說法聞便解脫賢者阿難及諸衆會聞佛所說咸增敬仰歡喜奉行

降六師緣品第十四

如是我聞一時佛在王舍城竹園之中與千二百五十比丘俱時洴沙王已得初果信敬之心倍復隆厚常設上妙四事所須供養於佛及比丘僧樂人同善志兼勸導國有六師富蘭那等先素出世邪見倒說誑惑民庶迷冥之徒信服邪教衆類廣布惡黨遍滿時王有弟敬奉六師信惑邪倒謂其有道竭家之貨供給無乏佛日初出慧流肇潤無心拔擢沒在重網兄王洴沙甚愛重之慇懃方便曉令奉佛弟執邪理不從王教數數勑令請佛供養弟白兄王我自有師不能復往奉事瞿曇然王有教理無有違當設大會不限來衆若其自至我當與食許王之後辦設供具餚敷牀座事訖設會遣人往喚六師之徒尋皆來集坐於上位怪佛及僧不自來至即往白王王前數數勑請瞿曇今為設會日時欲至如何不來王告弟言汝雖不能躬自往請可遣一人白於時到王弟受教遣人白時佛與大衆來至會所見諸六師先坐上座佛與衆僧次第而坐佛以神足令此六師合其徒類忽在下行六師情恥各起移座坐定自見還在其下如是再三移座就上猶自見身乃在下末更無力能俛仰而坐檀越行水至上座前佛語施主先與汝師擔水往師前即舉罐

鑵口自閉其水不下還往佛前從佛作次爾乃水出咸得洗手洗手既竟次當呪願檀越捉食在上座前佛語檀越本不爲我往汝師前自令呪願受教尋往至六師所六師口噤不得出言但各舉手遥指於佛佛便呪願梵音聲暢呪願既竟次當行食欲隨上座作次付之佛又告言先與汝師即便持食從六師付食皆忽上住虛空中各當其上取不可得行食與佛并僧遍訖食乃還下各在其前佛與衆僧一切食訖澡漱還坐次當說法佛語檀越令汝師說尋請六師六師復噤但各同時舉手指佛於是如來廣爲衆會出柔輭音暢演法性分別義理應適衆情聞佛說法咸得開解洴沙王弟得法眼淨其餘衆人或得初果至第三果出家盡漏發無上心住不退地隨心所務悉得其願各乃識眞信敬三寶薄賤六師捨不承供於是六師甚懷惱恚各至閑靜求學奇術天魔波旬懼其情怯不能宣布惡邪之毒即下化作六師之形於一人前現五人術飛行空中身出水火分身散體百種現變愚癡之徒更相恃賴忿前見辱亡失供養六師悉集各共議言我曹技能不減瞿曇緣前一辱衆心離散比來衆師神術顯變今察奇妙足任伏彼當詣國王求決勝負作議已定即詣王所自說智能神化靈術願共沙門講格奇變對試之後可否自現王笑之曰汝等何癡佛德弘大神足無礙欲以螢火與日爭光牛跡之水與巨海比大野干之微與師子捔猛蟻垤之堆與須彌等高大小之形昭然有別迷惑高企何愚之劇六師復

言驗事在後大王未見我等殊異是使偏心謂望彼大決試之後巨細自定王又告曰欲試可試但恐汝等自貽毀辱正使與佛捔神足者當使我曹具覩異變六師言曰期後七日願王平治講試之場六師去後王即嚴駕往至佛所以事白佛六師紛紜欲得講術以理呵語其意不息唯願世尊奮其神力化伏邪惡爾乃從善因使我曹得覩其變佛告洴沙我自知時洴沙謂佛可共捔神即勑臣吏平治博處安施床座豎諸旛幢莊嚴交絡極令麗妙其當會日一切企望於時如來及與衆僧從王舍城往毗舍離毗舍離中諸律昌輩與諸人民皆來奉迎諸人後日求佛不在問實乃知至毗舍離六師之徒疊張唱言久知瞿曇智術單淺諸人猶豫不信我言剋期捔術自省不如歷然逃去至毗舍離諸六師輩貢高轉盛各共相率當必追窮時洴沙王辦設供具滿五百乘車王與群臣十四億衆各辦粮食悉隨佛往前後絡繹集毗舍離六師復往白諸律昌聽我曹等與此瞿曇捔試神力談講實性若見聽者期來七日時諸律昌復往白佛六師群迷自謂有道求與如來共捔神力唯願世尊垂神降伏佛又告言我自知時諸律昌輩合率臣民嚴治設辦如洴沙王比悉皆企慕望在明日佛與衆僧至拘睒彌拘睒彌王名曰優填將諸群臣亦來奉迎毗舍離人明晨問佛云佛已往拘睒彌國六師聞是高心遂盛合徒聚衆規必窮逼諸律昌輩辦致供具五百車載用俟供養將領國人七億之衆并洴沙王集拘睒彌國觀佛

六師共捔神力前後濊道絡繹而至六師既到見優填王騰說事情如上之辭沙門自省内無顧恃屢屢逃避不可要勒須王剋定令與我試優填白佛說六師辭世尊寧可與捔之不佛復告言我自知時優填望佛在其國試嚴治設辦如洴沙王比日到當會佛復捨去與比丘僧至越祇國越祇國王屯眞陀羅將諸人民來迎世尊拘睒彌人明日乃問云佛已去向於越祇六師徒衆尋逐其後時優填王與八億衆并洴沙等諸國人民悉共往詣集越祇國六師見王廣自陳說當令瞿曇與我共試屯眞陀羅復往白佛佛猶答言我自知時王亦嚴辦會日垂至佛與衆僧即向特叉尸利此國中王名因陀婆彌與諸臣民亦來奉迎屯眞陀羅與五億人洴沙王等諸王臣民亦皆逐佛向特叉尸利六師已到白因陀婆彌極自匡張高談大語聽與瞿曇捔試神力因陀婆彌復往白佛佛故答言我自知時嚴辦日到佛復捨去與諸衆僧至波羅柰波羅柰王名梵摩達亦與人衆躬來迎佛特叉尸利人民明日乃知佛去六師追逐尋跡馳往因陀婆彌與六億衆洴沙王等一切隨逐六師既到如前白王王如前辭往白於佛佛亦答言我自知時嚴辦日到佛復捨去與比丘僧往迦毗羅衛國迦毗羅衛諸釋種輩率諸大衆皆來迎佛波羅柰人明日乃知佛去六師徒衆續復馳逐梵摩達王與八億人洴沙諸王六國人民皆悉前後隨逐佛往六師既到向諸釋種紛紜自說廣引術能聽與瞿曇共決神力釋種復往白佛具宣其事

佛又告言我自知時嚴治設辦剋日垂至佛與衆僧往舍衛國舍衛國王名波斯匿與諸臣民皆悉迎佛釋種明日乃知佛去六師率徒從後追之釋種將領九億人衆洴沙王等諸國人民亘川滿野逐趣舍衛六師等到見波斯匿具自陳說本末情事欲與瞿曇決捔神力臨期逃避不可要勒今與大衆逐至王國大王當使與我等決波斯匿王亦用爲笑說佛殊變難可思議云何以汝畀陋凡細與大法王捔試力能六師皃皃言氣遂高波斯匿王既往見佛白言六師慇懃乃爾唯願世尊垂神化伏普使一切别僞識眞佛告王言我自知時波斯匿王尋勑臣吏平治場地多積香華敷設牀座豎諸幢旛嚴辦已訖大衆都集臘月一日佛至試場波斯匿王是日設食清晨躬手授佛楊枝佛受嚼竟擲殘著地隨地便生蓊欝而起根莖湧出高五百由旬枝葉雲布周帀亦爾漸復生華大如車輪遂復有果大五斗缾根莖枝華純是七寶若干種色映粲麗妙隨色發光掩蔽日月食其果者美逾甘露香氣四塞聞者情悅香風來吹更相振觸枝葉皆出和雅之音暢演法要聞者無厭一切人民覩茲樹變敬信之心倍益純厚佛乃說法應適其意心皆開解志求佛者得果生天數甚衆多次第二日優填王請佛於時如來化其兩邊成兩寶山嚴顯可觀衆寶雜合五色暉耀光炎煒曄若干種樹行列山上華果茂盛出微妙香其一山頂有成熟粳米滑美百味甘香附口人民之類自恣而食其一山上有柔輭之草肥膩甘美以俟

畜生須者往噉飽已情歡一切衆會覩山顯
異食已懷悦仰慕遂深佛更稱適爲説妙法
各得開解發無上心得果生天其數亦衆到
第三日屯真陀羅請佛供養奉佛淨水侯以
澡漱佛吐水棄化成寶池周帀四邊各二百
里純以七寶共相間雜衆色相照光明𤈦奕
其池中水八德具足水底遍滿七寶之沙八
種蓮華大如車輪青黄赤白紅緑紫雜香氣
芬馥馨徹四遠隨蓮華色各發光明光明顯
照暉曜天地大會覩此寶池奇妙歡喜稱歎
佛無量德佛因觀察隨衆人心方便説法各
令開解發無上心得果生天盡增福業數多
難計到第四日因陀婆彌王請佛佛於是日
令其寶地四面自然有八渠流還相灌注自
然迴轉水流有聲其聲清妙皆説諸法五根
五力七覺八道三明六通六度四等大慈大
悲勸發開導説種種法一切聞覩心皆開解
發心求佛得果生天增積福慧數甚衆多次
第五日梵摩達王請佛供養佛於是日口中
放光金色赫奕遍大千土光明所觸一切衆
生三毒五陰皆自然息身心快樂譬如比丘
得第三禪衆會歎怪志慕佛德便爲説法各
得開解發大道心得果生天進福修慧數甚
衆多第六日中諸律昌輩次復請佛佛於是
日普令大會一切衆生心心相知各各一人
知一切心所念善惡志趣業行咸自驚喜欽
羡佛德佛便爲説若干妙法皆得開解誓求
佛者得果生天數甚衆多到第七日釋種請
佛佛於是日化諸會者悉令自見爲轉輪王
七寶千子諸王臣民肅恭承已侍仰無減各

自驚悸喜慶無量便爲說法投適其意亦發無上正覺之心得果生天甚難計數又第八日受帝釋請爲佛作師子座如來昇座帝釋侍左梵王侍右衆會一切靜然坐定佛徐伸臂以手接座欻有大聲如象鳴吼應時即有五大神鬼摧滅挽拙六師高座金剛密迹捉金剛杵杵頭出火舉擬六師六師驚怖奔突而走慙此重辱投河而死六師徒類九億人衆皆來師佛求爲弟子佛言善來比丘鬚髮自落法衣在身皆成沙門佛爲說法示其法要漏盡結解悉得羅漢於是如來從八萬毛孔皆放光明遍滿虛空一一光頭有大蓮華一一華上皆有化佛與諸大衆圍繞說法衆會覩茲無上之化信敬之心倍益隆盛佛即爲說隨其所應有發大心得果生天進福增善數甚衆多到第九日梵王請佛佛自化身高至梵天威嚴髙顯巍巍難極放大光明暐赫天地一切仰瞻皆聞其語佛爲種種顯示法要亦令多衆發心求佛得果生天數亦難計到第十日四天王請佛爾時世尊普令大衆見佛色身遍諸天中從四天王至色究竟皆見佛身放大光明各爲大衆說微妙法咸遥仰視了了見之一切衆會甚增敬仰佛爲說法隨應其意皆發大心住不退地得果生天不可稱計第十一日須達請佛佛於是日於高座上自隱其身寂滅不現但放光明出柔輭音分别演暢諸法之要在會之人聞法解悟有發大心住不退者得果生天亦甚衆多第十二日質多居士請佛供養佛於此日入慈三昧出金色光遍照大千光觸衆生三

毒心息自然與慈等視衆生如父如母如兄如弟愛潤之心都無增減然後爲說若干妙法亦發大心住不退地得果生天難可稱量第十三日屯眞陀羅王次復請佛設施供養佛於是日身昇高座放於𧺵光分作兩奇離身七仞頭各有華上有化佛如佛無異化佛𧺵中復出光明亦分兩奇離身七仞頭有蓮華上有化佛如是轉遍大千國土一切瞻覩愕然驚喜佛爲應時隨意說法亦發大心住不退者得果生天數甚衆多第十四日優塡王請佛時優塡王華散佛上佛即應時變其所散華作千二百五十七寶高車高至梵天晃喻金山雜寶衆色曜麗相照赫然金光震朗殊妙難量神珠瓔珞雜厠其間諸高車中皆有佛身放大光明遍三千土衆會覩變喜敬交懷佛便說法應病投藥皆發大心或住不退得道生天數復甚多第十五日洴沙王請佛佛豫勑王唯須食具王但嚴辦器物極令饒多食時已到諸器悉滿甘饍百味種種異美普令衆會飽足有餘食已身心自然安樂於是世尊以手指地十八地獄一切都現無量塵數諸受罪人各各自說我於本時作如是惡令受此苦一切衆會具悉聞見甚懷悲愍衣毛驚悚佛爲說法應適其意有發大心住不退者得果生天不可稱數地獄衆生緣見佛聞法心生敬仰皆遥自歸終皆得生天上人中時洴沙王長跪白佛世尊奇相三十有二身手諸相猶曾得見未覩如來足下輪相願見示衆咸共敬觀佛即出脚普示衆會一切見佛足底輪相端嚴晒著文理如畫

分別顯了覩之無厭王益歡喜重白佛言不
審世尊本作何德而乃致此輪相之妙佛即
告王由我過去自修十善復以教人故得斯
相明顯如是王又白佛不審世尊自修十善
復以教人其事云何願見開示佛告王曰善
聽著心乃往無數阿僧祇劫此閻浮提有大
國王名施陀尼彌領八萬四千國八十億聚
落一萬大臣王有二萬夫人皆無有子王甚
憂愁懼絶國嗣即廣禱祀祈願諸天王第一
夫人名須梨波羅滿經數時間便覺有身自
懷妊後心性聰了仁慈矜哀勸人以善日月
已滿足生一男兒端正超異姿相顯美身諸
毛孔皆有光明王甚欣慶覩之無厭即召相
師占其吉否相師披見歎言奇哉是兒之相
挺特殊倫德綏四域天下敬戴王益歡喜勑
爲立字相師白王有何異瑞王言此兒懷妊
已來其母聰慧仁慈勸善餘瑞雖衆甚怪此
異相師驚喜而白王言母豫辯慧自身光明
當爲立字名那波羅滿(此言慧光)太子長大智慧
殊人父王崩薨葬送畢訖諸王臣集勸令嗣
位太子固辭云不能當諸臣各曰大王已崩
唯有太子更無兄弟今言不肯推讓與誰太
子答言世人行惡必不執順若加刑罰罪我
不少若能寧民普行十善我能堪任領受國
事諸臣言善唯願昇殿十善之道當勑修行
太子爾時尋登王位告下人民普行十善一
切敬順改心易操魔王妬忌欲敗王化密作
封書告下諸國前勑行善既無利驗唐自勞
苦修無益事自今以往聽民恣心作十惡事
勿更彈責諸王得書怪此異詔何緣越理勸

人從惡各遣親信重問所由王聞是語愕然驚曰我無是令何緣乃爾即勑嚴駕躬行諸國觀見臣民宣敗異化魔於道邊化作一人身處大火盛燄熾然於中哭叫聲悲酸切王即前問汝何以爾而白王言我生前時勸人十善今受此苦痛毒難忍王重答言何有是事勸人修善反更受苦又復問言勸行十善令汝受苦前受勸人行十善者得善報不答言前人得善福耳但教他故獨受此苦王聞歡喜答言但令前人得善福者甘心受苦不以爲恨魔聞是語即隱形去遍行諸國宣十善行人民伏化慎身口意正化彌布一切欽崇王德隆赫嘉瑞而降金輪先應七寶具臻遊化四域導以善爲務如是大王欲知爾時施陀尼彌王者今現我父淨飯王是爾時母者今現我母摩訶摩耶是彼慧光王十善化民者今我是也我緣彼世自行十善又以勸民令行十善是以今日得是足下千輻相輪時洴沙王復白佛言六師群迷不自度量貪著利養生嫉妬心求與世尊捔試神力言佛作一我當作二佛現神變妙難思議六師窮縮乃無一術慚形愧影投水而死徒類散解自遺殃患念其迷惑何劇之甚佛告大王不但今日六師之徒諍名利故求與我決自喪失衆過去世時亦共我諍我亦傷彼奪其人衆王即長跪尋白佛言不審世尊過去世時與六師鬬奪其徒衆其事云何願具說示佛告王曰善著心聽乃往過去無量無數阿僧祇劫此閻浮提有一國王名摩訶賒仇利領五百小國王有五百夫人無有太子可以繼嗣

王自念言吾年轉大無有一子以績國位若一旦崩亡之後諸王臣民不相承受便當興兵枉害民命國將亂矣何苦之劇念是事已心没憂海時天帝釋遥知王憂即從天下化作一醫來詣王所問王憂意王即如事宣示語醫化醫白王莫復憂慮我當爲王入雪山採合衆藥與夫人服服藥之後皆當有娠王聞是語差用釋憂即語醫言能爾者善是時化醫即往雪山取諸藥草擔還王宫以乳煎之與大夫人夫人嫌臭情又不信化醫歸天後不肯服餘小夫人盡共分服服未經久尋覺有娠各以情事白大夫人夫人聞已情乃憂悔即問所服有餘殘不答言已盡復問前草今者在不答言猶在尋勑取乳更用重煎持與夫人夫人便服服之數日亦覺有娠諸小夫人月滿各生皆是男兒端正殊異王見諸子歡喜踊躍悒遲念想於大夫人夫人月滿亦生一男面貌極醜形如株杌父母見之情不歡喜因共號之爲多羅睺柁(此言株杌)勑令養育年漸長大其餘諸兒皆以納娶唯有株杌不以在意後會邊國興兵入界五百王子領兵往拒始戰軍敗退來趣城株杌王子問諸兄言何以退走如恐怖狀兄輩語言往鬪不利他軍見逐是以走退株杌言曰如斯軍賊敢見侵凌取我先祖天寺之中大弓貝來我欲往擊其先祖是轉輪王即遣多人取舁來與之取弓舒張弓聲如雷彈弓之音聞四十里持弓挺貝便獨往擊到先吹貝聲如霹靂彼軍聞聲驚怖散走敵退乃還父王異遇爾乃愛待深思方便欲爲娉娶時一國王名

律師跋蹉聞其有女端正絕世王即遣使往告求婚指其一兒貌狀示之言為此兒求索卿女使奉教到具騰王辭律師跋蹉即許為婚使還白王王大歡喜尋遣車馬往迎將來自勑株杌莫晝見婦自今已後常以日暮乃見交會時諸子婦後共談語各歎其夫種種才德時株杌婦亦歎我夫猛健力士之力身又細輭甚可敬愛餘婦語曰汝不須言汝夫狀貌正似株杌若汝晝見足使汝驚株杌婦聞憶之在心豫掩一燈藏著屏處伺夫卧訖發燈來看見其形體甚用恐怖即夜嚴駕還至本國夫明乃覺甚用悒慼捉弓持貝尋跡逐往到其國中依一臣住後六國王聞律師跋蹉有絕妙之女各貪欲得興兵集眾競共來索時律師跋蹉甚用憒惱合諸群臣博議其事正欲與一其餘則恨作何方便却此兇敵有一臣言當分此女用作六分一軍與一其意可息或有臣言且出重募有能却軍以女妻之分國共治重加賞賜王即然之便行宣募時多羅睺柁即持弓貝出城趣賊吹貝扣弓六軍驚駭怖不能動即入軍中斬六王首奪取冠飾攝錄其眾律師跋蹉甚用歡喜以女貢之奉為大王領攝七國一切軍兵將諸士眾與婦還國父王聞來往出界迎見子所領軍眾極盛以國讓子勸作大王其子不肯云父猶在理不應爾還到宮中窮責其婦汝前何似夜棄我亡其婦答言君身極醜初見驚怖謂非是人多羅睺柁捉鏡自照乃見身首酷似株杌患厭其身自不喜見便至林間乃欲自殺帝釋遙知即下到邊問所由緣

慰喻其意與一寶珠而告之言常以此珠著汝頂上可得殊異如我端正尋喜奉受安其頂上覺身倍異還至宮中自取弓貝欲至外戲婦見不識尋語之曰汝是何人莫觸此物我夫若來儻相害損尋語婦言我是汝夫婦殊不信而語之言我夫極醜汝形端正汝是何人說是我夫夫即却珠還示故形婦乃驚喜云何乃爾夫即具悉說得珠意婦自是已後敬愛其夫株杌之名從是滅除便更稱之名須陀羅扇後自生念當率兵衆更起宮城即出觀行平博之處勅諸人衆是中可作有四龍王人形來問欲作城者爲用何物須陀羅扇言當用土作龍復白言何不用寶答言城大那得多寶龍復白言我當相與尋化四邊作四大泉而語之言用東泉水而作墼者便成瑠璃用南泉水用作墼者可成爲金用西泉水而作墼者可成爲銀用北泉水而作墼者可成玻瓈尋時勅作如語成寶便令作城方四百里復勅作宮方四十里宮城街陌樓觀舍宅樹林浴池悉是四寶嚴淨顯妙略如天上宮城旣竟七寶來應總攝四域化民修善如是大王欲知爾時摩訶釋仇梨者今見我父淨飯王是爾時母者今我母摩訶摩耶是彼多羅睺枕醜王子者今我身是彼時婦者今瞿夷是彼婦公者今摩訶迦葉是彼六國王欲以兵力逼求女者今六師是於彼世時與我諍色我傷害彼奪取兵衆乃至今日疾名利故求與我試無術稱心投水而死我攝徒類九億人衆爲我弟子時洴沙王復白佛言多羅睺枕本作何行福德力強形如

是醜佛復告王皆有因緣乃往過去無量難計阿僧祇劫此閻浮提有一大國名波羅柰國有仙山名曰律師時仙山中有一辟支佛身有風患當須服油至油師家從其乞索油師瞋恚逆呵責之頭如株杌手脚如軸不肯生活條伺他家不規錢買但欲唐得雖瞋呵責然與油滓辟支佛受已適復擔去其油師婦從外而來見辟支佛心甚敬仰問言快士從何而來持此油滓用作何等時辟支佛如實語之婦便恨恨還喚將來即取其鉢與滿鉢油怨責夫言汝實不是云何乃以油滓與之令還懺悔除汝口過油師心悔粗還辭謝夫婦同心白辟支佛若更須油日日來取後辟支佛數返取油感其恩力於油師前現神足力飛昇虛空身出水火分合身體種種現變油師夫婦見其神變倍用歡喜甚增敬仰夫見是已便語婦言汝所施油當共同福受其果報時共爲夫妻婦語夫言汝興惡言向於快士方施油滓無有淨心所生之處當極醜惡云何共汝作夫婦耶夫復答言我常辛苦積聚油具云何獨施不與我共終不聽汝要作夫婦妻復言曰若爲汝妻見汝形醜夜棄汝亡夫答之言正使汝亡我當逐汝要得乃止夫婦語竟向辟支佛身心自歸欵誠悔過時辟支佛語油師夫妻緣汝施油我病得瘥今汝夫妻欲求何願恣汝所求悉當今得夫妻歡喜長跪立願令我夫妻所生之處天上人中一切從意如是大王欲知爾時賣油人者多羅睺柁是是時油師婦者多羅睺柁婦是緣於爾時見辟支佛言似株杌手脚如

軸雖施油滓瞋色與語由是因緣所生之處
初形甚醜如前惡言緣後懺悔喜施好油所
生之處還得端正緣以油施常得多力數千
萬衆無敢當者福德報故作轉輪王食福四
域五欲從心善惡之業其報不朽是故一切
當念道要慎身口意遵修道行佛說是時洴
沙王等諸王臣民四輩之衆天龍鬼神聞佛
所說有得須陀洹斯陀含阿那含阿羅漢者
有種辟支佛善根本者有發無上大道心者
或有遷住不退地者一切歡喜禮敬奉行

賢愚因緣經卷第二

音釋

鑰弋約切鍉鑰也 眴輸閏切目動也 愕逆各切驚愕也 坌蒲悶切塵坋也
洴蒲兵切 捔訖岳切校也 垤杜結切蟻封也 釁許刃切罪端曰釁
睒失冉切 棖除庚切揬也 煒燁煒羽鬼切燁弋輒切煒燁光明盛貌
䐣蘇本切 娠失人切孕也 杌五忽切木無枝也 舁羊諸切共舉也
塹七豔切遶城水也

賢愚因緣經卷第三

元魏沙門慧覺譯

鋸陀身施緣品第十五

如是我聞一時佛在羅閱祇耆闍崛山中爾時世尊身有風患祇域醫王爲合藥酥用三十二種諸藥雜合令佛日日服三十二兩時提婆達常懷嫉妬心自高大望與佛齊聞佛世尊服於藥酥情中貪慕欲與佛同復勑祇域當與我合爾時祇域復與合之因語之言日服四兩提婆達問佛服幾兩祇域答言日三十二兩提婆達言我亦當服三十二兩祇域答言如來身者不與汝同汝若多服必更爲患提婆達言我若服之身足能消我身佛身有何差別但與我服即皆效佛日日亦服三十二兩藥在體中流注諸脉身力微弱不能消轉舉身肢節極患苦痛呻吟喚呼煩憒宛轉世尊憐愍即遥伸手以摩其頭藥即時消痛患除愈看識佛手因而言曰悉達餘術世不承用復學醫道善能使知於時阿難聞説此語情用悵恨長跪白佛提婆達多不識恩養世尊慈矜爲之除患方更吐此不善之言有何情懷能生此心長夜思嫉向於世尊佛告阿難提婆達者不但今日懷不善心欲中傷我過去世時亦常惡心殺害於我阿難白佛不審過去傷害之事因緣云何佛言善聽當與汝説應曰唯然世尊諾當善聽佛告阿難過去久遠不可計數阿僧祇劫此閻浮提有一大城名波羅柰爾時國王名梵摩達兇暴無慈耆婬好樂每懷惡忌好爲傷害爾時其王欻於夢中見有一獸身毛金色其諸

毛端出金光明照于左右皆亦金色覺已自念如我所夢世必有此當勑獵者求覓其皮作是念已召諸獵師而告之曰我夢有獸身毛金色毛頭出光殊妙晃朗想今國界必有此物仰汝等輩廣行求捕若得其皮當重賜與令汝子孫食用七世若不用心求不得者當俱誅滅汝等族黨時諸獵師得王教已憂愁憒憒無復方計聚會一處共論此事王所夢獸生未曾覩當於何所而求覓此若今不得王法難犯我曹徒類求無活路論此事已益增悶惱又復有言此山澤中毒蟲惡獸亦甚衆多遠行求覓必不能得交當喪身困死林野且私募一人令行求之衆人言善更相簡練曉勸一人汝可盡力廣行求覓若汝吉還我曹合物當重賞汝設令山澤遇害不還

亦當以物與汝妻子其人聞此心自念言爲此衆人分棄身命內計已定即可當行辦道路具涉險而去行已經久身羸力弊天時上暑到熱沙道脣乾渴乏鬱蒸欲死窮酸苦切悲悴而言誰有慈悲矜憐我者當見拯濟救我身命時山澤中有一野獸名曰鋸陀身毛金色毛頭光明遥聞其語甚憐愍之身入冷泉來至其所以身裹抱小還有力將至水所爲其洗浴行拾果蓏來與食之體既平復而自念言今覩此獸毛色金光正是我王所求之者然我垂死賴其濟命感識其恩未能酬報何能生心當害於此若復不獲彼諸獵師宗黨徒類當被誅戮念是事已悲不自勝鋸陀問言何以不樂垂泣而說心所懷事鋸陀語言此事莫憂我皮易得計我前世捨身無

數未曾爲福而能捨壽令以身皮濟彼衆命
心懷歡喜如有所獲但剥取皮莫便絶命我
已施汝終無悔恨爾時獵師即徐剥皮爾時
鋸陀即自立願今我以皮用施此人救彼諸
人所愛之命持此功德施及衆生用成佛道
無上正眞普度一切生死之苦安著涅槃永
樂之處作此願已三千國土六變震動諸天
宫殿動揺不寧各用驚愕推尋其相見於菩
薩剥皮布施即從天下來到其所散華供養
涕淚如雨剥皮去後身肉赤裸血出流離不
可看覩復有八萬蠅蟻之屬集其身上同時
唼食時欲趣穴復恐傷害忍痛自持身不動
揺分以身施死於彼中時諸蠅蟻緣食菩薩
身者命終之後皆得生天爾時獵師擔皮到
國奉上於王王見歡喜奇之未有喜其細輭
常數用卧心乃安隱情用快樂如是阿難欲
知爾時獸鋸陀者今我身是彼梵摩達王今
提婆達是八萬諸蟲我初成佛始轉法輪上
八萬諸天得道者是此提婆達於彼世時傷
害於我乃至今日猶無善心長夜思害欲相
中傷賢者阿難及諸會者聞佛所說悲悵兼
懷各自感勵勤求法要有得須陀洹斯陀含
阿那含阿羅漢者有種辟支佛因緣者有發
無上佛道意者有住不退地者咸各歡喜敬
戴奉行

大光明王始發道心緣品第十六

有智慧巧便人以小緣故能發大心趣向佛
道懈怠懶惰人雖有大緣猶不發意趣向佛
道是故行者應强心立志勇猛善緣何以知
然爾時世尊在舍衛國祇樹給孤獨園與諸

四衆諸王臣民前後圍遶供養恭敬於是衆中多有疑者世尊本以何因緣故初發無上菩提之心自致成佛多所利益我等亦當發心成道利安衆生尊者阿難知衆所念即從坐起整衣服前白佛言今此大衆咸皆有疑世尊本昔從何因緣發大道心唯願說之廣利一切佛告阿難善哉善哉汝所問者多所饒益諦聽善思當爲汝說時大會寂靜無聲風河江水百鳥走獸皆寂無聲於是大衆天龍鬼神悚然樂聞一心觀佛佛言阿難過去久遠無量無邊阿僧祇劫此閻浮提有一大王名大光明有大福德聰明勇慧王相具足爾時邊境有一國王與爲親厚彼國所乏大光明王隨時贈送彼國所珍亦復奉獻於光明王時彼國王大山遊獵得二象子端正姝妙白如玻瓈山七支拄地甚可敬愛心喜念言我今當以與光明王念已莊校金銀雜寶極世之珍遣人往送時光明王見此象已心大欣悅時有象師名曰散闍王即告言汝教此象瞻養令調散闍奉教不久調順衆寶交絡往白王言我所調象今已調良願王觀試王聞心喜遲欲見之即擊金鼓會諸臣下令觀試象大衆既集王乘是象譬如日初出山光明照曜王初乘象亦復如是與諸臣民出城遊戲將至試所時象氣壯見有群象於蓮華池食蓮華根見已欲發奔逐牸象遂至深林時王冠服悉皆墮落壞衣破身出血牽髮王時眩眴自惟必死極懷恐怖即問象師吾寧當有餘命不耶散闍白王林中諸樹有可捉者願王搏捉乃可得全王搏樹枝象去王

住下樹坐地自視無復衣冠身體傷破生大苦惱迷悶出林不知從者所在象師小前捉樹得住還求見王愁惱獨坐象師叩頭白王願王莫大憂苦此象正爾婬心當息厭惡穢草不甘濁水思宮清淨肥美飲食如是自還王即告曰吾今不復思汝及象以此象故幾失吾命爾時群臣咸各生念謂王已爲狂象所害尋路推求處處或得天冠衣服或見落血遂乃見王駕乘餘象還來入城城中人民悉見大王受如是苦莫不憂惱爾時狂象在野澤中食諸惡草飲濁穢水婬欲意息即思王宮清涼甘饍行如疾風詣本止處象師見已往白王言大王當知先所失象今還來至願王視之王言我不須汝亦不須象散闍啓王王若不須我及象者唯願觀我調象之方王即使於平坦地敷置坐處時國中人聞此象師欲示大王調象之法普皆雲集時王出宮大衆導從詣座而坐象師散闍將象至會尋使工師作七鐵丸燒令極赤作已念言象吞此丸決定當死王後或悔白言大王此白象寶唯轉輪王乃得之耳今有小過不應喪失王告之言象若不調不應令吾乘之若其調適事豐如斯今不須汝亦不須象象師又言雖不須我象甚可惜王怒隆盛告言遠去散闍起已泣淚而言王無親踈其心如毒詐出甜言時會大小聞已墮淚諦視於象象師即便作相告象吞此鐵丸若不吞者當以鐵鉤斵裂汝腦象知其心即自思惟我寧吞此熱丸而死實不堪忍被鐵鉤死如人俱死寧受絞死不樂燒殺屈膝向王垂淚望救王意

怒盛覩已餘視散闍告象汝今何以不吞此丸時象四顧念是衆中乃無有能救我命者以手取丸置口吞之入腹焦爛直過而死如金剛杵打玻瓈山鐵丸墮地猶故熱赤時會見已莫不悲泣王見此事驚怖愕然乃生悔心即召散闍告言汝象調順乃爾何故在林不能制之時淨居天知光明王應發無上菩提之心即作神力令象師跪答王言大王我唯能調象身不能調心王即問言頗復有人亦能調身兼調心不白言大王有佛世尊既能調身亦能調心時光明王聞佛名已心驚毛竪告言散闍所言佛者何種性生散闍答言佛世尊者二種性生一者智慧二者大悲勤行六事所謂六波羅蜜功德智慧悉具足已號之爲佛既自能調亦調衆生王聞是已

悚然踊躍即起入宮洗浴香湯更著新衣上高閣上四向作禮於一切衆生起大悲心燒香誓願願我所有功德迴向佛道我成佛已自調其心亦當調伏一切衆生若以一衆生故在於阿鼻地獄住經一劫有所益者當入是獄終不捨於菩提之心作是誓已六種震動諸山大海距踴踊沒虚空之中自然樂聲無量諸天作天妓樂歌歎菩薩而作是言如汝所作得佛不久成佛道已願度我等我等於此清淨法會亦應有分佛告諸比丘欲知爾時白象吞鐵丸者難陀是也時象師者舍利弗是也光明王者我身是也我於爾時見是象調順故始發道心求於佛道爾時大會聞佛苦行如是有得四道果者有發大道心者有出家修道者莫不歡喜頂戴奉行以是

因緣強志勇故由小因緣能辦大事懶惰懈怠雖遇大緣無所能成是故行者當勤精進趣向佛道

摩訶斯那優婆夷緣品第十七

行者欲成佛道當樂經法讀誦演說正使白衣說法諸天鬼神悉來聽受況出家人出家之人乃至行路誦經說偈常有諸天隨而聽之是故應勤誦說經法何以知之爾時世尊在舍衛國祇洹精舍與大比丘衆圍遶恭敬初至祇洹精舍功德流布莫不聞知時諸善人聞佛名德歡喜無量稱揚讚歎所以者何世間惡人聞善人名心生憎嫉聞惡歡喜賢善之人過惡揚善欲令廣聞見人作惡知結使使憐愍原恕如是善人聞佛出世稱揚流布令遍諸國時波斯匿王有邊小國名毗紐乾特此聚落中人多邪見無佛法僧時此村落有一女人名摩訶優波斯那時有事緣至舍衛國波斯匿王所緣事畢訖從諸篤信優婆塞邊聞佛功德欲得見佛即往祇洹覲佛相好莊嚴殊特頭面禮足却在一面爾時世尊爲諸大衆說五戒法所謂不殺得長壽不盜得大富不邪婬得人敬愛念不妄語得言見信用不飲酒得聰明了達時優波斯那聞此法已甚大歡喜前白佛言唯願世尊授我五戒我當盡壽清淨奉持寧失身命終不毀犯如飢人惜食渴者愛水如病者護命我護禁戒亦復如是時佛即與授五戒法得五戒法已白言世尊我所往處邊僻逈遠當還所止願賜少物當敬奉之過去諸佛如恒河沙盡說法句未來諸佛如恒河沙亦說是經爾

時世尊以法句經與優波斯那令諷奉行得已作禮遶佛三帀而去還本聚落思惟憶念佛所與經是時中夜於高屋上思佛功德讀誦法句時毗沙門天王欲至南方毗流勒叉所將千夜叉從優波斯那上過聞誦經聲尋皆住空聽其所誦讃言善哉善哉姊妹善說法要今我若以天寶相遺非爾所宜我今以一善言相贈謂尊者舍利弗大目揵連從舍衛來當止此林汝明往請於舍供養彼呪願時弁稱我名優波斯那聞此語已仰視空中不見其形如盲眼人於夜黑闇都無所見即問言曰汝爲是誰不見其形而但有聲空中答言我是鬼王毗沙門天也爲聽法故於此住耳優婆夷言天無謬語汝天我人絕無因由何故稱我爲姊妹耶天王答言佛是法王亦人天父我爲優婆塞汝是優婆夷同一法味故言姊妹時優婆夷心生歡喜問言天王我供養時稱汝名字有何利耶天王答言我爲天王天耳遠聞稱我名者我悉聞之以稱我故增我勢力威德眷屬我亦復以神力及勑鬼神護念是人增其福祿令離衰患說是語已尋便過去時優婆夷歡喜踊躍自思惟言佛於百劫精勤苦行唯爲我耳以佛恩故乃使鬼王爲我姊妹便不寢寐天垂欲曉方得少眠時彼家中常令使人入林取薪是時使人早起入林上樹採薪遥見尊者舍利弗目揵連五百比丘在此林中其精勤者坐禪誦經其懶惰者卧少草上時彼使人本隨大家到舍衛國以故遥見識二尊者便自念言我等大家所尊敬者今在此林大家不知若

我徐取薪已乃還白者或有餘人脫先請去我則有過於事折減先辦斯要後乃取薪於事無苦即便下樹往尊者所頭面禮足白言尊者我大家優波斯那禮足問訊尊者答言令優波斯那安隱受樂解脫生死白言尊者我大家優波斯那請今日食唯願屈臨尊者答言汝還歸家告優波斯那善哉優婆夷知時知宜佛讚五施得福無量所謂施遠來者施遠去者施病瘦者於飢餓時施於飲食施知法人如是五施現世獲福使者受教禮退出林急疾還家到已問婢大家所在答言彼高屋上初夜中夜不得睡寐今方始眠使曰喚覺婢言不敢曰汝若不能我自當喚咸言隨意便前上屋彈指令覺覺已問言欲何所白白言大家尊者舍利弗目揵連等在某林中優波斯那甚大歡踊即便自取耳二金環而以賞之尋更白言尊者有好言教到大家邊即曰有何好教可時說之具以五施而為說之時優婆夷歡喜踊前譬如蓮華見日即便開敷時彼開解亦復如是即自解頸衆寶瓔珞重以賜之使者白言大家時起洗手辦具飲食供養我向輙持大家言教請二尊者及五百弟子今日來食願時供辦聞是語已益復踊躍言我所欲作已為我作快不可言我今放汝更不屬我如汝善好在家出家聚落城邑隨處光好時優波斯那即起洗手告語家屬及諸隣比汝應作食汝應然火汝應取水汝應布座汝應取華如是種種分部訖已即自取藥擣末和篵所供已辦即遣是人還白時到食具已辦唯願知時時二尊者與

諸比丘著衣持鉢往詣其家就座而坐時優波斯那手自行水下種種食色香味具一切諸行隨業受報好色食施得好顏色食有好香得遠名稱其味具足得隨意所欲以食之報得大筋力衆僧食已尊者舍利弗即與呪願其呪願時優波斯那白言尊者願當稱彼毗沙門天王名時舍利弗呪願已訖尋便問言汝於毗沙門天王有何因緣而稱其名白言尊者有希有事以我昨夜誦法句故彼天王住於空中聽我誦經讚我善哉善哉姊妹善説妙法我即仰問汝爲是誰不覩身形但有聲耶彼答我言我是鬼王毗沙門身聞汝誦經故住而聽耳欲以天寶相遺而非汝所宜今以善言贈汝我即問言欲何所告即言尊者舍利弗目連明日當至某林汝可請來於舍供養呪願之時念稱我名我即問之稱汝名字有何利益彼即答我具以上事以是因緣我今稱之舍利弗言實爲奇特汝人彼天而能屈意與汝言語云是姊妹優婆夷言我又更有奇特之事比舍有神與我親厚如有女人共相往來我布施時此神語我此阿羅漢此阿那含此斯陀含此須陀洹此凡夫此持戒此破戒此智慧此愚癡我雖聞是説意等無二於凡夫犯戒等如阿羅漢舍利弗言汝實奇特能於中生平等心摩訶斯那言我又復有奇特好事我女人身加復在家而能除滅二十身見得須陀洹舍利弗言姊妹汝甚奇特能於女身成須陀洹優婆夷言我又更有希有奇特我有四子皆惡邪見我夫惡邪又亦尤甚於佛法僧不識不敬我若供

養三寶及給貧窮便生疾恚咸言我等勞勤家業而乃作此無益之用雖有是說我於道心修善布施終不退縮亦不恚恨舍利弗言婦人之法一切時中常不自在少小則父母護壯時則夫護老時則子護而汝不爲夫子所制隨意修善姊妹我今誨汝可喜善言何者好事謂佛世尊是暮當往毗紐乾特林我用是事以相報遺語已辭還所止優婆夷言尊者所告實爲甚善尊者去後當辦所供以待世尊如是世尊已至是林摩訶斯那甚大歡喜即集諸優婆夷尋於其暮往至佛所遥見世尊光相殊妙五情悦豫喜踊無量到已作禮種種香華供養佛畢却坐一面佛爲說法施論戒論生天斷欲涅槃之論聞說法已將欲還家合掌白佛我此村人普皆邪見不識佛法不知佛德不好布施故使沙門婆羅門入此村乞常至我家唯願世尊隨有幾時住此邑佛及弟子常受我請四事供養白已禮足而退次第觀諸比丘所止宿處最後見有一病比丘卧草窟中即問大德何所苦患比丘答言道路行來四大不調困苦少賴優婆夷言大德所患便宜何食答言醫處當服新熱肉汁優婆夷言莫復餘求我明日當送答言可爾時優婆夷禮足還家自思惟言我得大利見佛世尊及舍利弗等諸大尊者深加欣慶然不憶念明十五日時彼國法其十五日一切不殺殺者奪命明日晨朝勑使持錢買新熱肉使人受教詣市遍求不得空還白大家言今十五日市無屠殺時優婆夷告使人言汝持千錢買肉有求利者或能

與汝使人持錢又往推覓王限重故無敢與者使人還白具如事情時優婆夷聞是事已心憂愁惱言汝持金錢等重買索爾時使人雖持金錢如勑推求而諸屠者雖貪其利王法嚴重懼失命憂無敢與者如是往返了不能得時優婆夷倍增愁惱念病比丘已受我請而我設當不供所須或能失命便是我咎當施何計念是事已重自思惟往昔菩薩以一鴿故猶自屠割不惜身肉況此比丘於鴿有降我寧不愛自己身肉而不濟彼作是念已將一可信常所使人却入靜室淨自洗身踞坐牀上勑使人言汝今割我股裏肉耳爾時使人如教即以利刀割取當割肉時苦痛逼切悶絶躃地時婢即以白氎纏裹既取肉已合諸藥草煑以爲臛送病比丘比丘受是信心檀越所送食已病即除愈夫婆羅門于時不在行還問言摩訶斯那爲何所在答在其房中其夫往見顏色變異不與常同即便問言汝今何緣憔悴乃爾對曰我今爲病所侵其夫憂愁尋集諸醫診其所患醫集問言汝有何疾所疾發動其來久如有休間不答言我病一切時痛如今疼苦無復休間時醫察脉不知所疾默然還出其夫垂泣而問妻言汝何所病以情見語妻答之曰明醫不知我焉能知時婆羅門問家内人汝等能知摩訶斯那所苦患不時諸使人白言大家我等不知當問可信所親近者時婆羅門即召彼婢於屏密處問言我婦何由有疾婢以實答大家當知爲病比丘故割肉飴之夫聞是已於佛法僧生恚害心便於街巷高聲唱言沙

門釋子食噉人肉如駮足王爾時篤信優婆塞聞婆羅門駡佛法僧憂愁不樂往世尊所頭面禮足世尊告曰汝等何故愁慘不樂白言世尊有一婆羅門於多人處高聲唱駡佛法衆僧昔駮足王食噉人肉今沙門釋子食噉人肉亦復如是願佛世尊勑諸比丘莫食人肉爾時世尊以是事故集比丘僧呼病比丘時病比丘聞世尊教心懷喜踊世尊大慈乃留及我身雖羸瘦自力而來到已禮足却坐一面佛言貴子汝何所患比丘白言爲病所惱今見世尊小得瘳降世尊又問今日汝何所食答言今日食肉汁食佛言所食是新肉爲乾肉乎答言新肉天竺國熱肉不經宿所食若新若乾善男子汝食肉時爲問淨不淨不答言世尊我病困久得便食之實不問也佛言比丘汝云何乃受不淨食比丘之法檀越與食應先問之此是何肉檀越若言此是淨肉應重觀察可信應食若不可信便不可食爾時世尊即制比丘諸不淨肉皆不應食若見聞疑三不淨肉亦不應食如是分別應不應食時優婆夷聞佛世尊正由我故制諸比丘不得食肉生大苦惱以緣於已永令比丘不食肉故即語夫言若能爲我請佛及僧明日來此設供養者甚善若其不能我當捨命乃自以身肉施人汝有何悔乃起是事此婆羅門素於三寶無信敬心聞妻是語以其妻故入林趣佛至佛所已即言瞿曇沙門及諸弟子當受我請明日舍食佛默然受時婆羅門知佛受請還家語妻沙門瞿曇已受汝請時優婆夷即勑家內辦種種食香華坐

具明日時到遣人林中往白世尊食具已辦惟聖知時佛與比丘著衣持鉢往至其家就座而坐坐已問婆羅門摩訶斯那今何所在答言病在其房佛言喚來時婆羅門即往告言汝師呼汝即曰我摩訶斯那禮佛法僧足我有病苦不任起往其夫往白佛言優婆斯那禮佛法僧足我有病苦不任起往佛告阿難汝往告優婆斯那汝起見佛阿難即往告優婆斯那世尊呼汝汝可往見時優婆斯那即於卧起合掌白言我今禮佛法僧思見世尊如飢思食如渴思飲如寒思温如熱思涼如失道思導我思見佛亦復如是心雖欲往身不肯隨阿難還白佛如優婆斯那所說佛勑阿難并牀轝來阿難奉教使人轝來到於佛前爾時如來放大光明諸遇佛光觸其身者狂者得正亂者得定病者得愈時優婆斯那遇佛光已苦痛即除爾時舍神以水洗瘡以藥塗之平復如故時優婆斯那即起下牀手執金瓶自行澡水下種種食色香味具佛食已澡手洗鉢爲摩訶斯那說微妙法所謂布施持戒人天果報生死過患貪欲爲害出離滅樂十二因緣輪轉不息時優波斯那聞佛所說得斷慳嫉成阿那含道家內眷屬悉受五戒其婆羅門捨離邪見信敬三寶受優婆塞戒時會四衆有得須陀洹者有得斯陀含阿那含阿羅漢者有發大道心者一切大小莫不歡喜時有衆人畏生死者各作是念今此女人乃能如是自割身肉以供沙門甚爲奇特我等若捨聚落田宅豈足爲難便各棄捨聚落家屬出家求道勤修精進斷諸結

漏成羅漢道時此聚落佛法信行廣闡流布以是緣故有強志者乃至女人誦讀經法不惜身肉得諸道果況於丈夫勤心道業當不成者乎是因緣故諸善男子當勤善法畏於生死使得結使微薄離於生死雖於末法之中不能得度緣此功德當於人天受無窮福彌勒世尊不久五十六億七千萬歲來此成佛當為汝等廣說妙法汝於其中隨願所求成三乘道悉得解脫

賢愚因緣經卷第三

音釋

悢力仗切悢悢悲也　欻許勿切忽也　咹作答切與呧同　悚荀勇切懼也　眩瞀眩熒絹切目無常主瞀音冒目少睛也　斵竹角切斫也　距蹉距普火切蹉音我距蹉猶傾側也　簁山宜切麤取細也　臛黑各切肉羹也　屏窸屏補永切屏藩蔽曰屏　飴盈之切遺也　轝羊諸切雨手對舉也

賢愚因緣經卷第四

元魏沙門慧覺譯

出家功德尸利苾提緣品第十八

如是我聞一時佛在摩伽陀國王舍城迦蘭陀竹園中爾時世尊讚歎出家功德因緣其福甚多若放男女若放奴婢若聽人民若自已身出家入道者功德無量布施之報十世受福六天人中往返十倒猶故不如放人出家及自出家功德爲勝何以故布施之報福有限極出家之福無邊無量又持戒果報五通神仙受天福報極至梵世於佛法中出家果報不可思議乃至涅槃福故不盡假使有人起七寶塔高至三十三天所得功德不如出家何以故七寶塔者貪惡愚人能壞破故出家之法無有毀壞欲求善法除佛法已更無勝故如百盲人有一明醫能治其目一時明見又有百人罪應挑眼一人有力能救其罪令不失目此二人福雖復無量猶亦不如聽人出家及自出家其德弘大何以故雖能施於二種人目此人唯各獲一世利又肉眼性性有敗壞聽人出家若自出家展轉示導衆生求劫無上慧眼慧眼之性歷劫無壞何以故福報人天之中自恣受樂無窮無盡畢成佛道所以者何由出家法滅魔眷屬增益佛種摧滅惡法長養善法滅除罪垢與無上福業是故佛說出家功德高於須彌深於大海廣於虛空若使有人爲出家者作諸留難令不從志其罪甚重如夜黑闇無所覩見是人罪報亦復如是入深地獄黑闇無目譬如大海江河百流悉投其中此人罪報亦復如

是一切諸惡皆集其身如須彌山劫火所燒無有遺餘此人亦爾地獄火燒無有窮已譬如迦留樓醯尼藥極爲苦毒若等斤兩比於石蜜彼善惡報亦復如是聽人出家若自出家功德最大以出家人以脩多羅爲水洗結使之垢能滅除生死之苦爲涅槃之因以毗尼爲足踐清戒之地阿毗曇爲目覩世善惡恣意而遊步八正之路至涅槃之妙城以是義故放人出家若自出家若老若少其福最勝爾時世尊在王舍城迦蘭陀竹園時王舍城有一長者名尸利苾提(此言福增)其年百歲聞出家功德如是無量便自思惟我今何不於佛法中出家修道即辭妻子奴婢大小我欲出家其人老耄家中大小莫不厭㤥輕賤其言無從用者聞欲出家咸各喜言汝早應去何以遲晚今正是時尸利苾提即出其家往趣竹園欲見世尊求出家法到竹園已問諸比丘佛世尊大仙大悲廣利天人者今何所在比丘答言如來世尊餘行教化利益不在尸利苾提又問次佛大師智慧上足更復是誰比丘指示彼尊者舍利弗是即拄杖至舍利弗所捨杖作禮白言尊者聽我出家時舍利弗視是人已念此人老三事皆缺不能學問坐禪佐助衆事告言汝去汝老年邁不得出家次向摩訶迦葉優波離阿㝹樓陀等次第五百大阿羅漢彼皆問言汝先向餘人未答言我先已向世尊世尊不在次向尊者舍利弗又問彼何所說答曰彼告我言汝老年邁不得出家諸比丘言彼舍利弗智慧第一尚不聽汝我等亦復不聽汝也譬如良醫善

知瞻病捨不療治餘諸小醫亦悉拱手當知是人必有死相以舍利弗大智不聽其餘比丘亦爾不聽尸利苾提求諸比丘不得出家還出竹園住門閫上悲泣懊惱舉聲大哭我從生來無有大過何故特不聽我出家如優波離剃髮賤人尼提下穢除糞之人鴦掘摩羅殺無量人及陀塞羇大賊惡人如是等人尚得出家我有何罪不得出家作是語時世尊即於其前踊出放大光明相好莊嚴譬如忉利天王帝釋七寶高車佛問福增汝何故哭爾時長者聞佛梵音心懷喜踴如子見父五體投地爲佛作禮泣白佛言一切衆生殺人作賊妄語誹謗下賤等人皆得出家我獨何罪特不聽我佛法出家我家大小以我老耄不復用我今於佛法不得出家今設還家必不能前我當何所趣我今定當於此捨命爾時佛告尸利苾提誰能舉手於虚空中而作定説是應出家此人不應是老長者白佛言世尊法轉輪王第一智子次佛第二世間導師舍利弗者此不聽我佛法出家爾時世尊以大慈悲慰喻福增譬如慈父慰喻孝子而告之言汝莫愁憂苦惱我今當令汝得出家非舍利弗三阿僧祇劫精勤苦行百劫修福非舍利弗世世難行破頭挑眼髓腦血肉皮骨手足耳鼻布施非舍利弗投身餓虎入於火坑身椓千釘剜身千燈非舍利弗國城妻子奴婢象馬七寶施與非舍利弗初阿僧祇劫供養八萬八千諸佛中阿僧祇劫供養九萬九千諸佛後阿僧祇劫供養十萬諸佛世尊出家持戒具足尸波羅蜜非舍利弗於

法自在何得制言此應出家此人不應唯我一人於法自在唯我獨乘六度寶車被忍辱鎧於菩提樹下坐金剛座降魔王怨獨得佛道無與我等汝來隨我我當與汝出家如是世尊種種慰喻憂惱即除心大歡喜便隨佛後入佛精舍告大目連令與出家何以故衆生隨緣得度或有於佛有緣餘人則不能度於餘人有緣佛則不度於舍利弗有緣目連迦葉阿那律金毗羅等一切弟子則所不度如是展轉隨其有緣餘人不度爾時目連亦思此人年高老耄誦經坐禪佐助衆事三事悉缺然佛法王勑使出家理不有違即與出家受具足戒此人前世已種得度因緣已吞法鉤如魚吞鉤必出不疑已曾修集諸善功德晝夜精勤修集讀誦修多羅毗尼阿毗曇廣通經藏以年老故不能隨時恭敬迎送禮問上座諸年少比丘以先出家爲上座故常苦言勊切此老耄比丘自恃年高讀經學問憍慢自大不相敬承時老比丘便自思惟我在家時爲家大小之所剌惱今來出家望得休息而復爲此諸少年輩之所激切何罪乃爾益增苦惱又作是念我今寧死時彼林邊有大河水既深且駛尋往岸邊脫身袈裟置樹枝上長跪向衣啼泣墮淚自立誓言我今不捨佛法衆僧唯欲捨命我此身上衣布施持戒精進誦經設有報者願我捨身生富樂家眷屬調順於我善法不作留難常遇三寶出家修道遭值善師示悟涅槃誓已於河深駛迴波覆湧之處欲投其中爾時目連以天眼觀我老弟子爲作何事尋見弟子放身投

水未至水項以神通力接置岸上問言法子汝何所作尸利苾提甚大慚愧即自思惟當以何答我今不應妄語誑師設誑師者世世獲罪當無舌根又我和尚神通玄鑒我縱妄語亦自知之世若有人智慧明達性實質直諸天應敬若有智慧而懷諂誑可爲人師人應供養若無智慧而有質直雖不兼物行已自濟若人愚癡心懷諂誑一切衆中惡賤下劣設有所説人悉知之皆言此人諂欺無實假令實説捨不信用是故我若欺誑和尚此非我宜當如實説即白師言我厭家出家欲求休息今復不樂故欲捨命目連聞已即作是念此人設當不以生死恐畏之事而怖之者於出家利空無所獲即告之言汝今至心捉我衣角莫中放捨即奉師教譬如風性輕舉所吹塵草上衝虛空神足遊空若捉一毛隨意所至爾時目連猶如猛鷹銜於小鳥飛騰虛空目連神足亦復如是身昇虛空屈伸臂頃至大海邊海邊有一新死女人面貌端正身容殊妙女相具足見有一蟲從口中出還從鼻入復從眼出從耳而入目連立觀觀已捨去尸利苾提白言和尚此何女人狀相如是目連告言時到當説小復前行見一女人自負銅鑊擔著水邊然火吹之既沸脱衣自入鑊中髮爪先脱肉熟離骨沸吹骨出在外風吹尋還成人自取其肉而食噉之福增見已心驚毛豎白言和尚自食肉者爲是何人目連告曰時到當説次小前行見一大樹多有諸蟲圍唼其身乃至枝節無有空處如針頭許時有大聲叫喚啼哭震動遠近如地

獄聲白言和尚此大惡聲爲是何人目連告言時到當說次復見有一大男子周帀多有獸頭人身諸惡鬼神手執弓弩三叉毒箭鏃皆火然競共射之身皆焦然白言和尚此是何人受玆苦毒迯走無所師言且住時至當說次前經久見一大山下安刀劒見有一人從上投下刀戟劒矟壞刺其身即自收拔還竪本處復還上山如前不息見已白師此復何人而受斯苦告言且止時到當說次前見有一大骨山高七百由旬能障蔽日使海陰黑爾時目連於此骨山一大肋上來往經行弟子隨行尋自思惟我今和尚既已無事我寧可問向來事不念已白言唯願和尚爲我解說向所見事目連告言今正是時即白和尚先所見者是何女人目連答言汝欲知者

是舍衛國大薩薄婦容貌端正夫甚愛敬爾時薩薄欲入大海貪戀此婦不能捨離即將入海與五百賈客上船入海時婦常以三奇木頭韗鏡照面自覩端正便起憍慢深生愛著時有一大龜以脚蹹船船破沒海薩薄及婦五百賈客一切皆死大海之法不受死屍若水迴波夜叉羅刹出置岸上衆生命終隨所愛念死即生中或有難言隨所愛著便往生者誰愛地獄而入地獄者衆答曰若有衆生盜三尊財及父母物乃至殺人如是大罪應墮熾火地獄是人爲風寒冷病所逼便思念火欲得入中念已命終便墮是獄若人盜佛燈明及直物或盜僧祇燈燭薪草若破壞撥撤僧祇房舍講堂若冬寒時剥脱人衣若以力勢以冰寒時水灌奴婢及以餘人若抄

掠時剥人衣裳如是罪報應墮寒冰地獄是人爲熱病所逼常思寒冷之處念想之時即墮此獄優鉢羅鉢頭摩拘物頭分陀利地獄亦復如是寒冷地獄中受罪之人身肉冰燥如焦豆散腦髓米爆頭骨碎破百千萬分身骨擘裂如剖箭栝若人慳貪斷餓衆生不隨時飲食應墮餓鬼得逆氣病不能下食瞻病知識以種種食勸強之言是甜是酢此美易消汝可強食便起恚心使我何時眼不見食爾時命終生餓鬼中若人愚癡不信三寶誹謗毀道應墮畜生爲病所困唯得伏卧不得偃側不喜善言左右定知此人必死便逼勸言汝當聽法受齋受戒汝當見佛像見比丘僧汝當布施其人心意都不喜樂爲強敦喻便增惡念願我得一不聞三寶善名處者快不可言爾時命終生畜生中若有修善種人天因此人不爲大病所困臨命終時心不錯亂所親左右知其將死各勸之言樂聞法不欲見像不欲見比丘聽經偈不汝喜欲得受齋戒不欲得財物施佛像不悉答言好復與說言施佛形像得成佛道供養法者在所生處得深智慧達解法相若施衆僧所生之處得大珍寶隨意無乏病人聞已歡喜願言使我所生常遇三寶聞法開悟爾時命終得生人中若人廣種生天善因清淨施戒樂聽經法修持十善其人將終安隱仰卧見佛形像天宮婇女及聞天樂顏色和悅舉手上向爾時命終即生天中此薩薄婦自愛著身命終還生故身作蟲捨此蟲身墮大地獄受苦無量尸利苾提白言和尚自食肉者是何婦人

目連告曰是舍衛國優婆夷婢彼優婆夷請一清淨持戒比丘夏九十日奉給供養於自陌頭起房安止自辦種種香美飲食時到使婢送食供養婢至屏處選好美者自取食之餘與比丘大家覺婢顔色悅澤有飲食相問言汝得無汚比丘食答言大家我亦有信非邪見人何緣先食比丘食已有殘與我我乃食之若我先食便我世世自食身肉以是因緣故先受輕繫華報之罪命終當墮大地獄中受正果報苦毒無量福增白言所見大樹諸蟲唼食發大惡聲復是誰乎告言福增是瀨利吒營事比丘以自在故用僧祇物華果飲食送與白衣此受華報於此命終墮大地獄唼身諸蟲即是爾時得物之人白言和尚彼舉聲哭衆箭相射洞身火然復是何人目連告言此人前身爲大獵師多害禽獸以是罪故受斯苦毒於此命終墮大地獄經久難出又問和尚彼大山上自投來下刀劒矛矟刺害其身拔已復上此是何人目連答言是王舍城中大健鬬將以猛勇故身處前鋒或以刀劒矛矟傷剋物命故受此報於是死已墮大地獄受苦長久福增又白今此骨山復爲是誰目連告言汝欲知者此即是汝故身骨也尸利苾提聞是語已心驚毛豎惶怖汗水白言和尚願我今者心未裂頃時爲我說本末因緣目連告言生死輪轉無有邊際而善惡業終無朽敗必受其報造若干業隨行受報目連又言過去世時此閻浮提有一國王名曇摩苾提(此言法增)好喜布施持戒聞法有慈悲心性不暴惡不傷物命王相具足政法

治國滿二十年事閒閑暇共人博戲時有一人犯法殺人諸臣白王外有一人犯於王法云何治罪王時慕戲脫答之言隨國法治即案限律殺人應死尋殺此人王博戲已問諸臣言向者罪人今何所在我欲斷決臣白王言隨國法治今已殺竟王聞是語悶絶躃地諸臣左右冷水灑面良久乃穌垂泣而言宮人妓女象馬七珍悉於此住唯我一人獨地獄中受諸苦痛我本未爲王時而此宮中亦有王治我不久死此中亦當續有王治我名爲王而害人命當知便是旃陀羅王不知世世當何所趣我今決定不須爲王即捨王位入山自守時王命終生大海中作摩竭魚其身長大七百由旬諸王大臣自恃勢力枉剋百姓離別人民剥脫衆生命終多作摩竭大魚多有諸蟲唼食其身譬如拘執及毾㲪茸著身諸蟲亦復如是身瘙癢故揩玻瓈山碎殺諸蟲血流污海百里皆赤以此罪縁於是命終墮大地獄時摩竭魚一眠百歲覺已飢渴即便張口海水流入如注大河爾時適有五百賈客入海採寶值魚張口船行駛疾投趣魚口賈人恐怖舉聲大哭各作是言我等今日決定當死各隨所敬或有稱佛及法衆僧或稱諸天山河鬼神父母妻子兄弟眷屬並作是言我等今日是爲最後見閻浮提更永不見爾時垂入摩竭魚口一時同聲稱南無佛時魚聞稱南無佛聲即時閉口海水停止諸賈客輩從死得活此魚飢逼即便命終生王舍城中夜叉羅刹即出其身置此海邊日曝雨洗肉消骨在此骨山是福增當知爾

時法增王者汝身是也緣殺人故墮大海中爲摩竭魚汝今既已還得人身不厭生死若於此死當墮地獄欲出甚難時尸利苾提既見故身聞是說已畏於生死於所修法次第憶念繫心注意觀見故身解法無常厭離生死盡諸結漏得羅漢道目連歡喜告言法子汝今所應作者皆已作竟汝來向此因我力來汝今可以自神力去爾時目連飛昇虛空尸利苾提隨和尚後如鳥子從母還至竹林時諸年少未知得道如前激刺尸利苾提心已調順威儀安詳默無所陳佛知此事欲護諸比丘不起惡業故又欲顯此老比丘德於大衆中呼福增言汝來福增汝今日往大海邊耶福增白言實往世尊汝所見者今可說之福增比丘具白世尊如所見事佛言善哉

善哉福增比丘如汝所見事實如是汝今已離生死之苦得涅槃樂應受一切人天供養比丘所應作事汝已具足年少比丘聞佛是語深懷憂悔如是智慧賢善之人我等無智惡心刺弄我等云何受此罪報時諸比丘即從坐起至福增前五體投地而作是言諸善人生與悲俱生大德今生亦應當與大悲俱生唯願於我生憐愍心受我悔過福增答言我於諸人無不善心可爾悔過尸利苾提見諸年少心懷恐怖即爲說法諸比丘聞厭生死法精勤修集斷結盡漏得羅漢道福增因緣善名流布遍王舍城諸人咸言甚奇甚特此老長者於此城中老耄無施今於佛法出家成道顯說如是希有妙法時城中人多發淨心或有聽故男女奴婢人民令出家者或

自出家者莫不歡喜頂戴奉行以是因緣出家功德無量無邊福增百歲方乃出家成就如是諸大功德況諸盛年欲求妙勝大果報者應勤修法出家學道

沙彌守戒自殺緣品第十九

持戒之人護禁戒寧捨身命終不毀犯何以故戒爲入道之初基盡漏之妙趣涅槃安樂之平塗若持淨戒計其功德無量無邊譬如大海無量無邊戒亦如是猶如大海多有阿脩羅黿鼉水性摩竭魚等大衆生居戒海亦爾多有三乘大衆生居譬如大海多諸金銀瑠璃等寶戒海亦爾多出善法有四非常三十七品諸禪三昧如是等寶猶如大海金剛爲底金剛山圍四江大河流注其中不增不減戒海亦爾毗尼爲底阿毗曇山以爲圍遶四阿含河流注入中湛然常爾不增不減海何以故注入不增不減下阿鼻火上衝大海海水消涸以故不增常流入故以故不減佛法戒海不放逸故不增具功德故不減是故當知能持戒者其德甚多佛涅槃後安陀國土爾時有一乞食比丘樂獨靜處威儀具足乞食比丘佛所讚歎非住衆者何以故乞食比丘少欲知足不儲畜積聚次第乞食隨數露坐一食三衣如是等事可尊可尚在僧比丘多欲無厭積貯儲畜貪求悋惜嫉妬愛著以故不能得大名聞彼乞食比丘德行淳備具沙門果六通三明住八解脫威儀庠序名聞流布時安陀國有優婆塞敬信三寶受持五戒不殺不盜不邪婬不妄語不飲酒布施修德名遍國邑即請是乞食比丘終身供養

供養之福隨因受報若請衆僧就舍供養則妨廢行道道路寒暑勞勤後受報時要勞思慮出行求遂乃能得之若就往奉供養後得受福報便坐受自然是優婆塞信心淳厚辦具種種色香美食遣人往送日日如是沙門四種好惡難明如菴羅果生熟難知或有比丘威儀庠序徐行諦視而内具足貪欲恚癡破戒非法如菴羅果外熟内生或有比丘外行麤踈不愼儀式而内具足沙門德行禪定智慧如菴羅果内熟外生或有比丘威儀麤獷破戒造惡内亦具有貪欲恚癡法慳貪嫉妬如菴羅果内外俱生或有比丘威儀詳審持戒自守而内具足沙門德行戒定慧解如菴羅果内外俱熟彼乞食比丘内外具足亦復如是德行滿故人所宗敬爾時國中有一長者信敬三寶有一男兒心自思惟欲令出家當求善師而付託之所以爾者近善知識則增善法近惡知識便起惡法譬如風性雖空由栴檀林若瞻蔔林吹香而來風有妙香若經糞穢臰屍而來其風便臰又如淨衣置之香篋出衣衣香若置臰處衣亦隨臰親近善友則善日隆親附惡友則惡增長是故我今當以此兒與此尊者令其出家念已即往白比丘言我此一子今使出家唯願大德哀納濟度若不能受當將還家爾時比丘以道眼觀此人出家能持淨戒增長佛法即便受之度爲沙彌時優婆塞有一親善居士請優婆塞及其妻子合家奴婢明日客會時優婆塞晨朝念言今當就會誰後守舍我若強力課留一人所應得分我則負他若有自能閑

意住者我於會還當別投報優婆塞女即白父言唯願父母從諸僮使但行應請我堪後守其父喜曰甚善甚善今汝住守與我汝母正等無異於家損益心無疑慮於是合家悉往受請女便牢閉門戶獨住家內時優婆塞是日忽忽忘不送食爾時尊者心自念言曰時向晚俗人多事或能忘不送食我今寧可遣人迎不即告沙彌汝往取食善攝威儀如佛所說入村乞食莫生貪著如蜂採華但取其味不損色香汝今亦爾至家取食收攝根門莫貪色聲香味觸也若持禁戒必能取道如提婆達多雖多誦經以造惡毀戒墮阿鼻獄如瞿迦利誹謗破戒亦入地獄周利槃特雖誦一偈以持戒故得阿羅漢又戒即爲入涅槃門受快樂因譬如婆羅門法若設長齋

三月四月請諸高明持戒梵行諸婆羅門以揀擇請不得普故仇留爲封印請者怨一婆羅門雖復誦經性不清廉貪蜜甜故舐封都盡明至會所呈封乃入次是梵志無印欲入典事語言汝有印不答言我有以甜故舐盡語言汝今如是以足便不得前復貪小甜失四月中甘香美味及竟噠嚫種種珍寶汝今如是莫貪小事破淨戒印失人天中五欲美味及諸無漏三十七品涅槃安樂無量法寶汝莫毀破三世佛戒污染三寶父母師僧沙彌受教禮足而去往到其家打門作聲女問是誰答言沙彌爲師迎食女心歡喜我願遂矣即與開門是女端正容貌殊妙年始十六婬欲火燒於沙彌前作諸妖媚搖眉顧影深現欲相沙彌見已念言此女爲有風病顛狂

病羊癇病耶是女將無欲結所使欲嬈毀我清淨行耶堅攝威儀顏色不變時女即便五體投地白沙彌言我常願者今已時至我恒於汝欲有所陳未得靜便想汝於我亦常有心當與我願我此舍中多有珍寶金銀倉庫如毗沙門天宮寶藏而無有主汝可屈意爲此舍主我爲汝婦供給使令必莫見違滿我所願沙彌心念我有何罪遇此惡緣我今寧當捨此身命不可毀破三世諸佛所制禁戒昔日比丘至婬女家寧投火坑不犯於欲又諸比丘賊所劫奪以草繫縛風吹日曝諸蟲唼食以護戒故不絕草去如鵝吞珠比丘雖見以持戒故極苦不說如海船壞下坐比丘以守戒故授板上座没海而死如是諸人獨佛弟子能持禁戒我非弟子不能持也如來世尊獨爲彼師非我師耶如瞻蔔華并胡麻壓油如瞻蔔香若合臭華油亦隨臭我今已得遇善知識云何今日當造惡法寧捨身命終不破戒污佛法僧父母師長又復思惟我若逃突女欲心盛捨於慚愧走外牽捉及誹謗我街陌人見不離污辱我今定當於此捨命方便語言牢閉門户我入一房作所應作爾乃相就女即閉門沙彌入房開樿門户得一剃刀心甚歡喜脱身衣服置於架上合掌跪向拘尸那城佛涅槃處自立誓願我今不捨佛法衆僧不捨和尚阿闍梨亦不捨戒正爲持戒捨此身命願所在生出家學道淨修梵行盡漏成道即刎頸死血流滂沛污染身體時女怪遲趣户看之見尸不開喚無應聲方便開户見其已死失本容色欲心尋息慚

結懊惱自搣頭髮分裂面目宛轉灰土之中悲吁泣淚迷悶斷絕其父會還打門喚女女默不應父怪其情使人踰入開門視之見女如是即問女言汝何以爾有人侵汝污辱汝耶汝默不答心自思惟我今若以實對甚可慚愧若言沙彌毀辱我者則謗良善當墮地獄受罪無極不應欺誑即以實答我此獨守沙彌來至爲師索食我欲心盛求嬈沙彌冀從我心而彼守戒心不改易方便入房自捨身命以我穢形欲壞淨器罪疊若斯故我不樂父聞女言心無驚懼何以故知結使法爾故即告女言一切諸法皆悉無常汝莫憂懼即入房內見沙彌身血皆污赤如栴檀杌即前作禮讚言善哉護持佛戒能捨身命時彼國法若有沙門白衣舍死當罰金錢一千入官時優婆塞以一千金錢置銅案上戴至王宮白言大王我有罰讁應入於王願王受之王言汝於我國敬信三寶忠正守道言行無違唯汝一人當有何過而輸罰耶時優婆塞具陳上緣自毀其女讚歎沙彌持戒功德王聞情事心驚悚然篤信增隆而告之言沙彌護戒自捨身命汝無辜咎那得有罰但持還舍吾今躬欲自至汝家供養沙彌即擊金鼓宣令國人前後導從往到其家王自入內見沙彌身如赤栴檀前爲作禮讚其功德以種種寶莊嚴高車載死沙彌至平坦地積衆香木闍毗供養嚴飾是女極世之殊置高顯處普使時會一切皆見語衆人言是女殊妙容暉乃爾未離欲者誰無染心而此沙彌既未得道以生死身奉戒捨命甚奇希有王即遣

人往命其師廣爲大衆説微妙法時會一切見聞是事有求出家持淨戒者有發無上菩提心者莫不歡喜頂戴奉行

長者無耳目舌緣品第二十

爾時世尊在舍衛國祇陀精舍與諸比丘大衆説法爾時國内有一長者財富無量金銀七寶象馬牛羊奴婢人民倉庫盈溢無有男兒唯有五女端正聰達其婦懷妊長者命終時彼國法若其命終家無男兒所有財物悉應入官其王大臣攝録其財垂當入官其女心念我母懷妊未知男女若續是女財應屬王若其是男應爲財主念已往白王言我父命終以無男故財應入王然今我母懷妊須待分身若苟是女入財不遲若或是男應爲財主時波斯匿王任法平整即可所白聽如其言其母不久月滿生兒其身渾沌無復耳目有口無舌又無手足然有男根即爲作字名鏝慈毗梨爾時是女具以是事往問於王王聞是已思惟其義不以眼耳鼻舌手足等而爲財主乃以男故得爲財主兒有男根應得父財即告諸女財屬汝弟吾不取也爾時大女往適他家奉給夫主謙卑恭謹拂拭牀褥供設飲食迎來送去拜起問訊譬如婢事大家比近長者覩見如是怪問而言夫婦之道家家皆有汝獨何爲改操若茲女子對曰我父終沒家財無量雖有五女猶當入王會母分身生我一弟無有眼耳舌及手足但有男根得爲財主以是義故雖有諸女不如一男是故爾耳長者聞已怪其如是即與其女往至佛所白言世尊彼長者子以何因緣無

有眼耳舌及手足而生富家爲此財主佛告長者善哉問也諦聽善思當爲汝説唯然樂聞佛告長者乃往過去有大長者兄弟二人兄名檀若世質弟名尸羅世質其兄少小忠信成實常好布施拯救貧乏以其信善舉國稱美王任此人爲國平事諍訟曲直由之取決是時國法舉貸取與無有券疏悉詣平事檀若世質以爲時人時有賈客將欲入海從弟尸羅世質多舉錢財以供所須時弟長者唯有一子其年幼小即將其子并所出錢到平事所白言大兄是賈客子從我舉錢入海來還應得爾許兄爲時人我若終亡證令子得平事長者指言如是其弟長者不久命終時賈客子乘船入海風起波浪船壞喪失時賈客子捉板得全還其本國時長者聞其船壞空歸向家唯見此人便自念言此雖負我今者空窮何由可得須有當償時此賈客長者復與餘舉假續復入海獲大珍寶安隱吉還心自念言彼長者子前雖見我不從我責我舉錢時此人幼稚或時不憶或以我前窮不責耶今當試之即嚴好馬衆寶服飾寶衣乘馬入市長者子見服乘如是心念此人似還有財當試從責即遣人語言汝負我錢今可見償答言可爾當思宜了賈客自念所舉頓大重生累息無由可畢當作一策乃可了耳即持一寶珠到平事婦所白言夫人我本從尸羅世質舉少錢財其子來從我責今上一珠價直十萬若從我責可囑平事莫爲時人其婦答言長者誠信必不肯爾爲當試語即受其珠平事暮歸婦即具白長者答言何

有是事以我忠信不妄語故故王立我爲國平事若一妄言此事不可明賈客來具告情狀即還其珠時賈客子更上一珠直二十萬復往白言願便囑及此旣小事但作一言得三十萬彼若得勝雖復姪兒無一錢分此理可通爾時女人貪愛寶珠即爲受之暮更白夫昨日所白事亦可通願必在意長者答言絕無此理我以可信得爲平事若一妄語現世當爲世所不信後世當受無量劫苦爾時長者有一男兒猶未能行其婦泣曰我今與汝共爲夫婦若有死事猶望不違囑此小事直作一言而不相從我用活爲若不見隨我先殺兒然後自殺長者聞此譬如人噎旣不得咽亦不得吐自念我唯有此一子若其當死財無所付若從是語今則不爲人所信用將來當受無量苦惱迫廹不已即便可之其婦歡喜語賈客言長者已許賈客聞之欣悅還家嚴一大象衆寶莊校著大寶衣乘象入市長者子見心喜念言是人必富服乘乃爾我得財矣即往語曰薩薄當知先所負錢今宜見償賈客驚言我都不憶何時負君若相負者時人是誰長者子言若干日月我父及我手付汝錢平事爲我時人向緣言不賈客子言我今不念苟有時事當還相償尋共相將至平事所長者子言此人往日親從我父舉若干錢伯爲時人我時亦見事爲爾不答言不知其姪驚曰伯父爾時審不見聞不作是語此事可爾不以手足指是財耶答言不爾姪子恚曰以伯忠信王令平事國人信用我親弟子非法猶爾況於外人枉者豈少此

之虛實後世自知佛告長者欲知爾時平事長者今鏝慈毗梨無有耳目渾沌者是由於爾時一妄語故墮大地獄多受苦毒從地獄出五百世中常受渾沌之身由於爾時好布施故常生豪富得爲財主善惡之報雖久不敗是故汝等當勤精進攝身口意莫妄造惡時諸大衆聞佛所說有得初果至四果者有發無上菩提心者莫不歡喜頂戴奉行

貧人夫婦氎施得現報緣品第二十一

爾時世尊在舍衛國祇樹給孤獨園祇洹精舍與大比丘衆圍遶說法爾時國中有一長者其婦懷妊月滿生女端正殊妙容貌少雙其初生時細軟白氎裹身而生父母怪之召師瞻相師曰甚吉有大福德因爲作字名曰叔離（此言白也）叔離長大氎隨身大此女瑰偉國內遠近競來娉求父母念言女年已大宜當嫁處即使工師爲作瓔珞叔離問父鍜是金銀用作何等父告之言汝年已大欲嫁處汝故作環玔女白父母言我欲出家不樂嫁去父母愛念不違其志尋爲出氎欲作五衣女見復問欲作何等告言爲汝作衣白父母言我此所著悉已具足更不須作唯願聽我時往佛所父母即將往詣佛所頭面作禮求索出家佛言善來頭髮自墮所著白氎尋成五衣付大愛道爲比丘尼精進不久成阿羅漢道阿難白佛言叔離比丘尼本修何功德生長者家生與氎俱出家不久得阿羅漢道佛告阿難諦聽善思吾今說之阿難言唯然佛言過去久遠有佛出世名毗婆尸與諸弟子廣度一切時王臣民多設供養作般遮于瑟

有一比丘恒行勸化令詣佛所聽法布施時有女人名檀膩伽極爲貧窮夫婦二人共有一氎若夫出行則被而往婦便倮住坐於草敷若婦被氎出外求索夫則倮坐草蓐勸化比丘次至其家見是女人因勸之言佛世難值經法難聞人身難得汝當聽法汝當布施廣說慳貪布施之報女人白言大德小住還入舍中語其夫言外有沙門勸我見佛聽法布施我等先世不布施故致此窮貧今當以何爲後世資夫答之言我家窮困如是雖可有心當以何施婦言前世不施今致是困今復不種後欲何趣汝但聽我我決欲施夫心自念此婦或能少有私產我當聽之即可之言欲施便施尋曰我意欲以此氎布施夫言我之與汝共此一氎出入求索以自存活今若用施俱當守死欲作何計婦言人生有死不施與施會歸當死寧施而死後世有望不施而死後遂當劇夫歡喜言分死用施婦即還出白比丘言大德可上屋上我當布施比丘答言若欲施者汝當面施爲汝呪願叔離白言唯此被氎內無異衣女形穢惡不宜此脫即還入內遥於向下脫身上氎授與比丘比丘呪願持至佛所佛言比丘持此氎來比丘授佛佛自手受此氎垢汚時王會衆微心嫌佛受此垢氎佛知衆心而告之言我觀此會清淨大施無過於此以氎施者大衆聞已莫不悚然夫人歡喜即脫已身所著嚴飾瓔珞寶衣送與其婦檀膩伽王亦欣悅脫身衣服送與其夫命令詣會毗婆尸佛廣爲大衆說微妙法時會大衆得度者衆佛告阿難欲

知爾時貧窮女人檀膩伽者今叔離比丘尼是由於爾時以清淨心氎布施故九十一劫所生之處常與氎生無所乏少隨意悉得緣於彼佛聞深妙法願解脫故今得遇我成阿羅漢是故汝等應勤精進聞法布施佛說是時得道者衆莫不歡喜頂受奉行

迦旃延教老母賣貧緣品第二十二

爾時尊者大迦旃延在阿槃提國時彼國中有一長者多財饒寶慳貪暴惡無有慈心時有一婢晨夜走使不得寧處小有違失便受鞭捶衣不蔽形食不充口年老困悴思死不得時適持瓶詣河取水思惟是苦舉聲大哭時迦旃延來至其所問言老母何以悲泣懊惱乃爾白言尊者我既年老恒執苦役加復貧窮衣食不充思死不得以故哭耳迦旃延言汝若貧者何不賣貧母言貧那得賣誰當買貧迦旃延言貧實可賣如是至三女人白言苟貧可賣我宜問方即言大德貧云何賣迦旃延言審欲賣者一隨我語答言唯諾告言汝先洗浴洗已告言汝當布施白言尊者我極貧困如今我身無手許完納唯有此瓶是大家許當以何施即授鉢與汝持此鉢取少淨水如教取來奉迦旃延迦旃延受尋爲呪願次教受齋後教念佛種種功德即問汝有住止處不答言無也若其磨時即磨下卧春炊作使即卧是中或時無作止宿糞堆迦旃延言汝好持心恭謹走使莫生嫌恨自伺大家一切卧竟密開其户於户曲内敷淨草坐思惟觀佛莫生惡念爾時老母奉教而歸家依勑施行於後夜中即便命終生忉利天

大家早起見婢命終恚而言曰此婢恒常不聽入舍今暮何故乃於此死即便使人草索繫脚拽置寒林中時彼天中有一天子有五百天人以爲眷屬宮殿嚴麗爾時天子福盡命終此老母人即代其處生天之法其利根者自知來緣鈍根生者但知受樂爾時此女旣生天中與五百天子娛樂受樂不知生緣時舍利弗在忉利天知此天子生天因緣問言天子汝因何福生此天中答言不知時舍利弗借其道眼觀見故身生天因緣由迦旃延即將五百天子來至寒林散華燒香供養死屍諸天光明照曜村林大家見變怪其所由告今近遠詣林觀看見諸天子供養此屍即問天曰此婢醜穢生存之時人猶惡見況今已死何故諸天而加供養彼時天子具說本末生天因緣即皆迴詣迦旃延所爲諸天人廣說妙法所謂施論戒論生天之論欲不淨法出離爲樂爾時彼天及五百天子遠塵離垢得法眼淨飛還天宮時諸會衆聞此法已各獲道迹乃至四果莫不歡喜頂戴奉行敬禮而去

賢愚因緣經卷第四

音釋

耄莫報切惛忘也　㤥胡愛切患也　羇居宜切　駃爽土切疾也　搘章移切拄也　踰達合切踐也　矟色角切矛屬　毾毲毾吐盍切毲都滕切毾毲罽屬　盌烏管切與椀同　舐甚爾切餂也　橝徒點切　讁側格切責罰也　鏝謨官切　鍛都玩切冶金曰鍛　搣彌列切手拔也

賢愚因緣經卷第五

元魏沙門慧覺譯

金天緣品第二十三

如是我聞一時佛在舍衛國祇樹給孤獨園時此國中有一長者其家大富財寶無數生一男兒身體金色長者欣慶即設施會請諸相師令占吉凶時諸相師抱兒看省見其奇相喜不自勝即爲立字名脩越那提婆（此言金天）此兒福德極爲純厚其生之日家中自然出一井水縱廣八尺深亦如是其水汲用能稱人意須衣出衣須食出食金銀珍寶一切所須作願取之如意即得兒年轉大才藝博通長者愛之未敢逆意而作是念我子端正容貌無倫要當推求選擇名女形容色狀殊姿越群金容妙體類我兒者當往求之即募諸賈周遍求之時闍波國有大長者而生一女字修跋那波婆蘇（此言金光明）端正非凡身體金色晃昱照人細滑光澤初生之日亦有自然八尺井水其井亦能出種種寶衣服飲食稱適人情時彼長者亦自念言我女端正人中英妙要得賢士形色光暉如我女比乃當嫁與共爲婚姻爾時女名遠布舍衛金天名稱復聞女家時二長者各懷歡喜即各相詣求爲婚姻娶婦已竟還至舍衛時金天家便設上供請佛及僧供養一日佛受其請往至舍食食已攝鉢具爲長者金天夫婦廣演妙法開解其心金天夫妻及其父母即時壞破二十億洞然之惡心情開解獲須陁洹爾時世尊便還精舍於是金天與金光明俱白父母求索出家父即聽許俱往佛所稽首佛足作

禮繞竟求入佛道佛尋聽可讚言善來比丘鬚髮自墮法衣著身便成沙門於是金天在比丘衆金光明比丘尼付大愛道漸漸教化悉成羅漢三明六通具八解脱一切功德悉皆具足阿難白佛不審世尊金天夫婦本造何行自生以來多財饒寶身體金色端正第一得此一井能稱一切唯願如來當具宣示佛言阿難乃往過去九十一劫時世有佛號毗婆尸佛既滅後遺法在世後有諸比丘遊行教化到一村落有諸人民豪賢長者見衆僧至各競供設衣被飲食無有乏短時有夫妻二人貧餓困乏每自惟念我父在時財寶積滿富溢難量今者我身貧困極甚坐卧草蓐衣不蓋形家無升斗何其苦耶爾時雖富財寶無量不遭斯等衆聖之僧今既得值無

錢供養思惟是已愴然而啼懊惱墮淚墮婦臂上婦見夫涕而問之言有何不吉懊惱若是壻答婦言汝不知耶今有衆僧適過此村豪賢居士咸與供養我家貧乏獨無升斗於此衆僧不種善緣今者貧困來世又劇我惟此已是故泣耳婦答壻言今當如何正欲供養無有錢寶雖有空意不遂其願婦語壻言今汝可往至本舍中於故藏内推覓錢寶若苟得之當用供養時夫如言至故藏内遍行推覓得一金錢持至婦所于時其婦有一明鏡即共合心當用布施買一新瓶盛滿淨水以此金錢著瓶水中以鏡著上持至僧所到已至心用布施僧於時衆僧即爲受之各各取水而用洗鉢復有取水而飲之者時彼夫婦歡喜情悦作福已竟遇疾命終生忉利天

佛告阿難爾時貧人持一瓶水布施僧者今此金天夫婦是也由其前世持一金錢及一瓶水并此明鏡施衆僧故世世端正身體金色容儀晃昱殊妙無比九十一劫恒常如是由于爾時有敬信故得離生死逮得應眞阿難當知一切福德不可不作如彼貧人以少施故乃獲如是無量福報爾時阿難及諸衆會聞佛所說咸與施心勤加福業歡喜奉行

重姓縁品第二十四

如是我聞一時佛在舍衛國祇樹給孤獨園爾時國中有豪長者財富無量唯無子息每懷悒遲禱祀神祇求索一子精誠欵篤婦便懷妊日月滿足生一男兒其兒端正世所希有父母宗親值時燕會共相合集詣大江邊飲酒自娯父母持兒詣其會所父愛此兒順座擔舞父舞已竟母復擔之歷坐擎騰歡喜自樂臨到河邊意卒散亂執之不固失兒墮水尋時搏撮竟不能得于時父母憐愍此兒愛著傷懷絶而復穌其兒福德竟復不死至河水中隨水沉浮時有一魚吞此小兒雖在魚腹猶復不死時有小村而在下流有一富家亦無子姓種種求索困不能得而彼富家恒令一奴捕魚販賣僕輸大家其奴日日捕魚爲業值時捕得呑小兒魚割腹看之得一小兒面貌端正得已歡喜施與大家大家覩之而自慶言我家由來禱祀神祇求索子息精誠報應故天與我即便摩捫乳哺養之時彼上村父母聞下村長者魚腹中得兒即往其所追求索之而語之言此是我兒我於彼河而失是子今汝得之願以見還時彼長者

而答之曰我家由來禱祀求子今神報應賜我一兒君之亡兒竟爲所在紛紜不了詣王求斷於是二家各引道理其兒父母說是我兒我於其時失在河中而彼長者復自說言我於河中魚腹得之此實我子非君所生王聞其說靡知所如即與二家評詳此事卿二長者各認此兒今若與一於理不可更互共養至兒長大各爲娶婦安置家業二處異居此婦生子即屬此家彼婦生兒即屬彼家時二長者各隨王教兒年長大俱爲娶婦經營所須無有乏短于時其兒白二父母我生以來遭罹艱苦墮水魚吞垂死得濟今我志意欲得出家惟願父母當見聽許時二父母心愛此兒不能拒逆即便聽許其兒即辭往至佛所稽首佛足求索入道佛即聽之讚言善

來比丘頭髮自墮即成沙門字曰重姓佛爲說法得盡諸苦即於座上成阿羅漢阿難白佛不審世尊此重姓比丘本作何行種何善根而今出世墮水魚吞而故不死佛告阿難汝且聽之吾當爲說過去久遠有佛世尊號毗婆尸集諸大衆爲說妙法時有長者來至會中聞其如來廣說大法布施之福持戒之福聞已歡喜信心猛烈即從彼佛受三自歸受不殺戒復以一錢布施彼佛由是之故世世受福財寶自恣無有乏短佛告阿難欲知爾時長者子者今重姓比丘是也由其爾時施佛一錢九十一劫恒富錢財至於今世二家父母供給所須受不殺戒故墮水中魚吞不死受三自歸故今值我世沐浴清化得羅漢道爾時阿難及與衆會聞佛所說遵修善

行敬重佛教歡喜信受頂戴奉行

散檀寧緣品第二十五

如是我聞一時佛在舍衛國祇樹給孤獨園爾時世尊與諸弟子千二百五十人俱爾時國中有五百乞兒常依如來隨逐衆僧乞匃自活經歷年稔厭心内發而作是言我等諸人雖蒙僧福得延餘命苦事猶多咸作是念我等今者寧可從佛求索出家共詣佛所於是衆人即共白佛如來出世甚爲難遇我等諸人生在下賤蒙尊遺恩濟活身命既受殊養貪得出家不審世尊寧可得不爾時世尊告諸乞兒我法清淨無有貴賤譬如淨水洗諸不淨若貴若賤若好若醜若男若女水之所洗無不淨者又復如火所至之處山河石壁天地所有無大無小一切萬物其被火者無不焦然又復我法猶如虛空男女大小貧富貴賤有入中者隨意自恣時諸乞兒聞佛所說普皆歡喜信心倍隆歸誠向佛求索入道世尊告曰善來比丘鬚髮自墮法衣在身沙門形相於是具足佛爲說法心開意解即盡諸漏成阿羅漢於時國中諸豪長者庶民之等聞諸乞兒佛聽入道皆興慢心而作是言云何如來聽此乞匃下賤之人在衆僧次我等諸人儻修福業請佛衆僧供養食時柰何令此下賤之徒坐我牀席捉我食器爾時太子名曰祇陀施設供具請佛及僧遣使白佛唯願世尊明受我請及比丘僧因令白佛所度乞兒作比丘者我不請之慎勿將來佛便受請明日食時佛及衆僧當應請時告諸乞兒比丘吾等受請汝不及例今可往至鬱

單越取自然成熟粳米還至其家隨意坐次自食粳米時諸比丘如命即以羅漢神足往彼世界各各自取滿鉢還來攝持威儀自隨次第乘虚而來如鴈王飛至祇陀家隨次而坐各各自食於時太子覩衆比丘威儀進止神足福德敬心歡喜歎未曾有而白佛言不審世尊此諸賢聖大德之衆威神巍巍衆相具足爲從何方而來至此甚可欽敬唯願如來今當爲我說其徒衆本末因縁佛告祇陀若欲知者善心聽之當爲汝說此諸比丘正是昨日所不請者吾及衆僧向者欲來應太子請此諸比丘以不請故往欝單越取自然粳米而自食之爾時祇陀聞說是語極生慚愧懊惱自責我何愚蔽不別明闇又復言曰世尊功德難可思議此諸乞兒於此國中最爲下賤今日乃得禀受清化最蒙洪澤既受現世安樂身福復獲永世無爲之樂如來今日所以出世但爲此輩更不存餘又復世尊不審此徒往古世時種何善行修何功德今值世尊特蒙殊潤復造何咎從生以來乞匃自活困苦乃爾世尊慈愍幸見開示佛告之曰若欲知之宜善心聽吾當爲汝具足解說如是本末諸當善聽爾時世尊便告祇陀過去久遠無量無數不可思議阿僧祇劫此閻浮提有一大國名波羅柰有一山名曰利師（此言仙山）古昔諸佛多住其中若無佛時有辟支佛依其住止假使復無辟支佛時有諸五通學仙之徒復依止住終無空廢爾時山中有辟支佛二千餘人恒止其中於時彼國有火星現是其惡災此星已現十二年中國當乾

旱無有天雨不得種植國必破矣是時國內有一長者名散檀寧其家巨富財穀無量恒設供具給諸道士時千快士往至其家求索供養而作是言我等諸人住在彼山值國枯旱乞食叵得長者若能供我食者當住於此若不見與當至餘方長者於時即問藏監今我藏中所有穀米足供此諸大士食不吾欲請之藏監對曰唯願時請所有穀食饒多足供長者即請千辟支佛飲食供養彼殘千人復詣其家亦求供養長者復問其藏監曰卿所典藏穀食多少更有千人亦欲設供足能辦不其藏監言所典穀食想必足矣若欲使供宜可時請於時長者即便請之差五百使供設飲食時設使人執作食具經積年歲猒心便生並作是說我等諸人所以辛苦皆由此諸乞兒之等爾時長者恒令一人知白時到時此使人養一狗子若往白時狗子逐往日日如是爾時使人卒值一日忘不往白狗子時到獨往常處向諸大士高聲而吠諸辟支佛聞其吠聲即知來請便至其家如法受食因白長者天今當雨宜可種植長者如言即令諸作人齎持作器勤力種耕大麥小麥一切食穀悉皆種之經數時間所種之物盡變爲瓠長者見已怪而問之諸大士曰此事無苦但勤加功隨時溉灌如言勤灌其後成熟諸瓠皆大復加繁盛即擘看之隨所種物成治淨好麥滿其中長者歡喜合家藏積其家滿溢復分親族合國一切咸蒙恩澤是時五百作食之人念言斯之所獲果實之報將由斯等大士之恩我等云何惡言向彼即往

其所請求改悔大士聽之悔過已竟復立誓言願使我等於將來世遭值賢聖蒙得解脫由此之故五百世中常作乞兒因其改悔復立誓故今遭我世蒙得過度太子欲知爾時大富散檀寧者豈異人乎我身是也時藏監者今須達是時日日往白時到人者優填王是時狗子者由其吠故世世好音美音長者是也爾時五百作食之人今此五百阿羅漢是爾時祇陀及衆會者覩其神變感佛功德剋心精勤有得初道及四果者復有專修快士行者復有興心求佛道者各各精勤求遂本心歡喜踊躍頂戴奉行

月光王頭施緣品第二十六

如是我聞一時佛在毗舍離菴羅樹園中爾時世尊告賢者阿難其得四神足者能住壽一劫吾四神足極能善修如來今者當壽幾許如是至三於時阿難爲魔所迷聞世尊教默然不對又告阿難汝可起去靜處思惟賢者阿難從坐而起往至林中阿難去後時魔波旬來至佛所白佛言世尊處世教化已久度人周訖蒙脫生死數如恒沙時年又老可入涅槃於時世尊地取少土著於爪上而告魔言地土爲多爪上多耶魔答佛言地土極多非爪上土佛又告言所度衆生如爪上土餘殘未度如大地土又告魔言却後三月當般涅槃於時波旬聞說是已歡喜而去爾時阿難於林中坐忽然眠睡夢見大樹普覆虛空枝葉蓊蔚華果茂盛一切羣萌靡不蒙賴其樹功德種種奇妙不可稱數旋風卒起吹激其樹枝葉壞碎猶如微塵滅於力士所住

之地一切羣生莫不悲悼阿難驚覺怖不自寧又自思惟所夢樹者殊妙難量一切天下咸賴其恩何緣遇風碎壞如是而今世尊覆育一切猶如大樹將無世尊欲般涅槃作是念已甚用戰懼來至佛所爲佛作禮而白佛言我向所夢如斯之事將無世尊欲般涅槃佛告阿難如汝所言吾後三月當般涅槃我向問汝若有得四神足者能住壽一劫吾四神足極能善修如來今日能壽幾何如是滿三而汝不對汝去之後魔來勸我當取涅槃吾已許之阿難聞此悲慟迷荒悶惱惘塞不能自持其諸弟子展轉相語各懷悲悼來至佛所爾時世尊告於阿難及諸弟子一切無常誰得常存我爲汝等應作已作應說已說汝等但當勤精修習何爲憂慼無補於行時

舍利弗聞乎世尊當般涅槃深懷歎慼因而說曰如來涅槃一何疾也世間眼滅永失恃怙又白佛言我今不忍見於世尊而取滅度今欲在前而入涅槃唯願世尊當見聽許如是至三世尊告曰宜知是時一切賢聖皆當寂滅時舍利弗得佛可已即正衣服長跪膝行遶佛百帀來至佛前以若干偈讚歎佛已捉佛手足擎戴頂上如是滿三合掌侍佛因而言曰我今最後見於世尊叉手敬肅却行而去將沙彌均提詣羅閱祇至本生地到已即勑沙彌均提汝往入城及至聚落告國王大臣舊故知識諸檀越輩來共取別爾時均提禮師足已遍行宣告我和尚舍利弗今來在此欲般涅槃諸欲見者宜可時往爾時阿闍世王及國豪賢檀越四輩聞均提語皆懷

慘悼異口同音而說是言尊者舍利弗法之大將衆生之類之所視仰今般涅槃一何疾哉各自馳奔來至其所前爲作禮問訊訖竟各共白言承聞尊者欲捨身命至于涅槃我曹之類失於恃怙時舍利弗告衆人言一切無常生者皆終三界皆苦誰得安者汝等宿慶生值佛世經法難聞人身難得念勤福業求度生死如是種種若干方便廣爲諸人隨病投藥爾時衆會聞其所說有得初果乃至三果或有出家成阿羅漢者復有誓心求佛道者聞說法已作禮而去時舍利弗於其後夜正身正意繫心在前入於初禪從初禪起入第二禪從第二禪起入第三禪從第三禪起入第四禪從第四禪起入空處定從空處起入於識處從識處起入不用處從不用處起入非有想非無想處從非有想非無想處起入滅盡定從滅盡定起而般涅槃時天帝釋知舍利弗已取滅度與多天衆百千眷屬各齎華香供養之具來至其所側塞虛空咸各悲叫淚如盛雨普散諸華積至于膝復各言曰尊者智慧深於巨海捷辯應機音若涌泉戒定慧具法大將軍當逐如來廣轉法輪其取涅槃何其速哉城聚內外聞舍利弗已取滅度悉齎酥油華香供具馳走悉集悲痛戀惜不能自勝各持華香而用供養時天帝釋毗首羯摩合集衆寶莊校高車安舍利弗在高車上諸天龍鬼國王臣民侍送號咷至平博地時天帝釋勑諸夜叉往大海邊取牛頭栴檀夜叉受教尋取來還積爲大積安身在上酥油以灌放火耶旬作禮供養各自還

去火滅之後沙彌均提斂師舍利盛著鉢中攝其三衣擔至佛所爲佛作禮長跪白佛我和尚舍利弗已般涅槃此是舍利此是衣鉢時賢者阿難聞說是語悲悼憒悶益增感切而白佛言今此尊者法大將軍已取涅槃我何憑怙佛告之曰此舍利弗雖復滅度其戒定慧解脱解脱知見如是法身亦不滅也又舍利弗不但今日不忍見我取般涅槃而先滅度過去世時亦不堪忍見於我死而先我前死賢者阿難合掌白佛不審世尊往昔先前取死其事云何願爲解說佛告阿難過去久遠無量無數不可思議阿僧祇劫此閻浮提有一國王名旃陀婆羅脾(此言月光)統閻浮提八萬四千國六萬山川八十億聚落王有二萬夫人婇女其第一夫人名須摩檀(此言華施)一萬大臣其第一者名摩旃陀(此言大月)王有五百太子其最大太子名曰尸羅跋陀(此言戒賢)王所住城名跋陀耆婆(此言賢壽)其城縱廣四百由旬金銀瑠璃玻瓈所成四邊凡有百二十門街陌里巷齊整相當又其國中有四行樹亦金銀瑠璃玻瓈所成或金枝銀葉或銀枝金葉或瑠璃枝玻瓈葉或玻瓈枝瑠璃葉有諸寶池亦金銀瑠璃玻瓈所成其池底沙亦是四寶其王內宮周四十里純以金銀瑠璃玻瓈國中豐潤人民快樂珍奇異妙不可稱數爾時其王坐於正殿忽生此念夫人處世尊榮豪貴天下敬瞻發言無違珍妙五欲應意而至斯之果報皆由積德修福所致譬如農夫由春廣種秋夏豐收春時復到若不勤種秋夏何望吾今如是由先修福今獲妙果今復

不種後亦無望作是念已告諸羣臣今我欲出珍妙寶藏置諸城門及著市中設大檀施隨其衆生一切所須盡給與之并復告下八萬四千諸小國土悉令開藏給施一切衆臣曰善敬如王教即竪金幢擊於金鼓廣布宣令騰王慈詔遠近内外咸令聞知於時國内沙門婆羅門貧窮孤老有乏短者強弱相扶雲起雨集須衣與衣須食與食金銀珍寶隨病醫藥一切所須稱意與之閻浮提内一切臣民蒙王恩澤快樂無極歌頌讃歎盈於衢路善名遐宣流布四方無不欽仰慕王恩化於時邊表有一小國其王名曰毗摩斯那聞月光王美稱高大心懷嫉妬寢不安席即自思惟月光不除我名不出當設方便請諸道士募求諸人用辦斯事思惟是已即勑請喚國内梵志供養餚饍百味飲食恭敬奉事不失其意經三月已告諸梵志我今有憂纏綿我心夙夜反側何方能釋汝曹道士是我所奉當思方便佐我除滅諸婆羅門共白王言王有何憂當見示語王即言曰彼月光王名德遠著四遠承風我獨卑陋無此美稱情志所願欲得除之作何方便能辦此事諸婆羅門聞説是語各自言曰彼月光王慈恩慧澤潤及一切悲濟窮厄如民父母我等何心從此惡謀寧自殺身不能爲此即各罷散不顧供養時毗摩斯那益增愁憒即出廣募周遍宣令誰能爲我得月光王頭共分國半治以女妻之爾時山脅有婆羅門名曰勞度差聞王宣令來應王募王甚歡喜重語之言苟能成辦不違信誓若能去者當以何日婆羅門

曰辦我行道粮食所須却後七日便當發引婆羅門作呪自護七日已滿便來辭王王供給所須進路而去時月光國豫有種種變怪與現地處處裂曳電星落陰霧晝昏雷電霹靂諸飛鳥輩於虛空中悲鳴感切自拔羽翼虎豹豺狼禽獸之屬自投自擲跳踉鳴吽八萬四千諸小國王皆夢大王金幢卒折金鼓卒裂大月大臣夢鬼奪王金冠各懷憂愁不能自寧時城門神知婆羅門欲乞王頭亦用憒憒遮不聽入時婆羅門繞城數帀不能得前首陀會天知月光王以此頭施於檀得滿便於夢中而語王言汝誓布施不逆衆心乞者在門無由得前欲爲施主事所不然王覺愕然即勑大月汝往詣門勑勿遮入大月大臣往到城門時城門神即自現形白大月言

有婆羅門從他國來懷挾惡心欲乞王頭是以不聽大臣答曰若有此事是爲大災然王有教理不得違當奈之何時城門神便休不遮大月大臣即自思惟若此婆羅門必乞王頭當作七寶頭各五百枚用貿易之即勑令作時婆羅門往至殿前高聲唱言我在遐方聞王功德一切布施不逆人意故涉遠來欲有所得王聞歡喜迎爲作禮問訊行道不疲極耶隨汝所願國城妻子珍寶車乘輦轝象馬七寶奴婢僕使所有欲得皆當與之婆羅門言一切外物雖用布施福德之報未爲弘廣内身布施其福乃妙我故遠來欲得王頭若不孤逆當見施與王聞是語踊躍無量婆羅門言若施我頭何時當與王言却後七日當與汝頭爾時大月大臣擔七寶頭來用曉

謝腹拍其前語婆羅門言此王頭者骨肉血合不淨之物何用索此令持爾所七寶之頭以用貿易汝可取之轉易足得終身之富婆羅門言我不用此欲得王頭合我所志時大月大臣種種諫曉求不迴轉即時憤感心裂七分死於王前於時其王勑語臣下乘八千里象遍告諸國言月光王却後七日當持其頭施婆羅門若欲來者速時馳詣爾時八萬四千諸王駱驛而至咸見大王腹拍王前閻浮提人賴王恩澤各得豐樂歡娛無患云何一旦爲一人故永捨衆庶更不矜憐唯願垂愍莫以頭施一萬大臣皆身投地腹拍王前唯見哀愍矜恤我等莫以頭施永見棄捐二萬夫人亦身投地仰白王言莫見忘捨唯垂蔭覆若以頭施我等何怙五百太子啼哭王

前我等孩幼當何所歸願見愍念莫以頭施長養我等得及人倫於是大王告諸王民夫人太子計我從本受身以來涉歷生死由來長久若在地獄一日之中生而輙死棄身無數經歷灰河鐵牀沸屎火車炭坑及餘地獄如是等身燒刺煑炙棄而復棄求無福報若在畜生更相食噉或人所殺一身以供衆口破壞消爛亦復無數空棄此身亦無福報或墮餓鬼火從身出或有飛輪來截其頭斷而復生如是無數如是殺身亦無福報若生人間諍於財色瞋目怒盛共相殺害或興軍對陣更相斫截如是殺身亦復無數爲貪恚癡恒殺多身未曾爲福而捨此命今我此身種種不淨會當捐捨不能得久捨此危脆穢惡之頭用貿大利何得不與我持此頭施婆羅

門持是功德誓求佛道若成佛道功德具足當以方便度汝等苦今我施心垂欲成滿愼莫遮我無上道意一切諸王臣民夫人太子聞王語已默然無言爾時大王語婆羅門欲取頭者今正是時婆羅門言今王臣民大衆圍繞我獨一身力勢單弱不堪此中而斫王頭欲與我者當至後園爾時大王告諸小王太子臣民汝等若苟愛敬我者愼勿傷害此婆羅門作此語已共婆羅門入於後園時婆羅門又語王言汝身盛壯力士之力若遭斫痛儻復還悔取汝頭髮堅繫在樹爾乃然後能斫取耳時王用語求一壯樹枝葉欝茂堅固欲繫向樹長跪以髮繫樹語婆羅門汝斫我頭墮我手中然後於我手中取去今我以頭施汝持是功德不求魔梵及天帝釋轉輪聖王三界之樂用求無上正眞之道誓濟群生至涅槃樂時婆羅門舉手欲斫樹神見此甚大懊惱如此之人云何欲殺即以手搏婆羅門耳其項反向手脚繚戾失刀在地不能動摇爾時大王仰語樹神我過去已來於此樹下曽以九百九十九頭以用布施今捨此頭便當滿千捨此頭已於檀便具汝莫遮我無上道心爾時樹神聞王是語還使婆羅門平復如故時婆羅門便從地起還更取刀便斫王頭頭墮手中爾時天地六反震動諸天宮殿摇動不安各懷恐怖怪其所以尋見菩薩爲一切故捨頭布施悉皆來下感其奇特悲淚如雨因共讃言月光大王以頭布施於檀波羅蜜今已得滿是時音聲普遍天下彼毗摩羨王聞此語已喜踊驚愕心擗裂死時

婆羅門擔王頭去諸王臣民夫人太子已見王頭自投于地同聲悲叫絶而復穌或有感結吐血死者或有愕住無所識者或自剪拔其頭髮者或復⿰國瓜裂其衣裳者或有兩手⿰國瓜壞面者啼哭縱横宛轉于地時婆羅門嫌王頭臭即便擲地脚踏而去或復有人語婆羅門汝之酷毒劇甚乃爾既不中用何為乃索此乎時婆羅門進道而去人見便責無給食者飢餓委悴困切極理道中有人因問消息知毗摩羡王已復命終失於所望懊惱憒憒心裂七分吐血而死毗摩羡王及勞度差命終皆墮阿鼻泥犂其餘臣民思念王恩感結死者皆得生天如是阿難欲知爾時月光王者今我身是毗摩羡王今波旬是時勞度差婆羅門者今調達是時樹神者今目連是時大月大臣者今舍利弗是當於爾時不忍見我死而先我前死乃至今日不忍見我入於涅槃而先滅度佛說是已賢者阿難及諸弟子聞佛所說悲喜交懷異口同音咸共嗟嘆如來功德奇特之行咸皆專修有得四果者有發無上正眞道意者皆大歡喜敬戴奉行

賢愚因縁經卷第五

音釋

瓠　胡故切匏也　積　子智切聚也　⿰國瓜　居縛切正作攫爪持也

賢愚因緣經卷第六

元魏沙門慧覺譯

快目王眼施緣品第二十七

如是我聞一時佛在舍衛國祇樹給孤獨園爾時世尊大衆圍遶而爲說法城中人民樂聽法者往至佛所前後相次時城中有盲婆羅門坐街道邊聞多人衆行步駛疾即問行人此多人衆欲何所至行人答曰汝不知耶如來出世此難值遇今在此國敷演道化我等欲往聽其說法此婆羅門而有一術衆生之中有八種聲悉能別識知其相祿何謂八種一曰烏聲二曰三尺烏聲三曰破聲四曰鴈聲五曰鼓聲六曰雷聲七曰金鈴聲八曰梵聲其烏聲者其人受性不識恩養志不廉潔三尺烏聲者受性兇暴樂爲傷害少於慈順其破聲者男作女聲女作男聲其人薄德貧窮下賤其鴈聲者志性勳了多於親友將接四遠其鼓聲者言辭辯捷解釋道理必爲國師其雷聲者智慧深遠散析法性任化天下金鈴聲者巨富饒財其人必積千億兩金其梵聲者福德彌高若在家者作轉輪聖王出家學道必得成佛時婆羅門語行路人我能識別人之語聲若實是佛當有梵音汝可將我往至其所當試聽之審是佛不時行路人因牽將往漸近佛所聞佛說法梵音具足深遠流暢歡喜踊躍兩目得開便得見佛紫磨金色三十二相明朗如日即時禮佛喜慶無量佛爲說法志心聽受即破二十億惡得須陀洹已得慧眼便求出家佛言善來便成沙門佛重方便廣爲說法即復尋得阿羅漢

果一切衆會莫不奇怪賢者阿難從座而起長跪叉手而白佛言世尊出世實多饒益拔濟盲冥恩難稱極此婆羅門一時之中肉眼旣開慧眼清淨佛於此人恩何隆厚佛告阿難吾與其眼不但今日過去世時亦復與眼阿難重白不審世尊過去與眼其事云何唯願垂哀具爲解說佛告阿難過去久遠無量無數不可思議阿僧祇劫此閻浮提有一大城名富迦羅拔時有國王名須提羅（此言快目）所以名之爲快目者其目明淨清妙無比徹覩牆壁視四十里以是故立字號曰快目領閻浮提八萬四千國六萬山川八十億聚落王有二萬夫人婇女一萬大臣五百太子其第一太子名尸羅拔陀提（此言戒賢）王有慈悲愍念一切養育民物猶如慈父化導以善民從其度風時雨順四氣和適其國豐樂群生蒙賴

爾時其王退自思惟我因宿福今爲人主財寶五欲富有四海發言化下如風靡草今世會用更無紹續恐我來世窮苦是分譬如耕夫春日多種秋夏收入所得必廣復遭春時若當懶惰來秋於穀何望是以我今於諸福田及時廣種不宜懈怠即告群臣出我庫藏金銀珍寶衣被飲食所須之具著諸城門及積市中遍行宣令一切人民有所乏者皆悉來取并復告下八萬四千國亦令開藏施給一切時諸群臣奉受王教即豎金幢擊大金鼓謄王慈教遍閻浮提閻浮提人沙門婆羅門孤貧困厄年老疾病有所欲得稱意而與一切人情賴王慈澤安快自娛無復憂慮歌頌讚歎皆稱王德爾時邊裔有一小國其王

名曰波羅陀跋彌恃遠憿慢不賔王化又其治政五事無度受性倉卒少於思慮躭荒色欲不理國政國有忠賢不徃諮稟邊境之土役使煩倍商賈到國税奪過常彼王有臣名勞陀達聰明智略明識道理覩其違度前諫王曰王有五事不能安國必招禍患恐是不久儻不忌諱聽臣說之王曰便道尋長跪白王受性倉卒少於思慮事大不當必致後悔王躭荒色欲不理國事外有枉滯理情無處國有忠賢不徃諮稟則不防慮未然之事邊土之民役調煩劇則思違背賔屬他國商賈税奪違於常度惡憚行來寶貨猛貴有此五事亡國之兆願王易操與民更始須提羅王恩慈廣普閻浮提人咸蒙慧澤我曹此國獨不恭順幽遐之民不蒙其潤願王降意還相承奉便可子孫食禄長久波羅陀跋彌聞此臣語心恚作色不從其言臣勞陀達益生瞋憤而自心念我見王治政匡化不周表貢忠誠望相扶輔反更怒盛不從我言言既不用儻復見殺當就除之爲民去患謀未及就事已發露王合兵衆欲徃誅討時勞陀達知王欲收即便乘疾馬逃走而去兵衆尋逐彼勞陀達素善射術又知人身著射應死處凡有十八兵衆雖遠不敢能近逕得徹到富迦羅拔國見快目王拜問訊訖共王談對事事得理王即善之立爲大臣漸得親近具以來事以用啓聞王聞是已問群臣言彼之國土不屬我耶群臣答曰悉屬大王但恃遐遠不來賔附勞陀達言彼波羅陀跋彌頑嚚兇闇縱逸荒迷不識禮度憑遠守謬不承王命彼民

惡厭視之如怨與臣兵馬自往降伏王聞其語即然可之告下諸國選擇兵衆剋日都集往彼波羅陀跋彌王國爾時波羅陀跋彌比國之王遣人語之閻浮提內都勑發兵當集汝國汝快晏然而安坐耶波羅陀跋彌聞是消息愁悶迷憒莫知所如著垢黑衣坐黑闇處有輔相婆羅門來至其所問其意故王有何憂顧見示語波羅陀跋彌王曰卿不聞乎前勞陀達逃突至彼快目王邊因相發起令快目王悉發八萬四千諸國兵衆欲來攻我若當來者便滅我國其輔相曰當令群臣試共議之即合共議各各異計共輔相言我聞快目王自誓布施唯除父母不以施耳其餘一切不逆來意今此國中有盲婆羅門當勸勉之往乞王眼若能得者軍兵足却王聞是語即然可之尋遣輔相往求曉之輔相即時遣人往喚尋使來而告之曰今有國事欲相勞苦願垂留意共相佐辦婆羅門言我今盲冥竟何所能而相佐辦輔相又曰須提羅王欲合兵衆來伐我國若當來者我等強壯雖能逃避猶憂殘戮況汝無目能得脫耶彼王有誓一切布施隨人所須不逆人意往從乞眼庶必得之若得其眼兵衆可息此事苟辦當重募汝婆羅門言今我無見此事云何王重勸勉我當遣人將護汝往即給道粮行道所須引路而去時快目王國種種災怪悉皆興現空中崩聲曳電星落陰霧霹靂地處處裂飛鳥之類悲鳴感切挫戾其身自拔羽翼虎狼師子走獸之屬鳴吼人間宛轉于地國王臣民怪其所以時婆羅門漸到大城徑至

殿前高聲唱言我在他國承王名德一切布施不逆人意故涉遠來欲望乞匄王聞是語即下問訊步涉遐道得無疲倦若欲所得一切所須國土珍寶車馬輦轝衣被飲食隨病醫藥一切所須皆當給與婆羅門言外物布施福德不妙內身布施果報乃大我久失眼長夜處冥承聞大王故發意來欲乞王眼王聞歡喜語婆羅門若欲得眼我當相與婆羅門言欲與我者何時能與王語之曰却後七日便當與汝王即宣下八萬四千小國須提羅王却後七日當剜其目施婆羅門諸欲來者悉皆時集諸王人民聞斯令已普來奔詣於大王所八萬四千諸王臣民以身投地腹拍王前啼淚交流而白王言我之等類閻浮提人蒙賴大王以爲蔭覆若當剜眼施婆羅門一切人民當何恃怙唯願迴意勿爲一人而捨一切一萬大臣亦皆投地仰白王言何不哀愍憐我曹等爲一人意捨棄我等唯願迴意莫與其眼二萬夫人頭腦打地腹拍王前亦皆求請唯願大王迴意易志莫以眼施安慰我等五百太子涕哭王前唯願天父當見矜憐莫以眼施撫養我等時戒賢太子重白王言願剜我眼以代父王所以然者我雖身死國無損益大王無眼海內靡恃時快目王告諸王臣夫人太子我受身來生死長久設積身骨高於須彌斬刺之血倍於四海而飲母乳過四大江別離悲淚多於四海地獄之中破壞之身燒煑斫刺棄眼無數餓鬼之中受若干形火從身出還自焦然如是破壞眼亦無數畜生之中更相食噉種種死傷復

不可計人間受身壽多中夭或爭色欲還相圖謀共相傷殺死非一徹如是破散無央數眼正使生天命亦不久計本以來亦受多形於此三界迴波五道爲貪恚癡碎身塵數未曾給施用求佛道如此臭眼危脆之物如是不久自當爛壞今得用施不應不與今持此眼以用布施求佛無上一切智眼若我願成當與汝等清淨慧眼汝莫遮我無上道意其在會者默然無言正語左右可挑我眼左右諸臣咸各言曰寧破我身猶如芥子不能舉手向大王眼王語諸臣汝等推覓其色正黑諦下視者便召將來諸臣求得將來與王王即授刀勑語令剜剜得一眼著王掌中王便立誓我以此眼以用布施誓求佛道若審當得成佛道者此婆羅門得我此眼即當用視作是誓已王即以眼安婆羅門眼匡之中尋得用見得視王身及餘衆會歡喜踊躍不能自勝即白王言得王一眼足我用視願留一眼王自用看王復答言我已言決許與兩眼不應違言便更剜一眼復著掌中重復立誓我持眼施用求佛道審能成佛至誠不虛此婆羅門得於我眼便當用視復安一眼尋得用視當爾之時天地震動諸天宮殿皆亦動搖時諸天人愕然驚懼尋見菩薩剜目布施咸皆飛來側塞虛空散諸華香而用供養讚言善哉大王所作甚奇甚特天帝前問實爲奇特能作是事欲求何報王答言曰不求魔梵四王帝釋轉輪聖王三界之樂以此功德誓求佛道度脫衆生至涅槃樂天帝復問汝今剜眼苦痛如是頗有悔退瞋恚不耶王言

不悔亦不瞋恨天帝復言我今觀汝血出流離形體戰掉言不悔恨此事難信王即自誓我剜眼施無悔恨意用求佛道會當得成審不虛者令我兩眼平復如故王誓已訖兩眼平完明淨徹視倍勝於前諸天人民一切大會稱慶喜踊不能自勝王語婆羅門今與汝眼令汝得視後成佛時復當令汝得慧眼見將婆羅門入寶藏中恣取一擔發遣去還到本國波羅陀跋彌自出迎之已見先問得眼不耶答言得眼我今用視復問言曰彼王今者爲存爲亡答言諸天來下尋即誓願眼還平復眼好於前波羅陀跋彌以聞此語惱悶憤結心裂而死佛告阿難欲知爾時須提羅王今我身是波羅陀跋彌今調達是時乞我眼婆羅門者今此會中盲婆羅門得道者是先世之時我與其眼乃至今日由見我故既得肉眼復得慧眼我爲汝曹世世苦行積功累德今日致佛汝等應當勤求出要佛說是語時諸在會者感念佛恩內身克厲有得須陀洹斯陀含阿那含阿羅漢者有發無上道意者賢者阿難及諸會者聞佛所說歡喜奉行

五百盲兒往返逐佛緣品第二十八

如是我聞一時佛住舍衛國祇樹給孤獨園爾時毗舍離國有五百盲人乞匃自活時聞人言如來出世甚奇甚特其有衆生覩見之者癃殘百病皆蒙除愈盲視聾聽瘂語僂伸拘躄手足狂亂得正貧施衣食愁憂苦厄悉能解免時諸盲人聞此語已還共議言我曹罪積苦毒特兼若當遇佛必見救濟便問人

言世尊今者爲在何國人報之曰在舍衛國聞此語已共於路側卑言求哀誰有慈悲愍我等者願見將導到舍衛國至於佛所喚倩經時無有應者時五百人復共議曰空手倩人人無應者今共行乞人各令得金錢一枚以用雇人足得達彼各各行乞經于數時人獲一錢凡有五百合錢已竟左右喚人誰將我等到舍衛者金錢五百雇其勞苦時有一人來共相可相可已定以錢與之勑諸盲人展轉相牽自在前導將至摩竭國棄諸盲人置於澤中是時盲人不知所在爲是何國互相捉手經行他田傷破苗穀時有長者值來行田見五百人踐蹹苗稼傷壞甚多瞋憤怒盛勑與痛手乞兒求哀具宣上事長者愍之令一使人將詣舍衛適達彼國又聞世尊已復來向摩竭提國是時使人復還將來向摩竭國時諸盲人欽仰於佛係心欲見肉眼雖閉心眼已覩歡喜發中不覺疲勞已至摩竭復聞世尊已還舍衛如是追逐凡經七返爾時如來觀諸盲人善根已熟敬信純固於舍衛國便住待之使將盲人漸到佛所佛光觸身驚喜無量即時兩目即得開明乃見如來四衆圍遶身色晃昱如紫金山感戴殊澤喜不自勝前詣佛所五體投地爲佛作禮作禮畢訖異口同音共白佛言唯願垂矜聽在道次時佛告曰善來比丘鬚髮自墮法衣在身重爲説法得阿羅漢爾時阿難見諸盲人肉眼明淨又盡諸漏成阿羅漢長跪合掌前白佛言世尊出世實復奇特所爲善事不可思議又此諸盲人特蒙殊澤肉眼既明復獲慧

眼世尊出世正爲此等佛告阿難我非但今日除其冥闇乃往久遠無量劫時亦爲此等除大黑闇阿難白佛不審世尊過去世中爲此除闇其事云何佛告阿難乃昔久遠無量無數阿僧祇劫此閻浮提五百賈客共行曠野經由嶮路大山谷中極爲黑闇時諸商人迷悶愁憂恐失財物此處多賊而復怖畏咸共同心向于天地日月山海一切神祇啼哭求哀時薩薄主愍諸商客迷悶之苦便告言曰汝等莫怖各自安意吾當爲汝作大照明是時薩薄即以白氎自纒兩臂酥油灌之然用當炬將諸商人經於七日乃越此闇時諸賈客感戴其恩慈敬無量各獲安隱喜不自勝佛告阿難爾時薩薄豈異人乎我身是也我從昔來國城妻子及以肉血恒施衆生以是之故今致特尊爾時五百諸賈客者豈異人乎今此五百比丘是也過去世時以生死力施其光明今得成佛亦施無漏慧眼爾時衆會聞佛所說有得須陀洹斯陀含阿那含阿羅漢有種辟支佛善根或發無上道意度者甚多慧命阿難及諸衆會聞佛所説歡喜奉行

富那奇緣品第二十九

如是我聞一時佛在舍衛國祇樹給孤獨園爾時放鉢國有一長者名曇摩羨（此言法軍）於彼國中巨富第一時長者妻生一男兒值出軍征伐餘國因字其兒號曰羨那（此言軍也）後復生兒值王出軍征討得勝復字其兒比耆陀羨那（此言勝軍）二子長大各爲娶妻爾時長者遇疾困篤數召諸醫瞻養其病看視醫師甘饍盡

供醫食利養欲遺殘病逆懷姦詐更與餘藥使病不瘥時有一婢供養長者飲食湯藥恒知時宜白長者言從今以去此諸醫師不足更喚惡意相誤病更不瘥今我自當如前法度隨病所須更莫喚醫婢便看養長者得瘥於是其婢白長者言大家我看大家瞻視供養病得除瘥唯當垂愍賜我一願長者告曰卿求何等時婢便言欲得大家與我共通若不見違當從我志長者不逆即遂其願交通已竟便覺有身時婢懷妊十月已滿生一男兒其願滿足故因字其兒名富那奇(此言滿願)端正福德宜於錢財善能估販種植治生倍獲盈利所至到處無有不吉雖復稟受長者遺體才藝智量出過人表然是廝賤婢使所生不及兒次名在奴例爾時長者復嬰痼疾困篤著床將死不久遺言慇懃告其二子吾設沒後慎勿分居長者被病雖服醫藥不能救濟奄致命終爾時二子承用父教共居一處經歷年載值時有緣欲至他國賈作治生各以家居婦兒付囑富那奇爲我看視斯等大小及家餘事悉用相累正爾別去於時富那奇即受其教營理家事時二兒子數往其所求索飲食及餘所須時富那奇稱給其意隨其所求買索與之卒值一日無錢持行勝軍小兒白富那奇我今飢渴與我飲食手中無錢索食叵得小兒瞋恚往語其母今富那奇懷情不普見伯父兒隨意給稱我從索食獨不見與母聞兒言恨心便生云此婢子敢懷偏心勝軍還家其婦及兒忿心未息具以上事向勝軍說勝軍聞之倍懷憤怒此婢子奴

敢違我教薄賤我兒吾當殺之懷情已定求兄分居兄敬父勑即時不可勝軍懊惱數求不止兄見意盛察其所規知弟懷恚意不得已即可其言聽各分居弟以家財一切所有養生園宅用作一分以富那奇用作一分以此二分恣兄取之謂兄取財覩自取富那奇而欲殺之兄知勝軍心害富那奇慈心憐愍取富那奇空將妻子單盤來出依餘家住時富那奇問其嫂曰與我少錢欲用買薪兄嫂答曰唯有五錢即解用與時富那奇持此五錢詣市買薪見一束薪賣索五錢時富那奇即買其薪雇以五錢尋見牛頭栴檀香木在薪束中意甚歡喜持薪歸家取此香木分爲十段值王夫人熱病之極當須牛頭栴檀香木摩以塗身以除其病舉國推覓求之叵得即令國內誰有香木一兩當與黃金千兩時富那奇往應王募持一小段用奉王家王如本令償千兩金如是展轉十段香木悉皆售盡得金萬兩因用起居園田舍宅象馬車乘奴婢畜生家業於是豐富具足過踰於前合居數倍爾時復有五百賈客相與結要欲入大海喚富那奇共爲伴侶富那白兄求共採寶兄即聽之給其所須及伴往至大海如意取寶自重而還來至中道嶮難之處衆人咸見閻浮提內有三日現怪問導師今三日出是何瑞應導師答言汝等當知一是正日二是魚眼其間白者此是魚齒今水所投黑冥之處是魚口也最爲可畏我等今者無復活路臨至魚口定計垂死有一賢者敬信佛道告語衆賈唯當虔心稱南無佛三界德大無

過佛者救厄赴急矜濟一切最能覆護苦厄衆生唯佛神聖願救危險濟此諸人毫氂之命時摩竭魚聞稱佛名即還閉口沉竄海底衆賈於是安隱還國時富那奇取大金案以諸妙寶摩尼珠等莊累積滿奉兄羨那長跪仰望白大兄言我已爲兄積畜財寶舍宅所有一切具足子孫七世食用不盡唯願大兄聽我出家羨那答曰吾不相違但卿少年未達人倫佛法要重持之甚難比更數年乃可遂意富那奇曰大兄當知人命無常斯須難保前在大海值摩竭魚吸船趣口命危垂死蒙佛神恩得濟餘命唯念垂許聽在道次兄即聽之時富那奇與其五百採寶之衆咸以信心至舍衛國到於佛所禮敬問訊因具白佛求索出家佛即許可聽使入道讚言善來便成沙門佛爲種種苦切說法五百比丘心意開解盡諸苦際成阿羅漢唯富那奇結使深重佛爲說法未能暢達精誠困篤始入初果懃精修習無有休懈時諸比丘安居日近佛聽各各隨意安居時富那奇往白佛言弟子欲往至放鉢國安居三月唯願見聽於時世尊告富那奇彼國人惡信邪倒見汝今初學於佛法中未能具足佛法聖行設爲彼人見毀辱者當奈之何富那奇曰設令被人極理毀辱但莫見害世尊又告彼人極惡設被害時當復云何富那奇曰世尊當知正使彼人毀辱加害莫斷我命猶戢其恩佛又告曰汝往至彼忽遭惡人殘害汝命無益於汝當如之何富那奇言世尊當知一切萬物有形歸無彼若殺我分受其死於時世尊告富那

奇彼諸惡人毀辱加害及未斷命汝當瞋不富那奇曰不也世尊正使彼人無根見謗毀辱極世不軌之事設加刀杖打害次殺復未殘戮臨當斷命終不一念生起恚心佛即讚言善哉善哉弟子所行唯是爲快時富那奇攝持衣鉢禮佛辭退至放鉢國明日晨旦入城乞食至一大富婆羅門家時婆羅門見是比丘即懷惡心而來罵逐比丘即往異家乞食自其明日續其舍乞食時婆羅門復撾打極手比丘歡喜顏色不變時婆羅門覩此比丘見毀被害苦困垂死而無怨色不生瞋恨便自悔責懺謝已過時富那奇於彼國中勤修不懈盡諸結使心忽開解獲無漏證安居已竟便辭檀越囑及其兄慎勿入海大海中難甚多無數兄之財寶足用七世囑及已竟還往佛所稽首問訊問訊訖竟隨意住止時兄羨那不惟其勑有諸衆賈來歸羨那種種曉喚共入大海羨那不逆即可共去至海渚上隨意自重唯有羨那多取牛頭栴檀香木滿船而還龍性慳悋惜其香木即於道中捉其船舫舉帆羅風不能得過一切衆客定計恐死羨那一心稱富那奇今遭苦厄願見拔濟時富那奇在舍衛國祇洹精舍坐禪思惟遥以天耳聞兄羨那處在危厄至心自陳悲酸一心稱富那奇富那奇即以羅漢神足猶如健夫屈伸臂頃變身化作金翅鳥王至於大海恐感其龍龍見鳥形怖入海底衆賈於是安隱還家時富那奇教化其兄令爲世尊立一小堂覆堂材木純以栴檀其堂已成教化其兄請佛羨那答曰請佛之宜以何等物

能屈世尊時富那奇俱與其兄辦足供養各持香爐共登高樓遥向祇洹燒香歸命佛及聖僧唯願明日臨顧鄙國開悟愚朦盲冥衆生作願已訖香煙如意乘虛往至世尊頂上相結合聚作一煙蓋後遥以水洗世尊足水亦從虛猶如釵股如意徑到世尊足上爾時阿難覩見是事怪而問佛誰放煙水佛告阿難是富那奇羅漢比丘於放鉢國勸兄羨那請佛及僧故放煙水以爲信請因勑阿難往至僧中行籌告語神足比丘明日悉來往應羨那請因現變化以遊彼國阿難奉命合僧行籌有神足者明當受請時諸比丘各各受籌明日晨旦僧作食人名奇處直奇（此言續生）其人已得阿那含道恒日供給一切衆僧結跏趺坐身放光明四出照曜引作食具瓢杓揵支百斛大釜而隨其後乘虛飛行趣向其國羨那問曰是汝師不答言非也是諸比丘作食之人故來相佐辦具飲食於是羨那即以華香妓樂供養供養畢竟即便過去次後復有十六沙彌均提之等各以神足變作樹林採華採果種種變現演身光明晃曜天地淩虛繼邁駱驛而到羨那復問是汝師不答曰非也斯諸人等先前來者乃是我等同師弟子年始七歲得羅漢道諸漏永盡神足純備今故先來採華具果即以華香具足供養供養訖已各各過去次復耆年大阿羅漢化作千龍結身爲座頭皆四出雷吼震天其諸龍口悉雨七寶復於其上施大寶座飛昇虛空身放光明照曜天下而來至國羨那復問是汝師不答曰非也是師弟子名憍陳如佛初

得道在鹿野苑初轉法輪廣度衆生斯等五人最先受化於弟子中第一上首神通具足無所罣礙羡那聞説倍加恭敬香華妓樂悉以供養供養已訖即便過去次後復有摩訶迦葉化作七寶講堂七寶莊校奮身光明晃昱四布徃至其國羡那見之問富那奇是汝師不答曰非也是師弟子摩訶迦葉清儉知足常行頭陀慜諸厮賤賑濟貧乏羡那即以香華妓樂供養畢訖即時過去時舍利弗次後乘千師子槃身爲座頭皆四出口雨七寶雷吼咆哮震動天地復於其上敷大寶牀莊校嚴飾而處其上身出光明普照四域飛騰虚空翱翔而至羡那問曰是汝師不答曰非也今乘來者是師大弟子廣博大智名舍利弗羡那聞已倍增歡喜即以華香妓樂供養

供養訖已即以過去時大目連尋後而發化作千象羅頭四出其諸象口皆有六牙其一牙頭有七浴池水一一池中有七蓮華其一華上有七玉女種種變現其數無量放大光明感動四隣復於其上安置寶座自坐其上乘虚徑至羡那問曰是汝師不答言非也是師弟子名大目連神足第一德行純備羡那聞説歡喜戴仰香華妓樂而以供養供養已即便過去次後復有阿那律提而自化作七寶浴池浴池中復生金色蓮華華華皆是七寶合成處其華上結跏趺坐項佩日光照曜天下光所照處皆是金色乘虚至國羡那復問是汝師不答言非也是師弟子阿那律提於是大衆天眼第一羡那聞之歡喜恭敬華香供養即自過去次後復有佛弟難陀化作

千馬駕七寶車車上復有七寶大蓋放演光明四出照曜乘虛馳至詣放鉢國羡那見之問富那奇是汝師不答言非也是世尊弟名曰難陀衆相具足德行純備羡那即以香華妓樂供養畢訖即自過去時須菩提次後復來作七寶山坐瑠璃窟身放種種雜色光明照曜天地來至其國羡那問曰是汝師不答言非也是師弟子名須菩提廣智多聞解空第一即以華香供養畢訖即自過去次有分耨文陀尼子化作一千迦樓羅王結身爲座四向羅頭口含衆寶發哀和音復於其上施大寶座而坐其上乘虛來至羡那問曰是汝師不答言非也是我同師名曰分耨文陀尼子辯才應適最爲第一即以華香供養訖已便自過去次復弟子名優波離化作千鴈聚身相結頭口出聲哀鳴相和口含衆寶飛翔虛空於其身上敷衆寶座放大光明照曜四遠身坐其上馳奔來至羡那問曰是汝師不答曰非也是師弟子名優波離於衆比丘持律第一羡那聞已即持華香供養畢訖即復過去次後復有沙門二十億化作行樹於虛空中以紺瑠璃作經行道復以七寶夾樹兩邊種種妙寶以界道側於中經行漸至其國羡那問曰是汝師不答曰非也是佛弟子名曰沙門二十億於比丘中精進第一華香妓樂供養畢訖即便過去次後復有大劫賓寧化作七寶樹樹上復有種種華果樹下皆有七寶高座處其座上放大光明乘虛來至羡那問曰是汝師不答曰非也是佛弟子名劫賓寧挺特勇猛端正第一羡那聞已歡喜供

養華香妓樂供養已訖即自過去次有弟子名賓頭盧埵闍坐寶蓮華項佩日光放千光明暉赫天地飛昇虛空來至其國羨那問曰是汝師不答曰非也是師弟子名賓頭盧埵闍善能入定坐禪第一即以香華供養畢訖即自過去次羅睺羅尋後趣引自化其身作轉輪王千子七寶皆悉具足導從前後來至其國羨那問曰是汝師不答曰非也是佛之子名曰羅睺羅設在家者領四天下七寶自至兵仗不用自然降附今捨此位出家學道得阿羅漢六通清徹無所罣礙今故變身作是形位羨那聞已香華供養即自過去五百神足弟子各各現變不可稱計爾時世尊知諸弟子盡適彼國放大光明照曜天地普皆金色時富那奇語其兄曰今者世尊始欲發意而來至此故先放光作是瑞應爾時世尊始於座上下足蹋地應時天地六反震動時富那奇語其兄曰今者世尊始於座上下足蹋地以是之故天地大動爾時世尊始出精舍住在於外八金剛神住於八面時四天王在前導道時天帝釋從諸欲界天子百千萬衆侍衛左面大梵天王與色界諸天無央數衆住在右面弟子阿難住在佛後大衆圍遶放演光明照曜天地飛昇虛空趣放鉢國於其中道逢五百作人以千具犂牛墾治隴畝諸牛見佛乘空而過身放金色普照世界諸牛至心仰視世尊心存篤敬住隴不行作人見牛仰向觀瞻驚怪所以亦視見佛即各跪白咸與歸誠唯願如來當見哀愍暫下開度使離生死佛以悲心知其可度即下爲說種

種妙法五百作人心意開悟斷二十億洞然之惡成須陀洹時牛命終盡生天上普皆歡喜於時如來即復發引到前未遠有五百童女共遊曠野見地金色仰視其變見乘虛而行咸懷歡喜叉手白言唯願天尊垂心矜愍暫見濟度佛知其宿行應可度化即稱所願徃至其所隨應堪能爲説諸法信受開解成須陀洹變感巳竟遂步而至復有五百仙人處在林澤見光普照地悉金色仰覩如來與諸大衆遊行乘虛心懷踊躍敬心倍隆仰請佛言唯願大聖暫勞神形因見過度聽在道次佛覩其本縁知之應度尋下在前求作沙門佛即聽之善來比丘便成沙門因爲説法心淨開解諸漏未盡成阿羅漢隨從佛後乘空而至時富那奇遥見佛來光曜天地大衆虛轉語兄羨那世尊及衆今始來至佛到其國羨那歡喜即以香華及衆妓樂供養畢訖共至會所佛至其舍如法就坐羨那合家供辦甘饍自行澡水敬意奉食佛爲噠嚫食訖澡漱爲其舉國合家大小演説妙法合家一切得須陀洹有具二道三四果者復有發意趣大乘者復有堅住不退地者佛説法訖舉國男女得度者衆不可稱計阿難長跪叉手合掌前白佛言不審世尊此富那奇過去世中作何惡行爲人下賤屬他爲奴復有何福遇佛得度佛告阿難欲知之者明聽善思當爲汝説對曰唯然願具開示佛告阿難乃徃過去迦葉佛時有一長者財富無數爲佛衆僧興僧伽藍衣服飲食病瘦醫藥四事供辦供給一切無有乏短爾時長者遇疾命終其

後一兒出家學道其父死後佛圖供具皆悉轉少衆僧罷散其寺荒壞無人住止其兒比丘勤力招合檀越知識積聚錢財修補缺落復合衆僧還繼供養於時多衆住在其寺勤精專修具諸道者時彼道人作僧自在時有羅漢道人次知日直掃除草土積在中庭不時除棄於時比丘惡心呵叱令此比丘如奴無異雖知掃地不能除棄阿難當知彼時比丘大自在者今富那奇比丘是也由其惡心呵得道人比之爲奴由此一言五百世中恒爲奴身復由興立勸合衆人供養衆僧償罪已畢復遭我世蒙得過度今此國中受化之人皆是往昔勸助之衆緣是果報皆得度脫阿難之等及與衆會聞佛所說歡喜奉行

尼提度緣品第三十

如是我聞一時佛在舍衛國祇樹給孤獨園爾時舍衛城中人民衆多居止隘迮廁溷鮮少大小便利多往出城或有豪尊不能去者便利在器中雇人除之時有一人名曰尼提極貧至賤無所趣向即客作除糞得價自濟爾時世尊即知其應度獨將阿難入於城內欲拔濟之到一里頭正值尼提持一瓦器盛滿不淨欲往棄之遥見世尊極懷鄙愧退從異道隱屏欲去垂當出里復見世尊倍用鄙恥迴趣餘道復欲避去心意忽忙以瓶打壁瓶即破壞屎尿澆身深生慙愧不忍見佛是時世尊就到其所語尼提言欲出家不尼提答言如來尊重金輪王種翼從弟子悉是貴人我下賤弊惡之極云何同彼而得出家世尊告曰我法清妙猶如淨水悉能洗除一切

垢穢亦如大火能燒諸物大小好惡皆能焚之我法亦爾弘廣無邊貧富貴賤男之與女有能修者皆盡諸欲是時尼提聞佛所說信心即生欲得出家佛使阿難將出城外大河水邊洗浴其身已得淨潔將詣祇洹爲說經法苦切之理生死可畏涅槃永安霍然意解獲初果證合掌向佛求作沙門佛即告曰善來比丘鬚髮自落法衣在身佛重解說四諦要法諸漏得盡成阿羅漢三明六通皆悉具足爾時國人聞尼提出家咸懷怨心而作是言云何世尊聽此賤人出家學道我等如何爲其禮拜設作供養請佛及僧斯人若來汙我牀席展轉相語乃聞於王王聞亦怨恨情用反側即乘羽葆之車與諸侍從往詣祇洹欲問如來所疑之事既到門前且小停息祇洹門外有一大石尼提比丘坐於石窟縫補故衣有七百天人各持華香而供養之右遶敬禮時王覩見深用歡喜到比丘所而語之言我欲見佛願爲通白比丘即時身沒石中踊出於內白世尊曰波斯匿王今者在外欲得來入覲省諮問佛告尼提從汝本道往語令前尼提尋時還從石出如似出水無有罣礙即語王言白佛已竟王可進前王作此念向所疑事且當置之先當請問此比丘者有何福行神力乃爾王入見佛稽首佛足右遶三帀却坐一面白世尊言向者比丘神力難及入石如水出石無孔姓字何等願見告示世尊告曰是王國中極賤之人我已化度得阿羅漢大王故來欲問斯義王聞佛語慢心即除欣悅無量因告王曰凡人處世尊卑貴

賤貧富苦樂皆由宿行而致斯果仁慈謙順敬長愛小則爲貴人凶惡強梁憍恣自大則爲賤人波斯匿王白世尊言大聖出世多所潤濟如此凡陋下賤之人拔其苦毒使常安樂此尼提者有何因緣生於賤處復種何德得遇聖尊禀受仙化尋成應眞唯願世尊敷演分別佛告王曰諦聽善持吾當解說令汝開悟乃往過去迦葉如來出現世間滅度之後有比丘僧凡十萬人中有一沙門作僧自在身有疾患服藥自下憍慠恃勢不出便利以金銀澡槃就中盛屎令一弟子擔往棄之然其弟子是須陀洹由在彼世不能謙順自恃多財秉捉僧事暫有微患懶不自起驅役聖人令除糞穢以是因緣流浪生死恒爲下賤五百世中爲人除糞乃至於今由其出家持戒功德今值我世聞法得道佛告大王欲知爾時僧自在者今尼提比丘是波斯匿王白世尊言如來出世實爲奇特利益無量苦惱衆生佛告大王善哉善哉如汝所言佛又告曰三界輪轉無有定品積善仁和生於豪尊習惡放恣便生卑賤王大歡喜無有慢心即起長跪執尼提足而爲作禮懺悔自謝願除罪咎世尊爾時因爲廣說法微妙之義所謂論者施論戒論生天之論欲不淨想出要爲樂爾時大會聞佛所說各獲道證信受奉行

賢愚因緣經卷第六

音釋

勦（鋤交切輕捷也）嚚（魚巾切口不道忠信之言為嚚）躄（必益切足不能行也）厮（相支切役也）氂（陵之切十毫曰氂）翅（式至切翮也）賑（止忍切舉救也）廁溷（廁初吏切溷胡困切廁溷圊也）宕（大浪切洞屋也）

賢愚因緣經卷第七

元魏沙門慧覺譯

大劫賓寧緣品第三十一

如是我聞一時佛在舍衛國祇樹給孤獨園爾時國王名波斯匿于時南方有國名爲金地其王字劫賓寧王有太子名摩訶劫賓寧其父崩背太子嗣位體性聰明大力勇健所統國土三萬六千兵衆殷熾無能敵者威風遠振莫不摧伏然與中土不相交通後有商客往到金地以四端細氎奉上彼王王納受已問商客言此物甚好爲出何處商客答曰出於中國王復問言其中國者號字云何商客啓曰名羅悅祇又名舍衛其數衆多不能具宣復問言中國諸王以何等故不來獻我商客啓曰各自覇土威名相齊以是之故不來奉耳王自思惟今我力勢能總威攝一切天下何緣諸王不來承貢今當加威令彼率伏復問商客中國諸王何者最大商主白言舍衛國王爲最第一爾時金地王即便遣使詣舍衛國持書示教其理委備告語其王波斯匿言我之威風遍閻浮提卿爲所恃斷絶使命令故遣使共卿相聞卿若卧時聞我聲者尋應起坐若坐聞者尋時應立若食聞聲應即吐哺若沐聞聲尋即握髮若住時聞應即相趣却後七日與我相見設不如是吾當興兵破汝國界波斯匿聞深用驚惶即往詣佛具白斯事佛告王言王還語使云我土更有大王王奉佛教告彼使言世有聖王近在此間卿可到邊傳汝王命使即時往詣於祇洹于時世尊自變其形作轉輪王令目連作

典兵臣七寶侍從皆悉備有又化祇洹令作寶城繞邊有七重壍其間皆有七寶行樹雜色蓮華不可稱計光明晃晃照然赫發城中宫殿亦是衆寶王在殿上尊嚴可畏於是彼使前入化城既覩大王情甚驚悚自念我君無狀招禍然不得已以書示之化王得書蹹著脚下告彼使言吾爲大王臨統四域汝王頑迷敢見違拒汝速還國致宣吾教信至之日馳奔來覲卧聞當起坐聞應立立聞吾令便當涉道尅期七日不得稽遲敢違期制罪在不請使受教竟還詣本國具以聞見白金地王王承斯問深自咎責合率所領諸小王輩嚴辦車馬欲朝大王然有所疑未便即路先遣一使白大王言臣所總秉三萬六千王爲當都去將半去耶大王還報聽半留住但將半來時金地王將萬八千小王同時來到既見化王謁拜畢已心作是念大王形貌雖復勝我力必不如化王于時勑典兵臣以弓與之金地國王手不能勝化王還取以指張弓復持與之勑令引挽金地國王殊不能挽化王復取而彈扣之三千世界皆爲震動次復取箭彎弓而射離手之後化爲五發其諸箭頭各各皆出無數光明其光明頭皆有蓮華大如車輪一一華上各各皆有一轉輪王七寶具足奮演光明普照三千大千世界五道衆生莫不蒙賴諸天境界見其光明及聞說法身心清淨有得道果第二第三道者有發無上正眞道意復有得住不退地者人道衆生見佛光明及聞所說心生踴躍其中有得一道二道三道之者出家入要得應眞者

有發無上正眞道意得不退地不可稱計餓鬼中者見佛光明及聞所說皆得飽滿身心清淨無諸熱惱皆生慈心恭敬於佛即得解脫生人天中畜生中者見佛光明貪欲瞋毒皆得消除癡心朦冥尋得醒悟皆悉歡喜信敬於佛即得解脫生人天中地獄中者見佛光明寒則溫煖熱則清涼苦痛之處即得休息身心踊躍慈敬於佛即得解脫生天人中爾時摩訶劫賓寧王金地諸王見斯變已其心信伏遠塵離垢得法眼淨萬八千王一時皆然須臾之頃佛攝神力還復本形諸比丘僧前後圍遶金地王衆求索出家佛即聽許鬚髮自墮袈裟在體思惟妙法盡得阿羅漢果阿難白佛此金地王宿種何行生在豪尊功德巍巍遭值佛世逮成無漏佛告阿難衆生由行受其果報乃往過去有迦葉佛般涅槃後有一長者爲起塔廟造作堂閣四供養具歲月漸久而塔崩落牀褥衣食亦復斷絶其主長者有子比丘便行勸化人民之類各令減割用治斯塔又設飲食牀臥之具諸人同心咸共供承因發誓願願當來世富貴長壽遭值佛世聞法獲證行報無遺皆今果成佛告阿難爾時長者子比丘者今金地王摩訶劫賓寧是其諸人民受道化者今萬八千諸王是也佛說是法衆會聞者逮得道證發心不退受持至教歡喜奉行

微妙比丘尼緣品第三十二

聞如是一時佛在舍衛國祇陀精舍波斯匿王崩背之後太子瑠璃攝政爲王暴虐無道驅逐醉象蹹殺人民不可稱計時諸貴姓婦

女見其如是心用憔悴不樂於俗即共出家爲比丘尼國中人民見諸女人或是釋種或是王種尊貴端正國中第一悉捨諸欲出家爲道凡五百人莫不歎美競共供養諸比丘尼自相謂言吾等今者雖名出家未服法藥消婬怒癡寧可共詣鍮蘭難陀比丘尼所諮受經法冀獲所曉即往其所作禮問訊各自陳言我等雖復爲道未獲甘露願見開悟時鍮蘭難陀心自念言我今當教令其反戒吾攝衣鉢不亦快乎即語之曰汝等尊貴大姓田業七寶象馬奴婢所須不乏何爲捨之受持禁戒作比丘尼辛苦如是不如還家夫婦男女共相娛樂恣意布施可榮一世諸比丘尼聞說是語心用惆然即各涕泣捨之而去復至微妙比丘尼所前爲作禮問訊如法即各啓曰我等在家習俗迷久今雖出家心意蕩逸情欲煩熾不能自解願見憐愍爲我說法開釋罪蓋爾時微妙即告之曰汝於三世欲問何等諸比丘尼言去來且置願說現在解我疑結微妙告曰夫婬欲者譬如盛火燒于山澤蔓延滋甚所傷彌廣人坐婬欲更相賊害日月滋長致墮三塗無有出期夫樂家者貪於合會恩愛榮樂因緣生老病死離別縣官之惱轉相哭戀傷壞肝心絶而復穌在家深固心意纏縛甚於牢獄我本生於梵志之家我父尊貴國之第一爾時有梵志子聰明智慧聞我端正即遣媒禮娉我爲婦遂成室家後生子息夫家父母轉復終亡我時妊身而語夫言我今有身穢汚不淨日月向滿儻有危頓當還我家見我父母夫即言善遂

便遣歸至於道半身體轉痛止一樹下時夫別卧我時夜生污露大出毒蛇聞臭即來殺夫我時夜喚數反無聲天轉向曉我自力起往牽夫手知被毒蛇身體腫爛支節解散我時見此即便悶絶爾時大兒見父母死失聲號叫我聞兒聲即時還穌便取大兒擔著頸上小者抱之涕泣進路道復曠險絶無人民至於中路有一大河既深且廣即留大兒著於河邊先擔小兒渡著彼岸還迎大者兒遥見我即來入水水便漂去我尋追之力不能救浮没而去我時即還欲趣小兒狼已噉訖但見其血流離在地我復斷絶良久乃穌遂進前路逢一梵志是父親友即問我言汝從何來困悴乃爾我即具以所受苦毒之事告之爾時梵志憐我孤苦相對涕哭我問梵志父母親里盡平安不梵志即答我言汝家大小近日失火一時死盡我時聞之即復悶絶良久乃穌梵志憐我將我歸家供給無乏看視如子時餘梵志見我端正求我爲婦即相可適共爲室家我復妊身日月已滿時夫出外他舍飲酒日暮來歸我時欲産獨閉在內時産未竟梵志打門大喚無人往開梵志瞋恚破門來入即見撾打我如事說梵志遂怒即取兒殺以酥熬煎逼我使食我甚愁惱不忍食之復見撾打食兒之後心中酸結自惟薄福乃值斯人即便亡去至波羅柰在於城外樹下坐息時彼國中有長者子適初喪婦乃於城外園中埋之戀慕其婦日往出城塚上涕哭彼時見我即問我言汝是何人獨坐道邊我如事說復語我言今欲與汝入彼園

觀寧可爾不我便可之遂爲夫婦經歷數日時長者子得疾不救奄忽壽終時彼國法若其生時有所愛重臨葬之日并埋塚中我雖見埋命故未絶時有群賊來開其塚爾時賊帥見我端正即用爲婦數旬之中復出劫盜爲主所覺即斷其頭賊下徒衆即將死屍而來還我便共埋之如國俗法以我并埋時在塚中經乎三日諸狼豺狗復來開塚欲噉死人我復得出重自剋責宿有何殃旬日之間遇斯罪害死而復生當何所奉得全餘命即自念言我昔嘗聞釋氏之子棄家學道道成號佛達知去來寧可往詣身心自歸即便徑往馳趣祇洹遥見如來如樹華茂星中之月爾時世尊以無漏三達察我應度而來迎我我時形露無用自蔽即便坐地以手覆乳佛告阿難汝持衣往覆彼女人我時得衣即便稽首世尊足下具陳罪厄願見垂愍聽我爲道佛告阿難將此女人付瞿曇彌令授戒法時大愛道即便受我作比丘尼即爲我說四諦之要苦空非身我聞是法剋心精進自致應眞達知去來今我見世所受勤苦其可具陳如宿所造毫分不差時諸比丘尼重復啓曰宿有何咎而獲斯殃唯願説之微妙答曰汝等善聽乃往過去有一長者財富無數無有子息更取小婦雖小家女端正少雙夫甚愛念遂便有身十月已滿生一男兒夫婦敬重視之無厭大婦自念我雖貴族現無子息可以繼嗣今此小兒若其長大當領門户田財諸物盡當攝持我唐勤苦積聚財產不得自在妬心即生不如早殺内計已定即取鐵

針刺兒顖上令没不現兒漸稍病旬日之間遂便命終小婦懊惱氣絶復穌疑是大婦妬殺我子即問大婦汝之無狀怨殺我子大婦即時自呪誓曰若殺汝子使我世世夫爲毒蛇所殺有兒子者水漂狼噉身現生埋自噉其子父母大小失火而死何爲謗我何爲謗我當於爾時謂無罪福反報之殃前所呪誓今悉受之無相代者欲知爾時大婦者則我身是諸比丘尼重復問曰復有何慶得覩如來就迎之耶得在道堂免于生死微妙答曰昔波羅奈國有大山名曰仙山其中恒有辟支佛聲聞外道神仙無有空缺彼時緣覺入城乞食有長者婦見之歡喜即供養之緣覺食已飛昇虚空身出水火坐卧空中婦時見之即發願言使我世世得道如是爾時婦者則我身是緣是之故得見如來心意開解成羅漢道今日我身雖得羅漢恒熱鐵針從頂上入於足下出晝夜患此無復竟巳殃禍如是無有朽敗爾時五百貴姓比丘尼聞說是法心意悚然觀欲之本猶如熾火貪欲之心永不復生在家之苦甚於牢獄諸垢消盡一時入定成羅漢道各共齊心白微妙曰我等纒綿繫著婬欲不能自拔今蒙仁恩得度生死時佛歎曰快哉微妙夫爲道者能以法教轉相教成可謂佛弟子衆會聞說莫不歡喜稽首奉行

梨耆彌七子緣品第三十三

如是我聞一時佛在舍衞國祇樹給孤獨園爾時波斯匿王有一大臣名梨耆彌家居大富生七男兒爲其妻娶已至于六殘第七子

當爲求婦自思惟言吾年衰邁餘唯一兒爲之納室要令殊勝時此長者有一親厚婆羅門來共相見因議語曰今我欲爲小兒求婚未能知處卿自昔來遊行諸國今欲煩君爲我推覓若見有女端正賢智性命相宜適我子意乃當求之時婆羅門即便然可遍行覓到特叉尸利國見有五百童女羣行遊戲採取好華用作拂飾此婆羅門隨逐觀之轉復前行當渡少水諸女子輩皆脱革屣中有一女獨而不脱革屣入水轉復前行續更有河衆女褰衣爾乃入水唯此一女獨并衣入前行林間諸女各各上樹採華時此一女自不上樹從他索之得華甚多時婆羅門問此女言我有小疑欲得相問其女答曰有疑便問婆羅門言向者諸女當入水時盡脱革屣汝獨不脱有何意故時女答曰汝疑何甚所以作屣正用護脚陸地之事眼有所見荆棘瓦石可得避之水底隱匿眼所不覩儻有棘刺及諸毒蟲傷害人脚是以不脱時婆羅門復更問言以何事故并衣入水時女答言女人之身相有好惡褰衣入水爲人所見相好則可不好嗤笑以是事故而不褰之時婆羅門復更問言以何緣故獨不上樹女便答言若當上樹樹枝儻折危害人身以是事故而不上耳此女即是波斯匿王弟曇摩訶羨女也羨昔因罪逃奔彼國便於彼土安家納娶而生斯女字毗舍離時婆羅門聞女所説知必賢能而問女言汝父母在不女答曰在遂逐到門求共相見女入白父外有婆羅門欲見大人時曇摩羨便出見之問訊已竟而語之

言向者女子是君女不答言是也爲有主未答言未也婆羅門言舍衞國中有一大臣字梨耆彌君識之不答言舊識婆羅門言是梨耆彌最下小兒端正聰明欲求君女共爲婚姻可得爾不曇摩羡言彼是豪姓本與匹偶苟其欲得情在無違已蒙許可便共剋日爾時有伴侶舍衞國時婆羅門即作書疏與梨耆彌陳說事狀長者聞已辦具聘物車馬騎乘往特叉尸利國漸近欲到先遣使往時曇摩羡善加敬待即設賔會以女妻之諸事畢竟當還舍衞時此女母於衆人前囑其女言自今已後常著好衣恒食美飯日日照鏡莫令斷絕女即長跪奉受教勑梨耆彌聞陰用爲恨人生一世苦樂無定好衣飲食如何得常恒照明鏡斯亦非理雖有此念難不問之客主相辭於是別去大小徒侶進引歸國於道中間有一客舍四面垂軒極爲清涼其先到者在下休息兒婦後至啓白公言此不可住速出向外公不違之出向露處左右數人不肯出去時有象馬身體瘙痒以身揩柱屋即崩壞鎭殺下人時梨耆彌作是念言我今脫死由是兒婦敬遇之心倍益隆厚即便駕乘進路而歸到一大澗草茂水美衆人息駕側澗而住兒婦後到便語之言住此不快速出岸上即用其言遠澗休息須臾之頃便有雲起震雷降雨滂霈而下溢澗流來時梨耆彌復重念曰吾等今日再脫於死由此兒婦得全身命復勑嚴駕涉道進前既達本國中表親里悉來慶問長者欣悅即設供具共相娛樂終竟一日賔客既罷是時長者召諸兒

婦而告之曰吾今年高厭衆事務家居器物欲有付託卿等諸人誰能爲我知藏執鑰六大兒婦盡辭不堪其第七者自言能任于時長者以諸藏鑰悉以付之既已受命勤謹不懈朝夕早起灑掃堂舍炊蒸已竟先飯公姑及諸男女後飯奴婢僮僕使人各各分處赴趣作業然後自食以是爲常公見忠恪不與凡同怪前母囑而不用之便問之曰汝前來時被母教勅好衣美食日照明鏡其事云何卿可說之兒婦長跪具答事狀我母所約著好衣者體上大衣教使愛護恒令淨潔時間客會可得鮮妙所勅美食非謂甘肥教使晚飯飢虛得食麤細盡美其明鏡者非銅鐵鏡教令早起勤灑掃內外整端牀席務令淨潔我母所囑其事如是時公聞之知有妙才情存待遇甚倍於前家中衆物悉以委之歡喜泰然無復憂慮時有群鴈飛入海渚食噉粳米食之既飽銜穟翔來當王宫上失墮殿前諸人見之取用奉王王見奇好必中作藥勅使留種莫得棄散付與諸臣各令植之時梨耆彌亦得少許持至於家教令種之兒婦奉取驅率奴僕調和佳田於中下種後生滋茂大獲子實諸人種者消息失度悉皆不生時王夫人欻得篤疾召問諸醫治病所由中有醫言當須海渚粳米作食食之爾乃可瘥王自憶念昔得其種付人墾植今當推校爲有爲無即召諸臣而問之言前勅種稻爲或熟不今日急須用治困患諸臣各各自說本末或云不生或云鼠噉時梨耆彌歸家問曰前種稻米爲獲實不欲得與王治夫人疾兒婦

答言家内豐多若用作藥足周一國不但濟一人也時梨耆彌即送與王尋用作食以與夫人夫人食已病得除愈王甚歡喜大與賞賜時特叉尸利舍衛二國共相嫌隙常不和順時特叉尸利王欲試舍衛有賢智不遣一使者至舍衛國送牸馬二匹而是母子形狀毛色一類無異能別識者實爲大善王及群臣不能分別時梨耆彌從宮歸家兒婦問言有何消息公即答言如向所見兒婦白言此事易知何足爲憂但取好草並頭而與其是母者推草與之其是子者摧搏食之時梨耆彌尋往白王王如其語以草試之果如其策母子區別即語使者斯是馬母彼是其駒時使答言審如來語無有差錯王大歡喜倍加爵賞時彼來使還歸本國具白諸理時特叉尸利王便遣使送二蛇麤細長短相似如一能別雌雄者斯亦大善波斯匿王及諸群臣無能識者時梨耆彌歸問兒婦此復云何兒婦答言以一端細氎敷置於地取此二蛇用著氎上若是雌者靜然不動其是雄者搔擾不寧何以知之女之爲性愛著細滑得輭生涤不欲動搖男子性剛轉側不安以此推之可足知矣長者聞已即往白王王從其計尋時試之果如所言了了識別告彼使曰是雄是雌使尋報曰審爾不虛王甚慶悅大賜財寶時彼國王復送一木長滿一丈根杪正等無有節拇刀斧之迹而語之曰若能別識此木上下亦大快善甚不可量王及諸臣無能識者時梨耆彌復問兒婦兒婦答言此事易耳但取其木用著水中根自沉没頭浮在上

長者聞已復往白王王用其語而便試之果如其計沉浮各殊語彼使言浮者是頭沉處是根時使答言信如所論王益歡喜重與賞賜彼使還國具白因緣其王聞之心用信伏更遣使命兼獻珍寶因復語曰大王國中實有賢達自今已後當修義好波斯匿王情倍踊躍召梨耆彌而問之曰頃來諸事卿何由知梨耆彌言非臣所達是臣兒婦之智辯耳國王聞已深加欣敬拜其兒婦用爲王妹復經少時兒婦懷妊日月已滿生三十二卵其一卵中出一男兒形體顏貌端嚴挺特年遂長大勇健無雙一人之力敵於千夫父母敬念合國敬畏後爲納娶各已備畢純是國中豪賢之女時毗舍離信心開解請佛及僧於舍供養佛爲說法合家眷屬得須陀洹唯末小兒未獲道迹時乘白象欲出遊戲門外有壍既深且廣於其壍上有大木橋時此少年適到橋右爾時復有輔相之子乘車外來橋中相逢各恃豪性不相開避毗舍離兒便懷瞋恚就於象上低身下向捉輔相子并其車乘擲置壍中身體傷破百節皆疼啼哭而歸白其父言毗舍離兒橫見毀辱傷我身體苦痛若斯其父聞之甚用懊惱恤其子言彼人力壯又是國親難與爭勝當思密計以報此怨即以七寶合爲馬鞭三十二枚用好純剛作刀著中三十二人各遣一枚而語之言汝等年少體性自嬉故作此鞭而用相贈幸可納之恒捉在手諸人歡慶便爲受之是時國法見王之時禮不帶刀於是輔相已見納受而常秉執便向國王深譖譏之云毗舍離三

十二人年盛力壯一人敵千今懷異計謀欲
害王王雖聞之情猶未信復更白王事審不
虛現有證驗各作利刀置馬鞭中以此推之
事足明矣王即索看果如所言王意便信謂
必爲然選擇力士安在宫内一一召喚於裏
殺之以三十二頭盛著一函繫縛封印送與
其妹當於是日其毗舍離請佛及僧就家供
養見王送函謂爲致供來相助辦便欲開看
世尊告曰且住勿解須待食竟食飲已訖便
命令坐爲其說法此身無常苦空無我生多
危懼不得久立衆惱纏縛辛酸難計恩愛別
離互相悲戀唐困身識於道無益唯有智者
能解此要時毗舍離霍然情悟得阿那含道
歡喜合掌白世尊言唯垂矜愍見賜四願一
者諸病比丘給足湯藥隨病飲食二者看病
比丘亦給其食三者遠來比丘先供養之四
者遠行比丘給辦粮餉所以者何諸病比丘
由無湯藥好飲食故其病難瘥或復没命瞻
病比丘由無食故當捨乞食早晚無時病人
所須或能差錯違心恚怒病則難愈以是之
故當施其食時有他方遠來比丘初到異土
未有知識若行乞食或值惡狗或逢弊人儻
能瞋恚傷損毀辱以是之故當先與食遠去
比丘當須伴侶由無粮餉或不逮伴道路遐
險多諸毒獸設當獨涉或致危難我以是故
當供給之爾時世尊聞毗舍離求此四願讃
言善哉善哉如汝所願其德弘大供佛無異
即與衆僧還到祇洹世尊去後開函視之三
十二頭悉在函内由愛斷故不至懊惱但作
是念痛哉悲矣人生有死不得長存驅馳五

道何苦乃爾三十二兒婦家親族聞此事理極懷瞋恚咸共唱言大王無道枉殺善人共合兵馬欲爲報仇軍衆雲集圍遶王宫時王恐怖退向佛所諸人聞之即引軍馬往圍祇洹爾時阿難聞波斯匿王殺毗舍離三十二子婦家宗黨欲爲報仇長跪合掌白世尊言有何因緣三十二兒爲王所殺世尊告曰毗舍離子三十二人不但今日爲王所殺三十二人一時頓死汝今善聽持之在心當爲汝説阿難曰諾佛告阿難乃往過去久遠世時此三十二人共爲親友相與言議盜他一牛彼時國中有一老母無有子息單窮困厄時諸偷兒往詣其舍欲共殺牛老母歡喜爲辦薪水煑熟之具臨當下刀時牛跪乞命諸人意盛必欲殺之牛便設誓汝今殺我將來之

世我不置汝正使得道猶不相放立誓已竟便爲所殺諸人燒煑競共敢之老母因次亦得飽滿欣悦而言由來安客今日最善佛告阿難爾時牛者今波斯匿王是爾時盜牛人者今毗舍離三十二子是爾時老母者今毗舍離是由此果報五百世中常爲所殺乃至於今彼時老母由助喜故五百世中常爲作母極爲懊惱今值我時始獲道證阿難合掌重白佛言復修何福豪富猛健佛告阿難乃往過去迦葉佛時有一老母信敬三寶其家大富合集衆香以油和之欲往塗塔於其中路逢三十二人因而勸之我欲以油塗塔可相助佐當得福德世世所生端正多力時三十二人歡喜共去塗塔已竟各作是言由是老母故令我等得種於福業願所生處尊榮

富貴恒爲我母我等爲子常莫相離見佛聞法疾得道果老母喜悦便許可之從是以來五百世中恒生尊貴爾時老母今此舍離是爾時三十二人今三十二子是時諸軍衆聞佛所説恚心便息而作是言大王所刑非造爲之此人自種今受其報由殺一牛猶尚如是波斯匿王是我曹主云何懷惡而欲危害即除器仗自投王前求哀請過王亦釋然不問其罪爾時世尊因爲四衆廣説諸法善業應修惡行應離敷演分別四諦妙法衆會聞者皆得道證受持佛教歡喜奉行

設頭羅健寧縁品第三十四

如是我聞一時佛在羅閲祇竹園中爾時賢者阿難從座而起整衣服長跪叉手前白佛言阿若憍陳如伴黨五人宿有何慶依何因縁如來出世法鼓初震獨先得聞甘露法味特先得嘗唯願垂哀具爲解説於時世尊告阿難言此五人者先世之時先食我肉致得安隱是故今日先得法食用致解脱爾時阿難重白佛言先世食肉有何因縁願具開示佛告之曰過去久遠無量無數阿僧祇劫此閻浮提有大國王名曰設頭羅健寧領閻浮提八萬四千國六萬山川八十億聚落二萬夫人婇女王有慈悲憐念一切人民之類靡不蒙賴爾時國中有火星現相師尋見而白王言若火星現當旱不雨經十二年今有此變當如之何王聞是語甚大憂愁若有此災何得民物民命不濟無復國土即合羣臣而共議言衆臣咸曰當下諸國計現民口復令筭數倉篅現穀知定斛斗十二年中人得幾

許王從其議即時宣令急勑筭之都計筭竟一切人民日得一升猶尚不足從是巳後人民飢餓死亡者衆王自念曰當設何計濟活人民因與夫人婇女出遊園觀到各休息王伺衆眠寐即從座起向四方禮因立誓言今此國人飢羸無食我捨此身願爲大魚以我身肉充濟一切即上樹端自投於地即時命終於大河中爲化生魚其身長大五百由旬爾時國中有木工五人各齎斤斧往至河邊覓斫材木彼魚見巳即作人語而告之曰汝等若飢欲須食者來取我肉若復食飽可齎持去汝今先食我肉又得充飽後成佛時當以法食濟脫汝等汝可并告國人大小有須食者悉各來取五人歡喜尋各斫取食飽齎歸因以其事具語國人於是人民展轉相語遍閻浮提悉皆來集噉食其肉一脇肉盡即自轉身復取一脇比復食盡故處還生復轉身與之如是翻覆恒以身肉給濟一切經十二年其諸衆生食其肉者皆生慈心命終之後得生天上阿難欲知爾時設頭羅健寧王者則我身是時五人木工先食肉者今憍陳如等五比丘是其諸人民後食肉者今八萬諸天及諸弟子得度者是我於爾時先以身肉充彼五人令得濟活是故今日最初說法度彼五人以我法身少分之肉除彼三毒飢乏之苦賢者阿難及諸會者聞佛所說且悲且喜頂戴奉行

阿輸迦施土縁品第三十五

如是我聞一時佛在舍衛國祇樹給孤獨園爾時世尊晨與阿難入城乞食見群小兒於

道中戲各聚地土用作宮舍及作倉藏財寶五穀有一小兒遥見佛來見佛光相敬心内發歡喜踴躍生布施心即取倉中名爲穀者即以手探欲用施佛身小不逮語一小兒我登汝上以穀布施小兒歡喜報言可爾即躡肩上以土奉佛佛即下鉢低頭受土受之已訖授與阿難語言持此塗圬我房乞食旣得還詣祇洹阿難以土塗佛房地齊圬一邊其土便盡圬已整衣服具以白佛佛告阿難向者小兒歡喜施土土足塗圬佛房一邊緣斯功德我般涅槃百歲之後當作國王字阿輸迦其次小兒當作大臣共領閻浮提一切國土興顯三寶廣設供養分布舍利遍閻浮提當爲我起八萬四千塔阿難歡喜重白佛言如來先昔造何功德而乃有此多塔之報佛

告阿難專心善聽過去久遠阿僧祇劫有大國王名波塞奇典閻浮提八萬四千國時世有佛名曰弗沙波塞奇王與諸臣民供養於佛及比丘僧四事供養敬慕無量爾時其王心自念言今此大國人民之類常得見佛禮拜供養其餘小國各處邊僻人民之類無由修福就當圖畫佛之形像布與諸國咸令供養作是念已即召畫師勑使圖畫時諸畫師來至佛邊看佛相好欲得畫之適畫一處忘失餘處重更觀看復次下手忘一畫一不能使成時弗沙佛調和衆采手自爲畫以爲模法畫立一像於是畫師乃能圖畫八萬四千之像極令淨妙端正如佛布與諸國一國與一又作告下勑令人民辦具華香以用供養諸國王臣民得如來像歡喜敬奉如視佛身

如是阿難波塞奇王今我身是緣於彼世畫八萬四千如來之像布與諸國令人供養緣是功德世世受福天上人中恒爲帝主所受生處端正殊妙三十二相八十種好緣是功德自致成佛涅槃之後當復得此八萬四千諸塔果報賢者阿難及諸會者聞佛所說歡喜奉行

七瓶金施緣品第三十六

如是我聞一時佛在舍衛國祇樹給孤獨園爾時諸比丘各各異國隨意安居經九十日安居已竟各詣佛所諮受聖教爾時世尊與諸比丘隔別經久慈心愍傷即舉千輻相輪神手而慰諭之下意問訊汝等諸人住在僻遠飲食供養得無乏耶如來功德世無儔類今乃下意瞻諸比丘特懷謙敬阿難見之甚怪所以即白佛言世尊出世最爲殊特功德智慧世之希有今乃下意慰諭問訊諸比丘衆何其善耶不審世尊興發如是謙卑之言爲遠近耶世尊告曰欲知不乎明聽善思當爲汝說奉教善聽佛告阿難過去久遠無數無量不可思議阿僧祇劫此閻浮提有一大國名波羅柰時有一人好修家業意偏愛金勤力積聚作役其身四方治生所得錢財盡用買金因得一瓶於其舍內掘地藏之如是種種勤身苦體經積年歲終不衣食聚之不休乃得七瓶悉取埋之其人後時遇疾命終由其愛金轉身作一毒蛇之身還其舍內守此金瓶經積年歲其舍磨滅無人住止蛇守金瓶壽命年歲已復向盡捨其身已愛心不息復受本形自以其身纏諸金瓶如是展轉

經數萬歲最後受身厭心復生自計由來爲是金瓶而受惡形無有什已今當用施快福田中使我世世蒙其福報思惟計定往至道邊竄身草中匿身而看設有人來我當語之爾時毒蛇見有一人順道而過蛇便呼之人聞呼聲左右顧望不見有人但聞其聲復道而行蛇復現形喚言咄人可來近我人答蛇言汝身毒惡喚我用爲我若近汝儻爲傷害蛇答人言我苟懷惡設汝不來亦能作害其人恐懼往至其所蛇語人言吾今此處有一瓶金欲用相託供養作福能爲之不若不爲者我當害汝其人答蛇我能爲之時蛇將人共至金所出金與之又告之曰卿持此金供養衆僧設食之日好捻持一阿翰提來取我舉去其人擔金至僧伽藍付僧維那具以上事向僧説之云其毒蛇欲設供養剋作食日僧受其金爲設美饍作食日至其人持一小阿翰提往至蛇所蛇見其人心懷歡喜慰喻問訊即槃其身上阿翰提於是其人以氈覆上擔向佛圖道逢一人問擔蛇人汝從何來體履佳不其人默然不答彼問再三問之不出一言所持毒蛇即便瞋恚含毒熾盛欲殺其人還自遏折復自思念云何此人不知時宜他以好意問訊進止鄭重三問無一言答何可癡耶作是念已毒心復興隆猛内發復欲害之臨當吐毒復自思惟此人爲我作福未有恩報如是再三還自奄伏此人於我已有大恩雖復作罪事宜忍之前到空處蛇語其人下我著地窮責極切囑誡以法其人於是便自悔責生謙下心垂矜一切蛇重囑及

莫更爾耶其人擔蛇至僧伽藍著衆僧前於時衆僧食時已到住街而立蛇令彼人次第付香自以信心視受香者如是盡底熟看不移衆僧引街遶塔周帀其人捉水洗衆僧手蛇懷敬意觀洗手人無有厭心衆僧食訖重爲其蛇廣爲說法蛇倍歡喜更增施心將僧維那到本金所殘金六瓶盡用施僧作福已訖便取命終由其福德生忉利天佛告阿難欲知爾時持蛇人者豈異人乎則我身是爾時毒蛇者今舍利弗是我乃往日擔蛇之時爲蛇見責慚愧立誓生謙下心等視一切未曾中退乃至今日時諸比丘阿難之等聞佛所說歡喜奉行

差摩現報緣品第三十七

如是我聞一時佛住羅閱祇竹林精舍與尊弟子無央數衆爾時國中有一婆羅門居貧窮困乏於錢穀勤加不懈衰禍遂甚方宜理盡衣食不供便行問人今此世間作何等行令人現世業賴其福有人答言汝不知耶今佛出世福度衆生祐利一切無不得度如來復有四尊弟子摩訶迦葉大目揵連舍利弗阿那律等斯四賢士每哀貧乏常行福利苦厄衆生汝今若能以信敬心設食供養此諸賢士則可現世稱汝所願時婆羅門聞諸人所說如是事已心懷歡喜往其國中遍行自衒作役其身得少財物擔至其家施設飲食請諸賢聖供養一日剋心精勤望現世報婆羅門婦字曰差摩(此言安隱)飯僧已訖諸尊弟子勸請差摩受八關齋受齋已訖各還精舍時瓶沙王值遊林澤還來向城道見一人犯王

重罪縛著梁頭豎在道邊見王悲哀求索少食王情愍傷即可當與正爾別去時王竟日忽忘前事夜卒自念我已先許彼罪人食云何欻忘即時遣人致食往與舉宮內外無欲往者咸作是說今是夜半道路恐有猛獸惡鬼羅刹禍難衆多寧死於此不能去也爾時國王念彼人苦身心煩惱極憐愍之即令國中誰能致食至彼人所賞金千兩國中人民無受募者於時差摩常聞人說若世有人受持八關齋者衆邪惡鬼毒獸之類一切惡災無能傷害差摩聞之便興此心我家貧窮加復受齋今王所募欲爲我耳我今當往受其募直思惟已定往應王募爾時國王又語差摩爲吾擔食至彼人所若達來還吾定當與汝金千兩差摩即時如勑擔往至心持齋無有缺失順道而行出城漸遠逢一羅刹名曰藍婆彼鬼是時生五百子初生已竟極懷飢渴見差摩來望以爲食然復差摩持齋無缺羅刹見之逆懷怖畏飢餓所逼現身從乞所擔之食持少施我差摩不逆以少與之所施雖少鬼神力故而用飽滿於時羅刹問差摩言汝字何等女人答言我字差摩羅刹歡喜語差摩言今我分身而得安隱由卿活命益我不少我既蒙活復聞好字我所住處有一瓮金持以報卿來時念取又復問言汝欲何至差摩答言欲持此食往與彼人藍婆又言我有女妹在前住止字阿藍婆卿若見之爲吾問訊云我分身生五百子身體安隱具膳我情令知消息差摩如言順道而至見阿藍婆即出問訊說其藍婆情事委曲生五百子

皆悉安隱時阿藍婆聞之歡喜問婦人曰今汝字何女人答我字差摩羅刹聞之亦用歡悅我姊分身復得安隱汝字復好何其善也今此住處有一釜金我用賜卿來時念取又問之曰汝欲何至差摩答言爲王擔食至彼人所阿藍婆曰我有一弟字分那奇住在前路爲吾問訊因騰姊意即復共辭順道而進到前如意見分那奇爲其二姊具說意狀云彼大姊生五百子身輕安隱無有不祥時分那奇聞其二姊平安消息用心歡喜復問差摩汝字何等婦人答曰我字差摩其鬼答言汝字安隱復得傳我姊平安消息倍何快耶即語差摩我此住處有金一釜以用遺卿來時念取辭别已竟引路而去憶識故處至彼人所與食已訖還來本處取金三釜持至其家復於王家得賞金千兩其家於是拔貧即富國中庶民見家内財寶饒多各各慕及樂爲營從來至其家承給使令王聞是人福德如是即召至宫拜爲大臣既蒙王禄其家又富信心誠篤廣殖福業請佛及僧施設大檀佛與徒衆悉受其請飲食已訖佛爲說法心意開解成須陀洹時諸會者阿難之等聞佛所說歡喜奉行

賢愚因緣經卷第七

音釋

鍮（他侯切）　褰（丘虔切　摳衣也）　嗤（充之切　笑也）　穟（徐醉切　禾穎也）　篅（市緣切　圌也）　圬（汪胡切　塗也）

賢愚因緣經卷第八

元魏沙門慧覺譯

蓋事因緣品第三十八

如是我聞一時佛在羅閱祇竹林精舍慧命阿難竹林中坐心自思惟如來出世甚奇甚特令諸弟子蒙佛恩澤於四供養無所乏少各獲安隱得盡苦際一切世間諸王臣民亦得大利遭值三寶人民安樂皆悉思惟世尊威力所致作是念已從坐處起來詣佛所爾時世尊爲四部衆廣說妙法慧命阿難前整衣服偏袒右肩右膝著地長跪合掌向佛白說林中所念佛告阿難如汝所言如來出世實復奇特令一切衆生皆獲利益復次阿難如來正覺非但今日祐利衆生過去世時亦復利益阿難白佛不審世尊過去世中饒益衆生其事云何佛告阿難過去久遠阿僧祇劫此閻浮提有四河水二大國王一名曰婆羅提婆(此言梵天)獨據三河人民熾盛然復儜弱一王名曰罰闍建提(此言金剛聚)唯得一河人民亦少然其國人悉皆勇健時金剛聚處于正殿獨坐思惟如我今者兵衆勇悍而所獲水少彼國儜弱獨覇三河今當遣使和索一河若與我者共爲親厚國有好物更相貢贈若有艱難共相赴救若其不得便當力逼而奪取之作是念已召諸大臣共議此事諸臣或言今正是時即遣驛使至梵天國具以王意宣示梵王梵王聞此復自思惟我國豐實人衆亦多又此國界父王所有轉用授我至於力諍我不下彼作是念已報彼使言今此國土非我所得乃是父王轉用見授如我今者

力不滅汝汝欲力決我不相畏使還本國具以聞王王即合軍攻梵天國共戰一交梵天軍壞乘背追躡逕至城邊衆人怖縮更不敢出諸臣相將悉共集會諸梵王所咸皆同心白大王言他國兵強我國儜弱惜一河水今致此敗如是不久懼恐失國唯願開意以一河水與之共爲親厚足得安全王心便迴可衆臣意即時遣使至彼軍中白其王言我曹比國用作惡爲所索河水今以相與我當以女爲汝夫人國有異物更相貢贈急難危嶮共相赴救時金剛聚從其來意即迎其女拜爲夫人各共和解迴軍還國經於數時其王夫人便覺有胎懷妊之後恒有自然七寶大蓋當在身上坐卧行立終不遠離至滿十月生一男兒身紫金色頭髮紺青光相晒著世之少雙兒以出胎蓋在其上召諸相師令相此兒相師披看舉手唱言善哉善哉異口同音白大王言今觀太子德力無比人相具足世之希有王及羣臣喜不自勝即告相師爲其立字爾時國法依於二事而爲作字一者瑞應二者星宿相師白王今此太子入胎已來有何等瑞王答之曰有七寶蓋恒在其上便爲作字字刹羅伽利(此言蓋事)以衆妙供隨時承奉年至成人父便命終葬送畢竟小王臣民共立蓋事用爲大王治政數年出外遊觀見諸人民耕種勞苦問左右曰我國人衆何以作此種種役使臣答王言國以民爲本民以穀爲命若其不爾民命不存民命不存國則滅矣王便言曰若我福相應爲王者今我民衆獲自然穀莫復作此發言已竟一切人

民倉篅自滿種種雜穀隨意悉有又經數時復出外遊見其國人採薪汲水舂磨作役又問臣言今諸人衆故復勞苦何以爾耶臣白王言蒙王恩澤獲自然穀穀叵生食事須成熟是以庶民辦作食調王復言曰若我福德應爲王者令吾國内一切人民若欲食時有自然食恒在其前發言已訖合境皆獲自然之食又復經時更出遊觀見人怱怱各執所務紡織裁縫辦具衣調王問臣言此諸人等何以故爾辛苦執作臣白王言蒙大王恩獲自然食今者作役辦具衣裳王復言曰若我福德應爲王者使吾國内一切樹木出自然衣適發此語國中諸樹皆出妙衣極爲細輭青黃赤白隨人所好又經數時王復出遊見於人民各各競共作諸樂器王復問臣我國人民何以故爾勞煩執作臣白王言此諸人等蒙大王恩衣食自然各獲安隱事須妓樂用自娛樂是以今者冶妓樂器王便言曰若我有福應爲王者令我國中一切樹上皆有種種樂器鼓貝琴瑟琵琶箜篌一切所須稱意悉有又經數時諸王臣民悉來拜賀值王食時時王即請留與飲食爾時諸臣得王飲食百味具足咸共白王臣等家食其味薄少今得王食美味非凡王告之曰卿等臣民若欲常得如我食者用吾食時食者皆得如是之食即勑司官吾食時到恒鳴大鼓令諸人民悉得聞知用我時食當得百味上妙之供從是已後食便鳴鼓一切人民承音念食百味上饌自然在前人民優樂不可具陳時王梵天遣使來至蓋事王國語蓋事言汝父在

時我以河水用與汝父汝父已終宜當還我時蓋事王報彼使曰我今境土及以河水亦非我力雖從汝得然我爲王不勞民物此蓋小事宜停在後須我面與汝王相見乃當宣備國土之要使還到國一一白王王然其意剋日共期期日已滿二王俱進軍衆圍遶甚多無數各安大營在河一邊二王乘船河中相見時王梵天初見蓋事身色晃曜如紫金山頭髮弈弈如紺瑠璃其目廣長人中難有敬心内發謂是梵天到相問訊對坐一處談兩國土論索水事蓋事報曰我國人民所欲自然亦無貲輸王役之勞所言未訖食時已至蓋事王軍鳴鼓欲食時梵天王甚以惶懼謂欲牽攝而取殺之怖不自寧起謝已過手足四布腹拍前地蓋事自起曉令還坐復語之曰大王何以恐怖如是我軍食時恒自鳴鼓所以爾者是我食時用我時食皆獲百味上饌之供時王梵天復起合掌白蓋事曰唯願大王普見臨覆我及國人悉願降附令諸民庶悉蒙恩澤於是蓋事典閻浮提一切人民盡獲安樂登位之後處於正殿羣僚百官宿衛侍立日初出時有金輪寶從東方來王遥見之即下御座右膝著地向於輪所以手三招輪已來至千輻具足光色晒著王告之曰若我應作轉輪王者如法住處汝便住中於是輪寶當在王前虚空中住其輪去地七多羅樹象寶神珠玉女典兵典藏等寶次第來至時蓋事王七寶具足典四天下一切衆生蒙王恩德所欲自恣王悉教令修行十善壽終之後皆得生天佛告阿難爾時剎羅伽

利王者豈異人乎我身是也爾時父王罰闍建提今現我父淨飯王是爾時母者今現我母摩訶摩耶是我因往昔慈愍衆生恒以財法而攝取之從是因緣自致成佛三界獨尊無與等者以此義故一切衆生皆應修習大慈潤益爾時阿難復白佛言不審世尊過去世中刹羅伽梨轉輪聖王以何因緣獲如是等無量功德初入母胎寶蓋隨覆佛告阿難乃往過去久遠無量阿僧祇劫此閻浮提波羅柰國仙人山中有辟支佛恒於山中止住時辟支佛患身不調往問藥師藥師語曰汝有風病當須服乳時彼國中有一薩薄名曰阿利那蜜羅（此言聖友）時辟支佛往告其家陳病所由從其乞乳薩薄歡喜便請供養日給其乳經於三月三月已竟身病得瘥感其善意欲使主人獲大利益踊在空中坐卧行立身出水火或現大身滿虛空中又復現小入秋毫裏如是種種現十八變於是聖友極懷歡喜復從空下重受其供經於數時乃入涅槃薩薄悲悼追念無量耶旬其身收取舍利盛以寶瓶用起鍮婆香華妓樂種種妙物持用供養所捉大蓋以置其上盡其形壽供養此塔由其供養一辟支佛四事供養因此福報無量世中或生天上或處人中尊豪挺特世之少雙又告阿難一切衆生在家出家皆應修福生生之中獲如是利爾時阿難及諸會衆聞佛所說歡喜奉行

大施抒海緣品第三十九

如是我聞一時佛在羅閱祇耆闍崛山中與尊弟子千二百五十人俱爾時世尊念須侍

者諸尊弟子憍陳如等各共觀察知佛所念時憍陳如從座而起偏袒右肩合掌長跪白佛貪得侍近捉衣持鉢唯願垂愍賜教聽許佛告之曰汝年老邁自須給侍何忍使汝復見供事時憍陳如知佛不聽禮已還坐摩訶迦葉舍利弗目揵連及諸弟子五百人等次第白佛皆求給侍佛皆不聽時阿那律試觀佛意見佛志趣心存阿難如日在東照于舍宅光從東牖直至西壁世尊志意亦復如是諸大弟子皆亦觀知時舍利弗及目揵連從坐處起到阿難前語阿難言世尊志意欲得於仁以爲侍者仁有善利獨蒙稱可宜速往白求爲佛侍時賢者阿難見諸上座來到其前又聞其語尋起合掌白上座言世尊德重智慧深遠以我常近親侍奉事懼招罪尤自遺殃患舍利弗等復語之言今觀世尊專注致意欲得於仁以爲侍者如日初出照于室宅光從東牖直照西壁世尊注心亦復如是又復世尊究人情能知仁堪任是以留意宜時速白求爲侍者賢者阿難重得是語思惟是事靡知所如復更合掌白諸上座若令世尊賜我三願我乃堪任爲佛侍者何謂爲三世尊故衣勿與我著世尊殘食莫令我噉時節進現隨我裁量得此三願乃能侍佛舍利弗等聞是語已具以其事往白世尊佛聞此已告舍利弗諸弟子等阿難所以求索不著我故衣者阿難長慮恐諸弟子懷嫉妬者而生此心國王臣民諸檀越輩施佛貴價細輭之衣阿難貪此故求給事復索不噉我殘食者慮諸弟子復生此心如來鉢中所食之餘

甘美百味世無此食阿難嗜故而來側近阿難所以索自栽量時節進現者處諸弟子及外道衆來求進現有所難問不知時節儻相惱觸又爲侍者當候時節飲食所宜便身益體一一制度處過見及是以先豫索此三願又復阿難不但今日索自知時過去世時奉侍於我善知時宜時舍利弗重白佛言不審過去奉事於佛善知時宜其事云何佛告舍利弗汝欲聞者諦聽著心當爲汝說唯然世尊諾當善聽佛告舍利弗乃往過去無數無量阿僧祇劫有大國王領閻浮提八萬四千小國八十億聚落王所住城名婆樓施舍於是城中有一婆羅門號尼拘樓陀聰明博達天才殊邈王甚宗戴師而事之八萬四千諸小國王悉遥敬慕瞻仰所在四遠貢獻遣使諮承略而言之如奉大王於是婆羅門富敵王家但無子息可以紹繼出入坐卧每懷此愁不知何方可以得子即禱祀梵天天帝四王摩醯跋羅及餘諸天日月星宿山河樹神種種禱祀無所不遍剋誠積報經十二年其大夫人便覺有身聰明女人能得知此自知所懷必是男兒即以情事白婆羅門婆羅門歡喜倍增怡躍即勅家内夫人婇女悉共擁護夫人進止飲食牀薦極令細輭調適稱給莫違其意十月已滿便生男兒身紫金色頭髮紺青端正超異人相難有婆羅門見喜不自勝即召相師來共相之相師披觀歎未曾有此兒相好福德弘廣天下所瞻如子賴母其父歡喜勅爲立字天竺作字依於二種或依星宿或依變異相師便問懷妊以來有何

變異其父答言此兒之母素來忌惡少於慈順不修慈慧自懷妊來心性改異矜憐苦厄如母愛子志好布施無有貪惜相師聞之歡喜而言此是兒志故使然也當爲立字號摩訶闍迦樊(此言大施)其兒漸大父甚愛念别爲作宫立三時殿冬温夏凉春秋居中安諸妓侍以娱樂之其兒聰明好樂學問誦持俗典十八部書文既通利幷善其義學諸技術靡所不通其後大施白其父言久在深宫思欲出遊父聞此語即勅臣吏我子大施欲出遊行掃灑街陌除諸不淨竪諸幢幡散華燒香莊嚴道路極令淨潔施設辦已大施於是乘大白象七寶校飾椎鍾鳴鼓作倡妓樂千乘萬騎導從前後行大御道往詣城門於時國中人民之類於樓閣上夾道兩邊競共觀看無有猒足皆各言曰甚奇甚妙覩其威相猶如梵天轉復前行見諸乞兒著弊壞衣執持破器甲言求哀句我少少大施見之而問之曰汝等何以辛苦乃爾或有答言我無父母兄弟妻子貧窮孤煢無所恃怙或有答言我有長病不能作役自活無路或有答言我之不遇數遭破亡債負盈集身口所切無方自濟是以行乞以繼餘命大施聞已酸歎而去次復前行見諸屠兒刻剥畜生稱割稱賣大施見問咄作何等各答言曰祖父已來屠殺爲業若捨此事無以自濟大施歎息捨之而去次見耕者以犂墾地蟲從土出蝦蟇拾吞復有蛇來吞食蝦蟇孔雀飛來啄食其蛇大施問之此作何等答言墾地於中下種後當得穀以自供養幷復當得以輸王家大施聞已

深歎而去次復前行見諸獵者張網設罝捕諸禽獸見諸禽獸墮罝網中自挽自頓不能得脫悲鳴相喚各懷怖懼大施見之何以作此各共答言我等唯仰獵殺爲業若不爲此存活無路聞其語已酸傷而去次復前行見捕魚師張設羅網所得甚多積著陸地趣能動摇復問其故咄何以爾各前答言祖父已來無餘生業唯仰捕魚賣供衣食大施見已甚懷愍悼而自思惟是諸衆生皆由貧窮之衣食故爲此惡業殺害衆生歡喜極意壽終之後當歸三塗從冥入冥何其怪哉作是念已迴駕還宮思憶是事愁憂不樂往見其父求索一願父語大施隨汝所求終不相違即自說言先日出遊覩彼人民以求衣食勞形役思殺害欺誑具諸惡業意甚矜憐思欲拯給唯願垂恩施我大藏聽自恣施濟衆所乏父告之曰我聚財寶盡爲汝故汝意欲爾奈何相違兒得父敎即勑宣下一切人民摩訶闍迦樊欲大檀施有所須者皆悉來取唱令已訖沙門婆羅門貧窮負債孤苦疾病諸城道路前後而去諸人民輩有從百里二三五百千里來者復從三千五千萬里來者皆强弱相扶四方雲集一切給與滿其所願須衣與衣須食給食金銀七寶車馬輦轝園田六畜稱意而與如是布施經數時中諸藏之物三分已二時典藏吏往白其父摩訶闍迦樊自布施來藏物三分已施其二諸王信使當有往返願熟思惟後勿見責父聞吏語自思惟言吾愛此子不能拒逆寧復空藏何能中斷如是布施復經數時用殘藏物三分復二

吏復更白前所殘物三分之中已更用二諸王信使事須報遺令藏垂空願更重思時婆羅門而語吏言吾愛此子愛心隆厚未曾違失面折其意汝可方便假託因緣來求物時乍稱不在且令餘殘延引日月吏得語已即閉藏戶小復他行乞兒來集至大施所大施將來詣吏求物其吏不在比行推覓經歷時節困乃得之雖復得物不稱時要大施自念今此小吏自力何敢不承受我將是父意故使爾耳又人子之法不宜空竭父母之藏令其盡也令此藏中所殘無幾作是念已我當云何多得財寶用滿我意濟給羣生即問諸人今此世間作何事業可得多財用之難盡或有人言多種五穀修治園圃可得多財或有人言多養六畜隨時蕃息可得多財或有人言不避劇難遠出行賈最得多財或有人言唯有入海採求珍寶最得多財大施聞此而自言曰耕種養畜遠出行賈既非我宜得利無幾唯有入海此計可從我當力勵求辦此事作是念已往白父母今欲入海求多珍寶還用施給濟民所乏唯願見聽得遂所志父母聞語驚而問言世人入海窮貧無計分棄身命無所顧戀汝有何事復欲習此若欲布施我家所有一切衆物及藏中殘盡令汝用莫入大海又復海中衆難甚多水浪迴波摩竭大魚惡龍羅剎水色之山如是衆嶮難可經過汝有何急投身此難我等命存終不相聽宜息汝意勿多紛紜大施聞此願不從心甚懷悒感而自心念我今所願欲辦大事設復貪身事何由成以身布地伏父母前而

自言曰若必顉留違我志願伏身此地終不復起父母聞此心懷灼熱與諸内宫前諫諭曰海道遼遠嶮難事多徃者甚衆來還者尠念我求子禱祀諸天精誠懇惻靡所不遍經十二年因乃從願適汝長大欲得捨我念棄此志還起飲食從一日二日至于六日如是種種諫諭求曉其言如初執志不廻父母心懼自共議言此兒前後欲有所爲要令成辦未曾中退就令入海猶望還期今必拒遮到其七日交見其禍爲之柰何宜當聽去轉復在後言議已决俱來兒邊各捉一手而語兒言聽隨汝意起還就食大施聞此即起就飯飯食已訖即起出外廣行宣令告語衆人我今躬欲入海採寶誰欲徃者可共俱進我爲薩薄自辦行具於時國中有五百人聞是令

已僉然應命即辦所須剋定發日日到裝駕辭别趣道王與羣臣并其父母諸王太子臣民之類數千萬人送到路次各贈妙寶供道所須啼哭斷絶於是别去轉行數日止宿曠野值遇羣賊來欲伺盜菩薩憐愍即以所齎盡用匃與轉前到城城名放鉢城中有婆羅門名迦毗梨於時大施徃到其所欲從貸索三千兩金時婆羅門有一妙女身紫金色頭髮紺青端正絶世更無儔類八萬四千諸小國王皆爲太子求悉不許是時大施到其門中問迦毗梨欲共相見其女在内聞外語聲歡喜驚起語父母言在外語者斯是我壻時迦毗梨即出相見覩其色狀知必非凡聞其須金一切許給又復左手提金澡鑵右手捉女語大施言今我此女容妙殊異諸王遣使

各爲子求令覩薩薄端正相似請以此女用相奉侍大施答言我今方當涉難入海焉知能得安全還不預受君女此非所以迦毗梨言若令吉還當爲我受是時大施即許可之時迦毗梨歡喜便與三千兩金及餘所須於是共別轉前到海勑語賈人牢治其船令有七重候風以至推著海中以七張大索繫於岸邊便摇鈴唱令告衆賈人汝等皆聽海中之難黑風羅刹水浪洄澓惡龍毒氣水色之山摩竭大魚衆難甚多百伴入海時一安還誰欲退者可於此住索斷之後欲悔無及若能堅心不顧身命分捨父母兄弟妻子際遇安隱得七寶還者子孫七世食用不盡作是念已便斷一索日日如是七日復唱令已斷第七索望風舉帆船疾如箭普與衆賈到於寶所大施多聞明識諸寶輕重貴賤色貌好醜示諸賈客如是色寶致之不重價貴可取如是輩寶致重價賤各共莫取又復約勑取寶多少當令得中多則船重重則沉没少雖船輕不補勞苦誡語已訖各勤採拾積著船上寶足裝嚴便欲求還於時大施不欲上船諸人悉集問其意故大施答言我欲前進至龍王宮求如意珠盡我身命不得不還衆賈聞此愁慘無聊各共白言我曹之等憑賴薩薄捐棄所重冒嶮至此冀望相因全濟還家今者云何欲見棄捨大施答言我當爲汝自誓求願令汝曹等安隱還國諸賈人聞心怖乃安大施導師手執香爐向於四方而自立誓我不憚勞涉海求珍用濟羣生飢乏之困合集此德用求佛道若我至誠所願當就令

此衆賈及船珍寳不逢惡難安全還國作誓已訖衆賈前抱導師手足涕泣愴恨辭別還國斷索舉帆還閻浮提皆蒙安隱得出大海與衆別後前入於水水可齊膝行經七日轉復前行其水漸深可齊於岐復經七日如是前進七日齊腰七日齊項七日恒浮到一山邊兩手捉木刺山而上經乎七日乃徹山頂於彼山上平行七日復還下山七日徹下到於水邊水中皆有金色蓮華有諸毒蛇其毒極盛悉以其身纏蓮華根菩薩見此即自端坐繫心攝念入慈三昧念諸毒蛇本生之時皆由瞋恚嫉妬倍盛故生此中受斯惡形極以慈心矜憐悲念慈心已滿彼諸毒蛇皆自除歛大施即起蹋華而行復經七日乃得度蛇轉復前行見諸羅刹聞人香臭皆來求覓大施已見攝心慈觀諸羅刹輩敬心自生輭語來問欲何所至大施具答欲求如意寳珠羅刹歡喜而自念言此福德人去於龍宮其道猶遠云何使此經涉辛苦我當接過於諸嶮難即時接去度四百由旬乃還放地於是大施轉自前行見一銀城白淨皦然知是龍城歡喜往趣見其城外有七重壍滿諸壍中皆有毒蛇其毒猛盛視之可惡大施導師念諸毒蛇皆由前身怒害多盛故受如斯可惡之形念慈哀愍如視赤子慈心已滿毒蛇悉除即起蹈上行詣龍城見有二龍以身繞城交頭門閫見於大施仰頭愕視大施尋時復入慈心龍毒便除低頭不視大施即前蹋上而過城中有龍坐七寳殿遥見菩薩驚起自念今我城外七重壍中有毒蛇餘龍夜叉無

敢妄越斯是何人能來至此即前迎問作禮恭敬請令就座坐七寶牀種種美饍以用供養食已談語問其來意菩薩荅言閻浮提人貧窮辛苦求於財寶供衣食故殺害欺誑具造衆惡命終之後墜三惡道意甚憐愍欲救濟故涉嶮遠來見於大王求旃陀摩尼往用救濟積此功德誓求佛道若不拒逆唯見給與龍王荅言旃陀摩尼難得之寶汝故遐嶮正來爲此若能開意留住一月受少微供因爲說法旃陀摩尼爾乃可得菩薩可之龍王日日供設百味作諸妓樂供養菩薩菩薩便爲具足分別四念處慧經一月竟辭當還去龍王歡喜解髻寶珠以用奉上因而言曰大士慈普悲濟難及此志強猛必至佛道我願爲作智慧弟子菩薩可之而問之言今汝此

珠有何力能即荅之言此珠能雨二千由旬一切所須菩薩自念此珠雖快故未辦我曠濟大事諸龍大小送到門外重相辭謝於是別去轉復前行遥見一城純青瑠璃其色清潔復前往趣其城外邊亦七重壍諸壍之中亦滿毒蛇菩薩見已念此諸蛇瞋妒所致故來此中受此毒形端坐入慈極加哀念慈心已盛毒毋皆得除徑蹈其上往趣城門亦見二龍以身纏城交頭門閫已見菩薩擎頭怒視菩薩尋時思惟慈心慈心已滿其毒復除便復低頭菩薩蹈過爾時城中有一龍王坐七寶殿遥見菩薩驚起自念計我城外七重蛇壍諸龍夜义無能越者此是何人能來至此尋下迎問恭敬作禮請詣殿上坐七寶牀辦諸百味盛美飲食食竟徐徐談問所由菩薩

因答故來之意唯欲求乞旃陀摩尼龍王白言旃陀摩尼甚爲難得苟欲得者願受我請二月住此并見開示菩薩之行龍王供設種種飲食作諸妓樂而以供養菩薩具足爲其分別四神足事經二月已辭當還去龍王即出髻中寶珠以用奉上因立要誓大士慈心悲濟羣生其心廣大必至佛道我願爲作神足弟子菩薩可言如汝所願又復問此所與寶珠力能云何龍即答言此珠能雨四千由旬一切所須菩薩自念此珠轉勝雖復殊妙未稱我意諸龍大小送出門外各懷戀恨於是別後轉更前行見一金城其色晃晃甚爲妙好菩薩往趣見其城外亦七重壍諸壍之中亦滿毒蛇菩薩自念此諸毒蛇亦由前身習毒憎姤怒害盛故受此毒形端坐入慈極加愛念慈心已至毒蛇皆除便前登躡蹈上而過到於城門亦見二龍以身纏城交頭門閫已見菩薩仰頭愕視菩薩如法入于慈定龍毒得除低頭而視即前躡上度入城中彼時城中亦有龍王處於寶殿遥見菩薩愕然自念我此城外有七重壍滿中毒蛇餘龍夜叉無能越者今此何人能來至此心極奇怪尋下迎問致敬爲禮請令上殿施七寶牀讓之令坐坐已具食種種美味食已徐問所以來意菩薩答言閻浮提人薄德窮苦勞身役思殺害欺誑爲衣食故具十不善命終之後復墮三劇苦中意甚愍傷思欲救濟承海龍王有如意珠故涉遐嶮唯望得此龍王答言如意寶珠此難得物大士故來望當相與若欲得者四月留住受我微供并見教誨菩薩

尋可龍王歡喜日日施設百味上美躬自斟酌奉進甘食亦復勑作種種妓樂菩薩恒爲分別諸法名字本末廣宣其義龍王敬慕專意聽受朝夕問訊不失時節隨時所須龍自裁量諸龍夜叉來欲求現可進可退自立限度奉事四月善知時宜四月已竟菩薩辭去爾時其龍即解髻中如意之珠用奉上之因立誓願大士弘誓慈心曠濟悲彼羣生不憚勤勞必能成佛拔濟塗炭願作侍者總持弟子菩薩許之又復問言所可施珠力能何如龍王答言此珠能兩八千由旬七寶所須菩薩歡喜而自念言閻浮提地七千由旬此珠之德副我所望前後所得凡有三珠繫在衣角即起出城諸龍大小送到城外各懷悲戀遂共別去菩薩到前捉珠求願若今實是旃陀摩尼當令我身能飛虛空求願已訖即舉其身徑能飛翔出于海外已渡海難小眠休息是時海中有諸龍輩自共議言我曹海中唯此三珠其德甚大難有般比此人皆能索得持去可惜此寶當還攝取言議已竟密解持去菩薩眠覺看珠不在即自思惟此中無人必是海龍持我寶去我爲此珠經涉遐嶮今垂還國滿我所願雖取我珠吾終不放會當盡力抒此海水誓心剋志畢命於此若不得珠終不空歸思惟已定即行海邊得一龜甲兩手捉持方欲抒海海神知意來問之曰海水深廣三百三十六萬里正使一切人民之類盡來共抒不能使減況汝一身而欲辦此菩薩答言若人至心欲有所作事無不辦我得此寶當用饒益一切羣生以此功德用

求佛道我心不懈何以不能是時首陀會天遥見菩薩一身一意獨執勤勞欲用充濟安樂一切我曹云何不往佐助展轉相語來至其所菩薩下器一切諸天盡以天衣同淹水中菩薩出器諸天舉衣棄著餘處一反抒海減四十里二反抒之減八十里三反抒之減百二十里其龍惶怖來到其所語言止止更莫抒海菩薩尋休龍來問言汝求此寶用作何等菩薩答言欲用給濟一切衆生龍復問言如汝言者我曹海中衆生甚多何以不與必欲得去菩薩答言海中之類亦是衆生然無劇苦如閻浮提人民之類爲錢財故殺害欺誑作十不善死墮三塗我以人類解於法化故來索寶先充所乏後以十善而勸誨之龍聞其語出珠還之爾時海神見其精進強力所作即作誓言汝今如是精進不休必成佛道我願爲作精進弟子菩薩得珠復更飛去到便先問入海同伴賈客即下在地同伴見之驚喜無量皆共歎言甚奇甚特轉復前行到放鉢城迦毗梨婆羅門聞於菩薩海中吉還歡喜踊躍出迎問訊并請同伴爲設客會辦具種種餚饍飲食食訖談叙行路恤耗是時菩薩持其寶珠指歷其家婆羅門家内諸藏悉滿會者覩此歎未曾有時迦毗梨莊嚴其女若干種寶校飾其身躬手自捉金寶澡罐先洗自手後牽女臂授與菩薩菩薩爲受迦毗梨歡喜嚴五百妓女擇取才能工爲妓者具五百白象衆寶莊校極令奇異用送其女菩薩勑伴駕乘進路城中大小送到道次作衆妓樂導從還國大施父母自與兒別

憂結迷憒啼哭過哀其目俱冥盲無所見兒還到國禮拜問訊父母聞聲以手摩捫爾時審知大施還國悲喜交代窮責其子汝實無狀捨我入海困苦我曹微命趣存汝大海中得何等物菩薩出珠以授父母父母手捉而自言曰令我藏中如斯石比亦不少也何用辛苦方乃得此菩薩取珠指父母眼目欻明淨如風除雲既還得視心遂欣豫感此珠德歎言甚奇汝雖辛苦功不唐捐菩薩復捉其珠而從求願若是旃陀摩尼者使我父母下自然有七寶奇妙珍異牀座上有嚴淨七寶大蓋言訖尋成一切皆喜菩薩復更捉珠求願令我父母及王臣民一切諸藏皆悉盈滿即以其珠四向歷訖如語悉滿莫不驚喜即時遣人乘八千里象告閻浮提一切人民摩訶闍迦樊海中吉還得如意珠其德殊異却後七日當令其珠雨於一切珍寶衣食隨人所須自恣而取皆各齋戒儲偫以待告下遍已七日頭到大施菩薩沐浴其身著新淨衣至平坦地即持其珠著高幢頭手執香爐四方求願閻浮提人貧窮辛苦欲得濟給令無有乏若當實是旃陀摩尼便當次第雨衆所須求願已訖四方陰雨雲即時風起吹諸不淨瑕穢糞掃皆悉除去次雨微水以淹塵土次雨飲食百味上美次雨五穀次雨衣服次雨七寶種種奇珍閻浮提內衆寶積滿人民之類自恣而取上妙衣食盈溢有餘視諸珍寶猶如瓦石爾時菩薩觀民充足即遣臣吏四遠告下閻浮提內咸使聞知汝等羣民先由窮乏求於衣食及諸財寶更相欺誑殺害

極意見利忘義不推罪福命終皆墮三塗之中從冥入冥受罪多劫常相悲憐無由相濟故忘形苦涉嶮入海得此寶珠來用相救汝等既已更無乏短念自剋勵勤修十善攝身口意慈仁孝順精進御意勿懷放逸種種方便廣勑奉善因作文書告諸王臣謄其法誨咸令聞知更相勸督勿妄為非爾時一切閻浮提內既蒙大恩慈澤霑潤各思何方仰酬至德又蒙優教勑使修善咸皆慕義專習慈敬制身口意不妄犯非命終之後皆得生天如是舍利弗欲知爾時父婆羅門尼拘盧陀者今現我父淨飯王是爾時母者今現我母摩訶摩耶是時大施者今我身是銀城中龍者今舍利弗是瑠璃城中龍者目揵連是金城中龍者今阿難是時海神者今離越是阿難為龍王時奉事於我善知時宜乃至今日素自知時阿難欲得此三願者隨從其意阿難聞此歡喜踊躍從座處起長跪白佛當盡形壽為佛侍者時諸會者聞佛所說感念大恩專心剋勵思惟四諦諸法出要有得須陀洹斯陀含阿那含阿羅漢者有種辟支佛善因緣者有發無上正真道意者有得住不退地者咸共歡喜頂戴奉行

賢愚因緣經卷第八

音釋

悍（侯旰切 有力也）　儜（泥耕切 困也）　煢（葵營切 獨也）　罝（咨邪切 兔網也）　抒（丈呂切 挹也）

賢愚因緣經卷第九

元魏沙門慧覺譯

阿難總持緣品第四十

如是我聞一時佛在舍衛國祇樹給孤獨園爾時諸比丘咸皆生疑賢者阿難本造何行獲此總持聞佛所說一言不失俱往佛所而白佛言賢者阿難本與何福而得如是無量總持唯願世尊當見開示佛告諸比丘諦聽著心斯之總持皆由福德乃往過去阿僧祇劫爾時有一比丘畜一沙彌恒以嚴敕教令誦經日日課程其經足者便以歡喜若其不足苦切責之於是沙彌常懷憂惱誦經雖得食復不周若行乞食疾得食時誦經便足乞食若遲誦則不充若經不足當被切責心懷愁悶啼哭而行時有長者見其啼哭前呼問之何以憂惱沙彌答曰長者當知我師嚴難敕我誦經日日課限若其足者即以歡喜若其不充苦切見責我行乞食若疾得者誦經即足若乞遲得誦便不充若不得經便被切責以是事故我用愁耳於時長者即語沙彌從今已往常詣我家當供養食令汝不憂食已專心勤加誦經爾時沙彌聞是語已即得專心勤加誦學課限不減日日常度師徒於是俱用歡喜佛告比丘爾時師者定光佛是時沙彌者今我身是時大長者供養食者今阿難是乃由過去造是行故今得總持無有忘失爾時諸比丘聞是說已歡喜信受頂戴奉行

優婆斯兒所殺緣品第四十一

如是我聞一時佛在舍衛國祇樹給孤獨園

爾時羅閱祇國有賈客兄弟二人共住一處兄求長者女欲以爲婦其女年小未任出適於時其兄即與衆賈遠至他國經歷年歲滯不時還女年向大任可嫁處而語其弟卿兄遠行没彼不還汝今宜可納取我女其弟答言何有是事我兄存在不敢有違爾時長者數數陳説其弟意堅未曾迴轉長者不已詐作遠書託諸賈客説兄死亡弟聞兄死心乃愕然長者復往而告之曰卿兄已死女當云何卿若不取當思餘計弟被逼急即妻其女經歷數時女便懷妊兄後便乃從他國還於時其弟聞兄還國心懷愁懼逃至舍衛發跡之後諸親友輩按其婦腹墮其胎兒如是展轉到於佛前慙愧所逼求索出家佛知可度即時聽許蒙佛聽已便成沙門名優婆斯奉持律行精勤不懈應時便得阿羅漢道六通清徹衆智具足時兄到家見弟已取其婦嫉心内忿往追欲殺求索推問云至舍衛毒恚煩心即出重募誰能取我彼弟頭者當與重賞金五百兩時有一人來應其募我能往取其頭兄即出金用募其人相將俱進至舍衛國到彼見弟坐禪思惟於時彼人欻生慈心而作是念我當云何殺此比丘吾設不殺當奪我金引弓欲射當挽弓時向彼比丘至於放矢乃中其兄其兄懷恚憒惱而死後更受身作毒蛇形生彼道人戸樞之中毒心未歇規當害之戸數開閉擞身而死既死之後未能改操遂願更作小形毒蟲依彼道人屋間而住伺其道人端坐之時從屋間下墮其頂上惡毒猛熾即殺比丘時舍利弗見斯事已

往至佛所而白佛言彼死比丘本作何緣今現得道被毒而死唯願世尊當見開示佛告舍利弗善聽善念吾當爲汝具分別說乃往過去無數世中有辟支佛出現於世處在山林修道以遂其志時有獵師恒捕禽獸施設方計望伺苟得時辟支佛驚其禽獸令其獵師伺捕不得便懷瞋恚懊惱憤結即以毒箭射辟支佛時辟支佛心愍此人欲令改悔爲現神足所謂飛行履虛屈伸舒戢出没自在具足變現於時獵師見是事已心懷敬仰恐怖自責歸誠謝過求哀懺悔時辟支佛即受其懺悔懺悔已竟被毒而死其人命終便墮地獄既出地獄五百世中常被毒死至于今日得羅漢道猶爲毒蟲見螫斷命由興惡意即還懺悔而發誓願使我來世遭值聖師所得神足如今是人以是之故今得值我蒙獲道法爾時舍利弗及與衆會聞佛所說歡喜奉行

兒誤殺父緣品第四十二

如是我聞一時佛在舍衛國祇樹給孤獨園爾時有一老公早失其婦獨與兒居困無財寶覺世非常念欲出家即往佛所求索入道時佛憐愍即聽出家於時其父便作比丘時兒年小即爲沙彌恒共其父入村乞食暮還所止時有一村最爲邊遠至彼乞食逼暮當還其父年老行步遲緩其兒恐懼畏諸毒獸急扶其父排之進路執之不固推父倒地應時其父當手而死父死之後獨至佛所諸比丘問沙彌言汝朝與師至村乞食今爲所在沙彌答言我向與師至彼乞食日暮還時師

行小遲我恐怖故急推之推之手急撲師著地我師於時即死道中時諸比丘訶責沙彌汝大惡人殺父殺師即以白佛佛告之曰比師雖死不以惡意即問沙彌汝殺師不沙彌答言我實排之不以惡意而殺父也佛可其語如是沙彌我知汝心無有惡意過去世時亦復如是無有惡意而相殺害時諸比丘聞佛語已即共白佛不審世尊過去世時斯人父子有何因緣而便相殺佛言諦聽吾當說之過去無量阿僧祇劫時父子二人共生一處時父病極於時睡臥多有蚉蠅數來惱觸父即令兒遮逐其蠅望得安眠以解疲勞時兒急遮蠅遂數來數來不止兒便瞋恚即持大杖伺蠅當殺時諸蚉蠅競來父額以杖打之即殺其父當於爾時亦非惡意比丘當知爾時父者此沙彌是時兒以杖打父額者今彼死比丘是由於爾時無有惡心以杖打父殺之不以惡意今還相報亦非故殺於時沙彌漸漸修學勤加不懈遂得羅漢爾時諸比丘聞佛所說心悉信解歡喜奉行

須達起精舍緣品第四十三

如是我聞一時佛在王舍城竹園中止爾時舍衛國王波斯匿有一大臣名曰須達居家巨富財寶無限好喜布施賑濟貧乏及諸孤老時人因行爲其立號名給孤獨爾時長者生七男兒年各長大爲其納娶次第至六其第七兒端正殊異偏心愛念當爲妻娶欲得極妙容姿端正有相之女爲兒求之即語諸婆羅門言誰有好女相貌備足當爲我兒往求索之諸婆羅門便爲推覓展轉行乞到王

舍城城中有一大臣名曰護彌財富無量信敬三寶時婆羅門到家從乞國法施人要令童女持物布施護彌長者時有一女威容端正顏色殊妙即持食出施婆羅門婆羅門見心大歡喜我所覓者今日見之即問女言頗有人來求索汝不答言未也問言女子汝父在不其女言在婆羅門言語令出外我欲見之與共談語時女入内白其父言外有乞人欲得相見父便出外時婆羅門問訊起居安和善吉舍衛國王有一大臣字曰須達輔相識不答言未見但聞其名報言知不是人於彼舍衛國中第一富貴汝於此間富貴第一須達有兒端正殊妙卓略多奇欲求君女爲可爾不答言可爾值有賈客欲至舍衛時婆羅門作書因之送與須達具陳其事須達歡喜詣王求假爲兒娶婦王即聽之大載珍寶趣王舍城於其道次賑濟貧乏到王舍城到護彌家爲兒求妻護彌長者歡喜迎逆安置敷具暮宿其舍家内搔搔辦具飲食須達念言今此長者大設供具欲作何等將請國王太子大臣長者居士婚姻親戚設大會耶思惟所以不能了知而問之言長者今暮躬自執勞經理事務施設供具爲欲請王太子大臣答言不也欲請婚姻親戚會耶答言不也將何所作答言請佛及比丘僧於時須達聞佛僧名懔然毛竪如有所得心情悅豫重問之言云何名佛願解其義長者答言汝不聞乎淨飯王子厥名悉達其生之日天降瑞應三十有二萬神侍衛即行七步舉手而言天上天下唯我爲尊身黄金色三十二相八十

種好應王金輪典四天下見老病死苦不樂在家出家修道六年苦行得一切智盡結成佛降諸魔衆十八億萬號曰能仁十力無畏十八不共光明照耀三達遐鑒故號佛也須達問言云何名僧護彌答言佛成道已梵天勸請轉妙法輪至波羅柰鹿野苑中爲拘隣五人轉四眞諦漏盡結解便成沙門六通具足四意七覺八道悉練上虚空中八萬諸天得須陀洹無量天人發無上正眞道意次度鬱鞞迦葉兄弟千人漏盡意解如其五人次第度舍利弗目連徒衆五百亦得應眞如是之等神足自在能爲衆生作良祐福田故名僧也須達聞說如此妙事歡喜踊躍感念信敬企望至曉當往見佛誠款神應見地明曉尋明即往羅閱城門夜三時開初夜中夜後夜是謂三時中夜出門見有天祠即爲禮拜忽忘念佛心目還闇便自念言今夜故闇若我往者儻爲惡鬼猛獸見害且還入城待曉當往時有親友命終生四天見其欲悔便下語之居士莫悔也汝往見佛得利無量正使今得百車珍寶不如轉足一步徑趣世尊所得利深過踰於彼居士汝去莫悔正使今得百象珍寶不如舉足一步往趣世尊利過於彼居士汝去莫悔正使今得一閻浮提滿中珍寶不如轉足一步至世尊所得利弘多居士汝去莫悔正使今得一四天下滿中珍寶不如舉足一步至世尊所所得盈利踰過於彼百千萬倍須達聞天說如此語益增歡喜敬念世尊闇即得曉尋路往至到世尊所爾時世尊知須達來出外經行是時須達遥見

世尊猶如金山相好威容儼然昞著過踰護彌所說萬倍覩之心悅不知禮法直問世尊不審瞿曇起居何如世尊即時命令就坐時首陀會天遥見須達雖覩世尊不知禮拜供養之法化爲四人行列而來到世尊所接足作禮胡跪問訊起居輕利右繞三帀却住一面是時須達見其如是乃爲愕然而自念言恭敬之法事應如是即起離座如彼禮敬問訊起居右繞三帀却住一面爾時世尊即爲說法四諦微妙苦空無常聞法歡喜便染聖法成須陀洹譬如淨潔白氎易染爲色長跪合掌問世尊言舍衛城中如我伴輩聞法易染更有如我比不佛告須達更無有二如卿之者舍衛城中人多信邪難染聖教須達白佛唯願如來垂神降屈臨覆舍衛使中衆生除邪就正世尊告曰出家之人法與俗别住止處所應當有異彼無精舍云何得去須達白佛言弟子能起願見聽許世尊默然須達辭往爲兒娶婦竟辭佛還家因白佛言還到本國當立精舍不知模法唯願世尊使一弟子共往勑示世尊思惟舍衛城中婆羅門衆信邪倒見餘人往者必不能辦唯舍利弗是婆羅門種少小聰明神足兼備去必有益即便命之共須達往須達問言世尊足行日能幾里舍利弗言日半由旬如轉輪聖王足行之法世尊亦爾是時須達即於道次二十里作一客舍計校功作出錢雇之安止使人飲食敷具悉皆令足從王舍城至舍衛國還來到舍共舍利弗案行諸地何處平博中起精舍案行周遍無可意處唯王太子祇陀有園

其地平正其樹鬱茂不遠不近正得處所時舍利弗告須達言今此園中宜起精舍若遠作之乞食則難近處憒鬧妨廢行道須達歡喜到太子所白太子言我今欲爲如來起立精舍太子園好今欲買之太子笑言我無所乏此園茂盛當用遊戲逍遥散志須達慇懃乃至再三太子貪惜增倍求價謂呼價貴當不能買語須達言汝若能以黃金布地令間無空者便當相與須達曰諾聽隨其價太子祇言我戲語耳須達白言爲太子法不應妄語妄語欺詐云何紹繼撫恤人民即共太子欲往訟了時首陀會天以當爲佛起精舍故恐諸大臣偏爲太子即化作一人下爲評詳語太子言夫太子法不應妄語已許價決不宜中悔遂斷與之須達歡喜便勑使人象負

金出八十頃中須臾欲滿殘有少地須達思惟何藏金足不多不少當足滿之祇陀問言嫌貴置之答言不也自念金藏何者可足當補滿之祇陀念言佛必大德乃使斯人輕寶乃爾敎齊是止勿更出金園地屬卿樹木屬我我自上佛共立精舍須達歡喜即然可之即便歸家當施功作六師聞之往白國王長者須達買祇陀園欲爲瞿曇沙門興立精舍聽我徒衆與共較術沙門得勝便聽起立若其不如不得起也瞿曇徒衆住王舍城我等徒衆當住於此王召須達而問之言今此六師云卿買祇陀園欲爲瞿曇沙門起立精舍求共沙門弟子較其技術若得勝者得立精舍苟其不如便不得起須達歸家著垢膩衣愁惱不樂時舍利弗明日時到著衣持鉢至

須達家見其不樂即問之曰何故不樂須達答言所立精舍但恐不成是故愁耳舍利弗言有何事故畏不成就答言今諸六師詣王求較尊人得勝聽立精舍若其不如遮不聽起此六師輩出家來久精誠有素所學技術無能及者我今不知尊人技藝能與較不舍利弗言正使此輩六師之衆滿閻浮提數如竹林不能動吾足上一毛欲較何等自恣聽之須達歡喜更著新衣沐浴香湯即往白王我已問之六師欲較恣隨其意國王是時告諸六師今聽汝等共沙門較時諸六師宣語國人却後七日當於城外寬博之處與沙門較舍衛國中十八億人時彼國法擊鼓會衆若擊銅鼓十二億人集若打銀鼓十四億集若振金鼓一切皆集七日期滿至平博處椎擊金鼓一切都集六師徒衆有三億人是時人民悉爲國王及其六師敷施高座爾時須達爲舍利弗而施高座時舍利弗在一樹下寂然入定諸根寂默遊諸禪定通達無礙而作是念此會大衆習邪來久憍慢自高草芥羣生當以何德而降伏之思惟是已當以三德即立誓言若我無數劫中慈孝父母敬尚沙門婆羅門者我初入會一切大衆當爲我禮爾時六師見衆已集而舍利弗獨未來到便白王言瞿曇弟子自知無術僞求較能衆會既集怖畏不來王告須達汝師弟子較時已至宜來談論時須達至舍利弗所長跪白言大德大衆已集願來詣會時舍利弗從禪定起更整衣服以尼師壇著左肩上徐詳而步如師子王往詣大衆是時衆人見其形容

法服有異及諸六師忽然起立如風靡草不覺爲禮時舍利弗便昇須達所敷之座六師衆中有一弟子名勞度差善知幻術於大衆前呪作一樹自然長大蔭覆衆會枝葉鬱茂華果各異衆人咸言此變乃是勞度差作時舍利弗便以神力作旋嵐風吹拔樹根倒著於地碎爲微塵衆人皆言舍利弗勝勞度差便爲不如又復呪作一池其池四面皆以七寶池水之中生種種華衆人咸言是勞度差之所作也時舍利弗化作一大六牙白象其一牙上有七蓮華一一華上有七玉女其象徐詳往詣池邊并含其水池即時滅衆人悉言舍利弗勝勞度差不如復作一山七寶莊嚴泉池樹木華果茂盛衆人咸言此是勞度差作時舍利弗即便化作金剛力士以金剛杵遥用指之山即破壞無有遺餘衆會皆言舍利弗勝勞度差不如復作一龍身有十頭於虚空中雨種種寶雷電震地驚動大衆衆人咸言此亦勞度差作時舍利弗便化作一金翅鳥王擘裂噉之衆人皆言舍利弗勝勞度差不如復作一牛身體高大肥壯多力麤脚利角跑地大吼奔突來前時舍利弗化作師子分裂食之衆人言曰舍利弗勝勞度差不如復變其身作夜叉鬼形體長大頭上火然目赤如血四牙長利口目出火驚躍奔赴時舍利弗自化身作毗沙門王夜叉恐怖即欲退走四面火起無有去處唯舍利弗邊涼冷無火即時屈伏五體投地求哀脱命辱心已生火即還滅衆咸唱言舍利弗勝勞度差不如時舍利弗身昇虚空現四威儀行住坐

卧身上出水身下出火東没西踊西没東踊北没南踊南没北踊或現大身滿虚空中而復現小或分一身作一百千萬億身還合爲一於虚空中忽然在地履地如水履水如地現是變已還攝神足坐其本座時會大衆見其神力咸懷歡喜時舍利弗即爲説法隨其本行宿福因縁各得道迹或得須陀洹斯陀含阿那含阿羅漢者六師徒衆三億弟子於舍利弗所出家學道較技訖已四衆便罷各還所止長者須達共舍利弗往圖精舍須達手自捉繩一頭時舍利弗自捉繩一頭共經精舍時舍利弗欣然含笑須達問言尊人何笑答言汝始於此經地六欲天中宫殿已成即借道眼須達悉見六欲天中嚴淨宫殿問舍利弗是六欲天何處最樂舍利弗言下三天中色欲染厚上二天中憍逸自恣第四天中少欲知足恒有一生補處菩薩來生其中法訓不絶須達言曰我正當生第四天中出言已竟餘宫悉滅唯第四天宫殿湛然復更從繩時舍利弗慘然憂色即問尊者何故憂色答言汝今見此地中蟻子不耶對曰已見時舍利弗語須達言汝於過去毗婆尸佛亦於此地爲彼世尊起立精舍而此蟻子在此中生尸棄佛時汝爲彼佛亦於是中造立精舍而此蟻子亦在中生毗舍浮佛時汝爲世尊於此地中起立精舍而此蟻子亦在中生拘留秦佛時亦爲世尊在此地中起立精舍而是蟻子亦於此生迦那含牟尼佛時汝爲世尊於此地中起立精舍而此蟻子亦在中生迦葉佛時汝亦爲佛於此地中起立精舍

而此蟻子亦在中生乃至今日九十一劫受一種身不得解脱生死長遠唯福爲要不可不種是時須達悲心憐傷經地已竟起立精舍爲佛作窟以妙栴檀用爲香泥別房住止千二百人凡百二十處別打揵椎施設已竟欲往請佛復自思惟上有國王應當令知若不啓白儻有瞋恨即往白王我爲世尊已起精舍唯願大王遣使請佛時王聞已即遣使者詣王舍城請佛及僧唯願世尊臨覆舍衛爾時世尊與諸四衆前後圍遶放大光明震動天地至舍衛國所經客舍悉於中止道次度人無有限量漸漸來近舍衛城邊一切大集持諸供具迎待世尊世尊到國至廣博處放大光明遍照三千大千世界足指案地地皆震動城中妓樂不鼓自鳴盲視聾聽瘂語僂伸癃殘拘癖皆得具足一切人民男女大小覩斯瑞應歡喜踊躍來詣佛所十八億人都悉集聚爾時世尊隨病投藥爲說妙法宿緣所應各得道迹有得須陀洹斯陀含阿那含阿羅漢者有種辟支佛因緣者有發無上正眞道意者各各歡喜奉行佛告阿難今此園地須達所買林樹華果祇陀所有二人同心共立精舍應當與號太子祇陀樹給孤獨園名字流布傳示後世爾時阿難及四部衆聞佛所說頂戴奉行

大光明始發無上心緣品第四十四

如是我聞一時佛在羅閱祇迦蘭陀竹園爾時阿難在林樹間靜坐思惟欻生此念如來正覺諸根具足功德慧明殊妙難量世尊先昔本何因緣發此大乘無上之心修習何事

而得如是勝妙之利作是念已即從禪起往詣佛所頭面作禮前白佛言如諸如來於諸世間人天之中最尊最妙功德慧明巍巍無量不審先昔以何因緣發此大乘無上之心佛告阿難汝欲知者善思念之吾當爲汝具分別說阿難白佛諾當善聽佛告阿難過去久遠無量無邊不可思議阿僧祇劫此閻浮提有大國王名摩訶波羅婆修(此言大光明)主五百小國爾時大王與諸羣臣俱出遊獵王所乘象欲心熾盛擔王馳走奔逐牸象漸逼林木突入樹間象師白王捉樹自立足得全濟王用其言俱捉持樹象去之後王心大怒苦責象師欲即殺之由御調象不合制度致使今者僅危吾身象師白王調之如法但今此象爲欲所惑欲心難調非臣咎也願見寬恕却後三日象必自還觀臣試之萬死不恨即便停置如期三日象還詣宮爾時象師燒七鐵丸令色正赤逼象吞之象不敢違吞盡即死王意開解及諸羣臣歎未曾有復問之曰如此欲心誰能調者時有天神感悟象師令答王曰佛能調之王聞是語便發心言如此膠固難調伏法唯佛能除即自誓願願求作佛精勤歷劫未曾休替至於今日果獲其報佛告阿難欲知爾時大國王者今我身是爾時衆會聞佛所說咸發無上正眞道意歡喜踊躍不能自勝頂受奉行

勒那闍耶緣品第四十五

如是我聞一時佛在迦毗羅衛國尼拘盧陀僧伽藍爾時諸釋覩見世尊光明神變闡揚妙化甚奇甚特巍巍堂堂無能及者又復歎

美憍陳如等宿有何慶如來出世法鼓初振最先得聞甘露始降而便蒙澤永離垢穢心體玄要城營村邑羣黨相隨異口同音稱讚無量時諸比丘聞是語已往至佛所頭面禮足前白佛言今此國界人民之類咸共集聚異口同音讚詠世尊若干德行及與五人宿有何慶獨先蒙度佛告比丘非獨今日先度五人我於久遠亦濟此等以身爲船救彼没溺全其生命各得安隱得至彼岸吾今成佛先拔濟之時諸比丘即白佛言不審世尊先昔之時云何拔濟令各安隱唯願世尊當爲說之佛告比丘若樂聞者當爲汝說皆曰唯然佛告比丘過去久遠此閻浮提波羅柰國時彼國王名梵摩達爾時國中有大薩薄名勒那闍耶遊出於外到林樹間見有一人涕泣悲切以索繫樹入頭在罥欲自戮死便前問之汝何以爾人身難得命復危脆衰變無數恒恐自至種種曉喻教令捨索人報之曰我之薄福貧窮理極債負盈集甚多難計諸債主輩競見剝脫日夜催切憂心不釋天地雖寬無容身處今欲自没避離此苦仁雖諫及存不如死爾時薩薄即許之曰卿但自釋所負多少悉代汝償作是語已彼人便休歡喜踊躍感戴無量隨從薩薄俱至市中宣令一切云欲償債時諸債主競共雲集迎取所負來者無限空竭其財財貨已盡猶不畢債妻子窮凍乞匃自活宗親國邑悉共訶嫌此是狂夫自破家業當于是時有衆賈人勸進薩薄欲共入海即答之曰爲薩薄法當辦船具我今窮困無所復有何緣得從衆人報言

我等衆人凡有五百開意出錢用辦船具聞是語已即便許可衆人投合大獲金寳爾時薩薄以三千兩金千兩辦船千兩辦粮千兩用俟船上所須餘故大有給活妻子便於海邊施作大船船有七重嚴辦已訖推著水中以七大索繫著岸邊鳴擊大鈴宣令一切誰欲入海得大妙寳奇珍異物用無盡者今可雲集共詣寳所復告之曰其誰不愛父母妻子閻浮提樂及身命者乃可往耳所以然者大海之中難險衆多迴波暴風大魚惡鬼如是種種不可具陳作是語已即斷一索日日如是至第七日斷索都盡船即馳去便於道中卒遇暴風碎破船舫衆人喚救無所歸依或有能得板檣浮囊以自度者或有墮水溺死之者中有五人共白薩薄依汝來此今當沒死危險垂至願見拔度薩薄答曰吾聞大海不宿死屍汝等今者悉各捉我我爲汝故當自殺身以濟爾厄誓求作佛後成佛時當以無上正法之船度汝生死大海之苦作是語已以刀自刎命斷之後海神起風吹至彼岸得度大海皆獲安隱佛告比丘欲知爾時勒那闍耶者今我身是時五人者拘隣等是我於先世濟彼人等生死之命今得成佛令其五人皆最初得無漏正法遠離長流結使大海爾時諸比丘皆共讃歎如來大悲深妙難量咸勤克勵聞佛所說歡喜奉行

迦毗梨百頭緣品第四十六

如是我聞一時佛在摩竭國竹園之中爾時世尊與諸比丘向毗舍離到棃越河所是時河邊有五百牧牛人五百捕魚人其捕魚者

作三種網大小不同小者二百人挽中者三百人挽大者五百人挽於時如來去河不遠而坐止息及諸比丘亦皆共坐時捕魚人網得一魚五百人挽不能使出復喚牧牛人衆合有千人併力挽出得一大魚身有百頭若干種類驢馬駱駝虎狼猪狗猨猴狐狸如斯之屬衆人甚怪競集看之是時世尊告阿難曰彼有何事大衆皆集汝往試看阿難受敎即往看視見一大魚身有百頭還白世尊如所見事世尊尋時共諸比丘往至魚所而問魚言汝是迦毗梨不答言實是鄭重三問汝是迦毗梨不答言實是復問教匠汝者今在何處答言墮阿鼻獄中爾時阿難及於大衆不知其緣白世尊曰今者何故喚百頭魚爲迦毗梨唯願垂愍而見告示佛告阿難諦聽諦聽當爲汝說昔迦葉佛時有婆羅門生一男兒字迦毗梨（此言黄頭）聰明博達於種類中多聞第一唯復不如諸沙門輩其父臨終慇懃約勑汝愼莫與迦葉沙門講論道理所以者何沙門智深汝必不如父没之後其母問曰汝本高明今頗更有勝汝者不答言沙門殊勝於我母復問言云何爲勝答言我有所疑往問沙門其所演說令人開解彼若問我我不能答以是之故自知不如母復告言何以不往學習其法答言欲學其法當作沙門我是白衣何緣得學母復告曰僞作沙門學習已達還來在家奉其母教而作比丘經少時間讀誦三藏綜練義理母問之曰今得勝未答言學問中勝不如坐禪何以知之我問彼人悉能分別彼人問我我不能知因是事故

未與他等毋復告曰自今已往若共談論儻不如時便可罵辱迦毗梨言出家沙門無復過罪云何罵之答言但罵卿當得勝時迦毗梨不忍違母後日更論理若短屈即便罵言汝等愚騃無所識别劇於畜生知曉何法諸百獸頭皆用比之如是數數非一非二緣是果報今受魚身而有百頭阿難問佛何時當得脱此魚身佛告阿難此賢劫中千佛過去猶故不脱爾時阿難及於衆人聞佛所説悵然不樂悲傷交懷咸共同聲而作是言身口意行不可不慎時捕魚人及牧牛人一時俱共合掌向佛求索出家淨修梵行佛即可言善來比丘鬚髮自落法衣在體便成沙門是時世尊爲説妙法種種苦切漏盡結解成阿羅漢復爲會衆廣説諸法分别四諦苦集滅道有得初果乃至四果有發大道意者其數甚多爾時四衆聞佛所説歡喜奉行

淨居天請洗浴緣品第四十七

如是我聞一時佛在舍衛國祇樹給孤獨園爾時首陀會天下閻浮提至世尊所請佛及僧洗浴供養世尊默然以爲許可即設飲食并辦洗具温室煖水調和適體酥油浣草皆悉備有施設已辦白世尊曰食具已訖唯聖知時於是世尊及諸比丘納受其供盡共洗浴并享飲食其食甘美世所希有食竟澡漱各還本坐是時阿難長跪合掌白世尊曰此天往昔作何功德形體殊妙威相奇持光明顯赫如大寶山唯願世尊敷演其事佛告阿難諦聽善持吾當解説乃往過去毗婆尸佛時此天彼世爲貧家子恒行傭作以供身口

聞毗婆尸佛說浴僧之德情中欣然思設供養便勤作務得少錢穀用設洗具并及飲食請佛衆僧而以盡奉由此福行壽終之後生首陀會天有此光相佛告阿難而此天者非但今日請佛及僧尸棄佛時亦來世間供養世尊及於衆僧乃至迦葉佛時亦復如是佛告阿難此天非但承供七佛於當來世賢劫之中千佛興出亦當一一洗佛及僧猶如今日無有差別爾時世尊因授天記於未來世滿阿僧祇一百劫之中當得作佛號曰淨身十號具足所化衆生乃可限量爾時阿難及諸四衆聞佛所說歡喜無量咸作是言如來出世所利益大如是少施獲報彌多佛告阿難善哉善哉如汝所言因爲衆會廣說妙法其聞法者有得道迹往來不還遠應眞者發大道意各各歡喜頂受奉行

賢愚因緣經卷第九

賢愚因緣經卷第十

元魏沙門慧覺譯

摩訶令奴緣品第四十八

如是我聞一時佛在迦維羅衛國尼拘盧陀僧伽藍佛初還國於時諸釋覩佛威儀相好殊異身體金色三十二相視之無猒各共羣聚街陌市里異口同音歎說如來於此衆中無有儔類實可敬哉時諸比丘聞是論已並共白佛說其諸人歎詠之詞於時世尊告諸比丘汝等當知吾乃往昔於此衆中最尊最妙不但今日時諸比丘各共白佛不審世尊過去世時於此衆中最尊最妙其事云何爾時世尊告諸比丘諦聽諦聽善著心中吾當爲汝具足解釋過去世事對曰唯然願樂欲聞佛便爲說過去無量不可思議阿僧祇劫此閻浮提有大國王名曰令奴其王統領八萬四千諸小國王一萬大臣五百太子夫人婇女合有二萬最大夫人字提婆跋提最後懷妊生一太子其兒端正身紫金色其髮紺青兩手掌中千輻輪相其左足底有馬形相其右足底有白象相其兒福德人中奇尊即依父母而爲立字提婆令奴乳哺長大令奴大王卒遇時病其命將終諸小國王羣臣太子咸來問病因問大王假其終沒諸王太子誰應紹嗣時王報曰若我諸子有能具足十功德者乃立爲王何等十德一者身紫金色其髮紺青二者兩手掌中有金輪相具足不缺三者其右足底有白象相四者其左足下有馬形相五者著王衣服與身相可不大不小六者坐王御座威德巍巍其坐安隱七者

諸王羣臣歡喜敬禮稱善無量入於後宫夫人婇女踊躍歡喜作禮恭敬八者若將至於天祠泥天木像悉爲作禮九者福德威力能雨七寶稱給一切十者其母是誰提婆跋提夫人所生若有具足是十功德斯乃立之用作大王教勑已竟無常對至遂便命終諸王臣民五百子中從其大者次以十事觀相其身此諸太子身無金色髮無紺青手掌無輪足底無有象馬之相著王者服不相應當坐于御座其木師子驚張起立欲摶嚙之諸王臣民悉不敬禮將至宫内夫人婇女悉不歡喜無禮敬者設入天祠自禮大像諸餘泥木天像悉不作禮語使雨寶亦復不能又復不是提婆跋提夫人所生乃至五百諸大太子於十事中乃無一事最下小子身紫金色其髮紺青看其兩手輪相具足覩其脚底象形馬相晒然如畫著王法服與身相可坐於御座福德巍巍諸王臣民無不敬禮入於後宫夫人婇女敬奉作禮將至天祠泥木天像悉皆爲禮教使雨寶始語即雨問是誰生提婆跋提夫人所生十事具足諸王臣民即拜爲王至十五日日初出時有金輪寶從東方來輪有千輻縱廣一由旬王即下座右膝著地跪而言曰若我福德應爲王者輪當稱我即如其言來在殿前住虛空中白象寶者從香山來毛尾貫珠若王乘上象皆能飛從朝至午遍四天下若以足行足所觸地即成金沙紺馬寶者身紺青色其馬毛尾皆悉珠色皆雨七寶若王乘上一食之頃遊四天下不疲不勞神珠寶者自然而至其珠光明晝夜恒

照百二十里內復能雨於七寶稱給一切玉女寶者自然而至端正殊妙稱適王意典藏臣者王須七寶隨意給足終無乏盡其典兵臣王若欲須四種兵時顧視之頃諸兵悉集行陣嚴整威力非凡七寶既具坐自思惟吾享斯位皆由前身宿種福業乃致之耳今當紹繼使不斷絕即以香湯洗浴其身著新淨衣手執香爐向于東方跪而言曰東方快士來受我請即時便有二萬辟支佛來至王宮南西北方悉皆請之時有六萬辟支佛來受王請王與諸臣四事供養其八萬四千諸小國王離家來久即啓大王欲辭還國王即聽之因啓王曰此中快士其數甚衆願王垂愍減省少許與臣供養願使將來共享斯福於時大王即以四方辟支佛與諸小王隨時供養經八萬四千歲諸王臣民命終之後皆得生天佛告諸比丘欲知爾時令奴王者今現我父白淨王是爾時提婆跋提夫人者今現我母摩訶摩耶是爾時提婆令奴王者今我身是爾時五百太子者今此五百釋是我乃爾時於諸人中最爲尊妙吾今成佛衆相具足於此衆中最爲奇妙時諸大會聞佛所說有得須陀洹者斯陀含阿那含阿羅漢者有種辟支佛因緣者有發菩薩心成不退者衆坐歡喜頂戴奉行

善求惡求緣品第四十九

如是我聞一時佛在舍衛國祇樹給孤獨園爾時提婆達多雖復出家利養蔽心作三逆罪推山壓佛傷佛脚指復縱放黒象欲令害佛别僧兩部殺漏盡比丘尼以故殺生疑畏

受後報時有六師即往問之六師便爲說諸邪見言爲惡無罪爲善無福信敬心生喪斷善根是時阿難析體愛重惋恨情深悲哽懊惱白世尊言調達愚癡造不善業壞破善根辱釋種子爾時世尊告阿難言提婆達多非但今世爲利養故斷破善根過去世時亦貪利養喪身失命阿難白佛言世尊提婆達多過去世時貪利喪身其事云何願樂欲聞佛告阿難善聽當說往昔無量不可思議阿僧祇劫此閻浮提有國名波羅㮈時有薩薄名摩訶夜移其婦懷妊自然仁善意性柔和月滿生男形體端正父母愛念施設美饍延請親戚并諸相師共相娛樂抱兒示衆爲其立字相師問言此兒受胎已來有何瑞應其父答言受胎已來其婦自然慈心和善相師即爲立字名爲善求乳哺長大好積諸德慈慇衆生次後懷妊自然弊惡期滿生男形體醜陋即請相師爲其立字相師問言此兒懷妊有何感應答言懷兒已來受性弊惡於時相師即爲立字名曰惡求乳哺長大好爲惡事恒生貪心懷嫉妬意年各長大欲行共賈入海求索寶物各有五百侍從前後而發途路懸遠中道乏粮經於七日去死不遠是時善求及諸賈人咸共誠心禱諸神祇欲濟飢儉於空澤中遥見一樹枝葉鬱茂便即趣之有一泉水善求及衆悉共誠心求哀救護誠感神應現身語之斫去一枝所須當出諸人歡喜便斫一枝美飲流出斫第二枝種種食出百味具足咸共承接各得飽滿斫第三枝出諸妙衣種種備具斫第四枝種種寶物悉皆

具足莊嚴悉備所須盡辦惡求後到衆人如前盡得充足便自念言今此樹枝能出如是種種好物況復其根今當伐之足得極妙佳好之物思惟心定令人伐之是時善求聞如是語懷憤懊惱語惡求言我等飢乏命在旦夕蒙此樹恩得濟餘命云何懷此弊惡之心而欲伐之爾時惡求不用其言即掘其根善求感佩不忍見之領衆歸家伐樹已竟有五百羅刹取此惡求及衆賈人悉皆噉之財物伴侶一切喪失佛告阿難爾時善求者今我身是爾時父者今現我父淨飯王是爾時母者今現我母摩訶摩耶是也時惡求者今提婆達多是阿難提婆達多非但今日作不善事貪利養故世世常造我於往昔常與相值恒敎善法而不用之反更以我爲怨爾時阿難及四部衆聞佛所說悲喜交集咸自勸勵頂戴奉行

善事太子入海緣品第五十

如是我聞一時佛在羅閱祇耆闍崛山中與大比丘僧圍遶說法爾時賢者阿難見提婆達多於如來所常懷嫉妬驅飲醉象推山鎮佛種種方便欲得危害然佛慈心常有矜愍於羅睺羅及提婆達多視之一等無有差別賢者阿難覩其如是常懷惋悵思惟在意從座而起偏袒右肩長跪合掌歎說是事佛告阿難提婆達多不但今日興惡於我宿世之時亦傷害我然我於彼常慈念之賢者阿難即白佛言不審世尊提婆達多亦爲傷害爾時慈愍其事云何願具說示佛告阿難過去久遠無量無數不可思議阿僧祇劫此閻浮

提有一國王名曰勒那跋彌此言寶鎧領五百小國王有五百夫人婇女皆無有子王便禱祠諸天日月山海樹神經年歷紀不獲子息王大愁憂而自念言我今無子旦夕崩亡國無紹繼天下必亂所以者何五百諸臣不相賓伏便當力諍强弱相陵枉殺無辜亡國喪民莫不由此念是事已益增憒惱時有天神知王至意於王夢中而語王言城外林中有二仙士其第一仙身有金色福德聰辯不可逮及汝苟須子可往求請必當迴意來生王家王尋驚悟差有喜色即勑駕乘單將數人遍往推覓便得見之即向求哀種種自說國無繼嗣憂深慮重貪屈大仙來生我家紹繼國嗣去我憂患若不見恥唯垂降顧爾時仙人見王慇懃不忍拒逆即便可之第二仙人復語王言我亦當往生於王家王大歡喜便辭還宮經歷數時金色仙人即取命終大王夫人名曰蘇摩即覺有身聰明女人能得此智知所懷妊分別男女便自說言我所懷妊必當是男王及宮內聞此語已欣悅無量王勑宮內夫人婇女盡共承給稱悅其意牀褥飲食極令細軟將護進止不臨危險十月已滿其大夫人便生男兒端正絶異身紫金色其髮紺青人相具足王及內外觀之無猒因召相師令占相之相師尋諳上下觀相歡喜踊躍而白王言此兒相好人中難有聰明福德不可逮及王聞遂喜復告相師可爲立字相師問王今此太子受胎已來有何變異王即答言此太子母素來妬惡樂人之過妄舉姦非見他人善心不爲喜懷妊已來志性改異

爲人慈仁矜愚愛智好修施惠等意護養相師聞此讚言善哉此是兒志寄情於母便爲立字名迦良那伽梨此言善事其第二夫人名曰弗巴第二仙人亦復命終生於第二夫人腹中日月足滿便生男兒形體狀貌無他殊異復召相師次令相師而瞻相之相師披觀而語之言此太子者是常人耳福德智能爲足自住王復勑之爲其立字相師復言有何異事王語相師此太子母素性忠良爲人慈順樂宣人善懷妊已來反更樂惡嫉妬賢能見善不喜相師復言此亦兒志寄之於母故使然耳因即立字爲波婆伽梨此言惡事其王爾時注心愛念迦良那伽梨不失其意即勑爲起三時之殿冬時居溫殿春秋居中殿夏時居涼殿安置妓直而娛樂之太子漸大聰辯殊異學諸世典十八部經誦持通利幷善其義後辭出遊王即聽之勑治道陌除去不淨乘大白象金銀校飾千乘萬騎導從前後街道陌中一切人民夾道兩邊諸樓閣上觀者無數皆言太子孰似梵天威相姿貌人中希有爾時太子見諸乞兒身體羸瘦衣被弊壞左捉破器右持折杖卑言求哀從人乞匃太子問曰何以乃爾羣臣答言如此人輩或無父母孤窮單獨無所依仰癃疾狂病不能作役無一錢儲身口所切是使爾耳太子慈愍心深增悼轉復前行見諸屠兒殺害畜生稱割稱賣太子問言何以作此尋各答言我不必樂祖父已來以此爲業若捨此事無以自濟太子聞此長歎而去轉前到田見諸耕者墾地蟲出蝦蟇拾吞復見有蛇吞食蝦蟇孔雀

飛來啄食其蛇太子問人此作何等耕者答言此是我業於中下種後當得穀以自供食并輸王家太子歎曰人由飲食殺害衆生役身役力辛苦乃爾轉復前行見諸獵師趣向羣鳥挽弓欲射復見安網張施在地見諸禽獸墮在其中驚張鳴叫不能得脫太子問言皆作何等咸皆答言捕諸禽獸以自供濟太子聞此深歎捨去到河池邊見捕魚師張網捕魚狼藉在地跳踉伸縮死者無數太子復問皆各答言我仰此魚用供衣食太子長歎愍哀羣生爲衣食故乃當如是殺害衆生供俟身口殃罪日資後報如何便迴還宮憂念不樂往白父王願賜一願王答之曰恣汝所欲不相違逆太子白王出行遊觀覩彼羣品爲衣食故欺誑殺害積罪日增意甚悼愍欲得供濟願王聽我用於王藏自恣布施充民所乏王於太子倍加愛念聞其所語不能違意即便可之於是太子即時宣下告諸人民迦良伽梨太子布施窮困乏短之者一切施給皆悉來取若有欲須金銀寶物衣服飲食及餘所須當施與之即開王藏出諸寶物著諸城門及置市中隨人所須一切悉給爾時諸國沙門婆羅門貧窮孤老癃殘疾病強弱相扶次第而至須衣與衣須食與食金銀寶物恣意而與爾時人民展轉相語遍閻浮提皆悉來集用王寶藏三分向二時典藏臣入白王言大王典領五百小國諸國使命當有往反事須寶物還相報遺太子布施用王內藏三分之物向用其二王可思之勿令後悔王聞是語而告臣言我此太子意好布施其

心猛盛不可迴轉若當禁遮儻違其意令其憂惱當云何耶分恣其意莫得違失如是數時太子布施所殘藏物三分用二臣復白王前所殘物日日布施三分之中已更用二餘殘少許當俟信遺不可盡用願王熟思後莫見咎王便思惟而告臣曰吾愛此子特復倍餘不忍顯露違逆其意若來索寶小避行來若其急索且復與之乍得乍否可延日月爾時藏臣得王教已太子後日來索寶時其臣託緣餘處行來或時索得或時不得不能一一稱其所須太子覺之而自念言今此藏臣有何力能敢違失我不相承用將是王意故使爾耳又人子禮不應竭用父母庫藏令其盡也今此藏中所殘無幾我當云何得於財寶給施一切令無有盡作是念已即問諸人

今此世間作何事業可得多財稱意足用有一人言不避劇難遠出販賣可得多財有一人言墾治田畝不避寒暑廣種五穀可得多財有一人言多養六畜隨時將護時節蕃息可得多財或一人言唯不顧命能入大海至龍王宮求如意珠斯事成辦最得多財於時太子聞衆人語而自念言行賈種田畜養六畜旦非我宜得利無幾唯入大海詣龍王宮此入我意當勤求是事作是念已往白父王我欲入海求索珍寶給施衆生用之無盡唯願父母當見聽許王及夫人聞太子言甚懷憂愕問太子曰汝有何意而欲入海苟欲布施成汝本志我家所有藏內餘殘盡當與汝以用布施何爲自棄云欲入海又聞海中多諸劇難黑風羅刹水浪迴波摩竭大魚水色

之山如斯衆難安全者少百伴共往時有一還汝今何急没身危險我及汝母無不極憂諸王臣民皆懷怖惕之懼念捨此意勿更紛紜於是太子聞王此語心存大計志期拔濟王雖留遮意不傾動規盡身命成辦其事布身手地腹拍王前因白王言唯願垂哀遂子本心若必拒逆不見聽許伏身此地終不起也王及夫人內外一切見太子意不可迴轉自誓畢死伏身于地皆共解喻曉謝令起其言如初執志不變從一日至二日乃至六日王及夫人自共議言太子不食已經六日到明七日命必不全此兒前後意所欲作要必成辦不可迴轉若令入海猶有還理今違其意反斷人望就當聽之故憂在後王與夫人相可已訖俱共來前各捉一手涕淚交流因語之言聽汝入海可起還食於時太子聞王語已歡喜而起曉諭父母我雖入海不久當還唯願莫大憂念於我爲辦種種餚饍飲食已訖出外廣行宣令迦良那伽梨今欲入海誰欲往者當共俱進爾時國中有五百賈客咸皆來集悉言欲去是時國中有盲導師自前已曾數反入海太子聞之即往到邊向其慇懃嘉言求曉汝當與我共入大海示我行來利害去就導師答言我既年老又盲無見雖欲自力私情甚難王愛太子隆倍異常須臾離目有懷悒遲令聞與我共入大海儻復見拒咎我不少於時太子聞是語已即便還宮白白父王今此國中有盲導師前已數反曾到大海願王勑曉令共我去王聞是語自往其所語導師言我此太子志存入海種種

諫語意志不迴事不得已今就聽去念其年少未猒辛苦聞汝曾行知海去就望汝迴意忍勞共往爾時導師聞王是語即白王言恨我年老盲無所見大王所勅豈敢有違王得是語即自還宮于時太子即共導師論定發日還到王所王問左右誰敬愛我可與太子共往採寶波伽梨即白王言願與兄俱共涉大海王聞此語而自念言令弟共往險厄之中儻能濟要勝於他人作是念已即可聽去爾時太子出三千兩金以千兩辦粮千兩辦船復以千兩供諸所須嚴辦已訖於是欲發王及夫人諸王臣民啼哭送之別於路次於是太子與諸同伴進道而去到於海邊牢治其船令有七重候風時節推著水中以七大索繫於海邊摇鈴唱令語衆人言汝等皆聽海中衆難水浪迴波惡龍羅刹黑風迴復海色之山摩竭大魚如是餘難其數猶多前後入海吉還者少若狐疑者於此可還誰能堅意分捨身命不顧父母不戀妻子當共入海至於寶所若得珍寶安隱還歸子孫七世用不可盡作是念已便斷一索日日如是至於七日唱令已訖斷第七索望風舉帆船疾如箭徑與諸人到彼寶渚太子聰明通達世典識寶色相悉知其價示語衆人諸寶好醜勅語衆賈令隨意取重告衆賈令多少得中多取船重有沉没之憂少取行勞不補其苦勅誡已訖獨與導師別乘小船與衆人別轉復前進導師問言此前應有白色之山汝爲見不太子言見導師語言此是銀山轉復前行導師復問當有紺色之山汝見未耶太子答

言我已見之導師語言是紺瑠璃轉更前進復問太子此中應有黃色之山汝爲見未太子言見導師語之此是金山到金山下坐金沙上導師言曰我今羸劣命必不濟即示方面進止道路汝從是去前當有城極妙七寶雜廁汝到城門城門若閉其城門邊有金剛杵汝便取杵以撞其門城中當有五百天女各賫寶珠來用奉汝更有一女最特尊勝所持寶珠而有紺色名旃陀摩尼此如意珠得便堅持勿令失脫其餘與者亦得取之攝録諸根勿復與語我今轉極餘命少少若命終後念識我恩對我發哀埋此沙中導師語竟氣絶命終對之悲慟爲之葬埋隨其所教進前而去到七寶城城門堅閉見金剛杵在其門邊如語取杵以撞其門城門便開五百天女各持寶珠來奉太子最前一女手所持珠如語紺色隨次第攝取裹在衣角便旋還來前太子別後波婆伽梨復語衆人行來不易但當多取衆人貪寶取之過度太子還到其船已滿放船還來船便沉沒諸賈人輩作沉作浮太子已有如意珠故身不没溺波婆迦梨遥喚太子當見救濟勿便捐棄太子聞語即牽共浮力勵相挽便得出海出海之後弟語兄言我曹兄弟辭父母來入於大海望不空歸際遇不諧喪失財寶單身空到甚可恥也迦良那伽梨天性忠直即語弟言我故得寶弟語兄言當用見示即解衣裹以珠示之弟得見珠因而懷情念我父王恩慈不普偏愛我兄我不在意今我二人俱來入海兄得異寶我獨空歸從是已後當遂賊遇我我當

云何因其卧寐徐殺其兄取其珠寶歸語父王言其兄没海於是乃當異愛念我作是念已密自懷計語其兄言人村漸近我曹兄弟不應俱眠宜更坐守護持寶珠兄即然之常共更守波婆伽梨次應休息卧地經時極過常度然後乃起兄復次卧由坐久故睡寐極著波婆伽梨起入林中林中有樹其刺極利即取兩枚各長尺五持來兄邊兄眠甚重一手挺一當其眼宕刺令没刺收寶而去太子苦痛高聲急喚波婆伽梨波婆伽梨此中有賊喚經數反無有應者爾時樹神語太子波婆伽梨是汝之賊刺汝眼竟持汝珠去於時太子宛轉辛苦匍匐而行漸小前進到梨師跋陀國王於澤宕值五百牛來到其邊有一牛王見於太子憐敬慊懐出舌舐之餘牛悉集愕住共視時牧牛人來前試看乃覩太子卧在于地見其眼中有是長刺觀其形相又知非凡即為拔刺將至住處常以酥乳著其瘡中飲食供給隨時贍養復經數時眼瘡漸瘥主人承事未曾懈癈爾時太子問牧牛人汝居此中有何基業牧牛人答我在此中無有基業唯仰乳酪賣用自濟太子自念我遭困厄勞煩主人恒供養我今者瘡瘥小能行來當更方宜求易處所念是事已因語主人爾所時節共相勞煩感念主人恩難酬報我欲前行到於城中展轉行乞以自供活時牧牛舍主聞太子言懼其舍内妻子奴婢有餘猒辭聞太子耳若其不爾何緣乃辭作是念已先問舍内汝曹有何不稱之事而令貴客辭欲索去舍内皆言我曹於此如兄如弟不

知何緣欲相捨去於時舍主語太子言我相承待未有不稱不可捨我轉行餘乞於時太子聞舍主語見其慇懃恒護其意且小停住復經數時便語主人汝供待我隨時無乏家内一切接我隆厚但我意中自欲轉行到前城中望遣一人將我共往時牧牛人見其慇懃恐違其意令其心愁躬自將護共至城中已到彼城共別當還太子語言汝哀我者買索一琴與我自娛時牧牛人尋買琴與共相辭謝於是別去爾時太子素多技能歌頌文辭極善巧妙即於陌宕激聲歌頌彈琴以和音甚清雅城中人民聞其音者皆樂聽觀無有猒足各持飲食競來與之時城中有五百乞兒皆來依附賴其飽食梨師跋王有一園監爲王監守果柰之園柰有熟者鸚鵡來食手力不周不能驚遮於時園監擔柰與王其中好柰鸚鵡啄壞王見瞋恚欲加刑罰園監惶怖白王自陳家乏人力故使爾耳唯見寛恕原恕刑罰當索守人更不令爾王便恕置不問其罪園監得脫行求索人見迦良那伽梨匃於道邊觀其形相似是思人即語之曰汝能爲我看守園不汝若能者當供所乏太子答言我眼無見云何看守園監語言汝苟欲看雖復無眼當作方便多作細繩繫諸樹端以諸鈴物連繫相著展轉相牽汝捉一頭若聞有聲汝便頓繩鸚鵡驚怖無緣得住太子聞語而答之言若有此事我能爲之共相可竟即往爲守時波婆迦梨到父王國王怪獨來即問消息波婆迦梨而語王言我曹不偶船重沉没迦良那伽梨并諸賈人合諸珍

寶盡沒大海我力勵浮趣得全濟王及夫人聞是語已絕悶良久無所覺識以水灑面困乃還穌宮閤內外諸王臣民聞此事者莫不悲悼王及夫人語波婆迦梨太子沒海汝何以來可不并就死大海中合土臣民無不痛惜朝夕哭戀如喪父母太子在宮常愛一鴈王告其鴈太子養汝今沒大海淹沒不還何不往看知其所在因作書音以繫鴈頸鴈即高翔廣行求覓遊彼園上識其歌聲即下試看得見太子鳴聲悲喜不能自勝太子聞識即解取書眼無所見不能看讀因求筆紙作書與王説波婆迦梨刺眼委曲所更歷處辛酸諸事繫於鴈頸鴈便飛去梨師跋王時有一女端正殊妙世間希有王甚愛重不違其意時女辭王出遊園觀王便聽去女至園中見於太子迦良那伽梨頭亂面垢目無所見著弊壞衣坐林樹間其女觀察覩其色狀心情屬向不離其側便坐其邊與共談語食時已到王遣人喚女還遣人白於王曰願送食來欲就此食即送食來女語太子我欲共汝一處坐食太子答言我是乞匃之人汝是王女云何共食若王聞者罪我不少其女慇懃語太子言若汝不肯我便不食如是數反逼迫不已而便共食言遂欵篤意漸附近目無去離日轉欲暮王遣人喚女女還遣人往白王曰我願爲此守園人婦不用其餘國王太子今我專心慇懃如是唯願父王勿違我意使到王所具道其事王聞是已不能違情因自言曰此事災異是女不肖乃至若是寶鎧大王第一太子迦良那伽梨來求索之今此

太子入海未還乃欲爲是乞兒作婦辱人名字甚爲不少我當覆頭藏著何處作是語已復遣人喚女言如初執志不移時王愛念不能違意就并將來著於宮中便令交會成爲夫婦復經數日婦恒晝去冥乃來還夫怪問之汝言與我共爲夫婦晨去暮還心不在此將爲他志故使爾耶婦因自誓我今一心共相尊奉無有他意大如毛髮若當實爾至誠不虛令汝一目平完如故言誓已訖一目尋復如是已後復問太子汝之父母爲在何國太子語婦汝聞大王勒那跋彌名字不耶答言聞之是我父也彼王太子迦良那伽梨汝復聞不答言聞之我身是也婦即驚問汝復何爲辛苦如是太子因爲說其本末婦聞是語復懷歎息語太子言波婆伽梨懷害於汝自古至今未有此處汝若得彼當云何治答言波婆伽梨雖害於我我於其邊永無瞋恨婦復語言此事難信相困如是奈何不瞋迦良那伽梨因自誓言若我於彼波婆伽梨無有微恨大如毛髮我言至誠不虛欺者當令一目復得平復自誓已訖眼悉明淨婦見其夫兩目完淨端正威相未曾所覩喜不自勝往白其父寶鎧太子迦良那伽梨父王識不王答言識女即言曰今欲見不王言今在何處女言我夫則是其人王笑之曰此女癡狂志亂失性迦良那伽梨大海未還見盲乞兒名之爲是女復白言願王往看王尋往視審是太子衣毛悚然愧懼交懷腹拍其前向懺悔言實不相知願恕其過密將太子還著界上便唱露言大王太子迦良那伽梨從大海

還施設辦具嚴駕象馬躬與羣臣自往迎之還來到國廣作賓衆莊校其女方云始欲以女爲配爾時鴈還擔書到國大王見鴈披解看讀始得消息知太子存具其所更辛酸諸事王及夫人乍悲乍喜宮閤内外靡不悲悼懊惱瞋責取波婆伽梨枷鎖其身幽閉在獄勑令告下梨師跋王太子辛苦在於汝國云何嘿住不來表示書到其時象馬侍送事若有違吾當自往使便齎書徑到其國梨師跋王奉受披讀於是太子語梨師跋王牧牛之人於我有恩我今思念欲得見之可遣使往爲我喚之王尋召來太子語王我眼被刺正仰此人供給將養如我父母王若見念當爲我報王大歡喜即時賜遺名衣上服象馬車乘園田舍宅金銀寶物奴婢僕使并所典牛盡持與之其人歡喜非其所望便得安樂終身富貴即還報使因表事情太子在此實所不知辛酸諸事伏想委曲太子今者已還得眼即娉鄙女爲太子妻比嚴辦具臣自衛送尋勑嚴具五百白象金銀校飾極令殊妙選五百人奉侍太子復令擇取五百侍女極最端正才能巧妙種種寶物而莊嚴之五百乘車寶物莊校亦令極妙以送其女梨師跋王自與羣臣數百千乘亦共侍送妓樂歌頌圍遶前後稱慶無量進道還國爾時其使到大王所披讀書表甚增喜踊告下諸王悉皆來集即嚴象馬羣臣百官夫人婇女導從前後躬迎太子到於界首爾時太子遥見父王下車步進頭面禮拜問訊父母父母亦下更共抱持別久念想與汝相見一悲一喜諸王臣

民見其如是欣感之情不可具説談語粗訖即還駕乘椎鍾鳴鼓作衆妓樂歡喜稱善導從趣城到城門外太子白王波婆伽梨今何所在王答之言如斯惡人天下不覆吾不忍見先來幽閉在於獄中太子向王今當還放王答之言其罪深重未及檢校云何當出太子復言若不放出波婆伽梨終不入城王即勑放語令來出既得脱出來見太子太子抱持慰撫其意然後爾乃入城至宮爾時父母諸王臣民男女大小見於太子視於怨家如視赤子波婆伽梨雖刺其眼無有微恨大如毛髮敬愛慈惻倍加於前一切大衆皆共歎美甚爲奇特天上人中實無有比太子到宮與波婆伽梨親款之情慈愛如舊徐問其珠今在何處波婆伽梨答太子言來時藏著道邊土中勑還往取求覓不得太子共往到便見之收拾珠寶還共歸宮以五百寶珠遺與諸王各令取一殘如意珠而自留之手捉其珠便從求願若實當是如意珠者令我父母所坐之處有七寶座頂上當有七寶大蓋其言已訖如語而成復捉其珠而從求願令我父母宮内諸藏及諸王臣所有諸藏前所用施悉令還滿即時捉珠四向歷訖一切諸藏而皆還滿復勑諸臣告下諸國迦良那伽梨太子却後七日當雨七寶即時告下悉皆聞知於時太子香湯洗浴竪立大幢以珠著頭著新淨衣手執香爐向四方禮口自説言若其實是如意珠者便當普雨一切所須求願已訖四方雲霧即有風來吹除糞穢及餘不淨悉自除去次復雨水用淹塵土次復雨於

百味飲食種種美味次雨五穀次雨衣服次雨七寶積滿天下爾時人民稱慶無量視諸珍寶猶如瓦石於時太子廣布宣令汝等已得一切所須供身之事無所乏少若能感謝如是之恩當攝身口意修十善道爾時一切閻浮提內感念太子無極之施又聞其令剋勵其心奉行十善不犯衆惡命終之後皆得生天佛告阿難欲知爾時迦良那伽梨太子者今我身是爾時我父勒那跋彌今現我父淨飯王是爾時母者今現我母摩訶摩耶是時梨師跋王摩訶迦葉是爾時妻者今瞿夷是爾時波婆伽梨者今提婆達多是閻浮提人衆我恩者我初得道八萬諸天及我弟子得受記者如此等是阿難我於爾時爲彼所害辛苦極理猶以慈心而矜愛之況我今日得成佛道煩惱都除慈悲廣布被彼少害豈不慈愍佛說是已時諸會者聞佛所說感念世尊爲於羣生經涉劇苦而不退廢歎未曾有悲喜交懷剋心廣志思惟妙法有得須陀洹斯陀含阿那含阿羅漢者有種辟支佛善根者有發無上正眞道意者咸共敬戴歡喜奉行

賢愚因緣經卷第十

音釋

哺（蒲故切口飼也）齧（倪結切與嚙同噬也）惋（烏貫切驚歎也）踉（呂張切跳踉騰躍也）彴愓（彴之若切痛也愓他歷切憂也）

賢愚因緣經卷第十一

元魏沙門慧覺譯

無惱指鬘緣品第五十一

如是我聞一時佛在舍衛國祇樹給孤獨園於時國王名波斯匿王有輔相聰明巨富其婦懷妊生一男兒形貌端正容體殊絶於時輔相見兒歡喜即召相師令占相之相師看見懷喜而言是兒福相人中挺特聰明智辯有踰人之德父聞遂喜勑爲作字相師問言兒受胎來有何異事輔相答言其母素性不能良善懷妊以來倍更異常心性恭順樂宣人德慈矜苦厄不喜說過相師言曰此是兒志當爲立字號阿疊賊奇(此言無惱)兒漸長大雄壯絶倫有力士之力一人敵千騰接飛鳥走疾奔馬其父輔相甚愛念之於時國中有一婆羅門聰明博達多聞廣識有五百弟子追逐隨學爾時輔相即將其兒往屬及之令其學問婆羅門可之受持教授加阿疊賊奇夙夜勤業一日諮受勝於經年學未經久普悉通達婆羅門師異常待遇行來進止每與其俱及諸同學傾意瞻敬爾時婆羅門師婦見其端正才姿挺貌過踰人表懷情色著愛不去意然諸弟子與共同遊行止不獨無緣與語有心不遂常以歎悒會有檀越來請其師及諸弟子三月一時婆羅門師內與婦議我今當行受請三月當留一人經營於後時婦內喜密自懷計白婆羅門是事應爾後家理重宜須才能可留無惱屬以後事時婆羅門即勑無惱我今赴彼檀越之請後事總多須人料理卿善才能爲吾營後無惱受教即住

不行師及徒衆引道而去其婦怡悦欣喜無量極自莊飾多作姿媚與共談語嬈動其意無惱志固無心相從欲心轉盛實意語之我相欽愛由來有素但避衆人有懷未發汝師臨去吾故相留今既獨靜當從我意無惱曉謝語言我梵志法不婬師婦若當違犯非婆羅門寧交取死終不爲此於時師婦望重違心慙愧瞋憤復作姦計候師垂至挽裂衣裳摑破其面塵土坌身憔悴卧地無所言說時婆羅門師徒俱到師即入内見婦色狀即問其故何緣乃爾婦垂泣言不足問也時婆羅門重更問之汝有何事當相告語云何不說婦啼而言汝所欽羨阿疊賊奇自汝去後常見侵凌我適不從扯裂我衣壞我身首汝畜弟子云何乃爾婆羅門聞甚懷恚忿語其婦言此無惱者力敵千人輔相之子種族强盛雖欲治之宜當以漸談謀是已往見無惱隨宜方便而慰喻之我去之後苦汝營勞又汝前後奉事盡忠常感汝意思欲相酬有一秘法由來未說若能成辦直生梵天無惱長跪問是何事答言若持七日之中斬千人首而取一指凡得千指以爲鬘飾爾時梵天便自來下命終之後定生梵天無惱聞此情懷猶豫復白師言此事不應殺害衆生更生梵天師又告言汝我弟子豈不信我至要之言汝若不信則爲義絶隨爾道徑莫復此住又更作呪豎刀在地說呪已訖惡心轉生師知其意即授與刀受刀走外得人便殺取指爲鬘人見便號鴦仇魔羅（此言指鬘）周行斬害到七日頭方得九百九十九指唯少一指殘殺一人

指數便滿人皆藏竄無敢行者遍行求覓更不能得七日之中不得飲食其母憐愍遣人爲致悉各懷懼無敢往者其母持食躬自致往見遙見母走趣欲殺母時語言咄不孝物云何懷逆欲危害我兒便語言我受師教要七日中滿得千指便當得願生於梵天日數已滿更不能得事不獲已當殺於母母又語言事苟當爾但取我指莫見傷殺於時世尊具遙見之知其可度化作比丘行於彼邊鴦仇魔羅已見比丘捨母騰躍走趣規殺佛見其來徐行捨去指鬘極力走不能及便遙喚言比丘小住佛遙答言我常自住但汝不住指鬘復問云何汝住我不住耶佛即答言我諸根寂定而得自在汝從惡師稟受邪倒變易汝心不得定住晝夜殺害造無邊罪指鬘聞此意欻開悟投刀遠棄遙禮自歸於時如來爾乃待之還現佛身光明朗日三十二相炳著奇妙指鬘見佛光相威儀以身投地悔過自責佛粗說法得法眼淨心遂純信求索出家佛即可之善來比丘鬚髮自落法衣著身隨彼所應重爲說法心垢都盡得羅漢道佛即將其還祇陀林爾時國中人民之類聞指鬘聲皆各驚怖人畜懷妊怖不能生時有一象不能出子佛勑指鬘往說誠言我生以來不殺一人指鬘白佛我由來殺多云何不殺佛告之曰於聖法中是爲始生爾時指鬘便整衣服奉教往說如說尋生皆得安隱還詣精舍坐一房中時波斯匿王大合兵衆躬欲往討鴦仇魔羅路由祇洹當往攻擊時祇洹中有一比丘形極醜陋音聲異妙振聲高

唄音極和暢軍衆傾耳無有猒足象馬竪耳佇不肯行王恠問御者何以乃爾御者答言由聞唄聲是使象馬停足立聽王言畜生尚樂聞法我曹人類何不往聽即與羣衆暫過祇洹到下象乘解劒却蓋直進佛所敬禮問訊彼唄比丘唄聲已絶王先問言向聞唄音清妙和暢情豫欽慕願得見識施十萬錢佛告之曰先與其錢然後可見若已見者更不欲與一錢之心即將示之看其形狀倍復矬陋不忍見之意無欲與一錢之想王從座起長跪白佛今此比丘形極短醜其音深遠聲徹乃爾宿作何行致得斯報佛告王曰善聽著心過去有佛名曰迦葉度人周訖便般涅槃時彼國王名機里毗收取舍利欲用起塔時四龍王化作人形來見其王問起塔事爲用寶作爲用土耶王即答言欲令塔大無多寶物那得使成今欲土作令方五里高二十五里極使高顯可觀龍王白言我非是人皆是龍王聞王作塔故來相問苟欲用寶當相佐助王歡喜言能爾者快龍復語言四城門外有四大泉城東泉水取用作墼成紺瑠璃城南泉水取用作墼其墼成已皆成黃金城西泉水取用作墼墼成就已變成爲銀城北泉水取用作墼其墼成已變爲白玉王聞是語倍增踊躍即立四監各典一邊其三監所作功向欲成一監慢怠功獨不就王往看見便以理責卿不用心當加罰讁其人懷恐便白王言此塔太大當何時成王去之後敕諸作人晝夜勤作一時都訖塔極高峻衆寶晃昱莊校雕飾各有異觀見已歡喜懺悔前過

持一金鈴著塔棖頭即自求願令我所生音聲極妙一切衆生莫不樂聞將來有佛號釋迦牟尼使我得見度脫生死如是大王欲知爾時一監作遲怨塔大者此比丘是緣彼恨言嫌其塔大五百世中常極矬陋由後歡喜施鈴塔頭求索好聲及願見我五百世中極好音聲今復見我致得解脫王聞是已便辭欲退佛問大王欲何所至王白佛言國有怨賊鴦仇魔羅傷殺人民縱橫暴害今欲率衆往攻伐之佛告王曰鴦仇魔羅當如今者不能殺蟻況復餘耶王心念言世尊似往已降伏之佛告王言指鬘今已出家入道得阿羅漢諸惡永盡今在其房欲見之不王言思見即起到其房外聞指鬘比丘謦欬之聲憶其暴惡所傷彌廣怖躃斷絕良久乃甦還至佛所以事白佛佛告王曰不但今日聞彼之聲墮地斷絕過去世時聞其音聲亦爾斷絕善聽大王過去久遠此閻浮提有一大國名波羅榛爾時國中有一毒鳥捕諸毒蟲恒以爲食其形極毒無不可觸近所經歷下衆生皆死樹木悉枯爾時此鳥過到一林住一樹上謦欬欲鳴時彼林中有白象王在傍樹下聞毒鳥聲躃地斷絕不能動搖如是大王爾時毒鳥今指鬘是時白象王今王身是王復白佛鴦仇魔羅暴害茲甚殺爾所人賴蒙世尊降化修善佛告王曰鴦仇魔羅不但今日殺此多人蒙我降化過去世時亦殺此等我亦降化乃復思善王重白佛不審此等先世被害世尊降化其事云何願爲解說佛告王曰善聽著心過去久遠阿僧祇劫此閻浮提有一

大國名波羅㮈於時國王名波羅摩達爾時國王將四種兵入山林中遊行獵戲王到澤上馳逐禽獸單隻一乘獨到深林王時疲極下馬小休爾時林中有牸師子懷欲心盛行求其偶困不能得值於林間見王獨坐婬意轉隆思欲從王近到其邊舉尾背住王知其意而自思惟此是猛獸力能殺我若不從意儻見危害王以怖故即從師子成欲事已師子還去諸兵羣從已復來到王與人衆即還宮城爾時師子從是懷胎日月滿足便生一子形盡似人唯足斑駮師子憶識知是王有便銜擔來著於王前王亦思惟自憶前事知是已兒即收取養之以足斑駮字爲迦摩沙波陀（此言駮足）養之漸大雄才志猛父王崩亡駮足繼治時駮足王有二夫人一王者種二婆

羅門種時駮足王一日出城遊於園觀勑二夫人隨我後往誰先到者當與一日極相娛樂其墮後者吾不見之王去之後其二夫人極自莊飾嚴駕車乘一時俱往到於道中見於天祠梵志種者下車作禮禮已急進獨墮後到王從本言而不前之於是夫人瞋恚煩憤怨責天神我由禮汝使王見薄若有天力何不護我恚恨憤惱客自懷計王後還宮加意奉事復還待遇從王求願聽我國中一日自在值王偏心自聽可之出外令人打壞天祠令平如地乃還宮中守天祠神悲苦懊惱往至宮中欲思傷害王宮天神遮不聽入有一仙人作仙山中時駮足王恒常供養日日食時飛來入宮不食餚饌粗食（麤）供偶值一日仙人不來天神知之化作其形欲來入宮

宫神猶識不聽前入遥在門外白王求通王聞仙人在外索現怪其所以急勑聽入是時宫神聞王有教即休不遮徑前得入坐於仙人常坐之處辦如常食以用供養時化仙人不肯就食即語王言此食麤惡又無肉魚云何可噉王即白言大仙自來恒食清素故令不辦肉魚餚饌化仙又告自令以後莫設麤供具肉爲食即如語辦食已還去復到明日舊仙飛來爲設餚饌種種之肉仙人瞋恚怨責於王王言大仙昨日勑如是作仙人語言昨日有患斷食一日不來是間誰語汝曹但相輕試故復爾耳令王是後十二年中恒食人肉作是語竟飛還山中是後廚監忘不辦肉臨時無計出外求肉見死小兒肥白在地念且稱急即却頭足擔至廚中加諸美藥作食與王王得食之覺美倍常即問廚監由來食肉未有斯美此是何肉廚監惶怖腹拍王前若王原罪乃敢實說王答之言但實說之不問汝罪廚監白王先日有緣不及具肉得死小兒以稱時要不意大王乃當覺之王言此肉甚美異常自令已往如是求索廚監白王前者偶值自死小兒更求叵得其作食者畏懼國法王又語言汝但密取設令有覺者斷處由我廚監受教夜恒密捕得便殺之日日供王於時城中人民之類各各行哭云亡小兒展轉相問何由乃爾諸臣聚議當試微伺即於街里處處安人見王廚監抴他小兒伺捕得之縛將詣王具以前後所亡事白王聞是語默然不答再三重白令捕得賊罪疊彰露事當決斷云何默然王乃答言是我所

教諸臣懷恨各自罷去於外共議王便是賊食我等子噉人之王云何共治當共除之去此禍害一切同心咸共齊謀城外園中有好池水其王日日至彼洗浴諸臣儲兵安伏園中王出洗浴已到池中伏兵一時周匝四合即圍其王當取殺之王見兵集驚怖問言汝等何故而圍逼我諸臣答言夫爲王者養民爲事方驗廚子殺人爲食衆民呼嗟告情無處不任苦酷故欲殺王王語諸臣我實無狀自今以後更不復爲唯見恕放當改自勵諸臣語曰終不相放正使今日天雨黒雪令汝頭上生黒毒蛇猶不相聽不須多云時王駮足聞臣語已自知必死得脱無路即語諸臣雖當殺我小緩須臾聽我小住諸臣緩置王即自誓我身由來所修善行爲王正治供養

仙人合集衆德迴令今日我得變成飛行羅刹其語已訖尋語而成即飛虛空告諸臣曰汝等合力欲强殺我賴我大幸復能自拔自今已後汝等好忍所愛妻兒我次當食語訖飛去居止林間飛搏取人擔以爲食人民之類恐怖藏避如是之後殺噉多人諸羅刹輩附爲翼從徒衆漸多所害轉廣後諸羅刹白駮足王我等奉事爲王翼從願爲我曹作一宴會時駮足王即許之言當取諸王令滿一千與汝曹輩以爲宴會許之已訖一一往取閉著深山已得九百九十九王殘少一人其數便足諸王念言我曹窮急當何所歸若當捕得須陀素彌有大方便能濟我等作是計已白羅刹王王欲作會極令有異純取諸王不用凡細須陀素彌有高名德若能得來王

會乃好羅剎王言此有何難即時飛騰欲往取之值須陀素彌將諸婇女晨欲出城至園洗浴道見婆羅門從其乞匃王語婆羅門待我洗還當相布施王既到園入池中洗時羅剎王飛空來取擔到山中須陀素彌愁憂悲泣時駮足王而問之曰聞汝名德殊勝第一大丈夫志當任窮達云何特愁啼如小兒須陀素彌白羅剎王我不愛身貪惜壽命但念生來未曾妄語朝出宮行見一道士當車駕前從我乞匃我許洗還當相施與出值大王擔我至此念今妄語違失誠信是以故愁非惜身也願是哀愍假我七日施彼道士當歸就死駮足聞是而語之言汝今得去寧當自還來就死耶即復言曰正使不還我自能得尋放令去王還到國道士猶在歡喜供養施婆羅門時婆羅門見王不久欲還就死懼其戀國而有愁憂即爲其王而說偈言

劫數終極　乾坤洞然　須彌巨海　都爲灰揚
天龍人鬼　於中彫喪　二儀尚殞　國有何常
生老病死　輪轉無際　事與願違　憂悲爲害
欲深禍重　瘡疣無外　三界都苦　國有何賴
有本自無　因緣成諸　盛者必衰　實者必虛
衆生蠢蠢　都如幻居　三界皆空　國土亦如
識神無形　假乘四蛇　無明寶象　以爲樂車
形無常主　神無常家　形神尚離　豈有國耶

時須陀素彌聞說此偈思惟義理歡喜無量即立太子自代爲王與諸臣別當還赴信諸臣同聲白於王言願王但住勿憂駮足臣等思計設備防慮鍛鐵爲舍王且在中駮足雖猛何所能耶王告諸臣并諸人民夫人生世

誠信爲本虛妄苟存情所未許寧就信死不妄語生復爲種種說誠信之利廣爲分別虛妄之罪諸臣悲咽一更無言王起出城一切皆送號慕道次斷絕復甦王曉喻訖涉道而去時駮足王自思惟言須陀素彌今日應來坐於山頂遥候望之見其循道徑來趣已既到見之顏色怡悅歡喜解懌踰過於舊羅刹王問快善能到人生於世靡不惜壽汝今當死歡喜倍常還到本國獲何善利須陀素彌答言大王寬恩假我七日布施得遂誠言又聞妙法心用開解當如今日志願畢足雖當就死情欣猶生駮足王言汝聞何法試爲吾說須陀素彌爲說本偈復更方便廣爲說法分別殺罪及其惡報復說慈心不殺之福駮足歡喜敬戴爲禮承用其教無復害心即放諸王各還本國須陀素彌即收兵衆還將駮足安置本國前仙人誓十二年滿自是以後更不噉人遂還霸王治民如舊如是大王欲知爾時須陀素彌王者今我身是駮足王者今鴦仇魔羅是爾時諸人十二年中爲駮足王所食噉者今此諸人爲鴦仇魔羅所殺者是此諸人等世世常爲鴦仇魔羅之所殺者我亦世世降之以善我念過世爲凡夫時化令不殺況我今日成爲如來衆德普被諸惡求息豈復不能降化之耶王復白佛今此諸人宿有何緣乃常世世爲其所殺佛告王曰善心聽之乃往過去久遠劫中此閻浮提有一大國名波羅㮈於時國王名波羅摩達王有二子各有雄才端正殊妙王甚愛念於時小者心自念言設我父崩兄當繼治我既年

小無望國位生於一世已不作王處世何爲不如幽靜以求仙道作是念已往白父王貪慕深山求於仙道願見聽放得遂所志如是慇懃志不可奪父便聽之即放入山去經數年父王崩亡其兄繼位統領人民兄治不久遇疾命終未有子嗣更無紹繼諸臣集議靡知所歸有一臣言王有小子前啓大王入山學仙當還往迎以續王位諸臣喜曰定有此事即相率合入山請喚到以情狀具白其意唯願垂降撫接我國仙人答言此事可畏我此靜樂永無憂患世人兇惡好相斬戮若我爲王儻見圖害今甚樂此不能爲也諸臣重白王崩絕嗣更無紹繼唯有大仙是王之種國土人民不得無主唯願垂愍顧意臨覆如是致誠慇懃求請其意不忍遂與還國仙人少小不習欲事既來治國漸近女色婬事已深奔逸放蕩晨夜躭荒不能自制遂勅國中一切諸女欲出行時要先從我爾乃然後聽往從夫及諸國中端正婦女入其意者皆悉凌辱時一女人於道陌上多人衆中裸形立溺人悉驚笑來共訶之汝何無羞乃至若是女即答言汝於女中有何羞恥汝等立溺既亦不羞我汝不異有何羞耶諸人答言是語何謂女復言曰唯王一人是男子耳一國婦女皆被其辱汝等若男當令爾耶於是諸人更相慙愧便共談議如此女言實是其理陰持女言轉密相語用心合謀欲共圖王城外園中有清涼池王恒前後至池洗浴諸臣民輩安伏園中值王出洗伏兵悉出周帀圍繞逼取欲殺王乃驚曰欲作何等諸臣白言王

違政治婬荒過度壞亂常俗汙辱諸家臣等覩見不能堪忍故欲除王更求賢能王聞遂懼即語諸臣言我不是負累汝等請自改勵更不敢爾願見寬放與民更始諸臣復語正使今日天雨黑雪頂生毒蛇終不相放奚須多云王聞是已自知必死瞋憾內憤語諸臣言我本在山無豫世事强來見逼以我爲王未有大失同心圖我我今單弱無力自救誓當來世常當殺汝要當得道猶不相置雖作是誓猶故殺之如是大王欲知爾時仙人王者今鴦仇魔羅是爾時臣民同心殺王者今此諸人爲鴦仇魔羅所殺者是從彼以來常爲所殺乃至今日猶害此等時王長跪復白佛言指鬘比丘殺此多人今已得道當受報不佛告大王行必有報今此比丘在於房中地獄之火從毛孔出極患苦痛酸切叵言于時如來欲令衆會知作惡行必有罪報勅一比丘汝持戶排往指鬘房刺戶孔中比丘即往奉教爲之排入戶內尋時融消比丘驚愕還來白佛佛告比丘行報如是王及衆會莫不信解爾時阿難長跪白佛鴦仇魔羅宿有何慶身力雄壯力士之力健捷輕疾走及飛鳥復得值佛越度生死唯願垂哀爲衆會說佛告阿難汝等善聽乃往過去迦葉佛時有一比丘爲僧執事將僧人畜載致穀米道中逢雨隱息無處穀米囊物悉被澆浸時彼比丘思欲疾過力少行遲無方從意心懷悒遲即立誓言願我後生力敵千人身輕行速走疾飛鳥將來有佛釋迦牟尼使我得見永脫生死如是阿難爾時執事比丘者今鴦仇魔

羅是由彼世時出家持戒因營僧事立願之故自從是來世世端正猛力輕疾悉如其願復遇見我得度生死爾時阿難及諸比丘王及臣民一切會者聞佛所説因緣行報皆悉感勵思惟四諦有得須陀洹斯陀含阿那含阿羅漢者有種辟支佛善根本者有發無上正眞道意者或有得住不退轉者皆護身口克心從善聞佛所説歡喜奉行

檀膩䩭緣品第五十二

如是我聞一時佛在舍衛國祇樹給孤獨園爾時國内有婆羅門名賓頭盧埵闍其婦醜惡兩目復青純有七女無有男兒家自貧困諸女亦窮婦性弊惡恒罵其夫女等更互來求所須比來稱給瞋目涕哭其七女夫臻集其舍承待供給恐失其意田有熟穀未見踐治從他借牛將往踐之守牛不謹於澤亡失時婆羅門坐自思惟我種何罪酸毒兼至内爲惡婦所罵七女所切女夫來集無以承當復失他牛不知所在廣行推覓形疲心勞愁悶惱悸偶到林中值見如來坐於樹下諸根寂定靜然安樂時婆羅門以杖拄頰久住觀之便生此念瞿曇沙門今最安樂無有惡婦罵詈鬪諍諸女熬惱貧女夫等煩損愁苦又復無有田中熟穀不借他牛無有失憂佛知其心便語之曰如汝所念如我今者靜無衆患實無惡婦呪詛罵詈無有七女熬惱於我亦無女夫競集我家亦復不憂田中熟穀不借他牛無有亡憂佛告之曰欲出家不即白佛言如我今者觀家如冢婦女衆緣如處怨賊世尊慈愍聽出家者甚適鄙願佛即告曰

善來比丘鬚髮自墮身所著衣變成袈裟佛爲說法即於坐處諸垢永盡成阿羅漢阿難聞之歎言善哉如來權導實難思議此婆羅門宿種何慶得離衆患獲茲善利猶如淨氎易染爲色佛告阿難此婆羅門非但今日蒙我恩澤離苦獲安過去世時亦賴我恩得免衆厄復獲安快阿難白佛不審世尊過去世時云何免救令其脫苦佛告阿難諦聽諦聽善思念之吾當爲汝廣分別說阿難白佛諾當善聽佛告阿難乃往過去阿僧祇劫有大國王名阿波羅提目伽（此言端正）治以道化不枉人民時王國中有婆羅門名檀膩鞞家理空貧食不充口少有熟穀不能治之從他借牛將往踐治踐穀已竟驅牛還主驅到他門忘不屬付於是還歸牛主雖見謂用未竟復不收攝二家詳棄遂失其牛後往從索言已還汝共相欺冒爾時牛主將檀膩鞞詣王責牛適出到外值見王家牧馬之人時馬逸走喚檀膩鞞爲我遮馬時檀膩鞞下手得石持用擲之偶值馬脚當手即折馬吏復捉亦共詣王次復前行到深水邊不知渡處值一木工口銜斵斤褰衣垂越時檀膩鞞問彼人曰何處可渡彼人應聲答渡處所其口已開斵斤墮水求覓不得復來捉之共將詣王時檀膩鞞爲諸債主所見催逼加復飢渴便於道次從酤酒家乞少白酒酒家憐愍即便匃與得他酒已上牀飲之不意被下有小兒卧飲酒比竟壓令腹潰爾時兒母復捉不放汝之無道枉殺我兒並共持著將詣王宮到一牆邊内自思惟我之不幸衆過横集若至王所儻

能殺我我今逃之或可得脫作是念已自擲越牆不意牆後有織老公身墮其上老公即死時織公兒復捉得之便與衆人共將詣王云殺我父次復前行見有一雉住在樹上遙問之曰汝檀膩䩭今欲那去即以上緣向雉說之雉復報言汝到彼所爲我白王我在餘樹鳴聲不快若在此樹鳴聲哀好何緣乃爾汝可語王爲我問之次見毒蛇蛇復問之汝檀膩䩭今欲何至即以上事具向蛇說蛇復報言汝到王所爲我白王我常晨朝初出穴時身體柔輭無有衆痛暮還入時身麤强痛礙孔難前時檀膩䩭亦受其囑復見母人而問之言汝欲何趣復以上事盡向說之母人報曰汝到王所爲我白王不知何故我向夫家思父母舍父母舍住思念夫家亦受其囑

時諸債主咸共圍守將至王所爾時牛主前白王言此檀膩䩭從我借牛云用踐穀不還見付失我牛去我從索牛不肯償我王問之曰何不還牛檀膩䩭曰我實貧困熟穀在田彼有恩意以牛借我我用踐訖驅還歸主主亦見之雖不口付牛在其門我空歸家不知彼牛竟云何失王語彼人卿等二人俱爲不是由檀膩䩭口不付汝當截其舌由卿見牛不自收攝當挑汝眼彼人白王請棄此牛不樂剜眼截他舌也即聽和解馬吏復言彼之無道折我馬脚王便爲問檀膩䩭言此王家馬汝何以輙打折其脚跪白王言債主將我從道而來彼人喚我令遮王馬馬奔叵御下手得石捉而擲之誤折馬脚非故爾也王語馬吏由汝喚他當截汝舌由彼打馬當截其

手馬吏白王自當備馬勿得行刑各共和解木工復前云檀膩䩭失我斲斤王即問言汝復何以失他斲斤跪白王言我問渡處彼便答我口中斲斤失墮渠水求覓不得實不故爾王語木工由汝喚故當截其舌擔物之法禮當用手由御口銜致使墮水今當打汝前兩齒折木工聞是前白王言寧棄斲斤莫行此罰各共和解時酒家母復牽白王王問檀膩䩭何以乃爾枉殺他兒跪白王言債主逼我加復飢渴彼乞少酒上牀飲之不意被下有卧小兒飲酒已訖兒已命終非臣所樂唯願大王當見恕察王告母人汝舍酤酒衆客猥多何以卧兒置於坐處覆令不現汝今二人俱有過罪汝兒已死以檀膩䩭與汝作壻令還有兒乃放使去爾時母人便叩頭曰我兒已死聽各和解我不用此餓婆羅門用作夫也於是各了自得和解時織工兒復前白王此人狂暴蹹殺我公王問言曰汝以何故枉殺他父檀膩䩭曰衆債逼我我甚惶怖越牆逃走偶墮其上實非所樂王語彼人二俱不是御父已死以檀膩䩭與汝作公其人白王父已死了我終不用此婆羅門以爲父也聽各共解王便聽之時檀膩䩭身事都了欣踊無量故在王前見二母人共諍一兒詣王相言時王明黠以智權計語二母人今唯一兒二母名之聽汝二人各挽一手誰能得者即是其子其非母者於兒無慈盡力頓牽不恐傷損所生母者於兒慈深隨從愛護不忍抴挽王監眞僞語出力者實非汝子强謀他兒今於王前道汝事實即向王首我審虛妄

枉名他兒大王聰聖幸恕虛過兒還其母各
爾放去復有二人共諍白氎詣王紛紜王復
以智如上斷之時檀膩鞆便白王言此諸債
主將我來時於彼道邊有一毒蛇慇懃倩我
寄意白王不知何故從穴出時柔輭便易還
入穴時妨礙苦痛我不自知何緣有是王答
之言所以然者從穴出時無有衆惱心情和
柔身亦如是蛇由在外鳥獸諸事觸嬈其身
瞋恚隆盛身便麁大是以入時礙穴難前卿
可語之若汝在外持心不瞋如初出時則無
此患復白王言道見女人倩我白王我在夫
家念父母舍若在父舍復念夫家不知所以
何緣乃爾王復答言卿可語之由汝邪心於
父母舍更畜傍壻汝在夫家念彼傍人至彼
小獃還念正壻是以爾耳卿可語之汝若持
心捨邪就正則無此患又白王言道邊樹上
見有一雉倩我白王我在餘樹鳴聲不好若
在此樹鳴聲哀和不知其故何緣如是王告
彼人所以爾者由彼樹下有大釜金是以於
上鳴聲哀好餘處無金是以住上音聲不好
王告檀膩鞆卿之多過吾已釋汝汝家貧窮
困苦理極樹下釜金應是我有就用與汝卿
到可掘取奉受用王教一一答報掘取彼金
貿易田業一切所須皆無乏少便爲富人盡
世快樂佛告阿難爾時大王阿波羅提目佉
者豈異人乎我身是也爾時婆羅門檀膩鞆
者今婆羅門賓頭盧埵闍是我往昔時免其
衆厄施以珍寶令其快樂吾今成佛復拔彼
苦施以無盡法藏寶財尊者阿難及諸衆會
聞佛所說歡喜奉行

貧女難陀緣品第五十三

如是我聞一時佛在舍衛國祇樹給孤獨園爾時國中有一女人名曰難陀貧窮孤獨乞匃自活見諸國王臣民大小各各供養佛及衆僧心自思惟我之宿罪生處貧賤雖遭福田無有種子酸切感傷深自咎悔便行乞匃以俟微供竟日不休唯得一錢持詣油家欲用買油油家問曰一錢買油少無所逮用作何等難陀具以所懷語之油主憐愍增倍與油得已歡喜足作一燈擔向精舍奉上世尊置於佛前衆燈之中自立誓願我今貧窮用是小燈供養於佛以此功德令我來世得智慧照滅除一切衆生垢闇作是誓已禮佛而去乃至夜竟諸燈盡滅唯此獨然是時目連次當日直察天已曉收燈摒擋見此一燈獨然明好膏炷未損如新然燈心便生念白日然燈無益時用欲取滅之暮規還然即時舉手扇滅此燈燈焰如故無有虧減復以衣扇燈明不損佛見目連欲滅此燈語目連曰今此燈者非汝聲聞所能傾動正使汝注四大海水以用灌之隨嵐風吹亦不能滅所以爾者此是廣濟發大心人所施之物佛說是已難陀女人復來詣佛頭面作禮於時世尊即授其記汝於來世二阿僧祇百劫之中當得作佛名曰燈光十號具足於是難陀得記歡喜長跪白佛求索出家佛即聽之作比丘尼慧命阿難目連見貧女人得免苦厄出家受記長跪合掌前白佛言難陀女人宿有何行經爾許時貧乞自活復因何行值佛出家四輩欽仰諍求供養佛言阿難過去有佛名曰

迦葉爾時世中有居士婦躬往請佛及比丘僧然佛先已可一貧女受其供養此女已得阿那含道時長者婦自以財富輕忽貧者嫌佛世尊先受其請便復言曰世尊云何不受我供乃先應彼乞人請也以其惡言輕忽賢聖從是以來五百世中恒生貧賤乞匃之家由其彼日供養如來及於衆僧敬心歡喜今值佛世出家受記合國欽仰爾時衆會聞佛説此已皆大歡喜國王臣民聞此貧女奉上一燈受記作佛皆發欽仰並各施與上妙衣服四供無乏合國男女尊卑大小競共設作諸香油燈持詣祇洹供養於佛衆人猥多燈滿祇洹諸樹林中四帀彌滿猶如衆星列在空中日日如是經於七夜爾時阿難甚用歡喜嗟歎如來若干德行前白佛言不審世尊過去世中作何善根致斯無極燈供果報佛告阿難過去久遠二阿僧祇九十一劫此閻浮提有大國王名波塞奇主此世界八萬四千諸小國土王大夫人生一太子身紫金色三十二相八十種好當其頂上有自然寶衆相晃朗光曜人目即召相師占相吉凶因爲作字相師披看見其奇妙舉手唱言善哉善哉今此太子於諸世間天人之中無與等者若其在家作轉輪聖王若其出家成自然佛相師白王太子生時有何異事王答之言頂上明寶自然隨出便爲立字字勒那識祇(此言寶髻)年漸長大出家學道得成爲佛教化人民度者甚多爾時父王請佛及僧三月供養有一比丘字阿梨蜜羅(此言聖友)保三月中作燈檀越日日入城詣諸長者居士人民求索酥油

燈炷之具時王有女名曰牟尼登於高樓見此比丘日行入城經營所須心生敬愍遣人往問尊人恒爾勞苦何所營理比丘報言我今三月與佛及僧作燈檀越所以入城詣諸賢者求索酥油燈炷之具使還報命王女歡喜又語聖友自今以往莫復行乞我當給汝作燈之具比丘可之從是已後常送酥油燈炷之具詣於精舍聖友比丘日日經營然燈供養發意廣濟誠心欵篤佛授其記汝於來世阿僧祇劫當得作佛名曰定光十號具足王女牟尼聞聖友比丘受記作佛心自念言佛燈之物悉是我有比丘經營今已得記我獨不得作是念已往詣佛所自陳所懷佛復授記告牟尼曰汝於來世二阿僧祇九十一劫當得作佛名釋迦牟尼十號具足於是王女聞佛授記歡喜發中化成男子重禮佛足求爲沙門佛便聽之精進勇猛懃修不懈佛告阿難爾時比丘阿梨蜜者豈異人乎乃往過去定光佛是王女牟尼豈異人乎我身是也由因昔日燈明布施從是已來無數劫中天上世間受福自然身體殊異超絶餘人至今成佛故受此諸燈明之報時諸大會聞佛所說有得初道乃至四果或種緣覺善根之者有發無上正真道意慧命阿難及諸衆會咸共頂戴踊躍奉行

賢愚因緣經卷第十一

音釋

釁許刃切 悒一入切憂也 摑郭獲切批打也 抴羊列切拕也 鴦鴦於良切 仇仇渠尤切 欻許勿切忽也 矬徂禾切短也 墼吉歷切未燒磚也 讁陟格切罰也 棖除庚切 㮈乃帶切 牸疾置切牝也 駮北角切色不純也 銜乎監切口含物也 鍛都玩切冶也 懌夷益切悅也 輢居宜切 悸其季切心動也 頰古協切面旁也 詛莊助切沮也 酤古慕切賣也 潰胡對切壞也 趒他弔切越也 剜烏丸切削也 猥鄔賄切鄙雜也 黠下八切慧也 摒擋摒卑正切擋丁浪切

賢愚因緣經卷第十二

元魏沙門慧覺譯

師質子摩頭羅瑟質緣品第五十四

如是我聞一時佛在舍衛國祇樹給孤獨園爾時國中有一婆羅門字曰師質居家大富無有子息詣六師所問其因緣六師答言汝相無兒爾時師質便還歸家著垢膩衣愁思不樂而自念言我無子息一旦命終居家財物當入國王思惟是已益增愁惱婆羅門婦與一比丘尼共爲知識時比丘尼值到其舍見其夫主憂愁憔悴便問之言汝夫何故愁悴如是婆羅門婦即答之曰家無子息往問六師六師占相云當無兒以是之故愁憂不樂時比丘尼復語之言六師之徒非一切智何能知人業行因緣如來在世明達諸法過去未來無所障礙可往問之必足了知比丘尼去後婦便白夫如向所聞時夫聞已心便開悟更著新衣往詣佛所稽首作禮而白佛言我之相命當有兒不世尊告曰汝當有兒福德具足生長已大當樂出家婆羅門聞歡喜無量而作是言但使有兒學道何苦時因請佛及比丘僧明日舍食是時世尊默然許之明日時到佛與衆僧往詣師質家衆坐已定婆羅門夫婦齊心同志敬奉飲食衆會食竟佛及衆僧還歸所止路由一澤中有泉水甚爲清美佛與比丘僧便住休息時諸比丘各各洗鉢有一獼猴來從阿難求索其鉢阿難恐破不欲與之佛告阿難速與勿憂奉教便與獼猴得鉢持至蜜樹盛蜜滿鉢來奉上佛佛告之曰去中不淨獼猴即時拾却其蟲

極令淨潔佛便告言以水和之如語著水和調已竟奉授世尊世尊受已分布與僧咸共飲之皆悉周遍獼猴歡喜騰躍起舞墮大坑中即便命終魂識受胎於師質家時師質婦便覺有身日月已足生一男兒面首端正世之少雙當生之時家內器物自然滿蜜師質夫婦喜不自勝請諸相師占其吉凶相師占訖而告之曰此兒有德甚善無比因爲作字字摩頭羅瑟質（此言蜜勝）以其初生之日蜜爲瑞應故因名焉兒已年大求索出家父母戀惜不肯放之兒復慇懃白其父母若必違遮不從我願當取命終不能處俗父母議言昔日世尊已豫記之云當出家今若固留或能取死就當聽許共議已決而告兒言隨汝所志兒大欣躍往到佛所稽首作禮求索出家世尊告曰善來比丘鬚髮自墮法衣在身便成沙門因爲演說四諦妙法種種諸理心開結盡得阿羅漢每與諸比丘人間遊化若渴乏時擲鉢空中自然滿蜜衆人共飲咸蒙充足是時阿難白佛言世尊摩頭羅瑟質積何功德出家未久便獲應真意有所須隨念而得佛告阿難汝憶往日受師質請不荅言憶之佛言阿難於彼食已至空澤中時有獼猴從汝索鉢盛蜜施佛佛爲受之欣悅起舞墮坑即死汝復憶不荅言憶之佛語阿難彼獼猴者今摩頭羅瑟質是由其見佛歡喜施蜜得生彼家姿貌端正出家學道速成無漏阿難長跪重白佛言復有何緣生獼猴中佛告阿難乃往過去迦葉佛時有年少比丘見他沙門跳度渠水而作是言彼人飄疾熟似獼猴

彼時沙門聞是語已便問之曰汝識我不答言識汝是迦葉佛時沙門何以不識時彼沙門復語之言汝莫呼我假名沙門沙門諸果我悉辦之年少聞之衣毛皆竪五體投地求哀懺悔由悔過故不墮地獄形呰羅漢故五百世中恒作獼猴由前出家持禁戒故今得見我沐浴清化得盡諸苦佛告阿難爾時年少比丘今摩頭羅瑟質是爾時阿難及諸大衆聞佛所說悲喜交集咸作是語身口意業不可不護緣是比丘不能護口獲報如是佛告阿難如汝所言因爲四衆廣說諸法淨身口意心垢除淨各得道迹有得須陀洹斯陀含阿那含阿羅漢有發無上正眞道意或有住於不退地者衆會聞法咸共歡喜頂戴奉行

檀彌離緣品第五十五

如是我聞一時佛在王舍城竹園之中時拘薩羅國中有一長者字曇摩貰質豪貴大姓無有子息禱祀國中一切神祇求索有子精誠感神婦即懷妊日月斯滿生一男兒軀體端嚴世所希有召諸相師占相吉凶相師占之知其有德因爲立字名檀彌離年既長大其父命終時波斯匿王即以父爵封之受王封已父時舍宅變成七寶諸庫藏中悉皆盈滿種種具有時王子瑠璃被純熱病至爲困悴諸醫處藥須牛頭栴檀用塗其身當得除愈王即出令唱語國中誰有牛頭栴檀持詣王家兩當雇直與千兩金令語盡遍無持來者時有一人啓白王曰拘薩羅國檀彌離長者家內大有時王聞之乘車馬輦躬自往求

到檀彌離長者門前時守門人即入白之波斯匿王來在門外長者歡喜即出奉迎請王入宮前見外門純以白銀門内有女面首端正世無有雙踞銀牀紡銀縷小女十人侍從左右時王便問是汝婦耶答言非也是守門婢王續問之是小女輩復用何爲彌離答言通白消息次入中門純紺瑠璃門内有女面貌端嚴復勝於上左右侍從轉倍前數進入内門純以黄金門内有女顏貌端正轉勝上者坐金牀紡金縷左右侍人復倍上數王亦問之此女人者是卿婦耶答言非也入到舍内見瑠璃地清徹如水屋間刻鏤種種獸形及水蟲像風吹動之影現地中弈弈動搖王見疑怖謂是實水而問之言餘更無地殿前作池彌離答言此非水也是紺瑠璃即脱手指七寳環釧擲置于地徑到彼際礙壁乃住王見歡喜即共入内昇七寳殿彌離夫人在其殿上所坐之牀用紺瑠璃更有妙牀請王令坐彌離夫人眼即淚出王問之言何以淚出不相喜耶夫人答言王來大善但王衣服有微烟氣令我淚出非是相憎王便問言今汝家内不然火耶答言不也王問曰以何煑食答曰欲食之時百味飲食自然在前王復問言冥暮之時以何爲明答言用摩尼珠即便閉户及諸窻牖出摩尼珠明踰晝日時檀彌離跪白王言大王何故勞屈尊神王告之曰我子瑠璃被病困篤須牛頭栴檀故來索之彌離歡喜將入諸藏指示其物七寳珍奇明淨曜目栴檀積聚不可稱計而語王言須者取之時王答言我須二兩便折與之多少

正足即使侍從先送歸國時王敬念而語之言汝當見佛彌離答言云何爲佛王曰汝不聞乎迦維羅衛淨飯王子猒老病死出家學道道成號佛三十二相八十種好神足智慧殊挺無比人天中尊故號爲佛彌離聞已深生敬心而問王言今在何許王答之曰在王舍城竹園中止王去之後即往見佛覩佛威顔過踰國王所歎萬倍心懷歡喜頭面作禮問訊起居佛爲說法得須陀洹道長跪合掌求索出家佛即聽許善來比丘鬚髮自墮法衣著身重爲說法四諦眞法苦集盡道心垢都淨成阿羅漢爾時阿難及諸比丘合掌白佛問世尊言檀彌離比丘有何功德生於人中受天福禄不樂世樂出家未久即獲道果佛語阿難善聽當說乃往過去九十一劫時

世有佛名毗婆尸滅度之後於像法中有五比丘共計盟要求覓靜處當共行道見一林澤泉水清美淨潔可樂時諸比丘俱共同聲勸語一人此去城遠乞食勞苦汝當爲福供養我等爾時一人即便許可往至人間勸諸檀越日爲送食四人身安專精行道九十日中便獲道果即共同心語此比丘緣汝之故我等安隱本心所規今已得之欲求何願恣汝求之時彼比丘心情歡喜而作是言使我將來天上人中富貴自然所願之物不加功力皆悉而生遭值聖師過踰仁等百千萬倍聞法心淨疾獲道果佛告阿難爾時比丘檀彌離是緣其供給四比丘故九十一劫生天人中豪貴尊嚴不處貧窮卑賤之家今得見我獲道度世爾時阿難及諸比丘聞佛所說

各自勅勵精進修道有得初果乃至四果有發曠濟之心住不退者各各喜悅頂戴奉行

象護緣品第五十六

如是我聞一時佛在舍衛國祇樹給孤獨園爾時摩竭國中有一長者生一男兒相貌具足甚可愛敬其生之日藏中自然出一金象父母歡喜便請相師為其立字時諸相師見兒福德問其父母此兒生日有何瑞應即答之言有一金象與兒共生因瑞立名字曰象護兒漸長大象亦隨大既能行步象亦行步出入進止常不相離若意不用便住在內象大小便唯出好金其象護者常與五百諸長者子共行遊戲各各自說家內奇事或有說言我家舍宅牀榻坐席悉是七寶或有自說我家屋舍及與園林亦是衆寶復有說言吾家庫藏妙寶恒滿如是之比種種衆多是時象護復自說言我初生日家內自然生一金象我年長大堪任行來象亦如是於我無違我恒騎之東西遊觀遲疾隨意甚適人情其大小便純是好金時王子阿闍世亦在其中聞象護所說便作是念若我為王當奪取之既得作王便召象護教使將象共詣王所時象護父語其子曰阿闍世王兇暴無道貪求慳悋自父尚害何況餘人今者喚卿將貪卿象儻能相奪其子答曰我此象者無人能劫父子即時共乘見王時守門人即入白王象護父子乘象在門王告之曰聽乘象入時守門者還出具告象護父子乘象徑前既達宮內爾乃下象為王跪拜問訊安否王大歡喜命令就坐賜與飲食粗略談語須臾之頃辭

王欲去王告象護留象在此莫將出也象護欣然奉教留之空步出宮未久之間象没於地踊出門外象護還得乘之歸家經由少時便自念曰國王無道刑罰非理因此象故或能見害今佛在世澤潤羣生不如離家遵修梵行即白父母求索入道二親聽許便辭而去乘其金象往至祇洹既見世尊稽首作禮陳說本志佛尋許言善來比丘鬚髮自落法服在身便成沙門佛便爲說四諦要法神心超悟便逮羅漢每與諸比丘林間樹下思惟修道其金象者恒在目前舍衛國人聞有金象競集觀之忽鬧不靜妨廢行道時諸比丘以意白佛佛告象護因此象故致有煩憒卿今可疾遣之令去象護白佛久欲遣之然不肯去佛復告曰汝可語之我今生分已盡更不用汝如是至三象當滅去爾時象護奉世尊教向象三說吾不須汝是時金象即入地中時諸比丘咸共奇怪白世尊言象護比丘本修何德於何福田種此善根乃獲斯報巍巍如是佛告阿難及諸比丘若有衆生於三寶福田中種少少之善得無極果乃往過去迦葉佛時時彼世人壽二萬歲彼佛教化周訖遷神涅槃分布靈骨多起塔廟時有一塔中有菩薩本兜率天所乘來下入胎時象彼時象身有少剥破時有一人直行繞塔見象身破便自念言此是菩薩所乘之象今者損壞我當治之取泥用補雌黃汙塗因立誓願使我將來恒處尊貴財用無乏彼人壽終生於天上盡天之命下生世間常在尊豪富樂之家顏貌端正與世有異恒有金象隨侍衛

護佛告阿難欲知爾時治象人者今象護是由於彼世治象之故從是巳來天上人中封受自然緣其敬心奉三尊故今遭值我稟受妙化心垢都盡逮阿羅漢慧命阿難及諸衆會聞佛所說莫不開解各得其所有得須陀洹斯陀含阿那含阿羅漢者有發無上正眞道意者有證不退位者莫不歡喜敬戴奉行

波婆梨緣品第五十七

如是我聞一時佛在王舍城鷲頭山中與尊弟子千二百五十人俱爾時波羅柰王名波羅摩達王有輔相生一男兒三十二相衆好備滿身色紫金姿容挺特輔相見子倍增怡悅即召相師令占相之相師披看歎言奇哉相好畢滿功德殊備智辯通達出踰人表輔相益喜因爲立字相師復問自從生來有何異事輔相答言其怪異常其母素性不能良善懷妊巳來悲矜苦厄慈潤黎元等心護養相師喜言此是兒志因爲立字號曰彌勒父母喜愛心無有量其兒殊稱合土宣聞國王聞之懷懼言曰念此小兒名相顯美儻有高德必奪我位及其未長當預除滅久必爲患作是計巳即勑輔相聞汝有子容相有異汝可將來吾欲得見時宮內人聞兒暉問知王欲圖甚懷湯火其兒有舅名波婆梨在波梨富羅國爲彼國師聰明高博智達殊才五百弟子恒逐諮稟於時輔相憐愛其子懼被其害復作密計容道人來送之與舅舅見彌勒覩其色好加意愛養敬視在懷其年漸大教使學問一日諮受勝餘終年學未經歲普通經書時波婆梨見其外甥學既不久通達諸

書欲爲作會顯揚其美遣一弟子至波羅㮈語於輔相說見所學索於珍寶欲爲設會其弟子往至于中道聞人說佛無量德行思慕欲見即往趣佛未到中間爲虎所噉乘其善心生第一四天波婆梨自竭所有合集財賄爲設大會請婆羅門一切都集供辦餚饍種種甘美設會已訖大施達嚫一人各得五百金錢布施訖竟財物罄盡有一婆羅門名勞度差最於後至見波婆梨我從後來雖不得食當如比例與我五百金錢波婆梨荅我物已盡實不從汝有所愛也勞度差言聞汝設施有望相投云何空爾見垂施惠若必拒逆不見給者汝更七日頭破七段時波婆梨聞是語已自思惟言世有惡呪及餘蠱道事不可輕儻能有是財物悉盡卒無方計念是愁

憂深以爲懼前使弟子終生天者遥見其師愁悴無賴即從天下來到其前問其師言何故愁憂師具以事廣說由緣天聞其語尋白師言勞度差者未識頂法愚癡迷網惡邪之人竟何所能而乃憂此今唯有佛最解頂法無極法王特可歸依時波婆梨聞天說佛即重問之佛是何人天即說佛生迦毗羅衞淨飯王家右脅而生尋行七步稱天人尊三十二相八十妙好光照天地梵釋侍御三十二瑞振動顯發相師觀見記其兩處在家當作轉輪聖王出家成佛覩老病死不樂國位踰宮出國六年苦行菩提樹下破十八億魔於後夜中普具佛法三明六通十力無畏十八不共法悉皆滿備至波羅㮈初轉法輪阿若憍陳如五人漏盡八萬諸天得法眼淨無數

天人發大道意復到摩竭度鬱毗羅并舍利弗目揵連等出千二百五十比丘以為徒類號曰衆僧功德智能不可稱計總而言之名為佛也今在王舍鷲頭山中時波婆梨聞歎佛德自思惟言必當有佛我書所記沸星下現天地大動當生聖人今悉有此似當是也即勑彌勒等十六人往見瞿曇看其相好衆相若備心念難之我師波婆梨為有幾相如我今者身有兩相一髮紺青二廣長舌若其識之復更心難我師波婆梨年今幾許如我年者今百二十若其知之復更心念我師波婆梨是何種姓欲知我種是婆羅門若其答識復更心難我師波婆梨有幾弟子如我今者有五百弟子若答知數斯必是佛汝等必當為其弟子念遣一人語我消息時彌勒等進趣王舍近到鷲山見佛足跡千輻輪相晒然如畫即問人言此是誰跡有人答言斯是佛跡時彌勒等遂懷慕仰徘徊跡側豫欽渴仰時有比丘尼剎羅持一死蟲著佛跡處示彌勒等各共看此汝等欽羨歎慕斯跡躡殺衆生有何奇哉彌勒之等各共前看諦觀形相是自死蟲即問比丘尼汝誰弟子比丘尼答言是佛弟子時彌勒等各自說言佛弟子中乃有是人漸進佛所遙見世尊光明顯照衆相赫然即數其相不見其二佛即為其出舌覆面復以神力令見陰藏見相數滿益以歡喜即奉師勑遙以心難我師波婆梨為有幾相佛即遙答汝師波婆梨唯有二相一髮紺青二廣長舌聞是語已復更心難我師波婆梨年今幾許佛遙答言汝師波婆梨年百

二十既聞是已復心念難我師波婆梨是何種姓佛即遥答汝師波婆梨是婆羅門種得聞是已復更心難我師波婆梨有幾弟子佛即遥答汝師波婆梨有五百弟子於時會者聞佛所說甚怪如來獨說此語時諸弟子長跪問佛世尊何故而說是言佛告比丘有波婆梨在波梨富羅國遣十六弟子來至我所試觀我相因心念難是以一一還以答之時彌勒等聞佛答難事事如實一無差違深生敬仰往至佛所頭面禮訖却坐一面佛爲說法十五人得法眼淨各從坐起求索出家佛言善來鬚髮自墮法衣在身尋成沙門重以方便爲其說法其十五人成阿羅漢時彌勒等自共議言波婆梨師在遠邑遲宜時遣人還白消息十六人中時有一人字賓祈奇是

波婆梨姊子衆人即遣往白消息還到本國波婆梨所具以聞見廣爲說之波婆梨聞已喜發於心即從坐起長跪合掌向王舍城自說誠言生遭聖世甚難值遇思覲尊容稟受清化年已老邁足力不强雖有誠欵靡由自達世尊大慈豫知人心唯願屈神來見接濟於時如來遙知其意屈伸臂頃來到其前禮已擧頭尋見世尊驚喜踊躍禮拜問訊請令就坐恭肅侍佛佛爲說法逮阿那含於時世尊尋還鷲山時淨飯王聞佛道成遊行教化多有所度情懐渴仰思得覲覲告優陀耶汝往佛所騰我志意白於悉達汝本有要得道當還願遵往言時來相見優陀耶到具宣王意佛尋可之七日當往優陀耶喜還白消息淨飯王聞告語諸臣優陀耶來云佛當還莊

嚴城内極令清潔塗汙街陌遍竪幢旛饒儲
華香當俟供養嚴辦已訖與諸羣臣四十里
外奉迎世尊於時如來與大衆俱八金剛力
士住在八面時四天王各在前導時天帝釋
與欲界諸天侍衞其左時梵天王與色界天
侍衞其右諸比丘僧列在其後佛在衆中放
大光明暉曜天地威踰日月普與大衆乘虛
而往漸欲近王下齊人頭王與臣民夫人婇
女觀見大衆晃朗俱顯佛在中央如星中月
王大歡喜不覺下禮禮問畢竟與共還國往
尸拘盧陀僧伽藍是時國法男女有別王與
臣民日日聽法聞法開悟得度者衆諸女人
輩各懷怨恨佛與大衆雖復還國男子有幸
獨得見聞我曹女人不蒙恩祐佛知其意即
語王言自今已後令國男女普往聽法一日
一更從是已後蒙度甚多時佛姨毋摩訶波
闍波提佛已出家手自紡織預作一端金色
之氎積心係想唯俟於佛既得見佛喜發心
髓即持此氎奉上如來佛告憍曇彌汝持此
氎往奉衆僧時波闍波提重白佛言自佛出
家心每思念故手紡織規心俟佛唯願垂愍
爲我受之佛告之曰知毋專心欲用施我然
恩愛心福不弘廣若施衆僧獲報彌多我知
此事是以相勸佛又言曰若有檀越於十六
種具足別請雖獲福報亦未爲多何謂十六
比丘比丘尼各有八輩不如僧中漫請四人
所得功德福多於彼十六分中未及其一將
來末世法垂欲盡正使比丘畜妻挾子四人
以上名字衆僧應當敬視如舍利弗目揵連
等時波闍波提心乃開解即以其衣奉施衆

僧僧中次行無欲取者到彌勒前尋爲受之於後世尊與比丘僧遊波羅柰轉行化導爾時彌勒著金色氎衣身既端正色紫金容表裹相稱威儀庠序入波羅柰城欲行乞食到大陌上擎鉢住立人民之類覩其色相圍繞觀看無有猒足雖皆欽敬無能讓食有一穿珠師偶到道宕見於彌勒甚懷敬慕即問大德爲得食未答言未得尋請將歸辦設飲食食已澡漱爲說妙法言辭高美聽之無猒時有大長者值欲嫁女先與一珠雇令穿之若其穿訖當與錢十萬於時長者遣人來索珠師聞法五情甘樂語言且去比後當穿其人復語令急須之念時著手囑已還去具語長者斯須之頃重遣往索猶故聽法未爲穿之還語長者長者恨言既重相雇不唐倩託而乃前却不稱我要更重遣人因齎錢往若其未穿還擔珠來使人到問猶故聽法知未穿珠急從還索事不得已即取還他穿珠之師在彌勒前次第聽法心無猒退其妻瞋恚嫌責夫言須臾之勞當得錢十萬以供家中衣食乏短但聽沙門浮美之談亡失爾許錢財之利夫聞其言情懷悔恨彌勒知意而語之言汝今能共至精舍不答言可爾即時共到精舍將到僧中問衆僧言若有檀越請一持戒清淨沙門就舍供養所得盈利何如有人得十萬錢時憍陳如尋即說言假使有人得百車珍寶計其福利不如請一淨戒沙門就舍供養得利弘多舍利弗言設令有人得一閻浮提滿中珍寶猶不如請一淨戒者就舍供養獲利彌多目揵連言正使有人得二天

下滿中七寶實不如請清淨沙門於舍供養得利極多其餘比丘如是各各引於方喻比校其利皆悉多彼時阿那律復自說言正令得滿四天下寶其利猶復不如請一清淨沙門詣舍供養得利殊倍所以然者我是其證自念過去九十一劫時世有佛號毗婆尸般涅槃後經法滅盡時閻浮提有一大國名波羅柰爾時國中有一薩薄家居巨富無所乏少有二男兒各皆端正長名淚吒小字阿淚吒父垂命終告勑二子我必不勉當即後世汝等兄弟念相承奉合心并力愼勿分居所以然者譬如一絲不任繫象合集多絲乃可制象譬如一葦不能獨然合捉一把然不可滅今汝兄弟亦復如是共相依恃外人不壞內穆勤家則財業日增囑誡之後氣絕命終兄弟奉教合居數時後阿淚吒婦自心念言今共居止留難兄家人客知識不得贍待若當分異各自努力情既無難可得成家念是事已具向夫說阿淚吒聞婦所言以為不可婦復慇懃廣引道理阿淚吒情迴以事白兄兄復引父垂命之言廣示方比不可之理時阿淚吒婦數數勸動其夫意決急求分居兄見意盛與分家居分異之後阿淚吒夫妻恣情放志招合伴黨飲噉奢侈不順禮度未經幾年家物耗盡窮罄無計詣兄匃乏兄復矜之與錢十萬用盡更索如是六反前後凡與六十萬錢後復來求兄復訶責亡父勑誡汝不承用未經幾時求共分異喪用無度不可供給前後與汝六十萬錢汝不知足復更求索今復更與汝十萬錢能有能無更勿來索

其弟得責慚愧取錢夫婦改操謹身節用勤心家業財產日廣其後漸富更無乏短其兄淚吒連遭衰難所在破亡財物迸散家理次窮無有方計往到弟邊說所闕闊求索少錢供足不逮其弟瞋嫌而語兄言謂望兄家不識有貧云何復來從我所索作是語已乃不讓食兄便還去而自愕然生死之中何可畏耶析體兄弟不識恩養豈況他人當推義理心即猒世捨家入山靜坐思惟諸法生滅心即開悟成辟支佛威儀可觀入城乞食後值世儉人民飢乏時辟支佛乞食難得時弟阿淚吒後轉貧乏復值歲荒食穀不繼日往取薪賣糴稗子共家婦兒以自供活一日晨朝早往入澤於城門中見辟支佛威儀可觀入城乞食即往取薪還來到門見辟支佛空鉢而出心自生念此是快士晨見入城今乃空來若令見我共歸至舍當共分食以奉施之作是念已捨之而去時辟支佛尋知其意即隨其後往到門中阿淚吒見之心用歡喜即爲敷牀請令入坐索其自分稗子之糜躬手自持施辟支佛時辟支佛語阿淚吒言汝亦飢渴當共分噉阿淚吒白言我曹世俗食無時節尊日一食但願爲受即受食訖感其至心遭斯歲儉父子不救能割食分以用見施當爲現變令其歡喜即飛虛空身出水火廣現神足還住其前語阿淚吒言欲求何願恣隨汝意見變歡喜踊躍即前至心自立誓言一切衆生多種求財我願世世莫有所乏情有所欲應意而至又願將來得遇上士功德勝汝百千萬倍令我於彼得扁盡證神足變

化與汝不異求願已訖倍復歡喜時辟支佛還歸所止時阿淚吒即還入澤取薪到見一兎意欲捕取走逐轉近以鎌遙擲即時墮地適欲前取化爲死人上其背上急抱其頭盡力推却不能令却心懷恐怖慞惶苦惱意欲入城共婦解却復恐人見令不聽入留待日暮以衣用覆擔負入城往趣其舍已到舍内自然墮地變成一聚閻浮檀金光明晃昱并照比舍展轉談之向徹於王王即遣人往看審實使人到覩見是死人尋還白王是死人耳王問餘人猶言是金甚怪所以重遣人看如是七反來言不定王即自往親住看之見是死人形漸欲臭即問阿淚吒汝見是何答言看實是金即取少許用奉於王王見金色敬之未有問其所由何由得此於時阿淚吒具以本末向王而說必當由施辟支佛故王聞其語歎言善哉汝得快利值此上人即更賜與拜爲大臣如是諸尊彼阿淚吒者則我身是我於彼世以少稗糜施辟支佛因自求願緣是以來九十一劫生天人中無所乏少三事挺特端正受稱情有所欲應意而至乃至今身在家之時我常優遊不喜世務兄摩訶男常有怨辭我母語言我見福德摩訶男言我獨勞慮家理田業優閑卧食云何非德其母欲試遣我至田監臨種作全不送食我怪食遲遣人往索母遣人語我云無所有我還白母唯願與我送無所有於時其母聞兒是語即取寶案嚴具器物以襆覆上送以與我令摩訶男逐而看之已到我前發去其襆百味飲食案器悉滿如是餘時在前應意若

令滿得四天下寶劫盡之時理當消滅復不得久如是我以少麨施辟支佛九十一劫福利未滅復緣斯德見佛度苦以是之故故知請一淨戒比丘於舍供養得利多彼四天下寶時阿那律說是語已於時世尊從外來入聞阿那律說過去事告諸比丘汝等比丘說過去事我復次說未來事將來之世此閻浮提土地方正平坦廣博無有山川地生軟草猶如天衣爾時人民壽八萬四千歲身長八丈端正殊妙人性仁和具修十善彼時當有轉輪聖王名曰勝伽(此言貝也)彼時當有婆羅門家生一男兒字曰彌勒身紫金色三十二相衆好畢滿光明殊赫出家學道成最正覺廣爲衆生轉尊法輪其第一大會度九十六億衆生之類第二大會度九十四億第三大會度九十二億如是比丘三會說法得蒙度者悉我遺法種福衆生或三寶中興供養者出家在家持齋戒者燒香然燈禮拜之者皆得在彼三會之中三會度我遺殘衆生然後乃化同緣之徒於時彌勒聞佛此語從座而起長跪白佛言願作彼彌勒世尊佛告之曰如汝所言汝當生彼爲彌勒如來如上教化悉是汝也於時會中有一比丘名阿侍多長跪白佛我願作轉輪之王佛告之曰汝但長夜貪樂生死不規出耶於時在會一切大衆見佛世尊授彌勒決當來成佛猶字彌勒各皆有疑欲知本末尊者阿難即起白佛彌勒成佛復字彌勒不審從何造起名字佛告阿難諦聽著意過去無量阿僧祇劫此閻浮提有一大國王名曇摩留支領閻浮提八萬四千

國六萬山川八十億聚落二萬夫人婇女一萬大臣有一小國豐樂是中國王名波塞奇時弗沙佛初出於世在此國中化導衆生時波塞奇王與諸羣臣專供養佛及於衆僧不暇得往朝覲大王貢獻音信亦悉斷替於時大王怪其間絶即遣使者往責所以使者到已宣王言令比年已來人信俱斷汝爲人臣何以違常將有異心欲懷逆耶時波塞奇得大王教自知違替靡知所如即往見佛白如是事佛告王言汝勿憂慮但還遣使以誠往言佛在我國朝夕承事是以不暇往覲大王國內財物供佛及僧無有遺餘可以獻貢波塞奇王得佛教已即還報使如佛所語使到見王具導其意大王聞之甚懷盛怒即合諸臣共詳此事諸臣皆言彼王憿慢横引道理宜合兵衆往攻伐之王即然之合兵躬往前軍近到彼王乃知心懷怖懼急往白佛佛告王言莫用憂慮但自往見宣說前語波塞奇王即與羣臣往到界上見於大王禮問畢訖住在一面大王責問汝何所恃違慢失常不來朝覲波塞奇言佛世難值甚難得覩頃來在國化導民物朝夕奉侍故使違替於時大王復更重責正使令爾何以斷獻波塞奇言佛有徒衆名曰衆僧戒德清淨世良福田合國所有常用供養無有贏長可以爲貢曇摩留支聞此語已告言且住須我見佛見佛來還乃問汝罪即與羣臣往至佛所是時如來大衆圍繞各悉靜默端坐入定有一比丘入慈三昧放金光明如大火聚曇摩留支遥見世尊光明顯赫明曜踰日大衆圍繞如星中

月爲佛作禮問訊如法見此比丘光明特顯即白世尊此一比丘入何等定光曜乃爾佛告大王此比丘者入慈等定王聞是語倍增欽仰言此慈定巍巍乃爾我會當習此慈三昧作是願已志慕慈定意甚柔輭更無害心即時請佛及比丘僧唯願迴神往到大國佛即許可尅日當往波塞奇王聞佛欲往至大王國甚懷戀恨愁悴無憀心自念言若當令我是大王者如來則當常住我國由我小故不得自在念是事已即問佛言諸王之中何者最大佛告之曰轉輪王大波塞奇王因自作願我由來供養佛及衆僧持此功德誓願將來世世常作轉輪之王如是阿難爾時大王曇摩留支者今彌勒是始於彼世發此慈心自此已來常字彌勒彼波塞奇王今祇陀是乃於彼中常作轉輪王自是已來世世恒作乃至今日功德不盡是以今日復求索作時穿珠師聞說是已尋發無上正眞道意其餘會者聞佛所說有得須陀洹斯陀含阿那含阿羅漢者有發無上正眞道意者有得還住不退地者各皆敬戴歡喜奉行

二鸚鵡聞四諦緣品第五十八

如是我聞一時佛在舍衛國祇樹給孤獨園爾時長者須達敬信佛法爲僧檀越一切所須悉皆供給時諸比丘隨其所須日日往來說法教誨須達家內有二鸚鵡一名律提二名賒律提禀性黠慧能知人語諸比丘往來每先告語家內聞知拂整敷具歡喜迎逆是時阿難往到其家見鳥聰黠愛之在心而語之言欲教汝法二鳥歡喜授四諦法教令誦

習而說偈言
豆佉 三牟提耶 尼樓陀 末伽（此言苦集滅道）
門前有樹二鳥聞法喜悅誦習飛向樹上次第上下經由七反誦讀所受四諦妙法其暮宿樹野狸所食緣此善心即生四天尊者阿難明日時到著衣持鉢入城乞食聞二鸚鵡爲狸所殺生矜愍心還白佛言須達家內有二鸚鵡弟子昨日教誦四諦其夜命終不審識神生處何所唯願如來垂愍見示佛告阿難諦聽諦聽善著心中當爲汝說令汝歡喜緣汝授法喜心受持命終之後生四王天此閻浮提五十歲爲四王天上一日一夜彼亦三十日爲一月十二月爲一歲彼四王天壽五百歲阿難問佛於彼命終當生何處佛告阿難當生第二忉利天上此閻浮提百歲爲忉利天上一日一夜亦三十日爲一月十二月爲一歲彼忉利天壽千歲阿難復問於彼命終當生何處佛告阿難當生第三燄摩天上此閻浮提二百歲爲燄摩天一日一夜亦三十日爲一月十二月爲一歲彼燄摩天上壽二千歲阿難又問於彼命終當生何處佛告阿難當生第四兜率天上此閻浮提四百歲爲彼天上一日一夜亦三十日爲一月十二月爲一歲彼兜率天壽四千歲阿難又問於彼命終當生何處佛告阿難當生第五無憍樂天此閻浮提八百歲爲第五天上一日一夜亦三十日爲一月十二月爲一歲彼第五天壽八千歲阿難又問於彼命終當生何處佛告阿難當生第六化應聲天此閻浮提千六百歲爲第六天上一日一夜亦三十日

爲一月十二月爲一歲彼第六天壽萬六千歲阿難又問於彼命終復生何處佛告阿難還是第五天上如是次第至四天王天上下七反生六欲天中自恣受福極天之壽無有中天阿難又問六天壽盡當生何處佛告阿難當下閻浮提生於人中出家學道緣前鳥時誦持四諦心自開解成辟支佛一名曇摩二名修曇摩佛告阿難一切諸佛及僧賢聖天人品類受福多少皆由於法種其善因致使其後各獲妙果爾時阿難及諸衆會聞佛所說歡喜奉行

鳥聞比丘說法生天緣品第五十九

如是我聞一時佛在舍衛國祇樹給孤獨園爾時世尊於林樹間有一比丘坐禪行道食後經行因爾誦經音聲清妙雅好無比時有一鳥敬愛其聲飛在樹上聽其音響時有獵師以箭射殺緣慈善心即生第二忉利天中父母膝上忽然長大如八歲兒面貌端正殊異光明昞然無有倫匹即自念言我以何福得生此中天福果報便識宿命觀見故身本是禽獸蒙彼比丘誦經福報得生此中即持天華詣閻浮提到比丘所禮敬問訊以天華香供散其上比丘問言汝是何神答言我本是鳥愛尊音聲來此聽承爲獵師所殺因此善心生忉利天比丘歡喜即命令坐爲其說法種種妙善天人聞解得須陀洹果歡喜踊躍即還天上佛告阿難如來出世饒益甚多所說諸法實爲深妙乃至飛鳥緣愛法聲獲福無量豈況於人信此牢固受持之者所獲果報難以爲比爾時阿難及諸大衆聞佛所

說歡喜奉行

賢愚因緣經卷第十二

音釋

跳他弔切越也 貰始制切 轝羊諸切車也 紡撫兩切網絲也 縷龍主切線也 鏤郎豆切雕刻也 弈夷益切 釧樞絹切臂鐶也 怱閙怱音聰不暇也閙女教切不靜也 諮津夷切問於善也 賄呼罪切財也 達嚫梵語也此云財施嚫音襯 眪補永切明也 躡昵輒切蹈也 宕徒浪切洞室也 吒丑亞切 數數色角切頻數也 嫌賢兼切嫌疑也 愕逆各切驚也 糴亭歷切市也 稗薄邁切似穀也 糜忙皮切粥也 鎌離鹽切鍥也 襆逢王切帕也 贏長贏怡成切餘也長直亮切剩也 憀憐蕭切賴也 狸良脂切獸名

賢愚因緣經卷第十三

元魏沙門慧覺譯

五百鴈聞佛法生天緣品第六十

如是我聞一時佛在波羅捺國爾時世尊於林澤中爲天人四輩之類演說妙法時虚空中有五百羣鴈聞佛音聲深心愛樂槃桓迴翔尋欲來下至世尊所時有獵師張施羅網五百羣鴈墮彼網中爲獵師所殺生忉利天父母膝上忽然生長如八歲兒身體端嚴顏貌無比光相明淨喻若金山便自念言我以何因生此天中天人心聰神解即識宿命緣愛法聲果報生天當報其恩即共同時持天華香下閻浮提波羅捺國至世尊所天光明曜猶寶樹林一時曲躬禮世尊足合掌白言我蒙世尊說法音聲生在妙處願重矜愍開示道要爾時世尊便爲演說四諦妙法天人開悟得須陀洹果即還天上不墮三塗隨緣七生得盡諸漏爾時阿難白世尊言昨夜有天光明照曜禮敬世尊不知其緣願見告示佛告阿難善思念之當爲汝說世尊昨日在林澤中爲天世人四輩之衆敷演妙法有五百羣鴈愛敬法聲心悅欣慶即共飛來欲至我所墮獵師網中於時獵師即取殺之因此善心生忉利天自識宿命故來報恩爾時阿難聞佛所說歡喜踊躍歎未曾有而作是言如來出世實爲奇妙陶演法雨莫不蒙潤乃至禽鳥猶聞法聲獲福乃爾豈況於人信心受持計其果報過踰於彼百千萬倍不可爲比佛告阿難善哉善哉如汝所說如來出世多所潤益普雨甘露浸潤羣生以是之故當

共一心信敬佛法爾時阿難及諸衆會聞佛所說歡喜奉行

堅誓師子緣品第六十一

如是我聞一時佛在王舍城耆闍崛山中爾時提婆達多恒懷惡心向於世尊欲害如來自稱爲佛教阿闍世害父爲王新佛新王治理天下不亦快乎王子信用便殺其父自立爲王是時世人咸懷惡心於諸比丘惡不欲見佛諸比丘入城乞食人民忿恚咸不與語空鉢而出還到山中白世尊言提婆達多作不善事使諸四輩各興惡心向於沙門爾時世尊告阿難言若有衆生起於惡心向諸沙門著染衣人當知是人則便惡心向於過去諸佛辟支佛阿羅漢向於未來諸佛辟支佛阿羅漢現在諸佛辟支佛阿羅漢以發惡心向於三世諸賢聖故便獲無量罪業果報所以者何染色之服皆是三世賢聖標式其有衆生剃除鬚髮著染衣者當知是人不久當得解脫一切諸苦獲無漏智爲諸衆生作大救護若有衆生能發信心於出家著染衣人獲福難量佛告阿難我由往昔於諸出家著染衣人深生信心敬戴之故致得成佛阿難白佛言世尊往昔深心敬染衣人其事云何願樂欲聞佛告阿難善聽當說唯然世尊願樂欲聞佛告阿難古昔無量阿僧祇劫此閻浮提有大國王名曰提毗總領八萬四千諸小國王世無佛法有辟支佛在於山間林中坐禪行道飛騰變化福度衆生時諸野獸咸來親附有一師子名號𨄔迦羅毗(此言堅誓)軀體金色光相明顯煥然明烈食果噉草不害羣

生是時獵師剃頭著袈裟内佩弓箭行於澤中見有師子甚懷歡喜而心念言我今大利得見此獸可殺取皮以用上王足得脱貧是時師子適値睡眠獵師便以毒箭射之師子驚覺即欲馳害見著袈裟便自念言如此之人在世不久必得解脱離諸苦厄所以者何此染衣者過去未來現在三世聖人標相我若害之則爲惡心趣向三世諸賢聖人如是思惟害意還息箭毒病雨行命在不久便説偈言

耶羅羅　婆奢沙　娑呵

説此語時天地大動無雲而雨諸天駭惕即以天眼下觀世間見於獵師殺菩薩師子於虚空中雨諸天華供養其屍是時獵師剥師子皮持至于家以奉國王提毗求索賞募時王念言經書有云若有畜獸身金色相必是菩薩大士之人我今云何資賞此人若與賞者便爲共此殺害無異是時獵師素窮求哀國王矜愍與少財物問獵師言師子死時有何瑞應答言口説八字天地普動無雲而雨天降諸華爾時國王聞是語已悲喜交集信心益猛即召諸臣耆舊智人令解是義時諸人衆都不能解空林澤中有一仙人字奢摩字義仙人聰明喆達貫練使還白王王即請來仙人于時具爲大王解説其義耶羅羅其義唯剃頭著染衣當於生死疾得解脱婆奢沙云剃頭著染衣者皆是賢聖之相近於涅槃娑呵云剃頭著染衣者當爲一切諸天世人所見敬仰於時仙人解是語已提毗歡喜即召八萬四千小王悉集一處作七寶高車

張師子皮表示一切悉共敬戴燒香散華而以供養極盡忠心後復打金作棺盛師子皮以用起塔爾時人民緣是善心壽終之後皆得生天佛告阿難及四部衆爾時師子由發善心向染衣人十億萬劫作轉輪聖王給足衆生廣植福業致得成佛爾時號蹉迦毗羅者豈異人乎今我身是也時國王提毗緣供養師子皮故十萬億劫天上人中尊貴第一修諸善本今彌勒菩薩是時仙人者今舍利弗是時獵師者今提婆達多是爾時四衆從佛聞說過去因緣心懷歡喜深自惋悼悲歎而言我等愚癡不識明喆生起惡心唯願如來憐愍愚癡聽悔前罪世尊弘慈因爲說法四諦微妙隨其宿緣皆獲諸果有得須陀洹斯陀含阿那含阿羅漢果者有發無上正眞道意者是時阿難四部之衆聞佛所說歡喜奉行

梵志施佛納衣得授記緣品第六十二

如是我聞一時佛在舍衛國祇樹給孤獨園爾時世尊將侍者阿難入城分衛世尊身上所著之衣有少穿壞將欲以化應度衆生乞食周訖欲還所止有一婆羅門來至佛所爲佛作禮覩佛容顏光相殊特見佛身衣有少破壞心存惠施割省家中得少白氎持用施佛唯願如來當持此氎以用補衣佛即受之時婆羅門見佛受已心情歡喜倍加踊躍佛哀此人即與授決於當來世二阿僧祇百劫之中當得作佛神通相好十號具足佛授記已歡喜而去國中豪賢長者居士咸與此心云何世尊受彼少施酬以大報作是念已各

爲如來破損好氎作種種衣持用奉佛阿難問佛世尊先昔造何善行能令一切奉施衣服願佛爲說令得開解世尊告曰諦聽著心當爲汝說過去因緣阿難曰諾我當善聽佛告阿難乃往過去無量無數阿僧祇劫爾時有佛名毗婆尸出現於世與其徒衆九萬人俱彼時有王名曰槃頭有一大臣請佛及僧三月供養佛即許可既蒙可已還至其家辦具所須時槃頭王亦欲供養佛及衆僧往至佛所而白佛言願得如來及比丘僧三月供養佛告槃頭吾先已受彼大臣請大人之法不宜中違王即還宮告其臣曰佛處我國吾欲供養云卿已請今可避我我供養訖卿乃請之臣答王言若使大王保我身命復保如來常住於此復令國土常安無災若使能保此諸事者我乃息意放王先請王自念言斯事叵辦復更曉曰卿請一日我復一日臣便可之更互設會各滿所願爾時大王爲彼如來辦具三衣皆悉豐足復爲九萬諸比丘衆作七條衣人與一領阿難當知爾時大臣以上衣服施佛及僧供養之者豈異人乎則我身是我乃世世植福無厭今悉自得終不唐捐時阿難等聞說是已歡喜勤修造諸福業咸懷踊躍頂戴奉行

佛始起慈心緣品第六十三

如是我聞一時佛在舍衛國祇樹給孤獨園時諸比丘夏安居竟往至佛所禮敬問訊佛以慈心慰喻撫恤汝等住彼得無苦耶慈心矜篤極懷憐愍阿難見之而白佛言世尊慈愍垂矜特隆不審世尊發如是心爲遠近耶

佛告阿難若欲知之當爲汝說過去久遠不可稱計阿僧祇劫有二罪人共在地獄獄卒驅之使挽鐵車剝取其皮用作車鞅復以鐵棒打令奔走東西馳騁無有休息時彼一人筋力尠薄獄卒逼之躃地便起疲極困乏絕死復甦彼共對者見其困苦興發慈心憐愍此人顧白獄卒唯願聽我躬代是人獨挽此車獄卒瞋恚以棒打之應時即死生忉利天阿難當知爾時獄中慈心人者我身是也我乃爾時於彼地獄受罪之時初發如是慈矜之心於一切人未曾退捨至於今日故樂修行慈愍一切爾時阿難聞佛所說歡喜奉行

頂生王緣品第六十四

如是我聞一時佛在舍衛國祇樹給孤獨園與大比丘衆千二百五十人俱爾時世尊見諸比丘貪於飾好著於名利多畜盈長積聚無猒佛見此已爲諸比丘說貪利害夫貪欲者現損身命終歸三塗受苦無量所以然者吾自憶念過去世時由於貪故而便墮落受諸苦惱爾時阿難長跪叉手前白佛言世尊過去由於貪故而便墮落其事云何世尊告曰乃往過去無量無邊不可思議阿僧祇劫此閻浮提有一大王名瞿薩離典斯天下八萬四千小國有二萬夫人婇女一萬大臣時王頂上欻生一胞其形如繭淨潔清徹亦不疼痛後轉轉大乃至如瓠便擘看之得一童子甚爲端正頭髮紺青身紫金色即召相師占相吉凶相師占已便答王言此兒有德雄姿奇特必爲聖主統臨四域因爲立字名文陀竭（此言頂生）年已長大英德遂著王以一國別

封給之大王後時被病困篤諸小王輩皆來瞻省不能自免遂便薨背諸附庸王共詣頂生而咸答曰大王已崩願嗣國位頂生答言若吾有福應爲王者要令四天及尊帝釋來相迎授爾乃登祚立誓已竟四天即下各捉寶瓶盛滿香湯以灌其頂時天帝釋復持寶冠來爲著之然後稱揚諸王復勸當詣大國王即治處頂生復言若我有福應爲王者國當就我我不就國立誓適竟大國之中所有宮殿園林浴池悉來就王金輪象馬玉女神珠典藏典兵悉亦應集王四天下爲轉輪王循行國界見諸人民墾地耕種王問臣吏此諸羣生欲作何等便答王言有形之類由食得存是以種穀欲以濟命王立誓言若我有福應爲王者當有自然百味飲食充飽一切使無飢渴作願已竟尋有飲食王更出遊見諸人民紡績經織王復問言作此用爲諸人對曰食已自然無以嚴身是故紡織用作服飾王復立誓若我有福應爲王者當有妙衣自然而出賑給萬民使無窮乏作願已竟應時諸樹悉生種種異色妙服一切人民求得無盡王更出遊見諸羣黎修治樂器王因問之作此何爲諸人報言衣食既充乏於音樂所以治此欲用自娛王復立誓若我有福應爲王者衆妙樂器當自然至作願適竟應時諸樹若干種妓樂懸在其枝若有須者取而鼓之音聲和暢其有聞者無不歡豫王德至重萬善臻集天雨七寶遍諸國界王問諸臣此誰之德諸臣對曰此是王德亦因民福王復立誓若是民福寶當普雨若獨我德齊雨

宮內作願適竟餘處悉斷唯雨宮裏七日七夜其頂生王於閻浮提五欲自娛經八萬四千歲時有夜叉踊出殿前高聲唱言東方有國名弗婆提其中豐樂快善無比大王可往遊觀彼界王即允可意欲循行金輪復轉躡虛而進羣臣七寶皆悉隨從旣至彼土諸小王等盡來朝賀王於彼國五欲自恣經八億歲夜叉復唱西方有國名瞿耶尼亦復快樂王可至彼王即允然徃遊其土食福受樂經十四億歲夜叉復唱北方有國名欝單曰其土安豐人民熾盛王可到彼王即徃詣留止其中上妙五欲極情恣意經十八億歲夜叉復唱有四天王處其樂難量王可遊之王與羣臣及四種兵乘虛而上四天遙見甚懷恐怖即合徒衆出外拒之竟不奈何還歸所止頂生於中隨遊受樂經數十億歲意中復念欲昇忉利即與羣衆蹈虛登上時有五百仙人住在須彌山腹王之象馬屎尿下落汙仙人身諸仙相問何緣有此中有智者告衆人言吾聞頂生王欲上三十三天必是象馬失此不淨仙人忿恨便結神呪令頂生王及其人衆悉住不轉王復知之即立誓願若我有福斯諸仙人悉皆當來承供所爲王德弘博能有感致五百仙人盡到王邊扶輪御馬共至天上未至之頃遙覩天城名曰快見其色皦白高顯殊特此快見城有千二百門諸天惶怖悉閉諸門著三重鐵關頂生兵衆直趣不疑王即取貝吹之張弓扣彈千二百門一時皆開帝釋尋出與共相見因請入宮與共分坐天帝人王貌類一種其初見者不能分

別唯以眼眴遲疾知其異耳王於天上受五欲樂盡三十六帝末後帝釋是大迦葉時阿修羅王與軍上天與帝釋鬪帝釋不如退軍入城頂生復出吹貝扣弓阿修羅王即時崩墜頂生自念我力如是無有等者今與帝釋共坐何爲不如害之獨霸爲快惡心已生尋即墮落當本殿前委頓欲死諸人來問若後世人問頂生王云何命終何以報之王對之白若有此問便可荅之頂生王者由貪而死統領四域四十億歲七日雨寶及在二天而無猒足故致墜落是故比丘夫利養者實爲大患當思遠離深求道眞阿難白佛此頂生王宿植何福而獲如此無量大報佛告之曰乃往過去不可計劫時世有佛號曰弗沙與其徒衆遊化世間時婆羅門子適欲娶婦手把大豆當用散婦是其曩世俗之家禮於道值佛心意歡喜即持此豆奉散於佛四粒入鉢一粒住頂由此因緣受無極福四粒入鉢王四天下一粒在頂受樂二天爾時諸弟子聞佛所說有得初果二果三果及阿羅漢者不可稱數受持佛語歡喜奉行

蘇曼女十子緣品第六十五

如是我聞一時佛在舍衞國祇樹給孤獨園爾時須達長者末下小女字曰蘇曼面首端正容貌最妙其父憐愛特於諸子若遊行時每將共去於是長者將至佛所其女見佛情倍欣踊願得好香塗佛住室斯女手中有賔婆落佛從索之奉教便與佛尋於上書香種稷還以與之女共其父還歸城裏便行推買種種妙香如佛所須持詣祇洹躬自擣磨日

日如是時特叉利國王遣其一兒使到舍衛初適他土廣行觀看漸漸展轉復至精舍見蘇曼女在中磨香愛其姿容欲得爲妻即往入城啓波斯匿王云有此女可適我意願王見賜勿違我志王問之曰是誰家女答言是須達女王言卿自從索吾不能知復重啓王王若相聽當自求之王言可爾彼國王兒發遣子弟車乘衆物先歸本國唯留一象及巳在後往至祇洹摶蘇曼女累騎而去須達聞之遣人追逐象走駛速不能及逮即達本土便用爲婦後遂懷妊生卵十枚卵後開敷有十男兒形貌殊好與人有異年遂長大勇健非凡然喜畋獵傷害物命其母矜愍教使莫爾諸子白母射獵之事最爲快樂母今相遮將爲見憎母復告言吾愛汝等是以相制若當憎汝終無此言所以者何夫殺生之罪當入地獄受諸苦惱數千萬歲常爲鹿頭羊頭兎頭諸禽獸頭阿傍獄卒之所獵射無央數歲雖思解脫其何由乎諸子白母如母所說爲自出心從他邊聞母復告言吾昔從佛聞如此事兒復問母佛者何人幸願具宣母告諸子卿不聞乎迦維羅衞淨飯王子形相炳著應爲聖王猒老病死出家學道願行成就得無上果巨身丈六相好無比三明六通遐鑒無外前知無窮却知無極觀省三世如掌中珠諸子聞之心内欣然因更問母佛今近遠爲可見不母便答言今在舍衞諸子啓母求往覲佛母即聽之諸子同時共詣舍衞其祖須達見之情悅倍加愛念將至祇洹奉覲如來諸子見佛姿好形貌踰前所聞數千萬

倍五情欣喜不能自勝佛因隨緣爲説妙法十人俱時得法眼淨便復白佛求索出家佛問之曰汝父母聽不答言未諮佛言父母未聽不得染化須達復言斯是我孫我得自在我今放之於理亦可佛便允然聽使爲道鬚髮自墮法衣在身便成沙門精勤大業盡得羅漢斯十比丘甚相欽敬行則俱進住在同處國中人民莫不宗戴阿難白佛此十比丘有何福慶生在貴家容貌奇特遭值世尊盡於苦際佛告阿難乃往過去九十一劫有毗婆尸佛出現於世教化畢訖而般涅槃分布舍利起無量塔時有一塔朽故崩壞有一老母而修治之有年少十人偶見老母曰何所施爲老母語言斯是尊塔功德彌弘是以修補欲望善果年少歡喜助共興功所作已竟誓爲母子其十年少願共同生從是已來九十一劫天上人中恒與俱生受福快樂常有三事勝於餘人一者形體端正二者衆所敬愛三者恒得長壽經爾許時不墮三塗今遇我世沐浴清化諸塵垢盡咸逮應眞欲知爾時老母者今蘇曼女是爾時十年少者今十羅漢是佛説此時其在大會有得須陀洹斯陀含阿那含阿羅漢者發大乘意逮不退者信受佛語歡喜奉行

婆世躓縁品第六十六

如是我聞一時佛在羅閱祇耆闍崛山中于時此國有豪長者名尸利躓其家大富七寶盈溢其婦懷妊月滿生男形容嚴妙世之少雙父母喜慶深用自幸便請相師令占吉凶相師占已語其二親斯子福德榮煥宗族長

者益歡情在無量因復勸請便爲立字相師問曰從有此兒有何瑞應長者報曰其母本來訥口鈍辭既懷此兒談語巧妙踰倍於常便爲作字字婆世躓年歲已大聰才邈羣與其等輩遊行觀看見那羅技家有一女子面貌淨潔暉容希有心便染著欲得聘娶歸啓父母願爲求索父母告言吾是貴姓彼是凡賤高卑非匹如何爲婚子情深愛不能自釋重更啓言莫問門戶但論其身幸垂顧愍哀爲我求若不如志便自殞命父母從之遣人往求彼家報言君是大姓我是小人素非儔偶何緣得爾其兒慇懃情猶不息復更遣信重從索之彼家答言若能如我習種種術歌舞戲笑悉令備知及於王前試使得中然後乃當共作婚姻兒惑其色不恥鄙事即詣彼

家學習戲藝數時之間皆已成就是時國王集諸那羅上幢投窻空中索走如是種種衆多戲事時長者子亦往王邊次應現技上索而走索走既竟王脫不見復勑更上奉命爲之氣力漸劣中道欲墮心中惶懼無所歸依尊者目連陵虛至邊而告之曰如卿今日寧全身命出家學道爲寧墮死娶彼女耶尋報之言願自存濟不用女也目連即時於虛空中化作平地其人見已情怖便止因地而下得全身首既蒙安隱喜不自勝隨逐目連往詣世尊禮拜供養佛於是時廣說妙論所謂論者施論戒論生天之論欲爲不淨出要最快心意暢解便得初果因復白佛願得出家奉修正法世尊聽之鬚髮自落法衣在身便成沙門比丘專精禪思遵修正業諸漏得盡

成阿羅漢慧命阿難前白佛言婆世躓沙門往昔之時與彼女子有何因緣心染惑著僅致危没復共目連造何善因今蒙其恩而獲寧濟復何因緣自致應眞佛告阿難乃往過去無量之劫波羅㮈國有大長者初生一子端正無比當于是時其家有人從海中來齎一鳥卵用奉長者長者納受經少時間其卵便剖出一鳥鶵毛羽光潤長者愛之與子使弄漸漸長大互相懷念時長者子騎鳥背上鳥便擔飛處處遊觀情旣滿猒還歸其舍日日如是經歷多時其長者子聞他國王作那羅戲便乘斯鳥往至彼間來下觀看鳥住樹上偶見王女情便染愛其時遣信騰說情狀王女然可便與共交作事不密爲王所知遣人推捕尋時獲得縛束其身而當斬戮長者子言諸君何爲勞力殺我聽我上樹自投而死諸人聽許便起攀枝而上乘騎其鳥翔虛而去因此鳥故得延壽命佛告阿難彼時長者子今婆世躓是爾時王女者今技家女是爾時鳥者則目連是過去世時惑色致困由鳥得濟今復貪色垂當死亡由目連故致得安隱其婆世躓所說聰辯成無漏者乃往過去波羅㮈國有一居士見辟支佛來從乞飯居士即時以食施與因復勸請令說經法其辟支佛辭云不能擲鉢虛空踊騰而逝居士念曰斯人神力變化無方然其不能敷宣道化願我後生遭值聖尊勝於此士巨億萬倍演敷法義無窮無盡今我身者亦獲果證由此因緣今世聰明逮羅漢果佛說是時莫不歡喜有得須陀洹斯陀含阿那含阿羅漢者

有種緣覺根者發菩薩心者皆信佛語頂戴奉行

優波毱提緣品第六十七

如是我聞一時佛在舍衛國祇樹給孤獨園爾時此國有一梵志字阿巴毱提聰明廣學探古達今往至佛所求作沙門因復啓曰若我出家智慧辯才與舍利弗等者情則甘樂若當不如便自歸家佛尋荅曰卿不如也時彼梵志止不學道還歸其舍世尊於後告衆會言我滅度已一百歲中此婆羅門而當涂化逮成六通智慧高遠教化衆生其數如塵佛涅槃時告阿難言我滅度後一切經藏悉付囑汝汝當受持廣使流布世尊旣滅阿難持法阿難後時復欲捨身告弟子耶貰羇言我去世後所有典要汝當護持因復告曰波羅㮈國當有居士字曰毱提此人有子名優波毱提卿好求索度用爲道卿若壽終以法付之阿難滅已此耶貰羇奉持佛法遊化世間所度甚多復至波羅㮈往造居士與共相識數數往來其彼居士生一男兒字阿巴毱提年在幼稚于時耶貰羇往從索之欲使爲道其父荅曰始有一子當紹門戶不可爾也若後更生便用相給後復生男子字難陀毱提耶貰羇復往從索其父報言大子營外次子營內於其家居乃可豐隆情中戀惜未能相許若後更有信當奉惠此耶貰羇是阿羅漢三明具足能知人根觀此二兒與道無緣亦自息意不慇懃求時彼居士復更生男顏貌端妙形相殊特時耶貰羇復往從索其父報曰兒今猶小未能奉事又復家貧無以餉

送且欲停之須大當與年漸長大高才器盛父付財物居肆販賣時耶貰鞞往到其邊而爲說法教使繫念以白黑石子用當籌算善念下白惡念下黑優波毱提奉受其教善惡之念輙投石子初黑偏多白者尠少漸漸修習白黑正等繫念不止更無黑石純有白者善念已盛逮得初果時彼城中有婬女人遣婢持錢往從買華優波毱提心性質直饒與其華不令有恨婢齎華歸婬女甚怪問其婢言前日買華用錢一種往何以少今何以多將無前時相欺減乎婢答之言今日華主慈仁守禮平等相與所以饒獲又復其人形體殊妙大家若見沒不有恨婬女聞之遣信請喚優波毱提自抑不往又復延召終不從命于時婬女與王家兒而共交通貪其衣服衆寶所成利與義衰殺而藏之王家搜覓於其舍得尋取婬女斬截手足劓其耳鼻懸於高標竪置冢間雖荷此苦然未命終優波毱提往到其所婬女謂言往者端正不肯相見今日形殘何所看乎尋即對曰吾不愛色而來至此用相憐故來到此耳因爲宣說四非常法是身不淨苦空無我一一諦察有何可恃愚惑之徒妄生染想婬女聞法逮法眼淨優波毱提成阿那含時耶貰鞞復從居士索此少年用作沙彌奉教持與將至精舍授其十戒年滿二十便授具足四羯磨竟得阿羅漢道三明六通皆悉滿具言辭巧妙所演無窮便集衆人欲爲說法時魔波旬於會處所而雨金錢衆人競拾竟不聞法於第二日復集大衆魔雨華鬘以亂衆心於第三日復集大

衆魔王便化作一大象紺瑠璃色口有六牙其一牙上有七浴池其浴池中有七蓮華一蓮華上有七玉女斯諸玉女皆作妓樂其象優遊徐步會側衆人顧目情不存法於第四日復集大衆魔王復化作一女人端正美妙侍立尊後衆人注目忽忘法事于時尊者尋化其女令作白骨衆人見巳乃專聽法得道者衆尊者本來有一狗子日日於耳竊爲說法其狗命終生第六天與魔波旬共坐一牀魔王思惟此天大德乃與我等爲從何沒而來生此尋觀察之知從狗身彼沙門者相辱乃爾遥伺尊者入禪定時持一寶冠著其頭上既從定起覺頂有冠尋便思察知魔所爲即以神力感魔使來化其狗屍令似鬘飾而告魔言汝遺我冠深識來意今以鬘飾用相酬贈魔王受巳便還天上而見所著乃是死狗心中猒惡而欲去之盡其神力不能令却復詣帝釋求除不淨帝釋報言其作此者斯人能捨非是吾力之所任施魔王復去廣問諸天乃至梵天向之嘉言願除兹穢各答如初非力所辦事不獲巳來詣尊者而謂言曰佛實大德慈心無邊諸聲聞輩誠爲凶忌何以驗之我乃昔日將諸魔兵凡十八種攻圍菩薩欲敗其道猶懷慈悲不以爲怨我今小觸相困乃爾尊者答言理實如是佛之於我百千萬倍不可爲喻如須彌山比彼芥子如大海水方於牛跡如師子王喻於野干大小之形實不相及尊者語魔吾生末世不見如來聞汝神力能化作佛試爲一現我欲觀之魔王答言我今化現慎莫爲禮對曰不禮是

時魔王化身作佛軀體丈六紫磨金色三十二相八十種好光明赫弈喻倍日月尊者欣悦便前稽首魔還復形語尊者言向云不禮今作禮何尊者答言我自禮佛不禮於汝魔復謝曰唯願矜愍却此死狗尊者告曰汝起慈心擁護羣生則此死狗變成寶飾若懷惡意則作狗屍魔以畏故恒發善想是時尊者成道已後所化衆生得四果者一人一籌籌長四寸如此之籌滿於一房房高六丈縱廣亦爾於是衆人白尊者言尊者福德實爲弘博化度羣萌不可稱數尊者告曰吾爲畜生時亦化衆生使得聖果何況今日衆會白言不審先世所度云何尊者告曰乃往過去波羅㮈國有一仙山五百辟支佛止住其中時有獼猴日來供養奉覲儀容諸辟支佛後盡徙去復有五百梵志續在中止諸梵志等或事日月或復事火事日月者翹脚向之其事火者朝夕然之時彼獼猴見其翹脚便取挽下見其然火便取滅之獼猴于時端坐思惟諸梵志見自相謂言此獼猴者將爲我曹示茲威儀尋各整身諦察眞理心意開解盡得辟支佛道彼獼猴者我身是也衆會復白以何因緣受獼猴身尊者告曰乃往過去九十一劫有毗婆尸佛出現于世有諸比丘在波羅㮈仙山中住時有應眞登上山巔放脚輕疾有一年少道人而作是言彼行飄速正似獼猴由此因緣五百世中常作獼猴以是之故凡有四輩應自護口勿妄出言尊者優波毱提說此法時一切大會有得須陀洹斯陀含阿那含阿羅漢者種緣覺善根者發大乘

心逮不退者不可稱計信受其教歡喜奉行

汪水中蟲緣品第六十八

如是我聞一時佛在羅閱祇耆闍崛山中爾時城邊有一汪水汙泥不淨多諸糞穢屎尿臭處國中人民凡鄙之類恒以瑕穢投歸其中有一大蟲其形像蛇加有四足於其汪水東西馳走或沒或出經歷年載常處其中受苦無量爾時世尊將諸比丘前後圍繞至彼坑所問諸比丘汝等叵識此蟲宿緣所造行不時諸比丘咸皆思量無有能知斯所造行俱共白佛皆云不知時佛告曰汝等當聽吾當爲汝說斯所造行過去有佛名毗婆尸出現於世教化已周遷神涅槃彼佛法中有十萬比丘淨修梵行閑居樂靜依於一山其山左右有好林樹華果茂盛蓊鬱無比其諸樹間流泉浴池清涼可樂時諸比丘依慕住止遵善行道勤修不懈悉具初果乃至四果無有凡夫時有五百賈客共相合集欲入大海發引徑路經由此山見諸比丘剋心精勤內懷欣敬思欲設供時諸賈客共相合率往詣衆僧求索供養値諸檀越各各已請日日相次理不從意即詣衆僧辭入大海設我等衆安隱來還當設供養願哀見許時僧默然允可受請衆賈入海大獲珍寶平安還至到衆僧所選衆妙寶最上價者用施衆僧規俟飲食若食多者隨意用之於時衆僧受其寶物持用付授僧摩摩帝於後衆僧食具向盡從其求索爾時珍寶當用續食時摩摩帝答衆僧言賈客前時自與我寶何緣乃索上座維那語摩摩帝檀越前時以寶施僧令汝舉之

今僧食盡當用俾佐時摩摩帝瞋恚而言汝曹敢乘此寶是我所有何緣乃索時彼衆僧見摩摩帝已起惡意即便散去由其欺僧惡口罵故身壞命終墮阿鼻獄身常宛轉沸屎之中九十一劫乃從獄出今復墮此屎尿池中經歷年歲未由得脫所以者何過去有佛號曰式棄將諸比丘臨過此坑示諸弟子爲說本末復次有佛名曰隨葉亦復將從諸比丘衆俱往到其所說其因緣從此命終還入地獄經歷數萬億歲從後命終復生是中次復有佛名曰拘留秦亦共徒衆圍繞至此坑所垂示諸比丘說其本末次名拘那含牟尼佛亦共弟子來至此坑次迦葉佛亦來至此咸爲弟子說其因緣次第七佛我釋迦牟尼今示汝等因緣本末觀視其蟲如是一切賢劫千佛各各皆爾將諸弟子到其坑所指示其蟲說其曩昔所造因緣時諸比丘聞佛所說心驚毛竪共相勑勵愼護身口意業信受佛語歡喜奉行

沙彌均提緣品第六十九

如是我聞一時佛在舍衛國祇樹給孤獨園爾時尊者舍利弗晝夜三時恒以天眼觀視世間誰應度者輒往度之爾時有諸賈客欲詣他國其諸商人共將一狗至於中路衆賈頓息伺人不看閑靜之時狗便盜取衆賈人肉於時衆人即懷瞋恚便共打狗而折其脚棄置空野捨之而去時舍利弗遙以天眼見此狗身攣躃在地飢餓困篤懸命垂死著衣持鉢入城乞食得已持出飛至狗所慈心憐愍以食施與狗得其食濟活餘命心甚歡喜

倍加踊躍時舍利弗即爲其狗具足解說微妙之法狗便命終生舍衛國婆羅門家時舍利弗獨行乞食婆羅門見而問之言尊者獨行無沙彌耶舍利弗言我無沙彌聞卿有子當用見與婆羅門言我有一子字曰均提年旣孩幼不任使令比前長大當用相與時舍利弗聞彼語已即戢在心還至祇洹至年七歲後來求之時婆羅門即以其兒付舍利弗令使出家時舍利弗便受其兒將至祇洹聽爲沙彌漸爲具說種種妙法心意開解得阿羅漢六通清徹功德悉備時均提沙彌始得道已自以智力觀過去世本造何行來受此形得遭聖師而獲果證觀見前身作一餓狗蒙我和尚舍利弗恩今得人身并獲道果欣心內發而自念言我蒙師恩得脫諸苦今當盡身供給所須求作沙彌不受大戒爾時阿難而白佛言不審此人曩昔之時興何惡行受此狗身造何善根而得解脫佛告阿難乃往過去迦葉佛時有諸比丘集在一處時年少比丘音聲清雅善巧讃唄人所樂聽有一比丘年高耆老音聲濁鈍不能經唄每日出聲而自娛樂其老比丘已得羅漢沙門功德皆悉具足于時年少妙音比丘見老沙門音聲鈍濁自恃好聲而訶之言今汝長老聲如狗吠輕訶已竟時老比丘便呼年少汝識我不年少荅曰我大識汝汝是迦葉佛時比丘上座荅曰我今已得阿羅漢道沙門儀式悉具足矣時年少比丘聞其所說心驚毛竪惶怖自責即於其前懺悔過咎時老比丘即聽懺悔由其惡言五百世中常受狗身由其出

家持淨戒故今得見我蒙得解脫爾時阿難聞佛所說歡喜信受頂戴奉行

賢愚因緣經卷第十三

音釋

蹨直加切 駭愓駭下楷切驚也愓他歷切憂懼也 詰之到切明詰謂知道也 惋悼惋烏貫切惋歎也悼徒到切傷哀也 挽武遠切引車也 剥北角切割脫切 鞅倚兩切 筋舉欣切骨絡也 尠蘇典切少也 胞披交切 繭吉典切蠶衣也 瓠胡故切匏也 擘博陌切分擘也 薨背薨呼弘切卒也背蒲昧切棄也 祚靖故切位也 循詳倫切巡也 墾口狠切掘也 績資昔切緝也 賑止忍切舉救也 皦吉了切明也 眴輪閏切目動也 躓支義切 邈末各切遠也 得中中之仲切 剖普厚切破也 鶵崇芻切鳥子也 謄徒登切迻書也 毱渠竹切 餉式亮切饋也 劓疑器切刑也 蓊鬱蓊烏孔切鬱紆勿切蓊鬱草木盛貌 曩乃朗切故久也 賈果五切坐販也 攣躄攣閭員切手拘攣也躄必益切足跛也